作中に登場するロンドンの通り

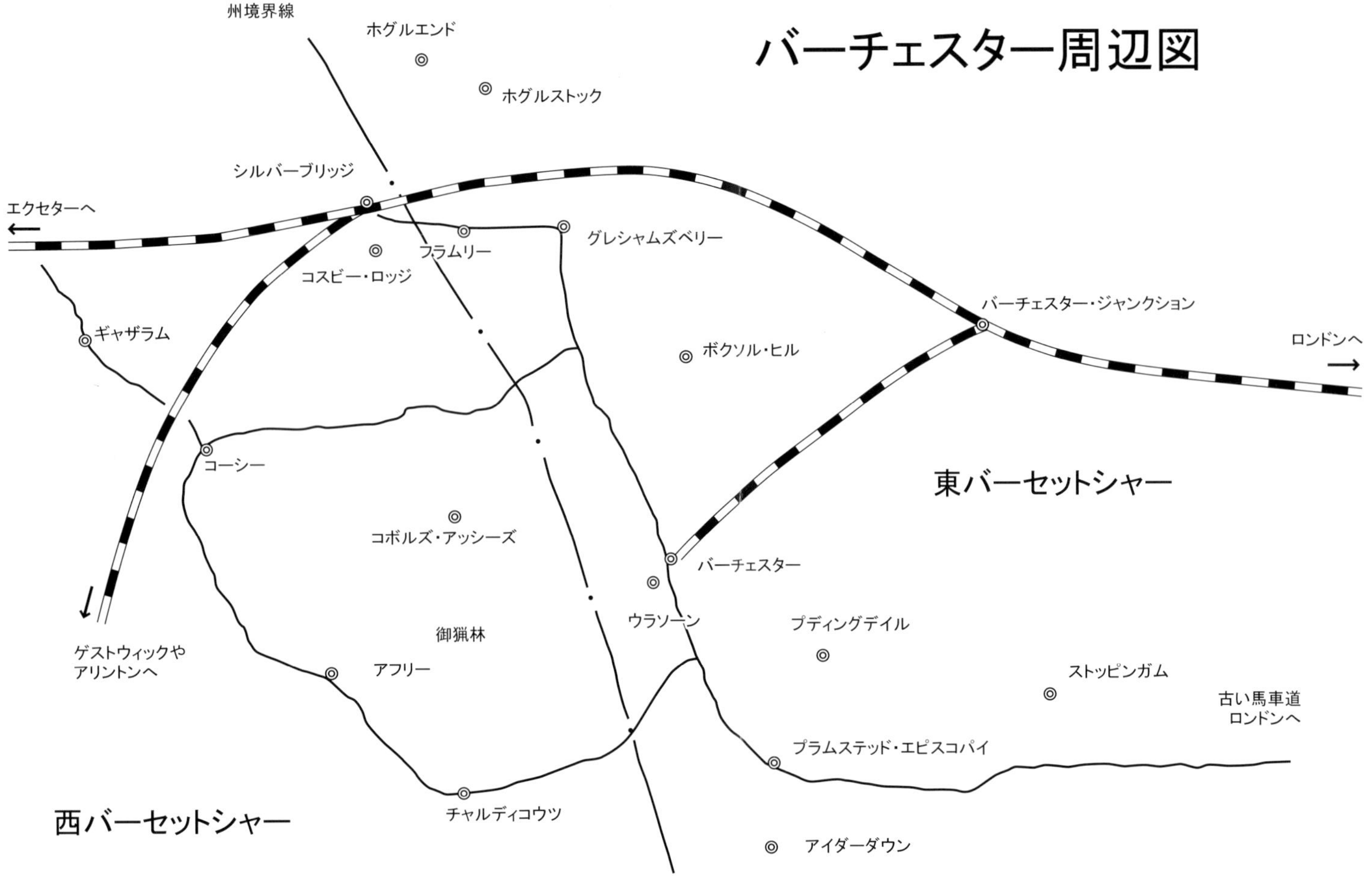
バーチェスター周辺図
州境界線
ホグルエンド
ホグルストック
シルバーブリッジ
エクセターへ
グレシャムズベリー
フラムリー
コスビー・ロッジ
ギャザラム
バーチェスター・ジャンクション
ロンドンへ
ボクソル・ヒル
コーシー
東バーセットシャー
コボルズ・アッシーズ
バーチェスター
ウラソーン
ゲストウィックや
アリントンへ
御猟林
プディングデイル
アフリー
ストッピンガム
古い馬車道
ロンドンへ
プラムステッド・エピスコパイ
西バーセットシャー
チャルディコウツ
アイダーダウン

アンソニー・トロロープ

ソーン医師

木下善貞　訳

開文社出版

本書は一八五八年にチャップマン・アンド・ホールから出版されたアンソニー・トロロープ作『ソーン医師』（*Doctor Thorne*）の全訳である。翻訳に当たっては、Ruth Rendell 編による Penguin Classics 版と N. John Hall 序による Everyman's Library 版とを参照した。註の作成に当たっては、Ruth Rendell の註に負うところが大きい。

目次

主要な作中人物

ジョン・ニューボールド・グレシャム　グレシャムズベリーの先代郷士（故人）。
フランシス・ニューボールド・グレシャム　グレシャムズベリーの現郷士で、借金まみれ。
レディー・アラベラ　ド・コーシー伯爵の妹。フランシス・ニューボールド・グレシャムの妻。フランク、オーガスタ、ベアトリス、ソフィー（双子の一人）、ニーナの母。
フランシス・ニューボールド・グレシャム・ジュニア（愛称フランク）　グレシャム家の長男。一八五四年七月一日に二十一歳。
オーガスタ・グレシャム　グレシャム家の長女。ガスタヴァス・モファットと婚約。
ベアトリス・グレシャム　グレシャム家の次女。メアリー・ソーンの友人。
ヘンリー・ベイカー（愛称ハリー）　ミル・ヒルに住むフランクの幼なじみでケンブリッジの学友。
ケイレブ・オリエル　グレシャムズベリーの高教会派禄付牧師。
ペイシェンス・オリエル　ケイレブの妹。
イェーツ・アンブルビー　ソーン先生の隣に住む弁護士で金貸し。
ミス・ガッシング　アンブルビー夫人の友人。のちにランタウェイ夫人となる。
ガスタヴァス・モファット　仕立屋の息子だが、金持ちで、国会議員。
モーティマー・ゲイズビー　グレシャム氏に雇われたロンドンの弁護士。
トマス・ソーン　名誉参事会員ソーン博士（故人）の長男。グレシャムズベリーで開業する医者。
ヘンリー・ソーン　名誉参事会員ソーン博士（故人）の次男。メアリー・スキャッチャードを誘惑する。

メアリー・ソーン　ヘンリー・ソーンとメアリー・スキャッチャードの子。伯父のトマス・ソーンによって育てられる。
ジャネットとブリジットとトマス　ソーン先生の家の使用人。
ド・コーシー伯爵夫人　コーシー城に住む。夫は西バーセットシャーのホイッグ党の中心人物。ポーロック、アミーリア、ロジーナ、マーガレッタ、アリグザンドリーナ、セリーナ、ジョージ、ジョンの母。
ジョージ・ド・コーシー　ド・コーシー家の次男。お金との結婚をめざして画策する。
アミーリア・ド・コーシー　ド・コーシー家の長女。母よりも貴族の特権と義務を振りかざす。
メアリー・スキャッチャード　ロジャー・スキャッチャードの妹。メアリー・ソーンの母。
トムリンソン　金物屋。メアリー・スキャッチャードと結婚してアメリカへ渡る。
サー・ロジャー・スキャッチャード　元石工。鉄道敷設、港湾事業を経営。大金持ち。ボクソル・ヒルをグレシャム氏から買い取る。
スキャッチャード令夫人　ロジャーの糟糠の妻。ルイの母。
サー・ルイ・フィリップ・スキャッチャード　サー・ロジャーの一人息子。
ハナ　ボクソル・ヒルのお手伝い。
ウインターボーンズ　サー・ロジャーの執事。
ジョーナあるいはジョー　サー・ルイの付き人。
フィニー　サー・ルイが雇ったバーチェスターの弁護士。
グレイソン　ソーン先生がサー・ルイの監視役として選んだロンドンの薬剤師。
ウィルフレッド・ソーン　ウラソーンの郷士。ソーン先生のまたいとこ。五十歳、未婚。
モニカ・ソーン　ウィルフレッド・ソーン氏の十歳年上の姉。未婚。

フィルグレイヴ先生　バーチェスターで上流階級の患者を巾広く持つ医者。ソーン先生のライバル。
センチュリー先生とリアチャイルド先生　バーチェスターの開業医。
ミス・ダンスタブル　「レバノンの香油」という薬で財をなした人の遺産相続人。
オムニアム公爵　ギャザラム城に住むホイッグ党の領袖。
フォザーギル　オムニアム公爵の実務全般を取り仕切る農地管理人。
ニアザウインド　モファットの選挙参謀。
クローサースティル　サー・ロジャーの選挙参謀。
ローマー　サー・ロジャーを支援する若い法廷弁護士。
レディパーム　バーチェスターのブラウン・ベアというパブの主人。
スロー・アンド・バイダホワイル　ロンドンの法律事務所。
サー・エイブラハム・ハップハザード　ロンドンでいちばん高名な弁護士。
アシル　アイダーダウンの禄付牧師。

1

第一章　グレシャムズベリーのグレシャム家

これから物語の主人公となる控え目な田舎の開業医を読者に紹介する前に、私たちの医者が仕事に就いている地域の特徴や隣人の詳細を読者に知っておいていただきたいと思う。

イングランド西部にあまり活気のない一つの州がある。事実、その州は製造業の盛んなレビヤタン(1)のような北部諸州のように広く人口に膾炙することはない。しかし、それにもかかわらずそこをよく知る人々にとっては貴重な場所である。緑の牧草地、波打つ小麦、奥行きのある緑陰の――一つつけ加えれば、うす汚れた――私道と細道と踏越し段、しっかり建てられた黄褐色の田舎の教会、ブナの並木道、散見するチューダー様式の邸宅、絶えず行われる州単位の狐狩り、社交マナー、浸透する氏族支配の雰囲気。住民にとってこれらがこの州を愛するゴセンの地(2)にしている。純粋に農業地域であり、生産物も、貧乏人も、快楽も、みな農業にかかわる。もちろん町というか、交易拠点があり、そこから種や雑貨やリボンや十能などが末端に運ばれる。町では市場が開かれ、州の舞踏会まで催される。過去、現在、未来の選挙法改正法案(3)にもかかわらず、普通近くにいる大物貴族の指示に従って議員を国会に送り返している。町から地方郵便局員が田舎へ向かい、州内各地の訪問に必要な駅馬の設備もある。とはいえ、これらの町は州の重要性を増す役には立っていない。こういう町は巡回裁判が開かれる市を例外として、退屈な、ほとんど死んだような、一本の通りでできている。二つのポンプ施設と、三つのホテルと、十の店と、十五のビール店と、一人の教区小役人と、一つの市場があるだけだ。

事実、州の重要性が議論されるとき、町の人口はものの数に入らない。一つの例外がすでに述べた巡回裁判の開かれる市であり、それは主教座聖堂の市でもある。ここは聖職者からなる貴族社会で、確かにそれなりの重みがないわけではない。常住の主教、常住の聖堂参事会長、大執事、三、四人の常住の名誉参事会員、多くの付牧師たち、俸給牧師たち、教会従者たち、これらが州の郷士階級からも一目置かれる力強い社会を形成している。その他の点ではバーセットシャーの偉大さはすべて土地所有者の力に依存している。

しかしながら、バーセットシャーは選挙法改正法案によって二つに分割される前ほど今は一つとは見なされない。今は東バーセットシャーと西バーセットシャーに分かれている。そしてバーセットシャーの状況に精通する人々はすでに感情的な相違と利害の対立が両州のあいだに見て取れると断言する。州の東半分は西よりも純粋に保守色が強い。西部にはピール主義(4)の影響がまだ残っている。さらに西部にはオムニアム公爵とド・コーシー伯爵といった二人のホイッグ党大物の邸宅があり、それがある意味暗い影を投げかけ、近隣に住む紳士たちの影を薄くしている。

私たちが注意を向けるよう求められるのは東バーセットシャーだ。今述べた分割が初めて考えられたとき、あの嵐の時代、勇敢な男たちが改革派の大臣と、希望はないとしても、まだ元気一杯戦っていたとき、バーセットシャー選出議員だったグレシャムズベリーのジョン・ニューボールド・グレシャムほど勇敢にこの戦いを敢行した人はいなかった。しかしながら、彼は運命とウェリントン公爵を敵にすることになった。次の議会でジョン・ニューボールド・グレシャムは東バーセットシャーを代表する唯一の議員になっていた。

彼が聖スティーヴン礼拝堂(5)で向こうに回すことになった顔ぶれにひどく悲しんだ――と当時述べられた――のが事実であろうとなかろうと、今やそれを調べることは私たちには何の役にも立たない。選挙法改正後の議会で最初の年の会議終了を見届けることなく彼が亡くなったのは本当だ。このグレシャム氏は若くして亡くなった。彼の長男フランシス・ニューボールド・グレシャムは当時とても若かったが、若さにもかかわらず、また、国会議員になるには不都合な――説明を要する――ほかの理由があったにもかかわらず、選出されて父の選挙区の跡目を継ぐことになった。父の仕事ぶりがあまりにも鮮やかな印象を残し、高く評価され、周囲の人々の感情と完全に一致するものだったから、これ以外の選択は許されなかったのだ。こうしてフランク・グレシャムは東バーセットシャー選出国会議員となったが、まさしく選んだ人々は賛成票で信じるだけの根拠が彼にないことを知っていた。

フランク・グレシャムはそのとき弱冠二十四歳で、既婚で、子もいた。彼は妻の選択によって東バーセットシャーの人々に大きな不信を与えた。西部のコーシー城に住む大物ホイッグ党伯爵の妹、ほかならぬアラベラ・ド・コーシー令嬢と結婚したからだ。その伯爵は選挙法改正法案(6)に賛成票を投じただけでなく、他の若い貴族たちを賛成票へ導く悪名高い運動を展開した。それゆえ伯爵は州の忠実なトーリー党郷士たちにきわめて評判が悪かった。

フランク・グレシャムはそんな結婚、つまり不適当で、非愛国的な妻の選択をしただけでなく、妻の親類とやたら親密になることで罪を拡大した。それにもかかわらず彼はいまだにトーリーを自称していたうえ、父がそのもっとも栄誉ある会員だった会派にも属していた。彼は大きな戦いの時期に乱闘でトーリー側についていて頭にけがをした。それでも、東バーセットシャーの保守的なよき人々はコーシー城へのたび重なる滞在のゆえに彼を堅実なトーリーと見なすことはできないと感じた。とはいえ、父が亡くなったとき、あの頭のけがが大いに役立った。大義に殉じたことが重視され、父の功績とあいまって方向が決定づけられた。バーチェスターのジョージ・アンド・ドラゴンで開かれた会議において、フランク・グレシャムが父の後継者となることが決まった。

しかし、フランク・グレシャムは父の後継者となることができなかった。それは重荷にすぎたのだ。彼は東バーセットシャー選出議員になったけれど、とてもいい加減で、無関心で、大義の敵とも喜んで交際し、正当な戦いを戦う気力がなかった——そんな議員だったので、亡き郷士の思い出をこよなく愛した人々からすぐ愛想を尽かされてしまった。

当時ド・コーシー城は若者にとって誘惑にあふれた場所だった。その魅力のすべてが若いグレシャムをたらし込むため最大限に利用された。彼より一つ、二つ年上の妻は大物ホイッグ党伯爵の娘にふさわしい最新流行を追う女性だった。妻は夫よりも政治を愛し、愛していると思い込んでいた。婚約に先立つ一、二か月間、彼女は宮中に伺候していた。そして、イギリス統治者の政策の多くがイギリス女性の政治的陰謀に依存していると信じるようになった。もしやり方さえわかれば、彼女は喜んで何かしら大きなことをやりたいと願うようになった。そして彼女がやった最初のもっとも重要な試みが立派な若いトーリーの夫を二流のホイッグの小僧に変えることだった。この女性の性格がこれから続く物語の展開のなかで明らかになることを期待しつつ、今はこれ以上詳述する必要はないだろう。

有力な伯爵の婿であり、州を代表する国会議員であり、由緒あるイギリスの選挙地盤と由緒あるイギリスの資産の所有者だということは悪いことではない。フランク・グレシャムはとても若かったから、こんなふうに滑り出した生活をいとも心地よく感じた。彼に向けられたトーリー党の人々の憂鬱な顔つきを目の当たりにしたとき、できる限り胸中をなだめながら、これまで以上にとことん政敵とつき合うことによってそれに復讐した。愚かにも彼は愚かな蛾のように輝く光へ向かって飛び、もちろん蛾のように羽を焦がしてしまった。一八三三年初頭、フランク・グレシャムは国会議員になったが、一八三四年の秋に国会が解散した。

二十三、四歳の若い議員らは解散のことなんか考えておらず、有権者の思惑なんか忘れ、現状に満足して気位高く構えていたので、将来についてまったく計算することができなかった。グレシャム氏もそうだった。彼の父は生涯を通してバーセットシャー選出の議員だった。彼は相続の一部ででもあるかのように、父と同じ幸福を期待した。しかし、父の選挙区を確実なものにしていた手続きを取ることに失敗した。

一八三四年の秋、国会が解散した。そして、フランク・グレシャムは栄誉ある貴族の妻とド・コーシー家の後ろ盾のせいで、州の人々をひどく怒らせてしまったことに気がついた。彼を大いにむかつかせたのは、別の候補者がかつての支持者の代表として担ぎ出されたことだった。彼は男らしく戦い、一万ポンドを選挙戦に費やしたにもかかわらず、議席をえることはできなかった。たとえ高潔なトーリーとしても、大物ホイッグの利害を背景に持つ人はイギリスでは人気者になることはできない。そんな人は信用できない。信用できないけれど、その人を高い地位に就かせておこうと思う人々は確かにいる。グレシャム氏の場合がそうだった。家柄を考えると、彼を国会にとどまらせておきたいと思う人々はたくさんいた。しかし、国会議員としてふさわしいと思う人はいなかった。結果、金のかかる苦い戦いが続くことになった。フランク・グレシャムはホイッグだとなじられたときはド・コーシーとのかかわりを誓って否定した。トーリー崩れだと嘲笑されたときは父の古い友人たちとのかかわりを誓って否定した。それで、二兎を追う者は一兎をもえずの譬え通り、彼は政治家として二度と立ちあがることはできなかった。

彼は二度と立ちあがることはできなかった。しかし、それでも立ちあがろうと二回激しくもがいた。当時さまざまな理由から東バーセットシャーでは選挙が立て続けに行われた。彼は二十八歳になるまでに三回選挙を戦ったが、三回とも敗れた。本当のことを言うと、彼は最初の一万ポンドの喪失で、もう充分熱を冷ましていた。しかし、レディー・アラベラは強い気概の女性だった。彼女は立派な地位と立派な財産のある男性と結婚した。それでも夫はやはり平民だったし、彼女の高い生まれからは落下したのだ。夫は当然貴族院議員でなければならぬと感じた。そうでないのなら、少なくとも下院に議席をえるのは不可欠だと感じた。たんなる田舎郷士のたんなる妻になることを認めてしまったら、徐々に無に沈み込んでしまうだろう。

　こういうふうに扇動されて、グレシャム氏は無意味な選挙を三度繰り返し、そのたびに莫大な浪費を繰り返した。彼はお金を失い、レディー・アラベラは癇癪を起こした。こうしてグレシャムズベリーは亡き郷士の時代に繁栄していたようにはいかなくなった。

　結婚して最初の十二年間、次々に子が生まれてグレシャムズベリーの子供部屋に入った。初めての子は男の子だった。まだ老郷士が生きていた平和な時代、グレシャムズベリーの跡取り息子の誕生は大きな喜びをもたらした。祝賀のかがり火が田舎の至るところで煌めき、雄牛が何頭も丸ごと焼かれ、こういった場面で裕福なイギリス人が習慣的に喜びを表す様々な行事が大いなる喝采のなかで行われた。しかし、九人目の小さな女の子と十人目の子が生まれたとき、外に表された喜びはそれほど盛大ではなかった。

　それから、ほかの問題が浮上してきた。小さな女の子の幾人かは病気がちで、何人かは重かった。そういうなか、レディー・アラベラは夫と彼女自身の幸せにとってきわめて有害な欠点を抱えていた。とはいえ、無関心な妻、無関心な母という欠点だけは持ち合わせていなかった。妻は夫が国会議員になれないといって、何年ものあいだ毎日夫を悩ませた。ポートマン・スクエア(7)のロンドン邸に家具を入れ替えないといって、夫を悩ませた。毎冬グレシャムズベリー・パークに多くの客——家の収容能力を超えるほどの客——を迎えることに反対するといって、夫を悩ませた。しかし、今はがらりと調子を変えて、セライナが咳き込むといって、ヘレナが消耗熱を出しているといって、かわいそうなソフィーの背骨が弱いといって、マチルダの食欲がないといって、夫を悩ませた。

そのような様々な理由から妻が心配するのは普通のことだと言える。しかし、そのやり方はとても許せるものではなかった。セライナの咳がポートマン・スクエアの古めかしい家具のせいだとするのは確かに妥当とは言えなかった。ソフィーの背骨が国会に議席を父がえることで実質よくなるはずもなかった。しかし、もしレディー・アラベラが家族会議でこれらの問題を話すのを聞いたら、そんな結果が本当に望めると本気で考えていたことがわかるだろう。

事実は、哀れな弱い子供たちはロンドンからブライトンへ、ブライトンからドイツの温泉へ、ドイツの温泉から戻ってトーキーへ連れ回された。トーキーからは――私が名をあげた四人に関しては――レディー・アラベラの指示のもとでもはやそれ以上の旅が許されないあの最終目的地に迎えられた。

グレシャムズベリーの次の世継ぎとなる一人息子は、父の名にちなんでフランシス・ニューボールド・グレシャムと名づけられた。もし主人公の地位が村の医者によって先取りされていなかったとしたら、彼がこの物語の主人公となったことだろう。実際、そう思いたい人はこの若きフランクを主人公と見なしてもよい。私たちの気に入る若者になり、濡れ場を演じ、試練と困難に遭遇し、事情に応じてそれに打ち勝つか、負けるか、するのはこのフランクなのだ。私はもう年を取りすぎてしまって、冷酷な著者にはなれそうもないから、おそらく彼が失意のうちに死ぬことはなかろう。中年独身の田舎医者を主人公と認めない人はグレシャムズベリーのこの世継ぎを主人公と見なして、お望みとあらば本書を「若いほうのフランシス・ニューボールド・グレシャムの恋と冒険」と呼んでもいい。

フランク・グレシャム坊ちゃんはこの種の主人公役を演じるに足る人物だった。妹たちがかかった病気とはいっさい無縁で、唯一の男子だったにもかかわらず、外見の面でも妹たちに優っていた。記憶にないほど遠い昔からグレシャム家の男は美男子だった。彼らはみな広い額、青い瞳、金髪、えくぼの頬、あの心地いい、貴族的で、危険な――快活とあざけりを同時に表現できる――上唇のそりを身に着けて生まれた。若きフランクはどこからどこまでグレシャムであり、心から父のお気に入りだった。

ド・コーシー家の者は決して不器量ではなかった。彼らはあまりにも高慢で、自尊心が強く、公平に言って、歩き方にも、物腰にも、顔つきにさえも、高貴の生まれを表していたから、不器量と見なされることはなかった。しかし、ビーナスとか、アポロとかを親に持つ種族ではなかった。彼らは背が高く、細身であり、高い頬骨と高い額と大きな威厳のある冷たい目を具えていた。ド・コーシー家の女性はみな美しい髪に恵まれ、こだわらぬ物腰と話力を身に着けていたから、世間では美人として通るようにうまく見せていた。そのうち彼女らは結婚市場に吸収されて、広く世間から美人であるかどうかもはや気にされなくなるのだ。グレシャム家の娘たちはド・コーシー型にはめられて作られていたから、このせいでやはり母にはいとおしかった。

上の二人の娘オーガスタとベアトリスは生き残り、明らかにこの先も生きていきそうに見えた。次の四人の娘は衰弱し、――みな同じ悲しい年に――次々と亡くなって、トーキーの整然とした新しい墓に安置された。それから双子が生まれたが、彼女らもまたか弱く、虚弱で、もろい小さな花のようだった。双子は黒い髪と黒い瞳、細長く青ざめた顔と、骨ばった長い手足が特徴だった。彼らは四人の姉と同じ道をすばやくたどる運命にあると見られた。しかし、これまでのところまだその道をたどってはいなかったし、姉たちが患ったような病気にかかってもいなかった。グレシャムズベリーのある人々はこれが主治医の指示によって家庭内に変化が加えられた結果だと考えた。

それから、いちばん下の女の子が生まれたが、その誕生はすでに述べたように大きな喜びをもって迎えられたわけではなかった。というのも、彼女が生まれてくる準備をしていたとき、四人の姉――青白いこめかみと、青ざめたやつれた頬と、骨張った白い腕の四人――はこの世を去る許可をもらうところだったから。

家族がそんな状態にあった一八五四年に、長男は成人に達した。彼はハロー校で学び、今はケンブリッジに在学していた。しかし、もちろん成人の日には家に帰って来た。成人の祝いは何エーカーもの広い土地と莫大な財産を相続する若者にとって非常に喜ばしい時であるに違いない。灰色の髪の年長者たちが口にするあの大声の祝福、あの温かい祈り。彼が揺りかごから成長するのを見守ってきた近所の母親たち――彼のお相手としておそらく充分美しく、善良で、優しい娘らを持つ母親たちの――じつの母のような愛情に満ちた愛撫。なれなれしくチャールズとか、ジョンとか呼ぶことはもうあきらめなければならない時が来たと――教えられるのではなく――本能で知り、初めて彼をそらぞらしく家の名で呼ぶ娘らの穏やかな、半分恥ずかしげな、愛情のこもった挨拶。彼の背を叩いて千年の生と不死を祈りながら、呼びかける若い仲間たちの「果報者」とか、銀のスプーンとかのかけ声。借地人たちの励まし、握手を求める老農夫たちの幸運の祈り、農夫の妻たちの口づけ、農夫の娘らに与える彼の口づけ、これらのものすべてが若い世継ぎに二十一歳の誕生日を心地よいものにするに違いない。しかし、今にも借金で収監されそうに感じて、借金以外に何の特権も受け継ぐことはないと感じている若者にとっては、おそらく成人の喜びはそれほど深くないだろう。

若いフランク・グレシャムの場合、後者よりもずっと前者に近いと思われるかもしれない。しかし、彼の成人式は彼の父がしてもらったような恵まれたものではなかった。当主のグレシャム氏は今やまったく首が回らない状況だった。財政逼迫のひどい状況にあることは何とか世間に知られてはいなかったけれど、すべてがうまくいっているかのようにお屋敷とパークを開放し、諸手をあげて州の人々を受け入れる勇気は当主にはなかった。

当主の場合、何一つうまくいかなかった。レディー・アラベラは夫にかかわるもの、夫に近づくものをみなちぐはぐなものにした。当主は今すべてが悩みの種に変わったことを知った。彼はもはや喜びに満ちた、幸せな男ではなかった。若いグレシャムが成人したとき、東バーセットシャーの人々は彼に大規模な祝宴を期待していなかった。

ある程度の規模の祝宴はあった。七月のことだった。ナラの木の下に借地人用のテーブルが置かれ、そこに料理が広げられ、肉やビール、ワインが並んだ。フランクは歩き回って客と握手するとき、互いの関係が長く、親しく、相互に利益をもたらすものになればいいと言った。

祝宴が開かれた場所について少し言っておかなければならない。グレシャムズベリー・パークというのは立派な古いイギリス紳士のお屋敷だったし、現在でもそうだ。しかし、過去のことを語っているところだから、過去時制で表現しよう。グレシャムズベリー・パークのことを述べたが、そう呼ばれる大庭園はあった。しかし、家そのものは一般にグレシャムズベリー・ハウスとして知られ、パークのなかにはなかった。次のように言えば、おそらくいちばんわかりやすいと思う。グレシャムズベリー村は一マイルほどの長さの中央で直角に曲った一本の本通りからなっていた。この直角部分の内側にグレシャムズベリー・ハウスが建っており、ハウスのまわりの敷地を複数の花壇や庭が占めていた。直角の頂点から敷地の両辺ほぼ等距離の位置に本通りに面して二か所に大門があり、それぞれの大門が棍棒を持つ二人の異教徒の石像――一族の紋章となっている――によって護られていた。それぞれの大門から広い道がまっすぐ壮大な菩提樹の並木を抜けてハウスまで続いていた。この家はもっとも豊かな、――おそらくもっとも純粋な、と言ったほうがいいかもしれない――チューダー様式で建てられていた。グレシャムズベリーはロングリート[8]ほども完全ではないし、ハットフィールド[9]ほども壮麗ではないが、この国が誇るチューダー様式建築のいちばんすばらしい見本だとある意味言えるかもしれない。

グレシャムズベリー・ハウスは別々に仕切られた多くの整備された花壇と石造りのテラスのあいだに建てられていた。これらは私たちの目からみると、田舎家が普通取り巻かれているあの広々とした芝生ほど魅力的ではないかもしれない。しかし、グレシャムズベリーの庭は二世紀ものあいだ嘆賞されてきたもので、万一それに手を加えて形を変えたりしたら、そのグレシャムは一族のいちばんよく知られた歴史的な名所を破壊した人と見なされるだろう。

グレシャムズベリー・パークは——正しくはそう呼ばれているが——村の外側に広がっていた。ハウスに通じている二つの大門に向き合って、二つの小門があり、一方の小門は馬小屋、犬小屋、農場へ続き、もう一方の小門は鹿苑へ続いていた。後者の小門が付属地のおもな入口で、壮大で、絵のような入口だった。一方でハウスへ続いている菩提樹の並木道は、そこでは鹿苑側にさらに四分の一マイル伸びており、それから急な地面の登りで終わっているようだ。その二つの小門には二人ずつ、四つの棍棒を構える四人の野蛮人がいた。石の壁——棍棒を構える別の二人の野蛮人に支えられて一族の紋章がそこについている——が上に広がるがっしりした鉄のとびらやら、石造りの番小屋やら、円形広場を取り巻いている蔦に覆われたドリス式の円柱やら、四人の気味悪い野蛮人やら、本通りが走る、村に隣接する空間の広がりやらで、その場所は一族の由緒ある偉大さを充分表していた。

もっと詳細にそこを調べるなら、紋章の下にグレシャム家のモットーが書かれた巻物ふうの図案があり、それぞれの野蛮人の下にも小さな文字でその語が繰り返されているのに気づくだろう。一族の特殊な属性を表すのにふさわしい銘として「ガルデ・グレシャム」がモットーの選択時代におそらく紋章官によって選ばれた言葉だった。しかしながら、今不幸なことにこの言葉が意味する正確な意味については意見が一致しない。ある人は紋章学的情熱を込めて、それは野蛮人たちに向かいその守護者を護るように訴える呼びかけだと断言した。ほかの人は同じ確信を持って――私はこちらのほうに賛成するが――、それは一般の人々、特に州の貴族に謀反心を抱く人々に対して発せられた「グレシャムに用心せよ」という忠告だと主張した。後者は強さを意味し――この説の支持者はそう言った――、前者は弱さを意味した。グレシャム家は強い一族であり、卑屈な態度を取ることは誤りだった。

どちらの解釈が正しいか決められる振りはしたくない。ああ！　今やどちらの解釈も一族の運命には当てはまらなかった。グレシャム家が基盤を固めてからあまりにも大きな変化がイギリスに起こったせいで、野蛮人がグレシャムを護ることはもはやできなかった。グレシャム家は一般の人と同様自分で自分を護るか、保護するものなしに生きるかしかなかった。グレシャム家が眉をひそめたからと言って、隣人が不安におののく必要も今はなくなった。今の当主グレシャムが隣人のしかめ面に無関心でいることができたら、それこそ望まれることだった。

しかし、古い象徴は残っており、できれば長く私たちのあいだに残り続けてほしい。象徴はまだ美しく、愛されて当然のものだ。それは過去の時代の真実男らしい感情を伝えてくれる。象徴は正しく読み取る人には、どのようにしてイギリス人が現在の姿に至ったか、書かれた歴史よりも充分に正しく説明してくれる。「通商の」という形容辞が今使われる意味でイギリスはまだ通商の国ではない。イギリスがまもなくそうならないように願おう。封建的な国とか、騎士道の国とかと呼ばれるほうがきっとまだいい。もし文明化された西部ヨーロッパに上流紳士の住む国があり、統治に最良、最適と信頼される真の貴族がその土地の所有者である国があるとするなら、それはイギリスだ。ヨーロッパの大国それぞれから十人の指導者を選んでみればいい。フランス、オーストリア、サルディニア、プロシア、ロシア、スウェーデン、デンマーク、スペイン（?）から選んで、それからイギリスのよく知られた一流政治家十人を選んでみればいい。結果、昔は封建制度の利害、今はいわゆる土地所有者の利害に対するいちばん深い愛着といちばん誠実な信頼がどの国にまだあるか教えてくれるだろう。

通商の国イギリス！　そうだ、かつてのベニスのような国。この国は通商で他の国に優れているかもしれない。しかし、この国がもっとも誇りに思い、もっとも優れているのはそれではない。商人は私たちのなかで第一級の人ではない。彼らが第一級の人になる道はおそらくかろうじて開かれているとしてもだ。売買は立派で、必要なことだ。おそらくとても必要で、とても立派なことだろう。しかし、男のいちばん高貴な仕事にはなりえない。私たちの時代にそれがイギリス人のいちばん高貴な仕事と見なされることがないように希望したい。

グレシャムズベリー・パークは非常に広い。村の本通りが作る直角部分の外側にあり、村の通りや家から明確な限界、境界が見えないまま左右に広がっている。事実、村の外側の土地は険しい丘陵と、次々に姿を現すナラの木で覆われた円錐形の小山で分断されているので、パークの本当の広がりがいっそう拡大されて目に映るほどだ。よそ者がパークに入ってちゃんとした門から出られないのはよくあることだ。景色はとてもすばらしかったから、風景を愛する人ならこんなふうに道に迷ってみたいと思うことだろう。

一方の小門から入ると犬小屋があると述べた。ここで現在の郷士が体験したある特別な話、長い挿話を語っておきたい。当主はかつて州を代表する国会議員だった。議席を失ったとき、この州の大人物たちと特別なつながりを保っていたいとの野心をまだ抱いていた。グレシャムズベリーのグレシャムは東バーセットシャーではグレンジのジャクソンや、ミル・ヒルのベイカーや、アネスグローヴのベイトソンよりも重要な存在でなければならないと思った。彼らはみな友人であり、とても立派なジェントリーだった。それでも、グレシャムズベリーのグレシャムはそれ以上の存在でなければならなかった。当主でさえもそのような願望を意識するくらいの野心は具えていた。それゆえ、チャンスが訪れたとき、州の狩りの世話役となった。

お金の問題を除けば、あらゆる点でこの狩りの世話役が当主には似合っていた。非常に初期の男らしい時代に彼は家の伝統のトーリー主義に無関心に振る舞い、ひどくまわりの人々を怒らせた。仲間の郷士たちの願望に背いて州の代表に立候補したから、悪感情をかなりまわりに植えつけた。それでも当主には愛される、人気のある名があった。人々は彼がなってほしい人になってくれなかったと嘆き、先代の郷士のような人になってくれていたらと残念に思った。しかし、実情がそうではないとわかり、当主が政治家として大人物になれないと知ったとき、それでも彼にふさわしい州を代表する役柄があるとすれば、別の仕方でそうなってほしいと望んだ。彼は今すばらしい騎手として、狩りの名手として、猟犬の博学者として、乳離れしていない一腹の子狐の母狐のように心の優しい人として知られていた。彼は十五のときから州の狩りで馬に乗り、「ほら出たぞ」のいい声に恵まれ、猟犬一匹一匹の名を覚え、狩りのあらゆる目的にかなう仕方で角笛を吹くことができた。そのうえ、バーセットシャーじゅうの人に知られていたが、正味年収一万四千ポンドの資産を受け継いでいた。

こういうことだったから、グレシャム氏の最後の立候補から一年後、ある年とった猟犬管理者(10)が土のなかに身を隠したとき、猟犬をグレシャムズベリーへ移すことがあらゆる方面の人々にとって喜ばしい、理にかなう取り決めに見えた。事実レディー・アラベラ以外の人は喜ばしいと思い、おそらく郷士以外の人は理にかなっていると思った。

このところすでに郷士はかなり借金を抱えていた。この世の大人物のあいだで大人物として振る舞っていたあのすばらしい二年間に、郷士は必要以上の出費をするなか、じつは妻もそうしていた。若い妻と二、三人の子を抱えた国会議員がロンドンで生活し、田舎の一家の屋敷を維持するのに、年収一万四千ポンドなら充分なはずだったが、そうはならなかった。当時ド・コーシー家は豪勢な生活をしており、レディー・アラベラは婚家でも実家の義姉――伯爵夫人――と同程度の生活を続けていた。ところが、ド・コーシー卿は年一万四千ポンドよりもはるかに多額の年収をえていたのだ。それから三回の選挙があり、それにともなう莫大な出費があった。それから、あの高くつく急場しのぎの借金があった。収入以上の生活をして、しかもその生活水準を下のレベルに落とすことができない紳士が頼らざるをえない当然の帰結だった。こうして、猟犬がグレシャムズベリーにやって来たとき、グレシャム氏はすでに貧乏人になっていた。

レディー・アラベラは猟犬が来ることに強く反対した。しかし、レディー・アラベラは自分が夫の言うことを聞くとはとても言えなかった反面、夫を自分の言いなりに動かせると誇る資格もなかった。それで彼女はポートマン・スクエアの家具について最初の大きな攻撃をしかけた。ロンドンの社交シーズンに将来家族を連れて行くようなことにはならないから、そこの家具はたいして重要ではないと初めていやみを言った。そのようないやみから始まった会話がどんなものか想像できるだろう。もしレディー・アラベラがそんなふうに夫を悩ませなかったら、夫はおそらく家計に巨額な出費をもたらす猟犬受け入れの愚かさをもっと冷静に考えていたかもしれない。もし夫が妻から嫌われている楽しみに多額の金を使わなかったら、妻はおそらくロンドンの楽しみについて夫が無関心だとの非難をもう少し控えたことだろう。事実は、猟犬がグレシャムズベリーにやって来て、レディー・アラベラは毎年一定期間ロンドンへ出かけた。一家の出費は決して減らなかった。

しかしながら、犬小屋は今再びからっぽだった。物語が始まる二年前、猟犬は狩り好きのもっと金持ちの屋敷に移された。グレシャム氏にとって、これはこれまでに招いたどんな不幸よりも堪え難いものに思えた。彼は十年間猟犬管理者であり、その仕事をとにかく上手にやってのけた。まわりの人たちのあいだで政治家として失った人気を狩猟家として取り戻した。できれば、狩猟では喜んで独裁者の地位にとどまっていたかった。しかし、必要以上に長く管理者でありすぎた。ついに猟犬は去り、レディー・アラベラははっきり喜びの声をあげ、喜びの身振りを見せた。

とはいえ、私たちはグレシャムズベリーの借地人たちを長すぎるくらいナラの木の下で待たせてしまった。そうだ、若きフランクが成人の日を迎えたとき、祝賀のかがり火を一つ灯し、一頭の去勢牛を丸ごと焼くくらいの力はまだグレシャムズベリーに残っており、郷士の自由になるお金はまだ残っていた。フランクの男らしさは牧師の息子とか、近所の弁護士の息子とかの場合のようにかなり際立って表れていた。バーセットシャー保守派『スタンダード』紙は、同じ祝宴について何世紀も報告してきたように、グレシャムズベリーで「顎ひげがみな楽しく揺れた」とやはり報告した。そうだ、確かにそう報告されたが、ほかのそういう多くの報道と同じように真実の影しかそこにはなかった。「人々は酒を痛飲した」と書かれた。確かに集った人々は酒を痛飲した。しかし、顎ひげは昔揺らされたように語るに足るほど揺らされなかった。郷士は金のことで万策尽きていた。借地人は誰も彼もみなそれを知っていた。製材用の樹木は大きくならないうちから切り出された。家に雇われた弁護士は金持ちになった。バーチェスターの、いやグレシャムズベリーの商人はひそひそ話を始めた。郷士自身が楽しくなかった。こういう状況でも借地人たちは酒を痛飲したが、顎ひげは揺れなかった。

「郷士ご自身が」と農夫オークルラースは隣人に言った。「成人なさったときのことをよく覚えている。本当にあの日は楽しかった。お屋敷でこの二年間に醸造されたよりたくさんのエールがそのとき飲まれた。先代郷士はおもしろい変わった人だった」

「わしゃ郷士が生まれたときのことを覚えている――よく覚えている」と向かいに座っている年取った農

夫が言った。「あのころはよかった。そんなに昔のことでもないがね。郷士はまだ五十になっていないだろ。そう見えるけれど、まだ五十になっていない。グリームズベリーは」――これがこのあたりの地名の発音の仕方だ――「変わってしまった。お隣のオークルラースさん、悲しいことに変わってしまったよ。さてさて、わしも先が長くない。そう、話しても無駄じゃが、五十年以上あの借地に一ポンド十五シリング払ってきたあとで、四十シリングを要求されることになろうとは考えてもいなかった」

このような会話がさまざまなテーブルで交わされていた。郷士が生まれたとき、成人したとき、そしてその二年後に息子が生まれたとき、それぞれで会話の調子は違っていた。これらの慶事があるたびに同じように田舎のパーティーが催され、郷士自身もこういう行事に参加して客と交わった。最初の慶事で、彼は父から腕に抱えられてお披露目され、ご婦人たちと乳母の一団を後ろに引き連れていた。成人式では、彼は陽気な人々のなかでも陽気な連中と野外の遊びを楽しんだ。借地人たちはアラベラ令嬢を一目見ようと、人を押しわけて芝生を進んだ。この令嬢がコーシー城からグレシャムズベリーへ輿入れして令夫人になることをすでに知っていたからだ。今やどの借地人もレディー・アラベラのことを気にかける人はいなかった。息子が生まれた三番目の慶事では、父が以前彼を抱いてしたように、彼自身が我が子を抱いてお披露目した。彼はそのとき得意の絶頂にあった。借地人たちは彼が昔のように親しげに話しかけてくれないと言い、ド・コーシーふうの態度を装いすぎていると囁き合った。それでも彼はまだ彼らの郷士であり、主人であり、彼らがその手に委ねられている金持ちだった。それから先代の郷士が亡くなった。彼らは若い国会議員と、少し高慢ではあったがその新妻を誇りに思った。今や借地人の誰一人郷士を誇りに思う者はいなかった。

郷士は客のあいだを一度歩いて、それぞれのテーブルで二言三言歓迎の挨拶をした。彼がそうすると、借地人たちも立ちあがってお辞儀し、郷士の健康と若者の幸せとグレシャムズベリーの繁栄を祈った。それでも、そのパーティーは退屈だった。

もちろんこういう慶事に敬意を表するほかの訪問客、上流階級の者もいた。しかし、前の三度の祝宴で動員されたたようにハウスだけでなく近隣の上流の家々も一杯にするほど大勢の上流客はいなかった。実際今回のグレシャムズベリーのパーティーはそんな大規模なものではなく、おもにド・コーシー卿夫人とその随行員で成り立っていた。レディー・アラベラはできる限りコーシー城との親密なつながりを維持していた。彼女はできるだけ城を訪問するようにしたけれど、グレシャム氏から反対されることはなかった。彼女はできるときはいつも娘たちを城へ連れて行った。しかし、上の二人の娘たちに関しては、グレシャム氏としばしば娘たち自身からそれに異議が唱えられた。レディー・アラベラは息子を誇りに思っていた。好きなタイプの子ではなかったものの、グレシャムズベリーの世継ぎという事実を喜んで重視した。その子がどんな母も愛されずにはいられない立派な、格好のいい、心の寛い若者になったから、レディー・アラベラは深く愛した。しかし、この子にあっていいはずのド・コーシーらしさがあまりないことに失望も感じていた。母はこの子を深く愛したから、この子が成人の日を迎えたとき、義姉とアミーリアやロジーナなどの令嬢にグレシャムズベリーに来てもらった。ジョージやジョン令息も列席するようにやっとのことで説得した。ド・コーシー卿は宮中に伺候していた、あるいは伺候していると言われた。長男のポーロック卿は叔母から招待されたとき、この種のことで退屈したことはないとだけ答えた。

成人の祝いには、さらにベイカー家、ベイトソン家、ジャクソン家の人たちが出席していた。彼らはみな近くに住み、夜は家に帰った。また、高教会派の禄付牧師ケイレブ・オリエル師とその美しい妹ペイシェンス・オリエルがいた。弁護士で代理人をしているイェーツ・アンブルビー氏がいた。それから、ソーン医師とその控え目な、穏やかな表情の小さな姪ミス・メアリーがいた。

註

(1)「ヨブ記」第三章第八節および第四十一章に出る巨大な海獣。
(2)「創世記」第四十五章第十節、第十一節に出る、ヨセフがエジプトでイスラエルの人々に与えた肥沃な土地。
(3) 選挙法改正法案で当時有名なものは一八三二年、一八六七年、一八八四年に出された。
(4) サー・ロバート・ピール首相が一八四六年に穀物法を廃止し、保守党を分裂させた。穀物法廃止と自由貿易主義は土地所有者の利害に反するものだった。
(5) 聖スティーヴン礼拝堂はウェストミンスター宮殿の礼拝堂で、一八三〇年ごろまで下院議員が集合する場所だった。この礼拝堂はそれゆえ下院の提喩。
(6) 本書の出版は一八五八年だから、これは一八三二年の選挙法改正法案を指している。この法案は人口増加が著しい産業地域に有利に議席を再配分し、投票権者の資格をさげることによって産業中産階級を選挙民として受け入れた。
(7) メリルボン区にあるベーカー通りに接する広場。
(8) ウィルトシャーのバス侯爵の地所にある有名なエリザベス朝様式の荘園領主邸宅。
(9) ハートフォードシャーにあるイーリー司教ジョン・モートン(1420-1500)の公邸。
(10) 狐狩り会員の世話役で、狩猟隊の責任者。

第二章　遠い、遠い昔

ソーン医師が私たちの主人公のつもりでいるが、むしろ私の主人公と言った方がいいかもしれない。主人公をソーン医師にするか、若いフランクにするか、どちらにするか選択の特権は読者のみなさんに委ねられている。メアリー・ソーンが私たちの女主人公になる予定だが、この点で選択の余地はない。ソーン医師とメアリーの二人が適切に、正式に紹介され、説明され、叙述されなければならない。この小説が説明で一杯の、長くて退屈な二章で始まることに私は謝罪が必要だと感じている。こんな小説の冒頭の書き方が危険であることとくらい充分わきまえている。冒頭部はできるだけいいところを見せるべしという黄金律、私も含めて小説家が熟知している知恵にこんな書き方は背いている。予想されるのは、冒頭部に魅力のない小説を読み続けるのはいやだという読者が出ることだ。黄金律に背くことはわかっていても、私にはどうしようもない。哀れなグレシャム氏にえへんえへんと咳払いさせ、そわそわと肘掛椅子のなかで体の向きを自然に変えさせるには、この郷士が借金で落ち着かない理由を説明するまで無理なのだ。それはわかっている。ソーン先生がお偉方と同席しても考えを率直に話せるのは、それが彼の性格にぴったり一致するからなのだと説明するまで、先生を読者に紹介するのは私には無理なのだ。こういうところが私の非芸術的な部分であり、技術の欠如とともに、想像力の欠如を表している。率直で、簡潔で、明快な語りの術でこれらの欠点を補えるかどうか実際にはとても疑わしい。

ソーン先生はある意味グレシャム氏と同じくらいに立派な家柄、少なくとも同じくらいに古い家柄――ド・コーシー家よりもはるかに古いと自慢してよかった――に属していた。家柄という特徴を最初に述べたけれど、それはむしろ彼の顕著な弱点と言ってよかった。バーチェスター近郊に住むバーセットシャーの郷士、ウラソーンのソーン氏が彼のまたいとこだった。この郷士は州のどの地所、どの一族よりも長く代々受け継がれた地所を今もまだ所有することを自慢していた。

しかし、ソーン先生はたんに郷士のまたいとこであり、それゆえこの血筋にいくらかかかわる資格はあったものの、州のなかで地位を確保したければ、自分でそれを勝ち取る以外に道はなかった。この医者くらいこの事実を知っている人はいなかった。彼の父は先代の郷士ソーンのいとこで、バーチェスターの高位聖職者だったが、もう亡くなって何年にもなった。この牧師には二人の息子がいて、一人は医者として教育される一方、弟のほうは弁護士にするつもりでいたところ、どの職業にも結局満足には就かなかった。この弟のほうはオックスフォードを停学になり、次に退学になり、それからバーチェスターに戻ってきたが、父と兄の大きな悩みの種となった。

牧師の老ソーン博士は兄弟がまだ若いころ亡くなり、家とほかに約二千ポンドの資産しか遺さなかった。遺産は長男のトマスに遺されたが、それ以上のお金が弟の負債を弁済するため使われた。そのころまでウラソーンと牧師の家族には親交があったのに、博士が亡くなる一、二か月前、つまりこの物語が始まる約二十二年前のことだが、当時のウラソーンのソーン氏は一族の面汚しと見られるいとこのヘンリーを彼の家に入れるつもりがないことを明らかにした。

甥に対する伯父とか、いとこ同士とかよりも父は息子に寛大になりがちだ。ソーン博士は厄介者を更正させることにまだ希望を抱いており、家長が不必要に厳しい姿勢を見せれば、更生の邪魔になると思った。父が金遣いの荒い息子を温かく受け入れたとすると、若い医者の卵もそういう弟を温かく支えた。長男のソーン先生自身は道楽者ではなかったけれど、おそらく若かったから、弟の悪徳をそれほど嫌っていなかった。とにかく兄は弟を男らしく支えた。ウラソーンにヘンリーを同道するのはご遠慮願いたいと最後通牒を突きつけられたとき、トマス・ソーン先生はこんな状況下では彼の訪問も終わりにしなければならないと郷士ソーンに返事を送った。

若きガレノス(1)はバーチェスターで身を立てていこうと決めたとき、おもにウラソーンの縁故を当てにしていたから、これはあまり分別のあることとは言えなかった。先生は一時の怒りに駆られてこの点の熟慮ができなかった。とはいえ、彼は若いころも、中年になっても、おそらくいちばん熟慮しなければならないとき、怒りにまかせてそれをしないことで有名だった。おそらくこれはたいして重要な欠点ではなかった。彼の怒りは持続する種類のものではなく、しばしば怒りの言葉を口から発するころにはもう消滅していた。しかし、彼は開業医として患者の獲得に重大な支障を来すほど長いあいだウラソーンの人々といさかいを続けた。

それから父が亡くなり、兄弟はほとんど資産のないまま残された。このころバーチェスターにスキャッチャードと名乗る人々が住んでいた。当時の家族のなかで、ここでは二人の兄妹にしか関心がない。兄妹の階級は低く、一人は年季奉公を終えた一人前の石工、もう一人は麦わら帽子屋の徒弟だった。それにもかかわらず、二人は何かと目立つ存在だった。妹は強くたくましい型の女性美の典型だとバーチェスターでは評判であり、性格のいい、正直で、女性らしい品行の娘としても評判だった。美しさと名声の両方のせいでこの妹を兄はとても誇りに思っており、市の立派な商人から妹が結婚を申し込まれたと聞いたとき、ますます鼻を高くした。

ロジャー・スキャッチャードは美しさや品行のよさによるものではないとしても、やはり評判の人だった。

彼は四つの州でもっとも腕のいい石工として知られ、同じ四つの州で所定時間内にいちばんたくさん酒を飲む人としても名高かった。実際には酒のことよりもはるかに高い名声を職人として保っており、ただたんに腕がよく、仕事に迅速な石工としてだけではなく、ほかの連中をいい石工に養成する能力も持ち合わせていた。彼は人に何ができ、何をさせればいいかわかる才能に恵まれ、次第に五人、十人、二十人、のちには千人や二千人で何がなし遂げられるかわかるようになった。しかもペンや紙にほとんど頼ることなくこれができた。ペンや紙とはそりがあわず、一度もなじむことがなかった。彼はほかの才能と傾向も見せた。自分にも、他人にも、危険な口調で話すことができ、知らず知らずのうちに人を説得することができた。選挙法改正法案に先立つあの物騒な時代に、彼は際立った扇動家として現れ、自分では予想もしていなかった騒乱をバーチェスターに創り出した。

ヘンリー・ソーンは数々の悪い性質のなかでも、友人たちからいちばん悪いと見なされる性質、ウラソーンの人々の厳しい態度もうべなるかなと思わせる一つの性質を具えていた。彼は下層階級の人とつき合うのが好きだった。酒を飲む――それだけなら許されたかもしれない――だけでなく、俗悪な飲み助たちと一緒にカウンターで飲むと、友人も、敵も言った。彼は飲み助たちという複数形でなされた非難を否定して、下層の飲み仲間はロジャー・スキャッチャードだけだと断言した。とにかくロジャー・スキャッチャードとつき合ったうえ、ロジャーと同じ民主主義者になった。ところが、当時ウラソーンのソーン家はトーリーの優越性を支持する最有力者だった。

メアリー・スキャッチャードが立派な商人の結婚申し込みをすぐ受け入れたかどうか、私にはわからない。ここで簡単に話しておくある出来事が起こったあと、彼女は受け入れたことなんかないと主張した。兄は受け入れていたときっぱり言い切った。立派な商人自身はその点を明確にすることを拒否した。

しかしながら、紳士の友人とすごした酒の席でスキャッチャードは妹についてそれまで何一つ話していなかったのに、婚約の成立――そう彼は言った――をはっきり自慢しただけでなく、妹の美しさについても得意げに話した。スキャッチャードは時々大酒を飲む一方で出世も望んでおり、このたびの妹の結婚を家名を高めたいと思う彼の野心にかなうものと見ていた。

ヘンリー・ソーンはすでにメアリーの噂を聞いていたし、すでに会ってもいた。しかし、そのときまで彼女を毒牙にかけることなんか考えてもいなかった。しかし今、彼女がいい結婚をすると聞いたとたん、悪魔が彼にメアリーを誘惑するように誘った。細かな話はしても無駄だろう。あとになって全体像が明らかになった。彼はメアリーに明確な結婚の約束をして、手紙でもそういう内容のことを書き与えてから、彼女のささやかな休日――夏の夜の日曜日――に誘い出して、誘惑した。スキャチャードは妹が薬を使って酔わされたと公然と相手を非難した。トマス・ソーンは事件の処理を任されたとき、基本的にその非難が正しいと信じた。彼女に子ができたこと、誘惑者がヘンリー・ソーンであることが、バーチェスターで知られるようになった。

ロジャー・スキャッチャードは初めてこの知らせを聞いたあと、酒を痛飲してから、二人とも殺してやると誓った。男らしい怒りに燃え、男らしい武器しか持たず、まず男のほうへ向かった。ヘンリー・ソーンの探索に乗り出したとき、こぶしと大きな杖しか携えていなかった。

二人の兄弟はそのころ町に近い農家に下宿していた。開業医にふさわしい住まいとは言えなかったが、若い医者は父の死後適当な住み家を見出すことができなくて、弟に少しでも抑制を加えることができるようにそこに身を落ち着けていた。ロジャー・スキャッチャードはある蒸し暑い夏の夜、この農家にやって来た。血走った眼から怒りが煌めき、市から走り続けたことと内部で発酵する強い酒のせいで、怒りが狂気へ高まっていた。

　彼が農場の門で葉巻を口にくわえて静かに立っていたとき、ヘンリー・ソーンと出くわした。農場のなかを探し回り、大声をあげて犠牲者を呼び求め、あらゆる障害を越えて相手にたどり着けるものと思っていた。そんなことをしなくても相手は目の前にいた。

「やあ、ロジャー、何があるんだい」とヘンリー・ソーンは言った。

　それが彼の最後の言葉だった。サンザシの杖の一撃が答えだった。もみ合いが続いて、スキャッチャードがとにかく最悪の罪を犯すとの約束を守った。こめかみへの致命傷がどのようにして加えられたか、正確には確定しなかった。ある医者はもみ合いのさなかに重い先端の杖で加えられたと言い、別の医者は石が使われたと考え、三人目は石工のハンマーではないかとほのめかした。しかし、のちにハンマーは持ち出されていないと証明され、スキャッチャード自身が杖しか所持していなかったと主張し続けた。ただし、スキャッチャードは酔っており、たとえ本当のことを言っているつもりでも、思い違いだったかもしれない。しかし、ソーンが死に、スキャッチャードが一時間前に殺すと誓い、遅延なく脅迫を実行に移したという事実があった。彼は逮捕され、殺人罪で裁判に付され、事件の痛ましい顛末が裁判で明らかになった。故殺の判断が出て、六か月の刑が宣告された。この罰は厳しすぎると読者はおそらく思うだろう。

　トマス・ソーンと農夫はヘンリー・ソーンが倒れた直後現場にいた。兄は初め弟の殺害者に対する復讐の念に燃えたけれど、事実が明らかになり、どのような挑発がなされ、どのような思いでスキャッチャードが妹の破滅の相手を懲罰する決意で市を出たか知ると、彼の心は変わった。彼にとってつらい日々だった。当然ふりかかってくる不名誉から弟の思い出を守ることは彼の義務だった。弟の血を流した不幸な男を重すぎる罪から救う、あるいは救う手助けをすることも、弟やメアリーのように不幸に陥ってはならないあの哀れな墜ちた男の面倒をみることも彼の義務だった。少なくとも彼にはそう思えた。

彼はこういうことを軽々乗り切ったり、良心の痛みなしに容易く切り抜けたりできる人ではなかった。それでも被告の弁護のため、弟の思い出の擁護のため、哀れな娘の慰藉のため、金銭的な償いをすることをいとわなかった。支払いについて誰の助けも求めなかった。この世に一人で立ち、妥協しなかった。ウラソーンの老ソーン氏は再び双手を広げて援助の手を差し伸べたが、トマス・ソーンはいとこが厳しかったせいで弟が悪の道に駆り立てられたとの愚かな考えを捨て切れなかった。それでウラソーンの親切を受け入れる気にならなかった。老郷士の娘ミス・ソーン——彼よりもかなり年上で、一時期ずいぶん親しかったいとこ——から金が送られて来たが、何も書いていない封筒で送り返した。彼はこういう不幸を処理するため必要なお金をまだ手もとに所持していた。あとさきがどうなるかまったく無関心だった。

事件は州で大きな騒ぎになり、州の多くの治安判事によって詳しく調べられた。当時まだ生きていたジョン・ニューボールド・グレシャムほどこの件を詳しく調べた人はいなかった。グレシャム氏は当時ソーン先生が見せた活力と正義にこのうえなくほれ込んで、裁判が終わったとき、先生をグレシャムズベリーに招待した。その訪問のおかげで、先生はその村で身を立てることになった。

ちょっとメアリー・スキャッチャードの件に戻らなければならない。彼女は襲われる前に兄が逮捕されたから、兄の怒りに直面することを免れた。彼女の場合、しかし、直後の運命は残酷だった。彼女は自分を冷酷に利用した男に根深い怒りを感じていたものの、それでも敵意よりも恋心のほうに強く動かされていた、と考えるほうが納得できる。こんな状態で彼女がほかの誰に愛を求めることができようか？　それゆえヘンリーが殺されたと聞いたとき、彼女は絶望し、壁に顔を向け、体を横たえて死のうとした。それは彼女自身と体のなかで生きている父なし児の二重の死だった。

しかし、彼女とお腹の子の両方にこの世が提供できるものはまだたくさんあった。彼女は遠く離れた地でよき夫の立派な妻となり、多くの子の幸せな母となる運命にあった。胎児のほうの運命は――。これはそんなに簡単には語れない。その子の運命を描くため、本書がこれから書かれるわけだから。

そんないちばんつらいときにも神は毛を刈り取られた子羊には風を和らげた。ソーン先生は恐ろしい知らせが届いた直後メアリーの枕元にいて、愛人や兄にはとてもできない介抱をした。女の赤ん坊が生まれたとき、スキャッチャードはまだ獄におり、まだ刑期を三か月残していた。人々はメアリーが悪質な裏切りを受け、残酷に利用されたと大いに噂し、こんなふうに傷つけられた人が罪を犯したと見られることのないようにと願った。

少なくとも一人だけはそう思っていた。ある日のたそがれ時、驚いたことにソーンはバーチェスターの控え目な金物屋――以前に会話を交わした覚えがない人――の訪問を受けた。この男は哀れなメアリーの前の恋人だった。金物屋はこういう提案をした。もしメアリーがすぐこの国を出ること、この海外渡航のことを兄に知られることも、人に話したり、ひけらかしたりすることもなく一緒に行くことに同意するなら、彼は所有のものをみな売り払い、彼女と結婚し、移住するつもりだと。もう一つ条件があって、それは赤ん坊を置いていくことだと。金物屋は恋人には寛大になれる、寛大で、誠実になれると思った。しかし、誘惑者の子の父になれるほど寛大にはなれそうもなかった。

「もしその子を引き取ったら、いいですか、あなた」とこの男は言った。「あの人はやがてその子をいつもいちばん愛するようになる、それに私は堪えられそうもないのです」

誰がこんな明白な分別に非難を加えることができようか？　この男はやはり寛大な人だと賞賛できるだろう。女は世間の目には汚されてしまったが、彼にはまだ心の妻でなければならなかった。しかし、その妻は他人の子の母ではなく、彼の子の母でなくてはならなかった。

私たちの先生は今再び実現しなければならない難しい課題を抱えることになった。この申し出を受け入れるように哀れな娘を説得するため、ありったけの権威を用いるのが義務だとただちに見て取った。娘はこの金物屋が好きだったから、悲運のなかにあってもこの方向にいちばん望ましい道が開かれていることがわかったはずだ。とはいえ、母に初子と別れるように説得するのは難しく、恵まれて生まれた普通の子よりも、こんな父からこんなふうに生まれた赤ん坊と別れさせるのはおそらくもっと難しいだろう。娘は初め頑なに拒絶し、これほどの愛情を示してくれた金物屋に多くの熱い思いと、多くの感謝と、男の寛容に対する惜しみない謝辞を送ったものの、自然の情のゆえに子を手放すことができないと言った。

「では、ここにいて赤ん坊と二人で何をするのですか、メアリー」と先生は言った。哀れなメアリーは涙の洪水でしか答えられなかった。

「この子は私の姪です」先生は大きな両手に赤ん坊を取りあげて言った。「この子は今私にいちばん近い人、私がこの世で持つ唯一の身内なのです。私はこの子の伯父なのですよ、メアリー。もしおまえがこの男と行くなら、私がこの子の父となり、母となろう。私が食べるパンをこの子にも食べさせ、私が飲むコップからこの子にも飲ませよう。いいかい、メアリー、ここに聖書がある」先生はそれに手を置いた。「この子を私に委ねなさい。誓ってこの子を私の子にしよう」

母はついに同意した。先生のところに赤ん坊を残し、結婚し、アメリカへ去った。これらはみなロジャー・スキャッチャードが獄から解かれる前に終わっていた。先生はいくつかの掟を作った。スキャッチャードには妹の子がこんなふうに処置されたことをまず知られてはならなかった。赤ん坊の養育を引き受けたとき、ソーン先生は母方の親戚を名乗る人たちと今後つながりを持つことを嫌った。もしこの子が救貧院の孤児として死のうが生きようがほったらかしにされたとしたら、疑いもなく親戚なんかなかったはずだ。しかし、もし先生が功成り名を遂げたとき、もしこの女の子を最終的に彼のうちのかわいい子とし、次によそのうちのかわいい子とすることができたとき、もしこの女の子が生き残って、友とか、甥とかと先生が喜んで呼んでいい男性の心を勝ちえたとき、そのときになって有利とは言えない親戚が名乗り出て来るかもしれないからだ。

ソーン先生ほどいい血筋を誇れる人はいなかった。先生ほどマカダムを祖とするはっきりと証明された百三十人の先祖と家系図を自慢できる人はいなかった。立派な先祖がないか、先祖について語るだけのものがない人々に対して、先生ほどそれがある人々の利点について強固な理論を持つ人はいなかった。私たちの医者が完璧な性格の持ち主だと思ってはならない。実際そうではなくて、完璧からはほど遠い人だった。先生は心に、頑固な、強い自尊心を秘めており、それが先生にまわりの人々よりも優れて、高いと信じ込ませていた。この自尊心は彼自身説明できないよくわからない原因から来ていた。家柄があるのに貧乏であることに誇りを持ち、誇らしい家系を否定することに誇りを持ち、自尊心を秘密にすることに誇りを持っていた。父はソーンで、母はソロルドだった。先生ほどイギリスでよい血に恵まれた人はいなかった。男らしい心、男らしい勇気、男らしい人間性を具えたこの人がこんな特質を有しているからこそ、喜んで謙遜していられるのだ！　州のほかの医者の場合、血管には泥水しかなかった。先生は神の純粋な体液を誇ることができた。これに較べれば偉大なオムニアム家のものでさえ泥の水たまりにすぎなかった。仲間の開業医に優越感を抱くのが好きなのはこのせいだった。しかし、先生は才能と活力の両方においても勝っているという自負心にふけろうと思えばふけれたのだ！　今は先生の若いころのことを話しているが、年を取ってから多少丸くはなったけれど、同じだった。

これが今哀れな孤児——父はすでに亡くなり、母はあのスキャッチャードの出だ——を我が子として受け入れる約束をした人だった！　この子の出生の秘密は誰にも知られないようにする必要があった。母の兄を除けば、この話は誰にも興味のないものだった。母については短期間噂になったものの、人の噂も九日以上続かなかった。母ははるか遠い地に去り、夫の寛容さは適切に紙面に記録され、赤ん坊については話されることも、知られることもなかった。

赤ん坊は亡くなった、とスキャッチャードに説明するのは簡単だった。獄中で兄妹の最後の面会があったが、そのとき母は真の涙と偽りのない悲しみを見せて、恥辱の子についてそう説明した。それから母は差し出された幸運を幸せにつかんで出発した。先生は預かり子を連れて、二人で暮らすことになった土地へ向かった。そこで先生は女の子にふさわしい託児所を見つけ、独身者の家に住んで食卓に着ける歳になるまでそこに預けた。老グレシャム氏以外にその子が誰で、どこから来たか知る人はいなかった。

それからロジャー・スキャッチャードも六か月の刑期を終えて、獄から出て来た。

ロジャー・スキャッチャードは今手を血で赤く染めていたとはいえ、憐れむべき状態だった。ヘンリー・ソーンが亡くなる少し前、彼は同じ階級の若い女性と結婚したところだった。今後既婚者にふさわしい行動を取るとか、これからつきあう立派な義兄の面汚しにならないようにするとか、多くの決意をした矢先だった。初めて妹の苦境を聞いたのはそんなときで、すでに述べたように酒を痛飲したあと、血に飢えて出かけたのだ。

夫が獄中にいるあいだ、妻は一人で堪えなければならなかった。夫婦で集めていた上品な家具を売り払い、小さな家を手放した。みじめさに打ちひしがれて、妻も死に直面した。夫は出獄後すぐ仕事に着いたが、そういう人々の暮らしを見たことのある人なら、夫婦が失地を回復することがどれほど厳しいかわかるだろう。

夫の出獄直後妻は子を生み、母となったが、家は極度の貧困状態に陥った。スキャッチャードは再び飲み始め、立派な決意は風に乗ってどこかへ飛んでしまった。

先生はそのときグレシャムズベリーに住んでいた。哀れなメアリーの赤ん坊を引き取った前日そこへ引っ越して、すぐグレシャムズベリーの医者に納まった。これはグレシャム家の若い世継ぎの誕生直後のことだった。前任の医者は地位を向上させようと、あるいは地位の向上を図ろうと、ある大きな町で診療を始めていた。レディー・アラベラは出産直後のだいじなとき、ただただよそから来た――彼女がド・コーシー卿夫人にした話では、バーチェスター監獄か、バーチェスター裁判所かどちらか知らないが、そのあたりで拾ってこられた――医者の助言に頼るほかなかった。

もちろんレディー・アラベラは若い世継ぎに自分の乳を飲ませることができなかった。アラベラのようなレディーには決してそんなことはできないのだ。母になる力には恵まれているものの、乳母になる力には恵まれていなかった。自然が彼女らに胸を与えたのは見せるためであり、使うためではなかった。そこでレディー・アラベラは母乳の出る乳母を雇った。六か月後、新しい医者はフランク坊やが成長の基準値に達していないことを知った。ちょっとしたもめごとのあと、コーシー城からグレシャムズベリーへ急派された――グレシャム家で使うものは伯爵の領地から補給が続いていた――非常に優れた若い乳母がブランデー好きだったことが判明した。当然若い乳母はすぐ城へ送り返された。ド・コーシー卿夫人があまりの立腹のため別の乳母を送ることができなかったので、ソーン先生が別の乳母を連れて来てよいということになった。先生はロジャー・スキャッチャードの妻のみじめな状況をふと思い出すと、この妻の健康と力強さと行動的気質のことを考えた。こうしてスキャッチャード夫人が若いフランク・グレシャムの乳母になった。

過去のもう一つのエピソードも話さなければならない。ソーン先生はその父が亡くなる前に恋に落ちていた。相手の若い女性とそのまわりの人々は実際に彼の求婚を受け入れるところまでいっていなかったとはいえ、彼の溜息と懇願がまったく無駄というわけでもなかった。当時、彼はバーチェスターで名のある人であり、父は名誉参事会員であり、いとこと親友たちはウラソーンのソーン家の人たちだった。その女性が——名はあげないでおこう——若い医者の話に耳を傾けたとしても、無分別とは思われなかった。しかし、ヘンリー・ソーンが道をはずれたとき、老博士が亡くなったとき、若い医者がウラソーンと喧嘩したとき、弟が不名誉な争いのなかで殺されたとき、医者がその職業しか持たず、腕を振るう特定の診療地域に恵まれていないとわかったとき、そのとき若い女性の友人たちは彼女が無分別「だった」と考え、女性自身もそれに異議を唱えるほど充分な覇気も、愛情も持ち合わせていなかった。こういう試練の嵐のなか、その女性はもうこれ以上お互いに会わないほうが賢明だとソーン先生に言った。

ソーン先生は恋人からの慰めをいちばん必要としたとき、こんな助言を受け、こんなふうに告げられて、すぐ大きな声でそれに同意すると誓った。壊れた心を抱えて駆け出すと、この世は腐っている、まったく腐り切っていると独り言を言った。彼は二度とその女性に会うことはなく、私が知っている限り、二度と誰にも結婚の申し込みをしなかった。

註

（1）ガレノス（129-199）はペルガモン生まれのギリシアの医学者。多くの医学書を著し、近世初期まで医学の権威とされた。

第三章　ソーン先生

　こうしてソーン先生はグレシャムズベリーの小さな村に長く住み着いた。当時多くの田舎の開業医がそうであったように、彼は医者と薬剤師を兼務していた。もし医者がもう少し威厳のひけらかしをやめ、患者の利便性を考慮したら、当然みな医薬兼業にならざるをえなかっただろう。しかし、ソーン先生は薬剤師を兼ねることで、当然ひどい悪口を浴びた。多くの人がこの人は本物の医者ではない、とにかく医者と呼べるようなものではないと断言した。まわりに住む医者仲間は先生の資格免許状、学位、証明書がみな規定通りのものと知っていたのに、その悪口を支持した。この新しい医者には職業になじまない多くの点があったからだ。まず先生は新参者であり、当然他の医者から邪魔者と見られた。医療技術の正規の拠点であるバーチェスターからグレシャムズベリーはたった十五マイルだったうえ、ここ四十年間一人の医者がきちんと定着しているシルバーブリッジからは八マイルしか離れていなかった。グレシャムズベリーにいたソーン先生の前任者は、州のほかの医者にきちんと尊敬の念を払う謙虚な開業医だった。この前任者は使用人たちを診たり、ときどきグレシャムズベリーの子供を治療したりすることはあっても、まわりの立派な同業者と肩を並べて張り合うほど図々しくはなかった。

　ソーン先生は課程を修了した医者であり、どんな大学の法規に照らしても疑問の余地なく医者と呼ぶ資格を有していたが、グレシャムズベリーに身を落ち着けた直後、五マイル以内の往診はみな七シリング六ペンスで、距離に比例して料金を割り増しにすると、東バーセットシャー全域に知らせた。さてこれには低級な、卑しい、医者の風上にも置けない、民主主義的な臭いがある。少なくともそうバーチェスターの会議に集まったアイスクラーピウス[1]の子らは言った。まずこれはソーンというやつが薬剤師のように——事実やつは薬剤師だ——常に金のことを考えていることを証明している。しかし、もしやつが医者の心をひそかに持ち合わせているなら、自分の仕事を純粋に哲学的な観点からとらえて、生じる利益を地位に偶然つきまとう役得のように見なすのが普通だろう。医者は右手が何をしているか左手に知られることなく料金[2]を受け取るべきだ。考えることも、見ることも、顔の筋肉一つ動かすこともなくお金を受け取るべきだ。心のこもった最後の握手がお金に触れることでいっそう貴重なものになるなんて、真の医者は考えてはならない。それなのにこのソーンというやつはズボンのポケットから半クラウン白銅貨[3]を引っ張り出して、十シリング硬貨のおつりにするのだ。そのうえ、この先生が学識ある医者の威厳をまったく理解していなかったのは明らかだ。先生は正面玄関左手の診療所で薬を調合するところを絶えず人から見られていた。しかも、のちの世の利益のため医薬品の実験を哲学的に行うというのではなく——もしそうするのなら、卑しい眼差しから離れた隠れた研究室で行ったほうがいい——、田舎者の胃腸薬にする普通の粉末を混ぜ合わせたり、農民の足腰の薬として品のない軟膏を薄く広げたりした。

　バーチェスターのフィルグレイヴ先生がこの種の人間を相手にしないのは当然だった。しかし、このソーン先生がグレシャムズベリーの老郷士に気に入られていることがわかった。老郷士の靴のひもなら、フィルグレイヴ先生は結ぶことを拒否したりはしなかっただろう。亡くなる前の老郷士は州内で際立った地位にあったからだ。しかし、バーチェスターの医者たちはレディー・アラベラの気質を知っていた。老郷士が亡くなったとき、グレシャムズベリーにおけるソーンの短い愛顧はもう終わったと思われた。しかしながら、バーセットシャーの名のある医者たちは失望する羽目になった。私たちの先生はすでに跡継ぎに気に入られるように工夫しており、先生とレディー・アラベラのあいだにあまり個人的な親しさはなかったものの、その大きな家の子供部屋や寝室だけでなく、郷士の食堂においても彼の地位を不動のものにしていた。

さてこのことからわかるだろうが、先生は同業者のあいだでかなり不人気だった。この感情は顕著な、威厳のある仕方ですぐ表された。フィルグレイヴ先生、確かに医者として州内でいちばん立派な得意先を抱え、支えていかなければならない名声も博し、ロンドンから来た準男爵の名医と貴族の家で対等に話すことに慣れている、そのフィルグレイヴ先生がソーン先生との診察の相談を拒絶したのだ。フィルグレイヴ先生はお断りしなければならないのをとても残念に思う、残念だと言った。これまでこんな厳しい義務をはたすように求められたことはなかったが、医者の義務としてお断りしなければならない。何々卿夫人――グレシャムズベリーの病気のお客――とグレシャム氏に対する敬意の気持ちはもとより重々あるけれど、ソーン先生と同席することだけはご勘弁願いたい。別の状況でお助けできるようならば、駅馬が運べるだけ早くグレシャムズベリーへ駆けつけたいと。

それから実際にバーセットシャーに戦争があった。もしソーン先生の頭蓋骨にほかの人のものより発達したこぶが一つあるとするなら、それは戦闘力を表すこぶだった。先生は言葉の普通の意味で弱い者いじめだとか、喧嘩っ早いとかいうのではなかった。喧嘩を吹っかけるような気質もないし、争いを好むような傾向もなかった。しかし、どんな攻撃にも屈することを許さないものが先生の気質にあった。口喧嘩でも、論争でも、彼は間違いを許さなかった。彼自身への間違いはいいとしても、少なくとも他人への間違いは許さなかった。この特殊な趣味のおかげで彼は世間と戦う覚悟が充分できていた。

こんな挑戦の小手がフィルグレイヴ先生から公然と投げつけられたとき、彼がすぐ受けて立ったことはわかるだろう。彼はバーセットシャー保守派『スタンダード』紙に手紙を投稿し、そのなかでかなり辛辣にフィルグレイヴ先生を攻撃した。フィルグレイヴ先生は、熟慮の結果、新聞に載ったソーン先生の発言を無視することに決めたと四行で回答した。グレシャムズベリーの医者は次に前回の手紙よりもさらにウィットに富み、はるかに厳しい手紙を書いた。この手紙がブリストル、エクセター、グロスターの各新聞に転載されたので、フィルグレイヴ先生は沈黙の雅量を保つことが困難であると悟った。人は威厳に満ちた沈黙のトーガ(4)に身を包み、公的攻撃に対して無関心だと主張するのは時として当をえているが、この種の威厳を維持するのは難しい。新聞に出た敵対者のいんぎんな言葉に回答することなく堪えるのは、スズメバチに猛烈に刺されているのに眉一つ動かさずに椅子に座っているようなものだ。ソーン先生は第三の手紙を書いたが、それは医学にたずさわる血と肉を具えた人には堪えられないものだった。フィルグレイヴ先生は本名ではなく、仲間の医者の名でこれに回答した。それから戦争が楽しく続いた。フィルグレイヴ先生はそれから一時間として心休まる時はなかったと言っていい。グレシャムズベリーのあの若い薬の調合師がどんな人物なのか想像することができたら、フィルグレイヴ先生は朝でも、昼でも、夜でも拒絶なんかしないで相談に応じてやったことだろう。とはいえ、戦争を始めてしまったからには続ける以外に道はなかった。医者仲間からやめるのを認めてもらえなかった。こうしてフィルグレイヴ先生は絶えず戦いの場に引きずり出された。勝てる希望もないのに毎回リングに運びあげられ、敵のパンチの嵐に毎回ダウンするプロボクサーのようなものだった。

しかし、フィルグレイヴ先生はこんなふうに本人は弱くても、州のほぼすべての医者仲間から実質的にも面子的にも支えられていた。一ギニー(5)の診察料、診断はするが薬は売らない原則、医師と薬剤師のあいだにはっきりと境界線を保つ強い決意、とりわけ料金明細書の普及、というか汚染に対する憎悪はバーセットシャーの医者に共通する考え方だった。ソーン先生は地方の医学会を敵に回していたのだ。それゆえ、先生はロンドンに訴えた。『ランセット』(6)は彼に好意的に問題を取りあげたが、『医科学ジャーナル』は反対した。医学会の民主主義的な立場で有名な『週刊外科医』は学界の先駆者として先生を称揚したが、『ランセット』と対立する月刊誌『皮はぎナイフ』は先生を容赦なく攻撃した。戦争は続き、私たちの医者はある程度有名人になった。

先生は医者の経歴上邪魔となる別の問題も抱えていた。しかし、彼が医者の仕事を充分理解していたのは有利に働いた。精力的に仕事に取り組み、良心的に働く決意をしていたのは立派だった。先生は会話の才能、真の仲間づきあいの能力、友情の堅さ、全体的に誠実な気質などの資質に恵まれ、人生に乗り出したとき、大いに助けになった。とはいえ、出発点では個人的な資質も多くが裏目に出た。先生はどの家に入るときも、その家の主人と対等であり、女主人とも対等なのだという確信を抱いて――彼自身しばしばこれを表明した――そこに入った。少なくとも高齢者や特殊な才能の持ち主には敬意を捧げると言った。上流階級に対しても、認知された特権として要求される尊敬を捧げた。それゆえ、忘れていなければ部屋を出るとき、貴族に譲って先に歩かせた。公爵に話しかけるとき、閣下と呼びかけた。自分より大人物には先に話の口火を切る特権を与え、決してなれなれしい態度を取らなかった。しかし、先生はこれ以外に誰にも偉そうな態度を取らせはしなかった。

先生はこういうことをあまりはっきり口に出さなかった。相手との平等を誇らかに主張して上流階級の人々を怒らせることもなかった。ところが、コーシー城で食事をする特権といえども先生にとってはコーシー牧師館で食事をする特権と変わらなかった。口に出してド・コーシー伯爵にそれをはっきり言わなかったとしても、先生の態度にはそれがありあり表れていた。平等を主張する感情的背景はおそらく立派なものだろうし、下の階級に対して取る先生の態度でその主張はかなり正当化されるだろう。とはいえ、こういう問題で世間的に認められた規範に背く決意にはやはりどこか愚かなところがあった。特に先生の心が完全な保守党員であった点を考えると、こんな態度を取るのはひどく愚かなことだった。先生は一目貴族を嫌ったにもかかわらず、それでも貴族院の擁護のため戦うなら、財産も、血も、心も費やしたといって過言ではなかった。

先生はこんな気質の持ち主だったから、完全に理解されるまで、ジェントリー階級の妻たち――ここで患者をえなければならなかった――になかなか取り入ることができなかった。それからまた独特の物腰のせいで女性たちの愛顧をえるのが難しかった。先生は無愛想で、横柄で、食い違ったことを言って放置する癖があり、荒々しかった。もちろん身の回りの物は汚れていなかったが。また、時々まったく理解できない地味な冷やかしに没頭する傾向があった。患者は先生と一緒に笑っていいのか、先生から笑われているのか、よくわからなかった。ある人たちに考えによると、おそらく仕事で呼ばれているとき医者は決して笑ってはならないのだ。

先生が本当の意味で知られたとき、果実の核心に触れられたとき、愛情にあふれ、人を信頼する心の大きさが知られ、理解され、尊重されたとき、あの誠実さが認知され、あの男らしい、ほとんど女性的な優しさが感じられたとき、そのとき先生はやっと医者の仕事にふさわしい人だと認められた。先生はささいな病気に対してたびたびそっけない態度を見せた。そんな治療でもお金を受け取っているのだから、不快な素振りなんか見せなくても仕事はできたはずだ、と人は言うかもしれない。この点先生に弁解の余地はなかった。ところが、本当の苦しみを抱えた患者は誰も先生がそっけないとは思わなかった。病気の痛みでベッドに臥している患者の誰も先生が荒々しいとは思わなかった。

もう一つ不幸な点は、先生が独身だということだった。世の女性たちの考えによると、医者は妻帯者でなければならなかった。私個人としても女性たちがそう考えるのは至極妥当だと思う。男は結婚すると、老女の属性を具えると世の人は感じている。男は結婚すると、一定程度ある種母のような存在になる。女性のやり方や欲求を熟知して、野生的で、攻撃的な、男らしい火花を失うのだ。マチルダのお腹のことやファニーの足のひどくなる痛みについて、若い独身者に話すよりも既婚者に話すほうが容易に違いない。グレシャムズベリーで開業した当初、この障害もかなりソーン先生の前に立ちはだかった。

しかし、先生は当初あまりまわりから必要とされなかった。おそらく彼の野心は強かったのだろうが、せっかちに急いでどうこうという野心ではなかった。この世は牡蠣だった。しかし、こんな状況下にあったから、ただちにランセットでそれをこじ開けてはいけないことを知っていた。パンをえる必要があったので、何とかそれをしなければならなかった。立派な評判を作りあげる必要があったけれど、ゆっくりそれを実現することになりそうだった。消えることのない希望があったうえに、澄んだ眼で期待できる、くじけぬ心で前進できる大きな未来がこの世にあることが先生の魂を満足させた。

グレシャムズベリーに初めて到着したとき、先生は郷士から一軒の家を世話された。その郷士の孫が成人したとき、彼はまだその家に住んでいた。村には禄付牧師館を除いて、広い立派な個人の住宅が二軒あった。牧師館は敷地に堂々と建っていたから、村の住宅より上位に位置するものと考えられた。この二軒のうち小さいほうがソーン先生の家だった。二軒はすでに述べた本通りの直角部分の外側に互いに直角に位置して建ち、二軒とも立派な馬屋と広い庭を備えていた。領地の弁護士兼代理人アンブルビー氏が大きいほうの家を所有していた。これは明記しておいたほうがいいだろう。

ソーン先生はここに十一、二年間まったく一人で、それから姪のメアリー・ソーンと十か、十一年一緒に暮らした。メアリーが常住の住まいとしてこのうちに来て、とにかくうちのなかのたった一人の女主人になったのは十三歳のときだった。この到来が先生の生き方を劇的に変えてしまった。それ以前、先生は根っからの独身者だった。家具は一部屋としてまともに備えつけられていなかった。先生は当初から一時しのぎのやり方をした。それ以外に始め方を知らなかったからだ。別の生活様式を迫られる時が一度も来なかったから、同じやり方を続けていた。食事の時間も、本を置く場所も、服をしまう箪笥も定まっていなかった。貯蔵庫にいいワインを数本持っており、ときどき独身仲間を誘って、[7]一緒に肉の切り身を食べた。しかし、これ以外に彼は家事の心配事にまったく関心を払わなかった。茶こぼし一杯の濃いお茶とパン、バター、卵が先生の朝食として出された。夕方うちに帰り着いたとき、それが何時であろうと、食欲を満たしてくれる食べ物を出してもらうことを望んだ。これに加うるに、もし夜に茶こぼし一杯のお茶が出れば、必要なものすべて、少なくとも要求するものすべてがえられたのだ。

しかし、メアリーが来たとき、いやむしろ来る直前、先生の家の状況は一変してしまった。人々は――特にアンブルビー夫人は――これまでソーン先生のような紳士がいったいどうしたらこんなだらしない生活を続けられるのか不思議に思っていた。今人々は――特にアンブルビー夫人は――再び不思議に思わずにはいられなかった。いったい全体どうしたら先生は十二の小娘が一緒に住むことになるからといって、こんなにたくさん家具を家のなかに入れる必要があったのだろうかと。

アンブルビー夫人の驚きには際限がなかった。先生は家のなかに完全な革命をもたらして、床から屋根まで家全体に完璧に家具を備えつけた。家を借りてから初めて、ペンキを塗り、壁紙を貼り、カーペットを敷き、カーテンを取りつけ、鏡を張り、リンネルを敷き、ブランケットの覆いをした。まるで明日ソーン夫人が一財産抱えてお輿入れするかのようなことを十二の小娘のために見せたのだ。「いったい全体」とアンブルビー夫人は友人のミス・ガッシングに言った。「何を買ったらいいかあの人にどうしてわかったのかしら？」まるで先生は野生動物のように育てられて、テーブルや椅子の本質さえ知らず、応接間の掛け布の優美なひだについては発達した知能を持たないカバと同じような存在であるかのような言い方だった。

アンブルビー夫人とミス・ガッシングをこのうえなく驚かせたのは、先生がそれをうまくやったことだった。先生は誰とも相談しなかったのに――そんなことをあまり吹聴する人ではなかった――、立派に、思慮深く家具を備えつけた。メアリー・ソーンは六年間入っていたバースの学校から帰ってきたとき、完全な楽園を差配する守護神になるよう求められているのがわかった。

先生は老郷士が亡くなる前に跡継ぎに好かれるようになっていたから、グレシャムズベリーの代替わりによる悪影響を受けなかったと言われた。当時それは事実だった。とはいっても、グレシャムズベリーの医療問題がみな円滑に行っていたわけではない。グレシャム氏と先生のあいだには年の差が六、七年あった。グレシャム氏は年の割に若く、先生はその逆だった。それでも二人のあいだには若いころ強い絆ができていた。この絆が一度も切られることがなかったから、これに支えられて先生はレディー・アラベラの砲火に数年間堪えることができた。しかし、雨粒も絶えず落とされると石をうがつ。

ソーン先生の偉そうな態度、加うるに仕事振りに見られる体制転覆的、民主主義的傾向、七シリングと六ペンスの往診、レディー・アラベラの気取りをまったく無視する振る舞い、これらはこの貴婦人にとって堪えがたい苦痛だった。先生はフランクに幼児期の病を切り抜けさせたから、初め母のご機嫌を取った。先生はオーガスタとベアトリスの離乳食にも成功した。しかし、先生の成功がコーシー城の育児原則に背くかたちでなし遂げられたため、先生にはかなり不利に働いた。三人目の娘が生まれたとき、先生は即座にこの子が虚弱で、ひ弱だと断言し、母がロンドンへ行くことを厳しく禁じた。母は赤ん坊を愛していたので従ったものの、それでもこの命令のせいで先生を憎んだ。命令がグレシャム氏の依頼と明確な指示に従って出されたものと母は信じたからだ。それから次の赤ん坊が生まれたとき、先生は育児の規則と田舎のすばらしい空気についてこれまで以上に厳しい指示を出した。こうして争いが生じ、レディー・アラベラは夫のこの医者は結局ソロモンなんかではないと信じるようになった。夫が不在のとき、妻はフィルグレイヴ先生に往診を依頼して、職業上の敵と遭遇しても目の毒とも、威厳の傷とも思う必要はないとほのめかした。そして、フィルグレイヴ先生がとても慰めを与えてくれる先生だとわかった。

それからソーン先生はこんな状況ではもはや仕事でグレシャムズベリーを訪問することはできないとグレシャム氏に説明した。哀れな郷士はこれが避けられないことを知った。隣人として親しいつきあいは維持されたものの、七シリングと六ペンスの往診は終わった。バーチェスターのフィルグレイヴ先生とシルバーブリッジの薬剤師が責任を分担し、コーシー城の育児原則が再びグレシャムズベリーの主流になった。

数年間この状態が続いて、その数年は悲しみの歳月だった。この間に起こった苦しみや病気や死が私たちの先生の職業上の敵のせいだと考えてはならない。もしレディー・アラベラがソーン先生に対してもっと寛容だったら、はかなく散ってしまった四つの命はおそらく救えただろう。しかし、事実は四人とも亡くなってしまった。それから、母の心が女の自尊心に勝ちを占めた。レディー・アラベラはソーン先生の前で謙虚に過ちを認めた。令夫人は身を屈した。もし先生がそれを許していたら、実際に身を屈していたことだろう。しかし、先生は目に一杯涙を浮かべて、彼女の謝罪の言葉を遮り、両手を取り、温かく握ると、グレシャムズベリーの人々みなを愛しているから、そこへ戻れるのはたいへん嬉しいと言って、彼女を安心させた。こうして七シリングと六ペンスの往診が再開された。フィルグレイヴ先生の勝利は終わりを告げた。

先生の復帰によって第二の変化が起こったとき、グレシャムズベリーの子供たちの喜びは大きかった。先生の資質のなかでこれまで述べて来なかったのが子供の扱いの才能だ。先生は子供と話したり、一緒に遊んだりするのが好きだった。一度に三、四人もの子供を背中に乗せたり、一緒に地面の上で転げまわったり、庭で駆けっこをしたり、新しいゲームを考えついたり、とても楽しいとは言えない状況にあっても娯楽を工夫したりした。そして何よりも彼の薬はシルバーブリッジのものほど鼻につかなかった。

先生は子供の幸せについて卓越した理論を持っていた。ソロモンの教え――親は子の死刑執行人になることを絶対に避けるとの考え(8)――を必ずしも放棄する気はなかったが、親の第一の義務は子を幸せにすることだと先生は主張した。人は幸せにならなければならない。できれば将来においても幸せにならなければならないが、今いる子供もその将来を考えるのと同じ熱意で幸せにしてあげなければならない。子供のほうがはるかに簡単に幸せにできるはずだと先生は言った。

「結果がどうなるかわからないのに、現在の苦痛を我慢してまでどうして将来の有利な地歩をえようとももがく必要があろうか?」多くの敵対者が尻尾をつかもうと躍起になっていたとき、こんな奇妙な教義が先生の口から開陳されたのだ。しかし、敵は必ずしもうまく先生の尻尾をつかむことができなかった。「とんでもない!」と分別ある敵は言った。「ジョニーは読むのがいやなら、読書を教えなくてもいいと言うのですか?」「ジョニーはもちろん読まなければならない」と先生は答えた。「しかし、読むのがいやなままでいいはずはないだろ。もし教師に能力があるなら、ジョニーは読めるようになるだけでなく、読むのが好きになるのではなかろうか?」

「しかし」と敵は言った。「子供は統制されなければなりません」「それなら親もそうだろう」と先生は言った。「私は人の桃を盗んではならないし、人の妻と関係を持ってはならないし、人を中傷してはならない。しかし、私はたとえ生来の腐敗のせいでそんな悪徳にふけりたいと願っても、苦痛なく、そんな悪徳から逃れていられる。不幸に思うこともなく、と言ってもいいだろう。子供だって苦痛なく、不幸なく統制できるはずだ」

　こういうふうにどちらも相手を納得させることなく議論は続いた。しかし、このあいだに近所の子供たちはソーン先生が大好きになっていた。

　ソーン先生と郷士は固い親友だったが、長い年月に渡って積み重なる状況が生じて、哀れな郷士は先生に会うのが気まずくなってしまった。グレシャム氏は莫大な借金を抱え、そのうえすでに資産の一部を売り払っていた。何エーカーもの土地が限嗣相続(9)なしに代々受け継がれてきたから、グレシャムズベリーの所有者はこれまでみな資産を好きなように扱うことができた。それが不幸なことにグレシャム家の誇りだった。資産が男子の相続者で分割される怖れはこれまでなかった。時々年下の子供たちの請求に応えるため抵当に取られることもあったが、こういう出費は弁済され、資産は現在の郷士まで債務なしに相続されてきた。今その一部が売り払われ、しかもソーン先生の仲介を通して売り払われた。

　資産の売却は郷士を不幸な人にした。この郷士ほど家名、名誉、古い紋章、地位を愛する人はいなかった。心のなかはどこからどこまで完璧にグレシャムだったが、気迫は先祖に較べて弱かった。彼の代で初めてグレシャム家は壁に突き当たった！　物語が始まる十年前、負債を返済するため巨額の金を調達しなければならなかった。実質的な利益を考えれば、資産の一部を売るのがいちばんいい方法とわかった。価値としては全資産の約三分の一が売却された。

　ボクソル・ヒルはグレシャムズベリーとバーチェスターの中間に位置し、州で最良のヤマウズラの猟場を持つことで知られ、ボクソル・ゴースと呼ばれる有名な狐の隠れ場があることでも、バーセットシャーの狩猟好き連中から高い評価をえていた。そのころ建物なんかなかったボクソル・ヒルはグレシャムズベリーの残りの部分から完全に切り離された。心の内でも、外でもうめき声を発しながらグレシャム氏は売却に同意した。

この土地は最下層からのしあがり、莫大な富を一人で築いたバーチェスター生まれの男に個人契約で売られ、しかもいい値で売られた。この買い手の人となりについてはこのあと少し話さなければならない。この買い手が購入金額に関する助言をソーン先生に依存したことと、この買い手がソーン先生の指示でボクソル・ヒルを――ヤマウズラの猟場とハリエニシダの狐の隠れ場をみな含めて――購入したことを言っておけば今は充分だろう。この買い手はボクソル・ヒルを買うだけでなく、その後土地を担保に多額の金を郷士に貸しつけていくなか、これらすべての取引に先生がかかわっていた。それゆえグレシャム氏は余儀なくしばしばお金のことでソーン先生と相談したり、時々おそらくここでは省略したほうがいいような教えや助言に従ったりするようになった。

ソーン先生についてはこれくらいにしておこう。物語の核心に入る前にミス・メアリーのことをちょっと話しておかなければならない。そうしたらパイ皮がこわれ、パイの中身がお客様に見えるようになるだろう。小さなミス・メアリーは六歳まで農家に預けられていた。次にバースの学校に送られた。それから六年と少したったころ、先生が新しく家具を備えつけた家に引っ越して来た。この子が幼少のころも、先生が義務を忘れていたと思ってはならない。移住する母とした約束の本質を充分すぎるくらいに理解していた。先生は絶えず小さな姪を訪問し、姪が十二歳になるずっと前から母との約束とか、義務とかの意識なしに唯一の身内に対する率直な、私的な強い愛の絆で結ばれるようになった。

メアリーがうちに来たとき、先生は子供のように喜んだ。敵を吹き飛ばすため地雷を工夫するかのように、用心と苦労を重ねつつ姪のため取って置きの奇襲を用意した。姪をまず診察室に連れて行き、それから台所、食堂、そのあと二つの寝室などに行き、最後に新しい壮観な応接間に案内した。先生はちょっとした冗談で期待を高めて、姪の許可なくこの最後の楽園に入る勇気はない、しかもブーツを脱いでしか入れないと言った。彼女は子供だったが、この冗談を理解すると、小さな女王のようにその冗談を受けて振る舞った。二人はすぐ固い絆の親友になった。

メアリーは女王であるとはいえ、教育を受けなければならなかった。当時レディー・アラベラは先生に身を屈した初期のころで、恭順の意を表すためオーガスタとベアトリスとともに音楽の指導を受けるようにメアリーをお屋敷に招待した。音楽の先生はバーチェスターから週三回やって来て、三時間指導した。もし先生が姪を送って寄こす気があるなら、その子は指導されるなかから支障なく学ぶことができる。そうレディー・アラベラは言った。先生はたいへんありがたいと思い、ためらうことなくその申し出を受け入れた。ただ音楽の先生、シニョール・カンタビリとは個別に取り決めをしたほうがいいとだけつけ加えた。ミス・グレシャムらの音楽指導に彼の小さな娘の参加を認めてくれたことでレディー・アラベラに大いに感謝した。

レディー・アラベラがすぐかっと怒ったことは言うまでもないだろう。シニョール・カンタビリと取り決めをするって！　いいえ、いけません。私に任せなさい。ミス・ソーンのための取り決めに出費なんかあってはなりません！　しかし、ここでもたいていのことと同じように先生が主張を通した。令夫人は屈服の時期だったから、別の機会ならやったはずの派手な喧嘩ができなかった。こうして彼女が大いに気を悪くしたことには、自分の教室で自分の娘たちとメアリー・ソーンが支払いに関しては同じ条件で音楽を学ぶことになったのだ。できあがった取り決めが破棄されることはなかった。特にその若い娘にまったく不愉快なところがなかったうえ、ミス・グレシャムらがその娘をたいへん気に入ったからだ。

こうしてメアリー・ソーンはグレシャムズベリーで音楽を学び、その他のこと、つまり同年の娘たちのなかでの振舞い方、若い淑女たちがする話し方、着飾り方、振る舞い方、歩き方も学んだ。物覚えが早かったから、彼女はお屋敷でそれらすべてを難なく身につけた。グレシャムズベリーではフランス人女性家庭教師が常に部屋にいたので、フランス語もかなり学んだ。

それから数年後、禄付牧師と妹がやって来た。後者からメアリーはドイツ語を学び、フランス語も教わった。先生自身からも多くを学んだ。読書用のイギリスの書物の選択とか、いくぶん先生の考え方に近い――女性らしい柔軟な精神によって緩和された――思考習慣とかだった。

メアリー・ソーンはこんなふうに教育を受け、成長した。彼女の容姿について著者として何か述べる必要があるだろう。私の女主人公だから、それなりにたいへん美しくなければならない。とはいえ、本当のことを言うと、彼女の精神、内なる資質のほうが外形や容貌よりもはっきり私の脳裏に浮かんでいる。私が知っていることを列挙しよう。彼女は決して背が高いほうではなく、人目を引くこともなかった。手足は小さく繊細。瞳は覗き込むと輝いていたが、まわりの人にはっきりと見えるほど煌めいてはいなかった。髪は暗褐色で、前髪はブラシをかけられただけで額に垂れていた。唇は薄く、口はおそらく全体的に表情に乏しかった。とはいえ、会話に熱中したとき、それは驚くべき活力を具えた曲線で活き活きと動いた。物腰は穏やかで、いつも見せる外見は地味で、内気なのだけれど、興奮すると、彼女を知らない人たちを、そう、時にはよく知っている人たちをも驚かせる活力で話すことができた。活力！　いや、むしろ情熱的集中だった。そのとき話している話題以外のすべての配慮を瞬間的に完全に忘れさせる集中力だった。

先生を含めて彼女の友人たちみながこの激しい個性によって時々不幸な気持ちを味わう一方、まさしくその激しさのせいでやはり彼女を愛した。この激しさのせいで、彼女は一度グレシャムズベリーの教室から追放されそうになったが、結局事件は教室にとどまりたいという彼女の主張を強めるかたちで終わったから、レディー・アラベラもそれに反対したいと思っても、反対することができなかった。

新しいフランス人女性家庭教師がグレシャムズベリーに最近やって来て、レディー・アラベラのお気に入りになったか、なろうとしていた。この人は女性家庭教師が備えるべきあらゆる才芸を身に着け、城の被保護者でもあった。グレシャムズベリーの用語では、城というのは常にコーシー城を意味した。この直後オーガスタ・グレシャムの高価なロケットがなくなった。フランス人の女性家庭教師は教室でそれを身に着けるのを認めなかったから、それは若い使用人、領内の小農家の娘によって寝室へ持って行かれた。ロケットはなくなり、しばらく立ってかなりの騒動のあと、女性家庭教師の努力によってイギリス人使用人の持ち物のなかから発見された。レディー・アラベラの怒りは大きく、娘の無実の叫びも大きかった。娘の父の悲しみは無言で、娘の母の涙は哀れを誘ったが、グレシャムズベリーの審判は無慈悲だった。しかし、メアリー・ソーンの意見を世間一般のそれと分かつ何かが起こった。今のところそれが何かは重要ではない。そしてメアリーは思い切って意見を述べ、面と向かって女性家庭教師を盗みの罪で非難した。二日間メアリーは農家の娘と同じ程度に面目を失っていた。ところが、彼女は恥辱のなか、静かにすることも、口をつぐむこともなかった。レディー・アラベラが聞く耳を持たなかったので、彼女はグレシャム氏のところへ行った。伯父に事件に介入するように強いた。教区の有力者を一人ずつ彼女の味方につけると、ついにマドモアゼル・ラロンをひざまずかせ、事実を白状させた。そのときからメアリー・ソーンはグレシャムズベリーの借地人たち、特に一軒の小さな家の人々に慕われる存在になった。その家の荒々しい口調の父がしばしばミス・メアリー・ソーンのためなら、刑事にでも、判事にでも、公爵にでも、悪魔にでも立ち向かうぞと言っているという。

こんなふうにメアリー・ソーンは先生の眼差しのもとで成長した。私たちの物語の最初の部分で、彼女はグレシャムズベリーに招かれた世継ぎの成人式の客となった。彼女自身がそのころやはり成人に達していた。

註

（1）ローマの医術の神。ギリシア神話ではアスクレーピオスと呼ばれ、アポロの子。
（2）「マタイによる福音書」第六章第三節。
（3）半クラウンは二シリング六ペンス。
（4）古代ローマ市民が身に着けたゆるやかな外衣。
（5）二十一シリング。
（6）実在した週刊医学誌。
（7）残った紅茶やコーヒーをあけるための容器。
（8）「列王紀上」第三章にソロモンが一人の子を二つに裂いて二人の母に与えようとしたとき、その子を殺さないよう願った母に子を与えたという記述がある。
（9）直系卑属の一人だけに相続させ、財産（特に不動産）を分散させないための制度。

第四章　コーシー城からの教訓

若きフランク・グレシャムの誕生日は七月一日だった。ロンドンの社交シーズンはまだ終わっていなかったが、ド・コーシー卿夫人はこの世継ぎの成人式に栄誉を添えるため、何とかやりくりして田舎に戻って来た。アミーリア、ロジーナ、マーガレッタ、アリグザンドリーナ令嬢に加えて、その行事に参加できるジョンやジョージ令息を引き連れていた。

レディー・アラベラは今年ロンドンで十週間すごそうと企てていたところ、その期間を少し延長して、社交シーズンということにした。そのうえ令夫人はとうとうポートマン・スクエアの客間にとても華麗に家具を備え直すことができた。彼女はオーガスタの急を要する歯の治療を口実に――若い女性の歯はこういうふうに価値あるものだ――ロンドンに上京した。心から望んでいた新しいじゅうたんの購入許可をえていたから、その許可を巧妙に利用して、六百か七百ポンドだったじゅうたん職人の請求書をさらにつりあげてしまった。令夫人はもちろん自分用の馬車と馬を持っていた。娘たちはもちろん外出したから、お返しにポートマン・スクエアにお客を招待することがどうしても必要だった。全体的に見て、十週間は不快ではなかったし、費用がかからないわけではなかった。

ディナーの前の秘密の数分間、ド・コーシー卿夫人と義妹は後者の化粧室に一緒に座って、郷士の物わかりの悪さについて議論していた。郷士がロンドンの妻の行動の愚かさについて――郷士はおそらくもっと強い言葉を使った——普通以上に厳しい態度を取ったからだ。

「何ということかしら！」伯爵夫人は熱意を込めて言った。「郷士は何が望みなのでしょう？　あなたにどうしてほしいのかしら？」

「夫はロンドンの家を売りたがっています。私たちをみんなここに埋もれさせたいのです。私はロンドンにたった十週間しかいませんでしたのに」

「娘たちの歯を見栄えよくしてもらうにはやっとの日数よね！　でも、アラベラ、郷士は何て言ったの？」ド・コーシー卿夫人は事実関係を正確に知って、できることならグレシャム氏が本当に貧しいのか、たんに貧しい振りをしているのか確かめたいと思った。

「ええと、夫が昨日言っていたのは、もうロンドンへ行くことを許さないとか、請求書に支払いをしたうえこの家を維持していくことはできないとか、それから——」

「それから何？」と伯爵夫人。

「ええと、かわいそうなフランクを完全に破産させるつもりはないとか」

「フランクを破産？」

「夫はそう言ったのです」

「けれど、アラベラ、そんなひどい状態じゃないのでしょう？　いったいどんな理由があってあの人は借金をするのです？」

「夫はいつも三つの選挙のことを言っています」

「けれど、あなた、ボクソル・ヒルが借金を完済したはずでしょう。もちろんフランクにはあなたが嫁入りしたときほど収入はありません。それはみなが知っています。父以外の誰のおかげでそうなったのでしょう？　けれど、ボクソル・ヒルが借金を完済したはずでしょう。いったい今財政的に難しい理由なんかあるかしら？」

「あのいやな猟犬よ、ロジーナ」アラベラはほとんど涙目になって言った。

「そうね、猟犬をグレシャムズベリーに入れることに私は反対しました。人がいったん家の資産を預かったら、不必要な出費を絶対にしてはならない。それがグレシャムさんが覚えておかなければならない黄金律のはずです。確かにほぼ同じことをグレシャムさんに言ったのに、あの人は私が言うことを礼儀正しく聞くことはなかったし、これからも受け入れそうにありません」

「わかります、ロジーナ、夫は一度も受け入れませんでした。けれど、ド・コーシー家の人々がいなかったら、夫はいったいどうなっていたかしら？」レディー・アラベラは感謝を込めて語気強く言った。しかし、本当のことを言うと、ド・コーシー家の人々がいなかったら、グレシャム氏は見渡す限りの土地の王者としてボクソル・ヒルの頂上に今この瞬間立っていたことだろう。

「今言ったように」と伯爵夫人は続けた。「私は猟犬をグレシャムズベリーに入れることに反対しました。けれど、ねえ、猟犬はあれだけのものは食べ尽くせませんよ。年収が一万ポンドあれば、特に寄付もあるわけですから、猟犬が飼えないはずはないでしょう」

「夫によると、寄付はあってないようなものなのだそうです」

「それがおかしいのよ、あなた。それで、アラベラ、郷士はお金を何に使っているの？――そこが疑問よね。賭け事？」

「ええと」とレディー・アラベラはたいそうゆっくり答えた。「夫が賭け事をするとは思いません」もし郷士が賭け事をしていたら、とてもずるくやっていたに違いない。というのは、彼はめったにグレシャムズベリーを出なかったし、賭け事師ふうの客を迎えるようなことも日ごろなかったからだ。「夫が賭け事をするとは思いません」レディー・アラベラは賭け事という言葉を強調した。夫は賭け事という罪をお目こぼしによって免れるとしても、おそらく文明世界で知られるほかのすべての罪を免れることはできない、とでも言うかのようだった。

「郷士がお金を使ったのはわかっています」とド・コーシー卿夫人は疑い深そうな、小利口な表情を浮かべて言った。卿夫人には夫の金使いの荒さを嫌う充分な理由が自分の家庭内にあったからだ。「郷士がお金を使ったのはわかっています。それから、男がいったん使い始めたら、やめさせることなんかできないのです」

「けれど、夫が使っているとしても、私にはわかりません」とレディー・アラベラ。

「お金は、あなた、どこかになくなっているに違いないのです。あなたがこれとか、あれとか、日常生活の必需品をほしがるとき、郷士はどんな言い訳をしますの？」

「言い訳はしません。ときどき所帯が大きいからって言うくらいです」

「それがおかしいのよ！　娘たちにはお金がかからないから、フランクしかいない。フランクにもお金がかかるはずがない。郷士はボクソル・ヒルを買い戻すお金を貯めることができるかしら？」

「いえ、いえ」とレディー・アラベラはすぐ答えた。「夫は何も貯めていません。私にはけちなくせに、貯めたことはないし、貯めることもありません。夫がひどくお金に困っていることはわかっています」

「それじゃあ、お金はどこへ行ったのです？」ド・コーシー伯爵夫人は決然とした表情で言った。

「誰にもわかりません！　今オーガスタが結婚するところですから、私は数百ポンド持っておく必要があって、それを出してくれるように言ったとき、夫がどんなうめき声をあげたかあなたが聞けたらよかったのに。お金がどこへ行ったか、神のみぞ知ることです！」心傷ついた妻は上質のカナキンのハンカチで悲しみの涙を拭った。「私には貧しい男の妻の苦しみと欠乏ばかりがあるのに、何の慰めもないのです。夫はまったく私を信頼していません。私に何も言わないし、自分のことも話さないのです。夫が誰かに話すとすれば、それはあのぞっとする医者に向かってです」

「何ですって！　ソーン先生？」ド・コーシー伯爵夫人は今ソーン先生を神聖な憎しみで憎んだ。

「そう、ソーン先生。先生は残さず知って、助言もしていると思います。哀れなグレシャムがどんな難しい事態を抱えるとしても、ソーン先生がその原因になったと思います。そう信じますのよ、ロジーナ」

「まあ、それは驚きねえ。グレシャムさんにはたくさん欠点があるけれど、紳士なのだから、自分の問題をあんな低級な薬剤師にどうして話せるか私には想像もつきません。ド・コーシー卿は必ずしも私にとって理想の夫ではなかったし、むしろ理想からはほど遠かったけれど」ド・コーシー卿夫人は義妹が受けたよりもはるかに重大な傷を夫から受けたことを胸中想起していた。「コーシー城でそんなことがあったためしはありません。きっとアンブルビーはすべて知っているのでしょう？」

「先生の半分も知ってはいません」とレディー・アラベラ。

伯爵夫人はゆっくり首を横に振った。あんなに立派な資産を持つジェントリーのグレシャム氏が田舎医者を相談役にしていると考えると、神経に堪えられないほど大きなショックだったから、落ち着きをとりもどすまで、しばらく黙って座っていなければならなかった。

「とにかく一つだけは確かです、アラベラ」伯爵夫人は命令口調で適切に助言が与えられるほど落ち着いたと思うとすぐ言った。「とにかく一つだけは確かですね、もしグレシャムさんがあなたの言う通り借金で首が回らないのなら、フランクにはたった一つの義務しか残されていません。あの子はお金と結婚しなければなりません。年収一万四千ポンドの世継ぎなら、グレシャムさんがしたように、あなた、いい家柄を捜すことに血道をあげていいし」――レディー・アラベラはいつも自分を美人と思っていたから、この発言をお世辞とは受け取らなかったようだ――「あるいはある人たちのように美人を捜すことに血道をあげてもいい」と、伯爵夫人は現在のド・コーシー伯爵がした選択のことを考えて続けた。「けれど、フランクはお金と結婚しなければなりません。あの子には早くこれを理解してほしいのよ。馬鹿なことを仕出かす前に理解させなさい。あの子がこれをまるまる受け入れて、周囲の人が何を求めているか知るとき、そのとき、あの子は義務を重荷とは感じなくなるはずです。ほかに選択肢がないことにフランクが気づいてほしい。あの子の立場ではお金と結婚するしかありません」

しかし、ああ！　ああ！　フランク・グレシャムはすでに馬鹿なことを仕出かしていた。

「なあ、君、せいぜい楽しんでくれ」ジョン令息はいとこの背中を平手で叩いて言った。ディナーの前に令息がいとこと一緒に馬屋の庭に入ったときのことだ。二人は特別立派に飼育されたセッターの子犬――フランクの誕生日の贈り物――を詳しく調べようとしていた。「ぼくも長男ならよかったのに。みながみなこんな幸運をえることはできないからね」

「貧乏郷士の長男よりも伯爵の末息子のほうがいいと思わない人がいるのかな？」いとこの親切にフランクは礼儀正しく答えたかった。

「ぼくは思わないな」とジョン令息が言った。「ぼくにいったいどんなチャンスがあるっていうんだい？　馬のように体力のあるポーロックがいて、その次にジョージがいる。そのうえ親父はこの二十年健康そのものなんだ」この若者はいちばん親しいこういう人たちが亡くなり、邪魔にならなくなって、伯爵の宝冠と財産という甘い喜びを残してくれる可能性がどれほど小さいか考えて、溜息をついた。「ところが、君はきっといつか獲物を手に入れる。君には兄弟がいないから、郷士はきっと君に好きなようにさせてくれる。それに郷士はぼくの親父より若いとはいえ、親父のように壮健ではないから」

フランクはこれまで自分の運命をそんなふうに見たことがなかった。奥手で、世間知らずだったから将来の見込みがそんなふうに示されてもあまり嬉しくなかった。しかし、ド・コーシー家のいとこたちは親しくしていればたいへん役に立つと教えられていた。それで、気分を害したけれど自分を抑えて、話題を変えた。

「バーセットシャーの次の狩りに参加しないかい、ジョン？　来てほしいんだ」

「ちょっと、わからないな。あまりおもしろくないからね。ここは耕作地と森ばかりで。ぼくはヤマウズラの狩猟が終わったらレスターシャーへ行こうと思っている。どんな馬で走るつもりなんだい、フランク？」

フランクは答えるとき、顔を少し赤らめた。「うん、二頭いる。この二年間飼っている雌馬と、今朝父がくれた馬と」

「何だ！　たった二頭かい？　あの雌馬はポニーみたいなものじゃないか」

「手幅(1)で十五はあるよ」フランクは少し腹を立てて言った。

「ねえ、フランク、ぼくならこういうことには堪えられないな」とジョン令息は言った。「何だ！　訓練を受けていない馬とポニーの二頭で州の狐狩りに出かけるなんて。グレシャムズベリーの世継ぎの君が！」

「十一月までにあいつをちゃんと訓練させるから」とフランクは言った。「バーセットシャーのどの馬にも負けないほどにね。ピーターによると」――ピーターはグレシャムズベリーの馬丁だった――「あいつは後ろ足を美しく引きあげるんだ」

「老ポニーをどうしても雌猟馬だと言うなら、二頭かもしれないが、一頭や二頭の馬で狩りに出かけようなんて誰がそんな気になるんだろう？　ちょっと悪戯をしかけてみよう、君にね。それに堪えられたら、何にでも堪えられる。君が一生親の厳しいしつけにはまっていたくなかったら、今こそそれを示す時だ。去年成人した若いベイカー――ご存知ハリー・ベイカー――がいる。あいつは誰もがほれ込む立派な馬、四頭の猟馬と一頭の乗用馬を持っている。さて、もし老ベイカーが年収四千ポンドとするなら、息子はそのほぼ全額を受け取っているわけだね」

これは本当の話だったから、フランク・グレシャムはその朝父から馬の贈り物をもらって喜んだけれど、自分には充分なことがなされていないと感じ始めた。

ベイカー氏がたった年収四千ポンドしかないというのは事実だったが、息子が一人っ子で、維持していく大きな屋敷もなく、借金は一シリングもないというのも事実だった。また、ベイカー氏が一人息子に金持ちの気まぐれを残さず真似させる親馬鹿だというのも事実だった。それでも、フランク・グレシャムは自分の立場を顧みて、粗末に扱われていると感じた。

「自分の問題として考えてみろよ、フランク」ジョン令息は相手に与えた手応えを見ながら言った。「君の親父はもちろんあんな馬屋の状態で息子を満足させられないのはよくわかっている。君には気の毒だな！　君の親父はぼくの叔母と結婚したとき、ほぼ今の君の年齢だったと聞いているよ。そのとき州でいちばんの種馬を持っていたとも、二十三歳になる前に国会議員だったとも聞いている」

「祖父がとても若くして亡くなったからね」とフランク。

「そう、君の親父はみながえられるわけではない幸運に恵まれていたんだな。だけど、君の場合も――」

若いフランクの顔は赤くなるのではなく暗くなった。いとこが二頭ではなく、もっとたくさん馬を自分用に持つ必要があると意見したとき、話に耳を傾けていたが、同じ忠告者が父の死を思いがけない幸運として話そうとしたとき、気分を害して、とても無関心に聞き流すことができなかった。何と！　父のことを思うとき、フランクはこんなふうだったのだ。息子が近づくとき、父はいつもその顔を喜びで輝かせたが、ほかのときに父がそんなに顔を輝かせることはなかった。父を子細に観察していたから、これに気づいていた。父が息子のことをいかに楽しみに思っているか知っていた。父が多くの困難を抱えており、息子が一緒にいるときにそのいやな思いを忘れようとしていると推察できるところがあった。フランクは父を心から、純粋に、存分に愛しており、父と一緒にいたいと思い、父の相談相手になることに誇りを感じていた。いとこが父の死を思いがけない幸運として話すのをそんなフランクが黙って聞いていられるわけがなかった！

「父さんの死が思いがけない幸運だなんてぼくには考えられないね、ジョン。いちばん大きな不幸だと思う」

若者が道徳原理を説教調で話すとき、普通の善良な感情を表明するのでさえどこか滑稽な感じがしたり、どこか変に仰々しい態度のように思われたりするものだ。

「ああ、もちろんだね、君」とジョン令息は笑いながら言った。「それは当然のことさ。言わなくてもそれはわかっている。もちろんポーロックも親父について同じように感じているよ。だけど、たとえ親父が幽霊になって出て来たとしても、年収が三万ポンドあったらポーロックは楽々我慢できると思う」

「そのときポーロックがどう振る舞うかぼくにはわからない。彼がいつも父親と口論しているのを知っている。ぼくは意見を直接言っても、父さんと口論したことはないし、口論なんかしたいとも思わない」

「わかったよ、君は親の言いなりなんだ、わかった。あえて言えば、君はまだそんな目にあっていないからさ。もしそんな目にあったら、六か月もたたないうちにグレシャムズベリーの主人になるのはすばらしいことだとわかるだろう」

「父さんが亡くなるのが条件なら、それがすばらしいなんて思わないね」

「わかった、それでいい。親父がくたばったとき、グロスターシャーのハザリー・コートのハザリーがしたように君が振る舞うこともないだろう。ハザリーは知っているかい?」

「いえ、その人には会ったことがない」

「その人は今サー・フレデリックになり、平民としてはイギリスでいちばん立派な財産を持っているか、持っていたかなんだ。その財産を今はほとんどなくしてしまったがね。それでね、親父の死を聞いたとき、そいつはパリにいたんだが、特急と駅馬車が運べるだけ早くハザリーへ急いで、やっと葬式に間に合った。教会からハザリー・コートに戻ると、ドアの上に忌中紋章が掲げられているところで、フレッド君は葬儀屋がその下に「レサーガーム」を取りつけているのを見た。どういう意味かわかるかい?」

「ああ、知っているよ」とフランク。

「『我よみがえらん』さ」とジョン令息はいとこにラテン語を説明して言った。「『いや』とフレッド・ハザリーは忌中紋標を見あげながら言ったんだ。『親父、もしあんたがよみがえったら、むしろ呪わしい。そんなことになったら、冗談がきつすぎる。何とかしよう』それから、彼は夜起きると、仲間を引き連れて、ドアの上によじ登り、「レサーガーム」を塗りつぶして、そこに「レクイエスカート・イン・パーケ」(2)と書いた。これは君も知っているように『今いる場所にとどまっていてくれるほうがずっといい』という意味さ。これはなかなかいけていると思う。フレッド・ハザリーは確かに、疑いもなく、確実にそれをやったんだ」

フランクはその話、特に葬儀屋の標語をいとこが訳す訳し方に笑いをこらえることができなかった。それから二人はディナーに備えて着替えるため、馬屋から家へぶらついた。

ソーン先生はグレシャム氏の求めに応じて、ディナーの少し前にこの家にやって来て、郷士とともにいわゆる書斎に座っていた。その間、メアリーは上の階で娘たちと話をしていた。

「二万か、一万二千ポンド必要なんだ。最低でも一万ポンド」と郷士は言った。彼は散らかった机の近くのいつもの肘掛け椅子に座り、頭を片手で支えていたが、その日成人を迎えた世継ぎの財産持ちの父にはとても似つかわしくない様子だった。

七月一日のことだから、もちろん暖炉に火はなかったが、それでも先生は暖炉を背にして、両腕で上着の裾まくって立っていた。今は夏だというのに冬よくそうするように、まるで話すことと背を暖めることを同時にやっている格好だった。

「一万二千ポンド！　それは大金ですね」

「一万ポンドと言ったんだ」と郷士。

「一万ポンドだって大金です。彼は間違いなく貸してくれます。スキャッチャードは貸してくれる。しかし、権利証書をほしがると思います」

「何！　一万ポンドにかい？」と郷士は言った。「彼とアームストロング以外に抵当に入れた借金はないだろ」

「しかし、彼への借金はもう多額になっていますから」

「アームストロングへの借金は無視していい。だから、およそ二万四千ポンドくらいだろ」

「ええ、しかし彼が筆頭の債権者ですよ、グレシャムさん」

「なあ、借金が何だというんだい？　あなたの話を聞くと、グレシャムズベリーには何も残っていないように聞こえるよ。二万四千ポンドが何だというんだ？　スキャッチャードは地代総収入がどれくらいか知っているのかい？」

「ええ、ええ。彼はよく知っています。知っていななければいいんですがね」

「なあ、それなら、数千ポンドくらいでどうして騒ぎ立てるんだい？　権利証書がほしいなんて、本当に！」

「先へ進む前にすでに貸しつけたところまでを確実にしておきたいって、彼は言いたいんでしょうね。あなたがあれ以上の借金をする必要がなければよかったんですが。昨年決着が着いたものと思っていました」

「まあ、そっちに問題があるんなら、アンブルビーが引き受けてくれるだろ」

「それはそうですが、それはきわめて高くつきますよ」

「権利証書のことなんか持ち出されるくらいなら倍でも払ったほうがましだな」郷士は怒ってそう言い、椅子からあわただしく立ちあがると、ズボンのポケットに手を突っ込んで、窓辺にすばやく歩み寄ったあと、急にまた戻って、再び椅子のなかに身を投げ入れた。「男には堪えられないことがいくつかあるんだ、先生」彼は片足を貧乏揺すりしながら言った。「しかし、今は辛抱しなければいけないとわかっている。わしはいやというほどたくさん辛抱するように強いられているからね。スキャッチャードの申し出には感謝しているが、今回は彼の世話になるつもりはないと伝えてくれ」

郷士がささやかな怒りを噴出しているあいだ、先生は黙ったまま背を暖炉に向け、上着の裾を両腕でまくって立っていた。何も言わなかったにもかかわらず、表情は多くを物語っていた。先生はすこぶる悲しんでいた。郷士がこんなにも早く再び金欠に陥ったこと、しかもこの金欠が郷士を苦々しい、不誠実な気持ちに駆り立てていることがわかって、深く悲しんでいた。グレシャム氏から当たられたとしても、口論はすまいと決めていたから、反論を控えた。

郷士も数分間黙っていたが、沈黙の才は授けられていなかったから、まもなくまた口を開いた。「かわいそうなフランク！」と彼は言った。「あの子に損失さえ残さずにいられたら、わしもこれから先安らかな気持ちでいられたのに。かわいそうなフランク！」

先生は炉辺の敷物から数歩前に進み出ると、ポケットから片手を出し、郷士の肩に優しく置いた。「フランクはちゃんとやっていきますよ」と先生は言った。「人が幸せになるのに必ずしも一万四千ポンドが必要というわけではないですからね」

「父はわしに資産を手つかずのまま遺してくれた。わしはそれをそのまま息子に遺す義務があったんだ。あなたはそれがわかっていない」

先生はその気持ちがよくわかったが、郷士のほうは先生と長くつき合ってきたのに、実際には先生を理解していなかった。「あなたが全部息子に遺すことができたらいいと思いますよ、グレシャムさん」と先生は言った。「あなたが幸せになれるようにね。しかし、それは不可能なのです。それで、もう一度言うと、たとえ年一万四千ポンドを受け継ぐことにならなくても、フランクはちゃんとやっていけるとね。私はあなたにもできれば同じように考えてほしいのです」

「ああ！　あなたにはわからんな」と郷士は言い張った。「こんな目にあったとき、人がどんなふうに感じるか、あなたには――。ああ、もう！　言っても元に戻らないことであなたを困らせても無駄だな。アンブルビーがこのあたりにいるか知りたい」先生はまた背を暖炉に向けると、両手をポケットに入れて立った。

「入って来るとき、アンブルビーを見なかったかい？」と郷士は再び尋ねた。

「ええ、見ませんでした。もしあなたが私の忠告を聞いてくれるなら、とにかくこのお金に関しては、アンブルビーに会わないほうがいいと思いますよ」

「いいかい、わしは誰からか金を借りなければならないんだ。スキャッチャードは貸してくれそうもないとあなたは言う」

「いや、グレシャムさん、そうは言っていません」

「いや、そう言った。オーガスタが九月に結婚するから、お金が必要なんだ。わしはモファットに六千ポンド渡すと約束して、現金で六千ポンドやることにしている」

「六千ポンド」と先生は言った。「なるほどあなたが娘さんに持たせられるのはせいぜいそれくらいですね。しかし、五人掛ける六は三十です。三万ポンドを出すのはたいへんですよ」

年下の娘たちはまだ子供だったから、持参金を揃える苦労はしばらくあとのことだと郷士は考えていた。一日の苦労はその日一日だけで充分だ[3]。

「モファットは欲張りで、金に飢えたやつだ」と郷士は言った。「オーガスタはあいつが好きなんだろ。お金に関しては、二人はお似合いだと思う」

「もしミス・グレシャムが相手を愛していれば、それでいいと思います。私はあの男が好きじゃないが、私は若い女性じゃありませんから」

「ド・コーシー家の者はあいつが大好きでね。ド・コーシー卿夫人はあいつが完璧な紳士だと言って、ロンドンでは高く評価していた」

「へえ！　ド・コーシー卿夫人がそう言うなら、もちろんその通りなのでしょう」先生はひそかに皮肉を込めて言ったのに、郷士にはまったく通じなかった。

郷士はド・コーシー家の者がみな嫌いで、特にド・コーシー卿夫人が嫌いだった。それでも伯爵夫妻との姻戚関係にはある程度満足を味わっていた。郷士は一族の偉大さを支えたいとき、時々弱々しくコーシー城の威信を拠りどころにした。貴族の親類の気取りを決まって鼻であしらったのは妻と話すときだけだった。

二人の中年男はこのあとしばらく黙ったままでいた。それから先生は書斎に呼び出された本題に話を戻すと、スキャッチャードは今この地方に来ていると言い——郷士を傷つけたくなかったので、ボクソル・ヒルにいることには触れなかった——、会いに行って、この借金の問題がどんな方法で解決できるか確かめたいと話した。スキャッチャードがアンブルビーを通して手に入れるよりも低い金利で、必要な全額を提供してくれることは疑いないとも言った。

「よろしい」と郷士は言った。「それじゃああなたに任せよう。一万ポンドで間に合うよ。さて、わしはディナー用に着替えることにしよう」それから先生は郷士を残して去った。

もしかすると読者はこのことから先生が郷士の借金を取り決める際、金銭的利益をえたと考えるか、もしくは少なくとも郷士がそう思ったに違いないと考えるだろう。とんでもない。先生はそんな利益をえることもなければ、郷士も先生が少しでも利益をえているとは考えなかった。ソーン先生がこの問題で動いたのは愛情から出たことだった。ソーン先生が愛情から動いたと、郷士はよく知っていた。しかし、グレシャムズベリーの郷士はグレシャムズベリーでは大人物だった。村医者と問題を議論するとき、郷士としての尊大さを維持する義務があった。とにかくド・コーシー家との交際からそれくらいのことは学んでいた。

先生は誇り高く、横柄で、矛盾に満ち、強情だったというのに、どうしてこんなふうにあしらわれて堪えることができたのか？　グレシャムズベリーの郷士が借金や貧困と苦闘しているとき、自分の弱さに甘える必要があることを先生は知っていたからだ。もしグレシャム氏が楽な暮らし向きにあったら、先生はポケットに両手を突っ込んで、落ち着いて立って、アンブルビー氏がこんなふうに踏みつけにされるのを許しはしなかっただろう。先生は郷士を古い友人として愛した。とはいえ、たとえグレシャムズベリーが好調だったとしても、そういうときの郷士よりも逆境にある今の郷士を先生は十倍も深く愛した。

こういうことが階下で進行しているあいだ、メアリーが階上の勉強部屋にベアトリス・グレシャムを訪ねていた。いわゆる古い勉強部屋は今居間になっており、家族のなかの成人した若い女性用に使われていた。一方、古い子供部屋の一つは今現代的な勉強部屋になっていた。メアリーはこの聖所への道をよく知っており、伯父が郷士のもとへ向かうと、誰に聞くこともなくこの部屋にあがって行った。部屋に入るとき、オーガスタとアリグザンドリーナ令嬢もそこにいるのがわかって、ドアのところで一瞬ためらった。

「入っておいで、メアリー」とベアトリスが言った。「いとこのアリグザンドリーナは知っているよね」メアリーは部屋に入ると、二人の友人と握手を交わしてから、令嬢にお辞儀をした。令嬢は高貴な手を差し出して、ミス・ソーンの指に触れた。

ベアトリスはメアリーの友人だった。この若い女性はこの友情に溺れたことで、母に多くの不満や心配を味わわせた。しかし、ベアトリスはいくつかの欠点を抱えるものの、根っから誠実な人だったから、そんな愛情は不適切だと母から頻繁に苦言を呈されたにもかかわらず、メアリー・ソーンを愛し続けていた。

オーガスタもミス・ソーンと交際していた。オーガスタはド・コーシー流の横柄さを具えた意志の強い娘だったが、それをいろいろなかたちで表すなかで母に反抗することもよくあった。この家のなかでこの娘だけがレディー・アラベラから敬意を表されていた。オーガスタは今財産持ちの男性――伯母の伯爵夫人から似合いの相手として確保された男性――と良縁を結ぼうとしていた。彼女はモファット氏を愛しているような振りをしなかったし、したこともなかったが、父の現在の火の車状態ではこういう縁組が好都合なのだとわきまえていた。モファット氏は財産持ちで、国会議員で、仕事に熱心で、あらゆる点で推薦できる若者だった。なるほど彼はいい家柄の出ではなかったので、それが惜しまれた。オーガスタはモファット氏の出自を告白したとき、仕立屋の息子とまでは言い出せなかった。しかし、それが厳粛な事実だった。彼はいい家柄の出ではなかったから、やはりそれが嘆かれた。しかし、グレシャムズベリーの現在の火の車状態ではどこかで感情を二の次にする必要があることを彼女はよく理解していた。モファット氏は財産をもたらし、彼女は家柄と縁故をもたらす。彼女自身が認めたように、提案された将来の提携に夫よりも提供するものが多いと考えたから、胸中に輝く強い誇りを感じていた。

ミス・グレシャムが結婚について親しい友人やいとこたち、たとえばド・コーシー家の娘たちや、ミス・オリエル、妹のベアトリスやメアリー・ソーンにも話したのはこういう事実だった。情熱はないと認めていたとしても、いい選択をしたと彼女は思っていた。愛情あふれるロマンスの振りをすることはなかったとはいえ、モファット氏の申し出を受け入れた点でいい判断をしたと思っていた。彼女はそう自分に言い聞かせて、かなり心に充足を感じつつ、家具や馬車や服を選ぶ仕事をした。母ならしたように贅沢なんかしないで、伯母ならしたように最新の流行に盲従することもなく、ベアトリスなら感じたように新しい買い物に娘らしい喜びを感じることもなく、買い物に健全な判断力を示した。夫が金持ちで、その富を利用するつもりでいたから高価なものを買った。社交界で生きるつもりでいたから上流向けのものを買った。とはいえ、強くて、長持ちして、いいもの、お金に値するものを買った。

オーガスタ・グレシャムは相続人としても、美人としても地位をえることはなく、才女としても輝くことはないと早くから自覚していた。それゆえ、自己の持てるものを拠り所として、意志の強い、有能な女性として世間で勝ちを収めようと決意していた。彼女の持てるものは血統だったから、これを持っているからには、あらゆる仕方で、全力でその価値を高めるつもりでいた。もし血統というものが彼女になかったら、それはもっとも虚栄に満ちた見せかけにすぎなかっただろう。

メアリーが入って来たとき、結婚の準備が議論されていた。花嫁付き添いの人数と名がすでに決められ、ドレスについては考慮中で、招待状の送り先が話し合われていた。オーガスタは分別の人だったとしても、こういう女性らしい配慮には背を向けていられなくて、結婚式がうまくいくように切望していた。夫になる人が仕立屋の息子というのを少し恥ずかしく思っていたから、いろいろなことができるだけ華々しくなされるように期待していた。

メアリーが部屋に入って来たとき、花嫁付き添いの名がカードに書き込まれたところだった。アミーリア、ロジーナ、マーガレッタ、アリグザンドリーナ令嬢がもちろん筆頭にあげられていた。それからベアトリスと双子、それからミス・オリエル。この女性は牧師の妹にすぎないけれど、著名で、家柄もよく、財産もあった。このあとこれ以上付き添いが必要かどうかで大きな議論があった。もしもう一人ということなら、二人入れなければならなかった。ミス・モファットが入りたいと直接希望を表明するなか、オーガスタは入れないで済ませたかったが、どう断ればいいかわからなかった。アリグザンドリーナは――この場面だけ表現を簡潔にするため令嬢という肩書きを省くことを許していただきたい――こんな道理をわきまえない要求には断固反対だった。「私たちは誰もこの人を知りません。入れたら私たちが落ち着かなくなりますよね」ベアトリスは将来の義妹を付き添いに受け入れることを強く主張した。それなりの理由があったからだ。ベアトリスはメアリー・ソーンがこのなかに入っていないことに心を痛めていた。もしミス・モファットが受け入れられたら、メアリーも仲間として受け入れられたかもしれないからだ。

「もしミス・モファットを受け入れるなら」とアリグザンドリーナが言った。「小さなかわいいお嬢ちゃんも受け入れなければならなくなります。あのお嬢ちゃんは幼すぎると思うのよ。厄介なことになると思いますね」お嬢ちゃんとはいちばん下のミス・グレシャムのことで、ニーナというまだ八歳の子だった。

「オーガスタ」貴族のいとこの大きな権威を前にしてベアトリスはためらいがちに、いささか不安を感じつつ言った。「もしミス・モファットを受け入れるなら、メアリー・ソーンにも入るように頼んでくれませんか？　メアリーは一緒にやれたら嬉しいと思うの。ペイシェンス・オリエルが入っていますが、私たちはペイシェンスよりもメアリーをずっと長く知っていますから」

そのとき、アリグザンドリーナ令嬢がはっきり言った。

「ねえ、ベアトリス、何が求められているか考えてみれば、あなたはそれがよくないことだときっとわかると思います。ほんとによくない。確かにミス・ソーンはとてもいい娘で、私はほとんど会ったことはないけれど、高く評価しています。けれど結局、あの人って何者？　知っているけれど、母はアラベラ叔母さんがあの人をここへどっぷり入れているのは間違いだと考えています。けれど――」

ベアトリスは顔を赤くしながらも、いとこの威厳に逆らって、進んで友を擁護しようとした。

「いい、ミス・ソーンのことを悪く言っているわけではないのよ」

「もし私があの人より先に結婚するなら、私はあの人を花嫁付き添いにします」とベアトリス。

「おそらく状況によりますよね」とアリグザンドリーナ令嬢は言った。私の礼儀正しいペンはとても肩書きを省略することなんかできないことがおわかりと思う。「けれどオーガスタは特殊な状況に置かれていると思いますの。モファット氏は、ほら、あまり立派な家柄の出ではないから。それで、花嫁側は生まれのいい人が揃うように注意する必要があります」

「それならミス・モファットは受け入れられないじゃない」とベアトリス。

「そうよ、入れなくてもいいなら、私ならいれません」といとこ。

「けれど、ソーン家はグレシャム家と同じくらいにいい家柄ですよ」とベアトリス。ド・コーシー家と同じくらいにとまで言う勇気はなかった。

「おそらくいい家柄なのでしょう。もしウラソーンのミス・ソーンだったら、おそらくオーガスタは反対しないでしょうね。けれどミス・メアリー・ソーンっていったい何者かおわかりになります？」

「ソーン先生の姪よ」

「そう呼ばれているというだけでしょう。あの人の両親がどなたかご存知かしら？　私としては知らないと言います。母はきっと知っていると思いますのよ。けれど――」

このとき、ドアが静かに開いて、メアリー・ソーンが部屋に入ってきた。

メアリーが挨拶しているあいだ、ほかの三人の若い女性が少し気まずい思いをしたことは容易に想像できると思う。しかし、アリグザンドリーナ令嬢はすぐ落ち着くと、真似のできない冷静さと容易に取り繕える優雅さですぐその場を適切な足場の上に置き直した。

「ミス・グレシャムの結婚式のことを議論していましたの」と彼女は言った。「長いつき合いの知人のミス・ソーンには、九月一日が今結婚式に定められたと教えていいでしょう」

ミス・グレシャム！　長いつき合いの知人！　何とそんなものなのか、メアリーとオーガスタ・グレシャムは同じ勉強部屋で何年も長く一緒に午前をすごし、喧嘩や言い争いをし、抱擁や口づけをし、お互いにほとんど姉妹のようだったのに。知人とは、まさか！　ベアトリスは耳がうずくのを感じ、オーガスタでさえ少し恥ずかしくなった。しかし、メアリーはその冷たい言葉がグレシャムからではなく、ド・コーシーから出たものだったから、腹は立てなかった。

「日取りが決まったんですね？　オーガスタ」と彼女は言った。「九月一日ね。心からお慶びを言いますわ」彼女はオーガスタに近づくと、両腕を相手の肩に回して、口づけした。医者の姪はまるで対等の人に話しかけるかのように、まるで自分に両親がいるかのように、祝福の言葉を述べているとしかアリグザンドリーナ令嬢には思えなかった。

「すばらしいお天気に恵まれるときね」とメアリーは続けた。「九月と十月の初めは一年でいちばんいい時期ですわ。もし私が新婚旅行に行くとするなら、この時期を選びます」

「あなたも行けたらね、メアリー」とベアトリス。

「私は行けません。一緒に新婚旅行に行ってくれる立派な人を見つけるまではね。とにかく私よりも先にあなたを新婚旅行に送り出すときまで、グレシャムズベリーから出るつもりはありません。どこへ行くつもりですか、オーガスタ?」

「まだ決めていないのよ」とオーガスタが答えた。「モファットさんはパリと言っていますが」

「九月にパリへ行くなんて誰か聞いたことがあるかしら?」とアリグザンドリーナ令嬢。

「それより、紳士が新婚旅行先を決めるなんて聞いたことがあるかしら?」と医者の姪が言った。「もちろんあなたが喜んで連れて行きたいところなら、モファットさんはどこへでも行きますわ」

アリグザンドリーナ令嬢は不快になった。医者の姪がグレシャムズベリーで若い女性たちと完全に対等の立場に立って、喋ったり、座ったり、行動したりしているのがわかったからだ。ベアトリスがこういうことを許したとしても驚かなかったが、オーガスタならもっといい判断を見せてもいいと思った。

「大きな利害がかかわるとき、こういうことの処理には気転や注意が必要になりますのよ」とアリグザンドリーナ令嬢は言った。「普通の人の普通の状況なら、おそらく女性が新婚旅行先を決めるというミス・ソーンの意見に賛成です。けれど、貴族には特権と同時に思い通りにならない不利な点もありますから、ミス・ソーン」

「そんな貴族の不利な点は何かの役に立つと思うから」と医者の姪は言った。「私はそれについてとやかく言うつもりはありません。でも、貴族の特権と私が折り合ってうまくやっていけるとは思いませんわ」

この医者の姪は生意気に振る舞おうとしているのかしら、といった表情でアリグザンドリーナ令嬢は相手を見た。事実アリグザンドリーナ令嬢はこの点がよくわからなかった。両親のいない医者の姪が伯爵の娘に対して、ミス・グレシャムのいとこと知りながら、グレシャムズベリーで生意気に振る舞っているのが、ありえない、信じられないことだった。しかし、アリグザンドリーナ令嬢はたった今聞いた言葉を生意気ととらえる以外にどう解釈したらいいかわからなかった。

とにかく、令嬢はこれ以上この部屋にとどまっていることは不適切だとはっきり知った。ミス・メアリー・ソーンは生意気に振る舞う気だろうとなかろうと、控えめに見ても礼儀を大きく欠いていた。ド・コーシーの令嬢は何が正しいことか、どの女性よりもはっきりわきまえていた。それゆえ、令嬢はすぐ寝室へ戻る決心をした。

「オーガスタ」令嬢は堂々と落ち着いて椅子からゆっくり立ちあがりながら言った。「そろそろ着替えの時間ですよ。私と一緒に行きますか？　決めなければならないことがありますから」

令嬢は泳ぐように部屋から出て行った。オーガスタはディナーでまた会いましょうとメアリーに告げ、令嬢に続いて泳いで、いや泳ぐ真似をして出ていった。ミス・グレシャムは優れたところをたくさん身に着けていたとはいえ、コーシー城で育ったわけではなかったので、今までのところまだコーシー式の泳ぎ方を会得していなかった。

さらさら鳴る女性たちのモスリンの後ろでドアが閉まったとき、「ほら」とメアリーが言った。「ほら、永遠の敵を一人作ってしまったわ。もしかすると二人。でも満足だわ」

「どうしてぶちこわしにしたのよ、メアリー？　あなたがいないところであなたのため戦っているとき、どうしてやって来て、ぶちこわしにして、ド・コーシー一家みなの嫌われ者になってしまったの？　こういう問題ではあの人たちはみな結束するのよ」

「きっとそうでしょうね」とメアリーが言った。「でも、あの人たちが愛と慈悲にかかわる場面で同じように結束するかどうか別問題ですわ」

「けれど、いったいどうして私のいとこを怒らせようとしたの？　分別をわきまえているはずのあなたが。世に是認された思いあがりと戦うことがいかに愚かか、先日あなた自身が何と言ったか覚えていないの？」

「覚えているわ、トリッチー、覚えている。今は説教しないで。説教するよりも行動するほうがずっと難しいのよ。私のほうが牧師になりたいくらい」

「けれど、あなたの発言で大きな損になったのよ、メアリー」

「そうかしら？」とメアリーは友人の足元にひざまずいて言った。「もし私が身を低くして一晩中部屋の隅でひざまずいたら、もし私が頭をさげてあなたのいとこたちみなと、それから伯母さんに私の首の上を踏み(4)つけさせたら、それでも償いにはならないかしら？　私は荒布をまとうことを受け入れ、灰を少し食べるつもりよ、――とにかく悔い改めてみますわ」

「あなたがとても賢いのはわかるのよ、メアリー。それでも馬鹿だと思うの。確かにそう思う」

「私は馬鹿よ、トリッチー。それは認めるわ。少しも賢くない。でも、叱らないで。私がどれだけ謙虚な気持ちでいるかわかるでしょう。謙虚であるだけでなくてその比較級、あるいは最上級と見られる卑屈な人間よ。もしかすると謙虚には四つの級があるのかもしれない。謙虚《ハンブル》、卑屈《アンブル》、失敗《スタンブル》、転倒《タンブル》。人が足元の泥のなかに卑屈にどっぷりはまったら、もしかするとお偉い人たちはそれ以上その人が身を卑しめるのを望まなくなるかもしれないわ」

「まあ、メアリー！」

「まあ、トリッチー！　あなたの前で率直に意見を言っていけないはずはないわ。ねえ、もしかするとあなた、私の首の上に足を置きたいの」それから彼女は頭を足台のほうへ降ろすと、ベアトリスの足に口づけした。

「そういう馬鹿には頬に手を当てて、たっぷり平手打ちを食らわせてやりたい」

「やって、やって、トリッチー。私を踏みつけるなり、平手で打つなり、口づけするなり、好きなようにして」

「私がどれだけ悔しい思いをしているかわからないのね」とベアトリスが言った「何とかあなたのお膳立てをしたかったのに」

「お膳立て！　何？　何をお膳立てするの？　お膳立てって大好きよ。私って女性が扱うものの兵站将軍になれるんじゃないかと思っているの。ポットとか、鍋とか、そういうものを揃えるのよ。もちろん私は機転や注意や不利な点を考えなければならない異様な人や異様な状況を扱うのには向かないけれどね」

「結構ね、メアリー」

「でも、結構じゃない。あなたがそんなふうに考えるなら、ぜんぜん結構じゃないわ。ねえ、あなた、ほら、私は向かないのよ。冗談にでも、真剣にでも、あなたの親戚の貴族の高貴な血には向かないのよ。私に何をお膳立てしようとしていたの？　トリッチー」

「あなたにオーガスタの花嫁付き添いになってほしいのよ」

「まあ、ベアトリス！　あなた正気？　コーシー城の高貴な人々と同じ華美な一団のなかに午前中とはいえ私を入れるなんて！」

「ペイシェンスもその一人よ」

「でも、私みたいなインペイシェンスがもう一人そこに加わる理由にはならないわ。私はそんな誉れな儀礼のなかではとても我慢ができないの。駄目よ、トリッチー。冗談は抜きにして、それは考えないで。たとえオーガスタが望んでも、私は断ります。断らざるをえません。私にも誇りがあるの――他人のそれと同じくらいに許されるはずのない誇りがね。祭壇のあなたの姉さんの後ろで四人の貴族のいとこたちと一緒に私は立つことなんかできません。あんなきら星の集まりのなかで、あの人たちは星で、私は――」

「まあ、メアリー、あなたのほうがあの人たちの誰よりもきれいだと、世間の人はみなわかっているのよ！」

「私はどう見ても卑しい使用人よ。だから、トリッチー。もし私がベールをかぶった占い師(5)のように醜くて、あの人たちがみんなズーレイカ(6)のように美しくても、不服はないわ。そのきら星の集団の栄光は美しさによるものではなく、家柄によるものなの。あの人たちがどんなふうに私を見るか、どんなふうにあざ笑うか、わかるわね。あの人たちのあざけりにほかのところでだったらできるしっぺい返しが、教会の祭壇の前でまわりがみな厳粛な状況ならできないわ。部屋のなかならあの人たちなんか少しも恐くない」それからメアリーは他人の自尊心に対する反発、誇りに満ちたあの不屈の感情に再びふけった。それこそ冷めたときなら彼女が真っ先に非難した感情だった。

「メアリー、あなたはそんな横柄な態度が軽蔑され、無視されなければならないことを自分でよく言っているのにね」

「その通りよ、トリッチー。牧師が金持ちを憎めと説教するように、私は自尊心を軽蔑せよと言っています。でも、牧師はあなたにそう言うけれど、牧師自身は実際は金持ちになりたがっているのよ」

「私はあなたがオーガスタの花嫁付き添いになることを特に願っているの」

「私はその栄誉を辞退したいと特に願っています。そんな栄誉はこれまでも、これからも私に提供されることはありません。いやよ、トリッチー。私はオーガスタの花嫁付き添いにはならない。でも――でも――でも」

「でも、何？　あなた」

「でも、トリッチー、ほかの誰かさんが結婚して、あなたの知っている家に新しい棟が立て増しされたら――」

「まあ、メアリー、言葉を慎んで。でないと怒るわよ」

「あなたが怒るのを見てみたいわ。そのときが来たら、結婚式が執り行われたら、そうしたら私は花嫁付き添いになる、トリッチー。そう！　たとえ招待されなくてもね。そう！　たとえバーセットシャーのド・コーシー家のみなが私を踏みつけて、消し去ってもね。たとえ私がきら星のあいだの塵でも、たとえサテンやレースのあいだでキャラコを着て忍び歩いても、それでも私はその場にいる。花嫁の近く、ずっと近くに。花嫁のため何かを持って、そのドレスに触れて、その身近にいると感じて、そして――そして――そして」彼女は話し相手に抱きつくと、何度も口づけした。「いやよ、トリッチー、私はオーガスタの花嫁付き添いにはならない。花嫁付き添いになる時を待つわ」

　ベアトリスが友の約束に示された儀式の可能性についてどんな抗議をしたか、今は繰り返すのをやめておこう。午後の時間は進み、女性たちは若い世継ぎのお祝いのためディナー用に着替えをしなければならなかった。

註

（1）手幅（hand）は馬の体高を測る単位で四インチ。

（2）「安らかに憩わんことを」の意。

（3）「マタイによる福音書」第六章第三十四節。

（4）「マタイによる福音書」第十一章第二十一節に「わざわいだ、コラジンよ。わざわいだ、ベッサイダよ。おまえたちのうちでなされた力あるわざが、もしツロとシドンでなされたら、彼らはとうの昔に荒布をまとい灰をかぶって、悔い改めたことであろう」とある。

（5）アイルランドの詩人トマス・ムーアの『ララ・ルーク』（1817）に登場するハキム・ベン・アラー・モカンナを指す。

（6）ペルシャ語で「すばらしい美女」を意味する。ズーレイカはバイロン卿の『アビドスの花嫁』の美しいヒロイン。

第五章　フランク・グレシャムの最初のスピーチ

家のなかに集まっていた人々に加えてグレシャムズベリーのフランクの誕生日のディナーには、グレンジのジャクソン家からジャクソン夫妻、アネスグローヴのベイトソン家からベイトソン夫妻とミス・ベイトソン――およそ五十歳の未婚女性――が来た。ミル・ヒルのベイカー家からは父と息子が、禄付牧師のケイレブ・オリエル氏が美しい妹のペイシェンスを伴って現れた。ソーン先生と姪のメアリーはすでにグレシャムズベリーに集まっていた人々のなかに入っていた。

若いフランクを祝福するため集まった招待客の数はそれほど多くなかった。しかし、フランクはもし州の半分の人がそこに集まっていたら想定される場合よりもいっそう際立った役割を行事のなかではたすよう、主人公として振る舞うように求められた。州の半分の人が出席していたら、お客の重みのほうが大きすぎるから、フランクは半分口ごもった一、二回のスピーチでお役ご免になったことだろう。しかし、今彼は客の一人一人にそれぞれ別の発言をしなければならず、これがとても疲れる仕事だとわかった。

ベイトソン家、ベイカー家、ジャクソン家の人々はすこぶる礼儀正しかった。お客の側の無意識の感情のせいでいっそう礼儀正しかったのは疑いない。郷士が少し金に困っていることは知られていたから、客の側に欠けたところがあったら、グレシャムズベリーの現在の状態に由来するものと見なされそうだった。一万四千ポンドの年収は名誉なことで、それに疑いの余地はない。その年収をそのまま手に入れている人はまわりの人から受ける扱いについて疑念を抱くことはないだろう。しかし、年収一万四千ポンドが幽霊である人はとてもそんな自信を持つことはできない。ベイカー氏はつつましい収入しかないとはいえ、郷士よりもはるかに金持ちだった。それゆえ、ベイカー氏はフランクの輝かしい可能性を祝福したとき、格別出しゃばっていた。

かわいそうなフランクは何が待ち受けているか予想できないまま、ディナーの始まりが告げられる前に疲れ切ってしまった。彼は貴族のいとこたちに対してごく普通のいとこ的愛情以上の気持ちを抱いていなかった。彼は生まれや血筋やあの仰々しい思慮といったもの——今成人式を迎えるに当たって念頭に置いておかなければならないもの——をみな忘れ、できたら抜け出してメアリー・ソーンと、もしメアリーが駄目なら、次に好きなペイシェンス・オリエルとディナーの席に着きたいと思っていた。

それゆえ、彼は状況がわかったとき大いにうろたえた。ディナーの前の三十分間絶えず人前に立たされたうえ、伯母の伯爵夫人と食堂に歩いて行き、この日テーブルの末席、父の席に座らなければならなかった。

「フランク、グレシャム家が長年保ってきた州の高い地位を維持できるか、失うか、今それがあなたの双肩にかかっているのよ」伯爵夫人は広々とした大広間を歩くとき、そう言った。甥が緊急に学ばなければならないあの大教訓を教えるのに時間は無駄にできないと思ったからだ。

フランクはこれをいつもの説教と受けとめた。退屈な年寄りの伯母が甥や姪といった若い犠牲者によく押しつける、一般的によい行いを説き聞かせようという説教だ。

「はい」フランクは言った。「よくわかっています。準備万端ですよ、伯母さん、間違いなくやっていきます。ケンブリッジに戻ったら、猛烈に本を読みます」

伯母は読書のことなんかどうでもよかった。グレシャムズベリーのグレシャム家が州で胸を張っていられるのは読書なんかによっているのではなく、高貴な血筋と莫大な金を持つことによってだった。この若者は当然血筋には恵まれているが、大がかりに金を探す義務を負っていた。彼女、ド・コーシー卿夫人は間違いなく彼に助けを与えることができるし、大金をもたらす血筋に見合う妻をあてがうことができるだろう。読書に関しては、彼女がまるっきり助けることができない分野だった。若者の趣味が本や絵画に向かおうと、猟犬と猟馬に向かおうと、掘削機械で掘り出すカブに向かおうと、古いイタリアの平皿や大皿に向かおうと、それは重要なことではなかった。そんなことは高貴な伯母にはどうでもいいことだった。

「あら、またケンブリッジへ行くつもり？　まあ、お父さんが望んでいらっしゃるのなら――。大学の縁故からえられるものは今ほとんどありませんのよ」

「十月に学位をもらう予定です、伯母さん。とにかく落第するつもりはありません」

「落第ですって？」

「はい、落第はしません。ベイカーは去年落第したんです。それはジョン学寮の悪い仲間に入ったからなんです。あいつをよく知ったら、すばらしいやつだとわかりますよ。ただ煙草を吸い、ビールを飲むだけの連中と一緒だったんです。マルサス主義者（Malthusian）とぼくらは呼んでいます」

「マルサス主義者！」

「『モルト』、わかりますか、伯母さん。『ユーズ』、つまりビールを飲むという意味です。哀れベイカーは落第しました。落第したからといって、いいやつであることに変わりはありません。だけど、ぼくは落第しませんよ」

このころまでに、一同は長いテーブルのまわりに着席していた。グレシャム氏はいつもレディー・アラベラが座っている上座に座った。令夫人は令息子の片側の席に座っており、伯爵夫人がもう一方の側の席に座っていた。それゆえ、たとえフランクが迷っても、適切な導きに欠けることはなかった。

「伯母さん、お肉はいかがですか?」彼は今初めて自分に委ねられたもてなしの儀式をはたしたくて、スープと魚料理がさげられたあと、すぐそう言った。

「そう急がないで、フランク」と母が言った。「使用人がやる仕事――」

「ああ、あの、忘れていました。カツレツか何かありました。ぼくの手はまだ動いていませんね、伯母さん。ええと、ケンブリッジについて話していましたが――」

「フランクはケンブリッジに戻るの、アラベラ?」伯爵夫人は甥を挟んで義妹に話しかけた。

「父さんはそう言っているようです」

「時間の無駄ではなくて?」と伯爵夫人が聞いた。

「私は干渉しないのです」とレディー・アラベラは言った。「ケンブリッジへ行くという発想そのものが私はちっとも好きではなかったのです。ド・コーシー家の男性はみなクライストチャーチ[1]出でした。けれど、グレシャム家はケンブリッジがお好きなようなのです」

「すぐ留学させたほうがよくはないの?」

「はるかにいいと思います」とレディー・アラベラは言った。「けれど、ご存知のように私は干渉しません。グレシャムさんにお話されたほうがいいのではないかしら?」

伯爵夫人はいかめしいほほ笑みを浮かべると、きっぱり否定するように頭を横に振った。卿夫人が若者にはっきり言ったとしたら、「あなたのお父さんはとても頑固で、強情で、無知だから、お話しても無駄でしょう。砂漠のように広いところで香水なんか無駄ですから」というのが本音だった。これに対してフランクは独り言ではあったが、ド・コーシー卿夫人が首を横に振って明言したのと同じようにはっきり答えたことだろう。「母さんと伯母さんはいつも父さんに当たっている。いつも。だけど、二人が父さんに当たれば当たるほど、ぼくは父さんに味方しよう。ぼくはちゃんと学位を取って、猛烈に本を読むつもりだ。明日にでも始めよう」と。

「さあ、お肉はいかがですか、伯母さん？」この言葉は声に出して言われた。

ド・コーシー伯爵夫人は時間を無駄にすることなく若者に教訓を続けたかった。しかし、客や使用人に囲まれるなか、重大な秘密を明らかにすることはできなかった。「あなたはお金と結婚しなければなりません、フランク。それがあなたの大切な義務です。これをしっかりと心に留めておきなさい」彼女はこの知恵を充分な重みと強調を込めて今若者の耳に注ぐことができなかった。若者が肉を切り分けるため立ちあがったり、西洋ワサビや脂身や肉汁にひじを突っ込んでいたりしたから、それはとても無理だった。それで、伯爵夫人は宴会が進行するあいだ静かに座っていた。

「肉は？　ハリー」と若い世継ぎは友人のベイカーに叫んだ。「ああ！　だけど、まだ君の番じゃなさそうだ。すみません、ミス・ベイトソン」彼は約半インチの厚さに強い力で一切れ切り分けて、一ポンド半のすばらしい肉をその女性に与えた。

そういうふうに宴会は続いた。

ディナーが始まる前、フランクは友人たち一人一人の祝福に答えて、たくさん小スピーチをしなければならなかった。しかし、これらの小スピーチはテーブルクロスが取り除かれたあと予定されている集大成の大スピーチの重荷に比較すれば無に等しかった。誰かがもちろん彼の健康を祈って祝杯をあげ、それから紳士淑女入り交じった祝福の言葉が交わされる。それが終わって、彼が立ちあがると、部屋はぐるぐるぐるぐる回っている。

こういうことが事前にわかっていたから、フランクはいとこのジョージ令息に助言を求めていた。この令息をスピーチの名手と見なしていたからだ。令息が自分のことをそう言っているのを少なくとも聞いたことがあった。

「祝福の歓声があがって立ちあがったとき、ジョージ、そのときいったい何を話したらいいのかなあ」

「ああ、いちばん簡単なことさ」といとこは答えた。「これだけ覚えていればいいんだ。しどろもどろになっちゃいけない。つまり、平常心がだいじっていうわけさ。ぼくがしていることを教えよう。よく農家に呼び出されるんだが、わかるだろ、いつも農家の娘たちに祝杯をあげるとき、いいかい、ぼくがしているのは――視線を一本のワイン瓶にしっかりと定めて、動かさないことだ」

「一本のワイン瓶に?」とフランクは言った。「一人の老人の頭を目印にしたほうがいいんじゃないかな? テーブルを見るのは好きじゃないんだ」

「老人は動くから無理だね。動いたら一巻の終わりだ。それに見あげるのは最悪のやり方さ。毎日こういうディナーに出ている人の発言を聞いたことがあるがね、何か気の利いたことが話されるとき、話す人は必ずマホガニーを見ているそうだよ」

「ねえ、とてもぼくは気の利いたことなんか話せないな。とてもそんなふうにはやれそうもない」

「だけど、やり方は知っておいたほうがいい。ぼくはそれで成功したんだ。視線を一本のワイン瓶に定めて、親指をベストのポケットに入れる。ひじを突き出して、ひざを少し曲げる。それから始めるのさ」

「うん、始めるのはいいけれど。でも何か勢いのようなものがなかったら始められないだろ」

「勢いなんか少しあればいい。スピーチほど簡単なものはないさ。農家の娘たちに毎年新しいことを話さなきゃならないとき、そりゃあ少しは頭をひねらなきゃならないけれど。そうだな、どういうふうに始めるかだな？　もちろんこういうスピーチに不慣れだということは話すべきだよ。いただいた祝福は身に余るものだとか、まわりに輝かしく勢揃いした美しさと才能に言葉を失ってしまうとか、その種のことは話すべきだろ。それから君が骨の髄までグレシャムだと宣言する」

「ああ、それはみんな知っているよ」

「まあ、もう一度教えてやれよ。それからもちろんぼくらのことについても何か話さなきゃいけない。そうしないと、伯爵夫人が悪魔のようにかんかんに怒るからね」

「伯母さんについてかい、ジョージ？　目の前に本人がいるのに何て話せばいいんだい」

「目の前に！　もちろん。それだから話さなきゃいけない。だから、思いつく嘘を言えばいい。ぼくらのことを何か話さなきゃいけないよ。わざわざロンドンからやって来たんだから」

いとこから知恵の恩恵をえたにもかかわらず、フランクは胸中この人たちがみなロンドンにとどまっていてくれたらと思わずにいられなかった。しかし、これは胸中に納めた。助言をくれたいとこに感謝したあと、胸中の不安が解消したとは思わなかったが、面目を失うことなく試練を乗り切れたらと願い始めた。

それにもかかわらず、使用人が去ったすぐあと、ベイカー氏が乾杯のため立ちあがったとき、彼は胸にむかつくものを感じた。使用人たちが退出したのは表向きのことだった。男や女、乳母、料理番、メイド、御者、馬丁、従僕が一団となって、二つの出入り口でフランク坊ちゃんが何を言うか聞いていた。老家政婦は一つのドアでメイドたちの先頭に立ち、大胆に部屋の内側に立っていた。執事はもう一方のドアでコルク抜きを持って男たちを後ろに整列させていた。

ベイカー氏は多くを話さなかったが、上手に話した。みんなフランク・グレシャムが子供のころから成長するのを見守ってきた。今愛され、尊敬される家族の名誉を保つ資格のある一人の男として、彼を仲間に迎え入れるように求められている。若き友フランクは頭からつま先までグレシャムだ。ベイカー氏はド・コーシーの血が注入された点に言及しなかった。それで、伯爵夫人は席で居ずまいを正すと、とても退屈したというような表情をした。それからベイカー氏は現在の郷士、大フランシス・ニューボールド・グレシャムと長年培われた友情について優しく触れ、愛する若き友小フランシス・ニューボールド・グレシャムが健康と、繁栄と、長寿と、すばらしい妻に恵まれるように祈って乾杯した。

グラスのぶつかる快い音が高く鳴った。その場には紳士だけでなく淑女もまだいたからよけいに陽気に、騒々しくなった。淑女たちはめったに乾杯することはない。それゆえ、めったにない機会なのでよけいに楽しかった。「おめでとう！　フランク」「健康をお祈りするわ、フランク！」「特別立派な奥さんもね、フランク！」「二人か三人よ、フランク！」「グレシャムさんに健康と繁栄を！」「もっと力をな、おまえ！」「神の祝福とご加護を、いとしい子！」それから楽しい、甘い、訴える声がテーブルの遠い端から聞こえてきた。「フランク！　フランク！　私を見て！　お願い、フランク、あなたの健康を祈って本物のワインを飲んでいるのよ。そうでしょ、パパ？」小フランシス・ニューボールド・グレシャム氏への呼びかけがこんなふうになされているなか、彼は立ちあがると成人に達して初めて挨拶しようとした。

歓声が収まろうとするころ、彼はやっと両足で立つと、目の前のテーブルに視線を投げ、デカンターを捜した。瓶に執着するいとこの理論はあまり気に入らなかったとはいえ、それでもこの難しい状況のなかで頼りになる方法があるのはいいことだった。しかし、不幸なことに、テーブルはワイン瓶で埋め尽くされていたのに、目はどれか一本を捕まえることができなかった。実際には、目は何もとらえることができなかった。目の前のものが泳ぎまわり、客はみな椅子でダンスを踊っているように見えた。

しかし、彼は立ちあがってスピーチを始めた。ワイン瓶に関する先生の助言は守れなかったものの、「老人の頭を目印にする」という彼の元の案を採用した。それで、まっすぐ医者を見た。

「これはまあ、紳士淑女のみなさま、――淑女紳士と言うべきですかね――、ぼくの健康に乾杯し、多くの祝福をいただき、その他いろいろのことをしてもらって、お礼を申しあげます。誓って感謝しています。特にベイカーさん、君じゃないよ、ハリー、君はベイカーさんじゃない」

「君がグレシャムさんと呼ばれるのと同じさ、フランク！」

「だけど、ぼくはまだグレシャムさんじゃないんです。もしできるなら、これから長い年月グレシャムさんになるつもりはありません。少なくとも次の成人式がここで迎えられるまではね」

「ブラボー、フランク！　で、それは誰の成人式なんだい？」

「ぼくの息子の式に決まっているよ。きっとすばらしい若者になるだろう。その子には父よりもいいスピーチをするように願っています。ベイカーさんがぼくは頭からつま先までグレシャムだと言った。そう、ぼくもそうありたいと思っています」ここで伯爵夫人は冷たい、むっとした表情をした。「父がぼくのことをグレシャムじゃないと言う日が来ないことを願っています」

「そんな心配はない、心配はない」と医者は言った。先生は挨拶する人の熱心な眼差しに見詰められて、当惑していた。伯爵夫人はいっそう冷たい、いっそうむかついた表情をして、熊いじめの見せ物のことを何かぶつぶつつぶやいた。

「ガルデ・グレシャムですよ？　ハリー！　いいかい、覚えておいてくれ。君が溝にはまったとき、ぼくが助けに行くから。とにかく、ぼくにしてくださったみなさんの祝福に、特に普段こういったことをしてくださらない淑女のみなさんの祝福に本当に感謝しています。普段からそうしてくだされぱいいのに。そうでしょ、先生？　淑女といえば、伯爵夫人といとこたちがご足労をかける価値もないぼくのスピーチを聞くため、わざわざロンドンから駆けつけてくださいました。やはりこの人たちにも感謝しています」フランクはまわりを見回して、伯爵夫人に軽く会釈した。「それからジャクソン夫妻、ベイトソン夫妻とミス・ベイトソン、ベイカーさん、――君にはそんなに感謝してないよ、ハリー――、そしてオリエルさんとミス・オリエル、アンブルビーさん、ソーン先生とメアリー――失礼、ミス・ソーン――にも感謝します」それからフランクは一同の盛大な拍手と後ろに控えていた使用人たちの祝福のなかで席に座った。

このあと女性たちが立ちあがって移動し始めた。レディー・アラベラは部屋を出るとき、息子の額に口づけし、それから妹たちも、貴族のいとこも一人か二人彼に口づけした。ミス・ベイトソンは彼と握手した。「ああ、ベイトソンさん」と彼は言った。「口づけまみれになるかと思いました」ミス・ベイトソンは笑って去っていった。ペイシェンス・オリエルはうなずいて会釈したが、メアリー・ソーンは壮麗な淑女たちのたくさんの優美なひだのなかに隠れて静かに部屋を出て、彼と目を会わせないようにした。

彼は立ちあがると、客が通れるようにドアを支え、通りすぎるとき、うまくペイシェンスの手をとらえた。彼女の手を一瞬取って握り締めたあと、メアリーにも同じ儀式をしようとすぐその手を放したが、メアリーはすばやく通りすぎて捕まえることができなかった。

「フランク」とグレシャム氏はドアが閉まるとすぐ呼びかけた。「グラスを持ってこっちへおいで、おまえ」父はすぐそばに息子の席を空けた。「成人式は終わった。主賓の席はもう離れていい」フランクが言われた席に座ると、グレシャム氏は息子の肩に手を置き、軽くなでた。目には涙をためていた。

「先生は正しいと思うよ、ベイカー。この子を恥ずかしいと思うような日は決して来ないと思う」

「そうとも」とベイカー氏。

「そうですよ」とソーン先生。

男性の声の調子はそれぞれだいぶ違っていた。ベイカー氏は本気で気にかけてそう言っていなかった。なぜ気にかける必要があろうか？　彼には郷士と同じように跡継ぎがおり、その跡継ぎも秘蔵っ子だったからだ。しかし、先生は――本気で気にかけていた。おそらく二人の父がそれぞれの息子を愛するように先生にも愛する姪がいた。しかし、先生の胸中には若いフランク・グレシャムに対する別の愛情があった。

　このちょっとした感情の発露のあと、男性たちはしばらく静かに座っていた。しかし、ジョン令息は沈黙を貴重なものとは思わないで、積極的に会話の先頭に立った。

「今朝あなたがフランクに贈ったやつはいい乗用馬ですね」と彼は叔父に言った。「ディナーの前に拝見しました。モンスーン(2)の血統じゃありませんか？」

「だが、あれがどういう育ちかよく知らないんだ」とグレシャム氏は言った。「血統のよさはうかがえるが」

「きっとモンスーンですよ」とジョン令息は言った。「あの耳がそうだし、背中のあの特徴的なくぼみもそうだ。かなりお金を出したと思いますね」

「そうでもなかった」と郷士。

「調教された猟馬と思いますが？」

「今は違っても、じきそうなるだろう」と郷士。

「馬はフランクに任せたほうがいい」とハリー・ベイカー。

「あいつは美しく跳躍します」とフランクは言った。「ぼくはまだ乗っていませんが、ピーターが今朝横木を二、三度跳ばせました」

　ジョン令息は考えていた通りいとこに援助の手を差し伸べようと決心していた。ジョン令息はフランクがあんな不完全な馬を押しつけられるなんて、父からふさわしい扱いを受けていないと思い、息子にはこの件で父に抗議する勇気が欠けているとも感じたので、いとこのため一肌脱ごうと決心したのだ。

「あれには立派な馬になる素質があります。間違いありません。あんな馬が一揃いでもあればなあ、フランク」

フランクは顔が赤くなるのを感じた。不満があるとか、また今朝の贈り物が気に入らないとか父に思われたくなかった。いとこがそそのかす言葉をある程度満足して聞いていた自分を心から恥じた。しかし、この話題が繰り返されるとは、しかもお客が集まっている今日のような日に父の前で繰り返されるとは思ってもいなかった。彼はいとこにひどく腹が立ったから、少しのあいだ伝統的なド・コーシー家への尊敬を忘れた。

「いい考えがあるよ、ジョン」とフランクは言った。「いつかこの季節の早いうちにいい日を選んで、君の持っているいちばんいい馬を連れて来てくれ。ぼくは黒い馬でなく、老いた雌馬を連れていく。そして、ぼくについて来られるか試してみたらいい。すぐゴッドスピードが君を引き離せなかったら、ぼくの雌馬とあの馬をあげるよ」

ジョン令息はバーセットシャーの最前衛に位置する騎手とは言えなかった。彼は服装に関する限り、狩りに夢中になっている人だった。ブーツや半ズボンにとても凝っていたし、くつわや馬勒に驚くほど精通していた。たくさん鞍を集めており、替えの靴やサンドイッチやシェリー酒用の水筒などを入れて運ぶ最新の鞍の開発を後援していた。狩りでは後方支援で目立っていた。猟犬管理者を含む数人は彼が少し目立ちすぎだと思っていた。猟犬を熟知する振りをし、みなの馬と話をする間柄だった。しかし、厄介な仕事が割り当てられたとき、狩りの歩態が厳しくなり始めたとき、乗るか乗らないかはっきり告げなければならなかったとき、――ド・コーシー家との利害があまり深くない人々は少なくともそう言ったが――、そういう心の鼓舞が必要になったとき、ジョン令息はしばしば勇気に欠けるところが見られた。

それゆえ、フランクが父を救いたいため、無邪気な自慢話をする気になり、武勇が必要とされる試練に立ち向かうようにいとこに挑戦したとき、いとこに対するかなりの笑いがあった。農家の娘たちに賛辞を贈る役がこの令息の毎年の仕事ではなかったところを見ると、ジョン令息は兄のジョージ令息ほどおそらくあまり弁舌に自信があるほうではなかったようだ。とにかく令息はこの場面では言葉を失ったように見えた。俗語に言う通り突然口を閉ざすと、若いグレシャムにふさわしい猟馬一揃いを与える必要についてそれ以上言うのをやめた。

しかし、老郷士はことの経緯を残さず理解した。甥のあてつけの意味も、父を守った息子の防御の意味も、防御の挑戦をした息子の気持ちも理解した。郷士は成人に達したとき、彼の馬で一杯だった馬屋のことも思い出して、郷士の父が用意した地位よりもつつましい、息子が我慢しなければならない地位のことを考えた。郷士はこんなことを考えて悲しくなったが、ジョン令息が攻撃の矢を放ったのは無駄ではなかったことを友人たちから隠せるくらいの精神は持ち合わせていた。

「チャンピオンをやろう」と父は独り言を言った。「あれを手放すときが来た」

チャンピオンは今郷士が自分用に使っている二頭の立派な老猟馬の一頭だった。私たちが話しているこの次点では、郷士の人生で唯一本当に幸せな時期は野原で狩りをしてすごしたころだと言っていい。郷士がチャンピオンをあきらめるときだと考えたところで、話を打ち切りにしよう。

註

（1）オックスフォードの学寮。
（2）『種馬総覧』に載る実在の馬。

第六章　フランク・グレシャムの初恋

すでに述べたように七月一日のことだった。こういう季節だったから、女性たちは応接間に三十分も座っていたあと、そこのフランス窓を抜けて芝生に出たほうがいいと思い始めた。最初の女性が少しだけ外に抜け出し、次の人が出て、それからみなが芝生の上にいた。それから帽子が必要だという話になって、徐々に若い女性、最後は年取った女性も散歩用の身支度をした。

応接間の窓も食堂の窓も芝生に面していた。娘たちが前者から後者へ歩いていき、広縁の帽子とイブニングドレスを見せびらかすことで男性たちを誘惑したのはごく自然なことだった。男性たちが誘惑に抵抗できなかったのもごく自然だった。それで郷士と年取った男性客だけがまもなくワインのまわりに残ることになった。

「グレシャムさん、私たち、あなたの雄弁に本当に魅惑されてしまいました、そうよね？」とミス・オリエルは言うと、一緒にいたド・コーシー家の娘のほうを振り向いた。

ミス・オリエルはたいへん美しい娘で、フランク・グレシャムよりも一つ二つ年上だった。黒い髪、大きな丸い黒い瞳、少し広めの鼻、かわいい口、美しい顎の持ち主だった。それからすでに述べたようにかなりの財産を——二万ポンドくらいと言われている——所有していた。この女性と兄はこの二年間グレシャムズベリーに住んでいた。聖職禄は前任の老牧師が生きているうちに——それほどグレシャム氏の財政は切迫していた――その兄によって購入された。ミス・オリエルはどの点から見てもいい隣人だった。気立てがよくて、淑女ふうで、活き活きしていて、賢すぎず愚かすぎず、いい家柄の出で、このように恵まれたかわいい若い女性にふさわしくこの世のよきものを愛し、牧師の家の女主人にふさわしくあの世のよきものも愛した。

「本当にそうです」とマーガレッタ令嬢が言った。「フランクはとても雄弁ですね。ロンドンからの急ぎ旅について話したときは、涙が出そうになりました。でも、スピーチは上手ですけれど、肉はもっと上手にお切りになりますね」

「あなたが引き受けてくださればよかったのに、マーガレッタ、スピーチも、肉を切るのも」

「ありがとう、フランク、あなたってお上手ね」

「だけど一つ気休めがあるんだ、ミス・オリエル。式はもう済んで、終わってしまった。人は二度も成人に達することはないからね」

「でも、学位をお取りになるんですって、グレシャムさん。そしたらまた当然スピーチがあります。そして結婚したら、さらに二、三度スピーチが必要ですわ」

「ぼくの結婚式のずっと前に、ミス・オリエル、あなたの結婚式でスピーチしますよ」

「大歓迎です。夫を引き立ててくださるなんてご親切ですね」

「だけど、どうかなあ、あなたの夫がぼくを引き立ててくれるかなあ？　あなたは誰かすごい大人物か、とても賢い人と結婚すると思います、そう思わないかい、マーガレッタ」

「ミス・オリエルはあなたが現れる前、あなたのことをずいぶん褒めていましたから」とマーガレッタは言った。「心は一生グレシャムズベリーにとどまることを考えていると思っていました」

フランクは赤くなり、ペイシェンスは笑った。年齢は一つしか違わなかったのに、ペイシェンスが成熟した女性である一方、フランクはまだ子供だった。

「私は野心家ですわ、マーガレッタ令嬢」と彼女は言った。「それは認めますが、私の野心はほどほどなのです。グレシャムズベリーは好きです。もしグレシャムさんに弟さんがいたとしたら、おそらくその方となら――」

「ぼくに似た別の人ですね」とフランク。

「ええ、そう、できればあなたと変わらない人がいいですね」

「あなたと同じくらいに雄弁でね、フランク」とマーガレッタ令嬢。

「同じくらいに肉を切り分けるのが上手な人」とペイシェンス。

「ミス・ベイトソンはあなたの肉の切り分け方をみて永久に心を捧げてしまいました」とマーガレッタ令嬢。

「でも、完全なものは二つはありません」とペイシェンス。

「ご存知のように、ぼくには弟がいません」とフランクは言った。「だから、ぼくにできるのは自分を犠牲にすることだけです」

「まあ、グレシャムさん、並みの感謝ではとても足りませんわ。本当にありがとう」そう言うと、ミス・オリエルはまだ私道に立っていたが、とても優美にお辞儀をした。「ねえ、マーガレッタ令嬢、法的に世継ぎの資格ができたそのとき、その人から結婚の申し込みを受けるなんてちょっと考えてみてくださる！」

「しかもじつにいんぎんな態度で申し出られたのよ」と相手の女性が言った。「自分のことを後回しにしてあなたに有利なようにしたいとはっきりおっしゃって」

「そうです」とペイシェンスは言った。「そこがとてもだいじにしたい点ですわ。もしこの方が今私を愛したら、この方には何の利益もなくて、犠牲しかないでしょう。そうよね」

「そうね、女性はそんな犠牲が大好きなのです。フランク、あなたが本当にこんなにスピーチがお上手なんて思ってもいませんでした」

「ええと」とフランクは言った。「犠牲なんて言うべきじゃなかったんです。言葉の綾です。言いたかったのは――」

「おやまあ」とペイシェンスは言った。「ちょっと待って。これから正式の結婚の申し込みがありそうよ。マーガレッタ令嬢、気つけの香水ビンはお持ちかしら？　もし失神したら、庭の椅子はどこにあるかしら？」

「ねえ、だけどぼくは申し込みなんかするつもりはありませんよ」とフランク。

「ないですって。まあ、マーガレッタ令嬢、あなた、どうお思いになって。これからこの方、何かとても特別なことを言おうとしていたとお思いにならない？」

「この方が言ったことくらいはっきりしていることはないと思いました」とマーガレッタ令嬢。

「そういうことなら、グレシャムさん、結局そんなつもりはなかったと理解しなきゃならないわけですね」

ペイシェンスはそう言いながら目をハンカチで押さえた。

「あなたはぼくのような男をからかう手足れなんだとわかります」

「からかう！　とんでもない。でも、あなたこそ私みたいな哀れな女をだます手足れですわ。まあ、私には証人がいることを覚えておいてください。一部始終をマーガレッタ令嬢が聞いています。私の兄が牧師だというのは何と残念なことでしょう。あなたはそういうことも計算していたのね。そうでもなければ私にこんなことは仕掛けなかったはずです」

彼女がそう言ったちょうどそのとき、兄のオリエル氏が彼らのなかに加わった、あるいはむしろマーガレッタ・ド・コーシー令嬢に合流したと言ったほうがいい。というのも、令嬢とオリエル氏は二人で前方へ歩いて行ったからだ。マーガレッタ令嬢はミス・オリエルがいとこといちゃついているあいだ、第三者の役割を演じるのは退屈だと思っていた。令嬢はこういう駆け引きで自分が主役を演じるのに慣れていたからなおさらだった。それゆえオリエル氏と歩くのはいやではなかった。オリエル氏は普通のありふれた牧師ではなく——そう考えられていた——、伯爵の娘とつき合ってもおかしくないいくつもの長所に恵まれていた。彼は牧師の結婚という問題にきわめて高いハードルを設けており、結婚するつもりのない男性として知られていたから、マーガレッタ令嬢はもちろん彼と二人だけになることにあまり抵抗はなかった。

しかし、マーガレッタ令嬢がいなくなるとすぐ、ミス・オリエルはからかう調子をやめた。ほかの人がそばにいたとき、二十一歳の若者をからかうのは楽しかったけれど、まったく二人だけになったとき、その調子には危険があったのかもしれない。

「あなたほど人がうらやむ立場にある人を知りませんわ、グレシャムさん」と彼女はとても冷静に、真剣に言った。「このうえなく幸せにおなりにならないと」

「ぼくは大人の振りをしているだけで、じつはほんの子供なのだとあなたから教えられ、笑われている状態です。それなのにミス・オリエル、どうしてぼくが幸せになれますか？ 笑われることにはたいてい我慢できますが、あなたから笑われるとき、幸せになってほしいと言われるときほど、幸せな気持ちになれません」

フランクは明らかにミス・オリエルとは正反対の意見を持っていた。ミス・オリエルは二人きりになったとき、いちゃつくのをやめなければと思った。しかし、フランクはまさに始めるときだと思った。それで彼はいとも恋い焦がれているように話し、表情を作り、オーランド[1]のような態度を取った。

「ねえ、グレシャムさん、あなたと私のようにいい友人関係なら、お互いに相手を笑うことができるのではないかしら？」

「あなたの好きなようにすればいいですよ、ミス・オリエル。美しい女性はいつもそうしていいと思います。だけど、『クモとハエ』[2]の詩を思い出してください。『あなたにとっては遊びでも、私にとっては死かもしれない』」フランクがこれを言ったとき、その顔を見た人はおそらく彼がミス・オリエルに失恋したと想像したとしてもおかしくない。ああ、フランク坊ちゃん！　フランク坊ちゃん！　もし君が青春の緑の葉のときにこんなふうに行動するなら、乾いたときにはどう振る舞うのだろう。

　フランク・グレシャムがこんなふうに不作法に振る舞い、すき引き農夫やほかの普通の人がするように、かわいい顔に恋するのが彼の特権でもあるかのようにいちゃついていたころ、あの守護聖人たちはこの世のありとあらゆる祝福を彼の頭上に注ぎかけたいと思っていたから、大きな利害を忘れてはいなかった。

　グレシャムズベリーの庭園では別種の会談があった。そこでは軽率な発言は許されず、軽薄な内容も入り込めなかった。伯爵夫人とレディー・アラベラとミス・グレシャムはグレシャムズベリーの事情を話し合っていた。彼女たちは最近アミーリア令嬢の応援を受け入れていた。この令嬢はこれまでド・コーシー家に生まれた誰よりも賢く、くそまじめで、分別があり、誇り高かった。彼女が持ち出す貴族の資格はときとしてその母にとってすら重すぎた。彼女はこれほどにも篤い貴族に対する忠誠心を持っていたので、たとえ天国の席が差し出されたとしても、それが貴族院にあると約束されなかったら、きっと断っていただろう。

　最初に話し合われた話題はオーガスタの将来のことだった。モファット氏がコーシー城に招待されて、オーガスタは彼に会うため城に連れて行かれたことがあった。二人を夫婦にするという伯爵夫人の明白な意図によるものだった。しかし、モファット氏はグレシャムズベリーの娘には役に立ったとしても、コーシー城の女性子孫に目を向けることは許されなかった。伯爵夫人は義妹と姪にこの点を了解させるのを怠らなかった。

「私たちが個人的にモファット氏を嫌っているわけではないのです」とアミーリア令嬢は言った。「階級には負担な面もありますからね、オーガスタ」アミーリア令嬢は今や三十よりも四十歳に近かったとはいえ、まだ

無垢の想いに包まれ、恋の煩いも知ることなく(3)

生活することを余儀なくされていたから、この女性の場合、階級は重大な負担となっていたと推測される。

これについてオーガスタは何の異議も申し立てなかった。ド・コーシーによって望まれようと望まれまいと、結婚はオーガスタのものであって、彼女がその名を名乗ることになる男性の富に関しては何の疑念もなかった。結婚の申し込みは彼女にではなく伯母になされ、承諾も彼女にではなく伯母によってなされた。もし彼女がモファット氏とのあいだでこれまでに交わされた会話を記憶のなかで再現したら、舞踏会場で偶然出会った踊りの相手と交わされるごくありふれた会話ほども量があったとは言えないことがわかるだろう。それにもかかわらず彼女はモファット夫人になるつもりでいた。父のグレシャム氏はこの若い男に初めて一度だけ会ったとき、この男がお金の問題では極端に扱いにくい相手だと知った。この男は妻に一万ポンドの持参金を要求し、最後には六千ポンドえられなければ結婚話を続けることを拒んだ。哀れな郷士は後者の額を彼に支払うことを約束した。

モファット氏は一年か二年間バーチェスター選出の国会議員だった。彼はその古い市に関する政治的見解をすべてド・コーシーの利害に基づいて形成していた。もちろんホイッグ党員だった。バーチェスターは過去の輝かしい光から離れて、国会にホイッグ党員を選出しただけでなく、次回の選挙ではある急進派の男を選出するのではないかと言われていた。この候補は案件ごとの無記名投票と全面的な節約を公約し、バーチェスターの政治をぶっきらぼうで、不快で、有害な毒々しさで実行しようとしていた。この男は生粋のバーチェスター生まれの、スキャッチャードという大きな鉄道建設業者で、近隣に土地を買い、貴族制に対する激しい民主主義的な反発によって地元でもほかのところでも人気をえていた。この男の政治姿勢によると、保守党員は馬鹿として嘲笑の対象とし、ホイッグ党員は悪党として嫌悪の対象としなければならなかった。

モファット氏は今選挙運動の様子を見るためコーシー城に来ており、ミス・グレシャムは彼に会うため伯母とともにまた城へ行く予定だった。伯爵夫人はフランクもこれに同行するように願った。彼はお金と結婚しなければならない、この伯母の大原則は権威をえて既定路線とされ、疑いの余地なく受け入れられた。伯母は今それをもっと推し進めて、時間は無駄にできない、甥はただお金と結婚するだけでなく、人生の早いうちにそうしなければならないと言い、それが遅れれば常に危険が伴うと言った。グレシャム家の人々――もちろん伯母は家族の男性のことにしか触れていない――は愚かなほど軟弱で、次に何が起こるか誰にもわからなかった。そのうえミス・ソーンがいつもグレシャムズベリーにいるという事実があった。

この発言はレディー・アラベラにさえ堪えられないことだった。彼女はフランクが確実に家の面汚しをすると考える根拠はないと抗議した。

それでも伯爵夫人は強く主張した。「おそらく面汚しをすることなんかないでしょう。けれど、まったく異なる階級の若い人が交際を許されていたら、どんな危険が生じるかわかりません。先のベイトソンさん——現在のベイトソンさんの父——が家庭教師と駆け落ちしたとか、トーントン(4)の近くの若いエヴァービアリーさんが料理番のメイドとつい先日結婚したとか、そういうことはみなが知っていることよ」

「でもエヴァービアリーさんはいつも酔っぱらっていましたのよ、伯母さん」とオーガスタは兄のため何か弁明しなければと感じて言った。

「気にしないで、あなた。こんなことは起こりうるの。ひどくいやなことでしょう」

「いやね！」とアミーリア令嬢は言った。「国でいちばんすばらしい血統を薄め、革命への道を開くのよ」これはきわめてご立派な発言だった。それでも、オーガスタは仕立屋の息子と結婚するとき、おそらく自分が生まれてくる子の血を薄めようとしているのだと感じずにはいられなかった。とにかく革命への道を開くことはないと信じて心を慰めた。

「どうしてもしなければならないことがあるときは」と伯爵夫人が言った。「急いで急ぎすぎることはありません。ねえ、アラベラ、何も起こらないとは思いますが、ないとも限りません。ミス・ダンスタブルが来週やって来ます。老ダンスタブルが去年亡くなったとき、二十万ポンド以上を娘に遺したことはみなが知っていることよ」

「確かに莫大な金額です」とレディー・アラベラ。

「それが手に入ったら、借金を完済したうえそれ以上のものがあるでしょう」と伯爵夫人。

「香油でしたね、伯母さん」とオーガスタ。

「そう聞いていますよ、あなた、レバノンの香油と呼ばれるもの、あるいはその種のものですが、額に申し分はありません」

「でも、ロジーナ、その方は何歳ですか？」と心配そうな母が聞いた。

「三十くらいだと思います。けれど、それがそれほど重要だとは思いません」

「三十」とレディー・アラベラは悲しそうに言った。「その方はどんな様子の方ですか？　フランクはもう若くてかわいい娘が好きになり始めています」

「けれど、きっと叔母さん」とアミーリア令嬢は言った。「今や彼は成人の分別に達したのですから、家族の義務を無視することはないでしょう。グレシャムズベリーのグレシャムさんは一家を支える立場にいますから」ド・コーシーの娘はこの最後の言葉を口にしたとき、教区牧師が農家の若い男にすき引き農夫と同じ地位に身を置かないように警告するときの口調を使った。

伯爵夫人はフランクにコーシー城への特別招待を伝えること、甥が到着したら、ケンブリッジに戻らないよう、ダンスタブルとの結婚を前進させるように持てる力を尽くすことを最終的に決めた。

「私たちは以前ミス・ダンスタブルをポーロックにと考えましたの」と伯母は無邪気に言った。「けれど、二十万ポンドをあまり超えないとわかったものですから、この案は消えてしまいました」ド・コーシーの血が薄められてよい条件ははなはだ高かったと推定される。

オーガスタは兄を見つけて、小さな応接間にいる伯爵夫人のところへ連れて来るように言いつけられて、送り出された。ここで伯爵夫人は外の下品な世界を離れて、お茶を飲むことにし、ここで邪魔者なしに甥に大きな教訓を垂れようとした。

オーガスタは兄を見つけたとき、兄が最悪の相手——厳格なド・コーシーの者なら少なくともそう思ったことだろう——と一緒にいるところを発見した。兄がほかならぬメアリー・ソーンと、しかもとても密着して歩いているのを見出したとき、彼女は先のベイトソン氏と女家庭教師、エヴァービアリー氏と料理番が血を薄めたこと、革命への道を開いたこと、そういうことを考えずにはいられなかった。

どのようにしてフランクが古い恋を捨て、すぐ新しい恋に取りかかったか、あるいはむしろ、新しい恋を捨て、再び古い恋に取りかかったか、ここでわざわざ問うことはよそう。もしレディー・アラベラがこんなかたちで息子の行動を知ったら、もし息子が先のベイトソン氏の非道やエヴァービアリー氏の愚行にいかに近づいているか推測することができたら、実際急いで息子をコーシー城とミス・ダンスタブルのもとへ送り出したことだろう。私たちの物語が始まる数日前、若いフランクは真剣な熱意を込めて――もっとも真剣な熱意、もっとも熱意ある真剣さと彼が思ったもので――誓った。メアリー・ソーンを愛していると、どんな言葉を用いても充分な表現が見出せない愛、衰えたり、薄れたり、消えたりしない愛、ほかの人がいくら反対しようとつぶすことができない愛、彼女のいかなる反対も受け入れない愛、そんな愛で愛していると、彼女を妻にしてよいし、できるし、するつもりだし、すべきだと、もし彼女から愛していないと言われたら、彼は――！

「ねえ、ねえ、メアリー！　ぼくを愛しているのかい？　愛していないのかい？　愛してくれないのかい？　愛すると言ってよ。ねえ、メアリー、最愛のメアリー、愛してくれるのかい？　愛してくれないのかい？　愛するの？　愛さないの？　さあ、答えを言う権利があなたにはあるよ」

まだ二十一にもなっていないグレシャムズベリーの世継ぎはそんな雄弁によって医者の姪の愛情をえようと試みた。それから三日もたたないうちに彼はミス・オリエルと楽しくいちゃついたのだ。

もしこんなことが青春の緑の森でなされるなら、乾いた年齢では何がなされるのだろうか？

こんな熱烈な不死の愛の誓いがメアリーの足元に投げられたとき、彼女は何と答えたのだろうか？　メアリーはフランクとほぼ同い年だった、ということを頭に入れておかなければならない。しかし、私やほかの人が前にもたびたび言ったように、「女性は壁の日の当たる側で成長する」のだ。フランクはただの子供だったが、メアリーは子供以上の存在として振る舞わなければならなかった。フランクのほうはしかるべき非難に身を曝すこともなく、愛と信じたものの誓いに心と信じたものを残さず投げ込んでよかった。しかし、メアリーはもっと思慮深く、もっと口を固くし、もっと置かれた立場に配慮し、もっと自分の感情と彼の感情に慎重でなければならなかった。

しかし、ほかの若い女性が若い男性をあしらうように、彼女はこの若者をあしらうことができなかった。若い男性は酔っぱらってでもいない限り、若い娘とのつきあいでいやがられるようななれなれしい態度を取ることはない。しかし、交際が長くて親しければ、当然なれなれしくなるだろう。フランクとメアリーは休日にはじつによく一緒にすごし、少年少女時代にはあまりにも絶えずつき合ってきたから、メアリーに関する限り、フランクは若い男性の舌を縛る女性へのあの生来の恐怖といったものを持ち合わせなかった。メアリーは彼の上機嫌、おかしさ、陽気な精神に慣れ切っていた。そのうえ彼や彼のそういうところがとても好きだったから、少年の好意から大人の愛への変化の最初の陰影を的確な理解力でとらえ、控え目な眉で押しとどめるのはとても難しかった。

ベアトリスもまたこれに一枚噛んで悪影響を与えていた。彼女はお偉い親戚の精神には痛ましいほど及ばない姿勢で、初期の恋の戯れのとき、メアリーとフランクを問い詰めた。彼女はなるほど問い詰めはしたものの、本能的に母と姉の前ではそれをするのを避けて、言わば自分とメアリーと兄だけの秘密にした。結果、言わば二人のあいだに何か深刻なことがあるかもしれないとの見方を拡散してしまった。ベアトリスは二人の結婚を推進しようと望んだことはなかったし、そんなことは考えたこともなかった。彼女は女の子っぽく、思慮に欠け、軽率で、無技巧で、まったくド・コーシーらしくなかった。これらの点でまったくド・コーシーらしくなかったとはいえ、それにもかかわらず、彼女はド・コーシーの血を尊敬するとともに、それ以上にド・コーシーの血と結びついたグレシャムの誇りを高く掲げていた。アミーリア令嬢なら絶対にド・コーシーの血を汚すことはないだろう。純金は汚れないと令嬢は思っていたから。今ベアトリスは姉の結婚を恥じた。彼女はモファット氏のような人とは結婚できないと胸中しばしば断言した。

彼女がメアリーにもそれを言うと、メアリーはそれが正しいと答えた。メアリーも血統を、伯父の血統を誇りに思っており、二人の娘は女の子っぽい熱意を持って栄光に満ちた家の伝統や名誉について話した。ベアトリスは友の出生について何一つ知らずに話し、メアリー、かわいそうなメアリーもやはり自分の出生を知らずに話した。将来、悲しみの日が恐ろしい事実を告げるのではないかとの強い疑念がないわけではなかった。

メアリーは一点心に強く期するところがあった。いかなる富、いかなる世俗的な地位があろうと、それだからといって人は彼女の上位に立つことはできないとの思いだった。万一貴族として生まれていたら、彼女はどんな紳士とだって結婚できたはずだ。たとえヨーロッパ一の富豪が富を残さず彼女の足元に投げ出したとしても、その気になったら、それ以上のものをお返しにしてやるつもりだった。足元に投げ出された富がどれほどのものであろうと、そんなもので自分の心の要塞、魂の守り番、精神の独立を明け渡す気にはなれなかった。富でさえ、富だけでは不足分を補うほんのわずかな重りにもなりえなかった。

万一貴族に生まれていたら！　そのとき心に奇妙な疑問が浮かんだ。何が紳士を作るのか？　何が淑女を作るのか？　少数の選ばれた者の前で何十万、何百万の人々に頭をさげさせるあの特権、人が地位と呼ぶあの特権の内的現実、浄化された真髄とは何なのか？　何がそんな特権を与え、与えることができ、また与えるべきなのか？

彼女はその疑問に答えた。どんな人で、どんな職に就いて、どこの出身であろうと、万人に認められる、本来的に具わる、純粋な、個人的な長所がその所有者に特権を与えなければならないと。これほど民主主義的な精神が彼女のなかでは強かった。これ以外の特権は世襲によってえられたもの、言わば中古か、二十回中古かで受け取られたものだった。これほど貴族的な精神が彼女のなかでは強かった。想像されるように、彼女は子供時代にこれらのことを伯父から学んだ。選ばれた心の友ベアトリス・グレシャムにこれらを教えるには大いに苦労があった。

メアリーには答えを言う権利があると言ったとき、フランクは答えを期待する権利があると言うつもりだった。メアリーはこの権利を認めて回答した。

「グレシャムさん」と彼女。

「何だい、メアリー、グレシャムさんなんて」

「ええ、グレシャムさんよ。成人したあとではグレシャムさんでなければなりません。そのうえ、私もミス・ソーンでなければなりません」

「ミス・ソーンなんて呼ぶのは死んでもいやだよ、メアリー」

「そう呼ばなければ死んでしまうとは言いませんが、もしあなたがそう呼ばなければ、もしそう呼ぶことに賛成しないなら、私はグレシャムズベリーを追い出されてしまいます」

「何！　母のことを言っているのかい」とフランク。

「ぜんぜんそんなことは言っていません」とメアリーは言った。彼女の目にはフランクをはっと驚かせる煌めきがあった。「そんなことは言っていません。あなたのお母さんではなく、あなたのことです。レディー・アラベラは少しも怖くありませんが、あなたのことが怖いんです」

「ぼくが怖いって、メアリー！」

「ミス・ソーンよ。どうか、どうか、よく覚えておいて。ミス・ソーンでなければいけません。私をグレシャムズベリーから追い出さないでください。私をベアトリスから離さないで。私を追い出そうとしているのはあなたです。ほかの誰でもありません。あなたのお母さんに対しては私の立場を守ることができる――そう感じています。しかし、もしあなたがこれとは違った――別の扱いを私にするなら、もう抵抗することはできません」

「別のどんな扱いなのかい？　ぼくはあなたを世界じゅうの女性から選び出した妻として扱いたいんだ」

「こんなに早く妻の選択をする必要があると思われたのは残念ですわ。でも、グレシャムさん、今は冗談を言っている場合ではありません。きっとあなたは私を傷つけたくなんかないと思います。でも、もしあなたが私に、あるいは私のことを再びそんなふうに話すなら、私を傷つけることになります。とても傷つけることになるので、私は身を守るためグレシャムズベリーを去らなければなりません。あなたはとても寛大な方ですから、私を追い出すようなことはしないと思います」

こうして会話は終わった。フランクはもちろん二階にあがると、数日間のちこれ以上生きることが堪えられないとわかった場合に備えて、新しい小型拳銃が適切に掃除され、装填され、ふたがかぶせられ、準備万端かどうか確認した。

しかしながら、彼はこれに続く時期を何とか切り抜けた。疑いなく父のお客に失望を与えないようにと考えてのことだった。

註

（1）『お気に召すまま』に登場するロザリンドの恋人。
（2）メアリー・ハウイット（1799-1888）が一八二九年に発表した。
（3）『真夏の夜の夢』第二幕第一場。
（4）サマセット州の州都。

メアリーは礼儀作法にかなり頼ることでどうにか恋人をなだめることができた。しかし、本当にたいへんだったのは自分の気持ちを抑えることだった。若い女性は、総じて、若い男性と同じように甘い感情に溺れやすいものだ。フランク・グレシャムは美男で、愛想よく、馬鹿でなく、気立てもよかった。そのうえ紳士で、グレシャムズベリーのグレシャム家の世継ぎだった。メアリーは言わば彼を愛すべくして育てられた。何かよくないことが彼に起これば、まるで兄に対するようにメアリーは泣いた。それゆえ、フランク・グレシャムから愛していると告白されたとき、彼女がそれをまったく無関心に聞いたと思われては困る。

フランクはこういう場面で一般に用いられるあの適切な言葉遣いでおそらく求婚していなかった。彼のとても子供っぽい言動を見て、メアリーはこの問題を真剣に考えるのを思いとどまったと、淑女なら考えるだろう。「愛してくれるのかい？　愛してくれないのかい？　愛するの？　愛さないの？」と言った彼の言葉は、深い霊感をえた詩的な歓喜の表現とは思えない。それでも彼の言葉には温かさと現実味があったし、それ自体にいやみなところはなかった。メアリーが怒ったのは――怒った？　いや怒ってはいなかった――メアリーが愛の告白を拒んだのは、おそらく恋人の言葉が馬鹿げていたせいではない。

生身の恋人たちは必ずしも詩的で、情熱的な言葉遣いで――この種の描写で一般に適切と見なされる言葉遣いで――こういう問題を議論することはないと思われる。人は見聞きしたこともないことをこう断言することはできない。しかし、著者はこういう場面の確かな言葉と行動を一度実体験したことがある。この男女は決して平民の出ではなく、高貴な生まれと優れた育ちの適切な基準に達していた。二人は美しいカップルで、教養ある人々のあいだで生活し、精神活動に慣れ、あらゆる意味で礼儀正しい恋人の理想像を実現していた。非常に重要な会話はこんなふうに交わされた。情熱的な場面は二人が散歩している秋の海岸だ。

紳士…「あのね、君、まわりくどいことはやめよう。ぼくはここにいる。ぼくを受け入れることも、捨てることもできるよ」

淑女は砂にできた溝をパラソルで引っかいて、穴から穴へ塩水を移動させながら言った。「もちろんそんなこと意味ないわ」

紳士…「意味ないって！　とんでもない、意味ないことなんてない。ほらジェーン、ぼくはここにいるよ。ねえ、とにかく何か言ってくれ」

淑女…「そうね、何か言わなくちゃね」

紳士…「ねえ、どっちなんだ、ぼくを受け入れるのか、捨てるのか？」

淑女は塩水を移動させる工事をもっと大きくすると、とてもゆっくり、おそらくほとんど聞き取れない声で言った。「そうね、あなたとは離れられないわ」

こうして問題は決着した。とても礼儀正しく、満足するかたちで決着した。もしこのときのことを二人がじっくり考えたら、二人の人生でもっともかぐわしいこの瞬間が詩的なもので満たされ、それによって神聖化されていたことがわかるだろう。

メアリーは若いフランクの暴走をきちんと抑えた。彼の人生のこの時期に妻にするという申し出はまったく馬鹿げたことだと思っていた。このとき、メアリーは自分の気持ちも抑制することが不可欠だと思った。

彼のような恋人を正式に、公式に持つことができたら、そんな幸せより大きな幸せがあっただろうか？　こんな少年から成長した男性くらい愛するにふさわしい男性がいただろうか？　そのうえ、成長を待つまでもなく彼を愛していなかったか？　いやとっくに愛していた。二人を互いにしっくり結び合わせるものが彼にも、自分にもあることを感じ取っていなかったか？　ベアトリスの姉になり、郷士の娘になり、グレシャムベリーの家族の重要な一員になるのはすばらしいことだった。

しかし、彼女はこういう思いを抑えることができなかった反面、フランクの求婚を真剣に受け止める気には一瞬たりともならなかった。彼女が大人の女である一方、フランクはまだ子供だった。彼は身を固める前に世間を見る必要があった。結婚する前に十回は女性について見方を変えるだろう。そのうえ、彼女はレディー・アラベラが好きではなかったが、アラベラの親切、とは言えないとしても忍耐には借りがあると感じていた。彼女がこれを無視したら、恩知らずだと、世間から言われるだろう。彼女がこれまでの経緯を利用しようとするなら、伯父も彼女が悪いことをしていると思うだろうと胸中はっきり感じた。

彼女はフランクから妻になるように求められたからといって、自分がグレシャム夫人になることはありえないと思い、一瞬たりともそれを疑わなかった。それにもかかわらず求婚のことを考えずにはいられなかった。おそらく彼女はフランク自身が考えたよりも真剣に考えた。

一日か、二日あと、フランクの誕生日の前夜、彼女は伯父と二人きりで裏庭を散歩した。自分の出自がフランク・グレシャムのような男性の妻にふさわしいか知りたくて、それをそのとき伯父に質問しようとした。夏の夕方、先生がたまたま家にいたとき、二人は裏庭を散歩した。これは頻繁になされることではなかった。というのも先生の労働時間は労働者階級上層の平均、すなわち朝食からディナーまでの時間、以上に長かったからだ。しかし、そうやって二人ですごす数分間を先生はおそらく人生の至福の時と思っていた。

「伯父さん」メアリーがしばらくして言った。「ミス・グレシャムの結婚をどうお思いになります?」

「ああ、ミニー」――先生が呼ぶ姪の愛称はそういう名だった――「あまり考えたことはないね。ほかの誰もそんなことを考える人はいないと思うよ」

「当然彼女は考えないといけません。もちろん相手の方だって考えなくちゃいけませんわ」

「そうとも言えないね。ある人たちはそんなことを考えなくちゃならないなら、結婚のほうをよすよ」

「それが理由で結婚しなかったんですか、伯父さん?」

「考えるのが面倒だったか、考えすぎたか、どちらかだね。どちらも同じくよろしくないね」

メアリーはねらったところにまだうまく会話を近づけることができなかった。それでいったん撤退して、しばらくしてまた始めた。

「でも、とにかく私はその結婚のことをずっと考えていたんです、伯父さん」

「それはご親切なことだね。私も面倒が省けるし、おそらくミス・グレシャムも助かるだろう。もしおまえがしっかり考えてくれたら、みんなの役に立つね」

「モファットさんは家柄に欠ける人だと思いますわ」

「結婚したら、疑いもなくその点は改善できるね」

「伯父さん、あなたって馬鹿ね。悪いことに、とてもしゃくにさわる馬鹿ですわ」

「おまえはあほだね、姪っ子や。悪いことに、とても愚かなあほときた。モファットさんのうちが私とおまえに何の関係があるのだ? モファットさんは家柄の栄誉よりも大切なものに恵まれている。大金持ちじゃないか」

「ええ」とメアリーは言った。「それくらい知っています。金持ちは何でも買えるようですわ。手に入れる価値のある女性以外はね」

「金持ちは何でも買えるのだよ」と先生は言った。「モファットさんがミス・グレシャムを買ったと言うつもりはないがね。二人はきっとどこか気が合うのだろう」先生はもうこの話は終わったと、決着を着けんばかりに権威ある態度でつけ加えた。

しかし、姪は伯父を逃してなるものかと決意していた。

「ねえ伯父さん」と彼女は言った。「あなたはすごく世故にたけている振りをしているようで、結局そんなものはないんですね」

「私はそんなふうかい？」

「自分でもご存知でしょ。ミス・グレシャムの結婚を議論するのが不穏当なのは――」

「不穏当とは言ってないよ」

「いいえ、言いました。もちろん、こういう問題は話し合わなきゃいけませんわ。なぜって、自分のまわりで起こっていることが理解できないとき、それ以外にどうやって意見がえられるっていうんです？」

「叱り飛ばされそうだね」とソーン先生。

「伯父さん、真剣に聞いてよ」

「では、ミス・グレシャムがモファット夫人として幸せになるように真剣に希望するよ」

「もちろんそれはそうですわ。私だって希望します。できるだけ希望しますけれど、希望の根拠がまったくないんです」

「人は根拠なんかなくてもいつも希望するものだよ」

「では、今度の場合も希望しますわ。でも、伯父さん――」

「なんだい、おまえ?」

「私は伯父さんの意見が聞きたいんです。正直に、真剣に答えてくださいね。もし伯父さんが女の子だったら――」

「そんな奇妙な仮定に基づいた意見なんかとても言えないね」

「でも、もし伯父さんがこれから結婚するとしたら」

「だから、そんな仮定の話が私にはまったく不適当なのだよ」

「でも、伯父さん、私は女の子よ。結婚するかもしれません。少なくともいつか結婚のことを考えるかもしれません」

「最後の選択肢は確かにありうるね」

「それだから、友人がこんな結婚をするのを見ると、私自身をその人の身に重ねて考えてしまうんです。もし私がミス・グレシャムだったら、正しいことをしているかって?」

「しかし、ミニー、おまえはミス・グレシャムじゃないから」

「そう、私はメアリー・ソーン。立場がぜんぜん違うのはわかっています。私なら身を落とすことなく結婚したいと思います」

こういうふうに言う彼女は意地悪だった。決してこんなふうに言うつもりはなかった。彼女は会話のなかで計画していた筋書き通り伯父を導くことができなかったので、ほかの道を探しているうち、突然不快なところに落ち込んでしまった。

「私の姪がそんなふうに考えるとはとても残念だ」と伯父は言った。「そんなふうに言うのも残念だね。しかし、メアリー、じつのところおまえが何を言いたいかわからないね。思うにいつものおまえほど自分がよくわかっていない――あまりはっきり言葉にできていない状態だね」

「じゃあ言わせてもらいますわ、伯父さん」彼女はそう言うと伯父の顔を見あげるのではなく、足元の緑の芝生に目を落とした。

「なんだい、ミニー」先生はメアリーの両手を取った。

「ミス・グレシャムはモファットさんと結婚すべきじゃないと思います。なぜって彼女の家柄は高くて、立派なのに、モファットさんの家柄は低くて、卑しいからです。こういう問題で一つの意見を持つと、人ってそれを身近なものや人にどうしても当てはめてみますね。一つの意見をミス・グレシャムに当てはめてみたあと、今度は当然自分に当てはめてみるんです。もし私がミス・グレシャムだったら、いくら相手が黄金のなかで寝っ転がっていようと、モファットさんとは結婚しません。ミス・グレシャムがどの階級に属しているか知っているからです。私が知りたいのは、私がどの階級に属しているかっていうことなんです」

姪が最後の発話を始めたとき、二人は立ち止まっていた。しかし、言い終わったとき、先生はまた歩き出したから、姪も一緒に歩いた。先生は問いに答えないままゆっくり歩いたので、姪は全神経を集中させて、思考の流れをはっきり追った。

「もし女性が下の階級の人と結婚して、身をおとしめたくないと感じるなら、当然その女性は自分より上の階級の人と結婚するとき、すなわち男性に格下げを求めるとき、愛する人をおとしめたくないと感じるはずです」

「そういうことにはならないね」と先生はすぐ言った。「男性は妻を彼の階級にまで引きあげるが、女性は夫の階級に入らなくてはならない」

二人はまた沈黙し、また歩き出した。メアリーは両手で伯父の腕を取っていた。彼女は話の核心に触れる覚悟を固めていた。どうしたらそれがいちばん上手にできるかしばらく考えたあと、遠まわしに言うのをやめて率直に質問した。

「ソーン家はグレシャム家と同じくらいに名家なんですか?」

「純粋に家系から言うとそうだね、おまえ。つまり私が愚かな老人になって、世間一般に話されるのとは違った意味で家系の問題を話したいときにはそうだ。ソーン家はグレシャム家と同等か、もしくは優れた家柄と言える。しかし、まじめに人にそう言うのは気が引けるね。グレシャム家は今ではソーン家よりもこの州ではずっと立場が上だから」

「でも、両家は同じ階級なんでしょう?」

「うん、そうだね。ウラソーンのウィルフレッド・ソーンとここの友人の郷士は同じ階級だね」

「じゃあ伯父さん、私とオーガスタ・グレシャム、私たちは同じ階級かしら?」

「ねえ、ミニー、私が郷士と同じ階級だと自慢させたいのかい? 私は田舎のしがない医者だよ」

「質問にきちんと答えていませんわ、伯父さん。大好きな伯父さん、話をはぐらかしていることはわかるでしょう? 私の言いたいことはわかりますね。ウラソーンのソーン家をいとこと呼ぶ権利が私にはあるのかしら?」

「メアリー、メアリー、メアリー」しばらく間を置いてから先生が言った。姪が両手でもたれかかれるようにまだ腕を垂らしていた。「メアリー、メアリー、メアリー。どうかおまえ、この答えを私に求めないでおくれ」

「伯父さん、私だって永久に聞かないままいられるはずがありません」

「聞かないでくれたら、ありがたい。どうか聞かないでほしい」

「もう聞きません、伯父さん。言いたいことはもう言いました。もうこれ以上あなたを悲しませません。大好きな、大好きな伯父さん！　これまで以上にあなたを愛します。できればあなたを悲しませたくありません。悲しませたくないいんです。あなたがいなかったら私はいったいどうなるかしら？　どうなっていたかしら？」そう言うと、彼女は伯父の胸に飛び込み、両腕で首にしがみつき、額に、頬に、唇に口づけした。

これ以上二人のあいだでこの問題は議論されなかった。メアリーはそれ以上追及しなかったし、先生のほうも進んで何か教えることはなかった。彼女はもし勇気があったら、母のことをいちばん聞きたかったのに、聞く勇気がなかった。母がつまらない女だったと、おそらく今もつまらない女だと聞かされたら堪えられなかった。先生の弟のじつの娘だということは知っていた。幼いころに親戚のことはほとんど聞かされていなかった。聞いているところで伯父が彼女の両親のことを口にしたこともほとんどなかった。老名誉参事会員の息子、先生の弟、ヘンリー・ソーンの娘であるということは知っていた。小耳に挟んだことや、偶然知りえたことのおかげで、これを知ることができた。しかし、母に関しては一言も人の口にのぼることがなかった。先生は青年時代の話をするとき、彼女の父の話をすることがあった。しかし、誰一人母の話をする人はいなかった。彼女はソーンの子であることはずっと知っていた。そしていま、彼女がウラソーンのソーンのいとこではないこと、すなわち少なくとも世間でいう普通の意味のいとこではないことを知った。もし先生が特別に許してくれなかったら、彼の姪ですらないということだった。

話が終わったあと、彼女は一人で応接間にあがり、そこに座って考えた。するとまもなく伯父がやって来た。伯父は座らなかったし、かぶっていた帽子さえ取らなかった。姪に近づいて来ると、立ったままこう言った。

「メアリー、さっきの話のあと、たった今おまえが知ったことのほかに一つ言っておかなければならない。

そうしないとおまえに不当で、残酷なことをしたことになる。おまえの母はまるまる不幸というわけではないが、多くの点で不幸だった。しかし、そういうことではしばしば厳しい世間も、おまえの母が面汚しなことをしたとは判断していない。いいかい、母のことをだいじに記憶にとどめられるようにこれは言っておくよ」そう言うと、伯父は話す暇を与えないうちに去って行った。

先生がそれを話したのは姪を憐れんだためだった。姪が母のことで赤面しなければならないと思い、母のことを口にできないだけでなく、罪なき人と見なすこともできないと思う、そういう状態に置かれることがどういうことかと先生は推察した。そんな悲しみを和らげるため、また弟が不幸にした女性を公正に扱うため、先生は最小限今述べたくらいのことを明かさざるをえなかった。

それから先生は一人で裏庭を行ったり来たりしつつこの娘にしたことを考え、それが賢明で、正しかったかことか考え込んだ。最初に幼児のころこの娘を預かったとき、母に関することはどんなこともこの娘に知られてはならないと考えた。弟のこの孤児、父の家を再興する最後の苗木に喜んで身をささげた。しかし、どんなかたちにしろスキャッチャード家とかかわるため、こんなことをするつもりはなかった。先生は少なくとも紳士なのだから、この娘も同じ屋根の下に住み、同じテーブルを囲み、同じ暖炉を分かち合うなら、当然淑女に違いないと自負した。この娘についてどんな嘘もつきたくなかった。この娘を実際とは違ったものに見せようとか、実際よりよく見せようとか、そんなことをしたいとは思わなかった。世間の人は当然この娘のことを噂するだろう。ただし彼の前で噂なんかさせるつもりはなかった。たとえ噂しようにも、世間の人を黙らせる力があると先生は考えていた。それはあながち根拠がないわけではなかった。非嫡出子としてこの世に生まれたこの小さな娘に、先生はこの娘のものとは言えない立場を主張するつもりはなかった。彼ができる限りいい地位をこの娘に与えてやろう。彼が浮き沈みするとき、この子も浮き沈みするのだ。

先生はそういうふうに決心していたが、世のなかによくあるように彼が物事を決めるよりもむしろ物事のほうがおのずと決まってしまった。十年か十二年メアリー・ソーンのことを噂する人は誰もいなかった。ヘンリー・ソーンとその悲劇的な死の記憶は消え去っていた。その悲劇にかかわって子が生まれたという事実は決して広く広まることはなく、消えて誰にも知られなくなっていた。その十二年が終わるころ、ソーン先生はずっと前に亡くなった弟の子、幼い姪が一緒に生活することになったとみなに明かした。先生が予想していた通り、誰も面と向かって彼にそれを問いただす人はいなかった。しかし、疑いもなく陰ではそのことを話題にする人もいた。正確な真実を推測した人がいたかどうかはわからない。完全に正確に推測した人はおそらくいなかっただろう。当たらずといえども遠からずの人はおそらくいた。とにかく一人だけはこの点に何の推測も働かせることはなかった。その人はソーン先生の姪について一顧だにすることはなかった。彼はメアリー・スキャッチャードがイギリスに子を残したなんて思ってもみなかった。その人こそメアリーの兄ロジャー・スキャッチャードだった。

先生は一人の友人、たった一人にだけ真実を包み隠さず話した。それは郷士だった。「あなたに話したのは」と先生は言った。「あなたがこういう点を重視するなら、あの子があなたの子供たちと交際する権利がないことを知っておいてほしいからです。しかし、注意してください。私はこの話をほかの誰にも知られたくないのです」

郷士は注意して、この話を誰にも漏らさなかった。メアリー・ソーンがまるで兄妹のように郷士の子供たちと家のまわりを駆け回るのを見るのに慣れていった。事実、郷士はメアリーをいつも気に入って、個人的に気を配った。マドモアゼル・ラロンの事件では、彼女をすぐ治安判事の席に着けてもいいと断言して、レディー・アラベラを大いに不快にした。

そうやって月日は流れ、先生はこの問題をさしてあまり考える必要もなくすごしてきた。ところが、姪が二十一歳になった今、先生のところにやって来て、彼女の地位について質問し、どの階級の人を夫に選べばよいか聞いてきた。

先生はゆっくり裏庭を行ったり来たりしながら、今真剣に姪にかかわる方針を結局誤ったのではないかと考えた。淑女にしようとするあまり姪を誤った地位に置き、すべての正当な社会的地位を姪から奪ってしまったとしたらどうしよう？　姪にはもう今自分を結びつける階級がないとしたら、どうしよう？

姪を完全に自分だけのものにしておくという先生のあの計画はどういう回答をえたのだろうか？　彼ソーン先生はいまだに貧乏だった。お金をためる才能はなかった。先生には姪が暮らせる居心地のいい家があったし、フィルグレイヴ、センチュリー、リアチャイルドその他の商売敵の存在にもかかわらず医者として彼とメアリーの二人分の欲求を満たす充分な収入があった。しかし、先生はほかの人のようにはやってこなかった。三千か、四千ポンドのコンソル公債も持っていなかった。そういうものでもあれば、彼が死んだあとメアリーが楽に生活できたのに。先生は最近になって八百ポンドの生命保険に入った。メアリーの将来の生活のため頼れるのはそれだけだった。父方と同様に近い関係にある母方の人々に彼女のことを知らせず、存在さえ秘密にするというこの計画は、それではどういう回答をえたのだろうか？　母方はかつては極貧の状態にあったのに、今では正真正銘大金持ちになっていた。

しかし、姪を引き取ったとき、先生は不幸のどん底から、救貧院の恥辱から、慈善施設の嫡出子らの蔑視から、この世界の最下層から、彼女を救い出さなかったか？　姪は今や彼の秘蔵っ子であり、最大の慰めであり、誇りであり、誉れではなかったか？　それなのに母方のほうへ姪を、姪の一部分でも譲り渡すことができただろうか？　譲り渡したら、姪は母方の富を分けてもらえるだろうが、今は隠してある血縁の粗野な習慣や不作法な交わりも受け入れなければならない。富を自分のために崇拝したことがなかった先生、金の偶像を軽蔑し、姪にも軽蔑するように教えてきた先生が、富の誘惑を目の前に置くやいなや、自己の哲学がまったく誤りだったと言い出すことができただろうか？　できるはずがなかった。

しかしながら、いったい誰が六ペンスも持たないこの私生児をめとり、貧困だけでなく、汚れた血も子孫にもたらそうとするだろうか？　世間の常識を敵視する哲学の広い視野にふけるのは彼、ソーン先生にははいことかもしれない。先生は職業を身に着け、名もそれなりに高め、この世でしっかり生きてゆける立場に恵まれていたからだ。しかし、姪にその哲学を押しつける権利があっただろうか？　誰がこういう境遇の娘をめとるだろうか？　姪は高い教育を受けたせいで本来属する地位の人たちにとって不釣り合いな存在となった。そのうえ、姪は出生について知ったこと、推測したことを残さず打ち明けなければ、誰にも愛を誓い、手を差し出すことができないことを先生はよく知っていた。

今夕のあの質問、あれは彼女の心に誰か訴える者がいてなされたものではないか？　姪をあれほどしつこくさせたのは、胸中すでに何か不安の原因があったのではないか？　そうでもなければ、なぜあのとき、初めて自分をどの階級に位置づければいいかわからないと言ったのか？　もしそんな訴えがなされたとするなら、それは若いフランク・グレシャムからだったに違いない。そうとすれば、いったい自分はどうしたらいいのか？　抜き針のケースからすりこぎ、すり鉢に至るまで残さずまとめ、フィルグレイヴ、センチュリー、リアチャイルドたち商売敵に大勝利を譲って、すごすごと新天地に新たな、きれいな地歩を求めて逃げ出すべきだろうか？　姪の気持ちと誇りを犠牲にしてまでグレシャムズベリーにとどまるよりもそっちのほうがまだましだった。

痛ましくもこんなふうに考えながら、先生は裏庭をゆっくり行ったり来たりした。

第八章　結婚の見込み

フランクが心と手を寛大に差し出した求婚の日の二、三日後、メアリーがグレシャムズベリーでほかの娘たちに会ったという点を当然覚えておいてほしい。メアリーはこの求婚を馬鹿げたことと見なしていたから、誰かに取り立てて言うほどのことはないと思っていた。それでも、胸中かなり悲しんでいた。彼女は自尊心に満ちていたとはいえ、ほかの人の自尊心の前では頭をさげなければならないと知っていた。彼女は庶出の身だったから、自分にはないものに恵まれている人々の主張に対して厳しい、ひるむことのない敵意、民主主義者の敵意を感じないではいられなかった。彼女はこの敵意を感じつつ、それでも自尊心の充足こそ思い焦がれるあらゆるもののなかでもっとも熱望していたから、この充足のなかで他人に侮蔑を積みあげようと固く意を決していた。彼女は誇らかに自分に言い聞かせた。神の手作り品は内的男か、内的女、つまり生きた魂によって活き活きと動く裸の生き物であり、これ以外の付属品は仕立屋によって縫われたものにしろ、王様によって工夫されたものにしろ、みなその生き物の衣服にしかすぎないのだと。そういうことなら、自分の血が何十人もの純粋に生まれた祖先たちを通じて純粋に伝わって来たかのように、高潔に行動し、誠実に愛し、完全な信仰をもって天の神を崇拝し、誠実な約束をもって地上の神——彼女の男性——を神聖視することは可能ではないのか？　そう自問した。しかし、そう自問する一方、もし彼女が男性なら、グレシャムズベリーの世継ぎのような男性は生まれの卑しい女をめとることによって子の血を汚すような誘惑に身を曝すことはないと知っていた。もし彼女がオーガスタ・グレシャムなら、いくらお金があろうとモファット氏に、もし彼も家柄の栄誉や先祖の家系を誇ることができなければ、結婚の承諾を与えることなんかないと感じていた。

彼女は胸中に決着の着かぬ戦いを抱えたまま、世の偏見、まだ愛着を抱いているあの偏見と戦うため、武装して現れた。

古くからの愛着の対象、女性的な愛情の対象はあきらめなければならないのか？　なぜなら、彼女が誰のいとこでもないことがわかったからだ。もはやベアトリス・グレシャムの対等な友として娘同士のおしゃべりをすることはできないのか？　ペイシェンス・オリエルと別れさせられ、グレシャムズベリー教区で催される様々な若い女性の会議で彼女が占めてきた自由な地位から追放されて――むしろみずからを追放してしまわなければならないのか？

メアリー・ソーンがいろいろな問題で話したこと、ミス・ソーンが提案したことはオーガスタ・グレシャムの意見と同じくらい頻繁に、もしド・コーシーの娘がお屋敷にいないときには、特に頻繁にこれまでまわりの女性たちの指針となっていた。こういうこともなくならなければならないのか？　こういう全体の雰囲気は子供のころから醸成されてきたもので、これまでそれが問題視されたことはなかった。今メアリー・ソーンがそれを問うことになった。彼女の地位はまやかしのものであり、それには変更の必要があることを実際彼女は発見することになるのだろうか？

メアリーはこんな思いにとらわれるなか、オーガスタ・グレシャムの花嫁付き添いにはならないと主張し、ベアトリスの足の下に首を差し出すと言い、さらにアリグザンドリーナ令嬢を部屋から追い出して、「謙虚」という単語の正しい文法的な解釈を開陳した。彼女はこんな思いにとらわれるなか、フランクが彼女を通すため食堂のドアを開けていたとき、手を差し出すことを固く拒んだ。

「ペイシェンス・オリエルなら」とメアリーは考えた。「両親のことをフランクに話せる。彼女にフランクの手を取らせよう。彼女に話をさせよう」メアリーはその後まもなくペイシェンスが彼と話しているのを見た。彼女はそれを見つつ、老人たちのあいだを黙って歩いて、涙が頬を流れないように懸命に堪えた。

しかし、なぜ目には涙があったのか？　彼女はフランクの求愛がただの子供っぽい馬鹿げた熱中でしかないと誇らかに言わなかったか？　彼女の血がフランクの血と同じくらいに立派だと思う根拠がまだあったころ、そう言わなかったか？　フランクの愛の長広舌が嘲笑に値するもので、それ以外に注目すべき点はないとひと目で見抜かなかったか？　しかし、今目には涙があった。なぜなら、この若者は彼女から叱りつけられたうえ、純粋な友情から差し出した手をたった今拒絶されたばかりだったのに、それなのに彼女ほど不機嫌ではないペイシェンスと今楽しい交際を続けていたからだ。

メアリーは歩きながら聞いた。マーガレッタ令嬢が一緒にいたとき、フランクとペイシェンスの声が大きく、楽しげだったのを。マーガレッタ令嬢が去ると、フランクが小さく、優しい声でペイシェンスに話しかけるのを鋭い耳でとらえることができた。それで、彼女は何も言わないまま前だけをまっすぐ見て歩き続け、徐々にほかの人たちから離れて行った。

グレシャムズベリーの庭園は片側がいくぶん村にくっついて囲まれていた。庭園のなかには村の通りに相当する長さの私道があった。その私道のはしっこ、庭園が終わる境界点、すなわち庭園から村へ出て行く回転木戸――内側から開けることができた――の近くに大きなイチイの木があって、その木の下にベンチがあった。そこからは村の家々の隙間から向かい側のパークに立つ教区教会を見ることができた。メアリーはここに一人で歩いて行った。ここに座って、世間に再び姿を現す前に涙とその跡を拭おうと思った。

「私はここでは二度と幸せになれない」と彼女は独り言を言った。「二度と。もうあの人たちの仲間ではない。仲間でなければ、あの人たちと一緒に生活することはできない」そのとき、ペイシェンス・オリエルは嫌いだとの思いが胸をよぎった。しかし、すぐペイシェンスがグレシャムズベリーの女主人になる日を待ち望んでいる、ペイシェンスはかわいい娘、ペイシェンス・オリエルは嫌いではない、好き、いや愛しているとの別の思いが――思考の流れと同じくらいじつにすばやく――あった。そのとき、今彼女を思うように支配している、思うようにならない涙が限界までたまって、目の水門をあふれて転がり落ち、膝に置かれた手を濡らした。

「何という馬鹿！　何という愚か者！　何という頭のからっぽな臆病な馬鹿！」彼女はベンチから飛びあがって立った。

そうしたとき、近くの木戸のところで声が聞こえた。伯父とフランク・グレシャムの声だった。

「フランク、君に神の祝福があるようにね」先生は庭園から出るときそう言った。「国会制定法によって今成人であり、もちろんもう充分分別があるのだが、昔からの友人に説教されても許してくれるね」

「当然ですよ、先生」とフランクは言った。「説教より長いものでもいいですよ」

「とにかく今夜はやめておこう」先生は立ち去りつつ言った。「もしメアリーに会ったら、私は帰らなければならないと、ジャネットを迎えに寄こすと、伝えてくれるかい」

さて、ジャネットというのは先生の年取ったメイドだった。

メアリーは動けば気づかれそうだった。それで、戸がカチッと鳴るのを聞くまでじっと立ち尽くしていた。それから、たどってきた私道を急いでハウスへ向かって戻り始めた。しかし、そうした瞬間跡をつけられていることに気づいて、数分後フランクが並んで歩いていた。

「やあ、メアリー」彼は完全に追いついてしまう前にあまり大きな声ではなく呼びかけた。「ちょうど伝言があるときに、出会うなんて奇妙だね。どうして一人だけなんだい？」

メアリーは初めこれ以上名で呼ばないようにと、言いつけを繰り返したい衝動にかられた。しかし、そんな指図はこの瞬間分別のあることとは思えないとの次の衝動を感じた。涙の跡がまだ残っていた。ほんのちょっとのことで、つまりフランクからちょっとでも優しさを見せられたら、彼女がちょっとでも無関心なふりをしたら、もっと邪魔な涙を招いてしまったことだろう。ペイシェンスとフランクのことを考えていたという彼女の心の外的な印が拭えたら、そっちのほうがいい。グレシャムズベリーに一緒にいるあいだ、彼が望むならメアリーと呼んだっていい。どうせ彼はすぐいなくなってしまう。ここにいるあいだは好きなようにさせておこう。

「あなたの伯父さんはシルバーブリッジのお婆さんを診るため出かけなければならないんだって」

「シルバーブリッジですって！　まあ、一晩戻って来られないわ。なぜお婆さんはセンチュリー先生を呼ばなかったのかしら」

「お婆さんが二人になったら、うまくいかないと思ったんじゃないかな」

メアリーはほほ笑まずにはいられなかった。伯父がこんな遅く診察に出かけるのは嫌いだったが、商売敵の本拠地に伯父が招かれるとき、いつも勝利感を味わった。

「ジャネットがあなたを迎えに来るそうだよ。だけど、また一人別のお婆さんをわずらわせる必要はないと伯父さんには言っておいた。もちろんぼくがあなたを送るから」

「あら、いえ、グレシャムさん。そんなことをしちゃいけません」

「いや、いや、送るよ」

「とんでもありません！　女性たちがみなあなたを探しているし、あなたの話をしているこのだいじな日に。伯爵夫人を永久に私の敵にしたいんですか。あなたがそんな用事で留守なんかしたら、レディー・アラベラがどんなに怒るか考えてみてください」

「あなたが話すのを聞いていたら、メアリー、あなたがシルバーブリッジへ行こうとしているんじゃないかと人は思うよ」

「おそらくそんな感じなんです」

「ぼくがあなたを送って行かなかったら、誰かほかの人、ジョンかジョージが送って行くよ」

「まあ、フランク！　ド・コーシーさんのどちらかが私をうちに送ってくれるなんて！」

メアリーはド・コーシーの偉大さについて冗談を控えることができなかったから、我を忘れて、固く決意していた厳しい礼儀正しさを忘れてしまった。彼女は我を忘れて、フランクをなつかしい、以前の、熱のこもった、自由な声の調子で呼んで、それからそうしてしまったことに気づいて、居ずまいを正し、唇を噛み、将来に備えて二重に防御を固めようと決心した。

「うん、あいつらのどっちか、ぼくが送ることになるね」とフランクは言った。「あなたはおそらくいとこのジョージのほうがぼくよりもいいんだろ？」

「どちらよりもジャネットのほうがいいんです。ジャネットなら、私が退屈な人間だと知られて、ひどい目にあわなくて済みますから」

「退屈な人間だって！　メアリー、ぼくにとってかい？」

「そうよ、グレシャムさん。あなたには退屈な人間ですわ。村の若い女とぬかるみを歩いてうちへ送っていくなんて退屈よ。紳士ならそう感じるはずです」

「ぬかるみなんてないよ。もしあったら、あなたを歩かせたりしないさ」

「あら！　村の若い女はそんなことを気にしません。上流紳士が気にしてもね」

「役に立てるなら、メアリー、ぼくがうちまで運んでいくよ」フランクは声にかなり気を引く調子を込めて言った。

「まあ、お願いですから、そんなことは考えないで、グレシャムさん。私はそんなのは好きじゃありません」と彼女。「手押し車のほうがまだましですわ」

「もちろん。どんなものだってぼくの腕よりいいんだろ」

「確かに運搬手段としてはですね。私が赤ん坊のように振る舞ったら、あなたは乳母のように振る舞う。これではどちらにとっても快適とは言えませんわ」

フランク・グレシャムは理由はよくわからなかったが、困惑した。彼は意中の女性に優しい言葉をかけようとしたところ、どんな言葉も彼女から冗談に変えられてしまった。決してメアリーの受け答えが冷たいとか、不親切とかいうのではなかったが、それでも不快に感じた。人が真剣に恋しているとき、思いのこもったちょっとした奉仕の申し出を茶化されるのは嬉しいことではなかった。メアリーの冗談はあまりきつくなかったし、かなり平静な心から生み出されているように見えた。これもフランクがいらだちを感じる原因だった。もし彼にすべてを知ることができたら、きっともう少し満足していられただろう。

彼は笑われたからといって、絶対に優しさをなくすまいと決意していた。三日前に拒絶されて立ち去ったとき、打ちのめされたと思った。そう思うと同時に大きな悲しみと恥辱を感じた。その後成人式を迎えて、スピーチをし、スピーチをしてもらった。それからペイシェンス・オリエルといちゃついて勇気をえた。弱い心で美女をえることはできないことがよくわかっていた。それゆえ、心を弱くしていてはいけない、大胆になることによって美女がえられないかどうか見てみたい、と意を固めていた。

「メアリー」フランクは私道で立ち止まって言った。二人はもう芝生に出る辺りにいて、すでに客の声が聞こえていた。「メアリー、あなたはぼくに冷たいね」

「それは気づきませんでした、グレシャムさん。でも、たとえそうとしても、仕返しはなさらないでね。私はあなたより力が弱いし、あなたの思うままですから、私には冷たくなさらないで」

「さっきぼくの手を拒絶したね」とフランクは続けて言った。「今ここグレシャムズベリーに集まっている人のなかで、ただ一人、あなただけがぼくを祝ってくれなかった。ただ一人だけ――」

「お祝いしています、ええ、お祝いしますわ。はい、私の手よ」彼女は率直に手袋をしていない手を差し出した。「あなたはもう立派な大人ですから、私の気持ちを理解してくださるわね。私の手よ。これが本来使われるようにだけ使われると信じています」

彼はそれを手のなかに取って、こういう場合、ほかの友人にもやったかもしれないように心を込めて握り締めた。それから、その手を放してもよかったのに放さなかった。彼は聖アントニウス(1)ではなかったから、ミス・ソーンがそんな誘惑に彼を導いたのはとても分別あることとは言えなかった。

「メアリー」と彼は言った。「愛するメアリー！　大好きなメアリー！　どんなにあなたを愛しているかわかってくれたらなあ！」

彼はこう言いながら、ミス・ソーンの手を握って、芝生とハウスに背を向けて私道に立っていた。そのため、ちょうどそのとき二人に出くわした妹のオーガスタが最初見えなかった。メアリーは麦藁帽子のところまで真っ赤になって、すばやく手を引っ込めた。オーガスタはその動きを見、メアリーはオーガスタに見られたと思った。

私の退屈な表現から判断すると、読者は手を差し出した女性に対する批判の声が生じるほど長く手が握られていたと想像されるかもしれない。しかし、この責任はメアリーにではなく、すべて私にある。もし私にすばやい断続的な文体があったら、フランクの無作法、メアリーの即座の怒り、オーガスタの到着と油断のないアルゴス(2)の目による検分、それに続くメアリーのみじめさ、これら全部を五つの単語と六本のダッシュと引用符号に入れ込むことができただろう。そんなふうに語られたほうがよかったかもしれない。というのは、メアリーを公正に見れば、駄目と思ってから一瞬たりとも長くフランクの手のなかに手を委ねてはいなかったから。

フランクは手が引っ込められるのを感じ、砂利の上に足音を聞いたあと、すばやく振り返ったが、すでに手遅れだった。「ああ、おまえか? オーガスタ。ええと、何か用?」

オーガスタは血管のなかでグレシャムの属性が高貴なド・コーシーの血をいくらか緩和していたから、もともとそれほど意地悪ではなかった。また、些細な罪を公表して兄を敵に回すつもりもなかった。しかし、彼女はたった今目撃したような男女の触れ合いの危険について伯母が言っていたことを考えてみずにはいられなかった。兄がこんなふうに、伯爵夫人が特に母に警告した、まさに崖っぷちにいるのを見て、驚かずにはいられなかった。彼女、オーガスタは、本人がよくわきまえていたように、大きな富のゆえに好きでもない仕立屋の息子と結婚することで家族の義務をはたしているところだった。今一家の一員が家族のため格闘していたとき、別の一員が愚行によってその格闘の利益を帳消しにするのを見るのは苦しかった。未来のモファット夫人は若い世継ぎの愚行に傷ついたから、結果可能な限りド・コーシー伯母の見方を採用することにした。

「ええと、何か用?」フランクはかなり気分を害した様子で言った。「なぜおまえは顎を突き出して、そんな顔つきをしているんだい？」

　フランクはこれまで妹たちのあいだで君主のような存在だったが、そのうちのいちばん上が彼の支配下から仕立屋の息子のそれへ移って行ったことを忘れていた。

「フランク」とオーガスタは最近受けたすばらしい教訓に敬意を表する口調で言った。「ド・コーシー伯母さんが小さな応接間ですぐあなたに会いたいと言っています」彼女はそう話したとき、兄がいなくなったらすぐミス・ソーンに一言二言忠告を与える決意をした。

「小さな応接間でかい？　なあメアリー、一緒に来たらいいよ。ちょうどお茶の時間だと思うから」

「すぐ行ったほうがいいですよ、フランク」とオーガスタは言った。「このまま待たせたら伯爵夫人は怒り出します。この二十分待っているのですから。メアリー・ソーンと私は一緒に戻ります」

「メアリー・ソーン」と言ったその口調には、メアリーにすぐ居ずまいを正させる何かがあった。「メアリー・ソーンはあなた方お二人の邪魔をしたくありません」と彼女は言った。

　フランクもメアリーについて触れた妹の声の調子に不吉な響きを耳にした。兄が見たところ、オーガスタの血管のなかのド・コーシーの血は、当人の場合仕立屋の息子を甘んじて受け入れていたとはいえ、兄に関する限りすでに先生の姪に反発していた。

「じゃあ、行くよ」とフランクは言った。「だけど、いいかいオーガスタ、メアリーのことを一言でも言ったら――」

　ああ、フランク！　フランク！　おまえは少年、まさしく子供！　おまえは馬鹿、ひどい馬鹿！　一人の娘にもう一人のことを言わないように願うなんて、これがおまえの口説き方なのか？　まるで同じ生け垣を一緒に通り抜けようとして上っ張りやズボンを引き裂いた三人の子供のようだ。ああ、フランク！　フランク！　それでもおまえはグレシャムズベリーの成熟した世継ぎなのか？　すでに一人前の大人の分別を具えた男なのか？　たった今若いハリー・ベイカーとジョン令息を脅し、戦場の武勇で彼らの顔色をなからしめた前衛騎手なのか？　本当に成人なのか？　何だ、おまえはまだ母のエプロンのひもから離れられないではないか！

「メアリーのことを一言でも言ったら――」

彼は妹への命令をここまで言ったが、それ以上この場合先を続ける運命にはなかった。メアリーは怒りの目を煌めかせて、声を耳に届かせるずっと前に彼を黙らせてしまった。しかし、彼女は言葉が出せる限りの速度で、しかもいくぶん大きな声で話した。

「メアリーのことを一言でも言ったらって、グレシャムさん！　どうして好きなだけメアリーのことを言ってもらってはいけないんですか？　もう全部言ってしまわなければなりません、オーガスタ。私のためどうか黙っていないようにお願いします。私のことなら言いたい人に言ってほしい。あなたの兄さんはこれで二度も――」

「メアリー、メアリー」フランクは彼女のおしゃべりを非難した。

「失礼ですけどグレシャムさん。あなたが妹さんにすべてを言わなければならなくさせたんです。あなたはおもしろがってこれまでに二度いやなことを私に言って意地悪をした。そして――」

「意地悪なことって、メアリー！」

「いやなことを言うこの人が意地悪で」とメアリーは続けた。「聞く私には馬鹿げたことなんです。この人はおそらくほかの女の人にも同じことをするんです」彼女は胸中あのもっとも深い傷、ペイシェンス・オリエルといちゃついた彼の姿を忘れることができなくてつけ加えた。「でも、私にはほとんど残酷なことなんです。ほかの女の人なら、彼のことを笑ったり、彼の言うことを好きなだけ聞いたりできるかもしれません。でも、私はどちらもできないんです。とにかく彼がグレシャムズベリーを出て行くまで、私はここに近づかないようにします。オーガスタ、私に関する限り、広く世間に言えないようなことは何一つないとわかっていただきたいんです」

彼女はそう言うと、女王のように誇らかに少し先頭に立って歩き出した。もしド・コーシー卿夫人がその瞬間彼女に会ったら、思わずひるんで道をよけなければと思ったことだろう。「私のことは一言も言わないで！」と彼女は独り言を繰り返し、それから大きな声を出して言った。「私のことは何でも残さずはっきり言ってほしいんです。何でも、何でも」

オーガスタはメアリーの怒りを目の当たりにしてものも言えないほど驚いて、あとに続いた。フランクもまたあとに続いたが、黙っていなかった。彼はメアリーの激しい怒りに対する最初の驚きが収まると、意中の人の罪を免除する言葉、彼の目的を明確にする言葉を発する義務があるように感じた。

「何も言う必要はないよ。少なくともメアリーについては何もね」とフランクは妹に向かって言った。「だけど、ぼくについては、兄を怒らせたいなら、こう言ったらいい――ぼくはメアリー・ソーンを心底愛し、ほかの誰かを愛することは決してないとね」

このころまでに三人は芝生に到着しており、メアリーはハウスへ向かう私道からそれることができた。別れ際に彼女はかなり小さい声で言った。「私はこの人が馬鹿なことを言い出すのを止められなかったわ、オーガスタ。でも、私がそれを聞いて喜んでいないことを証言してくださるわね」そう言うと、庭園の遠い地点へ向かってほとんど小走りに立ち去った。そこにベアトリスを見たからだ。

フランクは妹と一緒に家へ近づくとき、見聞きしたことを誰にも言わないように妹に約束させようとした。

「もちろん、フランク、あれはみな馬鹿げた遊びよね」と妹はもう言っていた。「あんなやり方で遊んではいけないのよ」

「だけど、ガス、いいかい。ずっと仲よくしてきたじゃないか。おまえがこれから結婚しようというとき、喧嘩をするのはやめよう」しかし、オーガスタはどうしても約束しようとはしなかった。

家に着くと、フランクは伯爵夫人が一人小さな応接間でいらいらしながら待っていると、しかもこれからある面会には何か特別な重みが置かれていると知った。母と妹の一人とアミーリア令嬢の三人からそれぞれ呼び止められて、伯爵夫人が待っていると知らされた。卿夫人がつまらぬ妨害を受けないように誰もほかには入れない措置を取っているのもわかった。

伯爵夫人は彼が入ると顔をしかめたけれど、すぐ愁眉を開き、寄りかかっていたソファーの肘の向かい側の椅子に座るように促した。卿夫人の前にはティーカップが載った小さなテーブルがあって、まるでほぼ説教壇に納まっているように彼に説教することができた。

「かわいいフランク、いい子ね」と彼女はこの対話の重要性に見合う声で言った。「あなたは今日成人式を迎えました」

フランクはそういうことだと理解していると言い、「それがこの騒ぎの原因なんです」とつけ加えた。

「そうです。あなたは今日成人式を迎えました。グレシャムズベリーのこんな行事にふさわしい大きな祝賀が行われたら、おそらくもっと嬉しかったのに」

「ああ、伯母さん！　とても立派だったと思います」

「グレシャムズベリーはね、フランク、バーセットシャーの筆頭平民であり、何としてもそうあらねばならぬのです」

「ああ、そうですね。父以上に立派な人が州のどこにもいないのは確かです」卿夫人は溜息をついた。哀れな郷士についてフランクとはまったく違った見方をしていたからだ。「取り返しのつかないことを振り返ってみても」と彼女は言った。「もう無駄です。バーセットシャーの筆頭平民はその地位を守らなければなりません。もちろんそれが貴族の地位に等しいというのではないのですがね」

「ああ、そうです、もちろんそれは違います」とフランク。第三者がいたら、彼の口調には皮肉が含まれていると思ったかもしれない。

「ええ、貴族の地位に等しいというのではありませんが、それでも平民ではいちばん重要な地位に変わりはないでしょう。もちろん、私の第一の野心はポーロックにかかわるものですがね」

「当然です」フランクはそう言いつつ伯母の野心が依存するその杖がどれだけ脆弱か考えた。というのは、ポーロック卿の若い経歴は両親に混じりない満足を与えるようなものではなかったからだ。

「ポーロックにかかわるものなのです」それから伯爵夫人は身繕いしてから、溜息をついた。「ポーロックの次にね、フランク、私の心配はあなたのことなのです」

「伯母さん、たいへんありがとうございます。名誉にかけて、ぼくは大丈夫です、いずれわかると思います」

「グレシャムズベリーは、あなた、今は昔とは違います」

「そうですか?」とフランクは聞いた。

「違いますよ、フランク、まったく違うの。あなたのお父さんの悪口は言いたくありません。お父さんの落ち度というよりは、おそらく不運が原因だったのでしょう」

「この人はいつも父さんを非難する、いつも」とフランクは胸中つぶやいて、彼が属するよう定められた家の側に果敢に忠実であろうと決意した。

「けれど、あまりに明瞭な事実が、フランク、あるのです。グレシャムズベリーは昔とは違います。それをもとの立派な姿に戻すことがあなたの義務なのです」

「ぼくの義務！」とフランクはかなり困惑して言った。

「そうよ、フランク、あなたの義務。もとの姿に戻すことが今全部あなたの双肩にかかっています。もちろんお父さんに莫大な借金があることはご存知ね」

フランクは何かつぶやいた。父がお金のことで窮地にあるという噂は何かのかたちで彼の耳に届いていた。

「それから、あなたのお父さんはボクソル・ヒルを売りました。ボクソル・ヒルが買い戻せる見込みはありません。ある恐ろしい男、ある鉄道敷設業者が、聞いたところでは――」

「ああ、スキャッチャードですね」

「そう、その男がそこに家を建てたと聞きました。だから買い戻せないと思います。けれど、資産にかかわる負債を完済し、少なくとも、フランク、ボクソル・ヒルに相当するものを買い取るのがあなたの義務なのです」

フランクは目を大きく見開いて、相手が正気なのかどうか疑うように伯母を見つめた。一家の借金を完済するって！　年四千ポンドの資産を買い取るって！　しかし、彼は謎の解明を待って黙りこくっていた。

「もちろん、フランク、わかってもらえますね」

フランクは伯母がそのとき普段より明晰に話していないと胸中断言せずにはいられなかった。

「あなたには一つの行動方針しか残されていないのです、フランク。グレシャムズベリーの世継ぎとしてあなたの地位は立派なものです。けれど、不幸にもあなたのお父さんがお金のことであなたをとても身動きできない状況に置いてしまったので、あなたがみずからこの問題を打開しなければ、その地位を享受することはできません。当然あなたはお金と結婚しなくてはなりません」

「お金と結婚！」フランクはそのとき初めてメアリー・ソーンの運命が十中八九閉ざされたと思った。「お金と結婚！」

「そうよ、フランク。あなたくらい否応なくそれを求められている人はいません。幸運なことにあなたくらいそういう腕前を持つ人もいません。まず、あなたはとてもハンサムですから」

フランクは十六の娘のように真っ赤になった。

「それから、問題がこんなに早い段階で明らかになったのですから、あなたはもちろん無分別な絆とか、馬鹿げた婚約とかに縛られてはいけません」

フランクは再び赤くなった。それから「この伯母さんは何てよく知っているんだろう！」と独り言を言うと、メアリー・ソーンへの情熱と彼女にした結婚宣言に少し誇りを感じた。

「そして、コーシー城とのつながりは」と伯爵夫人は今フランクの長所の目録のいちばん頂点に移って言った。「その結婚の道をあまりにも簡単に開いてくれるから実際何の困難もないでしょう」

フランクはコーシー城とその住人にどれほど感謝しているか言わずにはいられなかった。

「もちろんあなたにこそ干渉したくなんかありませんよ、フランク。けれど、思いついたことを言いましょう。たぶんミス・ダンスタブルのことはお聞きになったことがおありね」

「レバノンの香油を創った人の娘？」

「もちろんその女性の財産が莫大であることもご存知ね」と伯爵夫人は甥が香油にふれたことにお気づきになることもなく続けた。「どんな平民の地位と欲求に引き比べてみても、莫大な財産です。今その女性がコーシー城に来るのです。あなたも来て会ってほしいのよ」

「だけど、伯母さん、今は学位をえるため猛烈に勉強しないといけないんです。ご存知のように十月には大学ですから」

「学位ですって！」と伯爵夫人は言った。「まあ、フランク、あなたの人生の見込みと将来の地位、そのすべてがかかっていることを話しているのです。それなのにあなたは学位の話をするのね」

しかしながら、フランクは学位を取らなくてはならないと、明日朝六時から一生懸命勉強しなければならないと頑固に主張した。

「コーシー城でも勉強はできます。ミス・ダンスタブルはそんな邪魔をしません」と時々譲歩の必要があることを知っている伯母が言った。「あなたにうちに来て、彼女に会ってくれるようにお願いします。とても魅力的な若い女性だとわかるでしょう。立派な教育も受けていると聞いています。それに――」

「歳はいくつなんですか?」とフランクは聞いた。

「正確には知りません」と伯爵夫人。「けれど、あまり重要なことではないと思いますよ」

「三十じゃないですか?」とフランクは聞いた。それくらいの未婚女性を彼は相当の年齢と思っていた。

「おそらくそれくらいでしょう」伯爵夫人はそう答えたが、この点についてはフランクとは違った見方をしていた。

「三十!」とフランクは大声をあげたが、独り言のつもりだった。

「それは重要ではないでしょう」と伯母はかなり怒って言った。「問題そのものが決定的に重要なとき、ささいなことを持ち出して本筋を忘れてはなりません。この国で昂然と胸を張り、あなたの父や祖父や先祖たちのように州を代表して国会議員となり、自分を差し置いても立派に家を守り立て、グレシャムズベリーを息子に残したければ、あなたはお金と結婚しなければなりません。ミス・ダンスタブルが二十八だろうと三十だろうと、どうだというのでしょう？　彼女はお金を持っています。彼女と結婚すれば、そのときこそ一生の地位が築かれたと考えていいのです」

フランクは伯母の雄弁に驚いた。その雄弁にもかかわらず、ミス・ダンスタブルとは結婚すまいと決意した。妹の前ですでにメアリー・ソーンと婚約を誓ったからには、いったいどうしてそんな裏切が働けるだろうか？　しかし、彼はこの婚約のことを伯母に言い出したくなかったから、思い浮かぶほかの反対理由を要約した。

第一に、彼は学位を取りたいととても強く願っていたから、今結婚については考えられなかった。次に、狩りの季節が終わるまで問題を先延ばししたほうがいいと申し出た。仕立屋からうちに新しいスーツが届くまで、コーシー城を訪問することはできないとはっきり言った。最後に、来週の今日オリエル氏とフライフィッシングへいく特別な約束があることを思い出した。

しかしながら、これらの正当な理由はどれも伯爵夫人の論点をくつがえすのに充分とは言えなかった。

「馬鹿げたことね、フランク」と彼女は言った。「グレシャムズベリーの繁栄が危機に曝されているとき、フライフィッシングの話をするというのが不謹慎です。明日オーガスタと私と一緒にコーシー城へ行くのですよ」

「明日ですか、伯母さん！」とフランク。処刑の日が指定されるのを聞いた死刑囚が思わず発するような口調だった。「明日か！」

「そう、私たちは明日帰りますから、あなたが同行してくれれば嬉しいのです。ミス・ダンスタブルも含めて友人たちは木曜日にやって来ます。きっとミス・ダンスタブルが気に入りますよ。お母さんとはもう話ができています。それで、もうこれ以上何も言うことはありません。では、お休み、フランク」

フランクはこれ以上聞かされることはないとわかると、辞去し、メアリーを探しに出た。しかし、メアリーは三十分前にジャネットとうちへ帰っていた。それで妹のベアトリスのところへ行った。

「ベアトリス」と彼は言った。「ぼくは明日コーシー城へ行くことになったよ」

「母さんが言っているのを聞きました」

「あのね、ぼくは今日成人に達したばかりだから、初めから連中に背くつもりはない。だけど、いいかい、バーセットシャーのド・コーシー家が総がかりでもぼくは一週間以上あそこにいるつもりはないね。教えてくれ、ベアトリス、ミス・ダンスタブルって聞いたことがあるかい？」

註

（1）隠修士のアントニウス（251?-356?）。エジプトの小村コメに生まれ、二七〇年ごろから十五年間故郷で禁欲生活に入ったあと、三十五歳のときから二十年間山ごもりして完全な隠棲生活を送ったとされる。三〇五年ごろ姿を現してキリスト教修道院制度のもとを確立した。その後紅海近くの山に隠棲して最後の四十五年間をすごし、荒野の星と言われた。

（2）嫉妬深いヘーラーによって雌牛に変えられたイーオーを見張る無数の目を持つ巨人でヘルメスによって殺された。

第九章　サー・ロジャー・スキャッチャード

ロジャー・スキャッチャードは以前バーチェスターに住む大酒飲みの石工で、侮辱を受けた妹の復讐を即座に行ったとはいえ、今はこの世の大立て者であることは物語のなかですでに読者に充分説明してきた。彼は最初小さな工事の請負業者だった。たとえば半マイルかそこいらの鉄道盛り土とか、三つか四つの運河橋とか。それから政府の病院や水門、造船所、波止場など大工事の請負業者になった。最近は鉄道路線全体の敷設も手がけていた。

彼はある時は一つの工事で一人と提携し、ある時は別の工事で別の一人と提携したが、たいていは彼の取り分をえていたから、物語の現在の時点でたいそうな金持ちになっていた。

彼は富以外のものも手に入れていた。政府が緊急に大工事を実施したいと思うような時があっても、それをやれるのはロジャー・スキャッチャードだった。通常工期の半分で鉄道を完成させなければならない事態が起こったとき、大きな財力と度胸を必要とする投機を引き受けなければならない事態が起こったとき、ロジャー・スキャッチャードが当面その人だった。今のところ新聞の英雄扱いという目もくらむ頂上に置かれて、「王が喜んで栄誉を授ける」一人となった。ある日宮廷にのぼって女王の御手に口づけし、サー・ロジャー・スキャッチャード準男爵となってボクソル・ヒルの新しい大きな家に帰ってきた。

彼は努力と女王の大権によって手に入れた高貴な身分を妻に説明するとき言った。「さあ、奥さん。

ちょっとディナーを食べて、熱いやつを一口やろうじゃないか」さて、その熱いやつ一口というのは三人の普通の男を酔っ払わせて寝床に送り込むのに充分なアルコール量を意味した。

　ロジャー・スキャッチャードは世界を征服していくあいだ、昔の悪習を克服できなかった。実際、石工のエプロンを腰のところにたくしあげて以前バーチェスターの通りで目撃されたあの男と今あらゆる点で同じ人間だった。エプロンはもうしていなかったが、大きく突き出た思慮深い額とその下の荒々しく煌めく目は変わらなかった。まだ同じ気のいい仲間であり、まだ同じよく働く英雄だった。彼は今酔っ払っていようとしらふであろうと働いたから、ある人は彼がどちらでも遜色なく働くと言った。この点だけが昔と変わった点だった。彼を神聖な、超人的な、奇跡を起こす、霊感のある予言者の化身として敬愛する崇拝者の一団があった。こういう人たちは彼を奇跡の人にしようとして、酒神の影響下で彼が驚異的な仕事を完璧にやり遂げたと、計算をきわめて速く、すこぶる正確に行ったと、はるか先の損得差をきわめて正確に見抜いたと断言した。これら崇拝者たちにとって彼の通天期――信者うちで彼が飲んだくれている期間はこう呼ばれていた――は特別な霊感の時、商売上の取引を司る神々と親密に交感する神聖な狂乱、もっとも親しい数名にしか近づくことが許されないエレウシスの秘儀[1]だった。

「スキャッチャードはここ一週間飲み続けている」と人々は互いに噂し合った。ランカシャーの通商を一手に扱う港湾の建設とか、ムンバイから広東までの鉄道の敷設とかで、どこの提案が採用されるか決定の時が近づいていたときのことだ。「スキャッチャードはここ一週間飲み続けている。三ガロン以上ブランデーを飲んだと聞いている」それから、彼らはスキャッチャード以外の誰も造船所を建設するように、あるいは鉄道を敷設するように依頼される者はいないと聞いて安心した。

　しかし、それはともかく、サー・ロジャーが酔っぱらっているときいちばん有能だというのが本当にしろ、嘘にしろ、毎年六、七回一週間ブランデー漬けになったら、絶えず大幅に肉体を傷つけていたという点は疑いようのない事実だ。そのような酒宴、実際には酒宴ではなく一人酒――というのは後年彼が深酒をするときはだいたい一人で飲んでいたから――が精神にどんな直接的作用を及ぼそうと、頭脳の働きにどんないい影響をもたらし、好結果を生み出そうと、肉体をいちじるしく蝕んでいた。彼が弱々しいとか、やつれているとか、老けて見えるとか、気力に欠けるとかというのではなく、手が震え、目が涙ぐんでいるというのでもなかった。そうではなくて、酒に溺れたときしばしば彼の命が一日も持ちそうになかったのだ。神が彼に与えた肉体は通常人の体力をはるかに凌いで強靭だった。酒によるすさまじいひずみにもかかわらず働けるほど頑健で、バッカスの崇拝者が通常味わう吐き気や頭痛や消化不良を抑えて、克服するほど丈夫だったが、この体力にも限界がないわけではなかった。もしあまりにも深く浸食されたら、体力だって壊れ、崩れ落ち、ばらばらになる。そして、この強靭な男もすぐ死体に変じてしまうことだろう。

スキャッチャードには世界でただ一人友がいた。実際、この友は言葉の普通の意味で言う友ではなかった。二人は一緒に食べることも、飲むことも、めったに話すこともなかった。職業は大きくかけ離れていたし、趣味もまったく異なっていた。交際相手にも重なるところがなかった。スキャッチャードはこの孤独な友と一致するところがなかった。しかし、彼はその人を信頼し、この地上でその人以外の人を信頼しなかった。

彼はその人を信頼したが、その人といえど完璧に信頼していたわけではない。少なくとも友が友を信頼するようには信頼していなかった。彼はこの人から盗みを働かれることはないと、おそらく嘘をつかれることはないと、金をむしり取られることはないと、当てにされたり、投機の対象になったり、損得差の計算をされたりすることはないと信じた。それゆえ彼はこの人を使うことに決めた。しかし、彼はこの友の助言、思考方法、持論、診療はまったく信用しなかったし、この友の助言を嫌ったし、事実会うことも嫌った。というのは、この友からは厳しい口調で意見されることが多かったからだ。今ロジャー・スキャッチャードは多くの仕事をして、多くのお金を手に入れていた。一方、この友はほとんどやり遂げたこともなく、お金も手に入れていなかった。実践的で有能な男が実践的でも有能でもないとわかった男から意見されるのは堪えられなかった。彼の階級を旬の人々と見なし、その旬の人々のなかでも自分をかなりの大人物と見なしているロジャー・スキャッチャードには確かに堪えられなかった。

その友というのは私たちの友ソーン先生だった。

スキャッチャードと先生の出会いについてはすでに説明した。彼は裁判の時に否応なく先生と接触することになった。そのとき、スキャッチャードは先生の立派な振る舞いを理解するくらいの良識も感情も具えていた。彼はこのときの関係を違ったかたちで維持することになった。裁判直後からスキャッチャードは出世し始め、最初の貯えを先生の手に預けた。これが終わりそうで終わらない、結局ボクソル・ヒルの購入と郷士の莫大な借金につながる二人の金銭的なつながりの始めだった。

必ずしも心地よい関係ではなかったものの、二人には別種の盟友関係も見られた。先生は長くサー・ロジャーの主治医だった。危惧される運命から酔っぱらいを救うため、終わることのない仕事を続けるなか、先生はしばしばこの患者と喧嘩せずにはいられなかった。

サー・ロジャーについてはさらにもう一言言っておかなければならない。彼は政治面に関しては誰よりも過激な急進派であり、力を振るえる地位に就くことを切望していた。こういう思いからバーチェスターの地元選挙区で国会議員に立候補しようとしていた。ド・コーシーの候補者と対決して勝つつもりでいた。それで彼は今ボクソル・ヒルに戻っていた。

バーチェスター選出の議員になろうとする彼の要求はとても軽々に扱えるものではなかった。もしお金が役に立つのであれば、彼はたくさん持っていたし、使う用意もあった。一方、モファット氏は金を使うような馬鹿なことはしないことを等しく決意しているという噂があった。また、サー・ロジャーは荒々しい雄弁を振るって、心に染みる言葉でバーチェスターの人々に訴えかけることができた。しかし、彼の場合聞き手のある部分を味方に転向させることができる反面、他の部分をひどく怒らせて嫌わせてしまうこともあった。しかし、モファット氏は弁舌の才がなかったから、友を作ることも、敵を作ることもなかった。バーチェスターの荒くれどもは彼を吠えることもできない黙り犬だとあざけり、噛むこともできない歯抜け犬だと時々皮肉につけ加えた。しかし、モファット氏はド・コーシーの利害を後ろ盾にしており、現職の強味もあった。それゆえサー・ロジャーは苦戦なしに選挙に勝てないことを知っていた。

ソーン先生はその夜シルバーブリッジから無事帰って来て、メアリーがお茶を入れるため待ってくれているのを見つけた。彼はセンチュリー先生、あの愛想のいい老紳士と治療方針の協議のためそこに呼び出されていた。センチュリー先生は高貴なフィルグレイヴ主義から時々堕落して、ソーン先生と協議に応じてくれることがあった。

翌朝先生は早く朝食を食べると、たくましい鉄灰色のコッブ種の馬に乗り、ボクソル・ヒルへ向かった。郷士の追加融資の件を交渉[2]するためだけでなく、治療を施すためだった。サー・ロジャーはパナマ地峡を抜け、海から海へ運河を掘る公認の請負業者だったが、一週間の酒浸りの結果、スキャッチャード令夫人が有無を言わせず夫の友の医者に手紙を出したのだ。

先生はそれを受けて鉄灰色のコッブ種の馬をボクソル・ヒルまで早足で進めることになった。彼の取り得の一つがいい騎手だったことがあげられる。回診の多くで馬を使った。彼が時々一日がかりで東バーセットシャーを回るという事実、彼がそれを完全に楽しんだという事実は、おそらく郷士との友情を強めずにはおかなかった。

「こんにちは、奥さん、彼の調子はどうですか？　たいしたことでなければいいが」先生はそう言うと、家の奥の小さな朝食堂でボクソル・ヒルの爵位ある女主人と握手を交わした。ボクソル・ヒルの見栄えのいい部屋は堂々たる家具が備えつけられていたが、来客のため取って置かれた。客は招待されたことがないし、客なんかなかったから、豪勢な部屋と壮麗な家具はスキャッチャード令夫人には実質何の役にも立たなかった。

「じつんところ、先生、夫はかなり悪いんです」と令夫人は暗い声で言った。「かなり悪くて、後ろ頭に何かこつん、こつん、こつん叩くもんがあるそうなんです。先生がどうかしてくれないと、こつんがいっそう悪くなりそうです」

「寝ていますか？」

「ええ、はい、寝ています。というのも、最初発作にやられたとき、夫は一人で何もできんので、うちがやっとベッドに寝かせつけたんです。それから、足がまだちゃんと動かせんように見えますねえ。だからまだ起きていません。ところが、代筆させるためあんウインターボーンズが一緒です。ウインターボーンズがいるときは、スキャッチャードはベッドんご利益を受けているほうがまだましです」

ウインターボーンズ氏はサー・ロジャーの秘書だった。何かそういう工夫がなかったら調整できそうもない仕事をするため、サー・ロジャーが利用する筆記機械だった。この秘書はジンと貧乏が肉体をほぼ焼き尽くして燃え殻にし、乾かして灰にした、しぼんだ、放蕩にふける、衰弱した小男だった。ほんのわずかだけ口にする食べ物と支えとなる大量の酒以外に、彼は何も考えず、この世の何にも関心を向けなかった。数え方と書き方以外に知っていることはみな忘れてしまった。計算したり、書いたりしたものを一時間も、一ページも、そばに残しておくことはなかった。しかし、ジンで心を充分奮い立たせ、主人の存在で充分心を引き締めてみればいい。そうすれば大量の計算も、筆記も堪えられるものになるだろう。これが偉大なるサー・ロジャー・スキャッチャードの秘書、ウインターボーンズ氏だった。

「ウインターボーンズをよそに遠ざけなければ駄目だと思いますね」と先生。

「本当に、先生、あなたがそうしてくれたらええのにねえ。あいつをバースかどこか邪魔にならないところへ遠ざけてくれたらええ。こっちにスキャッチャードがいて、ブランデーを飲み、あっちにウインターボーンズがいて、ジンを飲んでいる状態なんです。主人も使用人もどっちもどっちで女にはどうしてええかわかりません」

スキャッチャード令夫人と先生が家庭内の都合の悪い問題でもかなり親しく話せる間柄だったことはこういうやり取りからわかっていただけると思う。

「私が来たことをサー・ロジャーに伝えてくれませんか?」と医者。

「あがる前にシェリー酒を一杯いかがかねえ?」と令夫人。

「いいえ結構です。ありがとう」と先生。

「では、果実のリキュールはいかが?」

「いいえ、何もいりません。ありがとう。私は飲みませんので」

「ほんの少しこれはどう?」令夫人はそう言うと、食器棚の下の奥まったところから一本ブランデーを取り出した。「ほんの少し?　夫が飲んでいるもんよ」

スキャッチャード令夫人はこの説得も駄目とわかったあと、大人物の寝室へ案内した。

「ああ、先生!　ああ、先生!　ああ、先生!」病室に入る前に私たちのガレノスの子はそういう挨拶を受けた。バーチェスターの元石工は近づいてくる音を聞いて、入ってきた友にそんな挨拶をした。声は大きくて、力強いものだったが、不明瞭で響きがなかった。ブランデーで育まれる声に明瞭さなんか期待できようか？　ソーンがすぐ気づいたのはその声にある独特のかすれ、散った不快な調子であり、以前の声よりももっと特徴が際立って、耳障りで、しゃがれていた。

「それであんたは嗅ぎつけておれを探し出し、お金をせしめるためここに来たんだな？　はっ！　はっ！　は！　奥さんがもう当然言ったと思うが、おれは飲んでかなりきつい発作にやられたよ。奥さんには勝手に最悪のことを考えさせておけ。だが、おわかりの通りあんたはてんで遅すぎた。あんたをわずらわせることなく、またしても死という老紳士をすり抜けたよ」

「とにかく、あまり悪くないようでよかったですね、スキャッチャード」

「悪くない！　あんたが何を悪くないと言っているのかわからんな。おれの一生で今ほど調子のいいときはないよ。そこのウインターボーンズに聞いてみろ」

「何を言うん、ねえ、スキャッチャード、違う。ちゃんと見れば、容体はかなり悪いんです。ウインターボーンズんことですけど、この男があんたん寝室に何ん用があるんかわからん。ジンの臭いがするねえ、こん寝室は本当に。こん人ん言うことを信じてはいけん、先生。悪いんです。とてもええなんて言えません」

酒から生じた香りについて上記の意地悪い言及がなされたとき、ウインターボーンズが座っていた小さなテーブルの下に使っていたコップをひそかに隠すのが見られた。

先生はそのあいだに脈を診るという口実でサー・ロジャーの手を取ったが、病人の肌ざわりや目の様子から多くの情報を入手していた。

「ウインターボーンズさんはロンドンの事務所へ帰ったほうがいいと思いますね」と先生は言った。「スキャッチャード令夫人がしばらくあなたの書記になってくれますから、サー・ロジャー」

「ウインターボーンズにそんなことをさせるものか」とサー・ロジャーは言った。「この話は終わりだ」

「よろしい」と先生は言った。「人は一度しか死なないのです。できるだけその儀式を延期させる方策を提案するのが私の義務だから言っているのです。しかし、おそらくあなたは先を急ぎたいのでしょう」

「だが、おれは早かろうが遅かろうが、死ぬことはまったく怖れていない」とスキャッチャード。「それがおれを脅したい妖怪態なら、あんたが間違えていることがわかるだろう」彼がそう言ったとき、目からすさまじい煌めきを発した。

「ねえ、先生、どうかこん人にそんなことを言わせんでください」とスキャッチャード令夫人は目にハンカチを当てて言った。

「さあ、奥さん、泣くのはやめておくれ。すぐやめておくれ」サー・ロジャーはそう言うと、急いで妻のほうを振り向いた。妻は夫に従うのが務めとわきまえた。しかし、彼女は出て行くとき、先生の治療能力を最大限に研ぎ澄ますため上着の袖を引っ張った。

「この世で最良の女だね、先生、最良の」ドアが心の妻の背後で閉められたとき、彼はそう言った。

「きっとそうです」と先生。

「そう、あんたがおれの奥さんよりいい女を見つけるまではな」とスキャッチャードは言った。「はっ！　はっ！　は！　だが、よかれ悪しかれ、女には理解できないこと、理解するよう求められていないことがあるんだ」

「奥さんがあなたの健康を心配するのはいたって当然と思いますよ」

「そりゃあわからんな」と請負業者は言った。「おれが長生きすれば、奥さんは裕福になるんだから。めそめそしたからといって、とにかくそれが夫を長生きさせるわけじゃない」

それから間があった。そのあいだ先生は検診を続けた。患者はしぶしぶだが、それでも従った。

「改心して生活を一変しなければ駄目ですね、サー・ロジャー、駄目ですね」

「うるさいなあ」と彼。

「ねえ、スキャッチャード、あなたが気に入ろうが、気に入るまいが、私は義務をはたさなければなりません」

「つまり、あんたがおれを脅すのにお金を払わねばならんのだな」

「こんな強いひずみに長く堪えられる人はいません」

「ウインターボーンズ」と請負業者は書記のほうを向いて言った。「さがっていろ、いいか、さがれ。だが、わかるところにいろ。もしパブに行ったら、頼むからおれの代わりにそこにいてくれ。おれが一杯飲んでも、たとえ飲んだとしても、それが仕事の邪魔にはならんのだが」そこで、ウインターボーンズ氏は再度コップを拾いあげると、上着の折り返しの下にどうにか隠して、部屋を出て行った。友の二人だけ残された。

「スキャッチャード」と先生は言った。「あなたはこの世に生き返って飲み食いをした人のなかで誰よりも神様に近いところにいたのですよ」

「おれが、かい？」鉄道の英雄は明らかに驚いて言った。

「もちろん、あなたが、もちろん、あなたがね」

「今またおれは大丈夫なのかい？」

「大丈夫って！　手足を思うように動かせないことがわかっているのに、いったいどこが大丈夫なのですか？　大丈夫って！　あなた以外の別の人の脳だったら、完全に破壊されてしまう激しさで血がまだ脈打っているのに」

「はっ！　はっ！　は！」とスキャッチャードは笑った。彼はほかの人と違った体を具えていることを誇りに思っていた。「はっ！　はっ！　は！　では、今はどうしたらいいのかな？」

先生の処方の全容をここで長々と述べることは控えよう。サー・ロジャーは指示のいくつかに従うことを約束し、別のいくつかに激しく反発し、一つか二つはきっぱり聞くことを拒んだ。大きな障害は、先生が二週間仕事を完全に休むように指示するなか、サー・ロジャーは二日間でも休むことはできないと言ったところだった。

「もし今の状態で働いたら」と先生は言った。「きっと酒の刺激に頼るようになって、飲めば確実にあの世に行きますよ」

「刺激って！　何と、あんたはおれが酒の空元気なしには働けないと思うのかい？」

「スキャッチャード、今でもこの部屋にブランデーがあることと、二時間もしないうちにあなたがそれを飲むことはわかっているのです」

「あの男のジンが臭うんだろ」とスキャッチャード。

「アルコールがあなたの血管のなかで作用しているのがわかります」と先生は患者の腕にまだ片手を置いて言った。

サー・ロジャーは助言者から逃げるように荒々しく寝台の上で寝返りを打って、彼の番とばかりに先生を脅し始めた。

「どうするか言おう、先生。おれは決心したよ。そうしよう。フィルグレイヴを呼ぶことにする」

「よろしい」とグレシャムズベリーの人は言った。「フィルグレイヴを呼びなさい。あなたの症状の場合、あの医者でも間違えることはありませんから」

「あんたはおれを脅すことができると、昔はおれを言うなりにしていたから、好きなようにできると思っているんだ。あんたはいいやつだよ、ソーン、だが、あんたがイギリスでいちばんいい医者じゃないことは確かだな」

「いちばんの医者じゃないってことは確かですし、そう思いたかったら最悪の医者だと思ってもらってもいいのです。しかし、主治医として私がここにいるあいだは、私に考えられる限りの真実を伝えるしかありません。その真実というのは、もう一度酒浸りになったら、あなたは十中八九命を落としてしまう、ということです。あなたの現在の状態なら酒の刺激に頼っただけでいつ命を落としてもおかしくないということです」

「フィルグレイヴを呼ぶことにするよ」

「ええ、フィルグレイヴを呼びなさい。ただしすぐ呼ぶのですね。とにかくこのことは信じてください。何をするにしても、すぐしなければ駄目です。お願いしたいのですが、フィルグレイヴ先生が来るまで、スキャッチャード令夫人にあのブランデーの瓶を取りあげさせます」

「そんなことはさせるものか。ブランデーの瓶を部屋に置いておけば、おれが必ずぐびぐびやるとでも思っているのか?」

「手に届かなかったら、ぐびぐびやることもないでしょうからね」

サー・ロジャーは怒って半分麻痺した手足が許す限り、寝台のなかでもう一度寝返りを打った。それから少し静かにしていたあと、いっそう激しい脅迫を始めた。

「そうだな、フィルグレイヴをここへ呼ぼう。人が病気なら、本当に病気なら、手に入るいちばんいい助言をえなければならない。フィルグレイヴを呼ぼう。そいつと協議させるためシルバーブリッジからもう一人呼ぼう。名は何と言ったかな？――センチュリーだ」

先生は顔を背けた。というのは深刻な事態だったにもかかわらず、友が自己満足のため考える悪意ある復讐にほほ笑まずにはいられなかった。

「そうしよう。リアチャイルドも呼ぼう。出費はいくらになる？　それぞれに五か、六ポンドでいいと思うが、どうだい、え、ソーン？」

「ええ、そうですね。それなら気前がいいと思います。しかし、サー・ロジャー、あなたが従わなければならない助言をさせてもらえませんか？　どこまで冗談にしているのかわからないから――」

「冗談！」と準男爵は叫んだ。「あんたは人に死にそうだと言いながら、一方で冗談を言っているという。おれが冗談なんか言ってないことはわかるだろ」

「ええ、おそらくそうでしょう。しかし、私の言うことに充分信頼が置けないなら――」

「あんたの言うことなんかいっさい信用していない」

「それじゃあなぜロンドンから医者を呼ばないのですか？　費用なんかあなたにはへの河童でしょう」

「への河童じゃない。大問題だ」

「馬鹿げたこと！　ロンドンからサー・オミクロン・パイを呼びなさい。会って本当に信頼できる先生を呼びなさい」

「フィルグレイヴほど信頼を寄せられる人はほかにいないな。おれはずっとフィルグレイヴを知っており、信頼している。フィルグレイヴを呼んで、彼の手におれを委ねよう。もしおれに何かできる医者がいるとすれば、フィルグレイヴだな」

「それではどうかフィルグレイヴを呼びなさい」と先生は言った。「では、さよなら、スキャッチャード。その先生を呼んだら、その先生にも公平に私と同じチャンスをやってください。その先生が来る前にブランデーを飲んで体をもっと悪くしていけません」

「おれの問題だろ。それからその先生の問題だろ。あんたに関係ない」と患者。

「そういうことなら、そうしましょう。とにかく、握手してお別れしましょう。これを切り抜けるよう祈っていますよ。よくなったら、会いに来ます」

「さよなら——さよなら。いいかい、ソーン、さあ、馬鹿はそれくらいにして、下でスキャッチャード令夫人と話をしてくれ。わかるだろ、え、さあ、馬鹿はそれくらいにして」

註

(1) エレウシスはアテネ北西の古代都市。豊穣の女神デメテルとその娘ペルセフォネを祭って古代には毎年信者だけによる密儀が行われた。

(2) 大西洋から太平洋へ運河を掘る計画は十六世紀から考えられていたが、実際は一八八一年イギリス人ではなくフランス人レセップスによって起工された。

第十章　サー・ロジャーの遺言

ソーン先生は病室を出ると、下へ降りたものの、スキャッチャード令夫人と話をしないでこの家を去ることはできないとわかっていた。彼が廊下に出るとすぐ、病人が激しくベルを鳴らすのを聞いた。それから、階段で彼のそばを通りすぎた使用人は早馬の使者をすぐバーチェスターへ送るようにとの指示を受けた。フィルグレイヴ先生にできるだけ早く病室に来るように依頼するためだった。ウインターボーンズ氏は手紙を書くため上に呼ばれた。

サー・ロジャーは先生と令夫人のあいだで話し合いがあると考えた点、まったく正しかった。先生がいくらそれを願ったとしても、話し合いをしないでこの家から出ることなんかどうしてできただろうか？　先生のコップ種の馬が玄関に回されるように命じられていたなか、二人のあいだで話し合いがなされ、それが長引いて、請負業者ならおそらく馬鹿なことと見なした非常に多くの言葉が交わされた。

スキャッチャード令夫人はイギリスの準男爵の妻たちから交際相手として選ばれるような人ではなかった。教養と物腰から見ると、使用人たちの大広間にいるほうがはるかに似合っていたが、だからと言って悪い妻だとか、悪い女だというのではなかった。彼女は夫をほかの誰よりも尊敬し、崇拝しており――それが令夫人の義務だった――、夫のことを痛々しいほど憂慮していた。彼女は心配な夫の命を延命できる人がいるとすれば、結婚初期の困難な時代から夫に忠実だと思っているこの古い、信頼のおける友だと心から信じていた。

それゆえ、令夫人はその友が解雇され、見知らぬ医者がその代わりに呼ばれることになったと知って、深く落胆した。

「でも、先生」と彼女は目にエプロンを当てて言った。「先生は夫を見捨てたりしませんよね」

解雇されて別の医者が代わりに呼ばれたあと、患者の世話を続けることは医者の礼儀上許されないことをソーン先生は令夫人に説明しようとしたが、難しいとわかった。

「礼儀ですって!」と令夫人は泣きながら言った。「人がブランデーで自分を殺しかけているときに、礼儀に何ん関係があるんかね?」

「フィルグレイヴが私と同じくらいに厳しくそれを禁止してくれますよ」

「フィルグレイヴですって!」と令夫人は言った。「ちゃんちゃらおかしい。フィルグレイヴなんて!」

令夫人がこれら数語に込めた一方には完全な不信の、他方には完全な信頼の強い感情を見て、ソーン先生は彼女をほとんど抱きしめそうになった。

「どうするか言いましょうか、先生、私は使者を行かせません。私が矢面に立ちます。いい、夫は起きられんから、たいしたことはできません。使者を止めて、フィルグレイヴをここに来させません」

しかし、ソーン先生はこの措置にどうしても賛成しなかった。こういう経緯があったあとでは、再び呼ばれるまで治療を提供することはできないと、心配する妻に説明した。

「でも、いい、友人として入り込んで、徐々に夫ん機嫌を直すことはできますね、え? そうじゃないん、先生? 支払いに関しては——」

先生がこの提案について何と言ったか容易に想像できるだろう。こんな話し合いやら、どうしても食べてと押しつけられた昼食やらで、サー・ロジャーの寝室を出てからあぶみに足を置くまで小一時間がすぎてしまった。しかし、コップ種の馬が家の前の砂利道を歩き始めるとすぐ、上の階の窓の一つが開いて、先生はもう一度病人との面会に呼び戻された。

「戻って来てもらわなければならんと言っています、何があっても」と、ウインターボーンズ氏は最後の部分に強調を置きながら、窓から金切り声で叫んだ。

「ソーン！　ソーン！　ソーン！」と病人は家の前で馬に乗る先生に聞こえるほど大きな声で寝台から叫んだ。

「戻って来てもらわなければなりません、何があっても」ウインターボーンズはその「何があっても」にもっと強調を置いて繰り返した。そこに有無を言わせぬ強い命令が含まれていることをはっきり意識して話した。

先生はこれら魔術的な言葉によって駆り立てられたのか、何かの思考過程によって動かされたのかわからないが、まるでしぶしぶそうしているようにゆっくり馬から降りると、のろのろ家のなかへ引き返した。

「使者がすでにバーチェスターへ行ってしまったから」と先生は独り言を言った。「話しても無駄だろうね」

「フィルグレイヴ先生を呼びにやったよ」先生が寝台のそばに戻ったとき、これが請負業者が言った最初の言葉だった。

「それを言うため呼び戻したのですか？」ソーンは目の前の男の横柄で、不機嫌な態度に真に怒りを感じていた。「私の時間はあなたにとってはけちなものでも、ほかの人にとっては貴重なものかもしれないと、スキャッチャード、考えてくれなくてはね」

「まあ、そう怒るなよ、親友」スキャッチャードはそう言うと、先生のほうを向き直り、その日見せたどの表情とも違う表情を見せた。その表情には男らしさがあり、愛情の表れもあった。「フィルグレイヴを呼んだんだから、もうあんたは怒っていないだろ?」

「ええ、ちっとも」と先生はのんきに言った。「怒ってなんかいません。フィルグレイヴは私と同じくらいちゃんとあなたの面倒をみてくれますよ」

「そいつは役に立たないんだろ、え、ソーン?」

「それはあなた次第です。本当のことを先生に話して、ちゃんとその指導に従えば、治療になります。あなたには奥さんでも、使用人でも、誰でも、私かフィルグレイヴと同じくらいにいい医者になれます。つまり、同じくらいにというのが要点なのです。しかし、もうフィルグレイヴを呼んだのですから、もちろん彼に会わなければなりません。私にも仕事がたくさんありますから、行かせてください」

しかし、スキャッチャードは先生を放さないで、手をしっかりつかんだ。「ソーン」と彼は言った。「もしあんたが望むなら、人を使ってフィルグレイヴがここに来たらすぐポンプ折檻を加えてやる。損害は全部おれが持つよ」

先生はこの申し出にも同意できなかったが、笑いをかみ殺すことができなかった。この申し出をしたとき、サー・ロジャーの顔つきには真剣にやってやるぞという表情があったし、彼の目には、先生からほんの少しでも許可の兆しがあれば、その脅迫を確実に実行しそうな愉快そうな満足の輝きがあった。今、私たちの先生は学識ある同業者をポンプ折檻の憂き目にあわせる気にはさらさらならなかったが、その考えはそれほど悪くないと思わずにはいられなかった。

「もしあんたがいいと言えば、やってやるよ、必ずな!」

しかし、先生はいいとは言わなかったので、その考えは消えた。

「人が病気のときは、医者たる者病人に短気に当たっちゃあいけないな」とスキャッチャードは再度取り直した先生の手を握って言った。「特に古い友人にはね。それから特にその人をぼろくそに叱りつけているときにもね」

先生は短気なのはみな患者の側だと、こちらは機嫌なんか損ねていないと断言する値打ちもないと思ったから、ただほほ笑んで、何かこれ以上することがあるかサー・ロジャーに聞いた。

「もちろん、することがあるよ、先生。だから呼んだんだ。だから昨日呼んだんだ。ウインターボーンズ、部屋から出ていけ」彼はぶっきらぼうに、まるで汚い犬でも部屋から追い出すかのように言った。ウインターボーンズは少しも気分を害することなく、再びコップを上着の裾に隠して姿を消した。

「座ってくれ、ソーン、座ってくれ」請負業者はこれまでとはまったく違った態度で話した。「急いでいるのはわかるが、半時間つき合ってくれ。次に半時間あんたがつき合ってくれる前におれは死んでいるかもしれない、だろ？」

先生はもちろんこれから何年も、何回も半時間のおしゃべりをあなたとしたいとはっきり言った。

「まあ、そうかもしれない。とにかくここにいてくれ。馬にはちゃんと金を払うから、な」

先生は椅子を取って座った。このように請われたからには、そうするしか仕方がなかった。

「あんたを呼んだのも、いやむしろ家内にあんたを呼ばせたのも、おれが病気になったからではない。ああ、ソーン、どうしておれがこんな状態になったか知らないとでも思うのか？　あの哀れなやつ、ウインターボーンズがジンで自分を殺しているのを見るとき、あいつと同じ報いがおれにも訪れようとしていることがわからないとでも思うのか？」

「じゃあなぜブランデーを飲むのです。なぜ飲むのです。あなたの命はあいつのとは違う。ああ、スキャッチャード！　スキャッチャード！」それから先生は今にもこの非凡な人物に本人がよく知っている毒を控えるように雄弁の洪水を注ぐつもりでいた。

「人間性についてあんたが知っていることといったらそれかい、先生？　控えるって。人は息をするのを控えて、水の下の魚のように暮らせるっていうのかい？」

「しかし、人の自然は酒を飲むように命じてはいませんよ、スキャッチャード」

「習慣は第二の自然だから、もとの自然よりも強いんだ。逆にどうして飲んじゃいけないのかおれは聞きたい？　おれは世界にいろいろなものを与えてきたが、その代わりに世界は酒以外におれに何を返してくれたっていうのかい？　酒以外に何の退屈しのぎがある？　酒以外に何の喜びがある？」

「ああ、何たること！　無限の富を手に入れたじゃないですか？　何でも望み通りにすることができ、何でもなりたいものになれるじゃないですか？」

「いいや」病人は力を込めて家じゅうに聞こえる金切り声をあげた。「したいことは何もできないし、なりたいものにもなれない！　おれに何ができる？　何になれる？　ブランデーの瓶以外に何の喜びがある？紳士たちのところへ行っても、おれがそいつらに何を話しかけることができるっていうのかい？　いいや、そいつらは鉄道について何か言うことがあれば、おれに質問する。鉄道以外のことを話しかけられても、おれは黙るしかない。仕事仲間のところへ行っても、おれがやつらから何を話しかけられるっていうのかい？いいや、おれはやつらの雇い主、厳しい雇い主だ。やつらはおれに会うと、ちょっと会釈するが、内心はびくびくしている。おれの真の友はどこにいるのか？　ここだ！」そう言うと、彼は枕の下から瓶を引っ張り出した。「おれの娯楽はどこにあるのか？　ここだ！」彼は瓶を先生の顔の前で振り回した。「あらゆる苦役のあと、おれの退屈しのぎは、喜びは、唯一の慰めはどこにあるのか？　ここだ、先生、ここ、ここ、ここ！」そう言うと、彼は宝を枕の下に戻した。

ソーン先生はこの発言にはなはだ恐ろしいものを感じ取って、驚き、ひるんだから、一瞬話すことができなかった。

「しかし、スキャッチャード」先生はやっと口を開くことができた。「それほど好きなもののため死ぬことはないと思うがね」

「好きなもののため死ぬ？　ああ、死ぬよ。生きられるあいだはそのために生きて、もう生きられないときはそのために死ぬ。そのために死ぬよ！　人がすることって何だ？　人はくだらないことで死なないっていうのかい？　死ぬからといって何が悪い？　死ぬからといっておれが生きているときよりも悪くなるっていうのかい？　あんたがさっき言ったように、人は一度しか死なない。おれは酒のためなら十回でも死ぬね」

「あなたは私を驚かせようと、狂気か、愚かな考えに取り憑かれて話していますね」

「おそらく愚かな考えでもあろうし、狂気でもあるだろうな。おれのような人生は人を愚か者にもするし、狂気にもする。死を恐れるとは、いったい何に固執しているのか？　おれには三十万ポンドの資産がある。明日長柄つきの箱とモルタルを持って仕事に行くことができたら、それを全部くれてやってもいい。おれの肩を叩いて、『なあ、ロジャー、今朝はもう半パイント飲もうや』って言ってくれるやつがいたら、それを全部くれてやってもいい。いいか、ソーン、人が三十万ポンド稼いだら、そいつにはもう死ぬしか残っていないんだ。そのときは死がいちばんふさわしい。財産ができたら、次はそれを使うしかない。だがな、財産を作ったやつはもう使う元気がないんだ」

　先生はこういうことを聞いて、もちろん患者の心を慰め、楽にすると思われることを言った。言った言葉が相手を慰め、楽にしたというのではない。先生はただ恐ろしい真実――スキャッチャードに関する限り真実だった――に何も答えずに座って聞いていることができなかっただけだ。

「これは芝居と同じくらいおもしろいだろ、先生」と準男爵は言った。「どうして俳優のような台詞が言えたかあんたはわからないだろ。さあ、いいか。そろそろあんたを呼んだわけを教えてやろう。最近の卒中の前におれは遺言を書いたんだ」

「その前にも遺言を書いていましたね」

「ああ、書いた。だが、それは破棄した。間違いが起こらないようにこの手で燃やした。その遺言ではあんたとジャクソンの二人を遺言執行人に指名していた。おれは当時ヨーク・ヨーヴィル間グランドセントラル鉄道でジャクソンと組んでいた。当時はジャクソンを買いかぶっていた。今やつは一文の値打ちもない」

「まあ、私も同じ範疇に入りますから」

「いいや、あんたは違う。ジャクソンは金がなければ無価値だが、あんたは金では動かない」

「ええ、金を稼ぐこともできません」と先生。

「うん、金を稼ぐ意志がないな。それでも、新しい遺書がある。そこの机の下に。あんたを唯一の遺言執行人にしてある」

「それは改めなきゃいけません、スキャッチャード。本当に。三十万ポンドを預かるような信頼は一人の人には重すぎます。それにもっと若い人を指名しなくてはいけません。私とあなたは同い年ですから、私のほうが先に死ぬかもしれません」

「まあ、先生、先生、ごまかしはやめよう。あんたからごまかしは聞きたくないな。いいか。誠実さがなくなったら、あんたは無価値だよ」

「だが、しかし、スキャッチャード」

「だが、しかし、先生、遺言はそこにあり、もうできているんだ。そのことについてはもう話をしたくない。あんたは遺言執行人に指名された。おれが死んだとき、それを拒否する気持ちがあるなら、まあ、もちろんそれもできるね」

先生は弁護士ではなかったから、友が決めたこの立場から逃れる手段があるかほとんどわからなかった。

「あんたは遺言の実施を見届けなきゃいけない、ソーン。さあ、おれが何と遺言したか教えよう」

「資産をどう処理したか教えるつもりですか？」

「いや、全部は教えない。スキャッチャード令夫人が受け取る分として、いいかい、十万ポンドを遺した」

「スキャッチャード令夫人に家は遺さなかったのですか？」

「うん。おれの奥さんはこの家に未練はないんだ。今奥さんのものになっても、どう住んでいいかわからない。奥さんには別の家を用意した。どうやったかは問題じゃない。この家と土地と残りの金はルイ・フィリップに遺した」

「何、二十万ポンドをですか！」と先生。

「おれの息子に、もっとたくさん息子がいた場合、長男に、二十万ポンドを遺してどこが悪い。グレシャムさんは全財産を世継ぎに遺さないのかい？　おれが長男をド・コーシー卿とか、オムニアム公爵と同列にしてどこが悪い。国会制定法で鉄道の請負業者は長男を持ってはならんと言っているのかな。おれの息子は爵位を持ち続けるだろ？　すると、グレシャム家が持っているものよりも多くなるんじゃないかい」

先生はできるだけ巧みに発言の言い逃れをした。先生が本当に言おうとしていたこと、つまりサー・ロジャー・スキャッチャードの息子は信用して莫大な財産を任せられるような男ではないということ、は面と向かって説明できることではなかった。

サー・ロジャー・スキャッチャードの子は一人で、その子は結婚初期の混乱期に生まれた。その男の子はグレシャムズベリーの若い世継ぎを養うため、母の胸から遠ざけられた。その子は成長したが、心身ともに虚弱だった。父はその子を紳士にしようと決め、イートン校からケンブリッジへ送った。しかし、一般に紳士を作ると思われていたこの方法さえ、この子を紳士にすることはできなかった。どんな方法で紳士を作れるか、人は胸中不明瞭ながらかなり正確な考えを抱いているとはいえ、はっきり規定するのはじつに難しい。それはともかく、イートン校の二年とケンブリッジの三学期はルイ・フィリップ・スキャッチャードを紳士にすることはなかった。

そう、彼はフランス王にちなんでルイ・フィリップと命名された。もし世界じゅうで王の名にちなんだ命名や、王とか女王、あるいは王とか女王のおじとかおばにちなんで命名された子を捜そうとすれば、民主党員の家に多く見つかるだろう。民主党員ほど王族の切った爪に卑屈な敬意を示す人々はいない。民主党員ほど王冠をかぶる頭の高みに畏敬の念を抱く人々はいない。民主党員ほど王族に触れられた断片や破片を手に入れたいと望む人々はいない。民主党員に陛下のくずや、王家の半端物や裂片を熱望させるのは彼らと王座とのあいだに介在する大きな距離なのだ。

ルイ・フィリップ・スキャッチャードにはその名以外に王家にかかわるものは何一つなかった。彼は今成人に達して、ケンブリッジの処方が効果なしと知った父から個人教師とともに海外の旅に出された。先生は時々この青年の噂を聞いており、父の才能ではなく父の悪癖の兆候をすでに現しているのを知っていた。この青年は早くから物惜しみするくせに浪費家で、二十一のときにはもうアルコール性の譫妄《せんもう》を患っていた。

父がこの不幸な青年の制御の利かない意思に莫大な財産の大部分を委ねようとしていることを聞いて、先生が驚きというよりも不賛成を表明したのはこのためだった。

「おれは苦労して働いて、金を貯めた。その金を好きにする権利がある。金はそれ以外にどんな満足を与えてくれるというんだ?」

先生はそれに反論するつもりはないと、相手を安心させた。

「ルイ・フィリップがうまくやれるのは、いずれあんたもわかるだろう」準男爵は相手の胸をよぎる思いを察して続けた。「若いやつには放蕩をさせておけ。そうすれば年を取ったとき、落ち着くだろ」

「しかし、放蕩を生き延びて長生きしなかったら、どうなるのか?」と先生は頭のなかで思った。「その放蕩作戦がはなはだ激しく遂行されて、価値ある収穫を生むだけの力を土壌に残さなかったら、どうなるのか?」しかし、こんなことを言っても無駄なので、スキャッチャードに話を続けさせた。

「もしおれが若いころ好き放題にやっていたら、今こんなにブランデーの瓶が好きになってはいなかっただろう。だが、とにかく息子を相続人にしよう。おれには金を稼ぐ実務的な才能があったが、使う才能はなかった。だが、息子には誰よりも立派に札びらを切らせよう。保証してもいい。若いグレシャムが昂然と頭をあげるよりももっと高く息子には頭をあげさせよう。二人はほぼ同じ年齢なんだ。おれはわけがあってそれをよく覚えているが、おれの奥さんもよくわかっている」

さて事実は、サー・ロジャー・スキャッチャードが若いグレシャムに少しも特別な感情を抱いていなかった一方、令夫人のほうはお腹を痛めた子とほとんど同じくらいに乳母を務めたもう一人の若者に深い愛情を感じていた。

「無分別な支出を阻止する方策は講じないのですか? もしあなたがこれから十年、二十年生きるなら、私はそれを願いますが、そういう措置なんか不必要でしょう。しかし、遺言を作るとき、人はいつも突然あの世に旅立つことを考えていますから」

「特にそいつがブランデーの瓶を枕の下に置いて寝るようなやつなら、だろ、先生。だが、わきまえているだろうが、それは医者だけが知る秘密事項で、病室の外では一言も言ってはいけないことなんだ」

ソーン先生は溜息しか出せなかった。こんな男のこんな話題に何かまともなことが言えるだろうか。

「うん、支出の歯止めは考えている。あいつには毎日の食事をほかの人に頼るようなことはさせん。それについては、おれの死んだ日から年五百ポンドを自由に使えるようにした。湯水のように使わせてやれ」

「年に五百ポンドならそれほど多い支出じゃありませんね」と先生。

「そうだな。あいつをそういう枠のなかにとどめたくもないね。適切な使い方をするのなら、ほしいものは何でも買わせてやれ。だが、財産の大部分――このボクソル・ヒルの土地とグレシャムズベリーやその他の抵当――にはこんなふうな制限を設けた。あいつが二十五になったら全部それをあいつのものにする。その年齢まで息子に望みのものを与える権限をあんたに置くよ。もし二十五歳になる前にあいつが子供を残さないで死んだら、この財産はみなメアリーのいちばん上の子のところへ行く」

さて、このメアリーというのはサー・ロジャーの妹、ミス・ソーンの母であり、立派な金物屋の妻となり、アメリカへ渡ってそこで子供たちの母となった人だった。

「メアリーのいちばん上の子ですって！」先生は額から汗が噴き出しそうになり、感情をほとんど制御できなくなるのを感じた。「メアリーのいちばん上の子ですって！　スキャッチャード、もっと明確に記述すべきでしょう。そうでないなら弁護士に遺産を委ねるべきです」

「どの子の名も知らないし、聞いたこともない」

「しかし、男の子なのですか、女の子なのですか？」

「よくは知らない。みんな女の子かもしれないし、みんな男の子かもしれない。どっちだろうとかまわない。女の子ならおそらくいちばん上手に財産を使ってくれる。あんたはただその子がちゃんとした男と結婚するか見届けるだけでいい。あんたはその子の後見人になるんだ」

「ふん、馬鹿な」と先生は言った。「ルイは一、二年で二十五になりますよ」

「およそ四年ある」

「多少の誤差があっても、スキャッチャード、そんなに早くあなたが我々のもとを去ることはありません」

「できれば死にたくないな、先生、生きられるかもしれないが」

「十中八九生きられます。遺言のそんな条項は実を結びませんね」

「その通り、その通り。おれが死んでも、ルイ・フィリップは死なないだろう。だから、あいつがまともになる前に全財産を浪費しないように歯止めをかけるのが正しいと思ったんだ」

「そう、その通り、その通りですね！　私なら二十五よりもあとの年齢に指定したと思います」

「いや、二十五でいい。ルイ・フィリップはそのころまでには立派になっている。それがおれの見込みなんだ。先生、あんたは遺言を知っている。もしおれが明日死んだら、あんたに何をしてほしいかわかるだろ」

「いちばん上の子とだけ言いましたね、スキャッチャード」

「それだけだ。ここに書いてある。あんたに読んでやろう」

「いえ、いえ、読まなくていいのです。いちばん上の子。もっと明確にすべきだと思いますよ、スキャッチャード、そうすべきです。その言葉にどれほど莫大な財産がかかっているか考えてみてください」

「おい、いったいどう言えっていうんだい？　子供の名も知らないし、噂にも聞いたことがない。だが、いちばん上はいちばん上、世界じゅうでこれほどはっきりしていることはない。おれはたんに鉄道の請負業者だから、いちばん下って言うべきなのかな」

スキャッチャードはもう先生に出て行ってもらって、ウインターボーンズの気安いつき合いとブランデーに戻してくれたらと思い始めた。しかし、私たちの友はさきほどは急いでいると言っていたが、今はたいへんゆっくりしているように見えた。彼は寝台のそばの椅子に座り、手をひざの上に置き、無意識に掛け布団を見つめていた。とうとう深い溜息をついて、こう言った。「スキャッチャード、この点はもっと明確にしてくれなくては困ります。もし私にこの件にかかわらせたければ、もっと明確にしてくれなくては」

「おい、いったいどうしたらこれ以上明確にできるっていうんだ？　妹の最年長の生きている子、ジャックだろうと、ジルだろうと、それで充分明確じゃないのかい？」

「あなたの弁護士は何と言ったのですか、スキャッチャード？」

「弁護士だと！　おれが書いた内容を弁護士に知らせたとでも思うのかい。いいや、書式と紙を全部そいつからもらって、ウインターボーンズとおれが書いているあいだ、そいつには別室で待たせておいた。充分のできだろ。ウインターボーンズが書いたが、やつには何を書いているかわからないようにしておいた」

先生はもうしばらく座って、まだ掛け布団を見ていたが、それから出て行くため立ちあがった。「またすぐ会いましょう。明日かもしれません」と先生。

「明日！」サー・ロジャーはソーン先生がそんなにすぐ戻って来て、話をする理由がわからなかった。「明日！　おい、おれはそんなに悪くないんだろ？　そんなにしばしば往診するようなら、おれは破産してしまうな」

「いや、医者として来るのではありません。そうではなくて、この遺言の件ですよ、スキャッチャード。よく考えてみなくてはいけません。本当に」

「おれが死ぬまで遺言について悩む必要なんかいっさいない。いっさいな。誰にもわからない、おそらくね。逆におれが生き残って、あんたの面倒を見ているかもしれない、だろ、先生？　あんたが亡くなったとき、おれがあんたの姪の面倒をみて、夫を見つけてやる、だろ？　はっ！　はっ！　は！」

それから先生はそれ以上何も言わずに帰って行った。

第十一章　先生はお茶を飲む

先生はコッブ種の馬に乗ると、グレシャムズベリーへ向かって帰途についた。しかし、そうしながらも本当のところはどこへ向かっているか、何をしているか意識していなかった。サー・ロジャーは遅れた時間を取り戻すため馬は道をかなり急がされるだろうとほのめかしたが、馬はこのときほど楽な歩調で思い通り歩かされたことはなかった。先生は胸中の思いの群雲にあまりにどっぷり包み込まれていたので、馬の背にいることさえ忘れてしまった。

第一に、先生は準男爵の前では起こらないことと考えるのがふさわしい選択肢、父子ともあっという間に立て続けに亡くなってしまう選択肢こそ、胸の奥底でおそらく実際に起こることではないかと感じていた。「そういうことは十中八九起こることはないね」先生は一方で心に群がる様々な思いをなだめるため、もう一方で患者であり父である人を哀れんでこう胸中言い聞かせた。問題を考え抜いた今、そのような可能性はないと感じた。可能性はその逆ではないか？　これから四年以内に父子ともあの世に行く可能性はほとんどないのではないか？　年上のほうはじつに強靱な男で、体をきちんといたわりさえすれば、まだこれから何年も生き延びられるかもしれない。しかし、先生はこの考えを否定して、体をいたわることはこの男にはとてもできないとの確実な根拠をあげた。もう一方の若いほうはまるっきりお先真っ暗だった。こっちのほうはもともと体力がないうえ、哀れな、弱々しい人で、友の先生はどうしてもこの人の命が安泰だと感じることができなかった。それなのにこっちのほうはもうすでに父の悪癖を身に着けて、アルコールでその命を縮めていた。

それでは、もしこれら父子二人が定められた期間内に亡くなったら、サー・ロジャーの遺言にあるこの条項が生きて来たら、この条項の実現を見届けることが彼の、先生の義務となったら、いったい彼はどう行動すればいいのか？　あの女のいちばん上の子は先生の姪、養女、かわいい子、心の誇り、目の保養、我が子、メアリーだった。この世のあらゆる義務のなかで、神と良心への大きな義務に次ぐものがこの子への義務だった。こういう状況のもとでこの子への義務は先生に何を求めて来るのか？

しかし、あの大きな義務のほう、この子がまず先生に期待するあの大きな義務はまず何を求めるのか？　もしスキャッチャードがその条項の意味を明確に知らないまま遺言を作ったとしたら、その条項が生きて来るようなことになったら、ソーンにとってメアリーこそ相続人であるように思えた。この子が相続人であるかどうかはとにかく法律家が決めることになるだろう。しかし、今局面は変わった。この金持ちは先生を信頼して打ち明けたのだ。もし遺産がスキャッチャード本人の意図せぬ人のところへ行くような遺言を先生がこの金持ちに遺させたら、信頼の裏切りであり、きわめて不誠実な行為を――スキャッチャードにもだが、あの遠いアメリカの家族にも、かつて気高く振る舞ったあの金物屋にも、その人の最年長の子にも、まわりの人みなに――きわめて不誠実な行為を働くことになるのではないか？

先生はグレシャムズベリーに到着するかなり前にこの点について決意を固めていた。実際には、スキャッチャードの寝台のそばに座っていたときから決意していた。それだけの決意をするのは難しくなかった反面、不誠実から抜け出す道をたどるのはそれほど容易ではなかった。姪を傷つけることも、自分が悲しむこともなく――もし本当にそうできるなら――状況を正しく設定し直すことがどうしたらできるだろうか？

それから先生は胸中様々な思いを巡らした。人の野心の下劣な対象のなかでも富、たんに富のための富くらい下劣なものはないと、先生は少なくとも自分と姪にいつも公言していた。先験哲学各派は共同で、外部の出来事によって実践を求められたら、実践そのものが容易でないとわかる観念にまで進んできた。当人一人のために行動するとき、出来事と観念の両方にとって実践が難しいとするなら、他人のため行動しなければならないとき、それはどれほど難しくなることか！　先生は今この難しさに直面した。もし部分的にも姪を相続人にするようにスキャッチャードを誘導することができたら、姪に生じたかもしれぬ金色のチャンスを、みずから投げ打ってしまうようなことをこの危急の時に引き受けていいものだろうか？

「姪はあの男からボクソル・ヒルに来て生活するように――あの男と妻と一緒に住むように求められるだろう。イギリス銀行のお金を全部もらっても、姪はそんなみじめな生活の償いをえることはできない」先生は庭に馬をゆっくり乗り入れながら、独り言を言った。

先生は一点だけ明確に決意した。明日もう一度ボクソル・ヒルへ行って、事実をスキャッチャードに打ち明けよう。どうなろうと、真実がいちばんいいはずだ。そこで、一筋のかすかな光を慰めにして、家に入っていくと、姪がペイシェンス・オリエルと応接間にいるのを見つけた。

「メアリーと私は口論していました」とペイシェンスが言った。「彼女は村でいちばん偉いのはお医者さんだと言い、私はもちろん牧師さんだと言っているのです」

「私はただお医者者がいちばん必要とされていると言っているだけです」とメアリーは言った。「シルバーブリッジに往診を求める別の恐ろしい伝言がありますわ、伯父さん。あのセンチュリー先生はどうして自分の患者をちゃんと見られないのかしら？」

「この人は言うのです」とペイシェンスは続けた。「たとえ牧師さんが一か月いなくても、誰も寂しがりはしないって。でも、お医者さんは非常に貴重な存在だから往診は分単位で計算されるって」

「伯父さんは本当に分単位で考えられているのよ。伯父さんは食事をすることとさえ患者からは喜ばれません。オリエルさんはシルバーブリッジに呼び出されることなんかないでしょう」

「でも、教会はあなたたちよりもちゃんと担当区域を運営しているわ。私たちは教区民の羊のなかに見知らぬ山師を入れません。羊たちがたまたまそういう連中になびいてはいけないからよ。あなたたちのところには変な開業医が入って来るでしょう。私たちの羊は好き嫌いは別にして、私たちの精神的な癒しで我慢しなければなりません。この点で私たちはいちばん幸せな状態にあるのです。忠告するわ、メアリー、どうしても牧師さんと結婚しなさい」

「あなたがお医者さんと結婚したら、私も牧師さんと結婚します」とメアリー。

「きっとお医者さんと結婚できたら、大きな喜びがあるんでしょうね」ミス・オリエルはそう言うと、立ちあがって、低くソーン先生に膝を曲げておじぎした。「でも、今朝は結婚の申し出に心を動揺させる気になれませんから、逃げ出します」

彼女はそう言って去って行った。先生は別の馬に乗り、かなり疲れた様子でまたシルバーブリッジへ向けて出発した。「あの子は今いるところで幸せなのだ」と先生は馬を進ませながら独り言を言った。「グレシャムズベリーの人たちはみなあの子を対等に扱ってくれる。ウラソーンのソーンがいとこじゃないからといって、何だというのだ。あの子はグレシャムズベリーの人たちのところに場所を見つけて、最上の人たちと対等の関係を保っている。ミス・オリエルがいる。家柄は高く、金持ちで、社交界の人で、美人で、みんなからちやほやされている。とはいえ、ミス・オリエルがあの子を見くだすことはない。二人は対等の友人なのだ。しかし、金持ちから認知された姪として、あの子がボクソル・ヒルへ連れて行かれたら、どうなるのだろうか？　ペイシェンス・オリエルやベアトリス・グレシャムはあの子を追ってあそこへ行くだろうか？　貧しいけれど幸せな私のうちにいるようにあの子はあそこで幸せになれるだろうか？　スキャッチャード令夫人と一か月でも一緒にすごし、あの男のむら気に我慢し、あの男の生活様式を見、あの男に依存し、あの男のものになるなら、あの子は死んでしまう」先生はそれからシルバーブリッジへ急ぐと、再び老夫人の寝台のそばでセンチュリー先生と会った。死という暗い訪問者の冷酷な来訪を食い止める努力をしたあと、再び応接間と姪のもとに戻って来た。

「こんなことをしていたら死んでしまいますよ、伯父さん」メアリーはそう言いながら伯父にお茶を注いでから、いちばん慰めとなる食事――ティー、ディナー、夜食まとめて一度の食事を用意した。「シルバーブリッジなんか五十マイルも離れていればいいのに」

「それじゃあもっと旅がきつくなってしまうね。しかし、私はまだ死んでいない。もっといいことに私の患者も死んでいない」先生はそう言いつつ大きな容器に入ったほぼ一パイント近くの焼けるようなお茶を飲み込もうと身をよじった。メアリーはこの離れ業に少しも驚くことなく、ただ何も言わずに大きな容器を再び一杯に満たした。先生はスプーンで混合液を掻き混ぜ続けたが、一杯目の紅茶が出されてから二人のあいだでどんな儀式が演じられたか明らかに忘れた様子だった。

先生はナイフとフォークでかちゃかちゃ音を出すのをやめると、暖炉の敷物のほうを向いて、脚を組み、まだ口をつけていない三杯目を満足げに見やり、片方の脚をさすり始めた。堅実な食事の余り物はさげられたけれど、冒瀆的な手はまだティーポットやクリーム入れに置かれていなかった。

「メアリー」と先生は言った。「もし明朝何かの偶然でおまえが莫大な遺産の相続人になっているとわかったら、喜びを抑えられるかい？」

「そうなったら最初にしたいことは、少なくとも一日前に予告がなければ、伯父さんをシルバーブリッジへ行かせないと明確な布告を出すことです」

「じゃあ、次は？　次は何をしたい？」

「次は――ペイシェンス・オリエルがかぶっていたあれと同じフランス製のボンネットがほしいから、それをパリに発注したいわ。見ました？」

「まあ、見たとは言えないね。今どきのボンネットは見えないし、そのうえ、人の服装を気にしたことがないのだ、おまえのを除いてね」

「あら！　次にオリエルさんを見かけたらボンネットを見てください。ボンネットがどうしてそうなのかわかりません。でも、これだけは言えますわ――イギリスの職人であんなボンネットを作ることができる人はいないし、イギリスにそれができるフランスの職人もきっといません」

「しかし、ボンネットのことを気にしすぎていないかね、メアリー！」先生は断定的にそう言ったが、そこにはいくらか問いただしたい気持ちも込めていた。

「でも、気にしてはいけないんですか？」と姪は言った。「ボンネットのことが頭から離れないんです、特に今朝ペイシェンスに会ってから。それで、いくらするか聞いてみました――当ててみて」

「ううん！　見当もつかないね――一ポンド？」

「一ポンドであるはずがないわ、伯父さん！」

「ううん！　もっと高いのかい？　十ポンドかな？」

「まさか、伯父さん！」

「ええ！　十ポンドより高いのかい？　それはたとえペイシェンス・オリエルでもボンネットに出すお金

じゃないね」

「いえ、もちろんそんなにはしません。でも、伯父さん、じつは百フランするんです！」

「うん！　百フランか、つまり四ポンドというところかな？　そうだろうね。そういえばおまえの新しいボンネットはいくらしたのかね？」

「私の！　うん、値段はないんです——五シリングと九ペンスくらい。だって自分で作ったから。もし莫大なお金が私に遺されたら、きっと明日パリにボンネットを発注しますわ。いや、やはり自分でパリに買いに行きます。伯父さんを連れて一緒にボンネット選びをします」

先生はこのことに思いを巡らせつつしばらく黙り込んでいた。そのあいだに無意識にそばに置かれていた紅茶を飲み干してしまった。それを見たメアリーはまた紅茶を継ぎ足した。

「いいかい、メアリー」彼はようやく話し始めた。「今は物惜しみしたくない気分だし、いつもよりお金を持っているから、フランス製のボンネットをパリに注文することができるよ。残念ながら買いに行くのはもう少し待ってもらわなければならないが」

「冗談を言って」

「いや、本気だよ。もしおまえが注文の仕方を知っているなら——白状すると、それがよくわからないのだが、もしおまえがうまく注文できたら、支払いは私が何とかする。フランス製のボンネットを手に入れてやるよ」

「伯父さん！」彼女は伯父を見あげて言った。

「ああ、冗談を言っているのではないよ。プレゼントをしなくてはならないと思っていた。だからそれにしよう」

「伯父さんがそうしてくれたら、私がどうするか言わなきゃなりません。ボンネットを細かく切り刻んで、あなたの目の前で燃やすんです。ねえ、伯父さん、私をどんな人間と思っているんですか？　私にそんな申し出をするなんて今夜の伯父さんは少しおかしいわ。おかしい。おかしい」姪は茶盆の近くの席から移動して彼の膝の近くにある足のせ台に座った。「私に莫大な財産が遺されたら、フランス製のボンネットが手に入る。それが今私がボンネットをほしがる理由なんですか？　もし伯父さんがそのボンネットのため四ポンドを払ったら、それをかぶるたびに私の頭は焦げてしまう」

「その論理はわからないね。四ポンド払ったからといって破産はしないだろ。しかし、もしそれを手に入れても、おまえの見栄えが多少なりとよくなるとも思えない。確かにこの巻き毛を焦がしたくもないしね」

先生は姪の肩に手を置いて、その髪をもてあそんだ。

「ペイシェンスはポニーの二頭立て軽四輪馬車を持っています。お金持ちになったら、私も持ちたいわ。それから彼女のように私の本を残らず革張りにする。それからおそらくお化粧箱に五十ギニー[1]払うわ」

「五十ギニーだって！」

「ペイシェンスは教えてくれなかったわ。でも、そうベアトリスが言っています。ペイシェンスが一度私にそれを見せてくれたけれど、すてきだったわ。ボンネットよりも先にお化粧箱がほしいわ。でも、伯父さん――」

「なんだい？」

「私がそんなものをほしがっていると思います？」

「適切なほしがり方をしていると思うね。きっと本当にほしがってはいないと思う」

「私はどれもこれもというか、めったやたらにほしがって、じつはあまりというか、ほとんど何もほしがっていないんです。多くのものをほしがるのに、贅沢なものはまったくほしがらない。私がほしがらないことをあなたは知っている、知っているはずですわ。フランス製のボンネットを買う話なんか、どうしてしたんです?」

ソーン先生はこの問いに答えないまま片脚をさすり続けた。

「結局」と先生は言った。「お金はいいものだね」

「お金がちゃんとえられたら、とってもいいものですわ」と姪は答えた。「つまり、心もしくは魂に傷をつけることなくえられたらね」

「もしミス・オリエルの身の回り品と同程度のものをおまえに支度できたら、私も幸せ者になれるがね。もし今おまえがほしいものをみな提供できるお金持ちにおまえを委ねたら、どうする?」

「ほしいものをみな提供できる! それはご立派な人に違いありません。それは私を売るということじゃありませんか、伯父さん? そうよ、売るんです。伯父さんがえられる対価は私に関する将来の不安から自由になること。卑怯な売り方ですわ。私のほうは――私は犠牲になる。いいえ、伯父さん、あなたは私にいろいろなもの――ボンネットやその他――を提供するそのみじめさに堪えなければなりません。私たちは同じボートに乗っているんですから、私だけボートの外に落とさないようにしてくださいね」

「しかし、もし私が死んでしまったら、そのときはどうするのかな?」

「もし伯父さんが死んでしまったら、どうするかですか? 人は結び合わされていなくてはいけませんわ。人は互いに依存し合わなければ。もちろん、不幸もふりかかってくるかもしれません。でも、始めからそれを恐れるなんて臆病ですわ。私とあなたは一緒に結ばれているんです、伯父さん。私をからかうためこういうことを言うけれど、私と別れることなんか望んでいないことはわかっています」

「まあ、まあ、私たちはきっと成功するよ。一方で駄目でも、もう一方のほうでね」

「成功する！　もちろん、成功します。誰がそれを疑うでしょう。でも、伯父さん――」

「すまない、メアリー」

「何ですか？」

「もう一杯紅茶をくれないか？」

「まあ、伯父さん！　もう五杯も飲んでいますよ」

「いや、おまえ！　五杯じゃない、四杯――たった四杯だよ、断言する。数えることにはうるさいんだ」

「五杯よ、伯父さん、本当よ」

「うん、それなら、奇数は縁起がいいという偏見が嫌いだから、六杯目を飲んで私が迷信深くないことを示そう」

　メアリーが大きい容器に六杯目を用意していたとき、ドアにノックがあった。メアリーはこういう夜遅い呼び出しを耳に憎く感じた。というのは、それはいつも農家へ向かう暗い夜道の乗馬を伯父に強いる知らせだったからだ。先生は一日じゅう鞍にまたがっていた。ジャネットが手紙を部屋に持って来たとき、メアリーは休息を妨げるこれ以上の侵略からあたかも伯父を守ろうとするかのように立ちあがった。

「お屋敷から手紙です、お嬢さん」とジャネット。「お屋敷」とはグレシャムズベリーで常に郷士の家を指していた。

「お屋敷の誰かが病気でなければいいが」先生はそう言ってメアリーから手紙を受け取った。

「おお、ああ、そう、郷士からだ――誰も病気じゃないよ。ちょっと待ってくれ、ジャネット、返事を書くから。メアリー、机を貸してくれ」

郷士はいつものようにお金のことが心配で、先生が新しい融資の件でサー・ロジャーとどこまで交渉を成功させたか聞くため手紙を書いていた。しかし、実際には今回ボクソル・ヒルを訪れた際、先生はこの融資の件を土俵に乗せることさえできなかった。サー・ロジャーの寝台で行われた二度の面会で話題が次々に押し寄せたから、融資の件に触れることもなく帰って来なければならなかった。

「とにかく再度訪問しなければならないね」と先生は独り言を言った。それから郷士への手紙に、明日再度ボクソル・ヒルを訪問する予定で、帰る途中お屋敷に寄るつもりだと書いた。

「とにかく、それで決まったね」と先生。

「何が決まったんですか?」とメアリー。

「うん、明日またボクソル・ヒルへ行かなければならない。早く出ないといけない。だから私たち二人とも寝たほうがいいね。ジャネットに七時半には朝食だと伝えておくれ」

「私を連れて行ってくれないんですか? サー・ロジャーに会いたいんです」

「サー・ロジャーに会いたいって! おいおい、病気で寝ているのだよ」

「それなら確かに無理ですわね。でも、いつかその人が元気なときに連れて行ってくれませんか? そんな人にとても会ってみたい。何もないところから始めて、今やグレシャムズベリーの教区全部を買ってもなお余るほどのお金を持っている人なんて」

「あの人を好きになることはないと思うね」

「どうして? 私はきっと好きになると思いますわ。その人を好きになるし、スキャッチャード令夫人も。令夫人がすばらしい女性だと伯父さんが言うのを聞いたことがありますよ」

「うん、奥さんはそれなりにね。亭主のほうもいいところはあるのだが。しかし、この夫婦は二人ともおまえにふさわしい人たちじゃない。二人ともきわめて下品で――」

「まあ！　そんなことは気にしません。そういうことならいっそうあの人たちがおもしろくなるわ。人は磨かれた作法の人には近づきませんから」

「スキャッチャード家の人たちがつき合って気持ちのいい相手だとは思わないね」先生はそう言うと、寝台用のろうそくを取って、部屋を出ていくとき姪の額に口づけした。

註

（1）一ギニーは一・〇五ポンド。

第十二章　両雄相まみえれば長期に渡る死闘が起こる(1)

先生、つまり私たちの先生はもう一人の医者フィルグレイヴ先生に送られた伝言のことを忘れていたし、準男爵もじつを言うと考えていなかった。スキャッチャード令夫人はこのことを忘れずにいたが、その日の残りは夫の機嫌が悪かったため、まもなく新しい医者を迎えることを夫に思い出させるような状況にならなかった。それで、令夫人は難しいことは成り行きに任せて、フィルグレイヴ先生が現れるのをおののきとともに待った。

サー・ロジャーが援助のないまま亡くなるようなことにならなかったのは恵まれていた。というのは、伝言がバーチェスターに届いたとき、フィルグレイヴ先生は町から五、六マイル郊外のプラムステッドにいた。その日は夜遅くまで町に戻れなかったので、ボクソル・ヒルへの訪問を翌朝まで延期せざるをえないと感じた。ポンプ折檻についてのあの会話を万が一にも知ることができたら、この先生はおそらく訪問をもっと長く延期していたことだろう。

しかし、この先生はサー・ロジャー・スキャッチャードの枕元に呼ばれるのを決していやとは思わなかった。サー・ロジャーとソーン先生が旧知の間柄であることはバーチェスターでは周知の事実であり、フィルグレイヴ先生もよく知っていた。サー・ロジャーが病気の際これまで旧友の医術に安全を任せて満足してきたことも先生はよく知っていた。サー・ロジャーは大人物だったから、バーチェスターではしばしば噂になっており、大鉄道請負業者が病気という話もこの町のガレノスの耳にはすでに届いていた。それゆえ、ボクソル・ヒルに来るようにと有無を言わせぬ呼び出しを受けたとき、先生は何か純粋な光がサー・ロジャーの迷妄に差し込み、ついにどこで真の医術を捜せばよいか教えることになったと考えるほかなかった。

それからまた、サー・ロジャーは州でいちばんの金持ちだった。大資産家である新しい患者は州の開業医にとって思わぬ幸運だった。新しい患者がえられるというだけでなく、好敵手の開業医から取りあげた患者である場合、それがどれほど大きな幸運であるか説明する必要はないだろう。

それゆえ、かなり早い朝食のあと、ボクソル・ヒルへ行く四輪駅馬車に乗り込んだとき、フィルグレイヴ先生はいくぶん高揚感に包まれていた。この先生くらい開業医として羽振りよくやっている先生は一頭立て四輪箱馬車、いわゆるブルームを当然常備しており、バーチェスター周辺の普通の往診はそれでした。しかし、今回は特別スピードを要する、疑いもなく特別報酬が見込める場合だから、二頭立ての駅馬を借りた。

駅馬の御者が若干大きな音でサー・ロジャーの玄関ベルを鳴らしたとき、まだ九時になっていなかった。それからフィルグレイヴ先生は初めてボクソル・ヒルの新しい大広間にいた。

「奥様にお伝えします」使用人はそう言うと、先生を大食堂に案内した。そこでフィルグレイヴ先生は十五分か二十分一人だけでトルコじゅうたんの長さだけ行ったり来たりした。

フィルグレイヴ先生は背の低い人で、背にそぐわぬ肥満傾向にあった。通常認められている計測方法によると、靴下をはいた状態で五フィート五インチだった。腹が少し丸く突き出ていたので、ブーツのかかとを一インチ半ほどあげ底にしたとはいえ、望んだほどうまくその腹を目立たなくすることができなかった。先生はこれをかなり意識していたから、ぎこちない様子が見えた。しかし、背を高くする試みが失敗だったとの印象を余人に与えないくらいの、威厳が物腰にあり、礼儀正しさが足取りにあり、権威の雰囲気が身振りにあった。先生は疑いなくいい線までやり遂げたが、それでも時々その努力が裏目に出た。フィルグレイヴ先生が堂々たる姿になろうと頑張るこういう瞬間、思わずカエルと雄牛の話(2)が頭に浮かんでくる。

しかし、たとえ腹の膨れ具合とか足の短さとかが先生の個人的な重みをいくらか減じたとしても、顔つきにある独自な威厳がこれらの小さな欠点を償って余りあることを先生はよく知っていた。足は短いとしても、顔はそうではなかった。ベストから下は過度に膨らんでいたが、ネクタイから上はすべてが充分なシンメトリーをなしていた。髪は灰色で、白髪交じりでも、白くもなく、完全に灰色で、曲がらぬ固い意思を具えたように両方のこめかみからまっすぐ立っていた。頬ひげは見事なかたちをして、下に降り、あごの角度で優雅に曲がっていたが、やはり灰色で、いくらか髪よりも濃かった。バーチェスターの商売敵はその頬ひげの完璧な陰影が鉛の櫛で作り出されていると断言した。目は輝いていなかったけれど、印象的で、抑制が利いていた。かなり近眼で、眼鏡が常に鼻の上か、手にあった。鼻は長くて力強く、顎も充分突き出ていた。しかし、顔のいちばんの特徴は口だった。その唇の圧力によって保証する秘密の医学知識の量たるや本当にすばらしかった。この唇によって彼は優美な礼儀正しい態度を取ることもできれば、非常に厳しい禁止の態度を取ることもできた。この二つの態度のどちらかだけではなく、二つの態度のあいだにある微妙に異なる態度を思うままに取り、微妙に混ざり合った感情を表出することができた。

フィルグレイヴ先生が最初にサー・ロジャーの食堂に案内されたとき、両手を後ろ手に組んで、家具の値踏みをし、この広い高貴な部屋に受け入れられた胸像の数を数え、くつろいだ陽気な足取りでしばらく部屋を行ったり来たりした。しかし、七、八分もすると、いらだちの表情が顔に広がるのが見られた。なぜ彼は病室に案内されないのか？　ヒルの箱をポケットに忍ばせている薬剤師ででもあるかのように彼をここに待たせておく必要がどこにあるのか？　それから彼はちょっと激しくベルを鳴らした。「サー・ロジャーは私がここにいることをご存知なのか？」と彼は使用人に聞いた。「奥様に伝えます」と使用人は言って、また姿を消した。

それから五分間彼はもはや家具の値踏みをするのではなく、むしろ彼の価値の重さのほうを計算しつつ行ったり来たりした。こんなふうに待たされるのには慣れていなかった。サー・ロジャー・スキャッチャードは今は大物の金持ちだが、フィルグレイヴ先生は彼の小物時代、貧乏時代を覚えていた。先生はサー・ロジャーを石工と見なすようになり、そんな男に待たされることにかなり激しくいらだち始めた。

人がいらだっているとき、五分が限度のように見える。十五分となると永遠だ。二十分たったとき、部屋を行き来するフィルグレイヴ先生の足取りはとても速くなっていた。待っているほかの患者に重大な損失、おそらく致命的な損害を与えるゆえ、一日じゅうここにはいられないと今決意した。もう一度手がベルにかかり、今にも強く鳴らそうとしたそのとき、ドアが開いてスキャッチャード令夫人が入って来た。

令夫人は入って来たが、自分のうちの食堂に入るのが怖いかのようにとてもゆっくり入って来た。私たちは少しさかのぼって、この二十分間令夫人が何をしていたか見てみよう。

「まあ！」というのが、フィルグレイヴ先生が食堂にいると聞いたときの令夫人の最初の嘆声だった。令夫人はそのとき小さな部屋で家政婦と一緒に立っていた。家政婦といちばん幸せな時間をすごす、リンネルやジャムを置いておく部屋だった。

「何とまあ！　ねえ、ハナ、どうしたらええかねえ？」

「あん方をすぐご主人んところへやるんですね、奥様。ジョンにあん方を案内させればええ」

「ひどい騒ぎになるよ、ハナ。ひどい騒ぎになるんがわかる」

「けれど、ご主人があん方を呼ばんかったかね？　じゃあご主人に騒ぎを任せればええ。私ならそうするね、奥さん」令夫人がどうしていいかわかわずに震え、立ったまま、親指の爪を噛んでいるのを見て、ハナはそうつけ加えた。

「あなたが主人んところへあがってくれん、ねえ、ハナ?」とスキャッチャード令夫人は説得するように言った。

ハナはちょっと考えてから「まあ、いやですよ」と言った。「いえ、私にはとてもできません」

「じゃあ私しかおらんね」妻はそう言うと、呼んだ医者が現れて指示を待っていると主人に伝えるため上へあがって行った。

準男爵はそれから続く妻との会話のなかで激しい口調を用いることはなかった反面、決意は固かった。何が何でもフィルグレイヴ先生に会うつもりはないし、古い友のソーンを怒らせるつもりはないと言った。

「でも、ロジャー」令夫人は半分泣き、半分いらだって泣く振りをした。「あん先生をどうしたらええんですか? どうしたら追い返せるんですか?」

「ポンプ折檻を加えてやれ」と準男爵。彼は独特の低い耳障りな音が混じる声で笑った。ブランデーが喉に及ぼした破壊を明瞭に物語る声だった。

「それはひどい話ですよ、ロジャー。冷や水を浴びせるような真似は私にはできません。あなたは病気なんですから、ほんの五分でもあん先生に会ってくれればええ。ソーン先生んほうは言い繕っておきます」

「ふん、死んでも会わんよ、奥さん」ボクソル・ヒルの人はみな哀れなスキャッチャード令夫人をまるでそこにおもしろい冗談を含むかのように「奥さん」と呼んだ。実際含んでいたようだ。

「あん先生の言うことは何も聞かんでええし、出す薬も飲まんでええんです。二度とここに来んようにあん先生には私が言い含めます。だから会いなさいよ、ロジャー」

しかし、ロジャーを言いくるめることはできなかった。実際、不可能だった。彼はわがままな、強情な、横柄な人で、決して残酷な人ではなかったが、いつも独裁者だった。労働者の集団を牛耳ったように妻とうちのなかを牛耳るのに慣れていた。こんな人を言いくるめるのは容易ではなかった。

「下へ降りて行って、やつに用はない、会わんと言え。それで終わり。金をもうけたければ、なぜ呼ばれた昨日来なかったのか？　もうよくなった。やつに用はない。それにやつをうちへ入れるつもりはない。ウインターボーンズ、ドアに鍵をかけろ」

ウインターボーンズはこの会話のあいだ当人の小さなテーブルで仕事をしていたが、そこで立ってドアに鍵をかけた。スキャッチャード令夫人はこの命令が実行される前にドアを抜けて出るしかなかった。

スキャッチャード令夫人はゆっくりした足取りで階段を降り、再度ハナと話し合った。二人は頭を寄せ合って相談した結果、当面の悪を癒す唯一の方法はたっぷり料金を払うことにあるという点で意見が一致した。そこで、スキャッチャード令夫人は手に五ポンド紙幣を持ち、手足を震わせながら、フィルグレイヴ先生の威厳のある姿に対面しようと出かけた。

ドアが開いたから、フィルグレイヴ先生は手にしていたベルのひもを下に落とし、奥様に低く頭をさげた。この先生をよく知っている人なら、このお辞儀を見れば不快感を表しているのがわかっただろう。「スキャッチャード令夫人、私はあなたのもっとも従順な、卑しい使用人ではありますけれど、こんなふうに私を扱うことをあなたは楽しんでいるように見えます」と言っているかのようなお辞儀だった。

スキャッチャード令夫人は必ずしもこれをみな理解したわけではなかった。それでも、すぐこの男が怒っていることがわかった。

「サー・ロジャーの容体が悪くなっていなければいいのですが」と医者は言った。「昼に近づいていています。

あがって診察しましょうか？」

「はあ！　あん！　あ！　ええと、フィルグレイヴ先生、サー・ロジャーは今朝すごく加減がええんです、すごく」

「それはたいへんよろしいですね、たいへん。しかし、どんどん時間がたっていきます。あがってサー・ロジャーを診ましょうか？」

「ええと、フィルグレイヴ先生、あん、主人は今朝とても調子がええもんで、あなたを煩わせるんは悪いと思っているようなんです」

「私を煩わせるのが悪い！」これはフィルグレイヴ先生がまるっきり理解できない種類の言い草だった。「私を煩わせるのが悪い！　それで、スキャッチャード令夫人――」

スキャッチャード令夫人は事情を残さず打ち明ける以外に道はないと思った。そのうえ、フィルグレイヴ先生の態度の特別大きなところよりも人物の小ささをとことん味わわされたから、思っていたほど相手を怖がらなくなっていた。

「はい、フィルグレイヴ先生、主人んような人は少しでもよくなると、お医者さんという考えが吹っ飛んでしまうんです。つい昨日はあなたを呼ばなくちゃと思っても、今日はもう元に戻って医者なんかいらんように見えるんです」

そのときフィルグレイヴ先生はブーツからにょきにょき大きくなるように見えた。突然、この先生は様々な種の拡大モードを身に発現した。ブーツからにょきにょき大きくなり、上に膨れあがると、怒った目はスキャッチャード令夫人を見おろし、逆立った毛一本一本が天を刺すように見えた。

「これはとてもおかしい、とてもおかしい、スキャッチャード令夫人、とてもおかしい。実際、おかしい、あまり例のないことです。私はかなり無理をして、かなり面倒な思いをして、バーチェスターからここへやって来ました。たとえば私が通常抱える患者には迷惑をかけています。それに、それに、こんなおかしなことは起こったためしがありません」それから、フィルグレイヴ先生は固く閉じた唇で哀れな令夫人をほとんど床に沈み込ませると、ドアのほうへ動いた。

そのとき、スキャッチャード令夫人は万能薬のことを思い出した。「お金には換えられんことですが、先生」と彼女は言った。「もちろんサー・ロジャーはただでここに駅馬で来ていただこうなんて思っていません」ついでに言うと、このときスキャッチャード令夫人は嘘をついていた。というのは、サー・ロジャーは知れば絶対金を払うことに同意しなかったからだ。令夫人が手に持っていた札は本人の財布から出したものだった。「お金には換えられんことですが、先生」彼女はそう言って紙幣を差し出して、これで事態はすぐ改善すると思った。

さて、フィルグレイヴ先生は五ポンドの謝金がこよなく好きだった。謝金が嫌いというような異様な医者はいない。先生はこよなく五ポンドの謝金が好きだった。しかし、威厳のほうをもっと重視した。怒ってもいた。怒った男の常として、怒りの原因に固執した。むごい扱いを受けたと感じたから、お金を受け取ったら、怒りにのめり込む権利を投げ捨ててしまうことになる。その瞬間、威厳を重視し怒りを大切にするほうが五ポンド紙幣よりも価値あることだった。ものほしげな、しかし背けた目でそれを見てから、厳しく申し出を拒絶した。

「いえ、奥様」と彼は言った。「いえ、いえ」先生は眼鏡を持った右手をあげて、誘惑の紙幣を払いのけた。「いえ、私が特に呼ばれたからには、私の医術の裨益をサー・ロジャーに分かつことができたら嬉しかったのですが――」

「でも、先生、主人がよくなったら、そりゃあ――」

「はい、もちろんです。よくなって、診察がいらないのなら、それで終わりです。再発というようなことがあっても、私の時間は貴重ですので、どこかよその先生に依頼されるほうがむしろありがたいです。奥様、ご機嫌よろしゅう。よろしかったら私の馬車、駅馬ですが、にベルを鳴らします」

「でも、先生、お金を受け取ってくださいませ。受け取ってください。本当に受け取ってください」そう言うスキャッチャード令夫人は夫の許し難い気まぐれのせいで、バーチェスターからわざわざこの先生に来てもらって、時間にも労力にもお金で報いることができないと思うと、本当に不幸な気持ちを味わった。

「いえ、奥様、いいえ。それは考えられません。サー・ロジャーはきっと次にはこれとは違ったやり方を学んでおられるでしょう。お金の問題ではありません、まったく」

「でも、お金ん問題ですよ、先生。本当に差しあげますから、受け取っていただかなくては」哀れなスキャッチャード令夫人はとにかくこの先生に金銭上の負い目を負いたくないとの思いから、紙幣を先生の手に握らせようとかなり間近に接近した。

「受け取れません。本当に駄目です」先生はそう言いつつ、怒りの原因を忘れることなく諸悪の根源を勇敢に拒絶した。「私はそういうことはしません、スキャッチャード令夫人」

「さあ、先生、受け取って、私を喜ばせて」

「それはできません」先生は傷つけられたことに対する金銭上の手当をいっさい受け取らない印として、手も帽子も背に回すと、ドアへあとじさりした。奥様は前から辛抱強く先生に圧力を加えた。攻撃の圧力があまりに強かったので、先生はその場にとどまって駅馬車に指示を出すことができず、あとじさりのままますぐ広間へ進んだ。

「さあ、受け取って、さあ」とスキャッチャード令夫人は迫った。

「それはできません」フィルグレイヴ先生はゆっくりそう言いながら広間をあとじさりした。そうして、先生が当然回れ右をしたとき、ほとんどソーン先生の腕になかにいることがわかった。

バーリーが山腹のあの恐ろしい戦いに突入してボスウェルをにらみつけたとき、アキレウスがついに出会ったヘクトールをにらみつけたとき、それぞれが必死の戦いのなかで相手の武勇を試す決意をしていた。(3) そのようにフィルグレイヴ先生はあげ底のかかとで回れ右をした瞬間、その鼻がソーン先生のベストのいちばん上のボタンと同じ高さにあるのを発見して、グレシャムズベリーから来た敵をにらみつけた。

ここでもし退屈でなければ、しばらくバーチェスターの開業医の当然と言えば当然の怒りを要約し、検討してみよう。彼はあの別のシェパード犬がいる羊の囲い、すなわち別の医者ソーンがいる診療範囲に入り込もうと画策したことはなかった。今ボクソル・ヒルにいるのもみずから求めたことではなかった。ソーンがまったく無知であり、魔女の煎じ薬さえちゃんと作れないやつで、人を苦しめる傾向と、下品で、さもしい、非職業的な診療方式を持つことを確信したから、彼はソーン先生を嫌った。それでもみずからスキャッチャード連中に手を出す真似はしなかった。ソーン先生がボクソル・ヒルの人々を残さずあの世に送っても、フィルグレイヴ先生は干渉しなかっただろう。特別に、正当に呼び出しを受けなければ、干渉なんかしなかったはずだ。

しかし、彼は特別に、正当に呼び出しを受けたのだ。そのような手続きが取られる前にソーンとスキャッチャード家のあいだでおそらく何らかの下話が交わされていたに違いない。どういうことになるかソーンにはわかっていたに違いない。こんなふうに呼び出されてフィルグレイヴ先生はやって来て――駅馬車でわざわざやって来て――、病人がもう病気ではないという口実で病室に入れてもらうことさえ拒否された。そして手数料ももらわないまま――というのは、手数料がもらえなかったというのもそれが提供され、拒絶されたという事実から見て、やはり怒りの原因となった――手数料ももらわないまま、名誉を踏みにじられ、怒って退去しようとした矢先、病室へ行こうとしているこのもう一人の医者に――そいつに代わって診るように呼び出されたまさしく好敵手に――出くわしたのだ。

どんな無謀な、熱狂したバーリーも、どんな傲慢な、神に支援されたアキレウスも、この瞬間のフィルグレイヴ先生くらい怒りで膨れあがってよい理由を持ち合わせただろうか？　もし私にモリエールの筆があったら、そんな医者の怒りを適切に表現することができたのに、それ以外の筆をもってしては不可能だ。先生は膨れあがった。怒りの大きな容積がいつもの大きな態度に加わったから、先生はまわりにいるサー・ロジャーの付き人たちの目の前で巨大になった。

ソーン先生は三歩さがって頭から帽子を取ったが、玄関のドアから食堂までの廊下でこれまでそんなことをしたことがなかった。呼びつけた医者にサー・ロジャーが会うのを拒絶したこと、その医者が手数料ももらわずにバーチェスターへ今帰ろうとしていることなんか、ソーン先生には思いもつかなかったことを頭に入れておかなければならない。

ソーン先生とフィルグレイヴ先生は疑いもなくよく知られた敵だった。バーチェスターじゅうの人や、『ランセット』や『皮はぎナイフ』にかかわるロンドン医学会の人がこれをよく知っていた。二人は絶えず互いに相手を中傷する文書を書き、非難を繰り返していた。しかし、直接の斬り合いがあってもおかしくない実際の衝突はこれまでになかった。二人はこれまでめったに顔を会わすことがなかった。バーチェスターかどこかの通りで二人が会うのはまったく偶然で、そういうときは非常に冷たい礼儀正しさで頭をさげるのが習わしだった。

現在の場面でソーン先生はフィルグレイヴ先生の側が勝ちを占めたと当然感じていた。ある種男らしい感情からこういう状況下ではいつも以上の礼儀正しさ――おそらくはほとんど真心といってもいいもの――を示すのが威厳を損なわずに済む方法だと考えていた。ソーン先生はこの金持ちの、常軌を逸した、鉄道の準男爵の家で首になった前任の医者だったから、首になったことで悪意を抱いていないことを相手に示すつもりだった。

それで、先生は帽子を取り、穏やかにほほ笑んで、フィルグレイヴ先生の患者の容体が良好であればいいとの希望を丁寧な口調で述べた。

傷ついた男の傷ついた感情をさらに悪化させるものがここにあった。フィルグレイヴ先生はあざけられ、軽蔑され、敵の嘲笑のまとになり、邪悪な連中の馬鹿騒ぎの餌食になるため、ここに呼び出されたのだ。先生は高貴な怒りで膨れあがったから、たまたまフロック・コートに詰め物が入っていなかったら、破裂していたかもしれない。

「おい」と彼は言った。「おい」彼は心の擾乱にはけ口をつけようにも唇を開くことがどうしてもできなかった。おそらくそれは間違っていなかった。というのは、言葉で言うよりも唇そのもののほうが雄弁に彼の思いを語っていたからだ。

「どうなされたのです?」ソーン先生は目を大きく見開いて、下に見えるいらだった男の頭越しに、髪の毛の向こうのスキャッチャード令夫人に話しかけた。「いったいどうなされたのです? サー・ロジャーのどこか悪いのですか?」

「あらまあ、先生」と令夫人は言った。「あらまあ、私んせいじゃありません。フィルグレイヴ先生は困惑しておられるんです。私は喜んでお支払いしようとしているんに。先生がこれを受け取ってさえくださったら、それ以外に何の望みもありません」彼女は再度フィルグレイヴ先生の頭の上に五ポンド紙幣を差し出した。

本当にスキャッチャード令夫人、この先生がもう少し癇癪や感情を抑えておくことができたら、確かに五ポンド以外にこの場合何も望めないことがわかったのではないか？　しかし、フィルグレイヴ先生は癇癪や感情を抑えることができなかった。それゆえ、先生は現在それが何か言うことはできなかったが、もっと多くのものを望んでいたということになる。

スキャッチャード令夫人は古くからの、信頼できる味方が現れたことでいくぶん勇気をよみがえらせていた。そのうえ、仕事をしてえようとしていたものが仕事をしなくても提供されているのに、目の前の小男が度はずれて怒っているのを見て、とても理不尽だと思い始めた。

「奥さん」彼はスキャッチャード令夫人のほうへ再度回れ右をして言った。「バーチェスターのどのうちでも私はこんなふうに扱われたことはありません――一度も――一度も」

「いったい全体、フィルグレイヴ先生」とグレシャムズベリーの医者が言った。「どうなさったのです」

「どうしたか言ってやるぞ、おまえ」と彼は前と同じようにまたすばやく回れ右をして言った。「どうしたか言ってやるぞ。医学会に、おまえ、これを公表するぞ」彼は金切り声で脅迫の言葉を発すると、つま先立ちし、眼鏡を振り回して、ほとんど敵の顔を打ちそうになった。

「ソーン先生に怒ってはいけません」とスキャッチャード令夫人は言った。「とにかく先生に怒ってはいけんねえ。もし誰かに当たらなければならないとするなら――」

「こいつに腹が立つんですよ、奥さん」フィルグレイヴ先生はまた不意につま先旋回して、絶叫した。「こいつに腹が立つ――いやこいつを軽蔑する」フィルグレイヴ先生は一回転の旋回を完了して、またまともに敵の正面に立った。

ソーン先生が眉をあげて、問いただすようにスキャッチャード令夫人を見たとき、彼の口の周辺に穏やかな、皮肉な動きがあって、とても騒ぎを静める効果はなかった。

「この経緯を全部医学会に公表するぞ、ソーン――全部だ。もしそれでもグレシャムズベリーの人々をおまえの魔手から救出する効果がえられなかったら、そのときは――そのときは――そのときは、どうなるか知らんぞ。私の馬車は――駅馬車はそこか？」フィルグレイヴ先生は大声で喋りながら、見事に旋回して、使用人のほうを向いた。

「私があなたに何をしたというのです、フィルグレイヴ先生」ソーン先生は今完全に笑って言った。「生活の糧を私から奪おうなんて。私はあなたの患者に干渉なんかしていませんよ。ここにはただサー・ロジャーにかかわるお金の問題で来ただけですから」

「お金の問題！　よろしい――たいへんよろしい。お金の問題！　それがおまえの医学上の診察についての考え方なんだな！　よろしい――たいへんよろしい。私の駅馬車は玄関に来ているか？　このことは全部医学会に公表してやるぞ――一言残らず――一言残らず、一言残らずな」

「あんたが何を公表するって、理不尽なやつだな？」

「やつ！　あんた、誰のことをやつと言っているんだ？　私がやつかどうか教えてやるぞ――駅馬車はそこか！」

「もうソーン先生ん悪口を言わんでください、あなた。言わんで、どうか、言わんで」とスキャッチャード令夫人。

このころまでに一同はかなり玄関ドアに近づいていた。しかし、スキャッチャードの使用人らは騒動が大好きだったから、フィルグレイヴ先生の命令に従ってその場を離れるようなことはしなかった。使用人は一人として駅馬車を探して出かけるようには見えなかった。

「やつ！　おまえ。そんなふうに私に話しかけることがどういうことか教えてやるぞ。おまえ、私がどういう人間か教えてやるぞ」

「今のあんたについて知っていることといったら、あんたが私の友人サー・ロジャーの医者だということだ。何があってあんたがそんなに怒っているのか私にはさっぱりわからん」ソーン先生はそう言うと、注意深く相手を見詰めて、あのポンプ折檻が実際に加えられたのかどうか確認した。冷水がフィルグレイヴ先生に浴びせられた痕跡はまったくなかった。

「私の駅馬車――私の駅馬車はあるか？　医学会に全部公表してやるぞ。きっと間違いなく医学会に全部公表してやるぞ」フィルグレイヴ先生はこう駅馬車を命じ、こうソーン先生を医学会で脅しながらドアへ進んだ。

しかし、帽子をかぶった瞬間、先生は引き返してきた。「駄目です、奥さん」と先生は言った。「駄目ですよ、これは論外です。こんな事件をこんな手段で埋め合わせようなんて。医学会に全部公表します――駅馬車は」彼はそう言うと、力一杯できるだけ玄関の奥に一枚の紙切れを投げつけた。ソーン先生は足元に落ちたものを拾いあげて、五ポンド紙幣であることを知った。

「あん人が癇癪を起こしているあいだに帽子に入れておいたんです」とスキャッチャード令夫人。「バーチェスターに着くまでおそらく見つからんと思ったたんに。確かにサー・ロジャーは会おうとせんかったんですが、でもお金は受け取ってほしかった」こうしてソーン先生はもう一人の先生が受けた大きな侮辱の原因を垣間見ることができた。

「サー・ロジャーは私に会ってくれるかな」と彼は笑って言った。

註

（1）ナサニエル・リー（1653?-92）によって書かれた『対抗する女王』（1677）からの引用。

（2）雄牛の大きさを聞き、体を膨らませるイソップ寓話のカエルの話。カエルが雄牛の大きさまで体を膨らませようとして、途中「これくらいか」と聞きながら、ついに破裂してしまう。必ずしもすべての動物が思ったほど大きくはなれないという話。

（3）サー・ウォルター・スコットの『古老』（1816）のなかの出来事。

第十三章　二人の伯父

「はっ、はっ、は！　はっ、はっ、は！」ソーン先生が部屋に入ったとき、サー・ロジャーはそう力強く笑った。「ああ、もしやつが金持ちじゃなかったら、どうなっていたかわからんな。はっ、はっ、は！　だが、みんななぜやつをポンプ折檻にかけなかったんだ、先生？」

しかし、先生はとても如才ないうえ、話すべきだいじな話をたくさん抱えていたから、フィルグレイヴ先生の怒りを詮議する暇なんかなかった。彼は遺言の真の影響がどういうことになるか準男爵の目を開かせようと決意してここに来た。また、もし可能なら、グレシャム氏の借金の交渉もしなければならなかった。それで、ソーン先生は切りだしやすい話だったから、借金の話から始めた。サー・ロジャーは病気にもかかわらず、お金のことに関してはすばらしく頭が切れることがわかった。サー・ロジャーはグレシャム氏にさらに六千ポンドでも、八千でも、一万でも、二万でも金を貸すことをいとわなかった。しかし、そうする場合土地の権利証書の譲渡が条件であることを主張した。

「何！　何千ポンドかのためグレシャムズベリーの権利証書をですか？」と先生。

「あんたは九千ポンドのことを何千ポンドと呼ぶのか知らんが、借金はそれ相当に達している」

「ああ！　それは昔の借金でしょう」

「昔の借金も新しい借金も一緒にしてだよ、もちろん。これ以上貸す一シリング、一シリングが前に貸した借金の返済を危うくするからだ」

「しかし、第一請求権はあなたが握っていますよ、サー・ロジャー」

「あれほどの借金を担保するには第一から最終まで請求権を握らなければな。もし郷士がいっそうの融資を求めるなら、権利証書はなくなると思わなければならないよ、先生」

二人はしばらくのあいだ何の結論にたどり着くこともなく行きつ戻りつこの点を議論した。それから先生はもう一つの問題を持ち出す潮時だと思った。

「ねえ、サー・ロジャー、あなたは厳しい人ですね」

「そんなことはないよ」とサー・ロジャーは言った。「少しも厳しくない。つまり、厳しすぎることはないな。金はいつだって厳しいもんだ。金を手に入れるのが厳しいことをおれは知っている。郷士グレシャムはおれがやわではないかと期待しても見当違いだな」

「よくわかりました。この話は終わりにします。私のことを考えてくれるなら、できるだけのことをあなたがしてくれると思ったのです」

「何だと！　あんたのために不利な担保を引き受けろというのか？」

「もう、この話は終わりです」

「まあ待て。友のためならおれは誰にも引けを取らぬくらい多くのことをしてやりたい。望めばあんたなら、担保なしでも五千ポンド貸そう」

「しかし、私にそんな必要はないし、あっても受け取りません」

「だが、第三者、しかも借金まみれのやつに、あんたのためということで金を貸し続けるように求めるのは、いいか、いくらなんでも過大な要求だろ」

「もうこの話はやめましょう。ところで、あの遺言についてあなたに言いたいことがあるのです」

「ああ、あれはもう決めたことだ」

「いや、スキャッチャード、まだ決まっていません。今から私が言うことを聞いたらわかると思いますが、完全に決めてしまう前に決着しなければならない問題がずいぶんあるのです」

「あんたが言うこと！」サー・ロジャーはベッドから起きあがって言った。「何を言わなきゃならないんだい？」

「あなたの遺言には妹の長子と書いてありますね」

「ああ、だがそれはルイ・フィリップが二十五になる前に死んだ場合のことだ」

「そう、そこのところです。さて、私はあなたの妹の長子について知っていることがあって、それでそれを言いに来たのです」

「メアリーの長子について知っているって？」

「そうなのです、スキャッチャード、奇妙な話だし、あなたが聞いたら怒ると思います。怒っても仕方がないのです。もし避けられるものなら、言いたくはないのです。しかし、あなたのために言うので、私のために言うのではないことがおわかりになるでしょうから、私の秘密を他人に漏らさないようにお願いしなければなりません」

サー・ロジャーは今顔つきを変えて相手を見た。先生の声には昔に聞いた権威ある響きがあり、準男爵に見せる先生の表情には昔時々石工に及ぼしたのと同じ影響力があった。

「約束してくれませんか、スキャッチャード、これから言うことを口外しないと」

「約束だと！　おいおい、何の話かわからんのに。秘密の約束なんかしたくないな」

「それならあなたを信じて委ねるほかありません。というのは、どうしても言っておかなければならないことですから。私の弟を覚えていますね、スキャッチャード」スキャッチャードは先生の弟の名にあの裁判の日以来触れたことはなかったが、それを忘れることは不可能だった。

弟を覚えているかだと！と金持ちの男は胸中思った。

「うん、うん、もちろんだ。あんたの弟は覚えている」と彼は言った。「よく覚えているよ、忘れるはずがない」

「さて、スキャッチャード」先生は病人の腕に優しく片手を置いた。「メアリーの長子は私の弟の子でもあるのです」

「だが、そんな子はいないはずだ」とサー・ロジャー。彼はそう言いつつ荒々しく布団をはねのけて床に立とうとした。しかし、そんな力がないとわかって、ベッドに寄りかかり、先生の腕に頼らなければならなかった。

「そんな子は生きていないよ」と彼は言った。「何を言いたいんだ？」

ソーン先生は病人をもう一度ベッドのなかに入れるまで何も話そうとしなかった。これをやり終えてから、彼のやり方で話を続けた。

「しかし、スキャッチャード、その子は生きているのです。あなたが意図しないままその子を相続人にしてしまいそうなので、言っておかなければならないと思ったのです」

「女の子なのか？」

「そう、女の子です」

「じゃあ、なんであんたはその子が損になるようなことをするんだ？　もしその子がメアリーの子なら、あんたの弟の子でもある。もしその子がおれの姪なら、あんたの姪でもあるはずだ。なんでその子を困らせるようなことをしたいんだ？　なんでその子にそんなひどい損になるようなことをするんだ？」

「私はあの子に意地悪をするつもりはありません」

「その子はどこにいるんだ？　誰なんだ？　何という名だ？　どこに住んでいる？」

先生はこれらの質問にすぐ答えなかった。この子が生きているとサー・ロジャーに教える決心はしたとはいえ、必ずしもこの子の生い立ちから何もかもをみな話す決心はついていなかった。この拾い子が彼のうちのだいじなかわいい子だということを言う必要があるかどうかもよくわからなかった。

「その子はとにかく生きています」と彼は言った。「それは請け合いますよ。あなたの遺言では、今の文言の通りなら、その子が相続人として認められることになります。私はその子に悪意があるわけではないのですが、私がそれを知っていながら、あなたには知らせないまま遺言を書かせたら、間違いを犯すことになります」

「だが、その子はどこにいるんだ？」

「それが重要なこととは思いませんがね」

「重要なこと！　ああ、とても重要だな。だが、ソーン、ソーン、おれが覚えている限り、思い出してみると、赤ん坊が死んだとおれに言ったのはあんたじゃなかったか？」

「おそらくそうでしょう」

「あれは嘘だったのか？」

「そうなりますかね。しかし、今言っていることは嘘じゃありません」

「あのときあんたを信じたぞ、ソーン。あのとき、おれは破滅した哀れな日雇いで、獄中で腐っていた。

だが、正直言って今はあんたが信じられない。何か企んでいるな」

「私がどんな企みを持っているとしても、別の遺書を書けば阻止できます。こんなことを言って私がどんな得をするというのです？　私はただ相続人を指名するとき、もっと明確にするようにあなたに言っているだけです」

それから二人はしばらく黙っていたが、そのあいだに準男爵は隠し場所からブランデーをグラスに一杯注いで飲み干した。

「こんな知らせを突然聞かされて面食らったら、一杯やるしかないな、え、先生？」

ソーン先生はその必要を認めなかったが、今は酒のことをとやかく言う時ではないと感じた。

「なあ、ソーン、その子はどこにいるんだ？　それを教えてくれよ。その子は姪なんだから、おれには知る権利がある。その子をここに連れて来て、何かしてやりたい。誓って！　ちょっとしたいい子なら、誰にやるよりもその子に金をやりたいんだ。その子はいい子かい？」

「いい子！」先生は顔を背けて言った。「ええ、とてもいい子ですよ」

「もう大人になっているに違いないな。尻軽女じゃないだろ、え？」

「いい娘です」と先生はいくらか大きな声で厳しく言った。この点で喋りすぎてしまわないようにする自信がなかった。

「メアリーはいい娘だった、とてもいい娘だった。それからあの事件――」サー・ロジャーはベッドから起きあがり、農家の庭の門で振るったあの致命的な一撃を再び繰り返そうとでもするかのようにこぶしを固めた。

「だが、いいか、昔の話は考えても無駄だ。あんたはいつも立派に、男らしく振る舞った。そして、かわいそうなメアリーの子は生きている。少なくとも、あんたはそう言う」

「そうです。信じてください。あなたをだます必要が私にあるでしょうか?」

「いや、いや、そこはわからんよ。それなら、なぜあんたはおれをこれまでだましてきたんだ?」

先生はこれには答えたくなかったから、再びしばらく沈黙が訪れた。

「その子を何と呼んでいるだい、先生?」

「メアリーと呼んでいます」

「女の名のなかでいちばんかわいい名だな。それ以上の名はないよ」と請負業者は普段とは違う優しい声で言った。「メアリー——そうだな。だが、メアリー何というんだ? どんな姓を名乗っているんだ?」

ここで先生はためらった。

「メアリー・スキャッチャード——え?」

「いや、メアリー・スキャッチャードではありませんね」

「メアリー・スキャッチャードじゃないだと! じゃあメアリー何だ? あんたはくそ忌ま忌ましい自尊心で一杯だから、決してメアリー・ソーンなんて名乗らせることはないと思っているがな」

先生はこれには堪えられなかった。目に涙が込みあげてくるのを感じて、気づかれないように涙を乾かすため窓辺へ行った。甲乙つけがたいほど神聖な名が先生に五十あり、そのなかのいちばんいい名を与えたとしても、今の名よりこの子にふさわしい名を与えたとは思えなかった。

「メアリー何というんだ、先生? いいか、もしその娘がおれのものになり、金を出してやることになったら、その子の名と居場所を知らなきゃならんだろう」

「誰があの子にお金を出せという話なんかしましたか?」先生は怒って競争相手の伯父のほうを振り返っ

た。「誰があの子があなたのものになるなんて言いましたか？　あの子はあなたに負担なんかかけません。あなたに言ったのは、知らないままあの子にお金を遺したりしないようにということだけです。あの子はちゃんと養われていますから。──つまり、何も要りません。充分うまくやっていけます。あの子のことであなたが面倒をみる必要はありません」

「だが、もしその子がメアリーの子、メアリーの本当の子なら、おれが面倒をみるに決まっている。ほかに誰がみるっていうんだ？　もっとはっきり言うと、アメリカのほかの子供らよりもその子のほうがだいじだ。血のことなんか気にしない。私生児でも問題ないな。つまり、その子が見苦しくない子ならだよ、もちろん。本を読むとか、その種の何か教育は受けたことがあるのかい？」

ソーン先生はこのとき友の準男爵がひどく憎くなった。こいつはがさつな、いやなやつ、グレシャムズベリーのうちにたくさん天国の喜びを与えてくれた天使のことを、あんな言葉で話すなんて、あの子のことを何か自分の所有物でもあるかのように話すなんて、あの子の属性や美質について疑わしげに問いただすなんて──本当にがさつな、いやなやつだ。それから先生はあの子のイタリア語とフランス語の勉強、音楽の能力、豊かな読書や柔らかな女性的な仕草のこと、ペイシェンス・オリエルとの幸せな友情のこと、ベアトリス・グレシャムとの深い親交のことなどを考えた。あの子の優雅さや、魅力的な物腰や、柔らかい、洗練された女性美のことを思うと、先生はサー・ロジャー・スキャッチャードが憎かった。のたくる豚を見てでもいるように嫌悪を込めて相手を見た。

ついにサー・ロジャーの胸中に一筋の光が差し込んできたようだ。ソーン先生が最後の質問に回答しないことに彼は気づいた。先生が尋常でない感情にとらわれていることにも気づいた。メアリー・スキャッチャードの子の話題が先生の心をこれほど深く揺す振るなんて、いったいなぜなのか？　サー・ロジャーはグレシャムズベリーの先生の家を訪ねたことがなくて、メアリー・ソーンにも会ったことはなかったが、先生が若い女姓の親戚と住んでいるという噂は耳にしたことがあった。それゆえ、かすかな光がサー・ロジャーのベッドの上に差し込んできたようだ。

彼は先生を自尊心のことでなじり、その子がメアリー・ソーンと名乗ることなんかありえないと言った。もしその子がそう呼ばれているとしたらどうだろう？　その子が今先生の炉辺で暖まっているとしたらどうだろう？

「さあ、いいか、ソーン、あんたはその子を何と呼んでいるんだ？　言えよ、おい。それで、いいか、もしその子があんたの名を名乗っているとしたら、おれはあんたのことを今まで以上にだいじに思うよ、ずっとだいじにな。いいか、ソーン、おれもその子の伯父だ。知る権利がある。その子はメアリー・ソーンなのか？」

先生にはそれを否定するだけの厚かましさも、決心もなかった。「そう」と彼は言った。「それがその子の名です。私と一緒に住んでいますよ」

「そうだろ、そしてグレシャムズベリーの立派な人たちと交際している。そう聞いたことがある」

「あの子は私と住んでおり、私が育てている。私の娘と同じなのです」

「その子にここに来させよう。スキャッチャード令夫人にその子と生活させよう。おれたちのところで暮らさせよう。それから、遺言は別のものを書こう。おれは――」

「そうですね、別の遺言を書く――か、前のものを修正するか、したらいいです。しかし、ミス・ソーンがここに来ることについては――」

「何！　メアリーだろ――」

「そう、メアリーですね。メアリー・ソーンがこちらに来ることは残念ながらできないと思います。二つの家を持つことはできません。伯父の一人と運命を定めてしまいましたから、その伯父のもとに今はとどまっていなければなりません」

「一人の伯父としか関係を持ってはならないというつもりかい?」

「私のような伯父以外にはね。こちらに来ても、あの子は幸せになれません。慣れない人が好きではないのです。あなたにはあなたを当てにする人たちがたくさんいます。私にはこの子しかいない」

「たくさんだと！　いいか、おれにはルイ・フィリップしかいない。一ダースの娘たちがいても金を出せと言われれば出せるんだぞ」

「まあ、まあ、まあ、そんなことを話しているのではないのです」

「ああ！　だが、ソーン、その子について今おれに話したんだから、おれだってその子のことを話さざるをえない。もしこの件を秘密にしておきたかったら、あんたは話すべきじゃなかったんだ。その子はあんたの姪であるように、おれの姪でもある。そして、ソーン、おれはあんたが弟を愛していたように妹のメアリーを愛していた。まったく同じにな」

請負業者が今話すのを聞き、見た人は誰でも、それが数時間前バーチェスターの医者にポンプ折檻を加えるように促していた男と同一人物とは思わなかっただろう。

「あなたには息子がいるのです、スキャッチャード。私にはあの子しかいない」

「あんたからその子を取りあげたいんじゃない。それは違う。だが、その子がここにおれたちに会いに来ても害はないだろう。おれはその子に金をやることができる、ソーン、覚えておけよ。ルイ・フィリップとは無関係にその子に金をやれるんだ。一万ポンドだろうと、一万五千ポンドだろうと、おれには何でもないことだ。それを覚えておけ、ソーン」

ソーン先生はそれを忘れなかった。その面会で話し合われた多くのことを覚えていた。胸中たくさんの思いがよぎるなか、かなり即断を迫られる場面があったと感じた。この金持ちの親戚がメアリーのため喜んで申し出た金銭的な援助を彼が拒絶したのは正しかったと言えるのか？　あるいはもし申し出を受け入れたとしたら、それは本当にあの子の利益を考慮したことになるのか？　スキャッチャードは今いつにない優しさにとらわれていたとはいえ、わがままで頑固な男だった。この男の優しさがいつまでも続くとは思えなかったから、ソーン先生はかわいい子を信頼して託すことのできる相手ではないと思った。先生はこの子を手元に置き、準男爵の富にかかわることをこの子のため拒絶することで、彼の義務とこの子に対する義務を全体から見て最善のかたちではたそうと決意した。メアリー自身が「ある人たちは結びついているに違いない」と言ったことがあるが、運命が、彼と姪の運命が、そんなふうに結びついているように思えた。メアリーはグレシャムズベリーに居場所、この世の居場所を見つけた。今よりも裕福ではあるとしても、同時に今よりも居心地が悪い別の居場所に出て行くよりも、今のままでいたほうがいいだろう。

「いいや、スキャッチャード」と彼はついに言った。「あの子はここには来られません。あの子はここでは幸せになれないし、じつを言うと、私はあの子に別の親戚がいることを知ってほしくないのです」

「ふん！　その子が母を恥じ、母の兄も恥じると言いたいのか、え？　思うにとてもご立派な淑女だから、おれの手を取ることも、おれに口づけすることも、おれを伯父と呼ぶこともできないって言うんだな？　おれとスキャッチャード令夫人なんかその子にはそれほどご大層じゃないっていうんだな、え？」

「好きなように言えばいいですよ、スキャッチャード。言うまでもなく、あなたの口を封じることはできませんから」

「だが、あんたがしていることを自分の良心とどう和解させるつもりかわからんな。せっかくその子にチャンスが与えられているというのに、それを捨てる権利があんたにあるのかな？　あんたがどんな財産をやれるっていうんだい？」

「わずかですが私にやれるものはみな与えてきました」とソーンは誇らしげに言った。

「ほう、ほう、ほう、ほう、これまで生きてきてこんな話は聞いたことがない。一度もな。メアリーの子、おれのメアリーの子、その子におれが会えないなんて！　だが、ソーン、いいか、おれはその子に会うぞ。その子のところへ行き、グレシャムズベリーへ行って、おれが誰か、何がしてやれるか言ってやる。きっとそうしてやるぞ。援助できる身内の者からあの子を遠ざけるような真似をあんたにはさせない。メアリーの娘、もう一人のメアリー・スキャッチャード！　メアリー・スキャッチャードと呼ばれていたらいいのに。妹に似ているのか、ソーン？　いいか、教えてくれ、母似なのかい？」

「あの子の母を、少なくとも健康なときの母を覚えていないのです」

「妹を覚えていない！　ああ、そうか。妹はとにかくバーチェスターでいちばん美しい娘だった。その評判は捨てられてしまった。そう、妹のことをまた話すことになるとは思ってもいなかった。おれがメアリーの子に会いに行くのを止めるのは難しいぞ」

「ねえ、スキャッチャード、いいですか」先生はずっと立っていた窓辺から離れると、ベッドのそばに座った。「あなたはグレシャムズベリーに来てはいけません」

「まさか！　行くに決まっているよ」

「いいですか、スキャッチャード。どんなかたちでも自分を褒めたいとは思わないが、あの子が生まれて六か月の赤ん坊だったとき、母の将来にとって大きな障害となりそうでした。トムリンソンはあなたの妹とは結婚したがったとはいえ、その子は受け入れたくなかったのです。それで私が赤ん坊を引き取って、私がその子の父となることを母に約束しました。できる限り公正に私は約束を守ってきたのです。あの子は私の炉辺に座り、私の茶碗で飲み、じつの子のように育ってきました。こういうことのあとですから、私にはあの子にとって何がいちばんいいか判断する権利があると思います。あの子の人生はあなたのとは違うし、習慣もあなたのとは違う――」

「やはりそういうことなんだな。おれたちはあの子には俗悪すぎるっていうんだろ」

「好きなように受け取ってください」先生はあまりにも真剣になっていたので、スキャッチャードを怒らせることを少しも恐れなかった。「言いませんでしたが、生活様式の点でもあなたとあの子とは合わないと思います」

「枕元にブランデーの瓶を置くような伯父は好きになれないんだろ、え？」

「あの子に会えば、あなたは必ず二人がどんな関係にあるか教えますよね。しかし、あの子にはそれを知られないようにしておきたいのです」

「金持ちの親戚を恥に思う人間がいるもんか？　夫をどうやって見つけてやるつもりなんだ、え？」

「私はあの子が生きていることをあなたに話しました」先生は準男爵が最後に言った言葉を無視するように続けた。「あなたの妹がこの子を残したという事実を知らせる必要があると思ったからです。そうしておかないと、意図したものとは違う遺言をあなたに書かせて、私たちがいなくなったあと、訴訟や損害や不幸を引き起こす可能性があります。あなたに誠実でありたいと思って話したという点をわかってほしいのです。あなたはとても正直な人ですから、今話したことを利用して私を不幸にするようなことはしないでしょう」

「まあ、いいだろう、先生。とにかく、あんたは信頼できるやつだ、それは間違いないな。だが、考えてみるよ、今言われたことをちゃんと考えてみる。だが、かわいそうなメアリーがこんなに近くに子を残しているとわかってびっくりしたよ」

「じゃあ、スキャッチャード、そろそろお暇しますよ。友としてお別れできますね」

「おい、だが先生、おれをこんなふうに置いていかないでくれ。どうすればいいんだ？　どの薬を飲めばいい？　どれくらいのブランデーなら許されるんだ？　ディナーに網焼き料理を食べていいのか？　いいか、先生、あんたはフィルグレイヴをうちから追い出してしまったんだ。おれを見捨てるなよ」

ソーン先生は笑うと、座って治療の指針を書き、必要な処方と命令を伝えた。それは結局、できればブランデーは飲まないこと、できなければできるだけ少量にとどめること、という単純なものだった。

これが終わると、先生は再び帰ろうとした。しかし、玄関にたどり着いたとき、また呼び止められた。

「ソーン！　ソーン！　グレシャムさんのあの金のことだ。あんたのいいように、あんたの好きなようにしろ。一万ポンドだろ？　ああ、貸してやる。ウインターボーンズにすぐ書かせるよ。五パーセントでどうだ？　いや、四パーセント半でいい。ああ、一万以上でもいいぞ」

「ありがとう、スキャッチャード、ありがとう。とても感謝します、本当ですよ。あなたのお金が安全だと確信しなかったら、頼みはしませんでした。さようなら、我が友。あなたの枕元のやつは捨てたほうがいいね」

「ソーン」とサー・ロジャーはもう一度呼びかけた。「ソーン、ちょっと戻って来てくれ。あの子に贈り物をさせてくれないかな。五十ポンドくらい。ひだ飾りが買える程度だ」

先生はこの問いにははっきりした返事をしないまま何とか逃れることができた。それから、スキャッチャード令夫人に挨拶してから、再びコッブ種の馬にまたがり、グレシャムズベリーへ帰って行った。

第十四章　追放宣告

ソーン先生は直接うちに帰らなかった。グレシャムズベリーの門に着いたとき、馬を番小屋の一人に任せてうちの馬屋に送らせてから、お屋敷へ歩いて行った。差し迫った借金の件で郷士に会わなければならなかったし、レディー・アラベラにも会わなければならなかった。

レディー・アラベラは家族の一部の者ほど先生に対して温かい愛情を向けていたわけではなかったが、それでもわけがあって彼の往診を欠かすことができなかった。彼女は先生の患者の一人であり、しかも病気を恐れる患者だった。先生は横柄で、貴族に対するにふさわしい従順な態度に欠け、結婚生活では夫に倹約をけしかけ、グレシャムズベリーの家政における妻と妻の利害に敵対していると彼女は見ていた。しかし、それでも彼女は先生を医者として信頼していた。病気に関しては、先生の手を離れて、フィルグレイヴ先生なんかに救われたいとは思わなかった。一方、彼女は癒しの技以外のすべての問題でグレシャムズベリーの会議からソーン先生を切り離したかったし、切り離そうとした。

レディー・アラベラが恐れていた病気は癌で、この件で現在唯一の相談相手はソーン先生だった。先生が出会ったグレシャムズベリーの最初の家族はベアトリスだった。先生は庭で彼女と会った。

「ねえ、先生」と彼女は言った。「メアリーはこのごろどこにいますか？　フランクの誕生日以来ここに来ていないのです」

「しかし、それはたった三日前のことですね。村のなかで狩り出してはどうです?」

「そうしましたの。さっきまで行って来て、わかりました。ペイシェンス・オリエルと外出していたのです。あの人は今すっかりペイシェンスと一緒にいます。ペイシェンスは立派な人ですが、私、もし二人から見捨てられたら――」

「いいですか、ミス・グレシャム、ペイシェンスはいつも後ろ指を指されることなく行動する人ですよ」

「結局、哀れな、乞食のような、こそこそする人なのです、先生。私がここでどれほど見捨てられた状態なのかわかったら、二人で会いに来てくれてもいいでしょう。まったく誰もまわりに来てくれないのです」

「ド・コーシー卿夫人は帰ったのですか?」

「ええ、そう! ド・コーシーの人たちはみんな帰ってしまいました。ここだけの話ですが、思うにメアリーはあの人たちがあまり好きじゃないから、敬遠して近づかないのでしょうね。あの人たちはみな帰って、オーガスタとフランクを一緒に連れて行きました」

「フランクはコーシー城へ行ったのですか?」

「ええ、そうです。お聞きになりませんでした? かなりもめました。フランクったら逃げようとして、ウナギと同じくらいに捕まえるのが難しかったの。それで伯爵夫人はご立腹でした。パパはフランクがいやなら、なぜ行かなければならないのかわからないと言いました。ご存知のように、パパは学位のことがとても心配なのです」

先生は全部説明を受けたかのようにはっきり状況を把握した。伯爵夫人はミス・ダンスタブルの金色の抱擁に委ねるため、さらっていく餌食を要求したのだ。餌食のほうはプルートス[1]崇拝とヴィーナス崇拝を結びつけるほどまだ年を取っておらず、賢くもなかったから、拉致を逃れようとさまざまな陽動作戦やら言い抜けやらをしたけれど、うまくいかなかった。心配性の母はその全権を利用してド・コーシーの命令を守らせた。しかし、父はミス・ダンスタブルの富についておそらく相談を受けていなかったので、当然のことながらまったく反対の立場に立ったのだ。先生は戦いがいかに激しかったか知るのに、全部を教えてもらう必要はなかった。ダンスタブル大作戦について聞いたことはなかったにもかかわらず、グレシャムズベリーの作戦を先生は熟知していたから、戦争がこういう調子で遂行されたのだろうと理解した。

概して、郷士は問題を真剣に考えたとき、ド・コーシーの利害に反する立場を取ることが多かった。郷士はその気になったらかなり頑固だった。義姉が――三つの貴族と親戚関係にあったが――グレシャムズベリーを訪問して、どうしても郷士とその家族を支配せずにはいられないのなら、むしろコーシー城にとどまっていてもらいたい――あるいはとにかくここには来ないでほしい――、と郷士は以前妻に言ったことまであった。もちろんこれは伯爵夫人にも伝えられたが、そのとき卿夫人はただ姉妹間で用いられる囁きで答えて、男性のうちのある者は生まれつき獣で、だいたいそのまま変わらないと悲しげにほのめかした。

「男性はみな獣と思います」とレディー・アラベラは答えた。獣の類は東同様西バーセットシャーでもはびこっているとおそらく義姉に指摘したかったのだ。

しかし、郷士は今回全力で争うことはしなかった。もちろん父子のあいだでやり取りがあり、フランクが二週間コーシー城へ行くことが合意された。

「わかるだろうが、わしらは避けられるならド・コーシー家と喧嘩をしてはならない」と父は言った。「だから、遅かれ早かれおまえは行かなければならない」

「ええ、そうだと思います。だけど、どれほど退屈か父さんにはわからないんです」

「わしにわからないとでも?」とグレシャム氏。

「ミス・ダンスタブルという人がいるようです。ねえ、その人のこと、聞いたことがありますか？」

「いや、ぜんぜん」

「父が香油か、何かその種のものを作っていた、その娘なんです」

「ああ、そうか、確かレバノンの香油とか言った。ロンドンじゅうの家がお得意先だった。今年はその人の噂は聞かないが」

「ええ、亡くなったんです。彼女が今香油を引き継いでいます。とにかくお金を一手に握っている。どんな人なんだろう」

「行って確かめてみればいいよ」と父は言った。そして、二人の女性がこの時点でなぜこれほど熱心に息子をコーシー城へ連れて行こうとしているか、その理由に薄々気づいた。それで、フランクはいちばんいい服を荷造りし、新しい青毛の馬に思いのこもる最後の視線を向け、ピーターに最後の特別な指図を繰り返したあと、グレシャムズベリーからコーシー城へ州を抜けて進む堂々たる行列の一員となった。

「とても嬉しい、とても」郷士はお金が工面できそうだと先生から聞いてそう言った。「あの人ならほかのどこよりもいい条件でお金が手に入る。こういうことで絶えず悩まされれば死んでしまうよ」グレシャム氏は苦境がしばらく乗り越えられると思い、小さな多数の借金の直圧が緩和されると感じて、まるで快適になったとでも言わんばかりに安楽椅子で背伸びした。高揚感さえ感じていたと言っていい。

破滅への道をたどる人がこんな高揚感を感じるのは何とよくあることか！　人は資産の半分を売り渡す。そんなことをしても、当人にはたいしたことではない。しかし、それは子供たちの資産の半分なのだ。その人は自分と子供を破滅させる書類に署名のペンを走らせる。しかし、そうすることでその人はもっかの小さな、刺すような、苦しい多くの悩みから解放される。それゆえ運命がその人に優しくほほ笑むかのように感じるのだ。

郷士がいかに簡単にこの新しい借金に順応するか見たとき、先生はこんなことをしてやった自分に怒りを感じた。「この借金でスキャッチャードの要求がこのうえなく重いものになるな」と先生は思った。

グレシャム氏は先生の心によぎるものをすぐ読み取った。「まあ、ほかにどうしようもないじゃないか?」と郷士は言った。「数千ポンドのため娘にこの結婚を断念させるなんて、あなたはわしにそんなことをさせはしないだろ? 娘の一人を片づけることはとにかくいいことだからね。モファットのその手紙を見てくれ」

先生は手紙を手に取って、読んだ。長くて、多弁で、へたくそな、くだらない長話だった。その恋する紳士はミス・グレシャムに対する愛と献身を有頂天になって話していた。しかし、同時に状況がひどく敵対的で、残酷なので、六千ポンドの現金が銀行に払い込まれなければ、結婚式の祭壇に男らしく立つことはできないとはっきり述べていた。

「それでいいのかもしれないが」と郷士は言った。「わしの時代に紳士はこんな手紙をやり取りすることはなかったよ」

先生は肩をすくめた。友である郷士に対してさえ、どの程度までその未来の婿を罵倒していいかわからなかった。

「この男には金をやると言った。そうしてやればそれで充分だと誰でも思うだろう。しかし、察するところ、オーガスタはこの男が好きなんだ。あの子はこの結婚を望んでいると思う。もしそういうことでもなければ、少しびっくりさせる回答をこの男に返してやったのに」

「相手の男はどんな夫婦財産契約をするつもりなのですか?」とソーン。

「それは充分満足できるものと思う。これ以上の契約はないと思っている。娘のため年千ポンドとウィンブルドンの家。申し分ない。しかし、ひどい嘘だ、わかるだろ、ソーン。この男はうなるほど金を持っているのに、これっぽっちのわずかな金のことをまるでそれがなければとても首が回らないかのように話すんだ」

「もし考えていることをはっきり言ってよければ」とソーン。

「うん」郷士は真剣に先生を見た。

「モファットさんは結婚を取り消したがっていると、私なら思いますね」

「いや、それはありえない。まったくありえないよ。まず、この男はこの結婚をとても望んでいる。次にこの結婚はこの男にとって大きな問題なんだ。それを取り消せるような勇気もない。議席のためド・コーシーに強く依存しているからね」

「しかし、もしこの人が議席を失ったら?」

「とはいえ、その心配はあまりないと思う。スキャッチャードは立派なやつかもしれないが、バーチェスターの国会議員になることはないと思う」

「その辺りはあまり詳しくありませんが」とソーンは言った。「スキャッチャードが選ばれることもあるかもしれません」

「この男はこの結婚から逃げ出したがっていて、本気で娘とわしにそんな詐欺を仕掛けようとしていると、あなたはそう言うのかい?」

「詐欺を働こうとしているとは言いません。しかし、モファットさんは自分のためまるで何かを打開するか、打開しようとしているように見えます。もしそうなら、あなたが金を渡さないほうがそこで彼を止めることになりますね」

「とはいえ、ソーン、この男が娘を愛しているのは間違いないのじゃないか？　もしわしがそう思わなかったら——」

先生はしばらく黙って立っていたが、それからこう言った。「私自身が恋するタイプの人間ではないのでわかりませんが、もし若い女性にぞっこん惚れていたら、その父にこんな手紙は書かないと思いますよ」

「何とまあ！　もしわしがそう思ったら——」と郷士は言った。「しかし、ソーン、人が紳士を判断するように、この連中を判断することはできないからね。この連中は金を作ったり、金ができるのを見たりするのにあまりに慣れきっているから、すべてのものをビジネスの目で見るんだ」

「おそらくそうでしょう。おそらくね」と先生はつぶやいたが、まだモファット氏の愛情の温かみを明らかに疑っていた。

「結婚はわしがまとめたものではないし、今干渉してそれを解消することもできないんだ。この結婚によって娘はいい社会的地位をえられるよ。結局、金は大いに役立つはずだ。国会議員になることはたいしたことだろう。娘はこの男が気に入っていると願うほかないね。娘はこの男が好きなんだと心から願うよ」郷士は娘がいいなずけに恋していることを願うと言いつつ、一方でそれがありえないことだと思っていることをその声の調子で表していた。

さて、真実はどうだったか？　あなた——ああ、かわいい、若い、花盛りの乙女よ！　あなたがモファット氏に恋していないのと同じように、ミス・グレシャムも彼に恋していなかった。あなたが遣う言葉の意味でも、私が遣う言葉の意味でも、彼女はこれっぽっちも恋なんかしていなかった。ミス・グレシャムはこれまでに見たり、会ったりした男性のなかで彼が飛び抜けてすばらしく、いちばんいい人だと心に定めたことは一度もなかった。あなたがちゃんとした人なら、恋するときはそれくらいするだろう。彼の近くに座りたい――近ければ近いほどいい――と思うこともなかった。リボンやボンネットを買うとき、彼の好みや選択を考慮することもなかった。女友だちみなから彼のことを聞いてもらいたいという言葉に言えぬ欲求を抱くこともなかった。言わば年がら年じゅう彼に話しかけているように頻繁に手紙を書くこともなかった。彼から人生の伴侶として選ばれたからといって特別誇りを感じることもなかった。事実、ミス・グレシャムは彼のことなんかまったく気に留めていなかった。

しかし、ミス・グレシャムは彼を愛していると思い込んでいた。本当にそれを確信していた。ガスタヴァスはきっとこれをほしがるとか、ガスタヴァスはあれが好きだと思うとか、そういうことを彼女は母に言った。しかし、ガスタヴァス自身に関して彼女はまったく無関心だった。

農夫が一クォーター八十シリング(2)の小麦に恋するように、あるいは株主――だまされやすいカモ――が払い込んだ資金の七・五パーセントの利子に恋するように、彼女は結婚相手に恋していた。一クォーター八十シリングとか、七・五パーセントの利子とかは、若い心の思い入れの代償として彼女が求めるように教え込まれたものにすぎなかった。その見返りを手に入れたか、手に入れそうになっている今、若い心が満足を感じていけないわけがあろうか？　彼女は女ガマリエル(3)の膝元で従順に薫陶を受けてきたのではなかったか？　その見返りをえていけないわけがあろうか？　そうだ、確かに見返りはえられるだろう。

それから先生は女主人のところへ行った。治療上の秘密についてはたち入らないでおこう。しかし、物語の進行にかかわる別の問題があって、レディー・アラベラはそれについて先生に一言二言口を挟む必要があると思った。このようにして話された会話の趣旨が何だったか、読者に知ってもらうことが肝要だ。

若鳥が羽の生えた翼で羽ばたき始め、親の巣を離れようと漠然とした思いを抱くとき、家族の切望、本能、感情はどれだけ変化することか！　数か月前、フランクはグレシャムズベリー王国の従臣たちをほとんど独裁的に支配していた。たとえば使用人たちはいつも彼の指示に従った。妹らは言うなと兄から指示されたとき、逆らうことなど考えたこともなかった。妹らは兄のいたずら、心配、恋のすべてを打ち明けられても、兄に不利な証人となることは決してないと確信していた。

　この確かな基盤を信頼していたから、彼は妹のオーガスタの前でミス・ソーンに恋の宣言をすることをためらわなかった。しかし、妹のオーガスタは今言わば貴族院に受け入れられたところだ。彼女は女大教師から正当に認められ、その薫陶によって正当な利益を受けていたから、今高みにいる有力者とともに会議に列席することを許されていた。もちろん共感の対象も信頼も、若く軽薄な人から年功を積んだ慎重な人に移し替えていた。彼女はまるで学校教育を終え、必要からパンを稼ぐため厳しい世界に入ることを強いられて、新しい個人教師の仕事を引き受けた生徒のようだった。昨日は先生から教えられ、もちろん先生と戦った。今日は先生として教え、先生のため熱心に戦う。オーガスタ・グレシャムの場合がそうだった。彼女はフランクとメアリー・ソーンにはどこかおかしなところがあると心配そうな表情で母に言った。

「すぐ止めなさい、アラベラ。すぐ止めるのよ」と伯爵夫人は言った。「本当に破滅よ。お金と結婚しなかったら、フランクはもう終わり。何ていうこと！　医者の娘なんかと！　どこの馬の骨か誰も知らない娘じゃない！」

「あの子はあなたと一緒に明日お城へ行くことになっています」と心配そうな母。

「ええ、これまではうまく運んでいる。私が導いてやれば、あの子がこちらに戻って来るまでにはその悪を矯正できるかもしれません。でも、若い男性を導くのはじつに、じつに難しいことです。アラベラ、あなたはあの娘がグレシャムズベリーに来るのをどんな口実でもいいから禁じなければなりません。悪はすぐ止めなければ」

「でも、あの娘は当たり前のように頻繁にここに来ていますのよ」

「それなら、当然もう二度とここに来させてはなりません。あの娘をここに入れたのは愚かなこと、とても愚かなことでした。こんな誘惑が目の前にあるのですから、あの娘が計り事を巡らしているのは当然はっきりわかるでしょう。手の届くところにこんな賞品がぶらさがっているのですから、あの娘がどうして手を出さずにいられるかしら？」

「メアリーは兄に、伯母さん、礼儀正しく受け答えをしていましたよ」とオーガスタ。

「馬鹿なこと」と伯爵夫人は言った。「もちろんあなたの前だからそうしたのよ。アラベラ、あの娘の礼儀正しさなんかに問題が委ねられてはなりません。あの種の娘に当てにできる礼儀正しさなんか見たことがありません。一族を破滅から救いたければ、あなたは今すぐグレシャムズベリーからあの娘を追い払う措置を講じなければ。フランクが家を離れる今がその時よ。若い男がお金と結婚することに非常に多くの、このうえなく多くのものが懸かっているとき、一日たりとも無駄にはできません」

レディー・アラベラはこんなふうに薫陶を受けたので、先生と胸襟を開いて話をして、現在の状況下ではメアリーのグレシャムズベリー訪問は取りやめたほうがいいと知らせる決意を固めた。しかし、この話をしないで済むのなら、彼女は何でも差し出したことだろう。彼女はこれまでに先生と一、二度勝負したことがあったが、先生に勝ったためしはないと思っていたうえ、少しメアリーを恐れていた。メアリーをグレシャムズベリーから追放するのはそんなに簡単ではないと予感していた。この若い女性が教室の居場所の権利を大胆に主張しない保証はなかった。若い女性が大声で郷士に訴えかけ、みなの前で世継ぎと結婚したいとの決意を宣言することは確実と思われた。郷士はきっとその点でも、その他の点でも若い女性のほうを支持するだろう。

　それから、令夫人は最大の困難が言葉で要求を先生に伝えることだとも思った。レディー・アラベラは言葉で表現することが必ずしも得意ではないという弱点を自覚していた。ところが、先生のほうはひどく追い詰められたとき、逆に言葉に困ることがなくて、いちばん辛辣なことをいちばん穏やかな口調で話すことができた。レディー・アラベラはこの辛辣な言葉をひどく恐れた。また、先生が彼女にとって不可欠な存在となった今、もし先生が彼女を見捨てて、身体的な欠乏や苦痛の知識を取りあげてしまったらどうしていいかわからなかった。以前に一度バーチェスターからフィルグレイヴ先生に来てもらう措置を取ったことがあったが、サー・ロジャーとスキャッチャード令夫人の場合と同様の結果が彼女の場合にも待ち構えていた。

　それゆえ、レディー・アラベラは先生と二人だけになり、その場に最適の言葉を選んで言いたいことを口にしなければならない場面になって、落ち着きを失ってしまった。郷士の妻、伯爵の妹、世間から認知された上流階級夫人、その愛情が今問題になろうとしている非常に重要な若者の母、そういう自負にもかかわらず、眼前の男を前に心が萎縮するのを感じた。それでも、任務をはたすべく母の勇気を奮って試みた。

「ソーン先生」と彼女は問診が終わるとすぐ言った。「今日あなたが来てくださってとても嬉しいのです。というのは、先生に特別お話しておきたいことがあったからです」ここまで行ったけれど、先が続けられなかった。先生に話を進める手助けをしてくれる気はなさそうだったから、彼女はつかえつかえなんとか話していかなければならなかった。

「本当に特別な話なのです。何て言うか尊敬とか、敬愛とか、——好意とかもつけ加えてもいい——、そういうものを私たちはみなあなたに感じています」——ここで先生は低くお辞儀をした——「メアリーにもと言っていいのです」ここで先生はもう一度お辞儀をした。「心地よい隣人になるため、わずかですが私たちはできる限りのことをしてきました。私があなたとかわいいメアリーの真の友人であることは信じてくださると思います」

先生は何か好ましくないことが言われそうだとわかったけれど、それがどんな性質のものか推測することができなかった。しかし、何か言わなければならないと感じたから、これまで郷士や家族全体から受けた親切なご好意をきちんと念頭に置いておきたいと言った。

「それゆえ、先生、これから私が言おうとしていることを誤解されないようにお願いします」

「はい、レディー・アラベラ、そうしないように努めます」

「避けられるならいやな思いはさせたくないのです。相手があなたですからよけいにね。でも、先生、義務がもっとも重要でなければならない場面があります。ほかのあらゆる配慮に勝ってです。きっとこれがそういう場面なのです」

「しかし、場面って、どういう場面なのですか、レディー・アラベラ?」

「お話しします、先生。フランクの立場がどういうものかご存知ですね?」

「フランクの立場！　何についてのですか?」

「まあ、人生における立場、一人息子の立場です」

「ああ、それなら知っています。一人息子で、父の跡取り、とても立派な若者です。男子は一人しかいませんが、レディー・アラベラ、誇りにしていい子です」

レディー・アラベラは溜息をついた。今この瞬間フランクを誇りにしているとは少しも言いたくなかった。逆にむしろ息子を大いに恥じていると言いたかった。いや彼女が息子を恥じているというよりも、先生が姪を恥じるべきだった。

「ええ、おそらく、はい」とレディー・アラベラは言った。「あの子はすばらしい気質に恵まれたいい若者だと思います。しかし、先生、あの子の立場はとても不安定で、あらゆる用心が必要な時期に来ているのです」

レディー・アラベラが今息子のことを話したとき、百日咳が流行しているか、クループ(4)が発症しそうな状況下で母が小児について話しているように先生の耳には聞こえた。「彼には何の問題もないと言っていいです」と先生は言った。「完璧な健康状態の印しかありません」

「ああ、はい、健康！　おかげさまで健康に問題はなくて、たいへんありがたいことです」レディー・アラベラはすでに亡くなった四輪の花を想起した。「あの子を強い体にしてくれたことにたいへん感謝しています。でも、私が言いたいのはそのことではないのです、先生」

「では、いったい何なのですか、レディー・アラベラ？」

「ねえ、先生、お金の問題に関する郷士の立場はご存知でしょうか？」

ところで、先生がお金に関する郷士の立場を――レディー・アラベラよりもっとよく――知っていたのは確かだ。しかし、先生はそれについて令夫人と話をするつもりはさらさらなかった。レディー・アラベラの最後の発話は疑問符で終わっていたとはいえ、先生はそういうことがあって黙りこくっていた。レディー・アラベラは相手の無遠慮に少し感情を害して、口調をいくらか厳しいものにし、態度を心持ち尊大なものに修正した。

「郷士は不幸なことに資産を台無しにしてしまいました。フランクは重い担保を背負ったまま相続せざるをえません。とても重い担保ではないかと怖れています。その正確な程度については聞かされていませんが」

彼女は先生の表情を見て、知らないことを先生から教えてもらう可能性がないことを悟った。

「それでフランクはとても注意深く行動することが必要なのです」

「彼の個人的な支出に関することを言っているのですか?」と先生。

「いえ、必ずしもそうではありません。もちろん、それについても注意しなければ。それは当然のことです。でも、私が言いたいのはそれではありません、先生。状況を挽回する唯一の希望はあの子がお金と結婚することなのです」

「男が手に入れられるあらゆる結婚の恩恵とともに、彼がそれも手に入れられたらいいと思いますね」先生は冷静な顔つきでそう答えたが、それでもこれから何が話に出てくるか、かすかに察知し始めた。先生は若い世継ぎが姪と恋に落ちることを考えたことがあるとか、そういう結びつきを満足か、恐怖か、どちらかを感じつつ待ち設けたことがあるとか、そんなことを言うと嘘になる。それにもかかわらず、最近先生は胸中ふとそんな思いをよぎらせることがあった。メアリーからふと漏れる言葉、フランクの名があがるとき、細かく観察してみてわかる目の表情、あるいは唇のかすかな震えから、最近思わずそういうこともあると考えるようになった。そのあと、メアリーが莫大な遺産の女相続人になるかもしれないことを考えなければならなくなったとき、先生はボクソル・ヒルから馬でうちへ向かいながら、幸せな砂上の楼閣を思い描くのをやめることができなかった。しかし、そういうことだからいっそう郷士の利害に背くことをしたり、郷士の友人たちみなに不快な感情を掻き立てたりする気にはならなかった。

「そうです、先生、あの子はお金と結婚しなければなりません」

「それに精神的な価値と、レディー・アラベラ、純粋な女性らしい心と、若さと、美しさ。彼がそういうものみなと結婚することを願っていますよ」

純粋な女性らしい心とか、若さとか、美しさとか、そんな見かけ倒しのものについて先生が触れたとき、姪のことを念頭に置いていたということは考えられるだろうか？　先生がこの忌まわしい結婚を育み、励ます決意をしていたということは考えられるだろうか？

レディー・アラベラは先生の飾らない考えを聞いて激怒し、それで勇気をえた。「あの子はお金と結婚しなければなりません。でないと破産者になるしかありません。さて、先生、決して許されないこと——つまり約束——があの子とメアリーのあいだで交わされたと私は聞きました」

今や先生も激怒した。「どんなことが？　どんな約束が？」と先生は聞いた。レディー・アラベラの目には、そのとき先生が怒ってほぼ一フィートも背が高くなったように見えた。「二人のあいだに何が交わされたって？　誰がそんなことを言うのですか？」

「先生、求婚があったのです。私の言葉を信じてください。とても、とても、とても深く進行したかたちの求婚です」

先生はこれに堪えることができなかった。グレシャムズベリーとその世継ぎのためとか、郷士とその悲運のためとか、レディー・アラベラとド・コーシー家の血のためとか、そういうことがなかったら、先生はじっと立ってメアリーがこんなふうに非難されるのを聞いていることができなかった。先生がその売り言葉を買うとき、背はさらに一フィート高くなり、横幅も同じくらいに広がった。

「誰がそんなことを言うのですか？　誰がそう言おうとも、誰がそんな言葉でミス・ソーンのことを話そうとも、嘘を言っています。誓って言いますが——」

「まあ、先生、先生、何があったか私ははっきり聞きました。疑問の余地はありません、本当に」

「何があったというのですか？　何を聞いたのですか？」

「まあ、ですから、よろしいですか、避けられるなら大騒ぎはしたくないのです。あれを止めなければなりません、それだけです」

「あれとは何です？　はっきり言ってください、レディー・アラベラ。漠然とした申し立てでメアリーの行動を非難することなんか許しませんよ。盗み聞きした人は何を聞いたのです？」

「ソーン先生、盗み聞きした人なんかいません」

「そして他人の悪評の告げ口屋もいないのですか？　あなたが姪に浴びせる非難が何であるか私に教えていただけませんか？」

「非常にはっきりと結婚の申し出があったのです、ソーン先生」

「誰が申し出たのです？」

「ああ、もちろんフランクが軽率でなかったと言うつもりはありません。もちろんうちの子が悪いのです。疑いなく双方に過ちがあったのです」

「それは完全に否定しますよ。過ちがあったことはきっぱり否定します。私は状況を何も知らないし、そういうことについて何も聞いていません」

「それなら、もちろんあなたは何とも言えないはずです」とレディー・アラベラ。

「私は状況を何も知らないし、そういうことについて何も聞いていません」とソーン先生は続けた。「しかし、私は姪を知っていますから、双方に過ちはなかったと喜んで断言できますね。どちらかに何か過ちがあったかどうか今の段階ではまだわかりません」

「フランクが求婚したのは確かなのです、ソーン先生。あなたの姪のような状況にある、若い娘への求婚は誘惑なしにはありえません」

「誘惑！」先生はほとんど叫んだ。叫んだので、レディー・アラベラは先生の目から放たれる炎から退いて、一、二歩あとじさりした。「しかし、あなたは私の姪を実際知りません。もしあなたが何をお望みか私に教えてくださるなら、その望みに従うことができるかどうかお教えしましょう」

「もちろん、若い人たちがまた一緒になるようなことがあっては困ります。つまり、差し当たり――」

「それで」

「フランクは今コーシー城へ行っています。そこからケンブリッジへ行くと言っています。でも、あの子は疑いなくここへ戻って来たり、行ったりするでしょう。ミス・ソーンがしばらくグレシャムズベリーの訪問を取りやめるなら、おそらく当事者みなにとっていい――つまり安全になれます、先生」

「よろしい！」と先生はどなった。「姪にはグレシャムズベリーの訪問をやめさせよう」

「もちろん、先生、これによって私たちの交流、あなたとうちの家族の交流が変わることはありません」

「変わることはないって！」と先生は言った。「姪が屈辱的に追放された家で私が食事をするとでも思っているのですか？　あなたが今話したように姪を非難する人たちと私が仲よく座っていられると思っているのですか？　あなたはたくさんの娘に恵まれておられるが、あなたが姪を非難したように私がその娘の一人を非難したら、あなたは何と言いますか？」

「非難ですって、先生！　いえ、彼女を非難なんかしていません。ただおわかりのように、分別が求めるものは時として――」

「よろしい。分別はあなたの子供たちの面倒をみるようにあなたに求める。ところが、分別は私のかわいい子の面倒をみるように私にも求めるのです。さようなら、レディー・アラベラ」

「でも、先生、私たちと仲たがいする気ではないでしょう？　必要なときには来てくださるでしょう、え？」
仲たがい！　グレシャムズベリーと仲たがい！　先生は怒っていたものの、グレシャムズベリーと仲たがいすることは堪えられないと感じた。五十をすぎた男は二十年かかって築いた関係を簡単に投げ出して、その期間に結ばれた様々な絆から自分を解き放つことはできなかった。郷士と仲たがいすることは無理だった。フランクと仲たがいすることも堪えられなかった。フランクから踏みつけにされたと今思い始めていたとはいえ、仲たがいすることはできなかった。ほとんど彼の腕のなかで生まれてきた子供たちとも、とても身近に感じている壁とも、木々とも、草むす小山とも離れられなかった。自分をグレシャムズベリーの敵と宣言することはできなかった。しかし、メアリーへの忠誠心からしばらくは敵の振りをするように求められていると感じた。

「必要なら、レディー・アラベラ、私を呼んでください、来ますから。それ以外は、もしよければ、メアリーにくだされた追放宣告を私も分かち合おうと思います。では、さようなら」それから先生は頭を低くさげると、その部屋と家をあとにして、ゆっくり自宅へ歩いて戻った。

メアリーに何て説明したらいいのだろうか？　先生は手を後ろ手に組んでグレシャムズベリーの私道をゆっくり歩きつつ全体の状況を考えた。考えたというよりも、むしろ考えようとした。男は何かの問題に熱く心をとらわれているとき、それを考えようとしても無駄だ。考える代わりに感情の赴くに任せ、それにのめり込むことによって激情を募らせる。「誘惑！」先生はレディー・アラベラの言葉を繰り返して、独り言を言った。「姪のような状況に置かれた娘！」あんな女がメアリー・ソーンのような子の精神や心情や魂を理解することなんかまったく不可能だ！　それから先生はフランクのことをもう一度考えた。「罪作りなことをしてくれたなあ。いくら若くても、私をこんな目にあわせないくらいの思いやりを具えていてほしかった。娘をみじめにするような軽率な言葉を発するなんて！」先生は歩き続けるなか、サー・ロジャーとのあいだで交わされた会話の記憶を頭から取り除くことができなかった。結局メアリーが全遺産の女相続人になったら、どうなるのか？　彼女がグレシャムズベリーの事実上の所有者となったら、どうなるのか？　というのは、サー・ロジャーの相続人がグレシャムズベリーの所有者となることはきわめて起こりそうなことと思えたからだ。

こういう想念が頭にあるのはいやでたまらなかったにもかかわらず、それは繰り返し出現してきて先生を悩ました。そうなったとき、土地の名目上の世継ぎと姪の結婚はあらゆる結婚のなかでも若いグレシャムがなしうる最善の結婚になるかもしれない。今回のレディー・アラベラの発言のあと、メアリーの愛、メアリーの手によってグレシャムズベリーの全問題が解決されたら、レディー・アラベラに対する何という甘い仕返し、何という輝かしい報復となることか！　これを考えるのは危険なことだった。先生は私道をぶらつきながら、その考えを頭から取り除こうと全力を尽くしたが、必ずしもうまくいかなかった。

しかし、先生は途中またベアトリスに会った。「今日私が訪ねて行ったと、そして明日私のところに来てほしいとメアリーに伝えてください」と彼女は言った。「もし来なかったら、私かんかんに怒りますよ」

「たとえ彼女が来られなくても」と先生は手を差し伸べて言った。「腹を立てないでくださいね」

ベアトリスは先生の態度がふざけた調子ではなく、表情が深刻なことにすぐ気づいた。「冗談ですのよ」と彼女は言った。「もちろんただの冗談です。でも、何か問題でも？　メアリーは病気なの？」

「ああ、いえ、病気ではありません。しかし、明日というか、おそらくしばらくはここに来ないと思います。とはいえ、ミス・グレシャム、あの子に腹を立てないでくださいね」

ベアトリスは先生を問いただそうとしたが、先生は待ってその問いに答えようとしなかった。彼女が話している途中、先生はいつもの古風な礼儀正しいお辞儀をして、声の届かないところへ去って行った。「メアリーはしばらくはここに来ない」ベアトリスは胸中つぶやいた。「つまりママはメアリーと喧嘩をしたのよ」彼女は胸中この件にかかわるあらゆる咎――それが何であろうと――からただちに友を無罪放免にして、弁明の機会を与えることなく母を非難した。

うちに着いたとき、先生はこの件をメアリーに打ち明ける方法について何も決めていなかった。しかし、応接間に入るまでにいやな時間は明日まで延期しようと決心した。一晩寝て考えて――というよりも考えながら横になって――、朝食のとき、できるだけ上手に言われたことを伝えようと決めた。

その夜、メアリーはいつもよりも陽気だった。フランクが完全にグレシャムズベリーを去ったかどうか、その日の朝ははっきりわからなかった。それで彼女はお屋敷へ行くよりもミス・オリエルと一緒にいるほうがよかった。友のペイシェンス・オリエルには特別上機嫌なところ――世界と人々に対する満足感の表れ――があった。メアリーは彼女と一緒にいると、それを分けてもらえた。若さゆえの悩みがあって、心はすっかり晴れているわけではなかったけれど、今彼女は先生のうちに笑顔を持ち帰った。

「伯父さん」ととうとう彼女は聞いた。「どうしてそんなに暗い顔をしているんですか？　本でも読みましょうか？」

「いや、今晩はいいよ、おまえ」

「じゃ、伯父さん、何があったんです？」

「何もない、何もないよ」

「いいえ、何かあったのね。教えてください」彼女は立ちあがると、先生の肘掛け椅子のところに来て、肩に寄りかかった。

先生はしばらく沈黙したまま姪を見つめたあと、椅子から立ちあがると、彼女の腰に腕を回して、胸に抱き寄せた。

「かわいい子！」と先生はほとんど発作的に言った。「私の、最愛の、もっとも誠実なかわいい子！」メアリーは先生の顔を見あげて、大きな涙がその頬に流れるのを見た。

しかし、それでも先生はその夜彼女に何も話さなかった。

註

（1）ギリシア神話で盲目の富の神。ゼウスが彼の視力を奪ったため、善人にも悪人にも見境なく富をもたらし、また取りあげる神と見なされた。

（2）イギリスでは二十八ポンド（十二.七キログラム）。

（3）「使徒行伝」第五章第三十四節及び第二十二章第三節に出て来る。ガマリエルはパリサイ人で、律法学者。パウロは「ガマリエルの膝元で先祖伝来の律法について厳しい薫陶を受けた」と述べている。

（4）喉や気管に繊維性の偽膜ができる急性の炎症。声がかれ、呼吸困難を起こす。

第十五章　コーシー

フランク・グレシャムが父にコーシー城は退屈だと言ったことがあるのを覚えておられるだろう。そのとき、郷士はあえて息子の意見を否定しようとはしなかった。郷士と息子のような人たちにとって、コーシー城は退屈だった。どの階級の人にとってなら退屈ではないかという質問に対して、著者は回答を用意することができない。しかし、ド・コーシー家の者はそれが好みに合うと思っており、もしそうでなければ違ったふうに城を造っていたと考えられる。

城それ自体はウィリアム三世(1)の時代に建てられた煉瓦の大きな堆積だ。当時は制度的構築の点ですばらしい時代であったとしても、もっと自然なかたちの建築物を建てるのに適した時代ではなかった。それは疑いもなく完璧に城と呼ばれるもので、城門から入ると中庭につながり、門衛詰め所は言わば城壁のなかに埋め込まれていた。城壁には二つの丸い、ずんぐりした付属物が取りつけられており、おそらく正しくは塔と呼ばれるものだったのだろうが、塔の役割をほとんどはたしていなかった。さらに、城の片側に沿って軒蛇腹があってもおかしくない部分の上に銃眼つきの胸壁が走っていた。そういうものの助けを借りて、見る者は疑いもなく挑戦的な大砲の砲口を想像力によって補足するよう促されていた。しかし、その場所から砲口を出せる大砲なんか小さなものに相違なく、弓の射手さえ身を隠すことができるかどうか疑問だった。

城の周辺の庭はあまり人目を引くものではなく、庭として広くもなかった。しかし、領地全体は疑いもなくド・コーシー伯爵のような権力を備えた貴族にふさわしい重みがあった。かつて大庭園であったものはいろいろな大きな所有地に区分されていた。敷地は平らで、切れ目がなかった。大きな楡の木がまっすぐ生垣のように並んでいたが、普通イギリスの風景に独特の魅力を添えるあの美しい、荒々しい、点在する様相がなかった。

コーシーの町は——というのは、ここは町として位置づけられるよう主張していたから——城と同じように多くの特徴を具えていた。町は黒ずんだ赤——赤というよりも褐色——の煉瓦で建てられており、見て堅固な、退屈な、醜い、心地よい町だった。町には格子状に交差する四本の通りがあり、格子の中央部が町の中央になっていた。ここに赤ライオンという宿屋があった。褐色ライオンとでも名づけられていたら、命名は的確だっただろう。馬車の時代には自由貿易主義者の馬車、大型四頭立て馬車、ロイヤルメールの郵便馬車などが馬を替えるとき、四六時中賑やかな動きがあった。しかし、今は汽車の駅が一マイル半ほど離れたところにあったから、コーシーの人の流れは赤ライオンの乗合馬車だけに限られてきた。その馬車は町と駅とのあいだを行ったり来たりして時間をすごすが、あまり乗客の重みに呻吟しているようには見えなかった。

コーシーの人が町を離れたとき、コーシーにはすばらしい店があると言った。それにもかかわらず、町に帰って仲間のなかに戻ったとき、近所の店から受けたぼったくりについて互いに不平を言い合った。それで、金物屋は店の品がブリストルの店に質の点で勝っており、グロスターの店よりも安いと声高に主張したものの、本人は紅茶や砂糖をコーシーでは買わずひそかにもっと大きな町で買った。一方、同じように食料品屋もコーシーの深鍋や平鍋を信用していなかった。そういうわけで鉄道が開通してからというものコーシーの商売は栄えていなかった。もし辛抱強い調査員が一日じゅう交差点に立って町の店に入る客の数を数えたとしたら、コーシーの店が開けられていること自体を不思議に思ったことだろう。

かつては賑やかだった宿屋の喧噪が今は緑の中庭の死のような沈黙に変わってしまった！　その中庭を、足の悪い宿屋の馬丁が上着の大きなポケットに手を突っ込んで、過去の記憶に取り憑かれながら、這うように歩く。かつては何十頭という馬が密着してひしめき合っていた馬小屋には、今は二匹の疲れはてた乗合馬車用の馬と三頭の哀れな駅馬が申し訳程度にいるだけだった。当時は日中に消費されるオート麦から一馬あたり二十グレイン[2]の食べ残しを集めると、幸せな酔っ払いに一クォート[3]のビールを提供するくらいの量に達したものだ。

おい相棒、おれと話をしよう。科学が最近我らの時代に与えてくれたきわめて貴重な恩恵についてどう思うか聞かせてくれ。とりわけあんたが鉄道や蒸気の力、電信機、電報、そして新しい急行列車をどう評価しているかね。しかし、あんたは言う。「当時は二十四時間に十五組もの馬がこのここの中庭から出て行くのを見送ったもんだ。今は二十四日間に十五組、いや十組も出て行くことはない！　公爵がいた――いや今の公爵じゃない、今の人はろくでもねえ人だ。今の人の親父だな――いいかい、その公爵が通りをやって来たんだが、牛が四日連続で動いていた。ここには家庭教師やら、若い紳士やら、女家庭教師やら、若い女やらがいて、また使用人やら――連中はいつだっていろいろな人がいるなかでいちばん立派な連中だ――もいて、公爵も公爵夫人もいた。神のお恵みがあなた方にありますように！　当時はお金が舞ったもんだ！　しかし、今は――」足の悪い宿屋の馬丁が生得の力量でもってその今という言葉に込めることのできる侮蔑と唾棄の感情は、今日の文明のいちばん熱心な信奉者が食卓で話したり、小冊子に書いたりするどんな主張よりも蒸気の力に対する否定の点で雄弁だった。

「ほら、この町を見てみろよ」と口の軽い馬丁は続けた。「通りにだって草が生えている。そんなことでいいはずがない。ほら、ここを見てくれ、あんた、この門でこんなふうに立って、何時間もな、たいてい目を開いて、行きかう人を見ている。誰一人ここに来ないし、通らない。そんなことでいいはずがない。ほら、あの乗合馬車を見てみろよ。もっと力強い雄弁になった。ほら、くそ。もし主人があの馬の足に蹄鉄をつけるくらいあの乗合馬車で稼げたら、おれは――首を――やるよ」馬丁はこの仮定的否定文を一人喋るとき、一つ一つの単語をまるで独立したもののように発音し、一つの音を発するたびに膝までしゃがみこむようにして、同時に右手を上下に動かしながら、とてもゆっくり話した。喋り終わると地面をじっと見つめ、もし彼に降りかかるように祈ったたたりが実現するなら、あたかもそこが定めの場所ででもあるかのように地面を指差した。それから、それ以上返事を待つこともなく、見捨てられた馬小屋へと悲しそうに足を引きずって去った。

ああ、友よ！　哀れな足の悪い友よ、リバプールとマンチェスターのこと、繁盛する銀行がいくつもあるグラスゴーの栄華のこと、三百万の人口を抱えたロンドンのこと、あなたのこの国に交易がもたらすすばらしい活況、そういうことをあなたに話しても何の役にも立たない。もし交易というものがあの使い古した、ほとんど役に立たない西部の街道を駅馬で旅するものでないとしたら、あなたにとって交易とは何の意味があるのだろうか？　あなたはゴミとして荷車で運ばれていく以外に道はない――この今の繁栄の時代にあなたも、私たちの多くも。ああ、憂鬱な、心労に悩む友よ！

コーシー城は確かに見学し甲斐のない退屈なところだった。フランクは前に訪問して、外見が実体を裏切らないことを知っていた。伯爵がコーシーにいたとき、少しだけ滞在したことがあったからだ。子供時代からいつも伯母の支配に嫌悪を感じていたので、これがおそらく拒否反応を深めていたのかもしれない。しかし今、城はこれまで見たことがないくらい人で一杯になろうとしていた。伯爵が城に帰ることになっていた。オムニアム公爵が一日か、二日来訪するという噂が――疑わしかったが――あった。ポーロック卿が帰って来る若干の可能性もあった。モファット氏は来るべき選挙に専念していたから――願わくは来たる結婚の至福にも専念してほしいが――客の一人になる予定だった。あの立派なミス・ダンスタブルも来訪が予定されていた。

ところが、フランクはこういうお偉方がすぐには現れないことを知った。「彼女がお見えにならないんなら、ぼくはグレシャムズベリーに三、四日帰ってもいいかな」と彼は伯母に無邪気に言った。コーシー城の訪問を義務的なものと考えているとの気持ちをそこにかなり露骨に表した。しかし、伯爵夫人はそんな段取りなんか聞き入れようとしなかった。いったん彼を捕えたからには、ミス・ソーンの陰謀の危険、あるいはミス・ソーンの礼節の危険にさえ再び彼を返すつもりはなかった。「あなたがくつろいでいるのがわかるように」と彼女は言った。「ミス・ダンスタブルが現れる数日前からここにいるっていうのはとても重要なことなのよ」フランクはその論法に納得しなかったものの、反抗することはできないと感じたから、城にとどまってジョージ令息の雄弁とジョン令息のおかしな狩猟の話でできるだけ気分を引き立てようとした。

モファット氏がお偉方のなかでいちばん早く到着した。フランクはこれまで未来の義弟となる人に会ったことがなかったから、初対面を少し楽しみにしていた。モファット氏は女性たちが着替えにあがる前に応接間に通されたので、たまたまフランクもそこに居合わせた。妹と二人のいとこしかそこにいなかったので、恋人同士がすぐ抱き合うものと予想していた。しかし、モファット氏は感情を抑えたし、ミス・グレシャムも自重することで満足しているようだった。

モファット氏は身なりのきちんとした立派な人で、背は中背よりも高く、もう少し表情が豊かだったら、顔立ちも立派と言ってよかった。髪は上手にブラシをかけた黒髪で、小さな黒い頬ひげと小さな黒い口ひげを蓄えていた。立派な造りの長靴を履き、手は真っ白だった。オーガスタの指を取ったとき、彼は上品ににたにた笑い、前回お会いしたときから健やかにおすごしのことなら嬉しい、とお愛想を言った。それから彼はロジーナ令嬢とマーガレッタ令嬢の手に触れた。

「モファットさん、兄を紹介してもよろしいかしら」

「もちろんいちばん嬉しいです」モファット氏は再び片手を差し出して、フランクの手に滑らせた。そして、かわいい気取った声で言った。「レディー・アラベラはお元気ですか？――お父さんやお妹さんたちは？　とても暖かいんじゃないですか？　きっとロンドンはすこぶる暑いでしょうね」

「オーガスタは彼が気に入っているんならいいんだが」フランクは父が考えたのとまったく同じ点を考えて独り言を言った。「とはいえ、婚約中の男にしてはとてもおかしな振る舞いのように見えるなあ」フランクはかわいそうに普通より粗い型にはめて作られていたから、こんな場合口づけするのが当然だと思っていた。事実婚約中でなくても時には口づけに賛成だった。

モファット氏はあまり城の雰囲気を陽気に盛りあげる役に立たなかった。彼は当然のことながら来るべき選挙のほうに専念していたから、有名な選挙参謀であるニアザウインド氏と多くの時間をすごしていた。有権者に遊説して回り、ニアザウインド氏の支援をえて地雷を掘り起こしつつバーチェスターにいるのが任務だった。地雷というのは対抗馬であるサー・ロジャーの参謀クローサースティル氏が日々彼を議席から吹き飛ばすため仕掛けるものだった。選挙戦は双方ともにある地域を奪えば、別の地域を失うといった得失相半ばの原則に沿って戦われ、当然このためモファット氏は知っている限りの選挙戦術を用いることになった。

クローサースティル氏は選挙参謀をやらせたらいちばん切れる男としてイギリスじゅうで知られるなか、それはもし軍配が好敵手のニアザウインド氏にあがらないとすればの話だった。クローサースティル氏は今回若いやり手の法廷弁護士ローマー氏――サー・ロジャーの業績の賛美者――の補佐を受けていた。バーチェスターのある者はサー・ロジャー、クローサースティル氏、ローマー氏の三人が腕を組んで本通りをゆうゆう歩くのを見て、哀れなモファットはもう終わりだと断言した。一方、尊敬のこぶが著しく肥大したほかの連中はあの偉大なる合い言葉――オムニアム公爵の名――を囁き合って、公爵が指名した人物が負けるなんてありえないと穏やかに主張した。

私たちの哀れな友、郷士は婿が国会に入ってほしいと願う程度にしか、あまり選挙に関心を抱いていなかった。二人の候補者とも彼の目には等しく誤った見解にとらわれているように思えた。彼は若いころの過ち――州の議席を失う結果となったあの過ち――をとうの昔に撤回して、ド・コーシーの政策を破棄していた。彼は今心底トーリー党員だったけれど、もうそれは何の意味もなくなってしまった。しかし、オムニアム公爵、ド・コーシー伯爵、モファット氏はみなホイッグ党員だった。とはいえ、マンチェスター派[4]に所属するサー・ロジャーの政策はホイッグ党のそれとはまったく異なり、外部の普通の人にはとても理解できない現代政治のよじれによって、今回かたくなな保守党からひそかに人気をえていた。

ド・コーシー卿によって政界入りしたモファット氏がどうやって公爵の関心を買ったか私には知るよしもない。というのは、公爵と伯爵はこういう場合双子のようには動かなかったからだ。

ホイッグ党の内部にも大きな考え方の違いがある。ド・コーシー卿は宮廷ホイッグであり、財産を求め、可能な時には玉座からこぼれ落ちる恩恵を享受した。彼はウィンザー城の逗留者であり、バルモラル城[5]の訪問者だった。彼は喜んで金色棒を捧げて行進した。とりわけ全廷臣が集まるなか、正当な威厳と承認された優美さを見せて捧持の式帽[6]か、優先の拍車[7]を身に着ける時ほど幸せな時はなかった。彼は若いころの浪費のせいで若干資産を失ってしまった。それで、輝いているのが趣味に合ったから、自分の金で輝くよりも宮廷の金で輝くほうが都合がよかった。

オムニアム公爵は違った種類の大物ホイッグだった。公爵は陛下の御前にはほとんど近づかず、もし近づいた場合でもたんに与えられた地位に伴う不快な義務からそうした。公爵は本人がオムニアム公爵でいられる限り、女王には女王でいてもらいたいと思っていた。アルバート公(8)に対しては、プリンス・コンソートと呼ばれるまでいかなる栄誉も与えようとしなかった。公爵はごく親しい友人たちに総理大臣の裁量を三語で切って捨てた。彼がオムニアム公爵である限り、女王は女王であっていい。収入は女王とほぼ同じだった。ただ一つの例外は公爵の収入が彼一人のものであり、彼の好きなように使えるという点だった。公爵はいつもこれを忘れることがなかった。容姿はというと、平凡な、細身の、背の高い人で、「おれはオムニアム公爵だ」といつも言っている傲慢な光が目にあるのを除けば、特に目立ったところはなかった。公爵は未婚で、もし噂が正しいとすれば、とんでもない女たらしだった。しかし、もしそうだとしても、女遊びをいつもきちんと世間の目から隠していたから、人目をはばからない罪人の耳には雨あられと浴びせられるあの非難に曝されることはなかった。

この二人の有力な貴族が額を寄せてなぜ仕立屋の息子をバーチェスターの代表として議会に送り込もうとするのか、私には説明できない。モファット氏はすでに述べたようにド・コーシー卿の友人だった。ド・コーシー卿がこのバーチェスターでの親切に対して、公爵に州の代表となるちょっとした援助の見返りをするというようなことがあったのかもしれない。

次に到着したのはバーチェスター主教だった。おとなしい、善良な、立派な人だったが、奥方にべったり依存していて、いくぶん安楽に流れる嫌いがあった。奥方は明らかに主教とは違った型から作られており、主教の特質のなかで欠けるものを彼女の活力と勤勉によって補っていた。閣下は意見を求められると、「プラウディ夫人や私は思うが――」とたいてい答えた。しかし、プロウディ夫人は閣下が意見を述べる前にその話を横取りして、ずっと簡潔に回答したけれど、その問題を考えるのに主教の意見を少しでも取り入れているふうには見えなかった。この夫婦ほど親密で、愛情深く一緒にいる夫婦はないとバーセットシャーではよく知られていた。上流階級の人々に見られるこんな夫婦愛の例は特筆に値する。というのは、夫婦相互の甘い喜びは貴族のあいだにありそうでめったにないと、下層階級の人々から信じられており、しばしばそれは真実だったからだ。

しかし、主教と奥方が到着したからといって、フランク・グレシャムが城を楽しいと感じることはなかった。それで、手持ちぶさたから彼はミス・ダンスタブルの到着を願うようになった。モファット氏とはまったくそりが合わなかった。相手はフランクと、こちらはガスタヴァスとすぐ呼び合うようになることを期待したのに、いまだにモファット氏、グレシャム氏を超える仲にはなっていなかった。「バーチェスターは今日とても暑いですね、とても」というのが、フランクがこの男からえられるもっとも会話らしい会話だった。フランクが見る限り、オーガスタもあまりそれ以上の会話をこの男と交わしていなかった。二人だけの密会があるのかもしれない。しかし、あるとしても、フランクはいつその密会があるか突き止めることができなかった。まわりにもっといい話相手が見つからないので、ついにジョージ令息に打ち明けて、未来の義弟は駄目なやつだと意見を述べた。

「駄目なやつだって――ぼくもそう思うよ。ねえどう思うかい？　この三日間ぼくはバーチェスターでずっとあいつやニアザウインドと一緒に有権者の奥さんや娘さんたちを訪問したり、選挙運動をしたりしてきたんだ」

「ふうん、おもしろいんなら、ぼくも連れて行ってくれたらいいのに」

「いや、あまりおもしろいことなんかないね。相手はたいていぽろぽろ食べ物をこぼす汚い連中さ。切れるのはニアザウインドだね。何をしなきゃいけないかよくわかっている」

「ニアザウインドも奥さんや娘さんたちを訪問するのかい？」

「うん、あの人は求められるまま何でもする。だが、昨日はカスバート門近くの婦人帽店の奥の部屋にモファットはいた。ぼくも一緒だった。その奥さんの亭主は聖歌隊員で有権者なんだ。それでモファットは亭主の票をもらいに行ったのさ。さて、ぼくらがそこに着いたとき、三人の若い女性しかいなかった。つまり奥さんと二人の娘さんで――みんなとてもきれいな女性だった」

「いいかい、ジョージ、その聖歌隊員の票はぼくがモファットのため取りに行くよ。あいつはぼくの義弟になるんだから、そうすべきだろ」

「だが、モファットがその女性たちに何て言ったと思う？」

「想像できないな――あいつは女性の誰かに口づけしなかったかい？」

「誰かに口づけだって！　違う、あいつは紳士らしく女性たちに公約したいと言ったんだ。国会議員に選ばれたら、参政権の拡大に賛成票を投じて、ユダヤ人が国会に入れるようにするってね」

「うん、やはりあいつは駄目なやつだ」

註

（1）オレンジ公ウィリアム（1650-1702）のこと。名誉革命により王位に就き、メアリー二世と一六九四年まで、共同統治。イングランド・アイルランド・スコットランド王（1689-1702）。
（2）一グレインは〇・〇六四八グラムに当たる。
（3）一クォートは二パイント（約一・一三リットル）に当たる。

（4）ジョン・ブライト（1811-89）とリチャード・コブデン（1804-65）主導の急進派。反穀物法同盟の本拠地がマンチェスターにあったためこう呼ばれた。
（5）スコットランド北東部アバディーンシャーにあるイギリス王室のご用邸。
（6）儀式で用いられるビロード製の深紅の帽子で、エゾイタチの毛皮で縁取りされている。
（7）騎士の身分の象徴。
（8）ビクトリア女王の夫君（1819-61）。

第十六章　ミス・ダンスタブル

とうとうあの著名なミス・ダンスタブルがやって来た。この遺産相続人の到着の報を聞いて、フランクは心臓にかすかな動悸を感じた。しかし、彼は少しもこの女性との結婚を考えていなかった。実際、この一週間メアリー・ソーンに会っていなかったから、むしろ恋心を募らせて、メアリー以外の人と結婚はしないとこれまで以上に決意していた。ミス・ダンスタブルの魅力がいかなるものだろうと、メアリーには正式に結婚を申し込んでいたから、それを守り通すのが義務だと感じていた。それにもかかわらず、彼は伯母の命令に従ってある程度求婚はしてみる心づもりでいた。二十万ポンドとの直接対決にこんなふうに引っ張り出されて、少し緊張していた。

「ミス・ダンスタブルが到着しました」と伯母がたいへん満足した様子で彼に言った。前章の最後で触れた会話の翌日、彼がいとこのジョージとともに選挙運動でバーチェスターの美女らを訪問して帰ったときのことだ。「あの方が到着しました。際立った容姿の、とても気品のある方で、あの方が入るどんな人の輪も優雅になりますのよ。ディナーの前に紹介しますから、あの方をそれにお連れしなさい」

「今夜は結婚の申し込みはできませんよ」フランクは悪意を込めて言った。

「馬鹿なことは言わないで、フランク」と伯爵夫人は怒って言った。「私はあなたのためできる限りのことをしているでしょう。あなたに独立した地位を与えようと、じつにたくさん面倒なことを引き受けています。

それなのにあなたは馬鹿なことを言うのね」

フランクは謝罪のようなことをつぶやいたあと、戦闘準備に取りかかった。ミス・ダンスタブルは汽車で来て、当然自前の馬車、馬、御者、従僕、メイドを伴っていた。衣類で一杯のトランクを十個持参していた。そのうちのいくつかは先日辻馬車の屋根から盗まれたあのすばらしいトランクと同じくらい豪華なものだった。彼女はこれらのものを持参していたとしても、そうするように教えられていたからで、少なくとも本人がそうしたかったからではない。

フランクはいつもよりも少し身だしなみに気を遣った。満足がいかなかったから白いネクタイを二本駄目にしたあと、たいへん神経質に髪を整えた。言葉の普通の意味で自分にきざなところがあるとは思わなかったが、ほかの人の期待を考えると、今は自分をいちばんよく見せることが義務だと感じた。確かにミス・ダンスタブルと結婚する気はなかった。しかし、この女性といちゃつかなければならないというのなら、可能な限り幸先よくやるのがよかった。

応接間に入るとすぐ、彼は相手の女性がいるのに気づいた。彼女は伯爵夫人とプラウディ夫人のあいだに座っていた。富の神、その化身がこの地の俗界と宗教界の代表から崇拝を受けているところだった。彼は無関心な振りをして、いとこの数人と話しながら部屋の離れたところにとどまっていた。しかし、未来のフランク・グレシャム夫人となりえる人に目を向けずにはいられなかった。彼がじろじろ見ずにはいられないように、相手の女性もそうせずにはいられないように見えた。

ド・コーシー卿夫人はこの女性が際立った容姿を具えているとはっきり言い、特にその気品のよさに触れた。フランクは必ずしも伯母の意見には賛成できないとすぐ感じた。ミス・ダンスタブルはなるほどすばらしい人かもしれないが、彼女の美しさの型はフランクのもっとも熱い賞賛に合致するものではなかった。

ミス・ダンスタブルの年齢はおよそ三十だった。フランクはこういう問題で正確な判断ができなかったうえ、若い女性が周囲にいることに慣れていたから、すぐ自分より十は年上と見なした。彼女はとても紅潮した顔、とても赤い頬、大きな口、大きな白い歯、広い鼻、輝く黒い目の持ち主だった。髪も黒く、輝いて、ひどく縮れた腰の強い毛だったから、櫛で解いて縮れた黒い小さな巻き毛にして顔のまわりにぴったり密着するようにしていた。社交界に出たあと、彼女は身だしなみ教育係から巻き毛はよろしくないと教えられた。「巻き毛は紙幣で結われるなら」とミス・ダンスタブルは答えた。「いつも合格でしょう」こういうことから見て、ミス・ダンスタブルは自分の意思を持つ女性と言えただろう。

「フランク」伯爵夫人は甥の目をとらえるとすぐ、作為を感じさせることなくきわめて自然に言った。「こっちへ来なさい。あなたにミス・ダンスタブルを紹介します」それから紹介がなされた。「プラウディ夫人、ちょっと失礼させていただいてよろしいかしら？　バーロウ夫人に是非一言二言言葉をかけなければなりません。そうしないとあの方がぷりぷり怒ってしまうから」伯母はそう言うとその場を離れて、フランク坊ちゃんに邪魔が入らないようにした。

　彼はもちろん伯母のいた場所に納まって、旅で疲れていなければいいがとの気遣いをミス・ダンスタブルに見せた。

「疲れて！」彼女はかなり大きな声で話したが、とても上機嫌で、不快な様子は見せなかった。「こんなことで疲れたりしません。だって、五月にはローマからパリまではるばる一睡もせずに――つまりベッドで寝ることもなく――やって来たのです。シンプロン[1]を越えるとき、三度そりが引っ繰り返って投げ出されました。とても愉快でしたわ！　ねえ、そのときでも疲れたなんて言いませんでしたのよ」

「ローマからパリまではるばるですって！」プラウディ夫人は女相続人に媚びるように驚いた口調で言っ

た。「それで、何でそんなにお急ぎになったんでしょ?」

「何かお金の問題でしたわ」とミス・ダンスタブルは普通より大きな声で話した。「何か香油にかかわることでした。当時その仕事を売ろうとしていましたの」

プラウディ夫人は一礼すると、ただちに話題を変えた。「ローマでは偶像崇拝が前よりもひどくなっているようですね」と彼女は言った。「安息日遵守なんかまったく見られないのは残念です」

「ええ、まったく見られませんん」とミス・ダンスタブルは少し嬉しそうに言った。「日曜日も平日もあそこではまったく同じなのです」

「まあ、何て恐ろしい!」とプラウディ夫人。

「けれど、あそこはすばらしいところですわ。私はローマが好き、本当にね。ローマ法王ですが、あんなに太ってさえいなければ、世界一いい老人なのにね。プラウディさん、ローマへ行ったことがおありになって?」

プラウディ夫人は否定の回答をするとき、溜息をついた。それから、そんなところへ行ったら危険な目にあいそうだとの信念を明らかにした。

「あら!――まあ!――マラリアね!――もちろん――そうよ。行ってはいけないときに行くとね。けれど、今どきそんな馬鹿な人はいませんわ」

「私は魂の危険のことを言おうとしていましたのよ、ミス・ダンスタブル」と女主教は独特の重々しい口調で言った。「安息日遵守のない場所は――」

「グレシャムさん、あなたはローマへ行ったことがおありになって?」若い女性は不意にフランクのほうを向くとそう言って、プラウディ夫人の説教にやや無礼な、よそよそしい態度を見せた。彼女、つまり哀れな奥方は仕方なくそばに立っていたジョージ令息に話の続きをしなければならなかった。ジョージ令息は主教とそれにかかわる人々を、宗教に属するほかのものと同じように、できれば敬遠したいと思い、それができなければやけに装った厳粛な態度で扱おうと思っていたから、すぐ陰鬱な表情を作って、次のように言った。「安息日が遵守されないのはひどく恥ずかしいことですね。私としては日曜日に人々が静かにすごすのをいつも望んでいます。牧師は七日のうちたった一日しか思うようにならないわけですから、それを要求する権利があると思いますね」この言葉に満足したにしろ、満足しなかったにしろ、プラウディ夫人はディナーまで黙っていなければならなかった。

「いいえ」とフランクは答えた。「ローマへ行ったことはありません。一度パリへ行って、それっきりです」それから彼はミス・ダンスタブルの今の世俗的な関心について当然好奇心に駆られたため、この機会にプラウディ夫人が巧みに避けた会話の別の部分に話を戻した。

「それで、売れたんですか？」

「売れたって？　何が？」

「仕事の話をしていましたね。その仕事を売るため、ベッドに寝ることもなく帰って来たと」

「ああ！――香油のことね。いいえ、売れませんでした。結局、うまくいきませんでしたわ。あのままあそこにいて、雪のなかでもう一転げでもしていたほうがましでしたわ。気の毒な話でしょう？」

「それなら」とフランクは独り言を言った。「もしぼくがこれをやり遂げたら、レバノンの香油の所有者になるわけか。何と奇妙なこと！」それから彼はこの女性に腕を貸して階下のディナーに導いた。

彼は今回ほど退屈させないコーシー城のディナーはないと感じた。彼はミス・ダンスタブルと恋に落ちるとは想像だにしなかったが、確かに彼女はつき合って愛想のいい相手だった。彼女はフランクに旅行のことや、旅で経験したおもしろい話、彼女の健康管理のため医者を雇ったのに、その医者をたいてい介護する羽目に陥っている話、たくさんの召使を我慢して世話する苦労話、彼女を見に来る人たちを煙に巻くいたずらの話などをした。そして最後に、今彼女に激しく迫っている国際的な追っかけ屋の恋人のことを話した。

「恋人？」とフランクは思いがけない内緒話にいくらか驚いて言った。

「恋人――ええ――グレシャムさん。恋人がいてはおかしいですか？」

「ええ！――いえ――おかしくなんかありません。たぶん大勢いらっしゃるんでしょうね」

「誓ってたった三人か、四人よ。つまり、私が目をかけているのはほんの三、四人。そのほかの人は数える必要がないでしょう」

「ええ、それでも多すぎますね。とにかく、あなたの好みの方が三人はいるわけです、ミス・ダンスタブル」フランクはまるでその数字が心の平安を掻き乱すほど大きいと言わんばかりに溜息をついた。

「それじゃ少ないかしら？　けれど、もちろんときどき恋人の総入れ替えをしますのよ」彼女は悪気なくフランクにほほ笑みかけた。「いつも同じ人を抱えていたら、とても退屈でしょう」

「確かに退屈ですね」フランクは何と答えていいかまるっきりわからなかった。

「ここに一人か二人恋人を招待したいと頼んだら、伯爵夫人はいやな顔をなさると思いますか？」

「きっといやな顔をしますね」とフランクは事務的に答えた。「伯爵夫人はそんなことを認めませんし、ぼくも認めません」

「あなたが――まあ、あなたに何の関係がありますの？」

「大いにありますよ――大いにあるから、ぼくははっきり駄目って言うんです。しかし、ミス・ダンスタブル――」

「はい、グレシャムさん？」

「ぼくらはできるだけあなたの不足を補うように工夫します。もしあなたがそれを許してくだされば ね。それでぼくとしては――」

「ええ、あなたとしては」

この瞬間、伯爵夫人は練達の目をテーブルのまわりに輝かせた。フランクが攻撃準備を整えていたとき、ミス・ダンスタブルは椅子から立ちあがって、ほかの女性たちと一緒に応接間へ向かった。

伯母はすれ違うとき、扇で軽く彼の腕に触れた。とても軽く触れたのでほかの誰にも気づかれることはなかった。しかし、フランクはその意味をよく理解して、伝えられた賞賛に感謝した。が、同時にその欺瞞にただ赤面した。というのは、彼はミス・ダンスタブルとは決して結婚しないと、以前にもましてはっきり感じていたし、ミス・ダンスタブルも彼とは決して結婚しないだろうと等しく確信していたからだ。

ド・コーシー卿は在宅中でクラレット(2)を飲む席に居合わせたものの、その存在が場を陽気に盛りあげる役には立たなかった。しかし、若い男性たちは選挙戦に熱中していた。ニアザウインド氏は一方の当事者だったが、楽天的な希望に満ちていた。

「とにかく一つはいいことをしました」とフランクは言った。「あの聖歌隊員の票を確保したんです」

「何と！　バグリーかい？」とニアザウインド氏は言った。「あいつはずっと私を避けていた。会うこともできなかったんだ」

「その人には会っていません」とフランクは言った。「それでもその人の票は手に入れました」

「何と！　手紙でかい？」とモファット氏。

「いいえ、手紙じゃありません」フランクは主教と伯爵に目配せしながら、かなり小さい声で言った。「奥さんから約束を取りつけたんです。その人はちょっと奥さんの尻に敷かれているから」

「はっ、はっ、は！」と人のいい主教は笑った。フランクが声を小さくしていたのに、主教は交わされている会話を漏れ聞いていた。「我ら聖堂の市であなたたちが選挙戦をするやり方がこれですか？　はっ、はっ、は！」主教は女房の尻に敷かれている彼の聖歌隊員のことを考えると、とても愉快だった。

「はい、明確な約束を取りつけましたよ」フランクは誇らしげにそう言ったあと、軽率につけ加えた。「けれど、ぼくは家族の人たちにボンネットを注文しなくてはいけなかったんです」

「し――――っ！」とニアザウインド氏。彼は依頼人の友人に見られるこの軽率さにびっくり仰天した。「君の注文が何の効力も持たなかったと、バグリーの投票に何の影響も及ぼすことはなかったと確信しているよ」

「間違っていましたか？」とフランクは言った。「誓って合法的だと思っていましたが」

「選挙戦では何をしてもそれを認めてはいけないんですよね」とジョージは言い、ニアザウインド氏のほうを向いた。

「ほとんど認めてはいけません、ド・コーシーさん。実際、認めてはいけない――認めなければ認めないほどいい――んです。最近は禁止されていることとそうでないことを区別するのが難しいからね。ねえ、レディパームがいるでしょう、パブの主人、ブラウン・ベアの所有者ですよ。うん、もちろん私はそのパブに行く。彼が有権者ですから。もしバーチェスターの誰かが公爵の友人のため投票しなければと感じたら、そうすべきでしょう。そのパブの主人のところにいたとき、とても喉が渇いていたから、一杯のビールがほしくてたまらなかった。しかし、どうしても注文する勇気がなかったんです」

「それくらいしたっていいじゃないですか？」フランクはそう言ったとき、イギリスの地方の町で実践されている選挙の純粋性という偉大なる理念に今になって心を開かれつつあった。

「いえ、いえ、クローサースティルはある男に私を見張らせていたんですよ。つまり、私が町を歩けば、歩数さえ数えられていました。私としては激しい選挙戦が好きですが、これほど熾烈な戦いに入ったことはありません」

「それでも、ぼくはバグリーの票を手に入れた」とフランクは選挙戦における腕前の自慢に固執した。

「ボンネットのお金は誰が払うんだい、フランク？」ジョージが彼に囁いた。

「うん、モファットが払わないんなら、ぼくが払うよ。帳簿につけておこう。あの家族はいい手袋とか、小物をほしがっているようなんです」

「たいへんいい、疑いなく票は手に入りそうだ」とジョージ。

「閣下は国会開会後ロンドンに帰られると思いますが？」と主教は伯爵に聞いた。

「はい！　帰ります。ロンドンにいなければなりません。長く休養を取ることは許されません。非常に厄介なことですが、今さらそれを考えても遅すぎます」

「高い身分の人は、閣下、自分のことを考えることは許されなかったし、これからも許されません。自分のため松明を燃やしてはいけないのです」主教はそう言ったとき、高貴な相手の友人のことよりおそらく自分のことを中心に考えていた。「休養と安らぎは低い身分で満足している人々の快楽です」

「多分そうでしょうね」伯爵はそう言うと、有徳者のあきらめの様子を見せてクラレットを飲み終えた。「多分そうでしょう」しかし、伯爵はたいして厳しい犠牲を強いられたことはなかった。というのは、家庭内の休息と安らぎが特に彼の趣味に合う満足とは思わなかったからだ。このあとすぐ男性陣はみな女性陣のところへ合流した。

フランクがミス・ダンスタブルを相手に割り当てられた仕事を再会する機会はなかなか見出せなかった。彼女は主教やほかの人たちと会話していた。紅茶茶碗を彼女のところへ運んだとき、彼女の指を一本何とか強く握れたのを除くと、夕暮れ近くまでほとんど何の前進もはたすことができなかった。

フランクはやっとのことでほぼ二人だけになれるチャンスを見つけて、内緒事を打ち明けるような小声で彼女に話しかけることができた。

「伯母と何とか問題を解決することができましたか?」と彼。

「何のこと?」とミス・ダンスタブル。彼女の声は小さくもなければ、特別内緒事を言うようでもなかった。

「あなたが伯母にここに招待してほしかった三、四人の紳士のことです」

「ああ、つき添いの騎士たちのこと!　いいえ、ぜんぜん。卿夫人にお願いしても認めてもらえる見込みはほとんどないし、そのうえそういう紳士方はここには不足していないとあなたがおっしゃったから」

「はい、言いました。本当にそんな人たちは不要だと思います。もしあなたを守る人が必要なら――」

「たとえば、この来るべき選挙で」

「そういうときとか、別のときとか、ここにはあなたのため喜んで立ちあがる人がたくさんいます」

「たくさん!　たくさんはいりません。昔なら一本の立派な槍が常に普通の兵二十よりも価値があったわ」

「だけど三、四人って言いましたよ」

「ええ、でもあれは方便っておわかりよね、グレシャムさん、私はこれまでまだ一本の立派な槍を見つけたことがないのです――少なくとも私が抱く真の武勇にかなうほど立派な槍にはね」

フランクは今でも、いつでも彼女のため喜んで槍を構える用意があることを明言した。それ以外の選択肢がありえただろうか？　到着のまさにその夕べに伯母の客に求愛したと話したら、伯母はこけにされたと思って、彼に腹を立てることだろう。しかし、ここで今こんな立場に置かれたら、彼にはほかに選択肢はなかった。この女相続人をいずれ捨てるとの決意は非常に固いとしても、彼はここでは求婚以外に選びようがない立場にいた。彼の騎士道精神に関する限りそれがミス・ダンスタブルの奉仕に向けられるからといって、メアリー・ソーンでさえ彼を非難することはできなかったはずだ。もしメアリーがそばで見ていたら、彼が目に込めるあの献身の視線さえなければ、そう認めてもいいとおそらく思ったことだろう。

「あの、グレシャムさん、とてもご親切ね――本当にとてもご親切ね」とミス・ダンスタブルは言った。「誓って、もし真の騎士がほしいと思ったら、あなたを当てにするというのはいい考えですわ。ただあなたの勇気がとても高揚した種類のものですから、困っている美女のためにも、実際困っていない美女のためにも、あなたが喜んで戦いを挑むのではないかと心配しています。つまり、一人の乙女だけを守るためあなたの勇気を限定することはできそうもないのです」

「ええ、そうです！　だけど、その人が好きになれば、ぼくは限定すると思います」とフランクは言った。

「その点でぼくほど堅固な人間はいません――試してみますか、ミス・ダンスタブル」

「若い女性がそんなことをしたら、もしその試みが成功しないとき、時として引き返すのが手遅れになってしまいますわね、グレシャムさん」

「ええ、もちろんある程度の危険は常にありますよ。狩のようにね。危険がなければつまらないでしょう」

「でも、もしあなたがある日転んだとしても、翌日には名誉を取り返すことができます。けれど、哀れな娘の場合、愛していると言い寄る男をいったん信じて転んだら、挽回のチャンスなんかないのです。私としては、少なくとも七年の知り合いでなければ、男の言うことに耳は貸しません」

「七年！」フランクは七年もたったらミス・ダンスタブルはほとんどお婆さんになってしまうと考えずにはいられなかった。「人を知るには七日で充分です」

「あるいはおそらく七時間でね、え、グレシャムさん？」

「七時間――ええ、たまたまそのあいだずっと一緒にいられたら、おそらく七時間あれば」

「結局、一目惚れほどいいものはないわね、グレシャムさん？」

フランクは彼女からからかわれているとはっきりわかったから、仕返しをしてやりたいとの誘惑に抵抗できなかった。「一目惚れはきっとすごく楽しいと思います」と彼は言った。「だけど、ぼくとしてはまだ経験したことがないんです」

「はっ、はっ、は！」とミス・ダンスタブルは笑った。「誓って、グレシャムさん、驚くほどあなたが気に入りましたわ。あなたの半分でも好きになれる人に、こんなところで出会うなんて期待していませんでした。私に会いにロンドンに来てくださらない。そうしたら三人の騎士をあなたに紹介いたします」彼女はそう言うと立ち去って、もっと権勢のある人たちと会話を始めた。

ミス・ダンスタブルが彼に示した強い好意的な表現にもかかわらず、フランクはむしろ彼女から鼻であしらわれたと感じた。彼女から坊ちゃんと見られたのは明らかだった。フランクは確かに相手を中年女性と見なすことでそのしっぺい返しをしたが、それでも満足できなかった。「いつか彼女に失恋の痛みを与えるのもいいね」と彼は思った。「お金があるにもかかわらず見捨てられたと彼女があとでわかるのもいいな」それで、彼は部屋の遠く離れたところへ一人退いて、メアリー・ソーンのことを考え始めた。そうしていたとき、たまたまミス・ダンスタブルの固い巻き毛を目に留めて、ほとんど身震いした。

それから女性陣が退出した。伯母は集団の最後に部屋を出るとき、上機嫌な笑顔を浮かべつつ彼のところへやって来て、腕に手を置くと、大広間から続く誰もいない小部屋へ彼を連れ込んだ。

「よしよし、フランク坊ちゃん」と伯母は言った。「さっそく女相続人への工作を始めたようね。もうかなり強い印象を植えつけたようです」

「その点はよくわかりませんね、伯母さん」と彼は気の弱そうな顔つきで言った。

「いいえ、確かによくやりました。けれど、フランク、いい子ね、この種のことはあまり性急にしては駄目よ。もう少し時間をかけるようにしたほうがいいでしょう。もっとだいじに扱わないと。おそらく全体として、おわかり」

フランクはおそらく全体の方向を理解していたが、ド・コーシー卿夫人が理解していなかったのは明白だ。少なくとも、卿夫人は胸中をどう表現していいかわからなかった。もし卿夫人がはっきり口にすることができたら、おそらくこう言っていたことだろう。「あなたには確かにミス・ダンスタブルに言い寄ってほしいのです。けれど、あんなふうにおおっぴらに言い寄って、あなたを、それからあの方を、これ見よがしに晒し者にする必要はないでしょう」しかし、伯爵夫人は従順な甥を責めるつもりはなかったから、その思いを話さなかった。

「どういうこと?」フランクは伯母の顔を見あげた。

「もう少し時間をかけるようにしなさい――それだけです、いい子ね。ゆっくり確実に、わかるわね」それから伯爵夫人は再び彼の腕を軽く叩くと、寝床へ向かって行った。

「馬鹿な年寄り!」フランクは胸中そうつぶやくと、男性陣がまだ立っている大広間へ戻った。彼は次の点で正しかった。伯母は馬鹿な年寄りだ。もしそうでなかったら、甥とミス・ダンスタブルが夫婦になるチャンスはまったくないことがわかるだろう。

「さて、フランク」とジョン令息が言った。「もう女相続人の尻を追いかけているね」

「こいつはぼくらにチャンスを与えてくれないね」とジョージ令息は言った。「あんなふうに進めたら、彼女はひと月もしないうちにグレシャム夫人になっているな。とはいえ、フランク、君がバーチェスターで票を手に入れている方法を聞いたら、彼女は何て言うかな」

「グレシャムさんは確かに選挙運動がうまい、役に立つ人です」とニアザウインド氏が言った。「ただし彼の進め方は少々おおっぴらにやりすぎるんです」

「とにかくあの聖歌隊員の票は手に入れますから」とフランクは言った。「それに、ぼくがいなかったら、あの票は手に入らなかったはずですよ」

「ぼくは聖歌隊員の票なんかよりむしろミス・ダンスタブルの票のほうを重視するね」とジョージ令息は言った。「そっちのほうが本当に追求する価値のある関心事だから」

「しかし、ミス・ダンスタブルは」とモファット氏は言った。「本当にバーチェスターに土地を所有していないのかい?」哀れなやつ。彼はあまりにも選挙に熱中していたので、ひと時も愛の要求に捧げる時間がなかったのだ。

註

(1) スイス南部イタリアとのあいだにあるレポンティーネ・アルプスの峠。標高二千五メートル。

(2) ボルドー産の赤葡萄酒。

第十七章　選挙

さて、ついに重要な選挙の日が来て、ある人の心臓は早鐘を打った。イギリスの国会議員になるか、ならないかは、ある人にとってかなり重要な問題だった。野心家がこの栄誉を享受するため支払う大きな刑罰、たとえば、選挙のための多額の出費、長くて退屈な無給の労働、選挙事務所ですごすじれったい日々のことがしばしば多く語られている。しかし、それでもやはりご褒美は支払った代償に充分匹敵するもの、どんな代償にも見合うものだが、汚物と不名誉にまみれることだけは願いさげだ。

ヨーロッパの大国で、市民の野望にこんな制度を提供する国はほかにない。というのは、ヨーロッパのどの大国といえども、自由な国においてさえも、私たちの国にあるような真の主権と支配力をえた不文憲法を備えた国はないからだ。この国にはそれがある。ある人が国会議員になろうと一生懸命に努力するとき、国が提供する最高の賭け金で最高の勝負をすることができる。

銀のスプーンを口にくわえて生まれて来たある人々は、国会の議席を当然のことのように受け入れている。そういう人々は若いころからその議席に座り慣れており、座らないでいることがどういうことかほとんどわからない。議席の栄誉を当たり前のことのように見ているから、ほとんどそのよさを理解していない。普通、彼らは国会にいるということがどれほどすばらしいことか知ることはない。しかし、悲運が時々起こるから、それが起こると、彼らは国会から締め出されることがどれほど恐ろしいものか思い知る。

しかし、国会議員になろうと切望する人々や、一度幸運な目にあったあと、当選の保証もなく再度選挙戦を戦わなければならない人々にとって、来るべき選挙は恐ろしい関心事に違いない。長く話題にして来た好敵手が立候補を辞退して、前途が開けたとわかったら、まあ何と喜ばしいことか！　あるいは、短い選挙運動で多数派であることが明白になり、不運な、友のない好敵手に勝ち誇る喜びが担保されたとわかったら、何とすばらしいことか！

バーチェスターの選挙の朝、モファット氏の胸にこんな満足感はなかった。疲れを知らぬ彼の代理人、ニアザウインド氏ははっきりした勝利を保証してくれなかった。選挙が大接戦だということはあらゆる方面で認められていた。ニアザウインド氏はひどい逆風でも吹かない限り、こちらが勝つはずだと主張する程度のことしかできなかった。

ニアザウインド氏は世話する選挙をほかにいくつか抱えていたから、ミス・ダンスタブルの到着以来、コーシー城を離れていた。しかし、彼はできるだけ頻繁にバーチェスターに戻って来た。モファット氏は請求金額がどれほど跳ねあがるか考えると、とてつもなく不安になった。

両陣営とも自陣こそは法律遵守のもとで戦ったと甲乙つけ難く主張した。賄賂はあってはならなかった。賄賂！　いったい今日賄賂を供与する勇気のある人がいるだろうか？　純粋な票のため現金を渡し、もろにソブリン金貨で票を買おうなんて。そんな人はいない。清潔な選挙ということはあまねく行き渡っており、不正の糾明手段も承認されている。しかし、清潔さは現状よりももっと徹底する必要があった。饗応なんて、二百人の有権者を一日二十シリングで使者として雇い、別の四百人の有権者を訪問させるなんて、楽団に、選挙用の馬車に、支給したリボンにお金を払うなんて、あってはならなかった。イギリスの有権者はいやしくも投票する気なら、選んだ立候補者に抱く愛と尊敬に基づいて投票すべきだ。そういうふうに突き動かされないのなら、投票せずに、棄権すればいい。愛と尊敬による以外のいかなる勧誘もなされてはならない。

両陣営はそういうことを声高に――とても声高に――言っていた。しかし、それにもかかわらずモファット氏は選挙運動の初期から請求書について懸念を抱き始めていた。清潔な選挙という表向きの取り決めは好みにぴったり合うものと思っていた。というのは、モファット氏はお金が大好きだったからだ。彼は世のなかで偉大になり、貴族の仲間入りをしたいとの野心に突き動かされる一方、まさしくその野心に必然的に伴う大きな代価と胸中堪えず戦っていた。この前の選挙は安い勝利とは思わなかった。彼にはまったく理解できない目的のため、何だ彼だとお金をむしり取られた。最初に出た国会会期のなかごろ、ぶつぶつ文句を言いつつ選挙費用を完済したとき、口笛を吹いてすまし顔をしている現状がこの出費に値するものかどうか自問した。

彼はそれゆえこの問題をしっかり考えたら、これまで二年間住んでいた極楽の唯一の通行許可証がお金だとわかっていたはずだ。しかし、清潔な選挙を求める点で非常に几帳面だったから、おそらくこの問題を真剣に考えたことがなかったのだろう。というのは、選挙直前の運動期間中にパブが残らず開いており、住民の半分が酔っ払っているのを見たとき、彼はこの饗応禁止違反が敵陣営の側でのみ起こっているのか、その場合将来可能な請願を見込んで適切に指摘できないのか、ニアザウインド氏に聞いたことがあった。

するとニアザウインド氏は転げ回っている豚の少なくとも半分が彼の特別な友人たちであり、町のパブの主人の半分以上が彼の、モファットの、ための戦いに熱心に従事している、と誇らしげに請け合った。モファット氏はうなった。もしニアザウインド氏が彼の言うことを聞いてくれそうだったら、意義を唱えていたことだろう。しかし、この紳士ニアザウインドは立候補者によってというよりも、むしろド・コーシー卿によって奉仕を要請されていた。この紳士は立候補者のことはほとんど考えていなかった。請求書に支払いさえしてもらえれば、それで充分満足した。彼、ニアザウインド氏は自分が精通しているやり方で仕事をした。くだらない出費勘定についてモファット氏のような人から説教を受ける筋合いはなかった。

投票日の朝、立候補者は清潔でなければならないとの決意に確かに大きな変化が生じたように見える。朝早くから、楽隊の乱暴な音楽が普段静かな町のどの地域にも流れた。二輪荷車、一頭立て軽装二輪馬車、乗合馬車、一頭立て貸馬車、宿屋の中庭のどこかから引っ張り出された古い馬車、何とか使えそうなあらゆる種類の乗り物が動員された。もし候補者が馬代や御者代を払わなかったら、投票者は投票所へ行くかどうかわからなかった。バーチェスター市の選挙区は市の四方数マイルにわたって広がっており、乗合馬車や一頭立て貸馬車にはいい仕事になった。パブではほしがる人みなにビールが無条件で振る舞われた。ラムとブランデーはバーのなかの選ばれた集団にほとんど同じ気前のよさで施された。リボンに関していえば、緋色と黄色のリボンに関する限り、服地屋は品物を切らしてしまったようだ。サー・ロジャー側は緋色だが、モファット氏の仲間は黄色で飾られていた。見るものを見れば、清潔な選挙の協定違反はなかったかとモファット氏が聞いたのも納得できる！

この選挙のとき、イギリスは全精力をあげて戦争へ行くべきか、あるいは無駄と悟って交渉をやめ、できるだけ外国の紛争に首を突っ込まないようにすべきか、という大問題を問うていた(1)。サー・ロジャーは後者の意見を主張した。彼の標語はもちろん海外の平和と国内の安寧を主張した。「海外の平和と家庭の大きなパン」この標語が四本か、五本の大きな緋色の旗に書かれて、人々の頭上で振られつつ運ばれた。しかし、モファット氏はすでに参戦に傾いていた政府の強固な支持者であり、それゆえ「イギリスの名誉」という標語を選挙戦のため選んでいた。しかしながら、イギリスの名誉が何か特別な意味でモファット氏に適切だと思ったり、サー・ロジャーが晴れて立法府の一員になれたら、現状よりも大きなパンが手にはいると思ったり、そんなことを考えるほど愚かな住人――有権者は言うまでもない――がバーチェスターにいるかどうか疑わしかった。

言葉では伝えるべきものが伝えられないとわかったので、次に美術に目が向けられた。哀れなサー・ロジャーは酒瓶で失敗することがよく知られていた。また、爵位をえた今も、若いころ使っていた荒っぽい喋り方を捨て切れていないことが知られていた。それゆえ、様々な壁にへたな大きな絵が描かれた。むくんだニキビ面の人夫がスコップに寄りかかり、片手にボトルを持って、線路の盛り土の上に立っている。人夫は仲間を酒に誘う。「さあ、ジャック、ちょっと生で一杯いこうか?」そういう台詞が人夫の口から吹き出しで書かれていた。落書きの下には大きな文字があった。

いちばん新しい準男爵

しかし、モファット氏はこれよりましなかたちでは切り抜けられなかった。彼の父が金を稼いだ商売が相手の鉄道工事請負人と同じくらいによく知られていた。考えられる限りの仕立屋の象徴が市の壁や板囲いに活き活きと描かれた。彼はアイロン、ハサミ、針、巻き尺を持っており、測ったり、切ったり、縫ったり、アイロンをかけたり、服地をうちに持ち帰ったり、小さな請求書を差し出したりと、いろいろな顔を見せていた。これらの落書きの下には「イギリスの名誉」という標語が必ず書き込まれていた。

こういうのがバーチェスターの人々の心地よい、ちょっとした楽しみであり、国会での奉仕という名誉を切望する二人の候補者を扱うやり方だった。

投票はきびきびと陽気に行われた。九百人以上の有権者が登録されていたが、その大部分がその日早くに投票を済ませていた。サー・ロジャーの後援会によると、二時の投票結果は次のようになっていた。

スキャッチャード…………………二七五
モファット…………………………二六八

ところが、モファット側の人々の見方によると、それぞれちょっと違った配分になっていて、次のようになっていた。

モファット…………………………二七七
スキャッチャード…………………二六九

当然この接戦は興奮を高め、成り行きがさらに喜びを加えた。二時半にはモファット氏が優位であることを両陣営とも認めた。モファット陣営は十二票差を主張し、スキャッチャード陣営は一票差を許していると言った。しかし、鉄道に利害関係を持つ誠実で立派な人々が、コーシー城から送り出された荒くれ者の選挙妨害にもかかわらず三時までに投票所にやって来て、サー・ロジャー自身が指摘したように、再び十か十二の差で彼が先行した。

投票日当日の早朝にあったちょっとした取引について記録しておく必要があるだろう。バーチェスターに誠実なパブの主人がいた。世のパブの主人としては誠実なほうで、その人は投票権を持つだけでなく、投票権を持つ息子にも恵まれていた。レディパームという名の人で、イギリスの参政権の価値を充分理解するようになるずっと前は、公言した自由党員であり、ロジャー・スキャッチャードの昔の友人だった。最近は礼儀正しい行動によって政治的な感情を抑えており、若いころはむき出しにしていた愚かな熱情のゆえに自分を見失うことはなかった。しかし、選挙というこの特別な時にとても理解し難い行動を取ったので、彼をいちばんよく知る人たちさえしばらく当惑した。

彼のパブは明らかにサー・ロジャーの陣営で営業していた。とにかくビールはほかのパブと同じようにふんだんに提供され、緋色のリボンをつけた人々がおそらくふらふらした状態で入ってくると、前よりもっとふらふらしながら出て行った。レディパーム氏はクローサースティルから智力の限りの勧誘を受けたけれど、誘惑者の声に耳をふさいだままだった。レディパーム氏は投票の意思がないと最初は言い――政治向きのことは捨てたと、こういうことで二度と煩わされたくないと言った。それから彼はオムニアム公爵に対する強い愛着の話をした。公爵の祖父のもとで彼の祖父は育ったのだ。レディパーム氏によると、ニアザウインド氏が現れて、公爵の候補者に反対票を投じるのはひどい忘恩行為だとはっきり述べたという。

クローサースティル氏はこれをみな了解したうえで、ビールを飲む連中をさらにたくさん送り込んだ。彼はイギリスのブランデーを三ガロン(2)注文して、それをフランスの最高級ブランデーの値で支払う――この秘密を守るため最大限の注意を払った――ことさえした。しかし、それにもかかわらず、レディパーム氏は充分なことをしてもらったと思うような素振りを見せなかった。選挙日の前夜、彼はどうするかずいぶん考えた結果、良心に従ってモファット氏に投票せざるをえないと思うとクローサースティル氏の腹心に伝えた。

クローサースティル氏が学識のある友人、法廷弁護士のローマー氏を同行していたことはすでに述べた。この弁護士はサー・ロジャーに強い関心を抱いていた心底からの自由党員であり、精力的に選挙戦を支援していた。ローマー氏はこのまじめなパブの主人の件がどうなっているか聞くと、こういう繊細なためらいを特に処理することができると感じたから、当面この件を調べることを引き受けた。それゆえ、選挙当日の早朝彼はブラウン・ベアの看板が吊してある十字路へぶらぶら歩いて行って、予想通りレディパーム氏がドアの近くにいるのを見つけた。

今賄賂行為なんかありえないことは当然のこととして了解されていた。ローマー氏くらいこれをよく知っている人はいなかった。実際、彼はそういう行為の根絶を確信する多くの文書を刊行していた。正当に評価すると、彼はこの確信と一致した振る舞いをするようにかなり気をつけていた。当事者みなの共通の目的は、投票そのものの価値を高めるということであり、それには賄賂があってはならなかった。ローマー氏は自分が違法行為とは無縁な存在だと繰り返し述べた。しかし、万事が法にのっとっている限り、サー・ロジャーを支援するため喜んで最善の努力をする用意があるとも述べた。彼がいかにサー・ロジャーを支援しつつ法に忠実だったか、見てみることにしよう。

ああ、ローマーさん！　ローマーさん！　「不正はいやだといいながら、不正を犯してでも勝ちを占めたい(3)」というのがあなたのやり方ではないのか？　選挙でも、ほかの仕事でも同じで、ローマーさん、ピッチに触りながら汚れない人なんかいないのだ。たとえあなたは無実でも、恐ろしい代価にすぐ気づくことになるだろう。

「ねえ、レディパームさん」とローマー氏は相手と握手しながら言った。ローマー氏はニアザウインド氏ほど慎重ではなかったので、熊の番人の心を和らげるため、ブラウン・ベアですでに何杯もエールを飲んでいた。「今日はどうなりますかね？　どっちが勝ちそうですか？」

「ローマーさん、もしそれを知っている人がいるとしたら、あなたこそその人に違いありません。私のような哀れな馬鹿者にはそういうことは何一つわかりません。どうしてわかるでしょうか？　私が当てにしていることといったら、ローマーさん、時々酒をちょっと売ることくらい――売って、稼ぐ、わかりますか、ローマーさん」

「ええ、それはだいじなことです、間違いなくね。しかし、いいですか、レディパームさん、あなたのようなサー・ロジャーの古い友人、彼が親友の一人として話す人がどうして彼への一票を躊躇なさるのか私にはわかりません。まあ、ほかの人なら、投票したら金をくれと言うところですがね」

「おや、ローマーさん！――おや――おや――おや！」

「あなたがそういう人ではないことはわかっていますよ。たとえお金が有効としても、あなたにお金を提供するなんて侮辱に当たります。私はこんなことを言うべきではありませんが、当方にとっても相手方にとっても、お金が有効でないとすれば、害になることはありませんから」

「ローマーさん、そんなことを聞くと、傷つきますね。私はイギリスの参政権の価値をよく知っていますから、それを売り渡したいとは思いません。そこまで品位を落とすつもりはありませんよ。ええ、ありません。古きよき時代には――それもそんなに昔のことではないんですが――一票が二十五ポンドだったこともありますね」

「あなたが品位を落とすつもりのないことはわかっていますよ、レディパームさん。わかっています。しかし、あなたのように誠実な人は古い友人に忠実でなければなりません。さあ、教えてください」彼はレディパームと腕を組んで、パブの廊下を一緒に歩いた。「さあ、教えてください――何か不都合なことがあるんですか？　友人同士じゃないですか。何か具合の悪いことでもあるんですか？」

「大金を積まれても、私は票を売るつもりはありません」とレディパームは言った。大金が彼の票を買うために提示されることはないとおそらくわかっていた。

「票を売らないのはわかっていますよ」とローマー氏。

「しかし」とレディパームは言った。「小額の請求書であろうと支払いはしてほしいもんです」

「当然です、当然」と法廷弁護士。

「二年前のことなんですが、あなたのところのクローサースティルさんが友人を立候補させるためここに連れて来たんです――そのときはサー・ロジャーではなかった――。しかし、彼が友人を連れて来て、彼らの陣営にエールを二か、三ホグズヘッド(4)ほど出したんです。それから、私の請求書に疑いがもたれて、支払いは半分しかなされなかったので、私はもはや選挙なんかにかかわるまいと決めました。二度とかかわりません、ローマーさん――私と家族がその庇護のもとでいつも立派に生きてきた貴族に穏やかな票を与える以外にはね」

「なるほど！」とローマー氏。

「請求書には支払いをしてほしいもんですよ、ローマーさん」

ローマー氏は普通の生身のパブの主人にはこれが自然の感情だと認めざるをえなかった。

「小額の請求書だろうと支払いがないのは意に染まないもんです。特に選挙の時にはね」とレディパーム氏が再度主張した。

ローマー氏には考える時間があまりなかった。しかし、選挙の状況がきわめて拮抗しており、レディパーム氏とその息子の票に貴重な価値があることはよくわかっていた。

「請求書だけの問題なら」とローマー氏は言った。「その支払いをさせましょう。クローサースティルに話してみます」

「わかったよ！」レディパームはそう言いながら、若い法廷弁護士の手を取り、温かい握手をした。「わかった！」その日の午後遅く、一票、二票がとても重大な問題になっていたとき、レディパームとその息子が選挙会場に現れて、彼らの古い友人、サー・ロジャーのため大胆に票を投じた。

その日バーチェスターでは大量の雄弁が聞かれた。サー・ロジャーはこのころまでにかなり病状を回復してきて、朝の八時から日没近くまで選挙運動をしたり、有権者に演説をしたりして、とてつもない重労働に堪え抜くことができた。まさに完全回復だと、たいていの人は言う！　そうだ、彼が抱えているような病気から永続的に回復できるかどうかは疑わしいかもしれないが、精神的、肉体的両方の能力を一時に使うという点に関しては完全な回復だった。この選挙運動をやり遂げるため、彼がどれほどの量のブランデーを消費したか、その興奮がどれほど潜在的悪影響を彼の体に及ぼしたか、――これらの点については出来事の歴史のなかに何の記録も残されていない。

サー・ロジャーは荒々しい型の雄弁を駆使したにもかかわらず、それでもおそらくその演説が向けられた人たちには効き目があった。バーチェスターの貴族階級はおもに高位聖職者、すなわち主教、聖堂参事会長、名誉参事会員などの人物からなっていた。そういう人たちやそれに属する人々にサー・ロジャーの言うことが効果を持つとは考えられなかった。そういう人々は投票を棄権するか、ド・コーシーの候補者を閉め出す目的で鉄道の英雄に投票するか、そのどちらかだった。それから商店主らがいた。彼らもまた強情な階層で、選挙の雄弁なんかに影響されることはないと見られ、一般にモファット氏を支持した。しかし、それより下層の投票者、すなわち年十ポンドを払った自由土地保有者やそれに類する連中(5)がおり、このころにはもう彼らにも意見を述べる権利が与えられていた。そして、この連中に対してはサー・ロジャーが雄弁の才能によって影響力を行使できると考えられていた。

「さて、紳士のみなさん。教えてほしい？」サー・ロジャーは選挙事務所が置かれた有名な宿屋、「ウォントリーのドラゴン」の玄関を飾る柱廊からいちばん大きな声で吠えた。「モファットとは誰だ？　そいつはおれたちに何をしてくれたんだ？　今週町に看板絵書きがいたが、連中が何者か誰も知らない。おれも知らない。だが、これら賢い連中はおれが誰で、おれが何をしたか知っている。おれを描く描き方は気に入らないが、それにはちゃんとしたものがあって、おれは恥とは思わない。これを見ろ」彼は自分を描いた一枚の大きな絵を片側に掲げた。「説明するまでちょっと持っていてくれ」彼は友人の一人に絵を手渡した。「これがおれだ」とサー・ロジャーはステッキをあげて、ニキビだらけの鼻をした彼の絵を指した。

「フレー！　フレー！　あんたにもっと力を――わしらはあんたが誰か知っている、ロジャー。あんたがその絵の人だ！　この前酔っ払ったのはいつだい？」そういう励ましやら、群衆から投げつけられたものやら――彼はそれを器用にステッキでかわした――が演説の導入部で彼が受け取った回答だった。

「そうだ」彼はもう少しで当たりそうになったこの小さな飛び道具に動揺することなく言った。「これがおれだ。ここを見ろ。この茶色い、汚い、広い線は線路を表している。おれが手に持っているのは――右手じゃない、右手についてはあとで言う――」

「ブランデーはどうかね、ロジャー？」

「それもあとで言う。いずれはブランデーについても言うよ。だが、おれが左手に持っているのはスコップだ。さて、おれはスコップを使わなかったし、使えなかった。だが、みなさん、たがねと木づちは使った。何百もの石の塊がこの手から滑らかになって出てきた」サー・ロジャーは大きな広い手のひらを広げて掲げた。

「そうだ、ロジャー、わしらはよく覚えている」

「だが、そのスコップの意味はおれがこの線路を造ったことを表すんだ。おれのこの絵を掲げてくれたことで、今向こうの『ホワイト・ホース』にいる紳士らにとても感謝している。真実を表す絵であり、おれが誰かを伝えてくれる。おれがその線路を造った。何千マイルもの線路を造ったし、今も何千マイルもの線路を造っている――ヨーロッパでも、アジアでも、アメリカでも造っている。真実を表す絵だ」彼はステッキを絵に突き刺すと、群衆に掲げた。「真実を表す絵なんだ。もしこのスコップとこの線路がなかったら、おれは今ここであんたたちに票を求めてはいないだろう。次の二月が来ても、あんたらの代表としてウエストミンスターに座ってはいないだろう。神のご加護をえて、おれは確かに座っているだろう。この絵はおれが誰かを語ってくれる。だが、さてモファット氏とは何者か教えてくれないか?」

「ブランデーはどうなったんだ、ロジャー?」

「ああ、そうだ、ブランデー! そのことと吹き出しになって口から出ている台詞のことを忘れていた――今おれが話している話より短い、もっといい台詞だな。ほら、右手に持っているのがブランデーの瓶だ。いいかい、みんな、おれはこの絵を少しも恥じていない。男が仕事をする限り――スコップがそれを表している――、慰めになるものに頼るのは正当なことだ。おれはいつも働くことができるが、おれほど一生懸命働く人はめったにいない。おれはいつも働くことができるが、おれにもっと働けと言える人なんかいない。一緒に働く人たちからおれ以上に働くことを期待したことはない」

「そりゃあ期待してはいけないよ、ロジャー。ちょっと一口やったほうがいいな、ロジャー? 胃が熱くなるからね、え、ロジャー?」

「それから、『さあ、ジャック、ちょっと生で一杯いこうか?』という吹き出しのことだが、いいかい、これもなかなかいい台詞だ。おれは酒を飲むとき、誰か友と一緒に飲みたい。その友がどれほど低い身分だろうと気にしない」

「フレー！　あんたにもっと力を。それも本当のことだ、ロジャー。口笛が吹きやすいように酒があんたの唇から切れませんように」

「おれがいちばん新しい準男爵だと連中は言っている。うん、これも恥じていない、少しもな。モファット氏はいつ準男爵になるんだろうかな？　おれが準男爵であることを鼻にかけているなんて、それは誰にも言わせない。おれはうぬ惚れたことは一度もないし、おれの奥さんもそれはない。お偉方連中がおれを準男爵にしたいと思ったからといって、おれが恥ずかしがる理由はない」

「もう恥ずかしがらなくていいよ、ロジャー。やり方を教えてくれたら、みな準男爵信奉派になるから」

「だが今、この一枚の絵を片づけたからには、モファット氏が誰なのかをあんたらに聞きたい。この人についてもたくさん絵が書かれている。いったいこの絵がどこから出てきたか誰も知らない。サー・エドウィン・ランシア[6]なら間抜けをこんなふうに描いたに違いない。この絵もいやというほど生き写しだ。見てくれ。ほらここにある。誓って、これを描いた人はこういう絵で財をなしたはずだ。やつは大きなハサミを一つ持っており、自分を『イギリスの名誉』と呼んでいる。いったいイギリスの名誉が仕立屋業と何の関係があるか、おれにはわからん。おそらくモファット氏にはわかるのだろう。だが、いいかい、友人たち、おれは仕立屋業をけなすつもりなんか金輪際ない。あんたらのなかにもおそらく仕立屋がいるだろう」

「ああ、わしらはそうだ」群衆のなかからわずかにきしむようなキーキー声が聞こえた。

「立派な仕事だ。バーチェスターのことを知り始めたとき、商売ではどの石工にも勝る仕立屋がここにいた。おれは仕立屋の悪口は言わん。だが、仕立屋のほかに何かがなければ、ただの仕立屋では充分じゃない。ただの仕立屋というだけで一人を国会に送るほどあんたらは仕立屋が好きじゃないはずだ」

「わしらに仕立屋はいらん。そうだ、盗み布なんてまっぴらだ。ブランデーを一杯いこう、ロジャー、あんたはもう切れている」

「いや、まだ大丈夫。酒が切れる前にモファット氏についてもっと言うことがある。あんたらの前に立って議会に送り込んでくれるように頼む資格をえるため、いったいやつが何をしたというのか？　いいかい、やつが仕立屋であってくれたらと願うのだが、仕立屋でさえない。自分の食い扶持を稼ぐ方法を知っている人にはだいたいどこかにいいところがある。だが、やつは仕立屋じゃない。イギリスの名誉を繕うため針を入れることとさえできない。やつの父は仕立屋だった。あんたらの好意を要求できるような人だ、いいかい、だが、バーチェスターの仕立屋じゃなく、ロンドンの仕立屋だったんだ。さて、問題はロンドンの仕立屋の息子をあんたらは代表として国会に送り出したいのか?ということなんだ」

「いや、わしらは出したくない、出すつもりもない」

「おれなら考えることすらないな。あんたらは一度やつを支持した。やつはあんたらに何をしてくれたのか？　下院であんたらのためたくさん発言してくれたのか？　いや、やつはあまりにもだんまり犬なので、骨のためにさえ吠えることができない。あちらの『ホワイト・ホース』では、やつが演説しようとして口ごもったり、ぶつぶつ言ったりするらしいが、それを耳にするのはかなり苦痛だと聞いている。やつは市の人間じゃない。市のためには何もしなかった。じゃあ、いったいやつはなぜここに来たのか？　教えてやろう。ド・コーシー伯爵から連れて来られたんだ。やつはド・コーシー伯爵の姪と結婚するつもりでいる。というのは、やつ――この仕立屋の息子――がとても金持ちだという噂があるからだ。ただし、やつがあまり金を使いたがらないという話もある。やつはド・コーシー卿の姪と結婚するつもりなんだ。ド・コーシー卿がこの甥を国会に入れたがっている。ほらね、ここバーチェスターの人々にモファット氏が要求しているのはそういうことなんだ。やつはド・コーシー卿から指名された人だ。ド・コーシー卿と手も、足も、心も、魂も結びついていると感じる人はやつに投票したほうがいい。そういう人におれは許可を与える。やつを国会に送り出したいと思う連中がバーチェスターに大勢いるとするなら、おれが生まれた市は若いころとはずいぶん変わってしまったものだ」

サー・ロジャーはこういうふうに演説を終えると、うちに引っ込んで、いつものやり方で元気を回復した。「ウォントリーのドラゴン」でなされた雄弁の洪水はそんなものだった。一方「ホワイト・ホース」では、ド・コーシーの利害にかかわる友人たちがおそらくもっと穏健な政治的な見方に賛成するように勧誘されていた。それはサー・ロジャーの演説ほど時々明瞭でも、流暢でもなかった。

モファット氏は若い男で、国会議員として演説という能力の点でどの程度まで熟達していたかわからないけれど、これまでのところたいして腕をあげているようには見えなかった。しかし、演説の能力不足を勉強で補おうと努力し、自室で孤独のうちにかなりの熱弁を準備して、この四日間毎日バーチェスターに通った。三日間事態がかなり順調に推移していたから、練習不足という彼自身の支障以外にほとんど問題なく、選挙参謀から練りに練った雄弁を試してもいいとの許可をえた。しかし、この日ばかりはバーチェスターの荒くれたちはそんなに愛想がよくなかった。演説を始めたとき、モファット氏は味方ではなく、むしろ敵に取り囲まれているように感じたので、事態をもっとうまく取り仕切ってくれなかったニアザウインド氏を胸中ひどく責めた。

「バーチェスターのみなさん」と彼は話を始めた。ときどき異様に大きい声になったが、四番目か五番目の言葉ごとに力不足から小声になり、生来の弱々しい口調に落ち込んだ。「バーチェスターのみなさん――有権者の方も、非有権者の方も――」

「わしらはみな有権者だ。みんなね、ちびの若いの」

「有権者の方も、非有権者の方も、私は今あなた方の一票をお願いしています。これが初めてではありませんが――」

「うん！　わしらは一回試して見た。あんたがどういう人間かわかったよ。先を続けてくれ、チョッキンさん。連中があんたを引きずり降ろしちゃいけないから」

「私はこの二年間国会であなた方を代表させていただく名誉をえました。そして――」

「そして、わしらにずいぶんたくさんのことをしてくれたね？」

「あんたは仕立屋から何が期待できるっていうんだい？　気にするなよ、チョッキンさん――先を続けてくれ。連中の誰かがあんたを降ろしちゃいけないから。男らしく――仕立屋らしく――針と蝋(7)を放すなよ。少し早く話してくれ、チョッキンさん」

「私はこの二年間――ええと――ええと――」ここでモファット氏はちょっと支えを求めて味方のほうを振り返った。すぐ後ろに立っていたジョージ令息は猛烈に走り抜けて来たんだと口添えした。

「ええと――猛烈に走り抜けて来ました」モファット氏はいちばん重々しい顔つきを作りながら、すっかり混乱して口添えされた言葉を繰り返した。

「フレー！――あんたは走り抜けた――本当に信頼できる人だ。よくやった、チョッキンさん――糸と蝋をしっかり持ってどんどん話の先を続けてくれ！」

「私は完璧に歩む改革者です」とモファット氏は続けた。友人が耳に囁いた適切な言葉のおかげでいくぶんか自信を取り戻した。「完璧に歩む改革者――完璧に歩む改革者――」

「先を続けてくれ、チョッキンさん。それがどういうことかわしらはよく知っている」

「完璧に歩む改革者――」

「歩みなんか気にしなくていいんだ、おい。だが、続けてくれ。何か新しいことを話してくれ。わしらはみんな改革者さ」

哀れなモファット氏は少し面食らった。この紳士らに何か新しいことを言うのはそう簡単ではなかったから、困りはてた。それで、さらにいい口添えはないかと尊敬すべき支持者らを振り返った。「やつらの娘のことについて何か言えよ」とジョージが囁いた。ジョージの雄弁が向かう方向はだいたいそっちの方向だった。もし彼が時流について一言二言言うようにモファット氏に忠告していたら、そのほうがもっと目的にかなっていただろう。

「紳士方」と彼はまた始めた。「あなた方はみな私が完璧に歩む改革者だと知っています――」

「ふん！　おまえの改革なんてくそ食らえだ。こいつはだんまり犬さ。間抜けに戻れよ、チョッキン野郎。おまえにこの仕事は向いていない。コーシー城に帰って、そこを改革しろ」

モファット氏はこの冗談に深く傷つき、当惑した。そのとき、卵が――新鮮なものとは思えない卵が――寸分の狂いもない正確さで投げつけられて、たくさんひだのあるワイシャツの開いたところに命中したから、彼はものも言えないほど深い絶望に襲われてしまった。

卵は適切に用いられるなら、喜ばしい支持の手段にもなるが、今描かれたような状況で投げつけられたら、弁舌を振るう人を元気づけたり、忍耐力を鼓舞したりすることは考えられない。このような抗議によってさえ弁舌が止まらない、そういう人がいるのは確かだ。しかし、モファット氏はそういう人ではなかった。いやらしい液体が少しずつベストの下を流れるにつれて、彼の言葉――舌から流れる蜂蜜よりも甘い言葉――が有権者から票を引き出す力を失うのを感じた。腐った卵が服のなかで乾いてがさがさしたとき、自信も萎え、力も失せ、機知もはて、上機嫌でもいられなかった。それゆえ、彼は撤退を余儀なくされ、立っていた窓辺から当惑した悲しい様子で引っ込んだ。

ジョージ令息やニアザウインド氏やフランクが再度その場に彼を立たせようとしても無駄だった。彼は負けてしまった懸賞金目当てのボクサーのようだった。勇気はすでに失せてしまい、立つとしても、ただ殴り倒されるため立つようなものだった。モファット氏はすねてもいたから、窓辺へ行くように強く迫られたとき、バーチェスターとその住民はくそったれだと言った。「まあ、確かに」とニアザウインド氏が言った。「あれでも投票には何の影響もないだろう」

しかし、事実、モファット氏が演説しようと、すまいと、たいして重要な影響はなかった。四時が投票所の閉まる時間で、もうすぐ四時になろうとしていた。三時半ごろ、ニアザウインド氏から送り込まれた信頼できる使者は、モファット氏がバーチェスターに議席をえるためには偶然の決定権がブラウン・ベアにあることを証明して、レディパーム氏に猛烈な説得活動を行った。もちろん賄賂が提供されたり、ほのめかされたりすることはなかった。バーチェスターの清潔な選挙がその日賄賂みたいな災いに汚されることはなかった。しかし、使者とパブの主人は公的な方面で立派なことをするように取り決めることはありえた。次の二月にモファット氏がバーチェスター選出議員として席をえるということになれば、たとえば巨大な蛇口を開けるとか、百万人のためにビールを出すとか、そういうことをしてもらうのにレディパーム氏くらいふさわしい人はいなかった。

しかし、レディパーム氏は欲のない人だった。少額の請求書がきちんと支払われる——これ以上に野心が舞いあがることはなかった。パブの主人が請求書通りの金額に対してどれほど熱い思いを抱いていたか知るとおもしろい。あなたは総額五ポンドか六ポンドのきちんとした請求書を受け取ったとき、項目の一つについて苦情を言う。寝室の暖炉に火が入っていなかったとか、二杯目のブランデーの水割りは注文していなかったとかだ。あなたは数シリングをけちりたい。そのため主人がホスト役としてこの取引全体に込めた喜びをみな破壊する。ねえ、友よ、飲んでいなくても、ブランデーの水割りの代金は払ってください。暖炉の火が暖かくなかったとしても、それを黙認してください。なぜそんなささいなことで善良な主人にみじめな思いをさせたりするのですか？

過去の選挙の請求書が四の五の言わずに支払われることが明瞭にレディパームに通知された。それで、バーチェスター市長は五時に選挙結果として次の数字を公表した。

スキャッチャード…………三七八
モファット………………三七六

レディパーム氏の二票が雌雄を決した。ニアザウインド氏はすぐロンドンへ上京した。コーシー城のその夜のディナー・パーティーは不愉快な食事になった。

しかしながら、黄色の選挙事務所は「ホワイト・ホース」で運動を終わらせる前に次のことを決めていた。請願が必要だと。ニアザウインド氏は眠ってなんかいなかった。レディパーム氏の気持ちがなだめられた方法についてすでに何かを察知していた。

註

（1）クリミア戦争（1853-56）のことを指している。イギリスとフランスは一八五四年三月にロシアに宣戦布告した。

しかし、ラグラン将軍によって指揮された軍は九月中旬までクリミアには到着しなかった。トロロープはこの小説を一八五四年に設定し、この時点が夏だと言っている。すでに宣戦布告は終わっているから、おそらくセバストポリを攻撃するよう六月にラグランに与えた命令を問題にしているのだろう。

(2) 液量単位の一英ガロンは約四．五リットル。

(3) 『マクベス』第一幕、第五場。

(4) ビールの液量単位で一ホグズヘッドは五十四英ガロン、二四五．四リットル。

(5) 自由土地保有者とは単純不動産権(fee simple)、限嗣不動産権(fee tail)、または生涯不動産権(estate for life)によって土地を保有する者のこと。一八三二年の選挙法改正案によって参政権は年十ポンドを払った謄本保有権者(荘園裁判所の記録の謄本によって権原が立証された土地保有者)と借地権保有者を含めるまで拡大された。これによって中流階級に票を与え、有権者を約四十七万八千人から八十一万四千人まで増やした。

(6) イギリスの画家・彫刻家(1802-73)。動物の絵でよく知られ、トラファルガー広場の四頭のライオン像を制作した。

(7) 糸を滑りやすくするため仕立屋が用いた。

第十八章　恋の競争相手たち

フランクとミス・ダンスタブルは仲よくなり、親しく交際した。おそらく色恋というのではないけれど、親しくつき合った。二人は絶えず城内の誰にも理解できない冗談を言い合った。二人がそんなふうに理解し合っているという事実は、伯爵夫人が望んだ愛の成就を促進するというよりむしろ邪魔していた。人は愛し合っているとき、あるいは愛し合っている振りをするとき、普通大声で笑って愛情を表現することはない。男が前もって少しの絶望も感じることなく、二十万ポンドの女を人妻にするという例はめったに起こらない。今フランク・グレシャムにいささかも絶望はなかった。

ド・コーシー卿夫人は彼女が置かれた限られた世界内のことは完全に理解していたから、事態が望み通り進んでいないことを見て取って、フランクに多くの助言を繰り返し与えた。卿夫人はフランクが彼女の最初の指示に従うためできる限りのことをしていると想像していたから、いっそう熱心に助言した。甥はミス・ダンスタブルの巻き毛を馬鹿にすることも、彼女の大声を非難することも、醜さを嫌うことも、年齢を気にすることもなかった。説得に従順に応じる若い甥にはさらに援助する価値があった。それでド・コーシー卿夫人は力添えのためできる限りのことをした。

「フランク、いい子ね」と卿夫人は言った。「あなたは大きな声を出しすぎると思うの。私がどうだというのではないのよ。私は気にしていません。けれど、あなたがもう少し小声で話すなら、ミス・ダンスタブルはそれのほうが望ましいと思うでしょう」

「そうでしょうか、伯母さん?」フランクは伯爵夫人の顔を見あげて控えめに言った。「彼女はむしろ楽しいことや騒々しいこと、そういうのが好きなんだと思います。彼女自身が静かにしている女性でないことはご存知ですね」

「ええ!――けれど、フランク、そういった類のことは脇に置かなければならないときがあるのよ、わかるでしょう。あなたの言う楽しいことはそれなりにいいことですよ。私ほど楽しいことが好きな人はいませんから。けれど、それは賛美を表す方法ではありません。若い女性は褒められることが好きなのです。ですから、もしあなたがミス・ダンスタブルともう少し色恋にふさわしいやり方をすれば、きっといい結果が出ると思うの!」

そんなふうに経験豊かな鳥は幼鳥に空の飛び方を教えた。自然そのものが飛び方を余すところなく教えてくれるからそんな必要はなかった。母性的な雌ガモが水の危険を大きい声で警告しなくても、子ガモは水に自然に慣れて泳ぎ始める。

それからまもなくして、ド・コーシー卿夫人は若い二人の件で不満を感じ始めた。ミス・ダンスタブルがひょっとして時々卿夫人を馬鹿にして笑っているのではないかとふと思った。フランクもミス・ダンスタブルと一緒にその笑いに加わっているように思えるときが一度か、二度あった。事実はどうかというと、ミス・ダンスタブルは楽しいことが好きというだけだった。二十万ポンドのお金が若い女性に与えるあらゆる特権を身に着けていたから、彼女は笑う相手が誰だろうとたいして気にしなかった。この若い女性は当人に絡んで練られたド・コーシー卿夫人の計画をかなり正確に推測することができた。しかし、フランクが伯母の計画を推進する意図を持っているとは考えても見なかった。それゆえ、公爵夫人に復讐しようというような悪意はまったく抱いていなかった。

「伯母様は何てあなた思いなのかしら！」と、雨の朝家のなかを歩いていたとき、フランクはこの若い女性から話しかけられた。彼があるときは、この女性と一緒に笑ったり、ふざけ合ったり、――あるときは、モファット氏のことで妹をからかったり、――あるときは、礼儀を失するほどいとこの女性たちを悩ませたりした次の日のことだった。

「ええ、本当に！」とフランクは言った。「伯母はすばらしい女性です。ぼくのド・コーシー伯母はね」

「伯母様はあなたやあなたのすることをほかのどのいとこよりも好意的に見ていると言えますね。いとこたちはあなたに嫉妬しないのかしら」

「まさか！　みんなこのうえなく立派な人たちです。ええ、嫉妬なんかしません」

「あなたはあのいとこたちよりかなり若いから、伯母様はもっと心配が必要だと思っているのでしょうね」

「ええ、その通り。伯母は世話が必要な赤ん坊がほしいんだと思いますね」

「ねえ、教えてくださらない、グレシャムさん。昨夜伯母様はあなたに何て言ったのですか？　私たちがとても行儀の悪い振る舞いをしたのはわかっています。みんなあなたのせいよ。私をあんなに笑わせるから」

「ぼくが伯母に言ったのはそのことです」

「伯母様は私のことを話していたのね、そのとき？」

「あなたがここにいるあいだ、伯母があなた以外の人の話をすることはありませんね！　世界じゅうがあなたの噂をしているのを知らないんですか？」

「そうなの？――あらまあ！　何てご親切な！　けれど、私はド・コーシー卿夫人の世界以外に今どの世界にも関心がないのです。伯母様は何ておっしゃったの？」

「あなたはとても美しいと——」

「そうなの？——何てすばらしい方なのかしら！」

「おっと。忘れていました。それ——それを言ったのはぼくです。伯母が言ったのは——何だったかな？そうです、言いました、結局美というのは表面だけのことだと。外見の美しさよりも美徳と分別のせいであなたを評価すると」

「美徳と分別！　私に分別があり、美徳があるっておっしゃったの？」

「そうです」

「そして、あなたは私の美しさについて話した？　何てお二人ともご親切なのかしら！　ほかのことは話していないの？」

「ほかのことって？」

「まあ！——私にはわかりません。ただある人たちは本来持ち合わせているいい性質よりも、むしろあとから手に入れたもので評価されることがありますから」

「ミス・ダンスタブルに関する限りそれは当てはまりません。特にコーシー城内では」フランクは寄りかかっていたソファーの隅から気軽にお辞儀をした。

「それはそうね」とミス・ダンスタブルは言った。あの半分冷やかすような半分陽気な口調とはずいぶん違った口調であることにフランクはすぐ気づいた。「もちろんそう。そんな発想はコーシー城ではご法度ですわ。ド・コーシー卿夫人には論外のはずね」彼女はちょっと間を置くと、それからまた違った口調、フランクがこれまでに聞いたことのない口調でつけ加えた。「とにかくそんな発想はフランク・グレシャムさんにはありえないはずです――それを私は確信していますわ」

フランクはこの若い女性が言おうとしたことをちゃんと理解すべきだった。彼女が伝えようとした貴重な意見をきちんと吟味すべきだった。ところが、それがまったくできなかった。フランクは彼女に対して不誠実だった。誠実さが疑われていることを彼女が伝えようとしているのに、それが当初わからなかった。彼女が所有の莫大な財産について言っていること、また上流階級の人々がその財産のせいで彼女の獲得に走っている事実をほのめかしていることはよく理解していた。しかし、フランクは彼女がそんな下劣な罪から彼を無罪放免にしようと意図していたことにかいもく気づいていなかった。

彼は無罪放免に値しただろうか？　答えは肯定だ。全体から見ると、それに値した。その特殊な罪に関してフランクは無実だった。彼の場合、ミス・ダンスタブルを一時的に彼の支配下に置きたいという欲望を抱いたとしても、それは彼女の財産をえたいという熱意からではなく、彼女をねらうほかの男たちが失敗しているように見える獲得競争で彼が勝ちを占めたいという野心からだった。

というのは、こんな賞品がぶらさがっていたのに、ほかの男たちがお高く止まって、口も挟まずにフランクに好きなようにやらせていたと、そんなふうに想像してはならない。二十万ポンドの財産のある妻をめとるチャンスなんか天の賜物にほかならない。男の人生でめったに出会えるものではないから、もしそのチャンスが近くにあるなら、無視できないものだった。

フランクは莫大な借金を抱えた家の相続人だった。それゆえ、一族の頭目たちは知恵を集めて、この富の神プルートスの娘ができればフランクのものになることをいちばん望んだ。しかし、ジョージ令息はそうは思わなかった。そのときコーシー城内にいたもう一人の紳士もそうは思わなかった。

これらの求婚者はおそらく若い競争相手の奮闘ぶりを若干軽蔑していた。彼らは充分世故にたけていたから、こんな人生の重大局面が皮肉と冗談で決められるはずはないこと、フランクが冗談ばかり言って真面目になれないこと、を知っていたのかもしれない。しかし、たとえ知っていたとしても、フランクの求婚が彼らの求婚を邪魔することはなかったし、フランクの希望が、そんな希望があったとして、彼らの希望を邪魔することはなかった。

ジョージ令息は兄弟の礼儀正しいやり方で弟のジョン令息とこの問題を議論していた。ジョンもその女相続人に目をつけていたということがあったからかもしれない。しかし、もし目をつけていたとしても、ジョンは兄が主張するなら、兄のほうを尊重して控えに回った。兄弟はお互いによく理解し合っていたし、ジョンはこういうとき兄のジョージに有益な助言を与えることができた。

「もし何かしなくてはならないとしたら、迅速にやらなければならないね」とジョン。

「できるだけ迅速にな」とジョージは言った。「ぼくは娘一人の足元にどんな格好で屈服したらいいか三か月も考える男じゃない」

「そうだね。屈服しているとき、どうやって起きあがるか考えるのにまた三か月かけてはいけないね。もし何かしなくてはならないとしたら、迅速にしなければ」ジョンは助言を繰り返し強調した。

「ぼくはすでに彼女に甘い言葉をかけたんだ。彼女はそれを悪いようにはとらえなかったようだ」とジョージ。

「知っての通り、彼女はうぶじゃないね」とジョンは言った。「あんな女性の場合、藪のまわりを叩いて探りをいれるばかりでは何の役にも立たない。ひょっとすると彼女は兄さんを受け入れないかもしれない——それはありうる。あんなプラムが木を揺すっただけで男の口のなかに落ちてくることはないからね。しかし、落ちてくることもあるかもしれない。もし彼女がその気になったら、六か月後の今日であろうと、今日であろうと、同じように兄さんを受け入れてくれる。もしぼくが兄さんなら、手紙を書くよ」

「彼女に手紙を書けって——そう言うのかい？」ジョージはこの助言をまんざら捨てたものではないと思った。というのは、手紙にすれば、口説き文句を用意する重荷を肩から降ろしてくれるように思えたからだ。ジョージは農家の娘を口説くときはとても口達者だったとはいえ、ミス・ダンスタブル相手に口で熱い思いを伝えるのは少し難しいと感じていた。

「そう、手紙を書くんだね。もし彼女が兄さんを受け入れてくれるつもりなら、それで受け入れてくれる。縁組みの半分は手紙で成立しているよ。手紙を書いて、彼女の化粧台に置いておくのさ」とジョン。ジョージはそうしようと言って、実行した。

ジョージがミス・ダンスタブルに甘い言葉をかけたとほのめかしたとき、本当のことを言っていた。しかし、ミス・ダンスタブルは甘い言葉を聞くことに慣れていた。父の遺言が定まって、レバノンの香油全部の女相続人と宣告されて以来、彼女はずっと上流階級の人々のあいだで持てはやされてきた。多くの男性が彼女を巡る計算で頭を悩ませてきたが、それは今ジョージ・ド・コーシー令息の頭を活気づける計算と似たり寄ったりのものだった。彼女は浪費家や金に困った金持ちが矢を放つまとになることにも、そんなふうに矢を放たれることにもう慣れていた。申し出られた上流の家の結婚話をあまり軽蔑なんか見せないで断ったり、大騒ぎをしないで身を守ったりすることもできるようになっていた。それゆえ、ジョージ令息から甘い言葉を聞いても当然のことのように受け入れていた。

話された甘い言葉から表面的には騒ぎが生じなかったように、それに続く手紙からも騒ぎは生じなかった。ジョージは手紙を書いて、ミス・ダンスタブルの寝室へちゃんと運ばせた。ミス・ダンスタブルはそれをちゃんと受け取って、思慮深く返事を直接ジョージの手に渡してもらった。手紙は次のようなものだった。

コーシー城、八月――日、一八五――年

最愛のミス・ダンスタブル

私の態度からあなたが私の関心のまとになっていることを知ってくだされば嬉しいです。確かに、確かに、あなたは私の関心のまとなのです。もし男が女を本当に愛することがあるとしたら、私こそあなたを本当に愛していると、本当に言うし、誓います。(この最後の強い言葉はジョン令息の特別な助言で挿入された。)私がこんなことを直接あなたのお顔を見て話すのではなく、手紙に書いているのを変に思われるかもしれません。しかし、あなたの人を冷やかす力は本当に優れていますから、(「彼女のウイットにも軽く触れておく」というのもジョン令息の忠告だ。)私はそれに直面するのが怖いのです。最愛の、最愛のマーサ――ああ、あなたをこの名で呼んだからといって私を責めないでください!――あなたの幸せを私に委ねてくださっても、だまされたと思うようなことはいささかもありません。あなたが加わることで栄誉を添えられる人々の輪のなかであなたを輝かせること、あなたの趣味とぴったり合ったあの社交界であなたが確固とした地位を占めるのを見るのが私の野心です。

私ははっきり主張し――胸に手を置いて断言し――ますが、財産目当てで動いているのではありません。私がお金のため女性と結婚するなんて――たとえ相手が王女でも――、それは断じてありません。相互の愛情のない結婚なんか幸せであるはずがありません。あなたと私のあいだにそういう愛情があることを私は断然信じています――いや、信じているのではなく、最愛のミス・ダンスタブル、願っているのです。あなたがどのような結婚の取り決めを申し出られても、私は同意します。私が愛しているのはあなた、あなたのすばらしい人間性であり、決してお金なんかではありません。

私としては父の次男であること、それゆえかなり社会的地位に恵まれていることを取り立てて言う必要はないでしょう。将来は国会議員となり、できれば下院の赫々たる人々のあいだで名をあげるつもりです。長兄のポーロック卿はあなたもご存知の通り未婚です。長兄が一族の栄誉を途絶えさせてしまうこともあるかもしれぬと私たちはみな恐れています。長兄にはあらゆる種類の問題の多い女性関係があるので、身を固めるのはおそらく難しいのです。私にはその種の問題はいっさいありません。私の愛するマーサの頭上に宝冠を置くことができたら、じつに喜ばしいと思います。その宝冠はあなたに新しい気品を添えるのではなく、あなたから身に着けられることによってその美しさが大いに高められるのです。

最愛のミス・ダンスタブル、あなたのご返事をじりじりしながらお待ちしております。ご返事が私の愛にとって好ましくないものではないことを心より祈って、次の署名をすることをお許しください。

もっとも忠実なあなたのものである
ジョージ・ド・コーシー

この情熱的な恋人は愛する人からの返事をそう長く待つ必要はなかった。彼女はある晩寝室に入ったとき、化粧台の上にこの手紙を見つけた。翌朝、彼女は朝食に降りて来て、まったく無関心な態度でこの恋人に会った。彼女があまりに無関心な態度だったから、男はかなり恥じ入った表情でトーストをむしゃむしゃ食べ、多くのものが懸かっているあの手紙がまだ無事相手に届いていないのではないかと思い始めた。しかし、不安はそう長く続かなかった。朝食後、彼はいつものように弟のジョンとフランク・グレシャムと一緒に馬屋へ向かった。そこにいると、ミス・ダンスタブルの使用人がやって来て、自分の帽子に触れてから手紙を手渡した。

フランクはその使用人を知っており、手紙を一瞥していとこを見たが、何も言わなかった。しかし、ミス・ダンスタブルといとこのジョージのこの文通によって傷つけられたと感じ、少し嫉妬した。

ミス・ダンスタブルの返事は次のようなものだった。特徴としては、たいへん明瞭な、上手な字で書かれ、書き手の感情をかなり抑えた手紙だった。

ド・コーシー様

あなたが私に特別な感情を抱いていたとは、残念ながらあなたの態度からは気づきませんでした。というのも、もし気づいていたら、私はすぐその感情に終止符を打つ努力をしていたからです。私についてお話になるお言葉はたいへん嬉しいのですが、私の卑しい身分ではあなたの愛情にお応えすることができません。それゆえ、あなたがその愛情を胸からすぐ消し去ってくださるようにお願いするしかありません。手紙というのはプロポーズのとてもよい手段だと思いますし、それを奇妙だなんて少しも思いません。しかし、昨晩は確かにそんな名誉は予想だにしていませんでした。私の冷やかす力については、それであなたが傷ついたことは一度もないと信じています。傷つけることはないと保証します。あなたがおっしゃる野心よりもっと価値ある野心をすぐ持たれるように心から願っています。というのも、どうやっても、どこであれ、私を輝かせることはできそうもないとよくわかっているからです。

あなたがいかなる金銭的な動機にも動かされていないことは百も承知です。結婚におけるそのような動機は非常に下劣であり、あなたの名や家柄にそぐわないものです。私が持っているわずかな財産は妻の額に宝冠を載せたいと思うあなたのような方の関心のまととはなりえないものです。それでも、ご家族のためポーロック卿が様々な障害にもかかわらずいつか卿の妻に宝冠を載せられる日が来ることを信じています。あなたご自身には家庭的な至福の見込みに一点の曇りもないとお聞きして嬉しい限りです。国会で輝きたいというあなたの誇らしい野心が実現しますように心からお祈りして、私がその野心を共有することができないことを残念に思いつつ、大きな尊敬を込めて次のように自著するのをお許しください。

あなたの幸せを誠実に祈る者
マーサ・ダンスタブル

ジョージ令息はささやかな申し込みに対するミス・ダンスタブルの返答を彼にお似合いの控え目な態度で最後通告と受け取って、それ以上迫って相手を悩ませることはしなかった。弟のジョンに言ったように、彼は心に傷を受けることはなかったし、次には幸運に恵まれるかもしれないからだ。しかし、コーシー城内には恋と富の追求の点でジョージ令息よりもしつこい男がいた。これこそ誰あろうモファット氏だった。この紳士の野心はバーチェスターの選挙戦でちやほやされても、花嫁を婚約によって手に入れてもなだめられることはなかったのだ。

モファット氏はすでに述べたように金持ちだった。しかし、ご存知の通り、私たちはごく若いうちから教訓として金銭欲というものが増幅し、欲が満たされることによってさらに欲張りになることを知っている。彼はまたたんに富によっては満足できないさもしい精神の持ち主だった。この世の大人物たちに混じって地位も、身分も、大きな顔もえたいと思っていた。こういう理由から、彼はド・コーシー家に取り入り、国会に議席をえ、またおそらく思慮に欠けたミス・グレシャムとの結婚を画策してきたのだ。

金を愛する若い男が結婚を餌にしてチャンスをえる、そんな軽々に乱用してはならない手段に頼ることがないわけではない。多くの若い男がたいてい深く考えることもなく結婚している。彼らはお金に無関心というわけではないが、自己の価値を無謀に過大評価するから、周囲を見渡して、もっと注意深い連中がどれほど多くのことをなし遂げるか見ることを怠るのだ。男は一度しか若くなれないし、神の摂理の特別なお恵みがある場合を除いて、一度しか結婚できない。その一度のチャンスを放棄したら、取り返しがつかなくなると言っても過言ではない！　いったん結婚したら、そのあと彼らは何ともはっきりしない前進を目指して、どれほど長年せっせと働き、苦役を強いられることか！　その半分の手間、その半分の配慮、ほんのわずかな慎重ささえあったら、おそらく若いうちから妻の富で長く安楽な生活を確保できたのだ。

ある者は銀行の頭取になるため日夜汗水垂らして働く。銀行の頭取の仕事だって破産に至る道かもしれない。ある者は遺言書のなかでいい位置を占めようと、長年卑しい隷属状態に身をやつす。そのいい位置もやっと手に入れて、喜んでみれば、長年堪え忍んできたことに較べると何だこんなものかとがっかりするほどの報酬かもしれない。またある者はいっそう厳しい辛酸をなめ、苦境を切り抜ける。遺言を書き、株券を量産し、自己とは違った存在に見せるため飽くなき苦闘を繰り広げる。さて、こういう事例の多くでは、もし若さと若さの魅力が一度だけ与え、一度しか与えないあのチャンスを彼らが有効に利用していたら、そんな苦労はしなくてよかったかもしれないのだ。結婚ほどたやすく、品のいい富への道はない。もちろん野心のある人が誠実な労働というのろい道のりを放棄する場合の話だ。それはそうとわかっていても、若い肩の上に年寄りの頭を載せることはめったにできるものではない！

モファット氏の場合、我が国では珍しいこの種の鳥の見本が生み出されたと言っていい。まだ二十六という歳だから、肩は確かに若かったが、頭は年を取っていた。最初に一人で船出した瞬間――二十一のときだ――から、彼はどうすれば自己を最大限に活用できるか、そういう計算に明け暮れた。軽率な考えに欺かれて愚かな行動を取ったり、若気の無分別に駆られて将来の見込みを台無しにしたりすることをみずからに許さなかった。彼は自分を最大限に活用した。理解力とか、聡明さとか、精神的な能力とかなしに――誠実な目的とか、立派な仕事をする努力とかなしに――、二年間バーチェスター選出の国会議員となり、ド・コーシー卿の客となり、イギリス平民の最良の家柄の長女と婚約していた。ミス・ダンスタブルのことを初めて考えたとき、彼は国会議員への再選を確実と信じていた。

しかしながら、この時期彼は世間的な立場が実際にどうなっているか自己評価したとき、ミス・グレシャムとの婚約が誤った判断だったと思い当たった。結婚の対象として目の前にミス・ダンスタブルという人がいるとき、なぜ金のない女なんかと――オーガスタのささやかな財産は彼の見積もりでは決して少なくなかったはずだが――結婚するのか？　彼の六千か、七千ポンドの年収は借金も抵当も絡んでいなかったから、確かに立派な収入だった。しかし、その年収に大いなる女相続人のほとんど際限のない富を加えることができるなら、どうしてそれをしないでいられようか？　相手の女性ははっきりここに、目の前にいるではないか？　それを活用しないでいるのは、むざむざチャンスを投げ捨てるようなものではないか？　なるほどド・コーシーとの親しい関係は失うに違いない。しかし、国会の通常開期中バーチェスターの議席を確保していたら、それは避けられるかもしれない。また、おそらくグレシャム家の敵意に出会うこともあるだろう。この点については一度ならず考えた。しかし、二十万ポンドのためなら何に出会おうとかまわないではないか？

モファット氏は胸中こういうことを思慮深く議論したあと、とにかくこの大きな賞品をえるため候補者になろうと決意した。それゆえ、彼も甘い言葉をかけ始めた。話すとき、ジョージ令息よりも慎重な作法にのっとって話した、それは認めてやらなければならない。ミス・ダンスタブルは馬鹿[1]ではないと、手に入れるためにはうまくご機嫌取りをしてあしらいながら、小鳥の尾にひとつまみ塩をかける以上の努力をしなければならないと、モファット氏は思った。社交界のジョージ令息たちが通常用いるような罠では、彼女は簡単に捕らえることのできないなかなかずる賢い小鳥だということを、彼は理解していた。

ミス・ダンスタブルは非常に才気煥発で、おかしなことを一杯話し、あらゆる話題について進んでお喋りするが、金の価値と、金に依存する立場の価値をよくわきまえている、そうモファット氏は思った。彼女が一度も伯爵夫人にお世辞を言わないこと、主人の家族が見せる爵位の重さに少しも呑み込まれている様子を見せないことに彼は気づいていた。それゆえ、ミス・ダンスタブルの独立心に着目せざるをえなかった。彼の評価によると、独立心とは銀行にあるかなりの預金残高のみを信頼する心のことだった。

モファット氏はこういう考え事に取り組んだあと、女相続人との予備折衝を、たとえ失敗しても、グレシャム家との婚約に抵触しない仕方で開始した。彼はミス・ダンスタブルと共通の話題を作り出すことから始めた。この世における二人の立場はとても似通っていると彼は言った。二人とも真面目な勤労によって下層階級からのしあがってきた。二人とも今や金持ちで、イギリス最上の貴族の輪のなかに受け入れられるようにこれまでその富を利用してきたと。

「そうですね、モファットさん」とミス・ダンスタブルは答えた。「もし私が耳にしてきたことがみな真実なら、まさしくそんな家柄に受け入れられるようにあなたは富を利用してきたのです」

モファット氏は少しこれに異議を唱えて、ミス・ダンスタブルが言っているような誤解を聞き流すつもりはないと言った。そのような可能性について何か噂されているのは確かだとしても、ミス・ダンスタブルには耳にしたことをみな信じないように願いたいと請うた。

「噂はあまり信じません」と彼女は言った。「けれど、確かに信用できそうな噂だと思っていました」

モファット氏はそれから話を続けて、貴族のほうから差し出された打診に合わせるため、こちらも手をなかほどまで差し出すとき、利用されないようにすることがいかにだいじな義務となるか示そうとした。モファット氏によると、貴族というのは非常に立派な種の、知り合うには最良の人々であり、貴族の目に留められることが世のダンスタブルやモファットのような人々の重要な目標となるという。しかし、貴族へのお返しとしては世のダンスタブルやモファットはほとんど何も与えないか、何も与えないように注意する必要があるという。貴族はたくさんの、非常にたくさんのお返しを求めてくる。モファット氏が言うには、貴族というのは対価となるもの、埋め合わせとなる報酬を求めることなしには顔を明るく輝かさない人々だった。貴族は世のダンスタブルやモファットとつき合うとき、必ず支払いを期待している。とにかく貴族はえた品物にその市場価値以上の支払いをしないのが、世のダンスタブルやモファットが体験したことなのだ。

彼女ミス・ダンスタブル、彼モファット氏は誰か貧しい貴族の子弟と結婚するというかたちで支払いを要求される。苦労して蓄積してきた富を貧乏貴族の血統のいい快楽と引き替えにするというかたちだ。これに対しては特別な用心が必要だった。当然、それから帰納される結論として、こういう状況に置かれた人はその人たち同士で結婚すればいい、ということになる。世のダンスタブルやモファットは彼らに用意された陥穽に転げ落ちることなく、お互い同士で結婚すればよい、ということになる。

この重要な教えがミス・ダンスタブルの脳裏にどれほど長く効果を及ぼしていたか疑わしい。モファット氏が上手に筋立てて見せた問題について、おそらく彼女にはすでに意を決するものがあった。彼女はモファット氏――彼には国会の経験が二年あるが――よりも年上であり、直面する世界についての世渡りの知恵でもおそらく上だった。しかし、彼女は言われたことをのんきに聞き、相手の意図する目的を貴族の競争相手のそれと同じだと看破して、少しも腹を立てた様子を見せなかった。しかし、彼女はオーガスタ・グレシャムになされた不正を思って胸中うめいていた。

ところが、モファット氏はこのよい教えを語るだけではなく、さらに決定的な一歩を踏み出さなければ、金をえることはできそうもなかった。彼は話したことが女相続人に充分重みを持って受け取られたと確信したから、すぐその一歩を踏み出すことに決めた。

コーシー城に集まった人々はまもなく別れ別れになろうとしていた。ド・コーシー家の男性陣はスコットランドの山へ行く予定だった。ド・コーシー家の女性陣はアイルランドの城へ船で向かう予定だった。モファット氏は選挙について嘆願書を準備するためロンドンへ向かう予定だった。ミス・ダンスタブルは医者と随行員のため再び海外旅行に出かけるところだった。フランク・グレシャムはついにケンブリッジへ向かうことが許された。すなわち、ミス・ダンスタブルを手に入れることが確実となり、たとえケンブリッジへ行っても、学業が馬鹿げたものにならない限り、という条件つきだった。

「今なら申し込んでいいと思うのよ、フランク」と伯爵夫人は言った。「本当に申し込んでいいと思います。もうかなり時間をかけて彼女と親しくなりましたからね。私の判断では、彼女はあなたがとても気に入っていると思います」

「それはありえませんよ、伯母さん」とフランクは言った。「彼女はぼくのことなんかぜんぜん気にかけていません」

「私は違ったふうに考えていますよ。ご存知の通り、試合の流れは傍観者のほうがたいていいちばんよくわかるものです。あなたは彼女に申し込むことを恐れてはいないでしょう」

「恐れるって！」とフランクはかなり嘲りを込めた口調で言った。恐れていないことを示すため、彼女にプロポーズしようとほぼ決意した。プロポーズを妨げるものがあるとすれば、それは彼に結婚の意思がてんでないことだった。

一同がばらばらになる前にもう一つ大きな催しが待っていた。それはオムニアム公爵のディナーだった。公爵はコーシーに来ることを辞退した折、近隣の人々を迎える大ディナー・パーティーにコーシー城の方々を招待することでいくらかその埋め合わせをしていた。

モファット氏はそのディナー・パーティーの翌日コーシー城を去ることになっていた。それゆえ、パーティーの日の朝求婚の大きな一歩を踏み出そうと決めた。そのチャンスを作るのにかなり苦労したなか、やっと作って、ミス・ダンスタブルが一人コーシーの大庭園を散歩しているところを見つけた。

「奇妙なことではありませんか？」と彼は同じ話題について前と同じ意見を繰り返した。「オムニアム公爵――噂ではイギリス貴族のなかでもいちばんのお金持ち――とぼくがディナーを一緒にするなんて」

「その種の方はときどきみなをもてなすのだと思いますわ」ミス・ダンスタブルの口調はあまり丁寧ではなかった。

「そうだろうとは思いますが、私はそういう人たちの仲間ではありません。ド・コーシー卿の家から家族の方々と一緒に行くのです。それが誇らしいことだとは思いませんよ――少しもね。むしろ私の父の真面目な勤勉のほうに誇りを感じます。とはいえ、お金があれば、我々のこの国ではどういうことができるかわかります」

「ええ、本当にそう。お金のせいでたくさん奇妙なことが起こりますから」ミス・グレシャムがモファットの恋に引きずり込まれる、そんなじつに奇妙なことになったのもお金のせいだとミス・ダンスタブルは考えずにはいられなかった。

「そうです。富は非常に力強いものです。ほらご覧なさい、ダンスタブルさん、ぼくらはこのうちでもっとも栄誉あるお客になっています」

「けれど！　私はどうでしょうか。あなたは国会議員だったり、お金があったりですもの、あなたはそうかもしれませんが――」

「いえ、今は議員ではありませんよ、ダンスタブルさん」

「でも、議員になられるのでしょう。同じことですわ。けれど、ありがたいことに私にはそんな名誉ある肩書は何一つありません」

二人はしばらく黙ったまま歩き続けた。というのは、モファット氏は抱えている課題をどう処理していいかわからなかったからだ。「世間の見方を観察するのはきわめて楽しいですね」と彼はついに言った。「今彼らは私たちのことを貴族や富豪に近づきたがる連中だと非難しています」

「そうですか？」とミス・ダンスタブルは言った。「どなたかが私をそんなふうに非難しているとは、誓って、知りませんでした」

「あなたと私を個人的に非難しているという意味ではありません」

「まあ！　それは嬉しい」

「とはいえ、私たちの階級の人間について世間はそういう非難を浴びせています。さてもう一方の側には、おべっか使いが勢揃いしているようですね。ここの伯爵夫人はあなたにおべっかを使います。若いご婦人方もそうです」

「そうですか？　そうとしても、誓って、存じませんでした。けれど、本当のことを言うと、そんなことはたいしてだいじなこととは思いませんわ。たいてい私は自分中心の生活をしていますからね、モファットさん」

「そういう方だと思っていますから、その点であなたに敬服しています。しかし、ミス・ダンスタブル、必ずしもいつもそんな生き方をしていけるとは限りません」モファット氏はそう言って彼女を見た。そのときの態度から、彼が優しい思いを爆発させる時が近いという最初の予感を彼女はえた。

「そうかもしれませんわ、モファットさん」とミス・ダンスタブル。

彼はしばらく藪のまわりを叩いて獲物を駆り立てていた。この二人のような状況に置かれた人間は自分中心の生活をするか、お互い同士助け合って生きるかすること、とりわけ餌を捜してうろつき回る大食の貴族ライオンの口に呑み込まれないように気をつけること、がいかにだいじか彼は言い含めようとした。そうしているうちに、二人は大庭園の曲がり角までたどり着いた。そこでミス・ダンスタブルはうちのなかに入りたいとの気持ちをはっきり伝えた。もう充分歩いたと、彼女は言った。このころまでにモファット氏のねらいが透けて見えていたので、身を引くのが賢明だと思ったからだ。「あなたまでうちに入る必要はありませんわ、モファットさん。けれど、長靴がちょっと濡れてしまいました。できるだけ急いで入らないと、イージーマン先生は許してくれません」

「足が濡れているのですか？――そうでなければいいのですが」彼はそう言って最大限の気遣いの表情を見せた。

「ええ！　たいしたことはありません。けれど、用心に越したことはありませんわ、おわかりでしょう。ご機嫌よう、モファットさん」

「ミス・ダンスタブル！」

「ええ、ええ！」ミス・ダンスタブルは大きな歩道で止まって言った。「あなたに一緒にうちへ帰っていただくわけにはいきませんわ、モファットさん。あなたはもっと外でお楽しみになりたいと思いますから」

「ミス・ダンスタブル、私は明日ここを発つ予定です」

「はい、私はその翌日発ちます」

「わかっています。私はロンドンへ行き、あなたは外国へ行かれる。再びお会いするまでには、長い、とても長い時間がたつかもしれません」

「帰るのは復活祭のころです」とミス・ダンスタブルは言った。「つまり、もし先生が遠征中に倒れなければの話ですが」

「私はそんなに長くあなたとお別れする前にちょっとお話しておきたいことがあるのです。ミス・ダンスタブル――」

「やめてください！――モファットさん。一つお願いしてもよろしいですか？ あなたがおっしゃりたいことをお聞きしますが、一つ条件があります。それはあなたがそれをおっしゃるとき、ミス・オーガスタ・グレシャムが同席するということです。それに同意なさいますか？」

「ミス・オーガスタ・グレシャムには」と彼は言った。「私の個人的な会話を聞く権利なんかありません」

「ないのですか、モファットさん？ けれど、彼女にはその権利があると私は思うのです。とにかく疑問の余地のない彼女の権利と見られるものに私が干渉して、彼女が参加しない秘密の片棒を担ぐつもりはありません」

「しかし、ミス・ダンスタブル――」

「それに正直にいいますと、モファットさん、あなたが話すどんな秘密もディナーの前に私はそのままオーガスタに話すつもりです。ご機嫌よう、モファットさん。確かに足は少し濡れています。これ以上外にいたら、イージーマン先生は少なくとも一週間は外国旅行を延期してしまいますわ」ミス・ダンスタブルは砂利の散歩道の真ん中に彼を一人残して去って行った。

モファット氏はどうしたらミス・ダンスタブルにいちばんいい仕返しができるか少しのあいだ考えて、悲運の身を慰めた。しかし、すぐそんな無意味な考えを脳裏から払拭した。金を満載したガリオン船(2)を最初の航海で逃してしまったからといって、追尾をあきらめる必要があるだろうか？　こんな賞品はそう簡単には手に入らないものだ。今彼女が反対しているのは、はっきりミス・グレシャムとの婚約が原因であって、それしかなかった。その婚約を終わりにして、悪名は立ってもおおっぴらに破棄すれば、反対理由はなくなるだろう。そうだ。こんなに金を満載した船は夏の朝の簡単な航海で捕獲できるものではない。ミス・ダンスタブルに復讐することを考えるのではなく、この獲物を追尾し、行く手に立ちはだかる困難を克服するほうが賢明だし、自分の性格にも似つかわしい。

註

（1）小鳥をわけなく捕まえる方法として子供にふざけてこう教えた。

（2）十五世紀から十八世紀のスペインの大型帆船。横帆の三本マストと三層甲板、高い船尾甲板が特徴。軍船、貿易船に用いられた。

第十九章　オムニアム公爵

オムニアム公爵はすでに述べたように独身だった。そのため、めったにないお祭り騒ぎの日、田舎の壮大なお屋敷では州の美女を、ロンドンのベルグレーヴ・スクエア(1)では社交界の花形をもてなした。しかし、今回ギャザラム城――田舎のお屋敷はそう呼ばれていた――のディナー客は授爵の貴族に限られる予定だった。人気が落ちないようにするためか、客を快適にもてなすとの屋敷の評判がかすまないようにするためか、公爵が州の要人を食卓のまわりに集めたのはこのころのある一日のことだった。

　こういう場合、ド・コーシー卿が客の一人になることはなかった。実際、コーシー城から出向いた一行は多くなく、ジョージ令息とモファット氏とフランク・グレシャムだった。彼らはジョージ・ド・コーシーが得意顔で操る、縦並びの馬に引かれた軽量二輪馬車で出かけた。馬車の後部座席の四番目の席にはギャザラムで馬の世話をする使用人が座った。

　ジョージ令息は無事公爵の家に到着したから、馬車を上手に御したと言ったらいいのか、幸運だったと言ったらいいのかわからない。猛烈なスピードで御したからだ。かわいそうなミス・ダンスタブル！　三人の恋人を豪華に乗せたその馬車に何かよからぬことが起こったら、彼女の運命はどうなってしまったことだろう！　三人は賞品の彼女のことで喧嘩はしなかった。お互いに上機嫌で、ギャザラム城に到着した。城は白い石でできた新しい建物で、当代一流の建築家によって莫大な費用をかけて造られていた。巨大な石の山で、並みの大きさの町が入るくらいの土地を占有しているように見えた。それにもかかわらず、報告によると、城が完成したとき、所有者である貴族は本人の住む部屋がないことに気づいたから、快適さのみを求める気になったときは、別の州に祖父が建てたおよそ十分の一の大きさの家に住んでいるという。

こんな大建造物あるいはこれに似たものがイタリアのどこかに見つけられるかどうか疑わしいけれど、ギャザラム城はイタリア式建築様式にのっとっていると言われる。本当に巨大な建造物であり、高さは不規則――あるいはそう見えるように仕組まれている――で、両側に長い翼部を備えていた。翼部も非常に高さがあるので邸宅のたんなる付属物として片づけられることはなかった。柱廊玄関はあまりにも大きかったので、後ろの家を別のもっと高い建物のように見せていた。この柱廊玄関はイオニア式の柱によって支えられて、それ自体疑いもなく美しい構造物だった。玄関にはとても広い、とても立派な一続きの階段で近づけるようになっていた。階段で家に近づくのは、馬車で直接玄関先に乗りつけることが必要なイギリス人の家にはふさわしくなかったから、一方の翼部に普段使う別の玄関があった。しかし、並はずれて重要な場面では――たとえば女王とか、王とか、王族の公爵とかの訪問の際には――馬車は柱廊玄関下に横づけすることができた。階段には翼部の前を通ってポーチへ向かうかなり急な車寄せが造られていた。

ポーチに続いて玄関大広間が広がっていた。この広間は家の天辺まで吹き抜けになっており、多様な色の大理石が用いられ、オムニアム家の様々な記念品が飾られて、じつに壮大だった。旗があり、鎧があり、貴族の祖先らの多くの半身像彫刻があり、特に際立った祖先の大理石の全身像があり、富と歳月と偉大な業績のみが集積できる様々な栄光の記念品があった。大広間に住んで、末永く幸せに暮らすことさえできたら！しかし、オムニアム公爵はこの大広間に幸せに住むことができなかった。本当のことを言うと、建築家がこの壮大な玄関を構想したとき、みずからの栄誉と名声のため住居という家本来の目的を無視したから、公爵の家をその点で台無しにしてしまった。

それにもかかわらず、ギャザラム城は非常に立派な石の山で、実際高台に立っていたので、遠くの塚や青々とした岡から見ると、非常に映えて見えた。

ド・コーシー氏と友人らは小さな玄関で七時に馬車から降りた。というのは、この日は柱廊玄関から客に登ってもらうような重要な催しの日ではなかったし、そのような栄誉に値する資格の馬車も来なかったからだ。フランクはそのときいつもよりも少し強い興奮を感じた。というのは、これまでオムニアム公爵と一度も同席したことがなかったうえ、彼が大きな関心を抱いている州の、最大の土地保有者である人物にどんなことを話したらいいか考えると緊張したからだ。しかし、彼は公爵に話題を選ばせる決意をした一方、西バーセットシャー——それが公爵の住む州だ——のハリエニシダの隠れ場には欠陥があることを指摘する権利を留保した。

彼らはまもなく上着と帽子を脱いで、壮大な大広間に入るのではなく、かなり狭い廊下を通って、いくぶん狭い——つまり、そこに集合した紳士の数の割合には狭い——応接間に案内された。およそ三十人はいたかもしれないので、フランクは混雑していると感じた。名が呼びあげられたとき、一人の男が客に挨拶するため進み出てきた。しかし、私たちの主人公はすぐそれが公爵ではないことを知った。というのは、この男は太って背が低かったが、公爵は痩せて背が高かったからだ。

大きなざわめきがあった。というのは、みなが近くの人に話しかけているように見えたし、近くに人がいない場合は独り言を言っていたからだ。主人の階級の高さが客の舌を縛っていないのは明らかだった。普通の主人の家で農夫らが自由に喋るように、客は自由に喋っていた。

「公爵はどの人です?」フランクはやっといとこに何とか囁いた。

「うん！　ここにはいない」とジョージは言った。「もうじき姿を現すと思うな。ディナーの直前まで現れないと思う」

フランクはもちろんこれ以上何も言うことはなかった。しかし、いくぶん冷淡にあしらわれたようにすでに感じ始めていた。公爵はたとえ高い身分だとしても、ディナーに人を招待したからには、出てきて、会えて嬉しいと一言客に挨拶するのが礼儀だと思った。

もっと多くの人が部屋にどっと入ってきて、フランクは知り合いの太った牧師とぴったりくっついて身動きできなくなった。それでもそんなに困った状況ではなかった。というのは、アシル氏は彼の友人の一人であり、グレシャムズベリーの近くに禄を持っていた。しかし、アシル氏は最近スタンホープ博士の惜しまれる死――イタリアの別荘で卒中のため亡くなった――に際して、アイダーダウンといういい昇進先を与えられ、同じ州の別の地に移動していた。彼はかなり美食家で、ディナー・パーティーが何たるかを完全に理解していた。ずいぶん人がよかったから、フランクを特別な庇護のもとに置いた。

「食堂に入るときは、グレシャムさん」と彼は言った。「私にくっついていてください。公爵のディナーは熟知していますし、私も友人らもどうしたらくつろげるか知っていますから」

「だけど、公爵はなぜ現れないんですか?」とフランクは尋ねた。

「ディナーの用意ができたら、あの方は来られますよ」とアシル氏は言った。「むしろ、あの方が来られたら、すぐディナーの用意はできます。ですから、あの方がいつ来られるか気になりません」

フランクはこれが理解できなかったとはいえ、待って、ことの成り行きを見守るしかなかった。

部屋がもうほぼ満員で、明らかに客は入ってこないように思えたから、彼はいらいらし始めた。そのとき突然ベルが鳴り、ドラの音が響いた。同時に、使われていなかったドアがパッと開いて、とても質素な服装の、地味な、背の高い男が一人部屋に入って来た。フランクはやっとオムニアム公爵の臨席をえたことをすぐ知った。

しかし、閣下は主人役の義務を始めるに当たって遅れを取ったにもかかわらず、その遅れを埋め合わせるよう急ぐようには見えなかった。閣下は空の暖炉に背を向け、何も言わずに敷物の上に立って、近くにいた一、二の紳士にとても小さな声で一言二言話した。その間、客の群れは急に静かになった。フランクは公爵が挨拶に来ないとわかると、彼が公爵に挨拶に行くべきだと感じたが、誰もそうする気配を見せなかった。アシル氏にその驚きを囁くと、その紳士はこれが公爵のいつものやり方なのだと教えてくれた。

「フォザーギル」と公爵は言った。公爵が大きな声で話したただ一つの言葉だった。「ディナーの用意ができたと思うよ」さて、そのフォザーギル氏は公爵の土地管理人であり、フランクと友人らを玄関で出迎えたのがこの人だった。

すぐ再びドラの音が響いて、応接間から食堂へ向かう別のドアが開かれた。公爵が先導し、客があとに続いた。「ぴったりくっついていてください、グレシャムさん」とアシル氏が言った。「テーブルの真ん中辺りへ行きますから。そこが居心地がいいんです。このひどい隙間風が当たらない部屋のいちばん奥です――私はここをよく知っていますからね、グレシャムさん。くっついていてください」

愉快で、お喋りな連れのアシル氏はフランクにできるだけ早口で話しかけた。彼は席に着くやいなや、テーブルの末席に座っていたフォザーギル氏から食前の祈りを唱えるように依頼された。公爵が客のため何か骨を折ることなんか論外のように見えた。それで、アシル氏は話していた言葉を呑むと、神から与えられようとしている食べ物に感謝の心をみなが持つようにという祈り――もしそれが祈りであるとするならそれ――を捧げた。

もしそれが祈りであるとするなら！　私自身の経験から言うと、そんな言葉がめったに祈りなんかにならないし、祈りなんかではありえない。祈りでないとすれば、何だろう？　あふれるほどの食べ物を前にしてぺちゃぺちゃ喋る盛りあがったお喋りが一瞬中断され、神にふさわしい感謝が心からの賛美の言葉で捧げられるなんて、私には考えられない。人が日々見聞きする経験をいったん棚上げしてみれば、こんな突然の切り替えは人の精神の許容範囲を超えていると言えないだろうか？　それでも、こんな理屈の上に人が見聞きする経験を加味して考えるほかない。食前の祈りが実際になされ、言葉にされ、つまり、耳にされる仕方からその儀式を判断せざるをえない。ディナー・テーブルの食前の祈りに教会の儀式にある荘厳な感じを与えようとする牧師たちがいる。時々そういう牧師たちに出会うが、結果はどうだろうか？　教会の礼拝が酒宴の歌に入り込んでくるのと同じ大きな落差が生じるだけだ。

　ものを受け取るとき、感謝の祈りを唱えなければ、その人はありがたがっていない、そんなふうに断じることができるだろうか？　あるいは、ディナーのあとでも食前の祈りと今呼ばれているものを唱えれば、その人はありがたがっている、そんなふうに考えることができるだろうか？　そんなふうに断じ、そんなふうに考える人はあまりいないと思う。

　ディナーの食前の祈りは、おそらく大昔、教会が命じた聖務日課[2]の最後の名残なのだ。ほかの祈りとしては九時祷[3]、終祷[4]、晩祷[5]がある。私たちは九時祷と終祷からはうまく逃れてきた。ディナーの前の祈りからも脱却できたら、そのほうが望ましいと思う。食前の言葉がみずからの身に照らして祈りと感謝の行為になっているか、人は自問すべきだ——もしそうなっていないのなら、いったい何のためにするのか？

　大勢の人が食堂に入ったとき、一人、二人紳士が別のドアから入ってきて、公爵の椅子に近いテーブルに着くのが見えた。彼らは公爵の直接の客で、城内に泊まっている特別な友人、生活を共にする人たちだった。

ほかの連中は公爵が州全体に食べ物とワインを手厚く配る人として顔を売るため、おそらく年に一度会食するよそ者たちだった。公爵は食べ物とワイン、その給仕、金属製食器類の大保管場所の光景などを進んで州の隣人たちに差し出す気でいたが、よそ者たちと話をするほど善良な気質は持ち合わせていなかった。今の顔つきから判断する限り、よそ者たちは放って置かれたほうがむしろ満足しているようだった。

フランクはぜんぜん知らない人たちのなかにいたけれど、アシル氏はテーブルに着いている人たちをみな知っていた。

「あれはアプジョンさんです」と彼は言った。「バーチェスターの弁護士のアプジョンさんをご存知ではありませんか？　いつもここに来て、フォザーギルの法律顧問をして、お役に立っているんです。おいしいディナーの価値を知っている人がいるとしたら、この人ですよ。公爵のもてなしのよさがこの人の場合無駄になることはないと思います」

「せっかくのもてなしがぼくの場合はずいぶん台無しになっていると思いますね」フランクは家の主人から声をかけられることもなくディナーの席に着くことなんか我慢できなかった。

「何て馬鹿な」と友人の牧師は言った。「じき驚くほど愉快になります。バーセットシャーのほかのうちにこんなシャンパンはありません。それからクラレットも――」アシル氏は唇をぎゅっとすぼめ、穏やかに頭を横に振って、その仕草でギャザラム城のクラレットはそれをえるため払わなければならない苦行の充分な償いとなることを表そうとした。

「ド・コーシーさんの一人置いて隣に座っているあのおかしな小男は誰ですか？　あんな変な人は見たことがありません」

「ボーラス爺さんを知らないいんですか？　バーセットシャーの人ならみなボーラスを知っていると思って

いました。ソーン先生の大の親友ですから、特にあなたは知っているかと」

「ソーン先生の大の親友？」

「はい、あの人は昔、フィルグレイヴ先生が人気を博する前、スケアリントンの薬剤師でした。ボーラスがとてもいい医者のように見られていたころのことを覚えていますよ」

「あの人は――、あの人は――」とフランクは囁いた。「あの人は紳士という扱いなんですか？」

「はっ、はっ、は！　まあ、大目に見てあげてください。あの人はとにかくここにおられる多くの方々と同じくらい立派な方だと言わなければはなりません」アシル氏はそう言ったあとフランクの耳に囁いた。

「あそこにフィニーがいるのがおわかりでしょう。バーチェスターの弁護士の一人です。フィニーの行くところボーラスあり、類は友を呼ぶ、本当にそう思っています」

「多ければ多いほど楽しい、というわけですね」とフランク。

「まあ、そう言ったところです。なぜソーンがここにいないのかな？　招待されていたはずですが」

「おそらくフィニーやボーラスに特別会いたくなかったんでしょう。わかりますか、アシルさん、ぼくはあの人がここに来なかったのは正しいと思っていますよ。ぼく自身もできればほかのところにいたほうがよかった」

「はっ、はっ、は！　公爵のやり方がまだわかっていませんね。それにあなたは若い、お幸せな方だ！　しかし、ソーンはもっと分別があってもいいね。当然ここに姿を現すべきなのに」

大食が今途方もない速さで進行していた。客は公爵登場という最初のショックでしばらく舌の回転を止められていたものの、歯にはそんな拘束の必要を感じないように見えた。彼らは猛烈に餌を食らい、はやり立った様子で使用人らに注文を出した。小さなパーティーでいつも見せるよりはるかに大きな態度を取った。

アプジョン氏はフランクの真向かいに座っていたが、よく練られた作戦によって鮭の頭が自分の前に来るように工夫していた。しかし、しばらく不運なことに同じようにうまくソースを手に入れることができなかった。とても少量のソースしか——少なくともアプジョン氏にはそう思えた——皿の上にはなかった。声に出して頼んだのに、蓋付きの大きな容器でソースを運ぶ給仕が無頓着に彼の後ろを通りすぎようとした。途方にくれた哀れなアプジョン氏は振り返りざま給仕の上着の垂れた裾をつかもうとしたが、一瞬遅れて後ろ向きに床に倒れそうになった。彼は姿勢を立て直すと、呪いの言葉を発し、声に出さぬ苦痛の表情で皿を見つめた。

「何かお困りですか、アプジョンさん?」フォザーギル氏は哀れな男の顔に絶望の表情を見て、優しく言った。「何か取って差しあげましょうか?」

「ソースです!」アプジョン氏は世捨て人の心さえもとらえるような声でそう言うと、フォザーギル氏に目で訴えながら、今は遠く離れた罪人を指差した。その罪人は訴えているこの不幸な人から少なくとも頭十個離れたところで溶けたアンブロシアを給仕していた。

しかし、フォザーギル氏はそんな傷に効く香油をどこで捜したらいいか知っていたから、数分もするとアプジョン氏は心ゆくまで料理を堪能していた。

「そうですね」とフランクは隣の人に言った。「こういうのも時々いいかもしれません。だけど、ぼくは全体としてソーン先生は正しいと思いますよ」

「ねえグレシャムさん、世間をあらゆる角度から見てください」とアシル氏は言った。彼は真向かいの紳士ほど精力的ではないとしても、かなり食欲の満足に専念していた。「チャンスがあったら、世間をあらゆる角度から見てください。時々のおいしい食事は体にいいと思いますよ」

「そうですね。だけど豚と一緒に食事するのはいやです」

「しーっ、お手柔らかに、グレシャムさん、お手柔らかに。でないとアプジョン氏の消化を悪くしてしまいます。誓って、食べ終わるまでは消化不良にしてはいけません。さて、私はやはり時々こんな宴会が好きですね」

「そうですか?」フランクの口調はほとんど怒っていた。

「ええ、好きです。いろいろな人が観察できますし、結局、どこが悪いのでしょうか?」

「交際して楽しい人たちと暮らすというのが私の主義ですから」

「暮らす——そうですね、グレシャムさん——その点では私も同意見です。オムニアム公爵と暮らすなんてうまくいきません。公爵のやり方は理解できないし、おそらく是認もできない。アプジョンさんが絶えずそばにいるのも、気に入りません。しかし、時々、年に一度くらい二人に会ってみるのもいいと白状します。ここに盃があります。さあ、あなたが何をなされようと、グレシャムさん、ワインを味わわないで盃を回さないでください」

そんな具合にディナーは進行した。フランクはゆっくりに感じたが、アプジョン氏は早すぎるように思った。ディナーは終わって、ワインが自由に回された。歯の仕事が終わったから、舌が再び回転した。クラレットの影響が及ぶと、公爵の存在は忘れられた。

しかし、非常に早くコーヒーが出された。「やっとこれで終わりになるな」とフランクは救われたような思いで独り言を言った。というのは、おいしいクラレットを決してないがしろにしようというのではなかったが、あまりに気分を害していたので、今このときそれを味わって飲むことができなかった。しかし、彼はまったく思い違いをしていた。茶番はまだ始まりにすぎなかった。公爵がコーヒーカップを手に取ると、近くに座っていた数人の友人らもそうした。しかし、客の大多数はその飲み物をたいして望んでいるようには見えなかった。公爵は少しだけそれを飲むと、立ちあがり、何も言わず、何の身振りもなしに静かに退席した。それから茶番が始まった。

「さあ紳士のみなさん」とフォザーギル氏は陽気に言った。「もういいですよ。クラレットはありますか、アプジョン？　ボーラスさんはマデイラ(6)がお好きでしたね。あなたはよくわかっておられる。あれはもううちにあまり残っていません。あれほどいいものはもう手に入らないと思いますよ」

こういうふうに公爵のもてなしは続いた。お客はそれからさらに二時間陽気に酒を飲んだ。

「公爵がまた姿を現すことはないんですか？」とフランクは聞いた。

「誰が姿を現すって？」とアシル氏。

「公爵ですよ」

「ええ、いえ、もう現れません。コーヒーが出たら、いつも公爵は出て行きます。コーヒーは口実として出るんです。来年まで持つくらいご尊顔は拝しました。公爵と私はよき友であり、この十五年続いてきましたが、あれ以上姿を見ることはないんです」

「ぼくは帰ります」とフランク。

「馬鹿な。ド・コーシー氏ともう一人のご友人は一時間はここから動きませんよ」

「気にしません。歩いて帰ります。二人はあとから追いつくでしょう。ぼくが間違えているのかもしれませんが、人からディナーに招待されて、その人から一言も話しかけられもしないなんて、その人から侮辱されているように思えます。その人がオムニアム公爵の十倍も偉い人であっても、ぼくはそう思います。あの人はせいぜい紳士にすぎないから、それならぼくと同等です」彼はこんなふうにいくらか誇張した言葉で感情を吐き出したあと、歩き始め、コーシーへ向けて道路をとぼとぼ去って行った。

フランク・グレシャムは生まれも育ちも保守党支持者だったが、オムニアム公爵は筋金入りのホイッグ党員としてよく知られていた。凝り固まった保守党員くらい心から目上の者を受け入れまいと決意している連中はいない。終始一貫譲らぬ老ホイッグくらい家庭内で強い独裁傾向を示す連中はいない。

フランクは六マイルほど進んだころ、友人たちから拾われた。しかし、そのときでも怒りは納まっていなかった。

「暇乞いをするとき、公爵は同じように礼儀正しかったかい？」と彼は馬車の席に座ったときジョージ令息に聞いた。

「こーしゃくはいいワインを出していた――なあ、そりゃあ言わしてくれ」ジョージ令息は先導馬の腹に軽く鞭を当てたとき、しゃっくりをした。

註

（1）ハイド・パーク・コーナー南の高級住宅地。

（2）「救い主が最後の晩餐の前に祈りを唱えたから、祈りはディナーの前に唱えられると主張されているのは知っている。そういう類似による議論が私を満足させるようには思えない」と原注にある。

（3）一日七回の聖務日課のうち五回目の祈り。現在は正午に行う。

（4）聖務日課の就寝時の祈り。

（5）聖務日課の第六回目の夕方の祈り。

（6）マデイラ島産の酒精強化ワイン。マデイラ諸島はモロッコ西岸沖にあるポルトガル領の島々。

第二十章　結婚の申し込み

そして人々はコーシー城から次々に旅立って行き、ミス・ダンスタブルの馬車の荷造りまで残り一晩しかなくなった。伯爵夫人はミス・ダンスタブルにフランクが結婚を迫る初期段階では、甥の情熱を制御し、愛情の告白を早すぎるとして抑制したが、日がたち、週がたつにつれて、前は抑えようとした情熱を今度は掻き立てる必要があることに気がついた。

「私たち身内の者以外今夜はここにいません」と伯母は彼に言った。「あなたがどんな気持ちを持っているかミス・ダンスタブルに伝えるべきだと真剣に思います。そうしないと、彼女が不平を言っても不思議はありません」

フランクは板ばさみになってしまったように感じた。彼は一つにはおもしろいことが好きだったから、一つには策にはまったふりをして伯母をからかおうという皮肉な気持ちから、ミス・ダンスタブルに言い寄っていた。しかし、彼はまとを射はずしてしまったから、こんなふうに率直に求婚するように求められたとき、何と答えたらいいかわからなかった。このころ、彼はミス・ダンスタブルをえようと接近した二人の男性については少しも気にならなかったものの、ミス・ダンスタブルが彼に無関心のように見せながら、いとこのジョージとはこの間文通をしているのがわかったとき、一種嫉妬のようなものを感じた。彼は明らかに楽しいからこの女性といちゃついていたが、本当に好きなのはメアリー・ソーンなのだと一日に十度は胸中言い聞かせていた。それでもミス・ダンスタブルが少しはこちらに恋してくれてもいいというよくわからぬ思いにとらわれていた。今彼の出発が近づいて、ミス・ダンスタブルがかなり憂鬱になっていると聞くと嬉しかったとはいえ、あまり気休めにはならなかった。とりわけ、いとこの手紙については事実がどうなっているか大いに知りたかった。別れがつらくて胸が痛いのではないかとミス・ダンスタブルに迫っているつもりでいたが、今別れの時が来たとき、自分の胸の痛みのほうが強いことに気がついた。

「彼女に何か言わなければならないと思う、でないと伯母は満足しないだろう」彼はそう独り言を言うと、その最後の夜、ふらふらと小さな応接間に入って行った。しかし、まさしくそのとき自分が恥ずかしくて仕方がなかった。というのも、ひどい求愛の仕方をするのがわかっていたからだ。

妹といとこの一人がほかにその部屋にいたところ、伯母は油断なくすぐ彼らを追い出したから、フランクとミス・ダンスタブルは二人だけになった。

「とうとう私たちの楽しみも、笑いも、すっかり終りになりますね」彼女はそう言って、会話を始めた。「あなたがどう感じているかわからないのですが、私はお別れのことを考えると、本当に少し憂鬱になります」彼女はこの世に心配事なんかないし、あるはずもないかのように、笑いを含む黒い瞳でフランクを見あげた。

「憂鬱って！　ええ、そう、そんなふうに見えますね」フランクは実際ぼんやり感傷に浸った。

「けれど、私たち二人が出て行ったら、伯爵夫人はすこぶる嬉しいでしょうね」と彼女は続けた。「はっきり言って、私たちは卿夫人をかなり失礼に扱ってきましたから。ここに来てから、私たちがずっと楽しみを独り占めにしてきたのです。時々卿夫人は私をこのうちから追い出すのではないかと思いました」

「心から伯母がそうしてくれていたらと思いますよ」

「まあ、なんて意地悪な方！　いったいどうしてそう思うのです？」

「そうしてくれていたら、あなたの海外旅行に加われたかもしれません。ぼくはコーシー城が嫌いなんです。楽しかっただろうなあ、一緒に城を出て――そして――そして」

「そして何？」

「ぼくはミス・ダンスタブルを愛しています。その人と一緒に城を出られたら二重、三重に楽しかったと思うんです」

フランクはこの勇気ある告白をしたとき、かすかに声を震わせたが、それでもミス・ダンスタブルはただもっと大きい声で笑うだけだった。「誓って、言い寄ってくる私の騎士たちのなかであなたがいちばん行儀がよろしくて」と彼女は言った。「いちばん嬉しいことを言ってくれます」フランクは顔をかなり真っ赤にして、真っ赤になっていると感じた。ミス・ダンスタブルは彼を少年のように扱っていた。彼女はフランクを愛している振りをしながら、ただ笑いものにし、一方でいとこのジョージと文通していた。フランク・グレシャムはすでにこのいとこに侮蔑のようなものを感じていたが、そのためかえってただ苦い感情を募らせただけだ。彼が完全に失敗しているというのに、ジョージが成功したなんて、彼が少年のようにもてあそばれているというのに、愚かないとこがこの女相続人の心に触れたなんて、そんなことがあっていいものだろうか？

「騎士たちのなかで！　これからお別れしようというのに、それがぼくに言う言葉ですか？　ミス・ダンスタブル、ジョージ・ド・コーシーが騎士の一人になったのはいつなんですか？」

ミス・ダンスタブルはちょっと真剣な顔つきをした。「なぜそんなことをお聞きになるの？」と彼女は言った。「どうしてド・コーシーさんのことをお尋ねになるのかしら？」

「ええ、もちろんぼくにだって目があります。どうしても見てしまうんです。見ずにいられるものなら見ないし、見なかったでしょう」

「何をご覧になったの、グレシャムさん？」

「ええ、あなたが彼に手紙を書いたのを知っています」

「あの方がそう言ったの？」

「いえ、彼は話していません、だけど、ぼくは知っています」

彼女は黙って座っていたが、すぐいつもの幸せそうな笑顔を取り戻した。

「ねえ、グレシャムさん、たとえ私があなたのいとこに手紙を書いたとしても、あなたは私と喧嘩なんかしたくないでしょう。どうして私があの方に手紙を書いてはいけないの？　私はいろいろな方と文通しています。あなたが手紙を書いてもいいと言ってくれて、返事を書くとお約束してくれるなら、あなたにも近いうちに書きますわ」

フランクは座っていたソファーに背を深く持たせ掛け、そうしたとき、話し相手にこれまでよりももっと体を近づけた。それから片手をゆっくり額に当てて、濃い髪を掻きあげ、そのとき悲しげに溜息をついた。

「ぼくはそんな条件の文通なら」と彼は言った。「嬉しいとは思いませんね。いとこのジョージもあなたの文通相手の一人になるんなら、ぼくは文通をあきらめます」

それからフランクは再び溜息をついた。こんな彼の姿を見るのは痛々しかった。彼は確かにまったくの青二才であり、おまけにひどいとんまだった。しかし、好意的に見ると、彼はまだ二十一で、ずいぶん甘やかされていた点を忘れてはならない。ミス・ダンスタブルはこれをわきまえていたから、彼を笑うのは差し控えた。

「ねえ、グレシャムさん、いったい何が言いたいのかしら？　何があろうと私はこれから先ド・コーシーさんに一行たりとも手紙を書きません。けれど、たとえ書いたとしても、あなたがどんな害をこうむるというのですか？」

「ああ、ミス・ダンスタブル！　あなたにはぼくの気持ちが少しもわかっていません」

「わかっていない？　それなら、わからないほうがいいですわ。あなたの気持ちはわかっていると思っていましたのに。人が出会う多くの気持ちが嘘で一杯のとき、あなたの気持ちだけは本当に誠実なものとして時々喜んで振り返ることができる、善良な、誠実な友人の気持ちだと理解していました。私はあなたがとても好きですわ、グレシャムさん。あなたの気持ちを理解していなかったと思うととても残念です」

状況はますます悪くなっていた。ミス・ダンスタブルのような若い女性は――まだ若い女性の部類に入れてもいいだろう――普通若い紳士に向かってとても好きだなんて言わない。そんな告白は少年少女を相手にならするかもしれない。今フランク・グレシャムはすでに戦いを戦い抜いたと、しかも成果をいくらか得意に思えるかたちで戦ったと感じていた。それなのに、ミス・ダンスタブルからこんなふうにとても好きだと大っぴらに言われて子供扱いされるのは堪えられなかった。

「ぼくがとても好きって、ミス・ダンスタブル！　本当に好きになってくれたらいいのに」

「ええ、好きよ――とても」

「ぼくがどれくらいあなたが好きか、ミス・ダンスタブル、ほとんどわかっていませんね」彼は片手を差し出して相手の手を取ろうとした。そのとき彼女は手をあげて、彼の手の甲を軽くぴしゃりと叩いた。

「私の手をつねる必要があるとは、このミス・ダンスタブルに何をおっしゃるおつもり？　馬鹿な真似をしたいなら、グレシャムさん、はっきり言いますわ。結論は、あなたはまるっきりとんまで、あなたの愛に見合う相手を手に入れる望みはてんでないということよ」

彼は若かったとしても、これほど親切に話された、これほど思いやりに満ちた、これほどわかりやすい助言を真摯に受け止めて、理解すべきだった。とはいえ、まだそれができなかった。

「馬鹿な真似をする！　そう、もう会えないのが苦痛だ思うほどミス・ダンスタブルに思い入れているとすれば、馬鹿だと思います。そう、もちろん馬鹿ですね――誰かを愛するとき、男はいつも馬鹿なんです」

ミス・ダンスタブルは彼の求婚の意図を偽物と見る態度を捨てて、どんな代償を払おうとも彼の求婚そのものを止める決意をした。彼女は多少控え目に、しかしフランクがすぐ了解したように、力強く彼女のほうから手を差し出した。

「さて、グレシャムさん」と彼女は言った。「先を続ける前に私の話を聞いてくださらない。少しのあいだ口を挟まずに聞いてね」

フランクはもちろんそうすると約束せずにはいられなかった。

「あなたは愛の告白をしようとしていらっしゃる――いえ、私が止めましたから、むしろしようとしていらっしゃった」

「告白！」フランクは手を自由にしようと少し無駄な努力をした。

「ええ、告白――偽りの告白ですわ、グレシャムさん――偽りの告白――嘘の告白です。あなたの心のなかを――心の奥底まで覗いてみてください。少なくともあなたが立派な心を具えていることはわかっていますから、それをじっくり覗いてみてください。グレシャムさん、男性が愛を誓う女性を愛するように、あなたが私を愛していないことはおわかりでしょう」

フランクは面食らってしまった。そんなふうに訴えられると、彼はもはやこの女性を愛していたと言うことなんかできないと感じた。彼はただ目を皿のようにして相手の顔を覗き込み、黙って座って話を聞くだけだった。

「あなたが私を愛することなんてどうしてできますか？　私がいったいいくつ年上だと思っているのです。若くも、美しくもないし、あなたがやがて愛して、妻にしたいと思う女性のような育てられ方もしていません。私には愛してもらうような資格は何も、金持ちだという以外に――それ以外に、ありませんわ」

「それが目的ではありません」フランクは申し開きのため否応なく何か言うように求められていると感じて強くそう言った。

「いえ、グレシャムさん、残念ながらそれしかありませんわ。それ以外のどんな理由で私のような女とこんなふうに話す計画を立てることができますか？」

「何も計画なんか立てていません」フランクは今手を引っ込めて言った。「とにかくあなたはぼくのことを誤解しています、ミス・ダンスタブル」

「私はあなたがとても好き――いえ、もし女性が友情のことを愛と呼んでよければ、あなたを愛していますから、もしお金が、お金だけがあなたを幸せにするというのなら、私はたくさんお金をあなたに積みあげますわ。お金がほしいのなら、グレシャムさん、あなたに差しあげます」

「あなたのお金のことは考えたことがありません」とフランクは不機嫌に言った。

「けれど、考えると悲しいわ」と彼女は続けた。「悲しいのです、あなた、あなたが――こんなに若く、こんなに陽気で、こんなに賢い――あなたがこんなふうにお金を求めるなんて。ほかの人からならこんな目にあっても、風が吹くように自然なこととして受け止めてきました」彼女の目から大粒の涙が二つゆっくり流れ落ちた。もし彼女が手の甲で拭っていなければ、薔薇色の頬を流れ落ちたことだろう。

「まったくぼくを誤解していますよ、ミス・ダンスタブル」とフランク。

「もし誤解なら、心から謝ります」と彼女は言った。「けれど――けれど――」

「誤解です。本当に誤解です」

「いったいどうして誤解だと言えますか？　あなたは私を愛していると言い、何とも馬鹿げたことを話し、結婚の申し込みをしようとしていたではありませんか？　もしそうでなかったなら、もし本当に誤解していたなら、誤りますわ」

フランクはこれ以上自己弁護の言葉を見出すことができなかった。ミス・ダンスタブルのお金を望んではいなかった――それは本当だった。しかし、彼女が厳しい軽蔑を込めて非難したあの何とも馬鹿げた申し込みをしようとしたことは否定できなかった。

「あなた方のこの社交界には正直者なんかいないと思わずにはいられません。ド・コーシー卿夫人が私をここに呼んだ理由がよくわかります。どうしてわからずにいられますか？　卿夫人は一日に十回も秘密を漏らすほど計画はずさんでした。けれど、たとえ卿夫人がずる賢くても、あなたは誠実だと一日二十回も自分に言い聞かせてきました」

「ぼくは不誠実ですか？」

「卿夫人がどんなふうに駆け引きをするか見たり、まわりの人たちが利益にありつこうとあくせくする声を聞いたりするとき、私は胸中ほくそ笑んでいました。彼らはみな私という哀れな愚か者が言いなりになって現れて来たから、お金を巻きあげられると考えたのです。けれど、私は一緒に笑ってくれる真の友がいると思ったからこそ、かえってあの人たちを笑うことができたのです。世間の人みなが背くなら、笑うことなんかできません」

「ぼくはあなたに背いたりしません、ミス・ダンスタブル」

「お金のため自分を売るなんて！　ねえ、もし私が男なら、大金を積まれたってこれっぽっちも自由を売るつもりなんかありません。ああ！　お金のため、愛してもいない女性に青春の盛りにある自分を縛りつけるなんて！　楽に生きていくため、自分を偽り、破滅させるなんて――自分だけでなく、相手の女性までもよ！　ああ、何と言うこと！　グレシャムさん！　あなたの伯母さんのような女性の言葉が心の深部にまで浸透して、こんな下劣な、愚かな行為を考えさせるほどあなたを汚染するなんて、そんなことがあるでしょうか？　あなたは魂を、精神を、男の活力を、心の宝を見失ってしまったのですか？　そんなに若いあなたが！　みっともない、グレシャムさん！　みっともない――恥を知らなければ！」

フランクはこれからはたさなければならない仕事が容易でないと気がついた。ミス・ダンスタブルにわかってもらわなければならなかった。彼女と結婚することはまったく考えていなくて、言わばただ女性を扱う腕が鈍らないようにするため、いとこのジョージの恋の邪魔立てをするもう一つの立派な目的のため、彼女に言い寄っていたのだと。

しかし、フランクはできるだけ上手にこの仕事をやらなければならなかった。ミス・ダンスタブルから浴びせられた叱責のため、せき立てられるような気持ちだった。真相を話したとき、彼女の悪口はひどくなるかもしれないが、意図を誤解されたまま今非難を続けられるよりはましだと感じた。彼には金目当ての強い志向なんかなかったし、金目当てということ自体が今唾棄すべき、男らしくない、ぞっとするものに映っていた。どんな目にあってもその非難を受けるよりはましだった。

「ミス・ダンスタブル、あなたが非難なさったことをしようなんてぼくは一瞬たりとも考えたことがありません。名誉にかけて、一度も。ぼくはじつに愚かで――ひどく間違っていて――馬鹿だったと思いますが、そんなことをしようと考えたことはありません」

「それならグレシャムさん、あなたは何をなさるおつもりでしたの？」

これはずいぶん答えるのが難しい質問だった。フランクはすぐ答えることができなかった。「あなたはぼくを許してくれませんね」とようやく彼は言った。「とても許されるとは思えません。どうしてこんなことになったのかわかりません。だけど、これだけは確かです、ミス・ダンスタブル。あなたの財産のことを考えたこと、つまりそれをほしがったことは一瞬たりともありません」

「それなら、私を妻にしようと考えたことはないの？」

「一度もありません」とフランクは相手の顔を大胆に見つめて言った。

「祭壇に一緒に行こうと申し込んで、一つの大きな偽証によって自分を金持ちにしようと本当に考えたことはないの？」

「一瞬たりともありません」と彼。

「あなたは猛禽類がすぐ爪の下で死肉となる哀れな獣を見るように、私を満足げに眺めたことはないの？私を広大な土地と同じものと見なして、銀行の預金残高として当てにしたことはないの？　ああ！　グレシャムさん」彼女はこの強い言葉によってフランクが畏敬の念に打たれたように見つめているのに気づいた。「私のような立場の女がどんな苦痛に堪えなければならないか、あなたにはわかりませんわ」

「あなたに悪いことをしました、ミス・ダンスタブル、許してください。だけど、あなたのお金のことはいっさい考えたことはありません」

「それならもう一度友だちになれますね、グレシャムさん？　あなたのような方を友だちに持てるなんてすてきなことだと思いますわ。ほら、もう言いたいことはわかりました。これ以上言う必要なんかありません」

「半分は伯母を馬鹿にする目的がありました」とフランクは謝罪の口調で言った。

「それならいい目的もあったのね」とミス・ダンスタブルは言った。「もうわかりました。あなたは真剣に私をからかおうとしたのです。じゃあ、許しますわ。とにかく、卑劣なところはなかったのです」

ミス・ダンスタブルはこの若い男からいちゃつかれて甘い愛の言葉を投げかけられたとわかっても、それが無意味で馬鹿げたものだったから、おそらくあまり激しい怒りを感じなかったのだろう。フランクは彼女が心や胸を身構えなければならない特殊なきっかけとなる違反は犯さなかった。彼女がこれまでなめた苦悩の原因となる不正は働かなかったのだ。

とにかく彼女とフランクは仲直りして、その夕べが終わる前に互いに完全に理解し合った。

ド・コーシー卿夫人は事態の進行状況を確認するため、この長い内緒話のあいだ二度部屋に入って来て、気づかれることなく出て行った。何か尋常ならざることが起こったか、起こりつつあるか、起こるだろうことが、幸せに終わるにせよ、悲しみに終わるにせよ、干渉からは何の利益も生まれてこないことが、卿夫人にもはっきりわかっていた。それゆえ、二度とも卿夫人は二羽のキジバト(1)に優しくほほ笑みかけ、入るときと同様滑るように静かに部屋を出て行った。

しかし、卿夫人はついに二人の邪魔をする必要に迫られた。というのは、みながもう就寝していたからだ。その間にフランクはメアリー・ソーンへの愛を残さずミス・ダンスタブルに語り、ミス・ダンスタブルはその誓いを誠実に守るようにフランクに命じていた。若く、誠実な愛には神々しい美しさがあるように彼女には思えた。その美しさが神々しいのは彼女の手に届かないものだったからだ。

「私に経過を教えるのを忘れないで、グレシャムさん」と彼女は言った。「忘れないで。そして、グレシャムさん、何があろうと一瞬たりとも彼女のことを忘れないでね。一瞬たりともよ、グレシャムさん」

フランクが決して忘れないと誓おうとしていたとき、――再度、これで三度目なのだが、伯爵夫人が部屋にさっそうと入ってきた。

「若いお二人さん」と彼女は言った。「今何時かご存知かしら?」

「まあ、ド・コーシー卿夫人、きっと十二時をすぎていますわね。本当に自分が恥ずかしい。明日は私を追い払えますから、さぞかしあなたは嬉しいことと思います!」

「いえ、いえ、決して嬉しくなんかありませんのよ、そうでしょう、フランク?」それから、ミス・ダンスタブルは出て行った。

伯母はそれからまたしても甥を扇でぽんと叩いた。伯母がそうしたのはそのときが最後だった。彼が伯母の顔を見あげたとき、伯母はその表情からグレシャムズベリーの土地はレバノンの香油によっては救われないことを充分了解することができた。

伯母と甥はこの話題についてもう何も話さなかった。翌朝、ミス・ダンスタブルは女主人が投げかけるかなり冷たいさよならの言葉をさほど気にすることなく旅立った。その翌日フランクはグレシャムズベリーへ向けて出発した。

註

(1) 雌雄の仲むつまじいことで有名な鳥。

第二十一章　モファット氏が災難にあう

　ここで読者の寛大なお許しをえて、語りを数か月先へ進ませていただこう。フランクはコーシー城からグレシャムズベリーに戻って、母に——伯爵夫人に話したのとほとんど同じ仕方で——使命をはたせなかったことを伝えると、一日か、二日後にはケンブリッジへ向かった。グレシャムズベリーに滞在する短いあいだ、メアリーの姿をちらとも見かけなかった。もちろん彼女の様子を尋ねたところ、今は在宅していないと言われた。先生のうちを訪ねたけれど、会わせてもらえなかった。「お嬢さんは外出中です」とジャネットは言った。「おそらくミス・オリエルと一緒ですよ」彼は牧師館へ行って、ミス・オリエルがそこにいるのを見つけたが、その朝メアリーは牧師館には現れていないことを知った。前もって取り決めてでもいなければ、こんなふうに彼女が姿を消せるはずはないと考えざるをえなかったから、うちに帰ると、大胆にこの点をベアトリスに聞いてみた。

　ベアトリスはいやに取り澄ました顔つきをして、うちのなかの誰もメアリーと喧嘩はしていないと断言し、メアリーがグレシャムズベリーからしばらく離れていることが望まれたのだと打ち明けた。そして、もちろんメアリーとのあいだで交わされた会話を含むいろいろなことを兄に話した。

「彼女と結婚しようと考えているならそれは論外よ、フランク」と妹は言った。「かわいそうなメアリーくらいそのことを感じている人はいないのもわかってちょうだい」こういうベアトリスは一家の分別の化身のように見えた。

「そんなことは聞いたことがないよ」と兄は言った。妹たちと議論するとき、いつも用いる真っ向から有無を言わせぬ態度だった。「そんなことは聞いたことがないよ。もちろんメアリーがどう思っているかわからないが。彼女はおまえたちと一緒にいて、つらかったに違いない。だけど、これだけは確かだね、ベアトリス、母さんもね、どんな目にあおうとぼくは彼女をあきらめることなんかない――どんな目にあおうとね」そう断言するとき、フランクはミス・ダンスタブルから受けた忠告を思い出して意を固くした。

ベアトリスはこの結婚に完全に反対していたから、兄妹の意見が一致することはなかった。妹はメアリー・ソーンを義姉とするのがいやだというのではなくて、フランクはお金と結婚すべきだという――今グレシャム家全体に行き渡っている論理をある程度共有したからだ。兄はお金と結婚するか、あるいはまったく結婚しないか、どちらかがとにかく不可避のように思えた。哀れなベアトリスはあまり金銭ずくの見方に染まっていなかったから、兄をミス・ダンスタブルのような女性の犠牲にしたいとは思わなかった。しかし、それでもみなが――メアリー・ソーンも含めて――感じていたように、そんな結婚――若い世継ぎと医者の姪の結婚――というようなことは言語道断だと感じていた。それゆえ、ベアトリスはメアリーの親友であり、兄から慕われる妹であるにもかかわらず、兄を応援することができなかった。哀れなフランク！　状況から見て兄には一人の花嫁しか許されていなかった。お金という花嫁だった。

母はミス・ダンスタブルの一件がうまくいかなかったと知ると、この件については何一つ触れず、息子にできるだけ早くケンブリッジに戻るのが最善だとだけ言った。心のうちを曝け出すことができたら、おそらくそこにできるだけ長くとどまるように忠告したことだろう。フランクがコーシー城を発ったとき、伯爵夫人は義妹に手紙を書くことを怠らなかった。この伯爵夫人の手紙の結果、気をもむ母は息子の教育がまだ満足なかたちで終わっていないと考えた。この第二の目的とともに、息子をメアリー・ソーンに近づけまいとする第一の目的を念頭に置いたとき、レディー・アラベラは大学で完成される教育の利点を息子が享受することに今はすっかり満足していた。

フランクは父と長い会話を交わした。しかし、ああ残念！　父の話の要点はつまるところ彼、フランクがお金と結婚しなければならないということだった。しかし、父は伯母や母のような冷たい、無感覚な言い方はしなかった。金持ちとわかった最初の女性のところへ行って自分を売れなんて父は息子に命じることはなかった。本当の金持ちに生まれた者や、本当の貧乏に生まれた者が行動するように、フランクは行動することができないと父が話したのは、胸中に自責と悲嘆を抱えてのことだった。

「財産のない娘と結婚したら、フランク、どうやって生活するんだい？」父はいかに深い損害を跡継ぎに与えたか告白したあと、そう尋ねた。

「お金のことは気にしませんよ、父さん」とフランクは言った。「ボクソル・ヒルが売られようと売られまいと、ぼくの気持ちは同じです。その種のことは気にしません」

「ああ！　おまえ。ところが気になるんだ。気になることがすぐわかるよ」

「ぼくを職に就かせてください。法曹界に進ませてください。きっと生計は自分で立てます。稼ぐんです！　当然稼げます――ほかの人と同じように、ぼくにだって稼げます。とりわけ法廷弁護士になりたいんです」

同じような内容の会話がかなり続いたなか、フランクは父の悲しみを和らげるため、思いつくことは残さず話した。父子は会話のなかでメアリー・ソーンについて一言も触れなかった。その方面で恐れられている一家の大きな危機のことが父に話されていたかどうかフランクにはわからなかった。父には伝えられていたと推測してもいいだろう。レディー・アラベラが一家の危機を胸に納めたままでいることは考えられなかった。そのうえ、みなが当然メアリーの不在に気づいていた。実際のところ、郷士には起こったことが非常に厳しく伝えられており、悪いことはみな郷士のせいにされていた。メアリーをグレシャムズベリーの娘のように扱うように促したのは郷士だった。あの忌まわしい医者――いい医者の適性を具えている以外はあらゆる点で忌まわしい医者――に州の貴族と対等だと思うように教えたのも郷士だった。今フランクがどうしてもお金と結婚しなければならなくなったのは郷士の過ちのせいだった。フランクがどうしても貧乏人と結婚すると言って聞かなくなったのも郷士の過ちのせいだった。

郷士は浴びせられたこういう非難をただ穏やかに聞いていただけではない。レディー・アラベラは攻撃を加えるたびに夫から同量の反撃を受け、とうとう頭痛を起こして撤退を余儀なくされた。彼女は頭痛が慢性のものだと断言して、娘のオーガスタに請け合ったように、この頭痛のせいでとにかく向こう三か月は夫と長い会話をすることに堪えられなかった。それゆえ、郷士はこの戦いで全体として勝利を収めたと言えるかもしれない。とはいえ、それでもやはりこの戦いから影響を受けなかったわけではない。郷士は息子を破滅させるようなことを自分がたくさんしてきたのは事実だとわかっていた。郷士もお金との結婚以外に解決策を思いつかなかった。フランクがお金と結婚しなければならないのは、父の声によっても表明された運命だった。

そしてフランクは再びケンブリッジへ向かった。出かけるとき、誕生日を祝ってもらった約二か月前より、グレシャムズベリーの評価のなかで自分がはるかに小さな男になったと感じた。グレシャムズベリーの短い滞在のあいだ、彼は一度先生に会った。しかし、それを少しも快い出会いとは感じなかった。彼はメアリーのことを尋ねるのを恐れ、先生は彼女のことを話すのをひどくためらった。二人は胸中お互いに敬愛し合っていたにもかかわらず、道で出会ったその偶然を少しも快いものと感じなかった。

それからフランクはケンブリッジに戻ったが、どんなことがあろうとメアリー・ソーンに忠実であろうと強く決意していた。

「ベアトリス」出発の朝、荷造りを監督するため妹が部屋に入ってきたとき、彼は言った。「ベアトリス、彼女が何かぼくのことを話したら――」

「ねえ、フランク、大好きなフランク、それは考えないで――愚の骨頂よ、彼女だって愚の骨頂だとわかっています」

「大きなお世話だね。彼女が何かぼくのことを話したら、ぼくが最後に言った言葉を伝えてくれ。あなたのことを決して忘れないと。あなたは望むようにしていていいんだと」

ベアトリスは伝えると約束しなかったし、伝えるとほのめかすこともしなかった。伝えるとしても当然兄がメアリー・ソーンに会うことのない長い期間をへたあとだと見ていた。

それからグレシャムズベリーで別の問題が起こった。オーガスタは九月に結婚式を挙げることが決まっていた。しかし、モファット氏は不幸にもその幸せな日を延期せざるをえなくなった。彼は直接それをオーガスタに言って――もちろん遺憾の意を表明しなかったわけではない――、その趣旨のことをグレシャム氏に手紙で伝えた。「選挙の件とは別の問題のせいで」と彼は書いた。「格別に心苦しいのですが、延期せざるをえなくなりました」

オーガスタは同じ状況に置かれた若い女性に普通見られるよりも――そう私たちは信じるが――落ち着いて、この不幸に堪えているように見えた。彼女は事実に即した言い方でそれを母に話し、結婚式に定められた二月までおおかた満足してグレシャムズベリーで待つ気になったように見えた。しかし、レディー・アラベラは娘のようには満足できなかったし、郷士も満足できなかった。

「わしはあの男の誠実さを疑っている」と父は一度フランクにはっきり言った。それで、フランクはモファット氏にどんな不誠実の咎があるか、そんな罪にはどんな罰がふさわしいか、考えるようになった。とりわけ友人のハリー・ベイカーと話し合ったあと、彼はこの問題を重く見るようになった。その話し合いはクリスマス休暇中に行われた。

フランクがコーシー城ですごした日々は、早く学位を取りたいという彼の願いとは正反対の方向に働いたから、ケンブリッジに留年することが最終的に決まった。これははっきり言っておかなければならない。彼がクリスマスにうちに帰ってみると、家のなかが妙に活気に欠けることに気がついた。メアリーはミス・オリエルと一緒にどこかへ行っていた。この二人の若い娘はロンドン近郊のミス・オリエルの叔母のところに滞在していた。それで、フランクはケンブリッジへ戻る前に二人が帰って来る可能性はないとすぐ悟った。メアリーから伝言は残されておらず、少なくともベアトリスには託されていなかった。それゆえ、彼は胸中メアリーを冷淡で、不誠実だと責め始めた。メアリーからもともと色よい返事なんかもらっていなかったことを考えると、これにはあまり正当性がなかった。

ペイシェンス・オリエルがいないせいで、フランクはよけいにここを退屈に感じた。彼の帰省に合わせて村の魅力がそがれていたから、彼本人は当然つらかったとはいえ、それを仕掛けた人々はおそらくもっとつらい思いをしたはずだ。というのは、じつを言うと、ミス・オリエルの叔母訪問はフランクが帰省している期間、メアリーがグレシャムズベリーを快く離れる口実となるようにすっかり計画されていたからだ。フランクはむごい目にあわされたと感じた。しかし、若い郷士が無分別な愛情を抱いたせいで、クリスマス・プディングを一人寂しく食べさせられるオリエル氏はどう思っただろうか？　グレシャムズベリーの食卓で快適に食事をすることがもはや許されない先生は、見放された炉辺にわびしく座るとき、どう思っただろうか？　フランクは当て擦りを言い、不平を漏らし、愛の決意が変わらないことをベアトリスに話し、時折近所の美女たちの笑顔で自分を慰めた。あの青毛の馬は完璧に仕上げられ、老いた灰色のポニーは見捨てられることはなかった。狩猟では満足できる多くの獲物を仕留めた。それでも、家は退屈で、自分がその原因だとフランクは感じた。先生にはほとんど会わなかった。先生はレディー・アラベラに医者として会いに来るか、郷士と密談するとき以外にお屋敷には現れなかった。彼が先生とともに夜をすごすことはなく、狐の隠れ場の利点や猟犬の能力についていつもよく交わした談笑もなかった。フランクにとって概して退屈な日々であり、私たちの友人の先生にとっては、そう言っていいが、悲しい日々だった。

二月にフランクは再び大学に戻り、心に重くのしかかるあることをハリー・ベイカーと決めた。彼は妹の結婚式に出席するため、その月の二十日にはうちに帰ると約束してケンブリッジに戻った。冷たく、肌寒い時が結婚の喜びの日に定められていたけれど、幸せな両人の気持ちに必ずしもそぐわないものではなかった。二月というのは確かに暖かい月ではないが、金持ちには一般に心地よく、快適な月だ。たっぷりの火や冬の楽しい気分、ご馳走できしむテーブル、暖かい毛布が擬似的な夏を演出し、粋人には夏の長い日や熱い太陽よりも楽しくなる。なかにはとりわけ冬にする結婚がある。冬の結婚はその魅力を同じように実質的な魅力に依存している。共感に満ちた調和のうちに心と心が脈打つ代わりに、財布が財布に当たってちりんと鳴る魅力だ。純粋な抱擁の歓喜の代わりに、新居の新しい豪華な家具が期待される。新しい心の伴侶の代わりに、新しい馬車が頼りにされる。若い愛の神が真の心酔者の頬に与える薔薇色の色合いの代わりに、室内装飾業者の手になる輝く最初の光沢が求められる。

モファット氏はクリスマスをグレシャムズベリーですごさなかった。いつまでも続く選挙の請願、いつまでも手が切れない弁護士たち、よく管理された富にかかわるいつまでも続く気苦労のため、彼はそんな快楽を享受することができなかった。彼はクリスマスにも、新年の祝いにも、グレシャムズベリーに来られなかったが、時々気の利いた手紙を書いて寄こしたり、時々銀箔の筆箱とか、小さなブローチとかを送りつけたりして、レディー・アラベラには二月二十日を大いに楽しみに待っていると知らせた。しかし、その間に郷士は心配になったから、とうとうロンドンに出向いて行った。フランクはケンブリッジにいたが、その町で見つけられるいちばん重い革の切り裂き鞭を買い、ハリー・ベイカーに秘密の手紙を書いた。

哀れなモファット氏！　勇敢な者だけが美女をえることができるということはよく知られている。しかし、汝は汝の勇敢さについて何の根拠もないまま、とにかくかなり美しい女性を確保した。汝はすでに勝ちえたこの美女を捨てる準備をする前に、どれほど真の勇気が汝にあるか胸中を覗き見たほうがよくはなかったか？　この美女を捨てるにはある特別な勇気が必要だった、と人は言うかもしれない。

哀れなモファット氏！　彼があの縦並びの二頭立て馬車でギャザラム城へ向かったとき、どういうふうにミス・グレシャムと手を切り、ミス・ダンスタブルと一緒になるか思案したのはすばらしい。彼がそのとき背後に目を向けて、背中のすぐ近くにあったあの頑強なフランクの両肩を見なかったのはすばらしい。彼が公爵のクラレットをちびちび飲みながら、その後あれこれポイ捨て計画を熟考していたとき、あの若者フランクの額にはっきり刻まれた決意に燃える自尊心と怒りの強さに――当然気づいていてもよかったのに――気づかなかったのは妙な話だ。彼がポイ捨て計画を熟成させ、仕上げ、実行に移したとき、友情の印としてはいくぶん激しすぎる力で手を握ったフランクのあの強い握力のことを考えなかったのは妙な話だ。

哀れなモファット氏！　彼が婚約中の花嫁に関連してフランクのことをまるまる忘れていたということは考えられる。彼が郷士の暴力とド・コーシー家の敵意だけを予想して、胸中の鼓動に問いかけ、これらに立ち向かえる男らしさを自分が具えていると判断したということはありうる。フランク・グレシャムがケンブリッジでどんな鞭を買ったか、もし彼に想像することができたら、どんな手紙がハリー・ベイカーにしたためられたか、もし彼に推測することができたら、ミス・グレシャムはモファット夫人になっていたかもしれない、いやきっとなっていたと思う。

　しかしながら、ミス・グレシャムがモファット夫人になることはなかった。フランクがケンブリッジへ発っておよそ二日後――モファット氏がフランクの動向に注意を払うほど用心深くなっていたことは考えられる――フランクが発ってからわずか二日後、彼はたいへん長い、練りに練った、弁解じみた一通の手紙をグレシャムズベリーに送り届けた。モファット氏が確信するところ、ミス・グレシャムとそのとても優れた両親なら、あるがままの彼の姿を受け入れて、彼が結婚する気にならない云々という状況を理解してくれるだろうと。要するに、モファット氏ははっきりした理由なしに婚約を破棄する意図を明らかにしたのだ。

　オーガスタは再び失望に立派に堪えた。実際には悲しみや心痛、内なる隠れた涙がないわけではなかったが、それでも立派に堪えた。彼女はうわごとを言うことも、気を失うことも、月明かりのなかを一人で歩くこともなかった。詩を書くことも、自殺を考えることも一度もなかった。彼女はあのロングエーカー(1)の馬車の薔薇色の裏張り、その計り知れぬ柔らかさを思い出したとき、一瞬くじけてしまいそうになった。しかし、全体として精神力の強い女性のあるべき姿、ド・コーシー家にかかわる一員のあるべき姿で堪えた。

　しかし、レディー・アラベラも郷士も激怒した。前者は結婚を取り持ったし、後者はそれに同意して、結婚を実現するもっと重い責任を負っていた。モファット氏に渡すお金はいまだに手元にあった。しかし、残念！　節約することもできた多額の、多額のお金が結婚準備のため打ち捨てられてしまった！　そのうえ、結婚直前に娘をポイ捨てにされたのは、特に仕立屋の息子によってポイ捨てにされたのは郷士にとって不快なことだった！

レディー・アラベラの悲痛はいとも哀れだった。むごい運命がグレシャムズベリーのみじめな家に次から次に不幸を積みあげているように思えた。数週間前、事態は順調に進んでいた。そのとき、フランクは途方もない富を所有する女性からほぼ夫として認められていた――少なくとも義姉からそう知らされていた。一方、オーガスタは途方もないとまでは言えないにしても、話すのが楽しくなるほど立派な富を持つ人から妻に選ばれていた。今、その金色の夢はどこへ行ってしまったのか？　今、哀れにもだまされた子供たちのすばらしい未来はどこへ行ってしまったのか？　オーガスタは悲しみにやつれたまま一人取り残され、フランクはもっと悪い状況のなか貧乏な私生児への変わらぬ愛を主張していた。

レディー・アラベラはフランクの恋愛沙汰について責めをすべて郷士に浴びせることでいくらか慰めをえていた。そのとき非難した言葉は今、利息つきで彼女に払い戻された。なぜなら、彼女はオーガスタの件では結婚の仲立ちをしただけでなく、母の思いあがりからその手柄を自慢していたからだ。

フランクがその婚約破棄の知らせを受け取ったのはベアトリスからだった。レディー・アラベラはモファット氏のこの最終決断をまったく察知できなかったとはいえ、グレシャム家の何人かは察知していなかったわけではない。フランクはそんな可能性があることをベアトリスに話していたにもかかわらず、知らせが届いたとき、やはり面食らってしまった。それで、彼は大きな革の切り裂き鞭を買い、ハリー・ベイカーに秘密の手紙を書いたのだ。

翌日フランクとハリーがコベントガーデンにあるタヴィストック・ホテルの大きな朝食堂で、テーブルに寄りかかり、頭をぴったり寄せ合っているところが目撃された。フランクはすでに柄をなじむように工作した不吉な鞭を二人のあいだのテーブル上に置き、時々ハリー・ベイカーはそれを手に取って、満足げに重さを確かめていた。ああ、モファット氏！　哀れなモファット氏！　汝は今日社交界の集まりに出てはならない。特にパルマル街[2]にある汝のあの社交クラブへ行ってはならない。しかし、ああ！　特別いつものように午後三時にそこへ行ってはならない！

　若き二人の将軍は襲撃計画を注意深く練った。二人がかりで一人を襲うようなことは、両者とも一瞬たりとも考えなかった。しかし、モファット氏は義兄になるはずだった男から会いたいと申し出られても、その手に重い鞭が握られているのを見たら、隠れ家から出て来ようとはしないと思われた。したがって、ベイカーは喜んでおとり役になることを引き受けて、さらに一般の人の同情が被害者に向かうことを抑え、おそらく出会う警察官の干渉を制御するため、当然役割をはたすことを言明した。

「五、六発はやつに食らわせないといやだな」フランクはそう言うと、ほとんど発作的にまた武器をつかんだ。ああ、モファット氏！　あんな鞭で、あんな腕で、五、六発とは！　私ならそんな目にあうくらいなら、バラクラヴァの軽騎兵突撃[3]に参加したほうがまだましだ。

　四時十分前、二人の勇士がクラブへ向けてパルマル街を歩いているのが目撃された。若いベイカーはやる気満々ながら、超然とした様子で歩いていた。モファット氏に面が割れていなかったから、不安がなかったのだ。しかし、フランクはどこか怪しげに帽子を目深にかぶり、狩猟服を顎のところまでボタンで留めていた。顔を隠すため厚手のオーバーのほうがいいとハリーから薦められたけれど、フランクは厚手のオーバーでは腕が振るいにくいと知っていた。彼はオーバーを着て、鞭を試してみて、軽めの服装でいるときほど有効に空気を切り裂くことができないことを確認していた。それゆえ、歩くとき、ポケットから鞭の長い取っ手を突き出したまま、伏し目がちに舗道を見て歩くことにした。そうしていれば、いくらモファット氏でも一目で相手が誰か察知することはできないと自負した。哀れなモファット氏！　もし逃れるチャンスがあるとすれば！

今、クラブの玄関に着くと、二人の友人はしばらく二手に別れる。フランクは中庭を囲う高い欄干の石柱の影の下、舗道に立っていたが、一方ハリーはさっそうと一度に三段ずつ軽く階段を駆けあがると、大広間の門衛にモファット氏がいるか丁寧に聞いて、名刺を渡してもらう――

ヘンリー・ベイカー氏

モファット氏はそんな紳士の名は聞いたことがなかったから、思わず大広間に出てくると、ハリーから飛び切りの笑顔で話しかけられた。

さて、作戦計画によると、ベイカーはクラブからモファット氏を呼び出し、通りに誘い出すことになっていた。それが拒まれることもあるだろう。その場合、相手の紳士を話し合いのため、玄関のすぐ向かいにある訪問客の部屋に連れ込む手はずだった。フランクは表玄関を注意深く見つめ、もしモファット氏が望み通りうまく外に出て来ないとわかったら、階段を駆けあがり、訪問客の部屋へ急行する予定だった。モファット氏に会うのがその場所であろうと、別の場所であろうと、ハリーがクラブの門衛を遠ざけているあいだに、フランクは力の限り親しく相手にご挨拶するつもりでいた。

しかし、運命はいつも勇者に好意的だから、この場合特にフランク・グレシャムに味方した。ハリー・ベイカーが門衛に名刺を手渡したちょうどそのとき、モファット氏は通りへ出る支度をして、帽子をかぶり、広間に姿を現した。ベイカー氏はいちばん優しい笑顔で話しかけて、通りへ降りつつ、一言二言お話がしたいと頼み込んだ。もしモファット氏がそちらへ降りて行こうとしていなかったら、ハリーの依頼があってもそちらへ向かうことはなかったかもしれない。しかし、実際には、モファット氏は訪問者をただもったいぶった表情で見ると――そのもったいぶった表情が彼の習慣だった――、階段を降り続けた。

　フランクはその間胸を高鳴らせつつ獲物を見て、欄干の石柱の後ろに二歩さがり、恐ろしい武器をすでに手に構えていた。ああ！　モファット氏！　モファット氏！　もし汝に好意的に仲裁してくれる女神がいるのなら、遅れることなく今来てもらいなさい。もし汝が充分敬愛する女神がいるのなら、今汝を雲に乗せて連れ去ってもらいなさい。しかし、そんな女神はいない。

　ハリーは充分舗道に入るまで連れに穏やかにほほ笑みかけ、とりとめのない話をし、その犠牲者の顔が復讐の天使のほうを向かないように心がけた。それから、振りあげられた手が充分届くところに近づくと、ハリーは近くの街灯へ二歩退いた。助けに入る警察官が現れ、彼の出番ができて、栄光のかすかな光をえるチャンスでも生まれない限り、確かにこの出会いによって栄光にあずかるのは彼ではなかった。

　しかし、救いの警察官は女神同様現れそうになかった。哀れな元国会議員の耳に容赦なく鞭が振り降ろされたとき、汝ら警察官はどこにいたのか？　スコットランド・ヤード[4]のベンチに座ってうたた寝をしていたか、街角で家付メイドととりとめもない話をしていたか、どちらかだ。汝らは巡回することも、眺望のきく隅石に立って通りの喧噪を監視することもしていなかった。しかし、汝らがそこにいたとしても、いったい何ができたというのか？　たとえサー・リチャード[5]が現場にいたとしても、フランク・グレシャムはあの不幸な男に五発は食らわせていただろう。

　ハリー・ベイカーがすばやく邪魔にならないところに退いたとき、モファット氏はすぐ運命を悟った。髪の毛は明らかに逆立ち、声はクラブに助けを求める金切り声をあげることもできなかった。頬は青灰色になり、よろめく足取りは体を飛ぶように運ぶことができなかった。一度、二度、革の切り裂き鞭が彼の背を走った。もし彼が賢くて、じっと立って鞭の攻撃をその姿勢で受けていれば、そのほうがよかった。しかし、こんな状況に置かれた人はそんな分別を持ち合わせていたためしがない。二発食らったあと、彼はクラブのなかに逃げ込もうと、階段へ突進した。しかし、ハリーは街灯にもたれて怠けていたわけではなく、ここで彼の前に立ちふさがった。「通りに戻ったほうがいいぜ」とハリー。「本当にそうしたほうがいい」そう言いながら、階段の二段目から一押し彼を押し戻した。

それから、もちろんフランクは彼をところかまわず鞭打たずにはいられなかった。紳士がありったけの力で踊り回るとき、公正に背中だけを打つことは不可能だ。それゆえ、鞭は今は脚、今は頭という具合に当たった。残念ながらフランクは止められるまでに五、六発しか食らわせられなかった。

しかしながら、フランクは納得できる罰が与えられないうちにあまりにも早く邪魔が入ったように思った。ロンドンでは喧嘩に加わる警察官はいないとしても、いつも喜んで加わる連中、しろうと警察官がいる。そういう連中は普通悪いほうの側に同情し、十中八九、泥棒やスリを守るほうに寛大な労力を注ぐのだ。恐ろしい武器が哀れな丸腰の紳士の耳に振り降ろされるのが、強い同情とともに目撃されたとき、ハリー・ベイカーの最大の努力と大声の抗議にもかかわらず、とうとう邪魔が入ってしまった。

「邪魔するんじゃない、あなた」とハリーは言った。「お願いだから邪魔するな。これは家族の問題なんだ。誰も邪魔なんか望んでいない」

こう請け合ったにもかかわらず、無礼な連中が仲裁に入って来た。フランクは九発か十発食らわせたあと、首と肩あたりにしがみつく一人の屈強な男から腕を羽交い締めにされ、体重をかけられてしまった。その間、モファット氏は魚屋の徒弟の優しい膝の上に失神して座り、すでに母のような二人の女性から慰めを受けていた。

フランクはひどく息を切らしていた。つぶやくようなののしりの言葉と、敵の不正に対するわけのわからない告発以外に何一つ言わなかった。それでも、まだ相手を襲おうともがいた。私たちはみな血の味がどれほど危険なものか知っており、残酷さが心優しい者にさえもどれほど習慣となるか知っている。フランクは初めて使う鞭の先端にまだ血の味を覚えさせていないと感じた。ほとんど絶望感とともに、まだ男にも、兄にも、なれないと思った。犯罪者に加えた手応えのある打撃としてはほんの軽い一、二発しか記憶になかった。彼は首に取り憑いている夢魔を振り払い、再び戦闘にかかろうと必死の努力をした。

「ハリー——ハリー、やつを逃がすな——やつを逃がすな」彼はかろうじてそう言った。

「あの人を殺したいんですか、あなた？　殺したいんですか」屈強な紳士が肩越しに厳粛に彼の耳に話しかけた。

「かまわない」フランクは男らしく、しかし何もできずにもがいた。「放せと言っているんだ。殺してもかまわない——とにかく、ハリー、やつを逃がすな」

「やつは相当食らっている」とハリーは言った。「おそらく当座は充分な罰と思うよ」

このころまでには、かなりの群集が集まっていた。クラブの階段は会員で混み合っており、そのなかにはモファット氏の知り合いも多くいた。警察官も今は集まっており、騒動の元凶をどうしたらいいかという問題が生じた。フランクとハリーの身柄は緩やかな拘束のもとに置かれていることがわかった。モファット氏は失神状態でクラブのなかへ運ばれて行った。

フランクは無知だったから、終わったら軽い食事とクラレットで友人とこのささやかな事件を祝い、そのあと郵便列車でケンブリッジに帰るつもりでいた。しかし、この計画が駄目になったとわかった。二、三日で保釈されたければ、保釈保証人をマールボロ通り(6)警察署に出頭させなければならなかった。とにかくモファット氏が危険を逃れるまで、彼は警察の監視下に置かれることを了解しなければならなかった。「危険を逃れるまで！」フランクはびっくりした様子で友人に言った。「ねえ、ぼくはほとんどやつに食らわせていないのに」二人はそれでも軽い食事を取り、クラレットも飲んだ。

この事件の翌々朝、フランクは再びタヴィストック・ホテルのラウンジに座っており、ハリーは再び向かい側に座っていた。鞭は今持ち出されておらず、慎重に荷造りされ、フランクのほかの旅行道具のなかにしまわれていた。二人はかなりふさぎ込んで座っていたところ、ドアがぱっと開けられ、重く、すばやい足音が近づいて来るのが聞こえた。到着が今か今かと待たれていた郷士だった。

「フランク」と郷士は言った。「フランク、いったいどういうことだ？」郷士はそう言いながら、右手を息子に、左手を友人に伸ばした。

「悪党に鞭を食らわせてやった、それだけです」とハリー。

フランクは父から特に温かく手が握られているのを感じた。父はなるほど眉を吊りあげ、驚きと、おそらく作った遺憾の表情を見せていたが、それでも本当は優しい顔つきで自分を見つめていると考えずにはいられなかった。

「なあ、おまえ！　あの人に何をしたのだ？」

「やつはそれでも少しもやられていないんです」フランクはそう言うとき、まだ父の手を握っていた。

「うん！　やられていない！」とハリーは肩をすくめて言った。「やつはずいぶん頑丈にできているから」

「しかし、おまえたち、危険な目にあわないことを願うよ。危険がなければよいのだが」

「危険って！」フランクはモファット氏と公平に戦うチャンスを与えられたとは、まだ信じる気になっていなかった。

「ああ、フランク！　フランク！　どうしておまえはそんなに無鉄砲なんだ？　しかもパルマル街の真ん中で。うん！　うん！　うん！　グレシャムズベリーじゅうの女性たちはおまえがあの人を殺したと噂することだろう」

「殺していたらよかった」とフランク。

「ああ、フランク、フランク！　さあ、教えてくれ――」

それから父は座って、おもにハリー・ベイカーから息子の武勇の話を残さず満足げに聞いた。それから三人は別れる前にさらに軽い食事を取り、クラレットを飲んだ。

モファット氏はしばらく田舎にこもっていたあと、海外へ出た。選挙違反の請願がバーチェスター市の議席を彼にもたらしてくれそうにないと悟ったからだ。これが彼のミス・グレシャムへの求愛の終わりだった。

註

（1）ロンドンのコベントガーデン近くの通りで、十九世紀は馬車製造業で有名だった。

（2）ロンドンのセント・ジェームズ・パレス近くにある高級クラブ街。陸軍省があった。

（3）クリミア戦争中の一八五四年十月二十五日にバラクラヴァの戦いが起こった。この戦いのなかでイギリス軍騎兵隊はロシア軍に向けて二つの突撃を敢行した。第一の突撃は重騎兵、第二の突撃は軽騎兵によるものだった。ここでもテニスンの詩で有名な軽騎兵の突撃に言及している。

（4）ロンドン警視庁は一八二九年から一八九〇年までホワイトホールに通じる短い通りグレート・スコットランド・ヤードにあった。

（5）サー・リチャード・メイン（1796-1868）はトロロープの執筆時（一八五八年）の首都警察の長官。しかし、『ソーン医師』が設定された一八五四～五年当時彼はまだウィリアム・ヘイ警部と共同の長官だった。

（6）セント・ジェームズ・パレス東側の通り。

第二十二章　サー・ロジャーが議席を剥奪される

このあと、グレシャムズベリーやそこの人々のあいだにほとんど何も起こらなかったことは記録していいだろう。フランクが長く学寮を欠席していることに当然のことながら注意が向けられた。それから、パルマル街の出来事についての知らせ――おそらく誇張された知らせ――がすぐケンブリッジのハイストリートに届いた。しかし、この事件は徐々に収まり、フランクは学業を続けた。

彼は学業に戻った。夏休みまでグレシャムズベリーには帰らないというのが父との取り決めだった。今回郷士とレディー・アラベラのあいだにも同じような取り決めがあった。二人とも息子をミス・ソーンから遠ざけておきたいと思い、息子の年齢や気質を計算に入れれば、その情熱が六か月は持つまいと想定していた。「夏になったら、外国旅行のいい機会です」とレディー・アラベラは言った。「かわいそうなオーガスタが元気を取り戻すため転地も必要です」

郷士はこの最後の主張には同意しなかった。しかし、これは大目に見てもよかった。こういうことが決められていたから、フランクは夏まで家に帰らないことになった。

サー・ロジャー・スキャッチャードがバーチェスター市の国会議員に選ばれたこと、ところが、彼の当選を脅かす請願があったことは覚えておられるだろう。その請願がモファット氏一人によって支えられていたとしたら、サー・ロジャーの議席は疑いもなくフランク・グレシャムの切り裂き鞭によって守られたことだろう。とはいえ、そうはならなかった。モファット氏はド・コーシー家の利益代表ということで推薦されていた。モファット氏が鞭打たれたからといって、多くの人々が頼っているその貴族の意向が無視されるようなことはなかった。いや、請願は続いていた。ニアーザウインド氏は彼の手にかかれば請願は成功の可能性などという次元の低いものではないとはっきり言った。「可能性ではなく、絶対確実だ」とニアーザウインド氏。というのも、ニアーザウインド氏は正直なパブの主人とささやかな請求書の支払いについて確実なネタをつかんでいたのだ。

請願が提出され、適切に裏書きされた。誓約書に署名がなされ、公的な手続きが残さずきちんと実施された。そして、サー・ロジャーは彼の議席が危機に瀕していることを知った。彼は当選を大きな勝利と見なしていたから、不幸なことにこれを彼の人生の勝利の祝い方で祝った。前回の発作の後遺症からまだ回復していなかったのに、また激しい飲み会にふけった。そして、不思議なことに、直接目に見える悪影響はなかった。

二月に彼は同じ階級の人々みなの温かい祝福のなかで議席に着いた。四月の初めにこの件が裁判にかけられた。彼を弾劾するため、選挙の世界で知られるあらゆる罪が持ち出された。偽証と不正行為とあらゆる種の買収で彼は告発された。訴状のなかで、票を買収し、饗応し、暴力で脅し、強い酒で判断能力を奪い、二重投票をさせ、死人の票を数え、票を盗み、偽造し、可能な限りの想像上の工夫によって票を作ったとされた。票をえる工作に関連して、サー・ロジャー――彼自身にしろ、彼の代理人にしろ――に罪なしとされた罪はなかった。サー・ロジャーは不正行為の目録を見てひどい恐怖の衝撃を受けた。しかし、つまるところ弁護士のローマー氏がパブの主人レディパーム氏に以前の支払いをしたのだとクローサースティル氏から言われたとき、サー・ロジャーはいくらか慰められた。

「残念ながらローマーさんは軽率だったと思いますよ、サー・ロジャー！　本当に残念です。ああいう若者はいつもそうなんです。精力的だから、馬のように働く。しかし、分別のない精力が何の役に立つというんです、サー・ロジャー？」

「だが、クローサースティルさん、おれは最初から最後まで何も知らなかったんだ」

「代理関係が証明されるでしょうね、サー・ロジャー」クローサースティル氏はそう言って、頭を横に振った。それから、この件に関してもはや何も言うことはなかった。

当時雪のような潔白さが求められる時代には、政治的不正はイギリス政治家の目に唾棄すべきものに映った。選挙時の買収行為くらいみっともない不正はなく、買収の罪は重い。下院では許される余地のない罪の一つだ。見つかれば、罪人は赦免の希望なしに政治的死を迎えることになる。それは女王が座るものよりも高い玉座に対する反逆、火あぶり[1]に処せられるべき異端だ。それは大きな犠牲によってしか清められない下院全体の汚染だ。アナテマ——マラナタ！[2]　戦いでたとえ我らの心臓の血の半分が流れるとしても、我らのなかからそいつを追い出せ！　異端者を永遠に追い出せ！

愛国心の強い議員たちは買収についてそう言う。彼らは誠実に見れば間違いなく正しい。金持ちが票を買うのは確かに悪いことだ。貧しい者が票を売るのも悪い。是非ともこういう不正は深い嫌悪をもって拒否しよう。

深い嫌悪をもって、できれば是非とも拒否しよう。ぜんぜん嫌悪を感じなかったり、ただ感じている振りだったりではなく、拒否しよう。票の買収に対する法律は今はなはだ厳しいので、不運な候補者はたとえ純粋な意図からする行為でも、有罪になりやすい。このような状況があるため、議会で国に奉仕する栄誉を望む紳士は、やはりみな予備的な手段として銀行にお金を準備する必要があると思っている。候補者は饗応にも、飲み物にも、楽隊にも金を使ってはならない。女性にリボンを買うことも、男性にエールをおごることも許されない。もし候補者が支援者から頑張れと言葉をかけられたら、それは危険なことだった。その候補者は公聴会で、これは彼に好意を抱くイギリス人の自然な感情の発露であり、決してイギリスのビールをおごったからではないと証明する必要があるかもしれない。気軽に誰かをホテルのディナーに誘うこともできない。買収は今巧妙に隠されて簡単にはわからなくなっており、一杯のシェリー酒でなされることもある。このような状況があるため、やはり貧しい候補者は選挙戦の困難を乗り越えることは不可能だと感じている。

　私たちはブヨは徹底的に濾すが、ラクダはらくらく呑み込んで[3]しまう。あらゆる障害を乗り越えてあの神聖な奥の院に入る道を切り拓きたいとき、もしすべてが透明で、易しく、公明正大なら、私たちはなぜわざわざ特別信頼できる選挙参謀――ニアーザウインド氏やクローサースティル氏――を雇う必要があるのか？

　ああ、悲しい！　金はいまだに必要とされ、いまだに準備され、とにかく使われる。哀れな候補者は請願の危険がなくなり、弁護士の請求書が眼前に置かれるまで事態がどうなっているか何一つわからない。彼は宴会や視察、秘密の会合、飲み会が彼の金でなされたことなんかそのときまで考えてもみなかった。確かに想像することもなかったのだ。哀れな候補者！　かわいそうな議員！　彼ほど無知な人がいるだろうか！　そういう請求書に以前にも金を払ったことは確かだが、参謀である友人のニアーザウインド氏にすべて法律通りに注意してやるようによくよく頼んでおいたのもまた事実だ。しかし、彼はその請求書に金を払い、次の選挙でもまたニアーザウインド氏を雇う。

　ときどきまれなことだが、国会内部の至聖所の様子が外部の普通の人の目に届くことがある。あの摩訶不思議な世界をちょっとでも偶然覗き込んだら、そこの[4]腐敗が残さず吐き出されてくる！　そのときの光景は何と爽快なことだろう。そのとき、おそらく落ちたペリのように楽園から追放された前議員があの純粋な天国の秘密を明らかにし、絶望の苦悩のなかで穏やかな楽しい数年間の議席のためどんな犠牲を払ったか私たちみなに教えてくれるのだ。

しかし、ニアーザウインド氏は信頼できる男で、危険なんかなしに簡単に雇える。買収に厳しい法律もニアーザウインド氏のようなすこぶる信頼できる男の価値を高めるだけだ。彼にとって、厳しい法律はかえって価値ある雇用を強力に保証する。もしこれらの法律が簡単にくぐり抜けられるものなら、選挙とは無縁のどんな弁護士でも候補者の世話をし、議席を安全に確保することができるだろう。

もしサー・ロジャーがクローサースティル氏だけを信じていたら、よかった。ローマー氏も混乱に乗じて得をしようなんて考えなかったら、よかった。時が流れて、請願の公聴会が始まった。そのとき、レディパーム氏くらい幸せな様子をした人がいただろうか？　レディパーム氏はロンドンの宿にくつろいで座り、長いパイプで紫煙を吹かし、計り知れぬ満足の表情をした。公聴会の最重要人物がレディパーム氏だった。すべてはレディパーム氏に懸かっていた。そして、彼はきちんと義務をはたした。

請願の結果は公聴会で次のように発表された。サー・ロジャーの当選は無効――当選は全面的に無効――だった。サー・ロジャーは代理人による買収の罪――以前に支払いを断られたとされる請求書に支払いをすることで票をえた罪――で有罪。サー・ロジャー本人は何も知らなかった。これは常に当然主張されることだ。しかし、サー・ロジャーの代理人ローマー氏は上記の取引に関して故意に買収したかどで有罪だった。哀れなサー・ロジャー！　哀れなローマー氏！

本当に哀れなローマー氏！　彼の運命は予想されたようにみじめなもの、私たちが住む純粋な時代の純粋主義には汚いシミのようなものとなった。それから、しばらくして香港で訴訟を起こすため若い精力と早耳の能力が必要とされ、ローマー氏がその仕事に適任だと見られて、将来の報酬の保証とともにそこに送り込まれた。そのときのローマー氏ほど幸せな様子を見せた人がいただろうか！　しかし、純粋な人々のあいだにも妬みや中傷が潜んでいる。ローマー氏は南海の島々を飛び回り、まだ新世界の驚きが消えないうちに、帰還の命令を受けた。国会の大会議に座っている人々のなかには、純粋な参政権を不当に汚すようなやつが地球の対蹠地でイギリスを代表しているという事態に堪え難い思いをする紳士らがいた。彼らはローマー氏というこの大きな不名誉が地上から拭い去られ、償いがなされるまで安息がえられなかった。彼らはそんな汚名のことを考えるだけでも自分が汚染されてしまうと考えるタイプの人々だった。彼らはローマー氏を召還する――召還し、もちろん破滅させる。それまで食事もおちおち取ることができない。それをはたしてやっと高潔な紳士らの心は平安に戻れるのだ。

ローマー氏が香港にいることを国辱と感じ、愛国心から羞恥の赤らみが額に広がるのを感じる高潔な紳士ら。もしそんな紳士らがいるとしたら、たとえ私たちのあまり立派にできていない魂がその清い純粋さに驚きを感じるとしても、あらゆる栄誉をその紳士らに与えよう。しかしながら、もしその高潔な紳士らの額にそんな赤らみが広がっていないとしたら、もしローマー氏がまったく違った別の感情によって召還されるとしたら、――私たちは栄誉の代わりにいったい何を召還にかかわったその高潔な紳士らに与えたらいいのだろうか？

しかし、サー・ロジャーは議席を失った。彼は立法府で喜びの三か月をすごしたあと、気づいたときはひどい打撃を受けて低レベルの私生活に引き戻された。

打撃は深刻だった。人は胸中の真実を親友にさえめったに語らない。人は激情を抱くことや、強い感情に苦しんでいることを外に表すのを恥ずかしがる。人はあらゆる追求を半分も重要でないもののように装い、望みのものを半分も真剣に望んでいないように装う。熱望をもろに出すのは子供っぽいし、だいたいまずいやり方のように見える。それゆえ、人は野心に仕えて前と同じように——マンモンに仕えるときは以前にも増して——懸命にあがいている反面、外見上は手元の些細な問題をただ楽しんでいるかのように快い微笑で装って見せる。

サー・ロジャーは票をえようとしたとき、おそらくこれと同じだった。少なくとも国会議員になることについても役に立つかどうか疑わしいもののように話した。「おれは求められたから、なるほど進んで立候補した。しかし、議員になったら仕事には差し支える。それにおれが国会の何を知っているというのか？ 何も知らない。議員になるなんて、とんでもないもくろみだったが、それでも求められたとき躊躇はなかった——人から求められたときおれはいつもがさつで、すばやかった——そして、今も同じようにすばやく、確かにがさつなんだ」

彼はこれからえる議会の栄誉についてこんなふうに話した。そして言葉通りに人々から受け取られた。議員として選ばれたとき、その成功は彼の大義と階級にとって大きな前進だと喝采された。しかし、貧しいバーチェスターの石工が今や故郷を代表する国会議員だと考えると、彼の内面は勝利感で膨れあがり、胸は自尊心ではち切れそうになっていたことを人々は知らなかった。それでも、議席の正当性に疑義が投ぜられたとき、彼はまだ笑って冗談を言った。「おれが議席をえることをやつらは歓迎していた。議席を保つか、失うか、どちらかなら、たぶん失うほうがおれには都合がいい。おれは誰かを買収したとはまったく思っていない。しかし、お偉方たちがそう言いたいんなら、おれはそれでいい。おれはいつもと変わらずがさつで、すばやいんだ」などなど。

しかし、いざ裁判闘争が始まると、それは彼には恐ろしいものだった。心を開いて気持ちを正直に言える友がただの一人もこの世にいなかったから、やはり恐ろしかった。もしソーン先生との交際が頻繁だったら、彼はおそらく先生に心を開いていたかもしれない。しかし、彼がソーン先生に会ったのは病気のときか、郷士がお金を借りたいときか、ごくまれなときだった。彼には友人がたくさんいたし、議会的な意味での友人は山ほどいた。彼のことを語り、公の集会で賞賛する友人、演壇で彼と握手し、ディナーで彼の健康を祝して酒を飲む友人が。しかし、真の友情をもって暖炉の前で一緒に座り、内なる人間の溜息に耳を傾け、同情し、気持ちを和らげてくれる友はいなかった。彼には同情もなく、愛の優しさもなく、外の世界のうるさいブラスバンドの演奏から逃れる隠れ場所も――心の内へ逃れる以外に――なかった。

彼を襲った打撃は深刻だった。まったく予想していなかったわけではなかったが、それが来たとき、ほとんど堪えられなかった。彼はあの威厳に満ちた会議室に入って行く特権、公爵の息子らや巻き毛をした国のお気に入りらと立法上対等に肩を並べて座る特権を重く見ていた。お金からは何の支えも――たんに獣のような力の感覚以外に――えることができなかった。三万ポンドの年収はあっても、一日三シリング六ペンスで石を削っていたころと較べ、目に見えるほど野心の目標に近づいているようには見えなかった。しかし、議事堂に導かれ、テーブルで紹介されたとき、老首相と下院のフロアで握手したとき、バーチェスター選出の名誉ある議員が重大な討論のなかで鉄道問題の偉大な権威として言及されたとき、そのとき彼は実際何かを成し遂げた気分になっていた。

そして今、彼は中身を味わう前に盃を唇から奪われてしまった。公聴会の決定が不利だと初めて聞いたとき、男らしく悲運に堪えた。元気に笑って、金にならない仕事から解放されたと言い、モファット氏が鞭で打たれた件で軽い冗談を飛ばした。彼は非常に性格が強く、決意が固く、仕事に忠実なので、この種の争いで影響なんか受けないとの印象を周囲の人々に与えた。両手でズボンのポケットの半クラウン貨をかき混ぜながら、ローマー氏とレディパーム氏は長く知る最良の知己だと話したとき、彼の屈託のない笑いは人々から賞賛された。

しかし、それでも彼は失意の人として公聴会の部屋から出た。不愉快な状況で議会から追放されたほかの前議員たちとは違って、希望で勇気づけられることはなかった。議会が将来提供してくれる五、六年後の選挙に期待する余裕はなかった。五、六年！　何と、彼の人生は四年分さえも買ってもらう価値がなかったのだ。それを身に染みて知った。彼は今ブランデーの刺激なしに生きることができなくて、それを飲むとき、自分を殺しているとわかっていた。死は恐れなかったものの、まだ生きているあいだに労働の日々のあと少しだけ触れたあのまばゆいばかりの高い世界にまた生活することができたらと願った。

彼は議会の友人たちと別れるとき大声で快活に笑い、汽車に乗ってボクソル・ヒルに帰った。大声で快活に笑ったが、それからもう二度と笑わなかった。ボクソル・ヒルではあまり笑わないのが普通だった。そこには妻がいて、ウィンターボーンズ氏がいて、枕の下にはブランデーの瓶があった。そこでは大声の快活な笑いを作る必要がないとわかっていた。

家に帰ったとき、外見上は元気そうだった。しかし、スキャッチャード令夫人もウィンターボーンズ氏も彼が普通以上に不機嫌なのがわかった。彼は仕事に懸命に取り組んでいる振りをして、外国との契約を監督するため海外へ行く話さえした。しかし、ウィンターボーンズ氏でさえ主人が以前のように働いていないことを知って、ついに不安に駆られ、スキャッチャード令夫人にすべてがおかしいと思うと話した。

「いつもブランデーを飲んでいるんですよ、奥さん、いつもです」とウィンターボーンズ氏。

「そうなんですか?」スキャッチャード令夫人はウィンターボーンズ氏の言わんとするところをよく理解した。

「いつもです、奥さん。こんな飲み方は見たことがありません。私は一口やったら、いつも三十分は持つんですが、何と、彼は十分も持たないんです、今は」

スキャッチャード令夫人はこれを聞いて落ち込んだ。しかし、哀れな女に何ができようか？　夫に話しかけると、夫はどなるばかりだった。今重い鬱状態にあると思ったから、酒のことに触れる勇気もなかった。令夫人はこんなにすさんだ気分にある夫を見たことがなかった。習性は熊のようで、人間性のかけらもなく、頭を脚のあいだに入れて計り知れないどん底に真っ逆さまに落ちていく決意のようだった。

令夫人はソーン先生を呼ぶことを思いついた。しかし、医者として呼ぶか、友人として呼ぶか、どちらの立場にしたらいいか迷った。どちらにしても先生は今喜ばないだろう。サー・ロジャーは医者であれ、友人であれ、喜んで来るのでなければ怒って受け入れない男であることを令夫人はよく知っていた。令夫人はこの夫、欠点も含めて最良の友、最愛の男が自分を殺そうとしているのを知っていたが、何もできなかった。サー・ロジャーの主人はサー・ロジャー自身であり、もし彼が自分を殺そうというのなら、そうするしかなかった。

彼は自分を殺した。確かに不意の一撃ではなかった。劇薬を大量に飲んで床に倒れて死んだのではなかった。もしそうしてくれていたら、おそらく彼にとっても、まわりの人々にとっても、そのほうがよかった。しかし、そうではなかった。医者が彼のベッドのまわりに集まる時間はあった。スキャッチャード令夫人は一時期看護の世話をすることができたし、病人は最期の言葉を数語話すことができ、死にゆくなかで礼儀正しく彼に割り当てられた下界の役割に別れを告げた。この最期の言葉が私たちの物語のなかで生き残った人々に長く影響を与えることになる。とはいえ、読者は今しばらく病床のサー・ロジャーのそばに立って、彼の前途に待ち受ける旅の幸運を祈る手伝いで満足しなければならない。

註

（1）スペインの宗教裁判所でくだされる異端者の公開火刑（*auto-da-fé*）。

（2）「コリント人への第一の手紙」第十六章第二十二節に「もし主を愛さない者があれば、呪われよ。マラナタ（われらの主よ来たりませ。）」とある。アナテマが「呪われよ」の意。

（3）「マタイによる福音書」第二十三章第二十四節。

（4）ペルシャ民話に出てくる堕天使の末裔で、楽園から追放された美しい超自然の妖精。

第二十三章　過去を振り返りつつ

ソーン先生が私たちの主人公だとこの物語の始めで述べた。しかし、先生は近ごろまるで忘れられてしまったようだ。先生が胸中の悲しい重荷をメアリーに話そうとしないまま寝室にこもったあの夜以来、私たちは先生のことを何一つ見聞きしていない。

その夜は真夏だったが、今は早春だ。先生はその間の月日を鬱々とすごした。前にも述べたが、その夜先生は姪を胸に抱きつつ姪が知りたがったことを教える気にならなかった。先生は臆病者のようにいやなことを翌朝まで先延ばしにして、その夜の眠りをみずから奪ってしまった。

しかし、朝になったとき、伝えなければならない義務を後回しにすることはできなかった。レディー・アラベラはメアリーをグレシャムズベリーに客として迎えるつもりがないことを先生に申し渡した。今後メアリーがレディー・アラベラのもくろみを知らないままお屋敷内に足を踏み入れることは問題外だった。それで、朝食前に先生は手をつないで小さな庭を散歩しながら、それをメアリーに伝えた。

先生はこの知らせを聞いたときの姪の落ち着いた、いや冷めた態度にひとかたならず驚いた。確かに姪は青ざめた。先生は手のなかで姪の手が少し震えるのを感じ、一瞬姪の声が震えるのに気づいた。しかし、姪は怒りの言葉を漏らすことも、レディー・アラベラの要求に含まれた非難を否定して見せることもなかった。先生はこの問題でメアリーに何一つ非がないことを知っていた、知っていると思った、――いや、はっきり知っていた。少なくとも姪は若い世継ぎに愛情を掻き立てるようなことをしていなかった。それでも先生は姪に無実を主張してほしいと望んだ。しかし、姪はまるっきりこれをしようとしなかった。

「レディー・アラベラは正しいんです」とメアリーは言った。「まったく正しいんです。もしそういう怖れがあるなら、用心してしすぎることはありません」

「レディー・アラベラは利己的で、高慢だね」と先生は言った。「ほかの人の気持ちに無頓着なんだ。そうしたらあの人の利益は計れるだろうが、どんなに深く隣人を傷つけるかまったく考えていない」

「私があの方から傷つけられることはありません、伯父さん、伯父さんもね。私はグレシャムズベリーに行かなくても暮らしていけますから」

「しかし、私のかわいい子があの人から汚名を着せられるのは堪えられない」

「私が、伯父さん？ 私があの方から汚名を着せられることはありません。フランクが愚かだったんです。彼のことは伯父さんに何も話しませんでした。煩わせる価値はないと思ったからです。でも、レディー・アラベラが干渉したいと思ったら、私にはあの方を非難する権利はありません。フランクは言ってはならないことを私に言ったんです。フランクが愚かでした。伯父さん、おわかりのように、私はそれを止めることができなかったんです」

「それなら令夫人はフランクを追い出さなくては、おまえではなくてね。あの人にはフランクを追放させなくては」

「伯父さん、息子なんですよ。母がそんなに簡単に息子を追い出すことなんかできませんわ。あなたは私を追い出すことができますか？」

先生は腕を姪の腰に回して、引き寄せるだけでそれに答えた。先生は姪がひどい扱いを受けたと確信していた。それなのに、今姪が奇妙なほどレディー・アラベラの肩を持つので、これをどうきれいに納得していいかわからなかった。

「そのうえ、伯父さん、グレシャムズベリーはある意味フランクのものなんです。いったいどうして彼が父の家から追放されなければならないんですか？　ありえないわ、伯父さん。私があそこへ行くのをやめます。私があの人たちの邪魔をするつもりがないことをわからせます」

それからメアリーは穏やかな表情と落ち着いた足取りで部屋に入ると、お茶を入れた。

彼女はフランクが愚かだったとこんなにも歯切れよく伯父に話したとき、どんな気持ちだったのか？　メアリーはフランクと同年だった。彼女はどの女性よりも感受性が強かったが、どの女性よりも力強くその感情を隠すことができた。彼女の心はフランクのと同じくらい温かく、その血は同じくらい生命力でみなぎり、愛する者との交わりを求める生来の願望は同じくらい強かった。フランクが愛情を公言したのは愚かだった。そんな愚かさがメアリーのせいにされるのは理不尽だった。しかし、彼女はその愚かさに抵抗することができたのか？　フランクが愛の戯言を喋っているあいだ、彼女は恋とは無縁にフランクと一緒に歩くことができたのか？　そうだ、そんな戯言は小説で読む限り平凡だ。書くほうの側から見ても平凡だ。しかし、ふくよかな香りが豊かに漂う七月の夜の散歩で若い女性が初めてそれを聞いたとき、それは決して平凡ではなかった。

初めてでも、少なくとも二度目でも、おそらく三度目でも、こんな具合に話されるとき、それは平凡ではありえない。こんな神々しい至福が感覚に慣らされてつまらなくなるとは残念だ。

メアリーはフランクの愚かな言葉を嬉しく思いつつ聞いたとしても、それをそのまま受け入れることはしなかった。しかし、どうしてそのまま受け入れてはいけなかったのか？　どうして彼女はフランクのように自分から愛情を表現してはいけなかったのか？　フランクはどんな娘も愛さずにはいられないすべてを持ち合わせていたのではないか？　彼はどんな娘も愛さずにはいられない相手、女神の如き女性が愛する対象として神から高貴に、美しく、神自身に似せて造られていたのではないか？　そんな女神が全身全霊で、真に、完璧に愛する対象として！　それなのに私たちはそんな神聖な男性をいつもじつに不自然に、じつに理不尽に辱める。というのは、娘が積極的に結婚して親元から離れるころになると、私たちは当然その娘に恋愛を期待する。ところが実際には、結婚まで——その前に必要に違いないと思われるあらゆる準備段階から——娘には冬の川の神のように凍りついた心でいることを求めるからだ。

ああ、笛を吹いて、そうしたらあなたのところへ行くわ、あなた！
ああ、笛を吹いて、そうしたらあなたのところへ行くわ、あなた！
たとえ父も母もみなも気が違っても、
ああ、笛を吹いて、そうしたらあなたのところへ行くわ、あなた！(1)

これが誇らしく恋人の手に手を重ね、二人して一つの肉になることに同意する前、娘が感じる愛のかたちだろう。

メアリーはこんな愛をそのとき感じなかった。彼女はフランク・グレシャムが警告を受けることになる恐ろしい運命を予感した。言葉ではっきり言われなかったものの、フランクにはお金と結婚する運命が待ち受けていることを本能的に知っていた。彼女なりに考えても、フランク・グレシャムの愛に身を委ねることは不可能だと認めるのに時間はかからなかった。気持ちがそんな愛にいくら傾いても、それを抑えるのが義務だった。それゆえ、自制の決意を固め、時々その決意を守ったことを自慢に思った。

この時期は先生にとっても、メアリーにとっても冬の時代だった。彼女はグレシャムズベリーへ行かなくても暮らしていけると言ったが、それがそう簡単ではないことがわかった。生まれてからこのかたよく行っていたので、うちにいるのと同じくらいそこにいるのが習慣になっていたからだ。そんな古くからの習慣を破るのは苦痛を伴う。グレシャムズベリーを離れることができたら、状況はまるで違っていただろう。しかし、実際には毎日門のそばを通り、毎日使用人の誰か――彼女のことをお屋敷の若い娘たちと同じようによく知っていた――を見て、話しかけ、時間単位でグレシャムズベリーと接触していた。彼女がそこに行かなくなっただけではなく、突然行かなくなったことをみなが知っていた。そうだ、グレシャムズベリーへ行かなくても暮らしていける。しかし、しばらくみじめな生活しか送れなかった。メアリー・ソーンがレディー・アラベラと若い郷士のせいでもうお屋敷に出入りしていないと、村の男女も、少年少女も、近所の人に話しているのを彼女は感じた、いや聞いたも同然だった。

しかし、ベアトリスはもちろん彼女を訪ねて来た。ベアトリスに何と言ったらいいだろうか？　本当のことを！　いや、親友にさえ本当のことを言うのは簡単ではなかった。

「でも、もう兄がいないのですから、来てもいいでしょう？」とベアトリス。

「駄目よ、本当に！」とメアリーは言った。「そんなことをするのはレディー・アラベラも、私も、気が済まないんです。駄目よ、トリッチー、あなた。いとしい懐かしいグレシャムズベリーへの訪問は終わったの、終わった、終わったんです。二十年もたったら、おそらく私はあなたの兄さんと一緒に芝生を歩いて、子供時代のことを話していますわ。つまり、いつもそうなんですが、そのときのグレシャム夫人が私を招待してくれたらの話ですが」

「いったいどうしてフランクがそんなに意地悪で、不親切で、残酷になれるかしら?」とベアトリス。

しかし、ミス・ソーンはこの問題を議論するとき、そういう考え方は好きではなかった。フランクが意地悪で、不親切で、残酷だという点について、メアリーの見方は疑いもなくベアトリスの見方とは違っていた。ベアトリスにはよくわからない多くの状況のなかで、当然メアリーは彼のそんな残酷さ、そんな不親切を許していた。彼女はできればフランクの情熱に終止符を打つため、レディー・アラベラやグレシャムズベリーの人々と手を携え、協力する用意があった。彼女は若い世継ぎを破滅させる手助けをしたと、誰にも後ろ指を指させるつもりはなかった。とはいえ、フランクがとても意地悪だったとか、とても残酷だったとか、そういうことを認める気にはならなかった。

それから郷士がメアリーに会いに来たので、これはベアトリスの訪問よりももっと厳しい試練となった。郷士と話をするのはたいそう難しいと感じたから、早く帰ってくれるのを願わずにはいられなかった。しかし、もし郷士が来なかったら、もし郷士から完全に無視されたら、彼女はそれを不親切と感じただろう。彼女は郷士のお気に入りで、いつも親切にされていたからだ。

「今度のことは申し訳ないよ、メアリー。たいへん申し訳ない」と郷士は立ちあがって、彼女の両手を取って言った。

「避けられないことでした」とメアリーはほほ笑んで言った。

「それはわからない」と郷士は言った。「わからない――何とか避けられたはずだ――おまえに罪がないことははっきりしている」

「はっきりしています」彼女はとても静かに、まるでその立場が自明のものであるかのように言った。「私に大きな罪があるとは思いません。誰にも罪がないという不幸なことがときにはあるものです」

「わしがすべてを把握しているわけではないが」と郷士は言った。「しかし、もしフランクが――」

「ああ！　彼について話すのはやめてください」と彼女はまだ優しくほほ笑んで言った。

「わかってもらえるかな、メアリー、あの子が私にとってどんなにだいじな存在か。しかし、もし――」

「グレシャムさん、私のせいであなたと彼のあいだに不和を生じさせたくありません」

「だが、メアリー。わしらがおまえを追い出したと考えると堪えられん」

「避けられないことでした。でも、やがて万事うまくいくようになりますわ」

「だが、おまえはここでとても寂しいだろうね」

「あら、それは克服します。ほら、ご存知でしょう、グレシャムさん、『私は目の届く限りの土地の君主』(2)って。これにはたくさん意味が含まれていますわ」

郷士は彼女の言いたいことを完全に把握したわけではなかったが、そのかすかな一部はとらえた。レディー・アラベラが彼女をグレシャムズベリーから追放したのは正当だった。息子に軽率な結婚を禁じるのは郷士の意思でもあった。グレシャム家の人々が彼らの領域内でできる限りグレシャムズベリーの宝を守るのは当然と言っていい。とはいえ、彼らはメアリーの領域内では彼女を攻撃しないように気をつけなければならない。彼らが最初に表明した願いに従って、メアリーは拒絶の公的な現れである追放を甘受した。なぜなら、彼女はすぐ明晰な知性によって彼らがたんに良心によって認められるべきことをしているだけだと理解したからだ。それゆえ、不平を言うことなく、若い郷士のためグレシャムズベリーから追放された若い女性として名指しされることに同意したのだ。避けられないことだった。しかし、彼らは領域を越えないように気をつけなければならない。あのグレシャムズベリーの門の外では彼女とフランク・グレシャム、彼女とレディー・アラベラは対等だった。そこでは各自それぞれ戦いを遂行して構わないのだ。

郷士はメアリーの額に優しく口づけして、暇乞いをするなか、なぜか彼のほうが許され、同情され、大切に扱われたと感じた。しかし、郷士が隣の若い女性を訪問したのは、彼女を許し、同情し、大切にしようと思ったからだ。それゆえ、郷士はその家を出たとき、あまり晴れ晴れとした気分になれなかった。それでも郷士はメアリー・ソーンがすばらしい娘だと認める素直な心を具えていた。フランクが是非ともお金と結婚することが必要だということ、かわいそうなメアリーが世間の評価では素性のわからぬ捨て子だということ、そういうことさえなかったら、彼女はあの息子のどんな立派な妻になったことか！

メアリーは一人だけにこの問題を自由に話した。その人はペイシェンス・オリエルだった。しかし、ペイシェンスを相手にしてさえ、心底から自由に話すというよりも、考えを自由に話したにすぎなかった。彼女はフランクにかかわる感情を何一つ相手に漏らさなかった。とはいえ、村の彼女の立場や、お屋敷の邪魔をしないようにする必要を大いに話した。

「とてもつらいわね」とペイシェンスは言った。「罪はすべてフランクにあるのに、罰はすべてあなたにあるのね」

「あら、それについては」とメアリーは笑って言った。「私が罪を犯したことは認めないし、罰を受けていることも認めません。はっきり罰のほうはね」

「最終的には同じことよ」

「いいえ、そうでもないわ、ペイシェンス。罰にはたいてい何か恥辱の痛みがあるものでしょう。今私は恥ずかしく思うことなんかさらさらありませんから」

「でも、メアリー、時々グレシャム家の人たちと会うに違いないわ」

「会うって！　みなに会おうと、あの人たちの誰に会おうと、私に差し障りは少しもありません。あの人たちはちっとも危険じゃないんです。野獣は私のほうなんです。私を避けなくてはいけないのはあの人たちのほうなんです」それから、彼女は少し間を置いたあと、顔を赤らめてつけ加えた。「もし偶然彼が私の前に現れたとしても、彼に会うことさえ私には何の差し障りもありません。あの人たちのほうこそそういうことが起こらないように注意しなければね。了解したのは、私はあの人たちの門のなかに立ち入らないということですから」

しかし、ペイシェンスはメアリーにできる限り力添えをすることを約束した、というより引き受けた。二人の娘はそれをこのころまでに確認し合った。メアリーは虚勢にもかかわらず、ペイシェンスのような友人の支援をとても必要とする立場にあった。

フランクは六週間の不在のあと、私たちも見たように、家に帰ってきた。新しいグレシャムズベリーの取り決めに関して、ベアトリス以外からは教えてもらえなかった。メアリーが屋敷にいないとわかって、フランクは大胆にも彼女を捜しに先生のうちへ出かけた。しかし、これもすでに見たように、メアリーが慎重に彼に会わないように配慮していた。メアリーはフランクに会うことに何の支障もないと大見得を切ったものの、いざその時が来たとき、かわすのがふさわしいと考えた。

その後クリスマス休暇があった。メアリーは勇敢さよりも慎重さがだいじと再び肝に銘じたけれど、疑いもなくこれはかなり不快なことだった。彼女はクリスマスを伯父の炉辺の代わりに、ミス・オリエルの叔母のうちですごしたいと、特に望んではいなかった。実際、これまで彼女はクリスマスのお祝いをたいていグレシャムズベリーですごして、先生とともにそこに集合した家族の輪の一部となっていた。しかし、これは今問題外だった。老ミス・オリエルのうちに完全に転地するほうが、伯父の応接間に少し移るよりもいいだろう。それに、教区教会でフランクに会ったりなんかして、どうして彼女の品位をさげられようか？　ペイシェンスはこういうことをちゃんと理解していたから、叔母のうちへ行くクリスマスの訪問を計画した。

それから、フランクとメアリー・ソーンのこの恋愛沙汰がグレシャムズベリーで噂になることはしばらくなかった。というのは、モファット氏とオーガスタの事件が田舎の人々の注意を独占していたからだ。オーガスタはすでに述べたようによく我慢して、ひるむことなく世間の注視に堪えた。しかし、彼女の受難の日々は長く続かなかった。というのは、まもなくフランクのパルマル街の知らせが届いたからだ。それからグレシャムズベリーの人々はオーガスタのことを忘れ、フランクが立てた手柄のほうに関心を奪われた。

話が最初に届いたとき、フランクはモファット氏を社交クラブに追いかけ、そこからパルマル街の真ん中に引きずり出して、即座にそこで殺したということだった。この話は徐々に修正されて、モファット氏はまだどこかで生きているものの、骨はみな複雑骨折の状態にある、そんなまじめな作り話が一般に流布した。フランクはこの冒険によって再び称賛の高みに登り詰めたから、メアリーをグレシャムズベリーの女主人公というかつての地位に戻してしまった。

「兄がとても怒ったとしても不思議じゃないのよ」ベアトリスは事件のことをメアリーと話すなかで軽率に言った。

「不思議――いいえ。彼が怒らないほうが不思議よ。もし彼を知っていたら、怒っていることがわかったはずよ」

「モファットさんを殴ったことは絶対正しくないと思うのよ」とベアトリスは弁解するように言った。

「正しくないって、トリッチー？　私は正しいと思うわ」

「あんなにたくさん殴らなくてもいいのにね、メアリー！」

「あら、ああいうことをしているとき何発殴ったかなんて数えられないと思うわ。私はああいうことをしたあなたの兄さんが好きよ。こんなことを言う前に言葉を控えなければいけないとは思うけれど、率直に言いますわ、ねえ、トリッチー？」

「言っても差し支えないと思うの」とベアトリスは控え目に言った。「もし二人が互いに好意を抱き合っているなら、差し支えないはずよ――もしそれだけだったら」

「差し支えないって？」メアリーは冷やかしのこもった皮肉な小声で言った。「それはご親切ね、トリッチー、あなたから――家族の一員から――そんな言葉が出てくるとはね」

「あなたはよくわかっているはずよ、メアリー、もし私の願いがかなうなら――」

「ええ、私はあなたがどれだけ善意の手本であるかよくわかっている。もしあなたの思い通りになったら、私は再び天国に受け入れられるわ、そうじゃない？　でも、次のようなただし書きがあっての話よ。迷った天使がおそらく私を同類と勘違いして、息を殺して私に囁きかけてきたら、私はその囁きに耳を閉ざして、謙虚に私はただの哀れな人間にすぎませんって、その天使に気づかせてあげなければならないということ。これくらいは私にもできると信じているわ、トリッチー？」

「とにかく私はあなたを信じているのよ、メアリー。でも、そんなことを私に言うなんて、思いやりがないのね」

「天国に入ることを許されるとしても、私はまわりのどの天使よりもいい天使だと信じて入ると思うわ」

「でも、メアリー、なぜそれを私に言うの？」

「なぜなら――なぜなら――なぜなら――ああ、私ったら！　ほら、でも、なぜならこれを言う人がほかにいないからよ。あなたが聞き手として適切だからというんじゃないわ」

「まるで私のあらを探しているようね」

「そうなのよ。あら探しをする以外に私に何ができるかしら？　どうしても心の痛みが刺々しく出てしまうわ。トリッチー、あなたには私の立場がわからないのよ。どんな扱いをされているか、不満を言わないでこの扱いに堪えるようにどんな強制を受けているか、わからないんです。あなたはそういうことが少しもわかっていない。わかったら、私の心の痛みを不思議には思わないはずよ」

ベアトリスには少しもわからなかった。しかし、メアリーがかわいそうに思われることは充分理解できた。それで、刺々しい友人を叱る代わりに、腕をメアリーの体に回して優しく口づけした。

しかし、姪が苦しむ以上に先生はこのころずっと苦しんでいた。先生は声高に不満を言うことも、お気に入りの子羊が虐待されていると主張することも、レディー・アラベラと公然と喧嘩して喜びを味わうこともできなかった。しかし、フランク・グレシャムがメアリーとの恋を楽しんだからといって、メアリーが日陰者として生きていかなくてはならないことはやはり非常に残酷だと思った。

しかし、先生は苦々しい恨みをおもにフランクに向けることはなかった。フランクがとても愚かだという点は認めざるをえなかったが、それは先生が許すことのできる愚かさだった。レディー・アラベラの冷たい階級作法こそ、先生は許すことができなかった。

今私たちが語っているこの時点まで、先生は郷士とこの問題で話を交わすことはなかった。メアリーが二度とグレシャムズベリーを訪れてはならないと申し渡された日から、先生は令夫人とも話をしたことがなかった。先生は今グレシャムズベリーで食事をしたり、夜をすごしたりすることはなかった。往診に呼ばれたとき以外、お屋敷で目撃されることもめったになかった。じつは先生は郷士とたびたび会っていたが、それは村のなかか、馬に乗ってか、先生の自宅かだった。

サー・ロジャーが議席を失って、ボクソル・ヒルに戻って来たと初めて耳にしたとき、先生は彼に会いに行こうと決心した。しかし、いつでもいい訪問が延期されるように、訪問は日に日に延期されて、実際に行ったのはややうむを言わせぬ呼び出しにあったからだ。ある夜、サー・ロジャーが卒中で倒れたと、一瞬も無駄にはできないとの知らせが先生に届いた。

「こういうことはたいてい夜起こるのね」メアリーは知らぬもう一人の死にそうな伯父よりも、知っている生きた伯父に同情した。

「たいしたことはないよ——ほら——スカーフを取っておくれ。たぶん今夜は帰れないだろう——おそらく明日遅くまではね。じゃあね、メアリー！」先生は乗馬して、ボクソル・ヒルへ向かって冷たく、わびしい道を進んだ。

「誰が跡継ぎになるんだろうか？」先生は馬の背でこの問題を胸中から拭うことができなかった。今死にそうな哀れな男はたくさんの相続人を生み出す資産を持っていた。もし彼が妹の子に対して心を和らげたら、どうなるだろう！　もしグレシャム家の人々がグレシャムズベリーに喜んでまた姪を迎え入れるほどの資産を姪が数日で所有することになったら、どうなるだろう！

先生はお金の崇拝者ではなかった——そんな有害な考えを払拭するため最善を尽くした。しかし、おそらく先生の願望はメアリーに金持ちになってほしいというよりも、こんなに傷つけた人々の頭に炭火を積み(3)あげる力を持ってほしいということだった。

註

（1）ロバート・バーンズ（1759-96）作の四連からなる詩の一節。

（2）ウィリアム・クーパー（1731-1800）作『アレクサンダー・セルカークによって書かれたと見られる詩』（七連からなる）からの引用。セルカークはロビンソン・クルーソーの元型となった人物で、難破して上陸した小島の君主となった。メアリーはソーン先生の家を自分の小島と見立てて機知を働かせている。

（3）「箴言」第二十五章第二十一、二十二節、及び「ローマ人への手紙」第十二章第二十節に「もしあなたの敵が飢えるなら、彼に食わせ、渇くなら、彼に飲ませなさい。そうすることによって、あなたは彼の頭に燃えさかる炭火を積むことになるのである」とある。

第二十四章　ルイ・スキャッチャード

ソーン先生がボクソル・ヒルに到着したとき、バーチェスターのリアチャイルド先生が先に駆けつけているのがわかった。哀れなスキャッチャード令夫人は夫が発作に見舞われたとき、混乱してどんな措置を取ったらいいかわからなかった。令夫人は当然のことながらソーン先生を呼んだ。しかし、こんな重大な危機に当たってたった一人の医者では充分でないと思った。フィルグレイヴ先生の助けを求めることは論外だと思った。どんな説得をしても、この先生をボクソル・ヒルに呼ぶことはできないだろう。リアチャイルド氏はバーチェスターでこのフィルグレイヴ先生に次ぐ――かなり距離を置いてではあるが――二番手と見られていたから、令夫人は彼の援助を求めた。

　さて、リアチャイルド氏はフィルグレイヴ先生の信奉者であり、控え目な友人でもあったから、バーチェスターのその大先生の言葉をアエスクラピウス[1]のランプが照らす確実な指針と見る傾向があった。それゆえ、この医者はソーン先生の敵以外の何者でもなかった。しかし、彼は大家族を抱える分別ある慎重な人であり、職業上の敵を嫌い、敵を作るよりも医者の友を作ることによって得をすると知っていた。わざわざ大先生の棍棒を振りあげてこちらに損害をもたらすようなことをするつもりはさらさらなかった。彼はもちろん友人の大先生が体験したあの恐ろしい侮辱の話を聞いていた。「医者の世界」――少なくともバーチェスターの医者の世界――では誰でも知っている話だった。彼はしばしばフィルグレイヴ先生に同情を表して、ソーン先生の非職業的な診療を嫌悪した。しかし、今彼はソーン先生と接触しそうになって考えた。グレシャムズベリーのガレノスはとにかくバーチェスターの大先生と評判の上では対等だと。一方はおそらく上昇気流に乗っており、もう一方はすでにかなり時代遅れだとある人々から見られていると。そこで、彼は今がソーン先生と親しくなる絶好のチャンスだと抜け目なく考えた。

哀れなスキャッチャード令夫人はフィルグレイヴ先生とリアチャイルド氏が同じ流れを汲む心腹の友だと薄々感じ取っており、喧嘩が起こるかもしれないとの危惧を払拭することができなかった。それで、令夫人は先生が到着する前に喧嘩腰にならないようにもう一方の先生に注意した。

「ええ、スキャッチャード令夫人！　私はソーン先生をとても尊敬していますからご心配なく」とリアチャイルド氏は言った。「これ以上ない尊敬です。彼はいちばん技術のある診療医ですね――確かに無愛想で、少し頑固なところがあります。しかし、それが何でしょうか？　誰にも欠点はありますからね、スキャッチャード令夫人」

「ええ、そう。誰にもありますねえ、リアチャイルドさん、それは確かです」

「私の友人にフィルグレイヴがいます――スキャッチャード令夫人。彼はそういう欠点に我慢ができないんです。でも私は彼が間違っていると思いますよ。彼にそう言うのですが」リアチャイルド氏はここで嘘をついた。というのは、彼はこれまでフィルグレイヴ先生にどこかが間違っていると言う勇気なんかなかったからだ。「私たちはおわかりのように堪える必要があるし、自制しなければなりません。ソーン先生はすばらしい――彼なりにとてもすばらしい人ですよ、スキャッチャード令夫人」

リアチャイルド氏が患者を最初に診たあと、このささやかな会話がなされた。患者を救うためどんな措置がすぐ取られたか語るまでもないだろう。その措置は疑いもなく善意のもので、おそらくフィルグレイヴ先生でも、偉大なる医師オミクロン・パイでも用いた最悪の結果を食い止めるため必要なものだった。

それからソーン先生が到着した。

「ああ、先生、先生！」スキャッチャード令夫人は玄関広間でそう呼びながら、先生の首にほとんどぶらさがりそうになった。「どうしたらええかしら？　どうしたらええかしら？　とても悪いんです」

「言葉は話せますか？」

「とても言葉どころではないんです。一、二、つぶやき声を出しただけ。ですが、かわいそうな人、何を言っているかわからないんです――ああ、先生、先生！　前にこんなになったことなんかないんです」

スキャッチャード令夫人が医者の癒しの技にまだ信頼を委ねていたとすると、どこにその信頼を置いていたか簡単に見て取れた。「リアチャイルドさんが来て、診てくれました」と彼女は続けた。「まさかんことがあってはいけんから、先生を二人呼ぶんがいちばんええと思いました。あん先生が何か治療をしましたがねえ――何をしたかわかりません。ですが、先生、本当んことを言ってください。あなたは本当んことをおっしゃると信じています」

ソーン先生はそれから上にあがって、患者を診た。もし先生がスキャッチャード令夫人の依頼に文字通り従ったら、即座に希望はないと言ったかもしれない。しかし、先生はこういうことを言う勇気がなかったので、医者がよく知るやり方で症状をごまかした。「心配しなければならない大きな問題があります。残念ながらとても心配が必要な大きな問題があります」

ソーン先生はその夜、可能なら次の夜もそこに泊まることを約束した。それで、スキャッチャード令夫人はリアチャイルド氏をどう処置したらいいか悩んだ。リアチャイルド氏もまた医者の博愛精神に基づいて、どんな支障があろうともその夜は泊まるとはっきり言っていたからだ。「サー・ロジャー・スキャッチャードのような人物の生死はほかの件をささいなものにするほど最重要課題です。友人のソーン先生の双肩に負担を全部かけるようなことは絶対しません。とにかく私も夜は患者のベッドのそばにいます。朝までには病状の好転が期待できると思います」

「ねえ、ソーン先生」令夫人は家事をする部屋——令夫人とハナが上の病室に呼ばれていない時をすごす部屋——に先生を招き入れて言った。「お入りください、先生。あなたんほうからあん先生にもうここにはいなくてええと、言ってくださることはできませんか?」

「誰に言うのですか?」と先生。

「あら——リアチャイルドさんにです。あん先生には帰ってもらってもええと思いませんか?」

ソーン先生はリアチャイルド氏が望めば確かに帰ってもらってもいいが、一医師がもう一人の医師に患者の家から退去するように言うことはまったく不適当だと説明した。それで、リアチャイルド氏はその夜の栄誉ある往診を分担することが許された。

その間ずっと患者は言葉が話せないままだった。しかし、まもなく私たちの友は生来の力で病状を克服しつつあることが明らかになった。時々意識があるかのようにうめき声をあげたり、つぶやいたりして、何か話そうとするように見えた。患者は徐々に目覚めて、少なくとも苦痛に気づくようになった。最期の場面は少し先に延期されそうだとソーン先生は思い始めた。

「驚くほど頑強な体ですね——ソーン先生? 驚くほど」とリアチャイルド氏。

「ええ、強い男です」

「馬のように強いなあ、ソーン先生。酒なんか飲まなかったら、この人はどんな人になっていたかな! この人の体のことは当然あなたがよくご存知ですが」

「ええ、よくわかっています。何年も診てきましたから」

「いつもやっていたようですね。いつも酒を――え？」

「確かに節制する人ではありませんでした」

「脳はおわかりのようにきれいに死んで――胃には一部の粘膜も残っていません。それなのに何というもがき方でしょう――おもしろい症例ですね？」

「こんな知的な人が壊されるのを見るのはとても悲しい」

「とても悲しい、本当にとても悲しい。この症例が見られたら、フィルグレイヴがどんなに喜んだことかなあ！　あの人は賢い人ですよ、フィルグレイヴはね――あの人なりにですが」

「そうでしょう」とソーン先生。

「今のこんな症例を見てもあの人にはわからなかったでしょうね――あの人は言ってよければ、おそらくあまり――あまり――おわかりでしょうが、あまり時代の新しいやり方について行けないんです」

「彼はじつに手広く地域の診療を手がけておられますね」とソーン先生。

「はい、とても――とても手広く。たくさんお金も稼いでいますよ、フィルグレイヴはね。六千ポンドは稼いでいると思います。バーチェスターのような小さな町で稼ぐには大きなお金です」

「確かにそうです」

「私はフィルグレイヴに言うんです――ずっと目を見開いていろとね。学ぶのに年を取りすぎているということはない――拾いあげる価値のある新しいものがいつもあるとね。しかし、駄目なんです――あの人はそれを信じようとしない。新しい考えに何か価値があるとは信じられないんです。人はそんなふうにして無用扱いにされていくんですよ――ね、先生？」

それから、二人はまた患者のところに呼ばれた。「患者は頑張っています、立派に、立派にね」とリアチャイルド氏はスキャッチャード令夫人に言った。「盛り返す希望はかなりあります、かなりね、そうでしょう、先生」

「はい、盛り返します。しかし、それがどれくらい続くか、わかりません」

「ええ、そう、なるほどそうです、なるほどわかりません――確かなことじゃないんです。それでもいろいろ勘案すると、患者は立派に頑張っています、スキャッチャード令夫人」

「どれくらい持つと思いますか、先生?」リアチャイルド氏は再び二人だけになったとき、新しい友人に聞いた。「十日ですか? 私なら十日、十日から十四日、それ以上はないと思います。しかし、十日は苦しむでしょう」

「おそらくそうでしょう」と先生は言った。「正確なところまではわかりません」

「ええ、なるほどそうです。一日も違わずに言うことはできません。しかし、十日でしょう。回復というようなことはおわかりでしょうが――」

「考えられませんね」ソーン先生は重々しく言った。

「その通り、その通り。胃の粘膜はきれいになくなっています、いいですか、脳は破壊されている。多孔周辺掩膜(2)が今はもうあんなに腫れあがって――」

「はい、とても腫れて。酒が原因の麻痺の場合、よくある症状です」

「よくある、よくある。よく見かけます。そういう場合の多孔周辺掩膜はいつも広がっている。とてもおもしろい症状ですよね? フィルグレイヴがいて、見ることができたらいいんですが。しかし、私が知っているところでは、あなたとフィルグレイヴはまったく仲たがいして――え?」

「はい、まったく」とソーン先生。フィルグレイヴ先生と前回会ったときのこと、その紳士が下の広間で立っていたときのすさまじい怒りのことを思い出すと、先生は悲しい出来事ではあったにもかかわらず、ほほ笑みを抑えることができなかった。

スキャッチャード令夫人はどう説得してもベッドに就こうとしなかった。とはいえ、二人の医者は患者の両隣の部屋でそれぞれ横になることにした。こんなふうに監視されていたら、邪悪なものが近づく隙なんかないのではないか！「患者は立派に頑張っています、スキャッチャード令夫人、とても立派に」リアチャイルド氏は病室を退くとき、最後にそう言った。

それからソーン先生はスキャッチャード令夫人の手を取ると、別の部屋に連れて行って、本当のことを告げた。

「スキャッチャード令夫人」先生はいちばん優しい声――必要があるときはとても優しい声を出すことができた――で言った。「スキャッチャード令夫人、回復の望みはありません。希望を抱いてはいけません。抱くように言ったら、それは残酷です」

「ああ、先生！　ああ、先生！」

「希望はないのですよ、あなた」

「ああ、ソーン先生！」妻は先生の顔を荒々しく見あげた。先生が言ったことをまだほとんど理解していなかったが、意識の半分はその一撃によって失われていた。

「ねえ、スキャッチャード令夫人、本当のことを言わないほうがよかったですか？」

「あら、いいんです。ああ、そうです。そうです。ああ、私は！　ああ、私は！　ああ、私は！」それから令夫人はエプロンを目に当てたまま、椅子の上で体を前後に揺すり始めた。「どうしたらええかしら？

どうしたらええかしら？」

「スキャッチャード令夫人、こういう悲しみを堪えられるものにしてくださる主を信じてください」

「ええ、ええ、そうね。ああ、私は！　ああ、私は！　ですが、ソーン先生、望みはあるに違いないんです――ないんですか？　あん先生は立派に頑張っているっておっしゃいました」

「残念ながら望みはありません――私が知る限り、望みはありません」

「それならあんお喋りんカササギはなぜ女にあんな嘘を言うんです？　ああ、私は！　ああ、私は！　ああ、私は！　ああ、先生！　先生！　私はどうしたらええかしら？」哀れなスキャッチャード令夫人は悲しみにすっかり打ちのめされて、大きな女性徒のようにわっと泣き出した。

しかし、夫のためこんなふうに泣く妻はこれまで夫から何をされてきたのか？　すべての苦労の原因がこれで取り除かれるとしたら、妻はこれからもっと幸せな生活が送れるのではないか？　そのときは奴隷ではなく自由な女になれるのではないか？　人生の安楽を味わうことが望めるのではないか？　あの非情な暴君がどんな役に立つことを妻にしてくれたのか？　なぜ妻は心底から悲しみの発作を起こしてこんなふうに夫のため泣くのだろうか？

私たちは陽気な未亡人の噂をたくさん聞く。口さがない世間は結婚生活の乱れのなか、その解決策として女たちがどちらかというと未亡人になることを待望している話を大いに冷やかして話す。世間の冷やかしは非常に口さがない。私たちは日々ふざけて自分にも、隣人にも、友人にも、敵にさえも、罪のない罪を互いになすりつけ合う。右手にいるグリーン夫人が抱える家庭内のもめ事を噂の種にし、左手にいるヤング夫人が夫であり主人である人に手をあげた様子を想像して話すのが大好きなのだ。こんな非難をするどんな権利が私たちにあるのか？　私たちの個人的な人生行路のなかで何を見たからといって、女性たちを悪魔と見なすようなことを言うのか？　おそらくどこにもクサンティッペ[3]はいたかもしれないが、ここかしこにイモジェン[4]が見つけられる。スキャッチャード令夫人はこれまで送ってきたひどい生活にもかかわらずイモジェンの一人だった。

「ロンドンのルイに連絡を取ったほうがいいですね」と先生。

「もう取りました、先生。今日です――電報を打ちました。ああ、私は！　ああ、私は！　かわいそうな子、あん子はどうするかしら？　あん子をどうしたらええかまるっきりわかりません。まるっきり！　まるっきり！」令夫人はそんな悲しい嘆きの声をあげながら、長い夜のあいだずっと体を揺すって座っていた。そして、時々病室で何か取るに足らない雑事をすることでみずからを慰めた。

サー・ロジャーは徐々に意識を取り戻しつつある点を除いて、昼間と同じ状態で夜をすごした。翌朝二人はこれ以上長くバーチェスターの診療からリアチャイルド氏を引き離しておくのは望まないと、ついに彼に納得させることに成功した。およそ十二時ごろソーン先生もいったん帰って行ったが、先生は夕方にはボクソル・ヒルに戻って、再び夜をすごすと約束した。

その午後のあいだにサー・ロジャーはついに意識を取り戻した。そのとき、彼の息子がベッドのそばにいた。ルイ・フィリップ・スキャッチャード――あるいはルイと呼んだほうが便利だろう――はフランク・グレシャムと同年の若者だった。しかし、外見がこれほど異なる二人の若者は考えられなかった。ルイは両親ともに頑健だったのに、彼自身は背が低くて痩せており、今は病弱だった。フランクは健康と力強さを絵に描いたような人で、男らしい気質の持ち主だったが、外見でも、態度でもませたところは少しも見せなかった。ルイ・スキャッチャードはフランクよりも四つは年上のように見えた。ルイは十五歳のときイートン校に送られた。それが彼を紳士にするもっとも手早い、一般に認められた方法だと父が思い込んでいたからだ。

紳士の仲間になりたいという目的に関する限り、ルイはこの学校で必ずしも失敗しなかった。校内のどの少年よりも小遣いを持っており、同年の少年たちのあいだで頭目となるような厚かましさも具えていた。若いスキャッチャードは少年たちからクリケットの試合とか、ボートレースとかのような公的行事以外で仲間とするにはふさわしくないやつだと思われて、しばしばそう噂された。しかし、彼はそういう少年たちのあいだでさえ花々しい成功を収めた。少年たちもこの点では少なくとも大人と同じように排他的であり、内側と外側の違いを充分よく心得ていた。スキャッチャードは学内にたくさん仲間を抱えていた。その仲間は彼のボートで一緒にメイドンヘッド[5]へさかのぼることができたら喜んだが、妹のことを彼に話すような真似はしなかった。

　サー・ロジャーは息子の成功をたいへん誇りに思ったから、イートン校に駆けつけることができたとき、いつもクリストファー・ホテル[6]で惜しまずに金を使って、成功を後押しする努力をした。しかし、少年たちがこういう大盤振る舞いを非の打ちどころのないものと思ったとしても、先生たちが同じように喜んで見ることはなかった。じつを言うと、サー・ロジャーも、息子も、これら厳しい学校管理者たちからは嫌われて、ついに二人とも排除の必要があると見なされてしまった。ほどなくしてルイは週に二度酔っぱらって彼らに口実を与え、その二度目で放校処分にあった。ルイとサー・ロジャーは長く話し合ったあと、イートン校に二度と姿を現さなかった。

　しかし、ルイ・フィリップにはまだ大学に入る機会が開かれていた。十八歳になる前、彼はトリニティ・カレッジに特別自費学生として入学した。そのうえ、彼は準男爵の長男で、ほとんど無制限に金を使うことができたから、ここでもしばらく輝いていられた。

　輝いて！　しかし、とても気まぐれな輝きだった。しかも、ぞっとするようなけばけばしい輝きだった。

イートンで父からディナーをおごってもらい、イートンで四本オールのボートをこいだ若者たちは、今や成人用トーガ(7)を身にまとっていたので、ケンブリッジでルイとつきあうような馬鹿なことはしなかった。彼らは楽しいこと、陽気な遊び、向こう見ずな悪戯がまだ好きで、今やもっと思い通りにする力があったから、おそらく以前にも増してそういう騒ぎが好きだった。しかし、悪ふざけをする相手をいくぶん慎重に選ぶ必要があるとの理解には達していた。それで、当時ルイ・スキャッチャードは前のイートンの友人たちから冷たい目で見られた。

しかし、若いスキャッチャードがケンブリッジで仲間を見つけられなかったわけではない。金持ちが仲間を買えないところはまずほとんどない。とはいえ、彼がケンブリッジでつき合った仲間はそこの最悪の連中だった。彼らは享楽的で、品のない連中、ただ女に手が早く、俗語をよく使うだけの何もない連中だった。彼らは着るもの以外の点でも馬丁の真似をし、競馬場の普通の人気者を日の出の勢いの大立て者と見なした。スキャッチャードはカレッジのそんな連中のあいだでそんな輝きが許されているあいだ輝いた。父はイートンではただ息子を励まそうと骨折ったが、ここでは何とか監督しようと骨折った。しかし、それはもう容易ではなかった。息子の小遣いを制限したら、借金による放蕩に駆り立てただけだ。大百万長者の息子に喜んで金を貸す人はたくさんいた。それで、十八か月大学教育を試してみたあと、サー・ロジャーは息子を母校から退学させる以外に選択の余地がなかった。

それから息子をどうしたらよかったか？　息子が独立して生計を立てることができるように措置することは、残念ながら大金持ちのこの家では不必要と見なされた。ところで、一人で生計を立てる必要のない若者、そういう若者のなかでも定まった地位のない若者をきちんと育てることくらい難しいことはない。青年公爵やひげを生やした若い伯爵は、牧師の卵や駆け出しの弁護士と同じように容易に本人の義務と位置を見出すことができる。彼らはその独自の地位のためしつらえられたレールの上を走る。道に迷うことはあっても出発点と到着点のあいだを走る適正なチャンスが与えられている。レールが必要なことはフランク・グレシャムのような若者にも言えるかもしれない。地域には多くの若者がいて、彼らに幸福への道筋をつけることが必要になっている。しかし、ルイ・スキャッチャードのように浮き世に乗り出す人はまれだ。そのまれな人のなかでも、吉兆のなか人生の真の戦いに乗り出していける人はさらにまれだ。

哀れなサー・ロジャーは鉄道敷設事業をたくさん抱えるなか、徹底的に調べる時間を見出せなかったが、薄々このことに気づいていた。息子の青白い顔を見、ワインの請求書に支払いをし、競馬馬に入れあげている噂を聞いたとき、事態がうまくいっていないことを知った。準男爵家と年数万ポンドの世継ぎなら、もっとちゃんとしてもらいたいと思った。しかし、どうしたらいいのか？　息子を彼が見守ることはできなかった。それで、個人教師を雇って、一緒に海外へ送り出した。

ルイと個人教師はベルリンまで行った。この二人が互いに相手にどのくらい満足したか語る必要は特にないだろう。しかし、個人教師はサー・ロジャーに、引き受けた仕事をこれ以上続けることができないとの手紙をベルリンから送ってきた。個人教師は生徒にまったく影響力を及ぼすことができないと悟っていた。彼はルイ・スキャッチャードが送るような生活の目撃者となることは良心に照らして堪えられなかった。ルイ・スキャッチャードにベルリンを去るように説得する力も持ち合わせていなかった。とはいえ、彼はサー・ロジャーから連絡が届くまで現地にとどまるつもりでいた。それで、サー・ロジャーは南部海岸でそのとき建設中の政府の大仕事を離れて、ベルリンに駆けつけ、若き希望の息子に何ができるか確認しなければならなかった。

若き希望の息子は決して馬鹿ではなかった。ある点で父に勝るとも劣らない能力を具えていた。サー・ロジャーは怒って、一文無しで放り出すぞと息子を脅した。ルイは悔悛と厚かましさを混ぜ合わせたような態度で、爵位の世襲を変更することはできないことを父に思い出させて、生活習慣の改善を約束し、財産のあるほかの若者がするように彼はしたにすぎないとはっきり言い、あの個人教師はえらく厳格なあほうだとほのめかした。父子は一緒にボクソル・ヒルに帰った。それから三か月後、ルイ・スキャッチャードはロンドンで身を立てることにした。

今ルイは以前よりも徳があるとは言えないとしても、もっとずる賢い生活をしていた。行動を監視し、不平を言う個人教師はもういなかった。完全な金銭的破綻から身を守る分別は具えていた。なるほど彼は詐欺師やいかさま師が跋扈し、金をむしり取るチャンスをねらっている場所で生活した。しかし、若かったとはいえ、公然と金を奪われることがないように注意するくらい世故にたけていた。彼が金をむしり取られることはなかったので、父はある意味息子を誇りにした。

しかし、知らせが――少なくともそういう日々が続いたあと――届いて、サー・ロジャーを骨の髄まで悲しませた。息子の悪行の知らせだったが、それは父の悪癖が原因だとしか思えない悪行だった。母は一人息子の病のベッドに二度呼び出された。息子は歪んだ精神が肉体に及ぼすあの恐ろしい狂気にとらわれて、わめきながら横たわっていた。彼はアルコール中毒による震顫譫妄《しんせんせんもう》でわめいているところを二度発見された。父はこのような生活が続けば息子は夭折するとの警告を二度受けた。

サー・ロジャーが不幸な男だったことは容易に想像できる。枕の下にブランデーの瓶を隠してベッドに横たわりながら、あの息子も枕の下にブランデーの瓶を置いていると考えたとき、幸せであろうはずがなかった。しかし、彼は自分のみじめさについて多くを語るような男ではなかった。彼は自制することも、世継ぎの悪行を抑えることもできなかったが、沈黙して堪えることはできた。沈黙して堪え、ついに死を意識して目を見開くと、彼が知る唯一の友に口を開いた。

ルイ・スキャッチャードは馬鹿ではなかったし、当然のことながらおそらく邪悪な気質も持ち合わせていなかった。しかし、イギリスが施すことができた最悪の教育の成果を受け取るほかなかった。彼は自分に待ち受けているものよりはもっとよい、もっと高い、もっと幸せな経歴が開かれていてもいいと感じた時が人生に幾度もあった。時々彼の金と地位があればもっと何かあってもいいと思うことがあった。同年の人々の誇らしげな行動を物欲しそうに眺めることもあった。穏やかな喜びや、優しい妻や、家――騎手でも飲兵衛でもない友人たちを招くことができる――家を夢見た。しらふを強いられた短い合間にこういうことを夢見た一方、そんな夢はただ彼を憂鬱にしただけだった。

これが彼の性格のいちばんいい面だった。おそらく最悪の面は彼が馬鹿ではないという事実によって現れてくる面だった。もし彼が馬鹿だったら、この世で――おそらく別の世でも――もっと救いの機会に出会うことができたはずだ。実際には、馬鹿ではなかったから、ごまかされなかった。彼はほかの誰よりも一文の値打ちを知っており、金の貯め方と使い方も知っていた。彼は詐欺師とか、いかさま師のような連中とつき合っていた。そういう連中が彼の性に合っていたからだ。しかし、彼は吸いついて来るヒルがほとんど彼から血を吸うことができないことを日々刻々自分と、しばしば周囲の人たちに誇った。彼は自由に金を使うことができたが、その支出に見合うだけの満足を受け取れるように使った。彼は世故にたけ、ずる賢く、抜け目がなく、ともに生活する下層の人々の唖然とするような言い逃れに精通していた。二十一歳であらゆる忌まわしい性格のなかでもいちばん忌まわしい性格――吝嗇の道楽者になっていた。

彼は小男で、生まれつきの障碍はなかったが、放蕩によって異様に細身になっていた。(8) この身体的特徴が自慢で、「絶食というようなくそ馬鹿げたこと」をしなくても、体重を七ストーン七ポンドまで落とすことができると豪語した。しかし、そういう力を自分で試してみることはなかった。神経がめったに乗馬にふさわしい状態にならなかったからだ。髪は濃い赤で、赤い口ひげと、アメリカ人に見えるようにカットした大量の顎ひげを蓄えていた。声はヤンキーふうの鼻声で、アメリカの商人とイギリスの馬丁を混ぜ合わせたような声だった。目は鋭く、座って、冷たく、抜け目がなかった。

意識が最初に戻ったとき、サー・ロジャーがベッドの脇に立っているのを見たのはそんな息子だった。サー・ロジャーが息子を私たちが見るように見たと想像してはいけない。父にとって、その子は一人っ子で、富の継承者で、彼の爵位を将来身につける者であり、今よりとても貧しく、とても幸せな時代をもっとも感激的に思い出させる存在だった。その子がよかろうが、悪かろうが、サー・ロジャーが所有するすべてだった。ほかの人々がその子に希望を抱く根拠をみななくしたと思うとき、父はまだまだ希望を抱くことができた。

母も自然な愛情で息子を愛した。しかし、ルイは母を恥じており、できる限り距離を置いた。彼女は養い子のフランク・グレシャムにもっと温かい愛情を傾けていた。フランクにはめったに会わなかったが、会ったときに抱擁を拒まれたことがなかった。そのうえフランクは顔にいつも女性に気に入られる楽しそうな、愛想のいい煌めきをたたえて、昔乳母をしたことがある彼女には時代の寵児に見えた。彼女は夫のお金の処理についてめったに口を出したことがないのに、一、二度若い郷士に少しでもお金が遺せたら幸せだとあえて言ったことがあった。しかし、サー・ロジャーはこういう場合に妻を幸せにする気はまったくないように見えた。

「ああ、ルイ、おまえか？」サー・ロジャーはせいぜい半分も言葉にならない声を不意に出した。その後、彼は一日か二日すると発話できるようになったが、そのときでも顎を動かすことができなかったから、ほとんど歯を擦る音しか出せなかった。しかし、彼はそのとき何とか片手を出して、息子が取れるように掛け布団の上に載せた。

「うん、いいじゃないか、親父」と息子は言った。「一日二日ですっかり回復しそうだな――え、親父？」

「親父」はぞっとする青ざめた笑みを浮かべた。彼は墓のこちら側では息子が言う「回復」に二度と至ることがないことをすでによく知っていた。さらに、そのとき言葉が話せる状態ではなかったから、息子の手を握ることで満足した。彼はちょっとこの姿勢でじっとしていたが、苦しそうに体を横にすると、恐ろしい敵がいつも隠されている枕の下に手を伸ばそうとした。しかし、サー・ロジャーは今弱り切っていたから、思うように体が動かせなかった。彼は遅ればせながらとうとう看護婦と医者の捕虜になっており、瓶はもう奪われていた。

それから、スキャッチャード令夫人が入ってきて、夫が意識を取り戻しているのを見て、ソーン先生が間違っていたと、希望がまだあるに違いないと、思わずにいられなかった。彼女はベッドのそばに身を投げてひざまずくと、わっと泣き出し、サー・ロジャーの手に口づけを繰り返した。

「ちぇっ、うるさい」とサー・ロジャー。

しかし、令夫人は長く感情に溺れていないで、ただちに仕事に取りかかり、患者が目覚めたとき医者から与えるように指示されていた滋養物を取り出した。朝食用の大型カップを夫のところに運び、二口三口夫の口に流し込んだ。夫はこれ以上こんなアルコールのないものはいらないとすぐ意思をはっきり表した。

「ブランデーを一滴――ほんの一滴でいい」半分命令、半分懇願の口調だった。

「まあ、ロジャー」とスキャッチャード令夫人。

「ほんの一滴でいい、ルイ」病人は息子に訴えた。

「ちょっとならいいだろう。瓶を持ってきて、母さん」

少し口論があったあと、ブランデーの瓶が運ばれて、ルイはひどく出し惜しみする手つき――彼自身そう思った――でワイングラスに半分ほど大型カップに注いだ。息子がそうしているとき、サー・ロジャーは弱り込んでいたものの、量を大幅に増やそうと息子の腕を揺すろうとした。

「はっ、はっ、は！」と病人は笑って、それから貪欲に一気に飲み干した。

註

（1）ローマの医神。ギリシア神話ではアポロの息子、医術の神アスクレピオスのラテン語名。

（2）原文の periporollida はトロロープが捏造した身体器官。

（3）ソクラテスの妻。口やかましい悪妻の代表とされた。

（4）『シンベリン』の女主人公。夫ポスチュマス・リーオネイタスとのあいだを引き裂かれ、不貞の嫌疑を受けて洞穴に身を隠すが、のちに疑いが晴れて夫に再会する。優しい、従順な、徳のある妻。

（5）イートンからテムズ川上流十キロにあるバークシャーの町。

（6）ウィンザーにあるホテル。

（7）ローマでは成人であると同時に市民の印として十四歳になると着用した。

（8）一ストーンは十四ポンド。一ポンドは四百五十四グラム。したがって、七ストーン七ポンドは約四十七．七キログラム。

第二十五章　サー・ロジャー逝く

その夜先生はボクソル・ヒルに泊まり、次の夜もそうした。サー・ロジャーの病の末期にはそこで寝るのを習慣として、毎日グレシャムズベリーに帰った。というのは、サー・ロジャーが必要としているのと同じくらい先生を必要とする患者がそこにいたからだ。その筆頭がレディー・アラベラだった。それゆえ、夜は必ずしもまるまる休息に当てることができなかったから、かなりきつい状況に置かれることになった。

リアチャイルド先生が死の床にある男に割り当てた余命はあまり間違っていなかった。一、二度ソーン先生はサー・ロジャーが生来の途方もない強靱さのせいでもう少し長いあいだ死と闘うことができるのではないかと考えたが、彼は自分で生き延びる芽を摘もうとした。彼は意思を通せるほどしっかりしているとき、いつも薬をブランデーで飲みたいと主張し、先生の目を盗んでたいてい我を通した。

「あまり深刻に考えないでください」とソーン先生はスキャッチャード令夫人に言った。「できるだけ酒の量を少なくするようにしてください。しかし、言うことを聞かないで患者をいらだたせてはいけません。今となってはたいして差はありませんから」そこで、スキャッチャード令夫人は酒を与えた。患者はその量を増やすためささやかな企みを毎日工夫して、そうするときぞっとするような笑みを浮かべた。

このころ二、三度サー・ロジャーは息子と真剣に話をしようとした。しかし、ルイはいつも話の腰を折った。息子は何か理由をつけて部屋から出ていくか、あまり長い話は父の体に毒だといって母を呼んだ。彼はすでに父の遺言がどういう内容かかなり正確に把握しており、決してそれに納得していなかった。遺言をもっと彼に有利に変更するように今さら父に期待することができなかったので、仕事の話はもう無駄だと思っていた。

「ルイ」サー・ロジャーはある午後息子に向かってこう言った。「ルイ、おれはおまえに父としてやらなければならないことをやってこなかった——今になってわかったんだ」

「くだらないよ、親父。今はそんなことを気にしなくていいんだ。おれはたぶんうまくやるよ。そのうえ、今からでも間に合う。よかったら受取年齢を二十五歳でなく二十三にしてくれ」

「金のことを言っているんじゃない、ルイ。父が面倒をみなければならないのは金のほかにもあるだろ」

「なあ、親父、やきもきするなよ——おれなら大丈夫。安心してくれ」

「ルイ、あの忌ま忌ましいブランデーの話だ。それこそおれが恐れているものだ。ここにおれの姿が見えるだろ、おまえ、ここに今どんな姿で横たわっているか」

「そんなに心配するなよ、親父。おれなら大丈夫——本当に大丈夫。親父にしても、ほら、一か月かそこいらで動き回れるようになるよ」

「おれはもうこのベッドから離れられんよ、おまえ。そこの椅子の上で棺桶に移されるまでな。だがな、おれのことではなくて、ルイ、おまえのことを考えているんだ。おまえがあの呪われた瓶から離れられなければ、前途に待つものが何か考えてみろ」

「おれは大丈夫だよ、親父。三脚のようにしっかりしている。時々特別な時でもない限り、おれが飲むのはなめる程度だから」

「ああ、ルイ！　ルイ！」

「ほら、親父、元気を出して。そんな話は親父に向いていない。おふくろはどこかな。スープを持って来てもらわなきゃあ。ちょっと行ってくる。おふくろを呼んで来るよ」

父はすべて見抜いていた。父の衰えた力ではあんなになってしまった息子の心か、良心かに触れることはできないと。今となっては息子のため死んでやる以外に父に何ができようか？　死んでやる以外に息子はほかに何を、ほかにどんな利益を父から求めることができようか？　死んでやって、資金を限りなく広げて浪費できるようにしてやる以外に。父は握っていた抵抗のない息子の手を放した。若い男が部屋からそっと出ていくと、父は顔を壁に向けた。父は顔を壁に向けて、胸中苦い対話を交わした。彼は何を自分にもたらしたのか？　何を息子にもたらしたのか？　ああ、もしバーチェスターの石工として一生を送っていたら、どんなに幸せな一生だっただろう！　そのころのまま死ねたら、どんなに幸せな死だっただろう！　その枕を濡らした涙は人の目が流せるもっとも苦い涙だった。

しかし、サー・ロジャーが涙を流しているあいだも、彼の伝記は着々と準備されていた。実際、伝記はかなり細部に渡ってほぼ完成されようとしていた。彼は予想よりも四日間長く生き延びており、伝記作者は通常よりも長い時間を執筆に割くことができた。この時代は、死後伝記が国じゅうの朝食のテーブルに活字として用意されるほどでなくては、その人はたいした人ではなかった。もしたまたま英雄が人生の真っ盛りで亡くなり、特別先見の明のある伝記の書き手ですらその夭折を予見することができない場合、伝記を用意するのは難しい。年を取って、刈り取りの鎌を待ち受けるほど熟成し、自然に落下するように亡くなる偉人の場合、活動的な編集者が完全な伝記を机の上に用意するのは当然比較的容易だ。しかし、伝記の全知的、遍在的情報提供という考えが維持されるためには、若者も老人の場合と同様すばやく記録されなければならない。ときにはこれは難しい仕事だと言われるが、それでもやはり実現の必要がある。

サー・ロジャー・スキャッチャードの伝記は順調に進んでいた。その伝記では、彼の人生がどれだけ幸運だったか、卑しい生まれと教育の欠如がもたらした桎梏と困難に才能と努力でいかに勝利したか、イギリスの偉大なる人々のなかでどうやって名をあげたか、どのようにして女王陛下から喜んで爵位を授けられ、貴族たちから誇らしく邸宅に客として招かれたか、などが述べられていた。それに続いて、彼が達成した偉大な業績の目録が載っていた。建設した鉄道、運河、ドック、港、刑務所、病院などだった。彼は国じゅうの労働者階級の模範として称揚されて、幸せに生き、幸せに死んだ人だと強調された。彼がずっと勤勉であり続けたから、ずっと幸せだったと伝記作者は述べた。そういうふうに重要な道徳規範を折り込むのだ。彼の国会への登場については短い一節を割いており、私たちの国会からサー・ロジャーの経験という大きな支援を奪う手先となったと、三十回目の辱めを不幸なローマー氏に浴びせていた。

「サー・ロジャーは」と伝記作者は結論部分で述べた。「鉄の体躯を具えていた。しかし、鉄といえども金槌で繰り返し打たれれば屈してしまう。晩年、彼は体を過度に酷使したことが知られており、精神は最後まで頑強なままだったが、ついに肉体が屈してしまった。この伝記の主人公が我々の前から連れ去られたとき、まだ五十九歳だった」

サー・ロジャーがボクソル・ヒルでまだ枕を濡らしているとき、彼の人生はこんなふうに語り尽くされてしまった。校正刷りが彼に送られなかったのは残念だ。彼ほど世評を気にする人はいなかったからだ。後世の人が彼のことをこんなふうに一日じゅう耳に残る声で話そうとしていると知ったら、彼はずいぶん喜んだことだろう。

サー・ロジャーはそれ以上息子に助言を与えようとはしなかった。明らかに無駄だった。死につつある老ライオンはすでに力が失われてしまったと、森の富をすぐ受け継ぐ若い子ライオンの前では無力だと悟った。しかし、ソーン先生は子ライオンよりももっと優しかった。古い友は老ライオンの世俗的な望みや心配事にまだいろいろ答えてくれて、その話に耳をふさぐことはなかった。

サー・ロジャーがいちばん話したがり、話せたのは夜間だった。日中はずっと半分昏睡状態で横になっていたが、夕方になると目を覚まして、真夜中までに断続的に力を取り戻すことがあった。ある夜、彼が目を覚まして考え事で一杯になったとき、胸中のものをソーン先生に残さず打ち明けた。

「ソーン」と彼は言った。「あんたに遺言のことはみな話したな」

「聞いていますとも」ともう一方が言った。「しかし、あなたに遺言の変更を再度促さなかったのをかなり後悔しています。病が突然でしたからね。それで、切り出しにくかったのです」

「なぜ変更する必要があるんだい。いい遺言じゃないか。これ以上のものはおれには作れんな。もっともおれがあんたと話し合ったあと、内容を変更しなかったわけじゃないんだ。おれはあの日あんたが帰ったあと手を加えたんだ」

「ルイが万一の場合、相続人の名を明記しましたか?」

「いや――うん、その――それは前にした通りだ。おれはメアリーの長子と言った。それは変えていない」

「しかし、スキャッチャード、それを変えなければいけません」

「変えなければばって！　それならおれは変えるもんか。だがな、おれが何をしたかを教えてやろう。追伸を加えたんだ。いわゆる遺言補足書ってやつだ。あんたが、あんただけが妹の長子が誰か知っているとな。ウインターボーンズとジャック・マーティンが証人だ」

ソーン先生はそんな取り決めがどんなに無分別なものか説明しようとしたが、サー・ロジャーは言うことを聞こうとしなかった。サー・ロジャーが本当に話したかったのはそんなことではなかった。息子が若くして死んでしまったら、誰が遺産を相続しようとあまり関心のない問題だった。ただただ息子の幸せだけが心配だった。息子は二十五歳まで生き延びられたら、遺言を書いて、彼の好きなように富を全部遺譲すればいい。サー・ロジャーは息子がそんなにすぐ墓場に父を追って来るとはとても信じる気になれなかった。

「そのことはもう心配しなくていいよ、先生。問題はルイのことだ。あんたはあいつの後見人になってほしい、いいな」

「後見人なんて。彼はもうそんな歳じゃありませんよ」

「ああ！　だがな、先生、あんたにはあいつの後見人になってもらう。遺産は二十五になるまであいつのものにはならない。あいつを見捨てることはないだろ？」

「彼を見捨てるようなことはしません。しかし、彼のためいろいろなことができるかどうか心配です――私に何ができるっていうんですか、スキャッチャード？」

「強い者が具えている力を弱い者のため使ってくれ。おれの遺言があんたに与える力を行使してくれ。あいつが悪い方向に進むのを見たら、あんたがあんたの息子を扱うようにあいつを扱ってくれ。友が死んでしまった友のためにすることをしてくれ。もし立場が逆だったら、先生、おれならあんたのためにそうしてやる」

「できる限りのことをします」ソーン先生は厳かにそう言って、請負業者の手を取り、しっかり握った。

「やってくれると信じている。信じているぞ。ああ！　先生、おれの今の思いをあんたが味わうことがないようにな！　あんたがあとに残さなければならない人々の運命について、死の床でおれが感じているような恐怖を感じないように祈るぞ！」

ソーン先生はこれにはあまり答えることができないと感じた。ルイ・スキャッチャードの運命がひどく恐ろしいものになりそうだと、認めざるをえなかったからだ。どんな幸福、どんな好ましいことがルイのような男に予見されようか？　どんな慰めを先生はその父に与えられようか？　このとき、先生はこの不幸な若者とうちのかわいい姪の言わば将来を比較して、うさん臭い、汚い、失望させるものと、完全なもの――というのは先生にとって姪はほとんど完璧だったから――を対照させ、ルイ・スキャッチャードと、炉辺を輝かせる天使とを対比して見ずにはいられなかった。いったい先生は友の訴えにどう答えたらよかろうか？

先生は何も言わないまま、依頼されたことに最善を尽くすことを表明するため、ただ相手の手をさらに強く握った。サー・ロジャーは何か慰めの言葉を期待して悲しげに先生の顔を見あげた。そこには元気づけるものも、慰めるものもなかった！

「三、四年間あいつはあんたにすっかり頼らなくてはならないだろうな」とサー・ロジャーは続けた。

「できる限りのことをしますよ」と先生は言った。「できる限りのことをします。しかし、彼は子供じゃないからね、スキャッチャード。彼くらいの歳になると、身を立てるのも、滅ぼすのも、おもに彼自身の行動によるほかないのです。彼にいちばんいいのは結婚することでしょう」

「そうだ、そのとおりだ、ソーン。おれもそう考えていた。もしあいつが結婚したら、これまでいろいろあったとしても、まだ何とかやれると思う。もしあいつが結婚したら、もちろんあんたは金をあいつの自由に使わせてやるだろ」

「あなたの願いの通りにしますよ。どんな状況にあろうと、つまり結婚していようと、独身でいようと、私が理解しているところ、金は充分すぎるほどありますから」

「ああ！　だがな、ソーン、あいつにはその金で誰にも劣らず輝いていてほしいとおれは思う。もしそういうことでもなかったら、おれは何のために金を稼いだんだ。さて、もしあいつが結婚するなら、――つまりちゃんとした相手とね――この世で生きていく加勢をあいつがえられそうだとあんたが判断する女性と結婚するなら、あいつがほしがるだけの金を気前よく使わせてやれ。おれはあんたに握らせるため金を貯めたんじゃないんだから」

「違いますよ、スキャッチャード。金を使うのを渋っているのではないのです。彼を救うのが目的なのです。これからまだ彼と一緒にいられるあいだ、あなたも彼に結婚するように助言したほうがいい」

「おれの助言を聞く耳なんかあいつにはまったくない、まったくな。いったいどうしてそんな気になるって言うんだ？　おれ自身がずっと野獣のように飲んできたというのに、いったいどうしてあいつにしらふになれって言えるんだ？　そこが問題だな。今おれが死にそうなのはその酒のせいなんだから。助言って！　まあ、おれが話しかけても、あいつからまるで子供みたいに扱われるだけだ」

「あなたがとても弱っているから彼は怖がっているのです。今はあなたが話をしちゃいけないと思っているのです」

「馬鹿なこと！　あいつにはよくわかっているよ。あんたにもわかっている。とても弱っているって！　それがどうした？　おれが目前に見ているものに一分でもいいからあいつの目を開かせることができたら、おれの持てる力のすべてを一挙に出してもいい」病人はまるでその瞬間に残っている力を全部実際に使い尽くそうとするかのようにベッドから起きあがろうとした。

「安静にして、スキャッチャード、安静にして。彼はあなたの言うことをまだ聞いてくれますよ。ただし、あなたがそんなに手に負えなくなってはいけません」

「ソーン、瓶がそこに見えるだろ？　ブランデーをグラス半分ほどくれ」

先生は椅子に座ったまま後ろを振り返ったけれど、言われた通りにするのをためらった。

「おれの言うようにしてくれ、先生。今となってはもう害にはならん。それはあんたにもよくわかっているだろ。なぜおれを今さら苦しめるんだ」

「いえ、苦しめるつもりはありません。しかし、ブランデーを割る水がいりますね？」

「水って！　いや。ブランデーは生で飲むよ。いいかい、それがないとおれは喋れないって言っているだろ。いまさら説教をしたって何の役に立つんだい？　どっちで飲んでも、変わりがないことくらいあんたにはわかっているはずだ」

サー・ロジャーは正しかった。どっちで飲んでも、もう違いはなかった。ソーン先生はグラスに半分のブランデーを与えた。

「ああ、何だ！　あんたっていう人はけちだな、先生。とんでもないけちだ。こんな少ない分量で薬を量ることはないだろ」

「朝になる前にもっと欲しくなるでしょうから」

「朝になる前って！　もちろんそうだ。朝になる前に一パイントかそこら欲しくなる。おれは覚えているよ、先生、ディナーと朝食のあいだに二クォート以上のブランデーを一人で飲んだときのことをね！　そう、それから一日じゅう働いたんだ！」

「あなたはすごい人だ、スキャッチャード、とてもすごい」

「うん、すごい！　まあ、気にするな。もう終わったことさ。ところで、おれは何を言おうとしていたかな？　そうルイのことだ、先生。あいつを見捨てないでくれよ？」

「もちろんそんなことはしません」

「あいつは強くない。それはわかっている。あいつみたいな生活をしてきて、いったいどうして強くなれるだろうか？　おれがあいつの歳のころ、酒から害を受けた覚えなんかないがな」

「あなたには重労働っていう強味がありましたからね」

「その通りだ。おれは時々ルイがこの世で一銭も持っていなかったら、おれがしたようにエプロンを腰に巻いてとぼとぼ歩かなければならなかったら、と思うんだ。だがな、もうそれを考えるのは遅すぎる。もしあいつが結婚さえしてくれたらな、先生」

ソーン先生は若い跡取りの習慣を改善するには結婚がいちばん考えられる手段だとの意見を再び述べて、父から息子に妻をもらうように勧めるべきだとの助言を繰り返した。

「じつを言うとだな、ソーン」と彼は言った。それから、しばらく間を置いて続けた。「おれが考えていることの半分もまだあんたに言っていない。それを言うのがちょっと怖いんだ。本当になぜ怖いかわからないんだが」

「あなたに何か怖いものがあるなんて知りませんでした」先生は優しくほほ笑んで言った。

「うん、それなら、臆病者でこの世を終わるわけにはいかないな。さて、先生、本当のことをおれに教えてくれ。話題になったあんたのあの娘――メアリーの子――をおれにどうしてほしいんだい？」

一瞬、間があった。ソーンがゆっくりその問いに答えたからだ。

「あの子はあんたの姪であると同時におれの姪でもあるのに、あんたはあの子をおれに会わせようとしないな？」

「何も」と先生はとうとうゆっくり答えた。「何もあなたにしてほしくないのです。あの子を会わせるつもりがないのですから、あなたには何も期待していません」

「もし哀れなルイが亡くなったら、あの子が遺産のすべてを手に入れることになるんだぞ」とサー・ロジャー。

「もしあなたがそうしたいのなら、あの子の名を遺言に入れるべきです」と先生は言った。「ただあなたにそうするように頼んでいるわけでも、願っているわけでもありません。メアリーはありがたいことに富がなくてもやっていけますから」

「ソーン、一つ条件を呑めばあの子の名を遺言に入れるよ。一つ条件で遺言を替えてやる。二人のいとこを夫と妻にしてくれ――ルイと哀れなメアリーの子を結婚させてくれ」

先生はその提案を聞いて一瞬息が詰まり、返事をすることができなかった。たとえ先生に返事をする力があったとしても、彼の子羊をあの若い狼にくれてやるようなことはインドの富全部をやると言われてもできない相談だった。しかもその子羊は――メアリーがそうなのだが――先生がよく知っているように、結婚問題では彼女の意思を持っていた。メアリー・ソーンとルイ・スキャッチャード！　これほど考えられない縁組がほかにあるだろうか、と先生は自問した。

「もしあんたがこの結婚を実現するため全力を尽くすと固くおれに約束してくれたら、遺言を書き替えるよ。遺産はルイがあの子と結婚した日にあいつのものになる。もしルイが結婚しないまま亡くなったら、遺産は名指しであの子のものになる。約束しろよ、ソーン、そうしたらあの子をすぐここに呼ぼう。まだ会う時間はある」

しかし、ソーン先生は約束しなかった。まさしくそのとき、先生は何も言わないで、ゆっくり頭を横に振った。

「いいじゃないか、ソーン？」

「できませんよ、あなた」

「どうしてできないんだ」

「あの子の手は私の自由にならないし、あの子の心もそうです」

「それならあの子に自分で来させればいい」

「どうなのですか、スキャッチャード、父がとても危険な病いの床に就いているとき、あの子を呼んで息子に言い寄らせるなんて！　あの子に命じて金持ちの夫を捜しに来るように言うなんて！　そんなことは品位に欠けるのではありませんか?」

「いや、そんなことのためじゃない。ただおれが姪に会うため、おれたちがみな姪を知るため、あの子をここに寄こしてくれ。もしあんたが全力を尽くすと約束してくれるなら、あんたの手に問題を委ねよう」

「しかし、あなた、この件で私は力を尽くすことはできません。私にできることはありません。この話はまったく論外だと、もちろん即答していいのです。私にわかるのは――」

「あんたに何がわかるんだ」準男爵はほとんど腹を立てて先生のほうを向いて言った。「この話が論外だと言えるほどあんたが何を知っているっていうんだ。あの子は男の手が届かないほどそんな高値の真珠なのかい?」

「あの子は高価な真珠です」

「いいかい、先生、金があればそんな真珠はいくらでも買うことができるよ」

「おそらくそうでしょうね。私にはよくわかりません。しかし、これだけはわかる。金であの子を買うことはできません。何かほかのことを話しましょう。こんなことは考えても無駄だと思います」

「そんなに頑固にこの話に反対するなら、いいだろう。もしどんな娘もルイを好きになることはないと思っているんなら、あんたはきっとあいつをあまり高く評価していないに違いない」

「私はそんなことは言っていませんよ、スキャッチャード」

「年に一万ポンドを使うことができて、準男爵夫人になれるんだぞ。なあ、先生、あんたがこの娘に期待しているのはいったい何だ?」

「たいしたことは期待していません、本当に。たいしたことは。平穏な心と平穏な家庭。それ以上は望みません」

「ソーン、もしこの件でおれに従うなら、あの子はこの州で抜きん出た女性になれるんだぞ」

「あなた、私の友、なぜそんなに私を苦しめるのですか? なぜそんなにあなたが悩む必要があるのですか? 論外なのですよ。二人は一度も会ったことがないし、共通のものを何一つ持っていないし、持てそうもない。趣味も、願望も、仕事もみな違っている。そのうえ、そんなふうに仕組まれた縁組みは決してうまくいきません。信じてください、この話は論外なのです」

請負業者はベッドに倒れ込み、十分間完全に静かに横たわっていた。あまりにも静かなので先生は寝てしまったと思い始めた。そう思って、見守るのにも疲れて、ソーン先生が病室からそっと出ようとしたとき、病人は再び激しく起きあがって来た。

「それじゃあ、あんたはおれのためにこれをしてくれないんだな」と病人。

「してくれって! そんなことはあなたのためにも、私のためにもなりません。そんなことはかかわっている当人に任せなければ」

「あんたはおれを助けてくれないんだな」

「この話ではね、サー・ロジャー」

「畜生、それならどんなことがあろうとおれの金は一銭もあの子にはやらんぞ。そこにあるやつをくれ」彼はそう言うと、ずっと視野のなかにあったブランデーの瓶を再び指差した。

先生はブランデーを注いで、少量を彼に手渡した。

「おい、つまらんことをするな。グラスを一杯にしろ。馬鹿げたことにはもう堪えられん。おれは最期まで自分の家の主人だぞ。いいか、ここに持ってこい。一万の悪魔が体のなかでおれを引き裂いている。あんた――あんたはおれを慰めてくれることもできたのに、そうしてくれない。いいか、グラスを一杯にするんだ」

「そうしたら、あなたを殺すことになります」

「おれを殺すって！　おれを殺す！　あんたはおれを殺すといつも言っている。おれが死ぬのを恐れていると思うのか？　死がどれほど近いかおれが知らないとでも思っているのか？　ブランデーをよこせと言っているだろ。さもないとベッドから出てそれを奪い取ってやるぞ」

「いいや、スキャッチャード、これをあげるわけにはいきません。私がここにいる限りはね。あなたが今朝何をしたか覚えていますか？」――彼はその朝教区牧師から終油の秘跡を授かっていた――「私に殺人の罪を犯させたくはないでしょう？」

「馬鹿げたこと！　あんたは馬鹿なことを言っているな。習慣は第二の本性なんだ。いいか、飲まなかったら、おれは落ち込んでしまう。なあ、わかっているだろ、あんたが背を向けたらおれはすぐいつも酒を飲んでいるんだ。おい、自分のうちで人から威張り散らされるのはまっぴらご免だ。あの瓶をよこせ。いいか」――そう言うと、サー・ロジャーはベッドから起きあがろうとしたが、失敗に終わった。

「やめなさい、スキャッチャード。酒はやるから。――ほら注いでやる。習慣が第二の本性っていうのは本当かもしれないね」サー・ロジャーは先ほど先生が注いだ少量のブランデーを考えもせずに一気に飲み干してから、手に空のグラスをまだ握っていた。先生は今このグラスを取ると、ほとんど縁まで一杯注いだ。

「おい、ソーン、縁まで一杯だぞ。これっきりだから縁までな。『どんな飲み物だろうと、縁まで一杯でなければ』だぞ。けち臭いやつだな！　おれならあんたにそんなふうに注がないな。ほら――ほら」

「手に持てる限りの量でしょう、スキャッチャード」

「そうはいかない、もっと入るなあ！　おれの手は岩みたいにしっかりしている。少なくとも酒を持つときはな」それから、彼はグラスの中身をぐいと飲み干した。それは普通の大人の息を詰まらせるほどの量だった。

「ああ、かなりよくなった。だがな、ソーン、おれはやっぱりグラス一杯が好きだな。はっ、はっ、は！」

独特のしわがれた耳障りなその声には何かぞっとさせるもの、ほとんど胸を悪くさせるものがあった。その声はブランデーに浸された人から発せられて、あまりに明瞭にアルコールがもたらした大破壊を物語っていた。その眼にはぎらぎら光る炎があり、それがこけた頬と対照をなしていた。落ちた顎、伸び放題のひげ、やつれた顔は見るからに恐ろしかった。手と腕は熱く、じっとり湿っているが、とても痩せて衰弱していた。下肢は失われた機能を回復しておらず、動かそうと激しく試みても、力がないため動かなかった。彼は枕によりかかり、半分座って体を支えていたが、常に震えが止まらなかった。それでも、大口を叩いたように、ブランデーのグラスはしっかり口へ持ちあげることができた。これがあの周到な伝記作者が正確で簡潔な説明を終えたばかりの主人公の状態だった。

サー・ロジャーはブランデーを飲み干したあと、まるでまわりのものに向かって自分が死んでしまったかのようにしばらく空虚を見詰めて座り、無限の過去のことを考えに――考え、考え尽くした。

「もう私は出て行って」と先生は言った。「スキャッチャード令夫人を呼びましょうか？」

「もうちょっと待ってくれ、先生。一分でいいんだ。それで、あんたはルイのために何もしてくれないのかい？」

「私にできることなら何だって彼のためにしますよ」

「ああ、そうか！　あいつを救える一つのこと以外は何だってな。まあ、二度とは頼まない。だがな、覚えておけよ、ソーン、明日おれは遺言を書き替えるぞ」

「是非そうしたほうがいいですね。よくなるように書き替えて当然です。助言してよければ、ロンドンから仕事で使っている弁護士を呼び寄せることをお勧めします。私に呼ばせてくれるなら、明日の夜までにここに到着すると思います」

「大きなお世話だな、ソーン。そんなことは自分でやれる。さあ、一人にしてくれ。だがな、覚えておけ、あんたはあの娘の運命を台無しにしたんだぞ」

先生は患者のもとを去って、ちょっと不幸せな気分で自室に戻った。伯父の莫大な富のなかから顧みられることもない極小部分のおこぼれにあずかって、メアリーの未来を少しでも安心できる、そう、輝かしいものにできるかもしれない。そういう希望を、言わば無意識のうちに抱いていたことを彼は告白せざるをえなかった。そんな希望は、もしそれが希望と呼べるものとしても、もうまったく失われてしまった。しかし、これがすべてではないし、最悪の結果というわけでもない。メアリーといとこの結婚案を決定的に退けたのは正しかった、と先生は確信していた。メアリーにあんな男との結婚を誓わせることができないのは、どうみても運命と同じくらい定められたことだった。しかし、先生がメアリーを金持ちの伯父の目から遠ざけたのはどれくらい正当性を持ちえるだろうか？　先生は今メアリーを独占していたが、彼女が先生のものではなく、ほかの人のものだと世間に知られることを恐れていた。彼はこういう恐れ、すなわち利己的な恐れのせいでメアリーをこの伯父から遠ざけたとも見られる。そうだとすると、彼がこんなふうにメアリーから遺産を奪ってしまったのはどう正当化できるだろうか？　先生はメアリーに代わって富を価値のないものとして拒否する責任を負った。しかし、そうしたとたん彼はかなり時間を費やして、富の価値がメアリーにとってどれほど重要なものか考え始めた。それゆえ、彼は病室を出る折、サー・ロジャーからメアリーの運命を台無しにしたと言われたとき、なじる言葉を穏やかな心で聞くことができなかった。

翌朝、先生は患者を診察したとき、最期が今や恐ろしい駆け足で近づいていることを確信してから、グレシャムズベリーへ向かった。

「これはいったいいつまで続くんですか、伯父さん?」先生がまたボクソル・ヒルに戻る準備をしていると き、姪が悲しそうに聞いた。

「長くはないよ、メアリー。あと数時間の命を彼のため渋らないでおくれ」

「いいえ、そんなつもりはありません、伯父さん。もう何も言いませんわ。息子さんは付き添っているんですか?」それから、彼女はあいにくなことにルイ・キャッチャードについてたくさん質問を浴びせた。

「彼はこれから結婚するんですか、伯父さん?」

「結婚できるといいね、おまえ」

「彼はとてつもないお金持ちになるんでしょう?」

「そうだな、結局とてつもないお金持ちになるだろうね」

「彼は準男爵になるんでしょう?」

「そうだよ、おまえ」

「どんな人なの、伯父さん」

「どんな——その若い男がどんな人か知らない。赤毛だね」

「伯父さんって知っている人のなかでもいちばん人物描写がへたね。もし私が五分間見たら、きっと彼の似顔絵が書けますわ。でも、伯父さんに犬の描写をさせたら、毛の色が何色か言うくらいです」

「ええと、彼は小男だね」

「本当にへたよ、アンブルビー夫人は赤毛の小犬を飼っているって、私が言うのと同じね。私、スキャッチャード家の人たちのことを知っていたらよかったわ、伯父さん。自力で世に名をなしていく人たちを私は深く敬愛するの。私、サー・ロジャーと知り合いになっていたらよかったのに」

「もう彼と知り合いになることもないね、メアリー」

「ないでしょうね。彼ってとてもお気の毒ですわ。スキャッチャード令夫人はいい人なんですか？」

「すばらしい女性だね」

「いつか令夫人と知り合いになれたらいいのに。今はずいぶんあちらに詰めているのね、伯父さん。そこの人たちに私のことを話したことはあるかしら。もし話すなら、私がどれだけ令夫人をお気の毒に思っているか伝えてくださいね」

その夜、ソーン先生はまたサー・ロジャーと二人きりになった。病人は前夜よりもはるかに穏やかになり、見るからに安心していた。遺言については何も言わなかったし、メアリー・ソーンについても一言も言わなかった。しかし、ウインターボーンズとバーチェスターから来た書司の事務員が昼間の大部分この寝室にいたことを先生は知っていた。偉大な実業家がこのような人手を道具として使って、もっとも重要な仕事を遂行することに慣れているのを知っていたから、先生は遺言が変更され、改正されたことを疑わなかった。遺言の封が開けられたとき、サー・ロジャーがすでに述べたこととはまったく違う条項を入れていることは、ありうることだと思った。

「ルイは充分賢い」とサー・ロジャーは言った。「つまり、充分切れる。あいつは財産を浪費することはないだろう」

「彼はいい才能に恵まれています」と先生。

「すばらしい、すばらしい」と父は言った。「あいつはうまくやれるだろう、とてもうまくやれるさ、もしこいつから離れていられたらな」サー・ロジャーはベッドのそばにあった空のワイングラスを持ちあげた。「あいつにはどんな人生が待ち受けているんだろう！――そして、その人生をこいつのために台無しにするんだ！」彼はそう言いながらグラスを部屋のなかに投げつけた。「ああ、先生！　すべてをもう一度やりなおせたらなあ！」

「みながそれを願うのですよ、おそらくね、スキャッチャード」

「いや、あんたは望まないな。あんたは一シリングの価値もないが、後悔するものを何も持たないんだ。おれはあれこれ入れると五十万ポンドの価値があるが、すべてを後悔している。そう、すべて、すべてをだ！」

「そんなふうに考えてはいけません、スキャッチャード。そう考える必要はないでしょう。昨日あなたはクラークさんに心が安らいでいると言いましたよ」クラーク氏は彼を訪れた牧師だった。

「もちろんそう言ったよ。牧師から聞かれたとき、ほかにどう答えろというんだ。牧師の時間と言葉がまったく無駄に終わったと答えたら、それこそ礼儀を欠くことになっただろ。だがな、ソーン、信じてくれ。人が悲しい――悲しい――心底まで悲しいとき、最期の瞬間に牧師から数語言葉をかけられたからって気が軽くなるものではないよ」

「あなたに神のご慈悲がありますように、友よ！――もし神のことを考え、神にすがるなら、神はあなたにご慈悲を与えてくだるでしょう」

「ああ――やってみるよ、先生。だがな、すべてをもう一度やり直せたらなあ。おれのため婆さんの面倒を見てくれるかい？」

「何、スキャッチャード令夫人のことですか？」

「悪魔令夫人さ！　もし今おれを怒らせるものがあるとすれば、それはあの『令夫人』の身分だ——あれが令夫人だって！　なあ、おれがあのとき刑務所から出て来たら、哀れなあれは靴もろくに履いていやしなかった。だがな、あれに悪いところなんかこれっぽっちもなかったよ、ソーン。全部あれが望んだことじゃないんだ。あれは令夫人になるなんてそんな無意味なことを一度だって望んでいやしなかった」

「彼女はすばらしい奥さんですよ、スキャッチャード。何より、すばらしい女性です。いまも、これからもいちばん大切な友人の一人です」

「ありがとう、先生、ありがとう。そうだ、あれはいい奥さんだった——金持ちによりも貧乏な男に向いていた。だがな、一方であれはそういう星の下に生まれついたんだ。あんたはあれを偉そうな連中にこづきまわさせたりしないだろうな、ソーン？」

ソーン先生は自分が生きている限り、スキャッチャード令夫人は真の友を一人は持つことになると再び彼を安心させた。しかし、この約束をするとき、先生は邪魔な爵位に触れることを何とか避けることができた。

「あいつとはできるだけ一緒にいてくれるんだろ？」準男爵は十五分くらい黙って横になっていたあと、再び尋ねた。

「誰と？」先生はそのときほとんど眠っていた。

「おれの哀れな息子、ルイとだ」

「彼がそうさせてくれるなら、一緒にいましょう」と先生。

「そして、先生、あいつがグラスを口に運ぶのを見つけたら、払い落としてくれ。一緒に歯をへし折ることになっても、押しのけてくれ。飲んでいるのを見たら、ソーン、父のことを話してくれ——酒さえなければ、父がどうなっていたか話してくれ。父が酒から離れられなかったばかりに獣のように死んでいったことを話してくれ」

読者よ、これがサー・ロジャー・スキャッチャードの最期の言葉だった。この言葉をつぶやきながら、彼は前夜見せたのと同じ激しさでベッドの上に起きあがった。しかし、そうしている途中、再び麻痺に襲われて、明朝九時前にすべてが終わっていた。

「ああ、私ん人――私ん、私ん人！」未亡人はそう叫んだとき、深い悲しみの痙攣のなかで若いころの恋愛時代のことしか思い出していなかった。「みなんなかでいちばん立派で、輝いていて、賢い人」

この数週間後、サー・ロジャーはバーチェスター大聖堂構内にたいした華やかさと式典で葬られた。そのすぐあと、記念碑が建てられた。サー・ロジャーが木づちとたがねを使って花崗岩の塊を平らにしているところだが、鷹のような眼はそんなつまらない仕事を見くだすように頭上の複雑な数学的計器に向けられている、といった記念碑だ。もしサー・ロジャーが自分でその像を見ることができたら、一方で船をこいでいるのに他方をよそ見するような船頭は尊敬に値しないとおそらく断言したことだろう。

葬儀のあとすぐ遺言が明らかにされ、ソーン先生は遺言の条項が数か月前に友から聞かされたものとまったく同じであることに気がついた。あの奇妙な遺言補足書が追加されてからは、何も変更されていなかったし、文書は開封されてさえいなかった。その遺言補足書にはソーン先生が、ソーン先生だけが――遺言人のただ一人の妹の長子が誰であるか知っていると明記されていた。しかし、同時に先生と共同で遺言を執行する者の名が記されていた。その人は鉄道建設で声望のあるストック氏だった。ソーン先生自身が一千ポンドという慎ましい遺産の受取人になった。スキャッチャード令夫人には生涯年一千ポンドの遺産が遺された。

第二十六章　戦争

サー・ロジャーを墓まで追う必要も、葬儀の宴で出された焼き肉のご相伴にあずかる必要もないだろう。サー・ロジャー・スキャッチャードのような人はきちんと埋葬され、すでに述べた通り、その栄光は彫刻の記念碑という目に見えるかたちで正しく後世に伝えられた。数日すると、先生は自宅の平穏な生活に戻っていた。サー・ルイは父に代わってボクソル・ヒルの支配者となった。しかし、その支配力はかなり狭まっており、資金も予想通り乏しかった。私たちはいずれすぐ彼のところに戻って、準男爵として彼が何をしたか見なければならない。しかし、さしあたりグレシャムズベリーのもっと楽しい友人たちのところに帰ってもいいだろう。

しかし、グレシャムズベリーの友人たちはあまり楽しい生活を送っていなかった――状況から見て、もっとお互いに気持ちよく接していてもいいのにそうならなかった。先生は当時完全にボクソル・ヒルに詰めていたわけではなかったが、サー・ロジャーとできるだけ一緒にいるため自宅を離れてすごすことが多かった。その間、メアリーはいつも以上にペイシェンス・オリエルとベアトリス・グレシャムとつき合った。後者とのつき合いは、以前よりも多少減ってきていた。メアリーに友を選ぶ余地はなかったが、ベアトリスをだんぜん愛していた一方、今は疑いなくペイシェンスとの交際のほうが好ましかった。メアリーが牧師館に出かけていくと、ベアトリスもそこに来た。ペイシェンスが先生の家を訪問すると、ベアトリスも一緒に同行したり、あとから追って来たりした。たとえこの二人との交際を絶ったほうがいいと感じたとしても、メアリーには絶てなかっただろう。絶ったら、まったく一人になってしまう。グレシャムズベリーの家と人々、すなわちほとんど自分のうちのように何年もすごしてきた家族から切り離されてしまったら、そんな孤独にはほとんど堪えられなかっただろう。

　この二人の女性は知っていた——メアリーの秘密のことではない、彼女に秘密はなかった——彼女がむごい扱いをうけるようになった経緯、彼女に非はなかったのに、罰を受けてしまった事情のことだ。二人は同じ娘として、親友として、彼女に同情し、英雄的な属性を与えずにはいられなかった。私たちがよくするように、さしあたり彼女を小さなヒロインのように扱った。おそらくメアリーはこれをありがた迷惑と感じていたが、決して不快ではなかった。

　ミス・オリエルよりもベアトリスのほうが、メアリーの忍耐に英雄崇拝の素材を見出そうとする傾向が強かった。ミス・オリエルは年上であり、当然ロマンスの感傷性にあまり溺れることはなかった。ミス・オリエルはメアリーを是非とも慰める必要があると感じたから、抱きしめて、友をほほ笑ませ、友と一緒にほほ笑みたいと思った。ベアトリスは誠実に同情して、むしろメアリーと一緒にすすり泣き、一緒に涙を流し、一緒に嘆き悲しみたいと思った。

　ペイシェンスはフランクの恋愛を不幸なもの、フランクの行動を誤ったもの、若さによってのみ弁護できるものとして話した。メアリーがフランクと相思相愛かもしれないとは思い当たっていないように見えた。しかし、ベアトリスにとって、この恋愛は出口のない悲劇的な難問、切断できぬゴルディオス王の結び目(1)、今もこれからも続く憂鬱だった。ベアトリスはメアリーと二人だけになったとき、いつもフランクのことを話した。じつを言うと、メアリーはおそらくそれを止めるべきだったのに、止められなかった。結婚は不可能だと、ベアトリスは確信していた。お金と結婚、お金と家柄と結婚――ベアトリスは時々軽率にそうつけ加えて、メアリーをひどく傷つけた――しなければならないのがフランクの不幸な運命だった。こういう状況のなかで、二人の結婚は不可能だった。しかし、それでもやはりベアトリスはもし可能なら、メアリーを義姉として愛したと言い、もしそんな愛が許されるとしたら、フランクがそんな愛にどれほど値する人であるか請け合った。

「本当に残酷ね」とベアトリスはよく言ったものだ。「本当に、このうえなく残酷ね。あなたはどこから見ても兄とお似合いなのに」

「馬鹿ね、トリッチー。どの点から見ても、私には彼に似合うところはないし、彼にも私に似合うところはないわ」

「ああ、でもお似合いよ――ぴったり。パパはとてもあなたを愛しているし」

「そして、ママね。ママが私を愛してくれていたらよかったのに」

「そうね、ママもそう――つまり、もしあなたに財産があったらね」と娘は無邪気に言った。「ママはいつもあなたの人柄は愛していました、いつも」

「あの方が？」

「いつもね、私たちはみなあなたを愛しているの」

「特にアリグザンドリーナ令嬢はね」

「それはたいしたことじゃないのよ。というのも、フランク自身がド・コーシーの人たちに我慢ができないんですから」

「あなたの兄さんが今誰に我慢ができて、誰に我慢ができないかあまり重要じゃありませんわ。彼の性格も、趣味も、心も、これから形成されるんですから」

「そうなの、メアリー！――兄の心も」

「ええ、彼の心もこれからよ。どちらかと言えば彼には立派な気立てがあると思うんですが、これからよ。本人にはまだそれがわからないんです」

「ああ、メアリー！　あなたは兄を知らないのよ」

そんな会話が哀れなメアリーの心の平安にとって危険がないわけではなかった。まもなく彼女はミス・オリエルの心地よいけれど刺激のない陽気さよりも、ベアトリスのこの涙もろい同情のほうを求めるようになった。


先生が留守をする日々が終わり、自宅に帰って最初の一週間がすぎた。その週のあいだ先生はほぼ毎日郷士と会う必要があった。先生は今サー・ロジャーの資産の法的な管理者であり、それゆえまたグレシャム氏の資産に科せられた全抵当の管理者だった。当然二人は会って話し込んだ。しかし、先生は往診以外の理由でグレシャムズベリーを訪れようとはしなかった。それで、必然的に郷士が先生の家を足繁く訪問するようになった。

そのころ、レディー・アラベラは胸中おもしろくなかった。危険な疑惑が生じてから、確かにフランクをケンブリッジにやり、うまくメアリーに会わせないように処置することができた。しかし、レディー・アラベラはこれでは充分でないと感じた。娘がまだ女罪人と習慣的につき合っており、夫が男罪人とつき合っている状態だった。レディー・アラベラはメアリーを屋敷から追放したとき、グレシャムズベリーのもっとも親密な社交の輪から事実上アラベラ自身を追放してしまったように感じていた。令夫人は娘たち同士の相談の重みを心のなかで拡大したり、先生が郷士を丸め込んでとても危険な盲従に陥れるかもしれぬとの恐怖を抱いたりした。

それで、令夫人は再度先生と決闘することに決めた。一回目で彼女は予期せぬ、際立った勝利を収めた。強力な攻撃能力を持つものと何年も思ってきた恐ろしい敵を前にして、穏やかにしていられる未熟な若鳩はいなかった。レディー・アラベラは十分で先生を征服し、先生と姪の両方を屋敷から追放することに成功した。しかも、先生の診察という利点を確保したままでだ。私たちにはよくあることだが、令夫人は征服した敵を軽蔑し、いったん負けた敵が盛り返してくることはないと思い込み始めた。

レディー・アラベラはベアトリスとメアリーの打ち解けた交際を絶ち切り、可能な限り郷士と先生のそれを妨害しようとした。そんなことは家庭内の上手なやりくりによって簡単に実現できる、と言えるかもしれない。しかし、令夫人はこれを試して、失敗した。メアリーとの交際がいかに軽率かベアトリスにずいぶん説教した。郷士の前でわざとこれをやってみたが、裏目に出た。というのは、郷士はすぐメアリーの肩を持って、この家族と先生の家族のあいだに喧嘩なんか見たくない、メアリー・ソーンはあらゆる点で立派な娘であり、我が子にふさわしい友人だ、とはっきり言った。それから、フランクの過ちのせいでメアリーを迫害するようなことはさせないと言って話を打ち切った。これが終わりではなかったし、この問題についてグレシャムズベリーで話されたことがこれで終わりというのでもなかった。しかし、こんなかたちで終わりが来たとき、つまり行き詰まりが訪れたとき、レディー・アラベラはメアリーとグレシャムズベリーの絶交という措置について先生とさらに言葉を交わさなければならないと決断した。

こういう心づもりがあったから、レディー・アラベラは敵の巣窟――先生の診察室――に乗り込んで断固渡り合った。ある日の午後メアリーとベアトリスが牧師館ですごすという話を聞きつけたので、その機会に先生の家を訪れることにした。この家を以前訪問してからかなり長い年月がすぎていた。メアリーは家族の一員のようになっていたから、訪問を返すというような儀式張ったことは必要ないと思われていた。それゆえ、メアリーが病気にでもならない限り、令夫人がこの家にやって来ることはなかった。令夫人はこういう状況のせいでむしろこの訪問の重要性が増すと考えて、できるだけ勿体をつけるのが賢いと判断した。

令夫人はうまくことを進めたから、まもなく書斎で先生と差し向かいになった。先生の手元に置かれた人間の二本の大腿骨——先生はその巣窟で話をするとき、精力的にそれを振り回す癖があった——にも狼狽することはなかった。少し離れた炉棚から歯をむき出している子供の小さな頭蓋骨にも取り乱すことはなかった。

「先生」最初の挨拶を終えると、令夫人はいちばん打ち解けた優しい口調を作って話し始めた。「先生、私のフランクのことがまだ不安ですから、あなたのところで自由に考えを話すのがいいと思いました」

先生はお辞儀をしてから、若い友のフランクのことでそういう思いをさせて申し訳ないと言った。

「本当にとても不安なのです、先生。実際あなたの分別に頼り、あなたの友情を完全に信頼していますから、率直に話すのがいちばんだと思いました」レディー・アラベラはそこで間を置いた。先生はもう一度うなずいた。

「郷士の借金の恐ろしい状態をあなたほど知っている人はいません」

「そんなに恐ろしい状態ではありません、そんなにひどいものではね」と先生はやんわりと言った。「つまり、私の知る限りでは」

「いいえ、先生、とても恐ろしい、とても恐ろしい状態です。あなたは郷士がこの若い準男爵にどれほど借金しているかご存知ですが、私は知りません。というのは、郷士は私に何も教えてくれないからです。けれど、それがとても巨額なもので、地所を沼地に沈み込ませ、フランクを破滅させるのに充分な額だと知っています。それで、とても恐ろしいと言っているのです」

「いや、いや、彼を破滅させることなんか、レディー・アラベラ、破滅させることなんかありません、そう願っています」

「しかし、私はこういうことを話しにここに来たのではありません。今言いましたように、私は郷士のことは何も知りません。もちろんあなたに教えてくださるようにお願いすることもありません。けれど、母として一人息子の行く末に関心を持たざるをえないことは、きっとあなたもご理解くださると思います」レディー・アラベラは上質カナキンのハンカチを目に当てた。

「もちろんそうでしょう、当然です」と先生は言った。「レディー・アラベラ、フランクはきっとうまくやってくれる、それが私の意見です」ソーン先生は力が入っていたので、令夫人のほとんど目の前で大腿骨の一本を振り回した。

「そう願っています。本当にうまくやってくれればと。けれど、先生、あの子は性格的に危険を抱えています。とても思いやりがあり、衝動的ですから、残念ながらそのせいでもめごとに巻き込まれるのです。さて、もしお金と結婚しなければ、フランクが路頭に迷ってしまうことはご存知のことと思います」

先生はこの最後の訴えには何も答えないで、座って聞きながらかすかに眉を寄せた。

「あの子はお金と結婚しなければなりません、先生。さて、ご存知のように、私たちはあなたの助力をえて、あの子を引き離す工夫をしてきました、あのメアリーから――」

「私の助力をえて、レディー・アラベラ！　私は何の助力もしませんでしたし、この件にいっさい干渉してきませんでした。これからもしません」

「まあ、先生、なるほど干渉はしませんでした。けれど、若い二人が軽率な行動をしたと考える点で、いいですか、私に同意していただきました」

「私はそんなことに同意していませんよ、レディー・アラベラ、一度も、一度もね。メアリーが軽率だったなんて、そんな考えに私は一度も同意したことがないし、今も同意するつもりはないし、誰にも私の前で同意したと言わせはしません。そんな考えには必ず反論します」先生はそれからせっせと大腿骨を振り回したから、令夫人をかなりおびえさせた。

「とにかく若い人たちを引き離したほうがいいとあなたは考えたのです」

「いいえ、そんなことも考えたことがありません。私の姪が危険に陥る心配はないと確信しています。あの子自身が、また私が、恥をかくようなことは決してしないとね」

「引き離したほうが恥をかかないのです」と令夫人は弁解した。おそらく正確には先生の言う意味でその言葉を使っていなかった。

「私はあの子に何の心配もしていません」と先生は続けた。「それゆえ現状が維持されることを望んでいます。フランクはあなたのお子さんですから、注意するのはあなたの仕事です。メアリーをグレシャムズベリーから遠ざけるのが、その仕事を適切にはたすことになるとあなたが考えたのです」

「いえ、いえ、いえ、違います！」とレディー・アラベラ。

「しかし、あなたはそう考えたのです、レディー・アラベラ。グレシャムズベリーはあなたのうちなのですから、私も、姪も、不平を言う根拠がないのです。苦しみがないわけではないが、私たちは従った、黙って従ったのです。思うに、私たちに不平を言う理由があなたにあろうはずがありません」

レディー・アラベラは懐柔しようという導入部で先生からこれほど厳しい抵抗を見せられることを予想していなかった。前回、令夫人は先生を容易に屈服させた。彼女は前回メアリー追放の布告を出したとき、強制力のある命令を出すことができたけれど、メアリーがその命令に従ったことで今は完全に彼女の支配圏外にいることが理解できなかった。それで、彼女は少し驚いて、しばらく先生の物腰に圧倒された。とはいえ、幸運は勇者以外に訪れないとはっきり思い起こすと、すぐ自分を取り戻した。

「私は不平なんか言っていません、ソーン先生」令夫人はこれまで使っていた口調よりもド・コーシー家の者にふさわしい調子を採用して言った。「あなたやメアリーに不平はありません」

「それはご親切ですね、レディー・アラベラ」

「しかし、私の息子とあなたの姪のあいだの恋愛沙汰を止める、うむを言わさず止めるのが私の義務だと思っています」

「私は少しも反対しません。そんな恋愛沙汰があるのなら、止めればいい――つまり、あなたにその力があればの話ですが」

ここで先生はどう見ても軽率だった。しかし、もう令夫人には充分屈服したと思い始めていた。先生はこんな話に力添えすることが自分に似つかわしいこととは思わなかった。けれども、姪があの息子には充分すぎるほど立派な人だと思っていたから、この二人が軽率と思われるとすれば両者の側で等しく軽率と見なされなければならないくらいのことは、レディー・アラベラにも理解させておきたいとほぞを固めた。メアリーの心と感情と利害がまったく若い跡取りのそれの後回しになることに先生は堪えられなかった。メアリーが若い女相続人になるかもしれないという考えが、おそらく先生のこういう決意の背後に無意識のうちに働いていた。

「私の義務だと思います」レディー・アラベラはいっそう強いド・コーシー調で言葉を繰り返した。「あなたの義務でもあります、ソーン先生！」

「私の義務！」先生はそう言うと椅子から立ちあがって、二本の大腿骨を手にしてテーブルにもたれかかった。「レディー・アラベラ、どうかすぐ理解してください。そんな義務なんか私にはありません。私はそんな義務とは無縁です」

「けれど、あなたはこの不幸な子が姪と結婚するように応援しているとでも言うのじゃないでしょうね？」

「この不幸な子は、レディー・アラベラ、――ついでながら、私はとても幸運な若者と見ておるのですが――あなたの息子で、私のじゃありません。私は彼の結婚に何の手も貸しませんよ、賛成だろうと、反対だろうとね」

「それじゃあ、姪があの子の邪魔をしてもいいと思っているのですか？」

「姪が彼の邪魔をする！　私がグレシャムズベリーにやって来て、あなたの娘のことをそんなふうに話したら、あなたは何と言いますか？　近所の奥さんがやって来て、そんなふうに話したら、私の親友のグレシャムさんは何と言いますか？　彼が何と言うか教えてあげましょう。その女にうちに帰って自分の仕事に専念するように穏やかに説得しますね」

これはレディー・アラベラには恐ろしい言葉だった。ソーン先生がこれまでこれほど思い切って令夫人を普通の人の水準におとしめ、田舎のほかの奥さんになぞらえたことはなかった。そのうえ、令夫人は彼、田舎医師が彼女、伯爵の娘に家に帰って仕事に専念するように本当に求めているのかよくわからなかった。しかし、この点に疑問の余地があるようにも見えたから、令夫人は本人の有利に解釈した。

「あなたとの議論は私にはふさわしくなさそうです」と令夫人。

「少なくともこの話題ではそのようですね」と先生。

「かわいいメアリーにいやなことを言うつもりはないことを繰り返すしかありません。メアリーには、言ってもいいと思いますが、いつも母のような気遣いを見せてきました」

「私も、メアリーも、グレシャムズベリーで受けた親切を忘れることはありません」

「けれど、私は義務をはたさなければなりません。子供たちのことを第一に考えなければなりません」

「もちろんそうです、レディー・アラベラ。当然です」

「ですから、ベアトリスとメアリーがあんなに一緒にいるのは軽率だと思っていることを言うため、あなたを訪ねて来たのです」

先生はこの会話の後半部分では立ちあがったままだったが、今は二本の骨をダンベルのように持って、歩き回り始めた。

「こりゃあ、驚いた!」と先生は言った。「こりゃあ、驚いた! 何と、レディー・アラベラ、息子同様娘も疑っているのですか? この邪悪な秘密の結婚を準備するため、ベアトリスがメアリーの加勢をしているとでも思っているのですか? 正直に言うと、レディー・アラベラ、あなたの現在の精神状態にはとてもついていけません」

「私は誰も疑っていません、ソーン先生。けれど、若い人たちはどうしても青臭いのです」

「そして、年寄りは老いぼれている、ですか。いっそう残念なことですね。レディー・アラベラ、メアリーは私にとってじつの娘のようなもので、従順に私の言うことを聞いてくれます。しかし、私はあなたのベアトリスをあの子の知人として認めたくないどころか、逆に喜んで二人の友情を尊重したいと思うから、それに終止符を打つことなんて期待しないでください」

「けれど、もしその友情がフランクとメアリーの交際を復活させることと結びついたら?」

「私は友情に反対はしません。フランクはとても立派な若者です。物腰は紳士のようだし、気質は隣人としてふさわしい」

「ソーン先生――」

「レディー・アラベラ――」

「あなたが実際そんな願望を明らかにするとは信じられません」

「あなたが言われる通りです。私はどんな願望も明らかにしておりませんし、明らかにする気もありません。メアリーはある限度内で――彼女がそれを越えることはないと信じています――自由に友人を選ぶことができます。ミス・ベアトリス・グレシャムについては姪が間違った選択をしなかったと思います。たとえ姪がフランク・グレシャムを友人のなかに加えたとしても――」

「友人！　まあ、二人は友人以上、公言した恋人同士です！」

「それは嘘です、レディー・アラベラ、なぜなら、私はメアリーからそんなことは聞いていませんから。しかし、たとえ恋人同士でも、私がそれに反対する理由はありません」

「反対しないって！」

「今言ったように、フランクは、私が見るところ、すばらしい若者です。どこに反対する理由があるのですか？」

「ソーン先生！」令夫人のほうも今ははっきり動揺を表して、椅子から立ちあがった。

「私が反対する理由は何もありません。あなたの子羊の面倒をみるのは、レディー・アラベラ、あなたなのです。私が気をつけていなければならないのは、できれば害が私に及ばないようにすることだけです。メアリーがあなたの子供の知人として不適当だと思うなら、その子供を導くのはあなたです。あなたと子供の父です。正しいと思うことをあなたの娘に言いなさい。しかし、お願いですから、これを限りにわかってください。姪に干渉することは誰にも許しません」

「干渉するって！」レディー・アラベラは先生の厳しい言い方に完全に途方に暮れてしまった。

「姪に干渉することは誰にも許しません。誰にもです、レディー・アラベラ。姪はあなたが不当に浴びせた汚名にひどく苦しんできました。しかし、あなたが正しいと思えば、姪をあなたのうちから追い出すことは疑いなくあなたの権利でした。長年に渡って姪を知っている女性として、あなたがもう少し姪を寛容に扱ってくれてもよかったと思いますがね。しかし、それはあなたの権利であり、あなたはそれを行使した。あなたの特権はそこで止まる。そうです、そこで止まらなければなりません、レディー・アラベラ。ここで――姪が自分のものと言える唯一の場所で――あなたに姪の迫害をさせはしません」

「彼女を迫害するって、ソーン先生！　私が彼女を迫害したって言うのじゃないでしょう！」

「ええ！　しかし、そう言っているのです。あなたは姪を迫害しているし、私が姪を守らなければ、迫害し続けます。姪はあなたの領地に入ることを禁じられて――そういうふうに禁じられたことを国じゅうの人に知られるだけでは充分ではなかったのです。あなたは姪の生活の無邪気な楽しみを邪魔しようとわざわざここまで来なければならなかった。姪があなたの息子のことを一言でも話したり、彼の妹から彼の言葉を一言でも漏れ聞いたりすることがあってはいけないと思ったから、あなたは姪を牢に入れ、縛りあげ、日の光の届かないところに置きたいのです――」

「ソーン先生！　いったいどうしてあなたにそんな――」

しかし、先生は話をやめなかった。

「息子のほうを縛りあげ、牢に入れようという発想はあなたにはないのです。そういう発想はない。グレシャムズベリーの世継ぎだからです。あなたの息子で、伯爵の孫だから。彼が医者の姪に馬鹿げた言葉をかけるのは、結局ごく自然なことなのです。しかし、姪のほうでは！　その馬鹿げた言葉を、いくらいやでも、聞かされることが姪のほうでは、許されざる罪になるのです。ねえ、わかってください、レディー・アラベラ。もしあなたの家族の誰かが私のうちに来たら、私は客として歓迎します。もしメアリーがその誰かとどこかで会ったら、私は喜んでその話を聞きます。もし姪がフランクと結婚の約束をしたと明日言ったら、ただただ姪のためになるように、それが私の義務ですから、とても冷静に姪とそのことを話し合います。しかし、同時にこんな妻が手に入るとはフランクは幸運なやつだと思いますよ。さあ、私の心の内を明かしました、レディー・アラベラ。こういうふうに私は私の義務をはたしましたから、あなたはあなたがふさわしいと思うように義務をはたしたらいい」

レディー・アラベラは今回大きな勝利をえる幸運には恵まれそうにないと、このころまでには納得していた。しかし、彼女は先生と同じくらい腹を立てていた。彼女を怒らせたのは先生の激しい口の利き方ではなく、むしろ彼女の階級の威信を取り壊し、彼女を自分と同等の水準に置こうとする明らかな先生の覚悟だった。先生はこれまでこれほど傲慢不遜だったことはなかった。ドアへ向かうとき、令夫人は怒りに任せて、心を打ち明ける信頼関係を生涯二度とこの男と築くものかと決意した。

「ソーン先生」と彼女は言った。「あなたはご自分をお忘れになったようです。こういうことが起こったあとではこう言っても許してくださるでしょう、私は――私は――私は――」

「当然です」先生は令夫人が言いたいことを完全に理解して言った。先生はまず書斎のドア、次に玄関のドア、それから庭の門を開けるとき、低くお辞儀をした。

それからレディー・アラベラは忍ぶようにそこを出たが、近所に住むイェーツ・アンブルビー夫人と友人のミス・ガッシングから詳しく観察されていなかったわけではない。

註

（1）アジアを支配する者だけがこの結び目を解くと言われたが、アレクサンダー大王が剣でこれを切断した。

第二十七章　ミス・ソーンが訪問する

そして今、私たちがここで話してきた不愉快なことがグレシャムズベリーで始まった。ソーン先生の家から出たとき、レディー・アラベラはどんな犠牲を払っても、先生と死闘を繰り広げることを決意した。彼女は先生から侮辱されたと、少なくとも自分にそう言い聞かせ、また他人にも進んでそう言う用意があった。ド・コーシーの家の者が教区の医師から侮辱を受けながら、罰を与えないでいることには堪えられなかった。夫に対しては、礼儀を知らぬ隣人と絶交することによって今妻を守ることが是非とも必要になったと、彼女は装えるだけの威厳を見せて言うつもりだった。子供たちに対しては、母の権威を用いて、メアリー・ソーンとの交際を断固禁止するつもりだった。こう決意して、彼女は帰りを急いだ。

ソーン先生は一人取り残されると、先ほどの面会で演じた役割に不満を感じた。彼は分別に基づくのではなく衝動で話してしまった。人がそんなふうに話すときによくあることだが、あとになって軽率だったことを後悔しなければならない。先生はおそらく実際以上に激しい言葉を遣った罪で自分を責めたので、みじめな気持ちになった。しかし、それでも怒りは収まらなかった。先生は自分に怒っていたが、だからといってレディー・アラベラに腹を立てていないわけではなかった。令夫人は残酷で、高圧的で、道理をわきまえなかった。彼女は残酷ななかでももっとも残酷な態度を見せたと先生は思った。しかし、だからといって紳士が女性に当然払うべき寛容な態度を忘れたことを正当化できるはずがなかった。そのうえ、メアリーはこの女性の親切の恩恵をずいぶんこうむっていた。それゆえ、ソーン先生は令夫人を許すべきだったと感じた。先生は今レディー・アラベラに腹を立てたことで自責の念に駆られたり、次には彼女の越権行為を思い出して怒りに油を注いだりと、胸中大いに混乱した状態で部屋を歩き回った。

先生は令夫人の訪問についてメアリーに何も言う必要がないとの一つの結論にたどり着いた。かわいい姪にたくさんの悲しみが待ち受けているのが目に見えていた。どうして彼がそれを悪化させる必要があろうか？　レディー・アラベラが今の方針を捨てることはありえない。それなのにどうして先生が彼女の引き起こす悪を加速させる必要があろうか？

レディー・アラベラは家に帰りつくと、ぐずぐずして好機を逸しはしなかった。うちに入ると、ミス・ベアトリスが帰ってきたらすぐ来るように、また郷士が部屋に戻ったらすぐ知らせるように使用人に言いつけた。

「ベアトリス」令夫人は娘が目の前に現れると、権威ある断固たる口調で話した。「ベアトリス、残念ながら、あなた、あなたが悲しむようなことを言います。あなたは今後ソーン家とは絶交するようにきっぱり申し渡します」

ベアトリスは家に入るとすぐレディー・アラベラから呼ばれていると聞き、急ぎの用があると想像して階段を駆けあがって来た。母の前に立ったとき、ボンネットをひもで持って、息を切らしていた。

「まあ、ママ！」と彼女は叫んだ。「いったい何があったの？」

「あなた」と母は言った。「何があったかはっきり説明はしません。けれど、私の言うことに従うときっぱり約束してもらわなければいけません」

「もうメアリーに会えないって言っているんじゃないでしょう？」

「いえ、そう言っているのです、あなた、とにかく差し当たりはね。あなたの兄の利害を考えるとどうしてもそうする必要があるって、そう言ったら、きっと私の言うことを聞いてくれますね」

ベアトリスは母の言うことを拒絶することはなかったが、不平を言いたい様子だった。ソファーの端にもたれかかって黙って立つと、ボンネットのひもをよじった。

「そういうことですからね、ベアトリス――」

「でも、ママ！　私には理解できないのよ」

レディー・アラベラははっきり説明しないと言ったけれど、説明を試みる必要があると気づいた。

「かわいそうなフランクとあの姪の結婚を望んでいることをソーン先生が公然と認めたのです。こんな前代未聞の厚かましさが表明されたあとは、お父さんでさえ先生との絶交が必要と思うでしょう」

「ソーン先生が！　ああ、ママ、先生を誤解なさっているに違いありません」

「私は特にソーン先生と話をするときほど、あなた、真剣に話すときはないのです。ですから、そんなときに私が先生を誤解することはありません」

「でも、ママ！　私はメアリー自身がその話をどう思っているかよく知っているのよ」

「私はソーン先生がどう思っているか知っています。先生はとにかく率直に話しました。本当に心の内にあることを話したことで、それに疑いの余地はありません。先生の言ったことを疑う根拠がないのです。当然そういう結婚くらいしか先生が望むものはないのです」

「ママ、何か誤解なさっているのは確かよ」

「よろしいのよ、あなた。あなたがあの連中に惑わされていることも、私の言うことにいつも口答えしたがることもわかっています。けれど、覚えておきなさい。私がソーン先生のうちにこれ以上行ってはいけないって言ったら、あなたはきちんと従ってくれることと思います」

「でも、ママ――」

「ベアトリス、私の言うことを聞いてちょうだい。あなたは口答えをしたがるけれど、決して私の言いつけを破ったことはないのです。今回もきちんと守ってくれると心から信じています」

レディー・アラベラは娘に約束を強要しようと、あるいは娘から約束を引き出そうと話を切り出したものの、それがえられそうもないとわかったので、はっきりあきらめたほうがいいと思った。ベアトリスが母の権威を完全に無視することもありえた。もしそうなったら、話をどう運んだらいいかわからなかった。

このとき使用人が入ってきて、郷士が部屋に戻ったことを伝えた。レディー・アラベラは都合よく娘とこれ以上議論をしなくてもよくなった。「私はこれからお父さんと同じ問題で話し合います。わかっていると思いますが、ベアトリス、もしどうしても必要と思わなかったら、わざわざ私がソーン先生にかかわる問題でお父さんと話をすることはありません」

ベアトリスはこれは本当だろうと思ったから、何か恐ろしいことが起こったに違いないと納得した。

レディー・アラベラが事情を説明しているあいだ、郷士は黙って座ったまま、はっきり敬意を表して聞いていた。夫に話すとき、令夫人は娘に話したときよりもずっと説明を精妙にしなければと思った。令夫人は嘆きつつ話すとき、自分に浴びせられた個人的な侮辱を強調した。

「こういう事態が起こってしまったからには」令夫人はこう言うとき、どうしても勝ち誇った調子を抑えることができなかった。「私はあなたにお願いします、グレシャムさん、あなたは――あなたは――」

「何をしたらいいんだい、おまえ？」

「少なくともこういう扱いが繰り返されないように私を守ってください」

「ソーン先生がここに現れて、攻撃してくるのではないかと恐れているのかね？　わしが理解するところ、あなたが呼ばない限り、先生はここには近づかないと思うね」

「いえ、先生がグレシャムズベリーに来ることはもうないと思います。それは私が食い止めました」

「それなら、わしにやってほしいことって、おまえ、何だい？」

レディー・アラベラは答える前に少し間を置いた。これから繰り広げなければならない勝負はそんな簡単なものではなかった。夫は心の奥底で妻よりも友のほうをはるかに好ましく思っていること、夫は先生の不正に気づかない振りをしてごまかそうとすること、彼女はそういうことを察知していたか、察知していると思った。それゆえ、目立つようなかたちで先生の不正を全面に打ち出す必要があった。

「あなたは、グレシャムさん、フランクにあの娘と結婚してほしいと願っていないと思いますが？」

「そんな結婚のチャンスはこれっぽっちもないと思っているよ。ソーン先生がそんな後押しをしないことも確かだね」

「しかし、いいですか、グレシャムさん、先生は二人の後押しをするとみずから言っているのです」

「ああ、あなたは先生を誤解しているようだ」

「もちろん私は何につけてもいつも誤解しています。それはわかっています。あの汚い猟犬を引き受けたら、どんなに苦しむことになるか話したときも、私は誤解していました」

「猟犬よりももっとお金のかかるいろいろな苦労があったからね」哀れな郷士は溜息をついた。

「ええ、そうです。おっしゃりたいことはわかります。妻と家族にもちろんたくさんお金がかかりましたから。今その不平を言っても少し遅すぎます」

「取り返しがつかなくなってから不平を言っても遅すぎるからね、おまえ。だから、今の段階で猟犬のことを話しても無駄なんだ」

「猟犬のことなんて話したくありません」

「わしもだ」

「けれど、あなたがソーン先生をどうするつもりか知りたがっても、道理をわきまえない女だなんて思わないでほしいのです」

「どうするつもりかって?」

「そうね。あなたは何とかしてくださると思います。我が子がメアリー・ソーンのような娘と結婚するのを見たくはないと思いますから」

「あの娘個人を見る限り」と郷士はやや顔を赤くして言った。「おそらくフランクはあの娘と結婚するに越したことはないだろう。メアリーに駄目なところは見つからない。だが、フランクはそんな結婚をする余裕はない。そんなことをしたら、破滅してしまうからね」

「もちろん破滅します、完全に破滅です。あの子は二度と頭を持ちあげることができなくなります。ですから私が聞いているのです、いったいあなたはどうするつもりですか?」

郷士は困ってしまった。何もしようと思っていなかったうえ、ソーン先生の不正について妻が主張したことをいっさい信用していなかった。しかし、どうやって妻を部屋から追い出したらいいかわからなかった。妻は何度も同じ質問を繰り返して、そのたびに個人的に受けた侮辱の悪質性を夫に力説した。それでとうとう郷士は夫にしてほしいと思っていることが何なのか妻に聞かずにいられなくなった。

「ええ、そうね、グレシャムさん、聞かれたら答えなくてはいけません。あなたはソーン先生と絶交すべきだと思います」

「先生といっさいの交際を絶てということかい？」

「そうです」

「どういうことかな？　先生はもうこのうちから追い出されているから、先生のうちでも会えなくなるね」

「ソーン先生への訪問を完全にやめるべきだと思います」

「馬鹿げているよ、おまえ、まったく馬鹿げている」

「馬鹿げているって！　グレシャムさん。馬鹿げた話じゃありません。あなたがそんなふうに話すのなら、私は気持ちをはっきりお伝えしなければいけません。私はあの子への義務をはたそうと努力しているのです。あなたが正しくおっしゃったように、この結婚はあの子に完全な破滅をもたらします。この若い男女は互いに愛していると実際語り合い、誓いを立てた。そんなことをしたとわかったとき、私は干渉すべきときだと思いました。けれど、私は二人をグレシャムズベリーから追い出すことはしませんでした。もちろんあなたがそうすることに反対したからです。私はいちばん優しいやり方で――」

「まあ――まあ――まあ。みんなわかっているよ。ほら、もう二人は終わったんだ。それで充分だろ。不平は言わないよ。きっとそれで充分なんだ」

「充分ですって！　グレシャムさん。違います。充分じゃありません。これまでいろいろなことがあったにもかかわらず、二つの家のあいだには深い親密な関係が残っています。哀れなベアトリスが――とても若くて、思っていたほど分別がなくて――仲介役として働いていることがわかりました。これをやめさせるため、ソーン先生が私の手助けをしてくれるものと期待して話をしました。そうしたら、先生は逆にメアリーの計画を後押しすると言い出したのです。それだけでなく、面と向かって私を侮辱して、伯爵の娘であることを馬鹿にして笑い、家から出て行けと――そうです、はっきり――私に言ったのです」

私は多少恥ずかしい思いを感じつつ、郷士に関して論評しておこう。妻の話を聞いたとき、郷士は最初先生に対する羨望――羨望と、彼も先生と同じように無作法に妻に出て行けと要求できない残念な思い――を感じた。妻を家から完全に追い出したいというわけではなかったが、彼の部屋からくらいは即座に追い出す力が持てたら、嬉しかった。しかし、今のところこれは無理だったから、仕方なく穏やかな回答をした。

「先生を誤解しているに違いないね、おまえ。先生がそんなことを本気で言うはずがない」

「ええ！　もちろん、そうでしょう、グレシャムさん。もちろんこれは全部誤解なのです。あの子がメアリー・ソーンと結婚したとわかっても、誤解、ちょっとした誤解なのです」

「とにかく、おまえ、わしはソーン先生と喧嘩をすることなんかできないんだよ」これは本当だった。というのは、郷士はたとえそうしたいと思っても、ソーン先生と喧嘩なんかできる状態ではなかった。

「それなら、私がその喧嘩を引き受ける、と言ってもいいかしら。それに、グレシャムさん、私はあなたの協力をあまり期待していませんでした。とはいえ、妻がこれほど侮辱を受けたと聞いたとき、あなたがもう少し怒ってくれてもよかったと思います。けれど、私は自分をだいじにする方法くらい知っています。フランクをこの邪悪な陰謀から守るため、できる限りのことを続けます」

そう言うと、令夫人は立ちあがって、部屋を出て行った。彼女はこうしてグレシャムズベリーの友人たちすべての快適さを破壊することに成功した。郷士がソーン先生と喧嘩はできないとはっきり言ったのはよかった。もちろん喧嘩はしなかった。しかし、郷士自身、息子がメアリーと結婚することを少しも望んでいなかったから、雨だれ石をうがつの譬え通り、妻からこの問題を絶えずくどくどと言われ続けて、胸中かなり疑念を抱くようになった。それから、ベアトリスについて言うと、彼女は二度とメアリーに会わないと約束することはなかったが、進んで母の権威に盾突こうとはしなかった。もちろんベアトリスもいやというほど不愉快な思いをした。

ソーン先生は令夫人とのあいだにあったことをいっさいメアリーに伝えなかった。それで、もしグレシャムズベリーの方針がペイシェンス・オリエルを通して知らされなかったら、メアリーはベアトリスの不在にずいぶん当惑したことだろう。ベアトリスとペイシェンスは問題を充分話し合ったあと、どんな厳命がグレシャムズベリーの暴君から発せられたか、いかにベアトリスの不在が強制されたものであるか、メアリー本人に理解させたほうがいいという意見で一致した。ペイシェンスは仲介者の立場に置かれて、ある日はベアトリスと一緒に散歩して話し、次の日はメアリーとそうした。グレシャムズベリーはしばらくこういうあまり居心地のよくない――状況が続いた。

五月と六月はとても不快に、とても落ち着きなくすぎていった。ベアトリスとメアリーは時々牧師館で会ってお茶を飲んだり、州の社交場で普通に顔を会わせたりした。しかし、そこではもちろん内緒の話――今では苦々しくなった内緒の話も、フランクの名を囁くことも、適切でない情熱について甘く触れることもなかった。ベアトリスの見方からすると、もしフランクとメアリーのその情熱が適切なものだったら、とても嬉しいものだったのに。

郷士とソーン先生もまた定期的に会った。不幸にも二人はどうしても顔を合わさずにはいられない多くの問題を抱えていた。ルイ・フィリップ――あるいはサー・ルイと呼ぶべきだろう――は彼の遺産についてまだ権限を有していなかったにもかかわらず、これから手に入れる所有者としての特権には抜け目がなかった。遺産から最大限の利益をえる――と彼が考えた――方法を絶えず後見人に指摘した。若い準男爵の方法は洗練された、いい趣味のものとはとても言えなかった。彼はソーン先生とグレシャム氏の友情が彼、準男爵の利益に反するものとなってはならないと先生に言うのをためらわなかった。サー・ルイはまた自前の弁護士を抱えていたが、ソーン先生はこの弁護士から、グレシャム氏の資産にかかわる借金の総額があまりにも大きすぎるので、現在の条件のままでは放置できないとの考えを聞かされた。その弁護士によると、土地の権利証書が引き渡されるか、抵当物件が差し押さえられるかしなければならなかった。これらのことがみな今グレシャムズベリーの村を包むように見える悲しみを倍加させた。

七月初頭にフランクは家に帰ってくる予定だった。グレシャムズベリーの全女性と数人の紳士は予定を「かわいそうなフランク」の動向によって掻き乱された。だからといってそれがフランクのせいにされることはなかった。世継ぎは古くからの家の習慣が続けられれば、それで嬉しいだろう。しかし、習慣通りにはならなかった。若いバショー(1)の面前からメアリーを遠ざけるため、クリスマスにミス・オリエルは村から追放される羽目になった。この措置に伴ってメアリーがいないため、哀れな先生は冬のお祝い時期を完全に犠牲にしなければならなかった。今は夏にも同じような計画が必要だと言われ始めていた。

このような措置を取るようにとの指示がメアリーか、先生かに伝えられたと思ってはならない。このような措置の提案はソーン家から出たもので、ペイシェンスにのみ伝えられた。しかし、ペイシェンスは当然ベアトリスに伝え、ベアトリスはいくぶん誇らしげに母に伝えた。これで母ドラゴンにメアリーの無実を納得させられると思ったからだ。ああ、悲しい！　母ドラゴンというのはそんなに簡単に他人の無実を信じたりしない。レディー・アラベラは「かわいそうなフランク」のため危険さえなくなればそれでいいわけだから——どこへ追放するか、とも聞かなかった——、メアリーを追放するのが妥当だとの考えでは一致していた。だからといって、令夫人があのソーンの邪悪な陰謀について話を慎むことはなかった。結局あとでわかったのだが、メアリーが不在であるため令夫人はかえって大っぴらにその話をしたのだ。

ボクソル・ヒルは家も家具も含めて請負業者の息子に遺された。今遺産はまだ彼の手に移っていなかったが、もし望めば、その家に住んでもいいと了解されていた。そういうわけで、スキャッチャード令夫人はボクソル・ヒルにとどまる許可が息子からえられなければ、家を捜さなければならなかった。行きがかり上、ソーン先生が二人のあいだに入って取り決めをせざるをえなかった。サー・ルイは田舎家を持つ快適さを味わいたいと、あるいはむしろ名誉欲を満たしたいと思った。しかし、それを維持する経費は負担したくなかった。また、母には喜んでその家に住んでいてもらいたかった。しかし、報酬を求めないわけでもなかった。しばらく押し問答が続いたのち、条件面で折り合いがついた。夫の死から数週間後、スキャッチャード令夫人はボクソル・ヒルに一人で住んでいた。通常の社会的な意味においては一人だったとしても、令夫人の身分から見ると一人ではなかった。というのは、忠実なハナがまだそばにいたからだ。

先生は当然のことながらしばしばボクソル・ヒルを訪問したが、帰り際に必ずスキャッチャード令夫人から次は姪を連れてくるように催促された。なるほどスキャッチャード令夫人はメアリー・ソーンにふさわしい連れとは言えなかった。先生はこれまで幾度となくメアリーからボクソル・ヒルへ連れて行ってほしいと頼まれていたけれど、ある配慮からそれを断っていた。しかし、スキャッチャード令夫人には地味で誠実な人柄、社会的地位に関するうぬ惚れの欠如、友人としてのソーン先生に対する女性的な信頼の強さがあって、それが徐々に先生の心のなかで勝ちを占めた。それゆえ、メアリーがグレシャムズベリーから再度しばらく離れていたほうがいいと――先生も――感じたとき、彼女のボクソル・ヒル訪問がずいぶん熟考されたあと、決められた。

こういうことで彼女はボクソル・ヒルへ行ったが、まるでお姫様のようにそこに迎えられた。メアリーは生まれてこの方貴族の女性には慣れているほうで、爵位のあるお偉方の面前でおどおどすることはなかった。しかし、スキャッチャード令夫人には普通以上に従順に振る舞おうと心の準備をしていた。令夫人は未亡人で、高い身分に生まれておらず、しかも伯父が褒める女性だった。これらの理由で、メアリーは令夫人を尊敬し、思いやりを示そうと決めていた。しかし、家に落ち着いたとき、そうすることはほとんど不可能だとわかった。まるで田舎の空気を吸ってよくなるため、数週間世話するように送られた病後回復期の若い淑女のように令夫人は彼女を扱った。令夫人はお客のいる前でじっと座って静かにディナーを食べることすらしなかった。メアリーのためどんないい食事を出しても充分納得していないように見えた。令夫人はほとんど泣きながら、いちばん好きな食べ物や飲み物を言ってほしいとメアリーに懇願した。彼女が何でも好きなので何を出されても気にしない、食べ物に選り好みはないと言うと、絶望のなかにいるような表情をした。

「鶏肉んローストはどうかねえ、ミス・ソーン？」

「大好きですわ、スキャッチャード令夫人」

「では、ブレッドソース[2]は？」

「ブレッドソース——はい。ブレッドソースも好きです」かわいそうなメアリーは一生懸命関心があるふりをした。

「それにソーセージも少し。全部こんうちで作ったんです、ミス・ソーン。レシピがわかっているんです。それにジャガイモでしょう——すりつぶしたんと焼いたんとどちらがええかしら？」メアリーはどちらか選ばざるをえなかったから、マッシュ・ポテトのほうを選んだ。

「たいへん結構。でもミス・ソーン、もし茹でた鶏肉とハムんほうがお好きでしたら、ええですか、そう言ってほしいんです。それからうちには子羊の肉もあります。とってもええんですよ。遠慮せずに言ってくださいね、ミス・ソーン」

そういうふうに勧められて、メアリーは何か言わなければと感じ、鶏肉のローストとソーセージをお願いしますとはっきり言った。しかし、たくさん尊敬を表してくる相手に尊敬を表すのは非常に難しいと思った。到着してから一、二日後、彼女は家の周辺をロバに乗って回ることが決められた。彼女は乗馬には慣れていた。先生が馬の一頭を必要な時に女性も乗れるようにいつも配慮してくれていたからだ。しかし、ボクソル・ヒルには彼女が乗れる馬がなかった。スキャッチャード令夫人からポニーを買ってあげると言い出されたとき、彼女はロバに乗って野外を進むことができたら楽しいだろうと喜んで妥協を申し出た。彼女を大いに恐れ入らせたことに、これを聞いた令夫人は希望の動物を手に入れるためみずから出かけて行って、買えるまで家に帰って来なかった。帰って来たとき、令夫人はほとんど首当てをつかむくらいすぐ後ろにロバを従えて、メアリーが見に来るまで玄関広間に立っていた。

「こん雌が気に入ってくれるとええけど。蹴らんと思いますよ」スキャッチャード令夫人はそう言って、買ってきたロバの頭を誇らしげに軽く叩いた。

「まあ、なんてご親切なんでしょう。この子はとってもいいと思いますわ。だって、とてもおとなしそうに見えますから」とメアリー。

「ねえ、奥さん、これは雄ですよ」はづなを引いていた少年が言った。

「まあ！　雄なん？」と令夫人は言った。「でも、雄ロバって雌と同じくらいおとなしいんじゃありません？」

「ええ、はい、奥さん。どこにいてもほかのロバよりとてもおとなしくて、二倍は役に立ちます」

「それはとっても嬉しいねえ、ミス・ソーン」令夫人は喜びに目を輝かせた。

こうしてメアリーはロバとともにこの家に落ち着いた。ロバはこの種の動物に期待できることは何でもした。

「でも、スキャッチャード令夫人」同じ日の夕べ、メアリーは窓を開けた応接間に二人で座っていたとき、切り出した。「私をミス・ソーンって呼ぶのはやめてくれませんか。名はメアリーです。あの、メアリーと呼んでくださいませんか?」彼女は令夫人の足元に来ると、ひざまずいて、手を取って顔を見あげた。

スキャッチャード令夫人はいくぶん自分の態度を恥じているように頬を赤く染めた。

「あなたはとても優しくしてくださいます」とメアリーは続けた。「それなのにミス・ソーンって呼ぶのはとても冷たく感じますわ」

「ええ、ミス・ソーン、もちろんあなたが喜んでくださる呼び方をします。ただ、私からそう呼ばれて気に入るかどうかわからんかったもんですから。もしそうでなければ、メアリーっていう名はどんな名んなかでもいちばんええ名だと思います」

「私はそう呼ばれるのが好きなんです」

「夫んロジャーはどんな名よりもそん名が好きでした。十倍も好きでした。ときどき私もメアリーと呼ばれたいと思ったもんです」

「そうなんですか!　どうしてですの?」

「夫には昔メアリーという妹がいたんです。とても美しい女性でしたねえ。私は時々あなたがそん人に似ていると思えてなりません」

「まあ、小母さん。それならその方は本当に美しかったに違いありませんわ」とメアリーは笑って言った。

「とてもきれいでした。ありありと思い出します――ああ、とても美しかったねえ!　たいへん貧乏な娘でしたんよ。私も当時はそうでしたけど。それにしても、今私が『令夫人』なんて呼ばれんといけんのも、おかしな話じゃありませんか?　わかるでしょう、ミス・ソーン――」

「メアリーです！　メアリー！」

「ああ、そうでした。どういうわけかそんなになれなれしくするんは好きじゃありません。でも、今も言っていましたが、『令夫人』なんて呼ばれるんは本当に嫌いなんですよ。いつも人から笑われているように思えて仕方がありません。実際、笑われているんだと思います」

「まあ、馬鹿げたこと！」

「ええ、でも、笑われているんです。かわいそうな夫んロジャーはただ私をからかうため『令夫人』ってよく呼んでいましたねえ。夫ならあまり気になりませんでした。でも、ミス・ソーン――」

「メアリーですわ、メアリー、メアリー」

「ああ、そう！　そのうちそう呼びますねえ。でも、ミス・メアリー、はっ、はっ、は！　気になさらんで、放っておいてくださいね。でも、私が聞きたいんはこういうこと。『令夫人』なんて呼び方、捨てられるとお思いになって？　ハナによると、もし私がちゃんとした手続きを取れば、きっと捨てられるって言うんです」

「まあ！　でも、スキャッチャード令夫人、そんなことを考えてはいけませんわ」

「いけんかねえ？」

「ええ、もちろんです。あなたの夫のためにもそれを誇りにすべきですわ。大きな栄誉を手に入れられたんですから」

「まあ、そうですねえ」令夫人は少し間を置いて溜息をついた。「それが夫んためになると思われるんなら、もちろん我慢します。それに、もし私がそんなことを言い出したら、ルイはきっと気が違ってしまいます。でも、ミス・ソーン、あなた、私んような女はできるなら一生毎日馬鹿にされるんはいやなんです」

「でも、スキャッチャード令夫人」メアリーがこう話を始めたのは爵位の話をうまく決着させて、令夫人が生涯その重荷を負わなければならないと納得したあとのことだ。「でも、スキャッチャード令夫人、サー・ロジャーの妹さんの話をされていましたが、その方はどうなされたんですか？」

「ええ、最後にはサー・ロジャーが成功したように、彼女も成功しました。でも、人生初期んころは本当に不幸でした——ちょうど私が愛するロジャーと結婚したころんことです——」それから、令夫人がメアリー・スキャッチャードの生涯について知っている限りのことを話し始めようとした矢先、義妹の不幸の張本人がソーンのうちの一人、先生の弟であることを思い出した。それゆえ、目の前の客の親戚なのだと推測したから、突然黙り込んでしまった。

「それで」とメアリーは言った。「ちょうどあなたが結婚されたころなんですね、スキャッチャード令夫人？」

哀れな令夫人はまるっきり世故にたけていなかったから、どうしたら会話の方向が変えられるか、陥った難儀から抜け出せるかわからなかった。あらゆる種類の考えが雲霞のように脳裏に群がり始めた。若いころにはソーン家のことをほとんど知らず、以来友人であるソーン先生のこと以外、あまり考えたこともなかった。しかし、このとき令夫人はこの一家には二人の兄弟しかいないと聞いたことがあるのを思い出した。それなら、いったいこのメアリーの父は誰なのかしら？　ヘンリー・ソーンの恐ろしい過ちと突然の運命について口にするのは不適切だし、メアリー・スキャッチャードについていろいろ話をするのも不適切だとすぐ悟った。しかし、令夫人はぎくしゃくしたかたちでしかこの話題を取りさげることができなかった。

「その方はとても不幸だったとおっしゃいましたね、スキャッチャード令夫人？」

「ええ、ミス・ソーン、つまりメアリー——気にせんでね。じきに慣れますから。そうです、とても不幸でした。でも、今考えてみると、これ以上それについては話さんほうがええと思います。理由はいろいろあるうえ、もともとそれについて話すべきじゃありませんでした。わたしに腹を立てることはありませんでしょうね？」

メアリーは腹を立てることはないと相手を安心させた。もちろんメアリー・スキャッチャードについてそれ以上質問はしなかった。それについて深く考えることもなかった。しかし、令夫人の場合はそういうわけにはいかなかった。彼女は考えずにはいられなかった。バーチェスター構内の老牧師には確かに二人しか息子がいなかった。一人は今グレシャムズベリーの医者であり、もう一人はあの農家の庭の門でみじめに最期を迎えた。では、メアリー・ソーンの父は誰かしら？

ボクソル・ヒルの日々は穏やかにすぎていった。メアリーは毎朝ロバに乗って出かけたが、このロバは自分について褒められたことを行動で証明した。メアリーはそれから読書をしたり、絵を描いたりしたあと、スキャッチャード令夫人と散歩し、それからディナーを食べ、また散歩した。こういうふうに日々が穏やかにすぎていった。週に一度か二度、ソーン先生がそこを訪れて、お茶を飲み、夕方涼しくなると馬でうちへ帰った。メアリーはまた一度だけ友のペイシェンスの訪問を受けた。

そういうふうに日々は穏やかにすぎていったが、その屋敷の平穏な生活はロンドンからの便りによって突然壊された。スキャッチャード令夫人はたった三行からなる手紙を息子から受け取った。そこには、明日彼女の家を表敬訪問すると書いてあった。さらに、何人かの友人とともにブライトンへ行くつもりだとも書いていた。しかし、彼はどこか気分が優れなかったから、船旅を延期し、母の元で何日かともにすごしたいと言っていた。

この知らせはメアリーにはあまり喜ばしいものではなかった。それというのも、メアリーも伯父もスキャッチャード令夫人が屋敷を一人で使っているものと思っていたからだ。しかし、悪を食い止める手段なんか持ち合わせなかったから、メアリーは先生に事情を伝えるだけにして、本人はサー・ルイ・スキャッチャードに会う心の用意をした。

註

（1）パシャという語の初期のかたち。お偉方、もったいぶった人の意。
（2）パン粉入りの白いソース。鶏肉のローストとともに出す。

第二十八章　先生は得になる話を聞く

サー・ルイ・スキャッチャードは母に気分が優れないことを伝えていた。ボクソル・ヒルに到着したとき、彼が病気について誇張した言い方をしていなかったことがわかった。かなり悪い状態で、父の死以来一度ならずアルコール中毒による振顫譫妄の発作に襲われて、ほとんど死の瀬戸際まで行っていた。

ソーン先生はこの点についてボクソル・ヒルでは何も言わなかったが、決して被後見人の状態を知らなかったわけではない。先生は二度ロンドンに彼を訪ね、田舎に帰ってきて母の介抱に身を委ねるように二度説得した。最後に訪れたとき、先生はあらゆる種の苦痛と罰の話で彼を脅した。早々にこの世とその喜びのすべてを失う苦痛、たまたまその死が遅れる場合に襲われる貧困という罰の話だ。そんな脅しはその時は無駄に終わったが、先生は妥協してブライトンの保養をサー・ルイに約束させた。ところが、準男爵はとうとうまた新たな発作に脅かされるようになって、ブライトン行きの計画を取りやめ、先生には何も伝えないままボクソル・ヒルに急行したのだ。

現れた当日メアリーは彼に会わなかったが、先生は会った。若者の到着直後先生は屋敷に来てくれるようにとの知らせを受け取り、助けが必要とされていることを知って、ボクソル・ヒルに馬で向かった。同じ家で父のためにしたのと同じ無益な努力を息子のためにする仕事をつらいと感じたけれど、どう見てもそれをする義務があった。息子のためできる限りのことをすると父に約束していたからだ。それに何よりも、サー・ルイが自滅に成功すれば、全遺産の相続人が姪のメアリー・ソーンだという意識があった。

先生はサー・ルイが衰弱しきった、浅ましい、みじめな状態になっているのを見た。彼は父と同じ酔っぱらいだった一面、父のようなタイプの酔っぱらいではなかった。飲める量が父とぜんぜん違っていた。父が毎日飲んでいたアルコールの量は息子を一週間で焼き尽くしただろう。息子は絶えずちびちび飲んでいたけれど、そのくらいの量なら父に害を及ぼすことはなかっただろう。

「見立てが違っているよな。まったく間違っている」とサー・ルイは腹を立てて言った。「酒のせいじゃないよ。この一週間おれは何も飲んでいない――本当に何もな。肝臓だと思う」

ソーン先生は誰からも後見人のどこが悪いか教えてもらう必要はなかった。肝臓だった。肝臓であり、脳であり、胃であり、心臓だった。体のあらゆる臓器が壊れているか、壊れる途中だった。父はブランデーで死んでしまったが、息子は高尚な嗜好の持ち主だったから、キュラソー[1]やマラスキーノ[2]やチェリー・バウンス[3]で同じことをしていた。

「サー・ルイ」と先生は言った――請負業者にしたよりも息子にはずっと厳格にしなければならなかった。「みなあなた次第なのです。もしあの呪わしい毒を口にするのをやめなければ、もうこの世のなかに期待できるものは何もなくなりますよ。何も、何もです！」

メアリーは伯父と一緒にグレシャムズベリーに帰ることを提案して、先生のほうも初めそうしたほうがいいと考えた。しかし、その考えを翻した。一つにはスキャッチャード令夫人の懇願に従うためであり、一つには二人が揃って帰ってしまったら、当家の所有者の出現によってこの家が上品な人々にふさわしくない場所になったと思われたと見えるためだった。それで、先生はメアリーをそこに残して一人で帰り、スキャッチャード令夫人は二人の客のあいだで大忙しだった。

翌日サー・ルイは遅めのディナーに降りて来ることができたから、メアリーが紹介された。彼はいちばんいい服装を身に着けており、脅されて――少なくともそのときは――酒をやめていたから、できる限り感じよくしようと努めていた。母はまるで奴隷のように彼の世話を焼いていたが、母の愛情からというよりも奴隷の恐怖からそうしているように見えた。母はそわそわ落ち着きなく注意を払い、夕べの居間を心地よいものにするように努めることで息子に気遣っていた。

しかし、サー・ルイはこういった気遣いをする母に対してあまり優しい態度を見せなかった。一方、ミス・ソーンに対してはきわめて愛想がよかった。いや、一週間が終わるころは愛想のよさを通り越していた。彼は女性へのいんぎんな態度を自慢にしており、メアリーにこの振りを見せるいいチャンスを見つけたから、ボクソル・ヒルをいつもの退屈な隔離生活と感じなかった。サー・ルイを正当に評価すれば、マラスキーノの瓶に出会う前に愛してくれる恰好の娘に出会っていたら、ちゃんとした人生が送れたと見なければならない。これは多くの途方に暮れた放蕩者に当てはまるはずだ。いいものが容易に前途に現れて来ないから、悪いものが受け入れられる。みじめな父が苦々しい思いをしながら幾度息子の俗悪な趣味をののしったことだろう！　父は高尚な喜びを何も息子に提供しようとしなかったのにだ。

サー・ルイは一つにはメアリーのほほ笑みをえたいと思うから、一つには先生の脅しにおびえていたから、しばらくは見苦しくない生活を送っていた。彼は普通午後三時か四時までメアリーの前に現れなかった。しかし、現れたときはしらふで、メアリーに気に入られようと構えていた。母は喜んで、息子の賛歌を遅れることなく歌い始めた。先生はこれまでよりも頻繁にボクソル・ヒルを訪れていたが、先生でさえ希望を抱き始めた。

スキャッチャード令夫人は会話のなかで、というよりもむしろ大げさな熱弁――そう言わなければならない——のなかで、いつもフランク・グレシャムの美しさと男らしい性質を定番の話題とした。令夫人は若い郷士のこのうえなく立派な性質について、特にモファット氏事件で見せた勇敢さについてメアリーに話すのをやめなかった。メアリーはこの雄弁におそらく注意深く耳を傾けていたのに、あまりたくさん返事をしなかった。彼女はフランクに関する話を聞くのは必ずしもいやではなかった。実際、その気になったら、同じ話題でかなり多くのことを話すことができたはずだ。しかし、スキャッチャード令夫人に心の内を明かす気がまったくなかった。心の内を明かすことなしにはフランク・グレシャムについて多くを話すことができなかった。それゆえ、スキャッチャード令夫人は自分のお気に入りがこの客の好みに合わないのだと思うようになった。

それで、令夫人は話題を変えた。息子がいつになく礼儀正しく振る舞っていたので、フランクの話題は捨てて、ルイの賛辞に限定した。ルイには少々粗野なところがある、と彼女は認めた。若い男性はしばしばそうだが、それもそろそろ消えてほしいと願った。

「あん子は朝あんフランスの飲み物をまだ飲んでいるんです」とスキャッチャード令夫人は内緒で言った。彼女はあまりに正直だったから、称賛が目的としても嘘がつけなかった。「そんなことをしているんよ。でも、それはたいしたことじゃありませんねえ、あなた、一日じゅうがぶ飲みするんとは違いますから。何だってすぐにはよくなりませんよ、ミス・ソーン？」

メアリーはこの話題では口が軽くなった。フランク・グレシャムについては軽々に話せなかった反面、一人息子のことについては母に希望を込めて話すことができた。サー・ルイはまだとても若く、ちゃんと更正できると信じられる根拠があるし、現在の振る舞いは明らかによくなっている、もっと改善される可能性もある、とメアリーは言うことができた。母は娘の共感をそれ以上のものと受け取った。

この点に関して、この点に限ってのみ、サー・ルイとスキャッチャード令夫人は意見が一致した。メアリーは準男爵のふさわしい相手として推奨できる多くの点を具えていた。彼女は美しく、魅力的で、淑女のようだと思われただけでなく、現在富の財布のひもを握っている男の姪でもあった。彼女にはなるほど資産がなかった。しかし、サー・ルイは妻が淑女であってほしいと強く望んでおり、メアリーが淑女として認められると思っていた。メアリーにはどんな母からも望ましい女性として受け入れられるところが多くあった。そういうわけで、ミス・ソーンが第二のスキャッチャード令夫人となることに何の障害もないと見られるようになった。何の障害もない、ただし彼女がそれを望みさえすればの話だ。

メアリーが将来の展望についてこの新しい輝きに最初に気づくにはしばらく、おそらく二、三週間の時がかかった。彼女は初めサー・ルイからかなり恐れられていたから、決然とした言葉で賛辞を捧げられることはなかった。確かに彼女はほかの人からだったら、いとわしいと思ったほどたくさんの賛辞をサー・ルイから並べられた。しかし、彼女は準男爵の趣味の程度から見てたいしたものを期待していなかった。準男爵がただ固定観念――紳士たる者のなすべきこと――を実行しているにすぎないと看破していた。彼女はスキャッチャード令夫人のためそれくらいのことは許すつもりでいた。

彼は最初情熱的というよりも滑稽な試みをした。まだあまりにも病弱だったから、散歩ができなかった。それで、散歩中のメアリーにつきまとうことができなかった。しかし、彼はボクソル・ヒルに自前の馬を所有しており、先生から乗馬を勧められていた。メアリーも乗馬をした――なるほどロバの背だったが――から、サー・ルイは彼女に付き添うのがいんぎんな態度だと感じた。メアリーのロバはあらゆる期待に応えてくれて、ずいぶん穏やかなロバだったので、後ろからこん棒で叩かなければ、ほんの控え目な早足にさえすることができなかった。さて、サー・ルイの馬はまったく違った気性の馬で、恋人のロバより速く走らないようにするのが難しかった。どんなにもがかせても、いつもはるか先へ走ってしまったから、二人が楽しい会話をすることなんかとてもできなかった。

メアリーは二度目に彼から馬の付き添いを申し出られたとき、それをやめさせるためできる限りのことをした。彼女はロバの乗り方をサー・ルイからかなり馬鹿にされているのがわかったから、彼さえいなければ、その散歩をもっと楽しめた。しかし、メアリーは病人の希望をだいじにしようとの配慮から申し出を断り切れなかった。

みなが乗馬に先立って玄関前に並んでいたとき、「スキャッチャード令夫人」と彼はいつもの母の呼び方で呼んだ。「どうしてミス・ソーンに馬を一頭あてがわないんだよ？　このロバは――本当にぜんぜん――ぜんぜん――前に進まないんだ」

スキャッチャード令夫人は、もしメアリーに許してもらえたら、喜んでポニーを手に入れていたと主張し始めた。

「いえ、いえ、スキャッチャード令夫人、絶対に駄目ですわ。私、とてもあのロバが好きなんです――本当よ」

「だが、あいつは進まないよ」とサー・ルイは言った。「あんたのように乗れる人が、ミス・ソーン――立派な女性騎手なのに――ねえ、わかるだろ、スキャッチャード令夫人、まったくおかしな話だな――くそ、馬鹿馬鹿しいじゃないか」

それから彼は怒って母をちらと見ると、馬に乗ってすぐ並木道を去って行った。

「ミス・ソーン」門のところで彼は馬を止めて言った。「あんたをここで見つけてこんなに幸せになることがわかっていたら、いちばん美しいアラブ馬をあんたに持って来たのになあ。その雌は友人のジェンキンズのものなんだ。だが、あんたのためそいつが手に入るなら、どんな値をつけられても構わない。うん！　あんたがその雌馬に乗ったら、ハイド・パークのどんな馬を相手にしても、気品と外見の点であんたのほうに賭けるよ」

サー・ルイはこんなふうに賭け馬を提供した。聞こえていたら当然メアリーを喜ばせると思って言ったものだったが、彼女にその声を届かせることができなかった。というのは、サー・ルイは思わず知らずまた馬を先に進めてしまっていたからだ。しかし、馬を止めてやっと聞くと、メアリーはロバが好きなのだとまた言っていた。

「あんたがジェンキンズの雌馬を見ることができたらなあ、ミス・ソーン！　一言言ってくれたらいい、一週間もしないうちにそいつをここに連れて来よう。値段は問題じゃない――まったくな。うん！　きっとあんたにお似合いだろう！」

この一連の申し出は四、五回繰り返された。しかし、どの回もメアリーは話の半分しか聞いていなかったし、どの回も準男爵は先に進みすぎてメアリーの返事を聞くことができなかった。とうとう彼は借地人の一人を訪問する用事を思い出して、連れに先に行く許しを請うた。

「もしあんたが一人取り残されるのがいやなら、いいかい――」

「いえ、ぜんぜん違うんです、サー・ルイ。私はそういうことに慣れっこなんです」

「うん、おれは雌馬のことは何とも思っていないよ。ただおれはこの馬をあの馬鹿と同じ歩調で歩かせることなんかできないからな」

「私のお気に入りをいじめないでください、サー・ルイ」

「くそ、母も面汚しなことをするよな」とサー・ルイは言った。彼はいちばん行儀よく振る舞うときでも、いつもの会話の癖をやめることができなかった。「幸運にもあんたのような娘にここに滞在してもらっているんだから、母はその娘にふさわしい乗り物くらい用意すべきなんだ。だが、体の調子がもう少しよくなったら、おれがそれは何とかするよ。きっとそうしてやるからな」サー・ルイはそう言うと、早足で馬を進め、メアリーとロバを平安のなかに残して去った。

　サー・ルイは今非常に長いと思われる期間サック酒[4]をやめ、しらふの生活を送ってきたから、体にもいい影響を感じていた。先生ほどこれを心底喜んでいる人はいなかった。先生の場合、喜びは良心の問題だった。先生は置かれた立場上、準男爵が見せる改善の兆しを特別喜ぶ必要があると時々自分に言いきかせずにはいられなかった。これを悲しむことは、メアリーに遺産を相続させるためサー・ルイの死を願っているのと同じことだった。それゆえ、先生はサー・ルイがさらに生き延びて本人のものを享受できるように願い努める困難な仕事に全力を尽くした。とはいえ、その仕事はかなり難しかった。というのは、サー・ルイが体力を回復するにつれ、先生の忍耐に及ぼす負担は途方もなく大きくなり、先生の感受性はますます不快に寸断されたからだ。

　彼はたちの悪い生活を送り、最悪の気まぐれに取り憑かれていたときでも、後見人に金をせびることを恥じた。病気の最悪の発作のなかでも、恐怖心から、先生の指示に従って辛抱した。しかし、現在彼には恥じたり、辛抱したりする必要がなかった。

「先生」とある日彼がボクソル・ヒルで言った。「グレシャムズベリーの権利証書はどうなっているのかな?」

「ええと、私の弁護士とあなたの弁護士のあいだできちんと定められると思います」

「うん――あの――そう。確かに弁護士が決めるんだろうな。かなりの手数料を取って当然決めるんだろう。だが、フィニーが言うには」――フィニーとはサー・ルイの法律上の助言者だった――「おれはこの件で莫大な金を危険に曝しているようだ。八万ポンドは冗談じゃない金額だな。出せと言われて八万ポンドを出せるやつはそういない。状況がどうなっているか聞きたいもんだ。おれには聞く権利がある。そうだろ――え、先生？」

「グレシャムズベリーの土地の権利証書には来月の終わりまでに大部分抵当権設定証書がつけられる予定です」

「ああ、そうか。そういうことを知りたいんだよ。親父があの忌ま――忌ま――しい遺言を書いたからといって、おれが何も知らなくてもいい理由にはならんからな」

「私が知っていることはみなお話ししますよ、サー・ルイ」

「さて、先生、おれたちは金についてはどうするんだい？」

「金？」

「そう。金、即金、手持ちだよ。『財布に金を入れて』見得を張れってよ、え、先生？　おれは見得なんか張りたくない。いや、今は完全に穏やかな暮らしをしているから。おれはそんなことはみなやめた」

「心から嬉しい。心から」と先生。

「そう、おれはまだ遠い国のいとこなんかに場所を譲る気はないからな。とにかく誰がそんなことをするもんか。おれはすぐよくなるよ、先生、そうだろ？」

「『よくなる』というのはおおまかな言い方ですね、サー・ルイ。しかし、あなたが分別を持って生活するなら、やがてはよくなると思いますよ。朝からあんな汚いものを飲んではいけません」

「朝の汚いものって！　母がちくったな！　あの令夫人が！　あいつがちくったんだろ？　あいつの言う

ことは信じないよな、先生。バーセットシャーのどんな若者もおれほど規則正しい生活をしている人間、決勝点まで走路をちゃんと走っている人間はいないからな」

先生はいくらか改善が見られることを認めざるをえなかった。

「さあ、先生、金はどうなんだい？　え？」

ソーン先生は似たような状況におかれたほかの後見人と同じように、サー・ルイがすでに多額の金をもらっていることを説明して、心がけ次第ではもっと手に入ることを約束しようとした。しかし、若干唐突にサー・ルイはその話の腰を折った。

「なあ、ちょっと、聞いてくれよ、先生。あんたにちょっとした知らせがあるんだ。きっとびっくりする話だと思うな」

先生は目を見開いて、驚きに備える表情をした。

「あんたの目をむく話だな。新聞広告で言う聞いてたいへん得する話でもある」

「得する話？」と先生。

「ああ、そんな話と思ってほしいな。先生、おれが結婚すると言ったら、あんたはどう思う？」

「それは嬉しい――言葉に言い表せないほど嬉しいね。もちろんちゃんとした結婚をするならの話です。お父さんもあなたが早く結婚することを強く願っていましたから」

「父の願いであるとともにおれの願いでもある」と若き偽善者は言った。「だが、もし結婚したら、その生活にふさわしい収入が必要だろ、え、先生？」

先生は変わり者の被後見人が妻のため収入を求めるのではなく、収入のため妻を求めているのではないかと不安を感じた。しかし、理由はどうあれ、結婚はおそらく彼にとっていいことだろう。それゆえ、先生はためらうことなく、もし彼がちゃんとした結婚をするのなら、新スキャッチャード令夫人の威厳にふさわしい充分な収入を与えるつもりだと言った。

「ちゃんとした結婚という話だが」とサー・ルイは言った。「先生、あんたはおれの選択に頭から反対はしないと思うがな」

「私が?」と先生は笑いながら言った。

「うん、あんたは反対しない、と思う(5)、これはヤンキーの言い方だがね。ミス・メアリー・ソーンとだったらどう思う?」

サー・ルイを好意的に見るなら言っておく必要がある。彼はメアリー・ソーンのような若い女性が親しい人々からどんなに大切にされているかおそらくまるっきり知らなかったのだ。彼女が伯父にとって計り知れない貴重な宝であり、どんな男の腕にも委ねられないほど大切で、金銀も、八千から一万ポンドの準男爵の年収も、世界の市場で通常流通する金の量も無限に超えた存在なのだということを考えたこともなかった。彼は金持ちで、準男爵、一方メアリーは持参金なんかない娘だった。サー・ルイの評価によると、彼はすべてを捧げ、かつ何も求めていないことになる。娘とは内気なもので、贈り物や、礼儀正しい会話や、おそらく口づけといったちょっとした求愛を求めている、そんなふうに考えていた。礼儀正しい会話はすでに終わった――と思っていた――うえ、それが好意的に受け入れられたと想像していた。ほかのことはこれからの予定で、例えばアラブ種のポニーとか、おそらく口づけもそれと一緒になされて、こういう難しい問題が順調にこなされるだろう。

しかし、彼は伯父から異議が申し立てられるとは一瞬たりとも考えていなかった。いったいどうしてそんなことが起こったのか? 彼は一万ポンドの年収の準男爵ではなかったか? 持参金のない娘に父が望む、面倒を見ている姪に伯父が望む、あらゆるものを彼は持っていなかったか？　得になる話があると先生に知らせたのは当然ではなかったか？

しかし、じつを言うと、先生は初めてこの報告がなされたとき、喜んだようには見えなかった。決して喜んでなんかいなかった。それどころか、サー・ルイでさえ後見人の驚きに喜びが混じっていないことを察知した。

何という問いが先生に投げかけられたのだろう！　メアリー・ソーン、先生のメアリーと、サー・ルイ・スキャッチャードの結婚をどう思ったらいいかだと？　アルファベットの最初のアルファである娘と、ほとんど最後のオメガとしか思っていない男の結婚だと？　考えてもみろ！　まあ、子羊と狼を一緒の祭壇に立たせるほうがむしろ考えられる。たとえサー・ルイがホッテントットかエスキモーでも、この申し出にこれほどは驚かなかっただろう。二人はあまりにも違った種類の人間だった。一方がもう片方と恋に落ちるなんて先生には思いつきもしなかった。「ミス・メアリー・ソーンとだったらどう思う？」とサー・ルイは聞いた。先生は喜んで勢いよく回答するのではなく、驚きで雷に打たれたように黙って立ち尽くした。

「なあ、彼女はいい妻にはならないかい？」サー・ルイは先生がこの選択に明らかに賛成できない様子なのを見て、かなり反感を込めて言った。「喜んでくれると思ったのに」

「メアリー・ソーン！」先生はとうとう吐き出すように言った。「姪にこのことを話したのかね、サー・ルイ？」

「うん、話したかと言えば話していない。話していないと言えばある意味話したな」

「あなたの言うことはわかりませんね」と先生。

「なあ、いいか、正確にはまだ切り出していないんだ。だが、おれはずっと礼儀正しくしてきた。もし彼女がおれの思うような抜け目がない人なら、おれが何を求めているかくらい今ごろはよくわかっているはずだな」

抜け目がないって！　メアリー・ソーン、彼のメアリーが、抜け目がないって！　こんな不愉快な臭いも嗅[6]がなければならないのか！

「どこかに間違いがあると、サー・ルイ、私は思いますね。あなたは大きな利点――疑いもなくそれは大きなものです――を婚約者に提供することができます。しかし、メアリーがそれを受け入れる気にはならないとわかると思います。もし私の助言を聞いてくれるなら、メアリーのことを考えるのはやめたほうがいいですね。あなたには似合いません」

「おれには似合わない！　うん、だが、おれはぴったりだと思うがね。彼女に金がないことを言っているのかい？」

「いや、いや、そんなことではないのです。妻に金があるかどうかはあなたにはたいして重要じゃないでしょう。金を求める必要なんかないからです。しかし、あなたの気質にもっと近い女性を考えたほうがいいですね。きっと姪はあなたの申し出を断ると思います」

先生はこの最後の言葉を強調して言った。準男爵にこの件がまったく望み薄であることを納得させて、もし可能なら即座にあきらめさせるつもりだった。しかし、先生はサー・ルイを理解していなかった。人間を測る物差しでサー・ルイをとても低いところに位置づけていたから、彼に性格上の強さがあるとは思っていなかった。サー・ルイはそれなりにメアリー・ソーンを愛していたから、メアリーが情熱を返してこないとか、とにかく返すつもりがないとか、そういうことを信じる気にはなれなかった。そのうえ、彼はかなり頑固で、おそらく強情な人だった。というのは、今回彼は確かにいつもの邪悪なものの追求とは違ったものを追求しており、すぐこの伯父を無視しても思い通りにする決意を固めてしまった。

「しかし、彼女が同意すればあんたも同意するんだろ？」と彼は聞いた。

「あの子が同意することはありえませんね」

「ありえないって！　ありえないことなんか見たことがないな。だが、彼女が同意したら？」

「しかし、それはありえません」

「いいだろう、いずれわかる。だが、これだけは聞いておこう、もし彼女がいいと言えば、あんたも同意するかい？」

「先に星のほうが落ちますね。まったく馬鹿げたことです。あきらめてください、あなた。私を信じてください。自分に不幸を用意するだけですよ」先生は若者の腕に優しく手を置いた。「あの子はそんな申し出は受け入れないし、受け入れられません」

「受け入れないし！　受け入れられない！」準男爵はそう言うと、彼の見方に対して先生をこんなふうに敵対させている――と思われる――理由を一生懸命考えつつ腕から先生の手を払いのけた。「受け入れないし！　受け入れられない！　だが、おい、先生、聞いたことにちゃんと答えろ。いいにしろ、悪いにしろ、もし彼女がおれを受け入れたら、あんたは口を差し挟まないとな」

「しかし、あの子は受け入れません。いったいどうしてあの子にも、あなたにも、拒絶の苦痛をもたらす必要があるのですか？」

「ああ、それについては、おれはほかのやつと同じようにその賭けに堪えなければならない。彼女については、おい、くそ、先生、それを信じろと言われても、おれは信じないぞ。若い淑女が年収一万ポンドの準男爵を足下にはべらせるのがいやだと思うとはな。特にその準男爵が老いぼれでも、醜いわけでもないからな。おれはそんな世間知らずじゃないよ、先生」

「それなら、あの子は試練をくぐらなければならないと思いますね」先生はそう言ってじっと考えた。

「だが、ソーン先生、父との深い友情のことをあんたからよく聞いているから、あんたからはもっと親切な回答がえられると思っていたよ。頼んだら、あんたはとにかく応えてくれると思っていた！」

しかし、先生はこの特別な頼みに応えたくなかった。もしメアリーがこの不快な男と結婚したがるとしたら、もしそんなことが想像されるとしたら、先生はたとえそのときメアリーの選択にいやというほど胸を悪くするとしても、サー・ルイに同意を与えるのを渋るつもりはなかった。しかし、先生は今この忌まわしい結婚に承諾を与えたなんて、メアリーに向かってサー・ルイに言わせる口実を与えようとはしなかった。

「何があろうとそんな結婚は承諾できないと私は言いますよ、サー・ルイ。承諾する気にはなれません。というのは、あなたたち二人が不幸になることがわかるからです。しかし、この件に関しては姪が自分で決めることです」

「金のことは？　先生」

「もし立派な女性と結婚するなら、その女性を立派に支えるお金に困るようなことをあなたにさせはしません」先生はそう言うと、考え込むサー・ルイを置いて歩き去った

註

（1）オランダのオレンジ香味のリキュール。もともとの名はキュラソー島産のダイダイで造ったことに由来する。

（2）ブラックチェリー（marasca の実）から造る甘いリキュール。

（3）サクランボにラムかブランデーをかけ砂糖を加えて発酵させたもの。

（4）十六、十七世紀にイギリスに輸入されたスペイン産シェリー酒やカナリア諸島産白ぶどう酒。
（5）イギリスなら I think のところ、原文は I guess となってアメリカ英語が用いられている。
（6）「抜け目がない」の原文 up to snuff の snuff と掛けた掛詞。

第二十九章　ロバに乗って

サー・ルイは一人取り残されて、少し当惑し、落胆したが、メアリーと結婚するという目的をあきらめる気にはならなかった。彼は胸中まずソーン先生が裕福な若い準男爵と姪を結婚させようとしない動機がどこにあるか推測しようとした。反対する理由が本人にあるとは少しも想像できなかった。彼よりも金持ちで、豪勢な、大物と姪を結婚させることを先生が望んでいるとか、あるいは後見人が財産復帰をねらって彼の結婚を阻止したいと思っているとか、そんなことでもあるのか？　何かそんな理由があるのだろうとサー・ルイは確信した。しかし、どんな理由があるにせよ、彼は先生に勝つつもりでいた。「おれにはわかっている」と彼は独り言を言った。「娘たちがどんな中味でできているかね。準男爵というのはクロイチゴのように簡単には生えないんだ」彼はこんな哲学で納得すると、結婚を申し込む決意をした。

準男爵は結婚の申し込みをディナーの前にしようと思っているうち、先生と会話したその日、奇妙な訪問者の来訪によってそれを阻止された。この奇妙な訪問を説明するには、数時間前のグレシャムズベリーに戻ることが必要になる。

フランクは夏の休暇で家に帰ったとき、メアリーがまた姿を消しているのに気がついた。メアリーの不在によって、おそらくいたときよりももっと愛の炎に燃料を加えられる結果となった。というのは、獲物の逃走は狩猟家の追跡の熱意をいっそう高めるからだ。そのうえ、レディー・アラベラには苦い敵がいた。すなわち、戦いのなかで令夫人が浅はかにもかつてもっとも強固な同盟者と見たのに、今は真っ向から対立する敵となっている女性がいた。フランクは今ミス・ダンスタブルとよく文通しており、誓った愛に忠実であれとこの文通相手から非常に強い訓告を受けていた。彼は愛に忠実であろうと決めたから、それゆえメアリーが姿を消したと知って、あとを追う決意をした。

　しかし、彼は母の辛辣な警告と鈍い皮肉に若干挑発されてその決意をした。メアリーを教区から追放し、ソーン先生の生活をみじめにするだけでは母には不充分だった。フランクとお金の結婚について夫をひっきりなしに説教して困らせ、メアリーの不品行に悪口を浴びせてベアトリスを困惑させるだけでは母には不充分だった。マムシはただ切りつけられているだけ[1]にすぎない。完全に殺すためにはフランクとミス・ソーンを絶交させなければならなかった。

　母はこの務めをはたそうと試みたが、必ずしも成功しなかった。

「いいかい、母さん」フランクは一つには恥ずかしさで、一つには憤りで顔を赤くしながら、とうとう率直に言った。「母さんがそんなに強く言うなら、ぼくはメアリーといつか結婚することに決めたと正直に言っておくよ。もし彼女が――」

「まあ、フランク！　あきれた！　言うことを聞かない子ね。私を錯乱させようとしてわざとそんなことを言うのね」

「もし彼女が」とフランクは母の嘆きを無視して続けた。「同意してくれたらね」

「同意って！」とレディー・アラベラは言った。「あきれた！」母はソファーの隅に沈み込むと、ハンカチに顔をうずめた。

「うん、母さん。もし彼女が同意してくれたらね。母さんにはもう充分話しているけれど、ただこれだけは伝えておかなければいけない。今のところぼくの理解するところ、彼女が同意してくれそうな気配はないんだ」

「ああ、フランク、あの娘はあなたを捕まえるためなら何だってしてします!」レディー・アラベラは軽率に言った。

「違うね、母さん。その点で彼女を完全に誤解している。ひどく残酷に中傷している」

「言うことを聞かない恩知らずな子! 私を残酷呼ばわりする!」

「母さんを残酷だとは言っていない。だけど、彼女を残酷に中傷している、ひどく残酷に。ぼくがこのことで彼女と話したとき――というのは彼女に話しかけたことがあるんだ――、彼女は母さんが答えてほしいと願う通りに答えたよ。ぼくが願った答えじゃなかった。彼女はぼくに励ましの一つも与えてくれなかった。それなのに母さんは彼女をここから追放した」――彼は今厳しい口調になっていた――「だけど、彼女は追放に値するようなことは何もしていない。もし何か過ちがあるとすれば、それはぼくの過ちなんだ。だけど、母さんと互いに理解し合うのはいいことだね。ぼくの意図としては、できればメアリーと結婚したいということなんだ」彼はそう言うと、子としての敬意を払うこともなく、ドアのほうへ振り向いた。

「フランク」母は最後の訴えをしようと力を奮って立ちあがった。「フランク、私が悲しみのため死んでいくのが見たいの?」

「ねえ、母さん、ぼくだってできるなら母さんを幸せにしたいよ」

「私がずっと幸せでいるのを見たければ、失意に沈んで墓に埋もれるのを見たくなければ、おまえはそのおかしな考えを捨てなさい。フランク」――今レディー・アラベラは全力で訴えていた――「フランク、おまえに残された道は一つしかないのです。お金と結婚しなければいけません」それから、レディー・アラベラは、もしマクベス夫人が生き延びてフランククらいの歳の息子がいたとしたら、そうしていたように、息子の前に立ちふさがった。

「ミス・ダンスタブルとだね」フランクは軽蔑を込めて言った。「いや、母さん、ぼくは一度そうやって馬鹿な真似を、馬鹿以上にひどい真似をしたんだ。二度とあんな真似はしない。お金は大嫌いだ」

「ああ、フランク！」

「お金なんて大嫌いだ」

「でも、フランク、土地は？」

「土地だって大嫌いだ――少なくとも結婚という代償を払ってそれを買うように求められるんなら、土地だって大嫌いだ。土地は父さんのものだよ」

「違う、違う、フランク。それは違います」

「本気で言っているんだよ。父さんは土地を好きなように処理していい。ぼくが父さんに不平を言うことは絶対にないから。ぼくは明日にでも職に就く用意がある。弁護士にでも、医者にでも、技師にでもなる。何だっていい」フランクはこのとき熱意のあまりおそらく予備的な難しい問題を見落としていた。「あるいは父さんの下で農場を手に入れてそれで生計を立てる。だけど、母さん、これ以上お金と結婚するという話はぼくにしないでくれ」フランクはそう言うと部屋を出た。

フランクが最初読者に紹介されたとき、二十一だったことを覚えておられると思う。彼は今二十二だ。当時と今の彼の性格には大きな違いがある。こういう時期の一年は大きな変化をもたらすが、変化は性格にというよりも、情緒面にあった。

フランクは母のもとを去るとすぐ、青毛の馬を準備するように命じた。すぐボクソル・ヒルへ出かけるつもりだった。彼は命令を伝えに自分で馬屋へ行き、手袋と鞭を取りに戻ったところでベアトリスに廊下で会った。

「ベアトリス」と彼は言った。「こっちへお入り」彼女はフランクの部屋について来た。「ぼくはこれ以上こんなことには堪えられない。ボクソル・ヒルへ行くよ」

「ああ、フランク！　どうしてそんな軽率なことをするの？」

「とにかく、おまえはメアリーに親切にしたいんだろ。おまえが彼女に好意を抱いていると思うから言うよ。何か伝えたいことはあるかい？」

「ええ、愛しているって、いちばん愛しているって伝えて。でも、フランク、とても馬鹿なことよ、とても。彼女をいやというほど苦しめることになるのよ」

「それを言わないでくれ。今はそんな時じゃないんだ。何一つ秘密にするつもりはないよ。父さんにすべて話す。もう出発する！」彼は妹の諫める声を無視して、階段を降りると、すぐ馬の背にまたがった。

彼はボクソル・ヒルへ進路を取ったものの、馬をあまり速く走らせなかった。陽気に勝ち誇る求婚者(2)としてさっそうと進むのでもなかった。思いに沈み、しばしば気後れし、時折引き返したほうがいいと考えた。引き返そうと思ったのは、母を恐れたからではなく、分別臭い動機からでもなく、お金と結婚しろという繰り返された教えが効き目を現し始めたからでもなかった。そんな理由からではなくメアリーからどう見られるか心配したからだ。

彼はじつのところ世俗的な見込みについてかなり考え抜いていた。母に対してはお金も、土地も嫌いだと、やや大げさな言い方をした。母のやむことのないそういう世俗的な算段に対して少々大言壮語で対抗する必要があると思ったからだ。しかし、フランクは土地を嫌っているわけではなかったし、イギリスのジェントリーという地位を少しも嫌っていなかった。それでも、ミス・ダンスタブルの雄弁が耳のなかで鳴り響いていた。というのは、ミス・ダンスタブルは手紙のなかで独特の雄弁を駆使していたからだ。「あなたの誠実な、正直な、温かい感性を捨てるようにあの人たちから言いくるめられてはいけません」彼女はそう言った。「グレシャムズベリーはきっととてもいいところね。私もいつか見たいと思っています。けれど、そこの緑の小山はあなた自身の胸の鼓動の半分ほどもすてきじゃないし、半分ほども尊いものじゃない。それがあなたのもの、あなたの土地よ。あなたともう一人のものよ。何を金貸しに渡そうと、それだけは渡さないで。それだけは抵当に入れないで、グレシャムさん」

「そうだ」フランクは馬を早足にして元気よく言った。「それだけは抵当に入れないぞ。土地はあの連中の好きなようにすればいい。だけど、ぼくの心はぼくのものだ」ほとんど大声でそう自分に言い聞かせて、すばやく角を曲がったとき、先生に出くわしてしまった。

「おや、先生！　あなたですか？」フランクはいくぶんうんざりして言った。

「ああ！　フランクか！　まさかここで君に会うとはね」ソーン先生も同じようにあまり嬉しくなさそうに言った。

二人は今ボクソル・ヒルから一マイルも離れていないところにいたから、それゆえ先生はフランクがどこへ向かっているか推測せずにはいられなかった。二人はフランクがケンブリッジから帰って以来、村でも先生の家でも何度か会っていたが、最小限の礼儀以外にメアリーに関して言葉を交わしていなかった。二人はお互いに心を許して望ましい充分な信頼関係を築いていた。しかし、二人とも率直に意見を交わす勇気を持ち合わせていなかった

今二人ともそうする勇気がなかった。「ええ」とフランクは顔を赤らめながら認めた。「スキャッチャード

令夫人のところへ行くつもりです。女性たちはご在宅でしょうか?」

「ああ、スキャッチャード令夫人は在宅ですよ。しかし、サー・ルイもそこにいる——病人でね。おそらく彼には会いたくないだろうね」

「いえ! 気にしません」フランクは笑顔を作りながら言った。「その人、噛みつきゃしないでしょう?」

先生はフランクがこの先へ進んでいっそう害悪をまき散らし、郷士と自分のあいだにさらに苦い仲たがいをもたらすようなことをしないで、一緒に引き返してくれればいいと胸中で願った。しかし、先生にはそれを言う勇気がなかった。姪と恋に落ちたことでフランクを責める気にはなれなかった。それで、双方にとって意味のない数語、それぞれが話して意味がないとわかる数語をさらに話したあと、二人とも馬でそれぞれの道をたどった。

それから、先生は黙ったまま、ほぼ無意識にルイ・スキャッチャードとフランク・グレシャムを比較した。ハムレットが現王と亡くなった先王をサチュロスとヒュペリオン(3)に譬えて比較したように。メアリーが一方を愛するのは他方を愛さずにいるのと同じくらいありえないことだった。フランクの愛情の発露はおそらく初めは少年らしい感情のほとばしりだったとしても、もしこれが男らしい、清廉な愛へと今成長しているとすれば、メアリーがどうして心を動かされずにいられようか? メアリーにはフランクの愛以上に立派な、美しい、豊かなものが望めようか? 彼の気質、心情、性格、身に着けた能力は女性という女性が喜んで愛するものではないのか? メアリーが彼に無関心でいられるなんてありえないことではないのか?

先生は馬を進めたとき、人間性についてきわめて正しい知識を示しつつそう考えた。ああ! ありえないことだ。メアリーが無関心でいられるはずはない。フランクが初めて冗談半分に愛の言葉を発したときから、メアリーは無関心でなんかいられなかったのだ。こんなことは男性よりも女性にとって、少年よりも少女にとって重要なことだ。フランクから初めて好きだと言われたとき、そう、その数か月前恋人としてただ見詰められたときから、メアリーは胸中彼の囁きを聞き、彼の視線を無意識のうちに認めたうえで、言い寄る彼を非難しようと決意していた。フランクがペイシェンス・オリエルに甘い戯言を――メアリーの聞こえるところで――口にしたとき、彼女は目に抑えられない恨みの涙をためていた。たんに友情の印として差し出した手を彼から愛情を込めて強く握り返されてきたとき、彼女は目や言葉で彼を非難するずっと前から、心ですでに彼の裏切りを許し、手を握られたことに感謝さえしていた。ミス・ダンスタブルとフランクの縁組の噂、ミス・ダンスタブルの資産の噂が耳に届いたとき、彼女は嘆き悲しんだ。自室で遠慮せずに泣いた――フランクはあまりにも金銭ずくに動いていると、そう自分に言い聞かせて泣いた。同時に、フランクは不誠実なのだと、そう覚悟していればよかったといって泣いた。それから、とうとうこの噂が嘘だとわかった。フランクのためグレシャムズベリーから追放され、友人のペイシェンスとともに退去を強いられた。そのとき、フランクが金銭ずくではなかったとわかって、メアリーが彼を愛さずにいられただろうか？　誠実だったとわかって、彼を愛さずにいられただろうか？

彼女がフランクを愛さずにいるなんて考えられなかった。フランクはこれまで彼女が出会った男性のなかで、あるいは出会う男性のなかで、もっとも輝いている最高の男性ではなかったか？――本当のことを告白する気になったら、おそらく彼女はこれから出会う可能性のあるあらゆる男性のなかでも、と認めたことだろう。それから、フランクがいかに誠実だったか、父、母、妹たちを相手にいかに意思を曲げなかったか聞いたとき、他人の目には大きな欠点であるものが彼女の目には長所として映らないなんてことがあっただろうか？　ベアトリスは真剣な表情をして、女性的な愛情で目を輝かせつつ、フランクの優しい愛のことをひどい不幸、メアリー自身にとっても、他人にとっても、みなにとっても不幸なこととして厳粛に話した。そのとき、メアリーはいったいどうしてフランクを愛さずにいられただろうか？　「ベアトリスは彼の妹よ」と彼女は胸中で言った。「そうでなければ、あんなふうには言わないでしょう。妹じゃなかったら、この愛の価値がわかったのに」ああ！　そう。メアリーは彼を愛していた。精一杯力強く愛していた。ロバと孤独な寂しい散歩をボクソル・ヒルで繰り返すなか、彼女は徐々に今真実を認め始めていた。

彼女は今それを認めたとき、次にどの方向へ向かうべきか考えた。もし恋人がどこまでも愛を貫くとしたら、どうすべきか、どう行動すべきか？　そして、ああ！　もし貫かないとしたら、どうすべきか、どう行動すべきか？　彼女には幸せが待ち受けているのか？　成り行きに任せれば、幸せが待ち受けていないことは明らかではないか？　フランク・グレシャムを愛したとしても、郷士が嫁として喜んで受け入れてくれなければ、妻になることはできなかった。郷士がどこまでも愛情に満ちて、親切だったとしても。それから、レディー・アラベラがいた！　レディー・アラベラのことを考えたとき、一段と厳しい判断が脳裏に浮かんだ。なぜレディー・アラベラは彼女から喜びを奪っていかなければならないのか？　彼女、メアリー・ソーンがその前でひるまなければならないとは、レディー・アラベラとは何者なのか？　レディー・アラベラはド・コーシーの軍団に脇を固められていた。もしレディー・アラベラ一人が邪魔立てをするのなら、恥で赤面することも、一瞬さえためらうこともなく、彼らの面前でフランクの手を自分のものだと要求できるとメアリーは感じた。このように、彼女は心がほとんどくじけそうになったとき、レディー・アラベラのことを考えて少し元気を取り戻した。

「奥さん、若い郷士のグレシャムさんが来られています」ボクソル・ヒルの粗野な使用人がスキャッチャード令夫人の小さな居間のドアを開けて言った。令夫人は明らかに暇つぶしの目的で大きな衣装箪笥にしまわれていた家庭用リネンの山を降ろしたり、ひっくり返したり、畳み直したり、片づけたりして楽しんでいた。

スキャッチャード令夫人は腕に大きな掛け布団を抱えて、肩越しに振り返ると、フランクが部屋にいるのに気づいた。掛け布団が床に落ちるとすぐ、フランクは役に立つその品がそれまで占めていた彼女の腕に抱かれていた。

「ああ、フランク坊ちゃん！　ああ、フランク坊ちゃん！」令夫人はほとんどヒステリックに喜んだ。それから、じつの息子が初めて親元を離れて以来したことがないような仕方でフランクを抱きしめて、口づけした。

フランクは辛抱強くそれに堪えながら陽気に笑った。「だけど、スキャッチャード令夫人」と彼は言った。「みなが何と言いますかね？　ぼくがもう立派な男だってことを忘れていますよ」彼が頭をかがめると、令夫人は再び唇をその額に押しつけた。

「何と言われても気にしませんねえ」令夫人は若かりし昔に帰って言った。「私ん息子には口づけしますから、きっとねえ。ええ、でも、フランク坊ちゃん、来てくださってありがとう。あなたを見るんは痛む目には薬ですねえ。あなたん姿を見てからずっと目が痛くて」令夫人はエプロンを持ちあげて涙をぬぐった。

「ううん」フランクは相手から優しく体をほどこうとしたけれど、うまくいかなかった。「ええと、あなたはだいじな方を亡くされましたので、スキャッチャード令夫人、お嘆きのことと推察してお伺いしました。お気の毒です」

「あなたはいつも優しく、穏やかに接してくださったねえ、フランク坊ちゃん。本当にそうでした。あなたに神ん祝福がありますように！　何て立派な男性におなりになったことかしら！　何とまあ！　本当に、ほんの先日んことんように思えますねえ」それから、令夫人は顔がよく見えるように少し体を遠ざけて距離を置いた。

「さあ、もういいですか？　今は頬ひげを生やしかけていますから、次に会ってもぼくとはわからないでしょう？」

「わからんって！　足んかかとを見ただけでも、あなたがわかります。あら、何て髪ん色になったんでしょう、そんなに黒くなって！　でも、昔みたいに巻き毛じゃありませんねえ」令夫人は彼の髪をなでつけ、目を見つめ、頬に手を当てた。

「私を馬鹿な年寄りと思うでしょうねえ、フランク坊ちゃん。わかります。でも、好きなように思ってください。もう二十年長生きしたとしても、あなたはいつまでも私ん息子です。そうでしょう」

フランクは少しずつ話題を変えていき、スキャッチャード令夫人に子供時代の彼の完璧な姿とは別の話を喋らせようとした。彼は無関心な振りをして女性のお客のことに触れた。そんな振りでは、スキャッチャード令夫人以外の人はだませなかっただろう。しかし、令夫人はだまされた。それから、メアリーがどこにいるか尋ねた。

「あん娘は今ロバに乗って出かけています――この近くんどこかにいますよ。ほとんど毎日ロバに乗って出ていますねえ。ところであなた、ここに泊まってディナーを食べていきなさいよ？　ねえ、食べて行きなさい、フランク坊ちゃん！」

しかし、フランクは言い訳を言って断った。ディナーでメアリーと一緒に席に着くことを約束する気になれなかった。ディナーの時間に、二人が互いに相手に対してどんな気分で帰ってくるかわからなかったからだ。それで、彼は出かけて、できればミス・ソーンを見つけて、引きあげる前にもう一度この家に帰って来ると告げた。

スキャッチャード令夫人はそれからサー・ルイのことを謝り始めた。サー・ルイは病人で、先生から午前中ずっと介抱を受けており、まだ部屋から出られそうになかったからだ。

フランクは喜んでこの謝罪を受け入れると、それから芝生の上をできる限り速く進んだ。話しかけた庭師からミス・ソーンの追跡に同行するとの申し出を受けた。しかし、彼はこの申し出を断って、彼女のいちばんよく行く場所を教えてもらってから、メアリーの探索に出発した。彼は間違った指示を受けていなかった。というのは、二十分ほど歩いたところで、二百ヤードほど先の木立の向こうにロバの脚が緑の芝生の上で動くのを見た。あのロバの上に間違いなくメアリー・ソーンが乗っているはずだ。

そのロバは真っ直ぐではなかったが、彼のほうへ向かって進んでいた。彼がじっとそこに立っていたら、メアリーから見られないはずはないくらい正面だった。彼はじっと立っていて、木立からすぐ姿を現したから、メアリーにごく近くで会った。

心臓が彼女の胸のなかで跳びあがった。しかし、彼女は自分を制御して感情が外に表れるのを完全に抑えた。ロバから落ちることもなかったし、叫び声をあげることもなかったし、突然泣き出すこともなかった。彼女はただ不自然でない驚きの口調で「グレシャムさん！」と言っただけだった。

「そうです」彼は笑おうとしたけれど、感情を抑える点で彼女ほどうまくいかなかった。「グレシャムです。あなたに敬意を表すためやっと参上しました。もっと前に来なかったのは失礼だとお思いでしょうね」

彼女はこれを否定した。「あなたが失礼だとは」と彼女は言った。「ちっとも思っていません。私は邪魔にならないようにボクソル・ヒルに来ていました。もちろんこんな型通りのご挨拶がいただけるとは予想もしていませんでした」彼女はこう言ったとき、まともに真実に触れてしまったので赤面した。しかし、並みはずれて不意を突かれたので、飾らない真実以外に口の利き方がわからなかった。

す?」

「邪魔にならないようにって！」とフランクは言った。「どうして邪魔にならないようにしたかったんで

「ええ！　それには理由があったんです」と彼女は笑いながら言った。「たぶん伯父とひどい喧嘩をしたか

らですわ」

フランクはこのとき一かけらの冗談も飛ばすことができなかった。言葉の一言も容易く操ることができな

かった。冗談を装ってものを言うことができなかったから、何も答えないまま歩き続けた。

「グレシャムズベリーのお友だちがみなお元気ならいいんですが」とメアリーが言った。「ベアトリスはお

元気?」

「元気です」と彼。

「ペイシェンスは?」

「何、ミス・オリエル、ああ、元気だと思いますよ。この一、二日会っていないんです」フランクがミス・

オリエルの近況についてこんなふうに無関心に言うとき、メアリーが少し喜んだのはどういうわけだろう

か?

「彼女はいつもあなたの特別な友人なんですね」

「何！　誰?　ミス・オリエル?　そうなんです。彼女が大好きです。それにベアトリスも」それから、

彼は大きな試みに乗り出すため勇気を奮い起こしつつ、黙って六歩ほど歩いた。勇気を奮い起こすと、すぐ

攻撃に取りかかった。

「メアリー！」彼はそう切り出して、ロバの首に手を置き、優しく彼女の顔を見つめた。彼の表情は優し

くなり、声はメアリーの耳がすぐ教えたように、これまでよりもずっと心地よく響いた。「メアリー、ぼく

たちがこの前一緒にいたときのことを覚えているかい？」

メアリーはよく覚えていた。それは彼がメアリーの手をだまして強く握ったときのことで、その日は法律上彼が成人になった日だった。そのとき、彼はオーガスタが聞いているところでメアリーに愛を告白して、ド・コーシーの作法を破ったのだ。メアリーはよく覚えていたが、それをどう話したらよかったのか？「あの日はあなたのお誕生日でしたね」と彼女は言った。

「そう、ぼくの誕生日でした。あなたはぼくがそのときに言ったことを覚えていますか？」

「あなたがとてもお馬鹿さんだったのを覚えていますわ、グレシャムさん」

「メアリー、ぼくは馬鹿なこと、つまりあれを馬鹿なことと言うなら、その馬鹿なことをもう一度繰り返して言うために来たんです。あのときぼくは愛しているとあなたに言った。おそらく少年のようにぎこちなく言ったと思う。たぶん今も同じようにぎこちないかもしれません。だけど、とにかくぼくを信じてくれなくては。一年たってもぼくが変わっていないということをね」

メアリーは彼がぎこちないとは少しも思わなかったし、彼の言うことを信じた。しかし、どう答えたらよかったのか？　彼女はフランクが求愛を続けてきたとき、どう答えたらいいかまだ決めていなかった。これまでは彼を避けることで何とか切り抜けてきた。しかし、彼の行く手を邪魔して下品な行為をしていると非難されたくなかったから避けてきた。初めて愛を告白されたとき、彼を非難したけれど、それは彼の言ったことを少年の戯言と思ったからだ。それはグレシャムズベリーの教えに従うように彼女が自分を教育してきた成果だった。それでは、彼女がフランク・グレシャムの妻になってはいけない本当の理由、真実と誠実さに基づく理由があったのだろうか？　たとえ相手がグレシャムズベリーのフランシス・ニューボールド・グレシャム――あるいはいずれそうなる人――だとしても。

彼はいい家柄の出だった——イギリスのどの紳士よりもいい家柄の出だった。メアリーは卑しい生まれ——どんな女性よりも卑しい生まれだった。この点がこの結婚の充分な障害になるのだろうか？　十二か月前なら、出生について今のように少しばかり知る前なら、メアリーは充分な障害になると言い切ったと思う。愛する人をそそのかして卑しい結婚に誘い込み、わがままな愛を充足させるのが立派なことと言えるのか？　それから理性が再び語った。血を尊重するように言い聞かせてきたその血とは結局何だったのか？　もし彼女が数十人の正統な公爵夫人の正統な末裔だとしたら、一人の正直な男の炉辺を飾るのに今よりもふさわしく、正直になれるというのか？　フランクのこと——どうしたらフランクを幸せにできるか？——を考えるのが彼女のいちばん重要な義務ではなかったか？　それから伯父のこと——伯父が何を望んでいるか？　それから彼女自身——何がもっとも彼女の上品さ、名誉観にふさわしいか？——を考えるのがいちばん重要な義務ではなかったか？　純粋な血という理論を愛して、二人の人間の幸せを犠牲にするのがいいことと言えたかしら？

そう彼女は胸中議論を繰り広げた。そう議論したのはおとなしい動物の首にフランクの手がかかっている今ではなく、木立のあいだを控え目にロバで散策したこれまで幾度となくあった場面でのことだ。彼女はそう議論したが、結論には至らなかった。さまざまな考えが群がって結論をえることができなかった。郷士のことを考えて、フランクを拒絶ようと決心し、レディー・アラベラのことを考えて、フランクを受け入れようと決心した。しかし、決心は煮え切らないままだった。今、フランク本人が誠意を携えて眼前に現れたとき、どう答えていいかわからなかった。それゆえ、同じような状況に置かれた多くの未婚女性と同じように、彼女はついにすべてを運命に委ねることにした。

「とにかくぼくを信じてくれなくては」とフランクは言った。「一年たってもぼくが変わっていないことをね」

「一年あったら、もっと賢くなってくれていてもよかったのに」と彼女は言った。「もうわかってもいいころですわ、グレシャムさん、あなたの運命と私の運命は同じ鋳型にはめられていないうえ、ぜんぜん身分が違うということを。お父さんか、お母さんだってあなたがここに私に会いに来ることに賛成してくれているんですか?」

メアリーはこの分別ある言葉を発したとき、それを「味気なく、陳腐な、かいのない(4)」ものに感じた。それが意味の上からも正しくなく、本心から出たものでもなく、フランクが受け取るに値しない言葉だと感じたから、恥じた。

「父さんは賛成してくれると思う」と彼は言った。「母さんが賛成してくれないのはどうしようもない不幸なんだ。だけど、この点で父さんや母さんから許可をもらうつもりはない。問題はぼく個人のことだから。メアリー、あなたがぼくの愛に応えるつもりがない、あるいは応えられないというなら、ぼくは去ります——ここからだけじゃなく、グレシャムズベリーからも去る。ぼくがいることによって、大切に思っている人たちからあなたが追放されるようなことになってはいけないから。あなたにとってぼくはどんな相手でもない人、どんな相手にもなりえない人だと正直に言ってくれれば、ぼくは母さんに安心していいと伝えて、どこかへ行き、何とかそれを克服します」哀れな若者は明らかにロバの耳を見詰めてここまで話したけれど、声にほとんど希望の息吹をなくしていた。彼からここまで話を進められて、メアリーも心にほとんど希望を見出せなくなった。そこで彼は間を置くと、彼女の顔を見あげて、もう一言だけ「だけど」と言った——そこで話をやめた。その「だけど」にはあまりにも多くのことがはっきり語られていた。もしメアリーが彼をきっぱり拒絶したら、彼がやることは決まっていた。しかし、もしメアリーが彼を受け入れる気になったら、彼は父母を勇敢にかなぐり捨て、一歩も退かず立場を固く守り、ほかの困難をみな真っ向から処理して、最終的に勝ちを占める用意ができていた。哀れなメアリー！　この問題を決着させるすべての重荷がこのように彼女に背負わされたのだ。彼女はフランクとは無関係だと言いさえすればよかった。――ただそれだけだった。

もし「ハワード家のすべての血」[5]がその一言で決まるとするなら、彼女は嘘を口にすることはできなかった。彼女がフランクとは無関係って！　このロバのすぐそばを歩きながら、こんなふうに真剣に愛を告白するフランクは、彼女を祝福するため天からやって来た神のような存在ではなかったか？　太陽から光暈を伴った光を浴びて、天使のように輝いていたのではなかったか？　フランクとは無関係って！　もし彼女が率直で純粋な真実を駆使することができたら、たとえ彼とは無関係だと言っても、ただ彼を驚かせただけだろう。実際のところ、彼女は何も言わないほうが楽だと思った。すすり泣きをこらえようと唇を噛んだ。手足の震えを抑えようと一生懸命だったが、無駄だった。ロバから落ちんばかりに揺れているようで、芝生の上に自分の足で立てるなら何でも差し出したことだろう。

「青年にして知ありせば――」[6]このフランスのいやな古い格言には多くの意味が込められている。フランクが女心についてもっと多くを知っていたら――つまり、もし彼が二十二ではなく四十二だったら――この勝負の勝利をただちに確信して、メアリーの沈黙が知りたいことのすべてを伝えてくれていると感じたはずだ。しかし、もし彼が二十二ではなく四十二だったら、メアリー・ソーンの笑顔と引き換えにグレシャムズベリーの土地を危険に曝す覚悟はできなかっただろう。

「慰めてくれる言葉が一言も聞けないのなら、ぼくは行くよ」と彼は悲嘆に暮れて言った。「あなたにこれを言おうと決心して、やって来たんだ。スキャッチャード令夫人にはぼくは泊まらないし、ディナーもいただかないと言ってある」

「あなたがそんなに急いでいるとは知りませんでした」彼女はほとんど囁きに近い声で言った。

突然、彼は立ち止まった。手綱を引いてロバも立ち止まらせた。ロバはほとんど手をかけなくても止まるのはやぶさかでなかった。気さくに、従順に、おとなしくしていた。

「メアリー、メアリー！」フランクはロバに座っている彼女の膝に抱きつき、顔を体に押しつけた。「メアリー、あなたはずっと正直でした、今も正直になっておくれ。ぼくは心から愛している。妻になってくれるかい？」

しかし、メアリーは何も言わなかった。彼女はもはや唇を噛んでいなかった。それどころではなかった。涙が愛する人の顔に落ちないように今全力を尽くしているところだった。何も言えなかった。彼を励ますことも、非難して追い払うこともできなかった。ただ震えて、泣きながら、そこに座ったまま、地面に立てたらと願っていた。フランクは何もかも考え合わせると、ロバがよかった。二人とも地面に立っている場合よりも、彼女がロバの上にいたほうが抱擁に近い体勢を取ることができた。ロバのほうはすっかりくつろいで、耳の後ろで起こっていることをすっかり受け入れている顔つきをしていた。

「一言言ってくれてもいいだろ、メアリー。『行って』と言えば、すぐいなくなるよ」

しかし、メアリーは「行って」とは言わなかった。言えるのなら、おそらく言っていた。しかし、今彼女には何も言えなかった。どの道を選べば最善か順を追って決められなかったからだ。

「一言だよ、メアリー、たった一言でいい。あなたが何も言わないのなら、ほら、ぼくの手がある。ぼくの手を取るつもりがあるなら、あなたの手のなかに置いておくれ。取るつもりがないなら、払いのけておくれ」そう言って、彼は何とか指先を彼女の手のひらの上に載せた。それは払いのけられないままそこにあった。知ありせばの「青年」は教訓をえつつあった。経験とは正しく求められれば、時として人生の早い段階で訪れるという教訓だ。

じつのところ、メアリーには指を払いのける力がなかったのだ。「ぼくの恋人、ぼくの、ぼくの！」フランクはこのとても否定的に見える黙認につけ込んだ。「ぼくの命、ぼくの恋人、ぼくのメアリー！」それから、彼女の手は握られて、そのような扱いから逃れようとする努力がなされる前に唇に運ばれた。

「メアリー、ぼくを見て、一言言っておくれ」

深い溜息があって、それから一言が出てきた――「ああ、フランク！」

「グレシャムさん、あなたとお会いする光栄をえたいと思っておりました」フランクの耳のすぐ後ろで声があった。「ボクソル・ヒルに歓迎すると慎んで申しあげます」フランクは振り返って、気がつくとサー・ルイ・スキャッチャードと握手していた。

メアリーがどういうふうに混乱を乗り越えたかフランクにはわからなかった。というのは、自分の混乱を克服するのに精一杯だったからだ。彼は無意識にメアリーを放置して、とても早口でサー・ルイに話しかけていた。サー・ルイはミス・ソーンに一瞥もくれることなく、不機嫌ながらも立派な紳士らしく振る舞って、グレシャム氏と家のほうへ帰って行った。メアリーは一人にされて喜ぶとともに、ただロバに乗ることだけに専念した。ロバは二人の紳士が家のほうへ向かっているのに気づくと、同行するため、また馬屋のえさのため、紳士らのあとを追った。

フランクは三分しかそのうちにとどまらなかった。スキャッチャード令夫人にもう一度口づけして、お返しに三度の口づけを受け取った。そのため、サー・ルイを非常に不愉快にした。若い準男爵とぜんぜん温かみのない握手を交わしたが、手にはメアリーの手の温かさを感じていた。彼女の瞳の最後の視線の温かさも感じつつ幸せな男として家に帰った。

註

（1）『マクベス』第三幕第二場。
（2）『リチャード三世』第四幕第三場。
（3）『ハムレット』第一幕第二場。サチュロスは酒神バッコスの従者で半人半獣の怪物。ヒュペリオンは太陽神へーリオスの父だが、ホメロスではその太陽神と同一視されている。
（4）『ハムレット』第一幕第二場。
（5）アレクサンダー・ポープ『人間論』（1733-34）第二十八節。
（6）「老年にして力ありせば」と続く。

第三十章　食後

フランクはまるで思いを遂げた恋人のように新しい手柄を自慢しながら、幸せそうに馬に乗って帰宅した。角を曲がってグレシャムズベリーの馬屋に入ってやっと、次に何をしようかと考え始めた。柔らかい手の上に三本の指を三十秒載せるようにメアリーを説得できたのは上出来だった。これは行く手を阻むライオンのうち一匹を倒した充分な証拠となる。しかし、抱える問題がみな解決したとはとても言えなかった。いったいどうしたらもっと前進することができるだろうか?

メアリーもほかの多くの思いとともに、おそらくフランクと同じ思いにとらわれていた。しかし、それでもこの問題を進展させるのはメアリーがすることではなかった。当面ド・コーシーの利害に敵対しないようにする、少なくともこの受け身の保身術しか彼女は対抗策を持ち合わせていなかった。伯父には知っておいてほしいと望む分しか話すことができなかった。それをするのは確かにいくらか難しかったが、ソーン先生とのあいだに意見の相違とか、愛情あふれる思いやり以外のものとかが入り込むことは考えられなかった。なるほどもう一つ彼女がしなければならないことがあった。出生のことをフランクに理解してもらわなければならなかった。「この出生の話は」と彼女は独り言を言った。「もし利用したいと思えば、彼に婚約を撤回させるチャンスとなるはずね。彼がこういう機会を持つことはいいことよ」

しかし、フランクにはなすべきことがあった。彼はベアトリスにもはやメアリーへの愛情を隠さないことを伝えていた。彼は有言実行を固く決意した。父から全幅の信頼を寄せられていたから、心からそれに応えたいと思った。父の同意なしに持参金のない娘とすぐ結婚するようなことは絶対不可能だとわかっていた。たとえ同意があったとしてもそうするのはおそらく不可能だった。しかし、とにかく父に伝えて、それから次にどうするか決めるつもりでいた。そう決意すると、彼は青毛の馬を馬屋に連れて行ってから、ディナーに入って行った。ディナーのあと、父と二人きりになれるだろう。

そう、父と二人きりになれるだろう。彼は大急ぎで着替えた。というのは、家に入ったときちょうどディナーの鐘が鳴るところだったから。彼は胸中何度も言わなければならないことを繰り返してみた。肉とプディング、それからチーズがさげられると、父の前にデカンターが置かれた。レディー・アラベラはクラレットをすすり、妹らは取り皿のイチゴを食べた。そのころ、近づく対話に対する差し迫った不安は次第に薄れてきた。

しかし、母と妹らは長く居座り続けて、彼の好きなようにさせてくれなかった。彼はめったにしないことだが、注意深く母に二杯目のクラレットを勧めた。しかし、レディー・アラベラは普段から節酒していただけでなく、そのときは息子にとても腹を立てていた。彼がボクソル・ヒルへ行ったと考えていたから、それについて厳しく詰問する適当なチャンスを待っていた。やっと母は娘たちを引き連れて部屋を出ていった。

「大きなグーズベリーを一つちょうだい」そう言って、ニーナは出ていく前、兄の腕の下に体を押し込んできた。もしこの妹がいちばん大きなグーズベリーを一ダースほしがっても、彼は喜んで与えたことだろう。しかし、彼女は一個手に入れた途端、兄の腕を擦り抜けて、すばやく走り去った。

郷士はこの晩とても上機嫌だった。なぜそうだったかはよくわからない。おそらくさらなる借金の交渉に成功して、絶えず立ち込めてくる金欠のほこりに一時的に一滴の水を振りかけたからだろう。

「なあ、フランク、今日は何を追っかけていたんだい？　ピーターはおまえが青毛で外出したと言っていたぞ」父はデカンターを息子のほうへ押しやりながら言った。「わしの忠告を聞いてくれ、おまえ、あいつを夏の道路であまり走らせないでくれ。いくら立派な脚でも、堪えられんからな」

「だけど、父さん、ぼくは今日出かけなければならなかったんですよ。それで、老いた雌馬か、若い馬かどちらかにしなければいけなかったんです」

「なぜランブルを使わなかったんだい？」さて、ランブルは郷士本人の乗用馬で、農場を見回ったり、時々狐の隠れ場に行ったりするのに使われていた。

「そんなことは考えてもみませんでしたよ、父さん」

「いいかい、あの馬はおまえの自由にしていい——もう少しワインをわしについでくれ、フランク——馬は自由にしていいよ。わしが今乗っているのは干し草作りを見回るためなんだ。みな芝生の上だからね」

「ありがとう、父さん。うん、もし必要なら、きっとランブルに乗ります」

「そうしてくれ、そして、どうか、どうか頼むからあの青毛の脚をいたわってやってくれ。あれはわしが思っていたよりもずっといい馬だとわかったから、傷つくのを見るのがいやなんだ。ところで、今日はどこへ行っていたんだい？」

「じつは、父さん、話したいことがあるんです」

「わしに話したいこと！」郷士は青毛の馬に対する心配を装うことによって幸せな陽気な表情をより幸せに、より陽気に見せていた。しかし、現実の厳しさと不幸のせいで彼の常態となっていたあの重苦しい顔つきに戻っていた。「わしに話したいこと！」郷士はこんな重々しい言葉を聞くと、いつも金銭上の難しい問題を予感した。フランクがほとんどどんな状況に置かれていようと、父は非常に優しい思いやりを込めてこの息子を愛した。特に彼がお金に関してずいぶんいい息子だったから、いっそうはっきり愛を自覚するようになっていた。フランクはレディー・アラベラのようにしきりに金を要求することも、甥のポーロック卿のように自分本位に向こう見ずに使うこともなかった。しかし、今フランクはお金に困っていたに違いない。これが父の第一勘だった。「何だい、フランク。聞いて嬉しくない話はおまえの場合めったになかったからね？」それから郷士は息子に目をやると、重々しい顔つきを一瞬崩した。

「ボクソル・ヒルへ行って来たんです、父さん」

父は思考の方向を一瞬に変えて、金銭問題についての一時的な邪推をやめ、息子に心からの心配を向けた。彼、郷士はメアリーの追放にかかわっていなかったうえ、メアリーが二度目に屋敷から追い出されたことにも心痛を味わっていた。しかし、郷士は息子とメアリー・ソーンを引き離すご都合主義的なやり方をこれまで一度も否定的に見たことがなかった。ああ、悲しい！　フランクがお金と結婚することは、あまりにも必要なこと――郷士のこれまでの怠慢によってあまりにも避けられないことになっていた！

「ボクソル・ヒルへ、フランク！　それは分別ある行動なのかい？　また、言わばおまえの軽率な行動によってあそこに追放されたミス・ソーンを寛い心で正しく扱うことになるのかい？」

「父さん、お互いに理解し合う必要がありますね、この点について――」

「おまえのグラスを満たしなさい、フランク」フランクは指示された通り機械的にグラスを満たして、瓶を手渡した。

「もし父さんをだますとか、桟敷に置くとかしたら、ぼくは自分が許せません」

「わしをだますなんておまえの気性にはないと思うがね、フランク」

「じつはですね、父さん、ぼくはメアリー・ソーンを――遅かれ早かれ――妻にすることに決めました。

もちろん彼女から完全に拒絶されない場合の話です。だけど、これまでぼくは完全に拒絶されてきました。今やっと受け入れられたと言っていいと思います」

郷士はクラレットをすすったが、そのときは何も言わなかった。郷士はこれまで気づかなかった穏やかな、男らしい、しかし控えめな決意を息子に見出していた。フランクは二十一歳になったとき、成人した、つまり法的に一人前の男性になった。自然は彼が二十二歳になるまで成人式を延期したようだ。しばしば自然は人がはるかに歳を取るまで成人式を延期することがあり、時として式を挙げるのをまるっきり忘れることがある。

郷士はクラレットをすすり続けた。息子から慎重になされた申し立てに答える前にそれについてしばらく考えなければならなかった。

「受け入れられたと言っていいと思います」フランクはおそらく不必要に謙遜して続けた。「彼女はとても正直なので、もしそのつもりがなかったら、正直にいやと言ったはずです。父さんはメアリーを嫁にすることに個人的に反対はしないと思っていいですね？」

「個人的に！」郷士ははっきり口にすることができる仕方で話題が提供されたことを喜んだ。「ああ、そうだ、個人的にわしは彼女に反対する理由はない。というのは、わしは心から彼女を愛しているからだ。彼女は立派な女性だよ。あらゆる点で立派な女性だと信じている。わしはいつも彼女が好きで、家の周囲で彼女を見かけるのが好きだった。しかし——」

「何を言いたいかわかりますよ、父さん」息子は郷士が口にできないことを言った。「こんな結婚は軽率ですよね」

「軽率というよりも、フランク、残念ながら考えられないことなんだ」

「考えられないって！　そんな、父さん、考えられないことじゃありませんよ」

「考えられないんだ、フランク、世間一般の見方から言うとね。いったいどうやって生計を立てていくんだい？　子供たちはどうするんだ？　妻が困窮して、不自由に暮すのを見たくはないだろ」

「もちろん、見たくはないですよ」

「おまえは金に困った男として人生を始め、破滅した男として人生を終えたくはないだろ。もし今おまえがミス・ソーンと結婚したら、おまえの運命は間違いなくそうなることを心配しているんだよ」

フランクは「今」という言葉尻をとらえて、「今すぐ結婚するつもりはありません。それは軽率だと思っていますから。だけど、父さん、ぼくは誓ったんです。あと戻りすることはできません。今すべてをお話したからには、父さんの助言を聞かせてください？」

父は座ったまま再び黙り込んで、さらにワインをすすった。恥ずかしいと感じるところも、怒りを感じるところも、愛せないと思うところも息子には見当たらなかった。しかし、どう答えたらよかったか？

実際、息子は父よりも多くの素質に恵まれて、息子の心と精神には郷士のそれでは対抗できない度量の大きさがあった。

「メアリーの話は知っているかい？」とグレシャム氏はやっと言った。「彼女の出生の話だよ？」

「いえ、ぜんぜん」とフランクは答えた。「そんな話があるとは知りませんでした」

「彼女も知らないんだと、わしは思う。しかし、おまえはすぐ知っておいたほうがいいな。フランク、おまえに話すのはおまえを彼女から引き離すため――そんな目的で話すんじゃない。だが、ある程度はそんな結果をもたらすと思う。メアリーの出生はおまえの妻にふさわしいものでも、おまえの子供たちに有益なものでもないからだ」

「もしそうなら、父さん、もっと早くぼくはそれを知っておきたかったですね。どうして彼女はぼくたちのところに連れて来られたんです?」

「そのとおりだ、フランク。わしが悪かったんだ。わしと母さんがね。昔いろいろな状況が重なってそうなったんだが、こんなことになろうとは、わしらは夢にも思い至らなかった。しかし、おまえに彼女の経緯を話そう。それから、フランク、これは覚えておいてくれ、わしはおまえに秘密――つまり、ただ一人を除いて世間から隠さなければならない秘密――を話すんだが、わしがおまえに話したことを先生に知らせるかどうかおまえの判断に任せる。実際、この婚約について先生とわしで話し合う必要があれば、注意してわしのほうからおまえに話したことを先生に知らせなければならない」郷士はそれから息子に読者がすでにご存知のメアリーの出生の話をした。

フランクは黙って座ったまま、うつろな表情をした。グレシャム家の者がみなそうであるように、彼も純粋な血をこよなく愛していた。金が憎い、土地が憎いと母に言ったことがある。しかし、母にいちばん熱く反論するときでさえ、家系図の巻物が憎いとはなかなか言えなかった。良家の人間はめったにこれを口にすることはないから、彼も口にすることなく、心から家系を愛していた。それは持つだけで充分な所有物となるものの一つだった。それを持っている者は持っていることを自慢する必要も、世間に見せびらかす必要もない。しかし、そのためいっそうだいじなものと思うのだ。彼はメアリーをウラソーン家の大木から正当に切り取られた切り枝――親の茎からたった今切り取られた花一杯の接ぎ枝としてではなく、あの尊敬できる幹の純粋な樹液を真に受け継ぐ切り枝――と見ていた。それゆえ、彼は真相を聞いたとき、しばらく当惑して座っていた。

「悲しい話だ」と父。

「そうですね、とても悲しい」フランクは椅子から立ちあがると、その後ろに立ち、背にもたれながら言った。「かわいそうなメアリー、かわいそうなメアリー！　彼女もいつかこれを知らなければならないんですね」

「わしもそれが心配なんだよ、フランク」それから、しばらく沈黙が訪れた。

「父さん、ぼくに話すのが遅すぎましたね。今となっては何の効果もありません。何も」彼はそう言って溜息をついたが、その溜息で気持ちを落ち着けた。「たとえずっと前に聞いていたとしても、効果はなかったと思います」

「もっと前に話しておけばよかったね」と父は言った。「確かにそうしておくべきだった」

「それでも役には立たなかったはずです」とフランクは言った。「そうだ、父さん、これを教えてください。ミス・ダンスタブルの両親はどんな人たちでしたか？　あのモファットのやつの家族はどうでしたか？」

これを聞くフランクはおそらく残酷だった。しかし、郷士はその問いに答えなかった。「おまえに話すのが正しいと思ったんだよ」と父は言った。「どう考えるかはおまえに任せよう。母さんがどう思うか言う必要はないだろう」

「母さんはミス・ダンスタブルの出生をどう考えたんですか？」フランクは前よりももっと厳しい口調で再び聞いた。「いや、父さん」と彼はしばらく間を置いてから続けた。「そんなことを聞いても何も変わりません、今となってはとにかく何も。もっと早く聞いていたら、恋に落ちるのを食い止められたかもしれませんが、今の恋を弱めることはできません。とても弱めることなんかできません――それはできません、決してね――しかし、たとえできたとしても、婚約を破棄させることはできません。ぼくはもうメアリー・ソーンと婚約していますから」

それから彼は再び前の問いを繰り返して、現在の状況下でどうすればいいか父の助言を求めた。会話はとても長くなったので、レディー・アラベラの計画をすべて混乱させてしまった。母はまさにその夜息子を非常に厳しく咎める決意を固めて、このため以前厳めしい伯爵夫人によって同じ目的で使われたことがある小さな応接間に身を潜めていた。母はここに座って、フランクが食堂から出てきたらすぐ母のところに来るよう伝えるようにオーガスタやベアトリスや双子に言いつけておいた。哀れな令夫人！　彼女は十時までお茶もなしにそこで待っていた。郷士は「青ひげ」[1]のような性格を持ち合わせていなかったし、大酒飲みでもなかったが、こよなく愛している食後の時間を妻からの伝言であっても邪魔されたくないと屋敷じゅうに了解させていた。

私たちは今第二巻の終わり[2]にいて、第三巻を始める前に十二か月を飛ばさなければならない。それで、父子の長い会話の結果はできるだけ少ない言葉で語る必要がある。父は息子に結婚を思いとどまらせることが無理と気づいたから、直接の説得はほとんどしなかった。すぐ結婚するのは不可能だと息子に説明したあと、彼、フランクが若すぎるとほのめかした。

「父さんは二十一になる前に結婚していたじゃありませんか」とフランクは言った。そうだ、そして二十二になる前に後悔していた。郷士はそうは言わなかった。

メアリーには医者の伯父が何を望んでいるか確かめる時間が必要だと郷士は提案してから、フランクに次のことを約束させて話を終えた。十月に学位を取得したあと数か月海外へ行き、二十三歳になるまでグレシャムズベリーには戻って来てはいけないと。

父子のあいだでこの取り決めがなされたとき、「この子はきっと彼女のことを忘れるよ」と父は独り言を言った。

「ぼくが彼女のことを忘れると父さんは思っているだろうな」とフランクもそのとき独り言を言った。「だけど、父さんはぼくのことがわかっていないんだ」

レディー・アラベラがようやく息子を捕まえたとき、説教の時間はとうにすぎてしまっていることに気がついた。彼は冷静にこれからの計画がどんなものか母に話した。母はその計画を知り、またボクソル・ヒルで起こったことを理解するようになると、郷士が我が子に約束させたことに難癖をつけることができなかった。フランクは一年もしないうちにメアリーを忘れているだろうと、母もまた郷士よりも強く確信して独り言を言った。「バッキッシュ卿が」と彼女は嬉しそうにつぶやいた。「今大使とともにパリにいます」――バッキッシュ卿というのは彼女の甥だった――「卿と一緒にいれば、フランクは本当に美しい女性たち、社交界の女性たちに出会うことになります。バッキッシュ卿といればこの子はすぐメアリー・ソーンを忘れることでしょう」

しかし、こういうことがあったからといって、令夫人がソーン家に対する敵意を頂点に高める決心を変えることはなかった。彼女は今完全にそうすることができた。というのは、フィルグレイヴ先生がすでに主治医としてグレシャムズベリーに就任していたからだ。

フランクはボクソル・ヒルにもう一度短い訪問をし、それからソーン先生と面会した。メアリーは自分の悲しい出生について知りうる限りのことをフランクに話して、一度の口づけを返された。どうしても逃げられない口づけ、フランクが彼女の唇に与えた最初の、唯一の口づけだった。それから彼は行ってしまった。

先生は彼にメアリーのことを包み隠さず話した。「はい」とフランクは言った。「全部聞きました。愛するメアリー、最愛のメアリー！　どうか、先生、ぼくが彼女を忘れるなんて思わないでください」それから彼は先生から、またグレシャムズベリーから離れて自分の道を歩んだ。定められた追放の全期間――つまり十二か月と一日姿を消した。

註

（1）六人の妻を次々と殺して取り替えたというフランスの伝説の人物。

（2）この小説の初版は三巻本で出版された。

第三十一章　くさびの小さな刃先(1)

フランク・グレシャムは十二か月と一日グレシャムズベリーから離れていた。ベイトマン卿(2)やほかの立派な主人公が出てくる物語ではこういう不在の期間にたいてい一日がつけ加えられている。フランクの所払いの状況、そのためなされた取り決めの細部を詳細に伝える必要はないだろう。一つの項目は当然のことながら、文通はまかりならぬということであり、息子の同意をえるのに郷士がかなり苦心した点だった。

メアリー・ソーンと先生は決してこの取り決めの当事者でも、関与者でもなかったと見なければならない。取り決めはグレシャムズベリーで計画、作成、署名、封印されたもので、よそには漏れていなかった。愛情が一年間変わりさえしなければ、レディー・アラベラは息子に好きなようにさせる用意があった、というふうにも想像してはならない。そんな取り決めだったら、レディー・アラベラは同意しなかったし、郷士も同意しなかった。取り決めは次のようになっていた。もしフランクが一年間所払いを受け入れるなら、メアリーのことで苦痛に曝されることも、約束しろと悩まされることも、脅されることもない。それで、一年たったら再び問題を議論しようと。これを受け入れて、フランクは立ち去り、取り決めに従ってうちに帰らなかった。

彼が立ち去った直後のメアリーの運命はどうだったか、短く語る必要があるだろう。それから、フランクが帰ってくるおよそ一か月前のグレシャムズベリーの友人たちに再び会ってみよう。

サー・ルイはフランク・グレシャムがロバのそばに立ってメアリーの膝に腕を回しているのを目撃した。このとき、これには重大な意味があるに違いないと恐れた。彼はまさにその日メアリーの足元に身を投げ出すつもりでいたから、いくら経験不足の目にも、ほかの人間が彼よりも先に同じ仕事に取りかかっていることくらいわかった。当然のことながら、このせいで不機嫌になり、すねてお客にさよならを言うと、自室に戻り、ディナーに降りて来ることもなく一人でキュラソーを飲んだ。

彼は二、三日こうしていたが、それから気を取り直すと、結局彼が若いグレシャムよりも多くの利点に恵まれていることを思い出した。第一に、彼は準男爵であり、妻を「令夫人」にすることができる。次に、フランクの父は生きており、これからも生きそうな一方、彼のほうは死んでいる。それゆえ、相手は家も土地も持たないが、彼はボクソル・ヒルを一人で所有している。結局、彼もメアリーの膝に、あるいは腰に、おそらくうなじに腕を回すことができるのではないか？　弱気が美女をえたためしはない。とにかく、試してみよう。

それで、彼はやってみた。結果がどうだったか、言うまでもないだろう。彼は母に活き活きと描き出してみせたように、膝に手を置くところまで行かないうちに「駄目だ」と悟らされてしまった。何回か試みてみた。一度目、メアリーは固い決意を見せたものの、とても礼儀正しかった。二度目、礼儀正しさには欠けていたが、いっそう固い決意を見せた。それから、メアリーはもしこれ以上迫るようなら、この家から出て行かなければならないと言った。そのときの彼女の目には重大な決意があり、口には確固たる落ち着きがあり、顔には威厳があって、相手を黙らせてしまった。それで、再び迫られることはなかった。

彼はすぐボクソル・ヒルを発つと、ロンドンに戻って、以前よりも強くキュラソーに依存した。ほどなく先生はその噂を聞いて、彼のあとを追わなければならなかった。それからまたあのぞっとする場面があって、哀れな男は恐ろしい錯乱か、さらに恐ろしい抑鬱かで、早くから父によって教えられていた邪悪な罪の償いをしなければならなかった。

その後、メアリーは伯父のうちに帰った。フランクが姿を消していたので、グレシャムズベリーのもとの生活を再開することができた。そうだ、グレシャムズベリーに帰って来た。しかし、グレシャムズベリーはもう決して前のグレシャムズベリーではなかった。先生とお屋敷の人々との交際はほとんど絶えていた。先生はめったに郷士に会わなかったし、会っても仕事のことだけだった。郷士が意図して喧嘩をしかけたというのではなくて、フランクが公然と姪に求婚して以来、ソーン先生自身がこういう状態を選んだのだ。フランクが今不在だったから、レディー・アラベラは先生との戦いを手ぐすねを引いて待っていた。それゆえ、先生は恋人たちを助けるため彼らとの親しい関係を維持しようとしている、そんな口実を与えてはならなかった。世継ぎをそそのかして姪と結婚させようとしている、そんな非難を言わせてはならなかった。

結果、メアリーはベアトリスと完全に引き裂かれてしまった。疎遠になった現状についてベアトリスがどう思ったか、どう思っているかさえ知ることできなかった。フランクへの思いが行きすぎてしまったと説明して、友人から罪の赦免をもらい、慰めをえることさえできなかった。徹底的な途絶があったので、ベアトリスとは中立的な立場でも会えなかった。娘とメアリー・ソーンは他人同士のようにさえ会うことができないと、レディー・アラベラはミス・オリエルに伝え、ほかの人々にも伝えた。イェーツ・アンブルビー夫人と親友のミス・ガッシングは――彼らの魅力的なティー・パーティーにグレシャムズベリーの女性たちは年に一度しか出席することはなかったのに――この悲惨な疎遠の話を教区じゅうに広めてしまった。この二人は愛するメアリー・ソーンから直接事情を聞くことができたら、ずいぶん嬉しかっただろう。ただしグレシャムズベリーの女性たちはメアリーを招待することなんか認めなかった。

メアリーはおそらく十二か月前ならここの住人のなかでもっとも交際を求められる人だった。しかし、今はこんなふうに世間から仲間はずれになってしまった。当時、グレシャムズベリーのいかなる若い女性集団も、もしメアリー・ソーンがそのなかにいなければ、グレシャムズベリーを代表する集まりとは見なされなかった。今彼女はその集まりから排除されてしまった。なるほどペイシェンスとは疎遠になっていなかった。ペイシェンスはしばしば会いに来てくれ、散歩に誘ってくれ、よく牧師館に招いてくれた。しかし、メアリーはそういう招待を受けることが恥ずかしくて、とうとう率直に友人に言った。グレシャムズベリーのどの家でも彼女がほかのお客に会われては困ると思われるところで二度と食事をしたくないと。

事実、先生も姪もとても悲嘆に暮れていた。とはいえ、二人とも悲しみを隠すタイプの人だった。メアリーは一人で大胆に外を歩いて、少なくともまわりの世界に無関心であるような振りをした。実際、彼女はほとんど相手にされなかった。若い女性の婚約は普通隠されて、結婚が決まるまで親しい友人たちにも知らされない。ところが、メアリーはフランクの指を手から払いのけられなかったあの日から、一か月もしないうちにその婚約を世間の人に知られてしまった。彼女が若い郷士に愛を告白したとその地方一帯で公然と噂された。そういう状況のなか、彼女が一人で歩き回るのは好ましくなかった。特に恥をかかないように補佐してくれる付き添い女性がいないとか、相手の紳士が地域のなかでフランクのような重要人物だとか、そういう場合は好ましくなかった。フランクが噂される二人、すなわちメアリーか、お金か、のどちらの花嫁と結婚するか、農夫とその妻にとっては重大問題だった。先生の姪が何か女の手管を用いてフランク坊ちゃんに罠を仕掛けたから、フランク坊ちゃんはできればその罠から逃れるため所払いにされたのだと、土地の田舎者は例外なくそう見るように仕向けられた。こういうことがみなメアリーの生活を不快にした。

ある日彼女が私道を一人で歩いていると、以前娘に親切にしてやったことがある屈強な農夫に出会った。

「神の恵みがありますようにな、メアリーさん」と農夫。彼はメアリーの姿を見ると必ずそう言った。「それから、メアリーさん、わしん気持ちをそんまま言うと、あんたは彼にふさわしいとてもええ人だ。とてもええ人だ。たとえ彼が十人分ん郷士であっても、そうだな」彼女は心のこもったこの言葉に快いものを感じたと思われるかもしれない。しかし、心の問題をこんなふうに公然と斟酌され、話されるのは嬉しくなかった。また、彼女がフランク・グレシャムとの結婚を望んでおり、グレシャム家の全員がそれを止めたいと思っていることをみなが知っているのも嬉しくなかった。しかし、どうにもならなかった。彼女ほど沈着冷静で、恋愛をこれ見よがしに言ったり、誇ったりすることがない娘はいなかった。彼女はこれまで一度も、一人の人にも心底から心の内を明かしたことがなかった。「ああ、フランク！」この言葉に彼女が犯した罪のすべてが凝集されていた。

しかしながら、レディー・アラベラは活発に動いていた。私生の乞食――レディー・アラベラは敵が庶子であることをただ推測したにすぎなかったが、それを公然と口にするのをためらわなかった――がグレシャムズベリーの世継ぎを捕まえようと画策している。広くあまねくそう知られたほうが令夫人にとって都合がよかった。グレシャム家の者はメアリー・ソーンに会ってはならぬ。それが州に出された布告であり、その布告は充分な理解をえた。それゆえ、このころはミス・ソーンにとってみじめな時代だった。

彼女は一人の人にも心底から心の内を明かしたことがなかった。どの人にも？　フランクにも？　伯父にも？　そうだ、伯父にも心底から存分に話したことがなかった。それでも、フランクとのあいだに結局求婚に等しいことがあったことは伯父にも話した。

「それで、おまえ、何と答えたんだい？」伯父は彼女を引き寄せて、いちばん優しい声で聞いた。

「ほとんど何も答えませんでした、伯父さん」

「断らなかったのかい、メアリー?」

「はい、伯父さん」彼女は間を置いたとき、震えていたが、先生からは察知されなかった。「でも、断ったほうがいいと伯父さんがおっしゃるなら、そうします」彼女はやっとのことで言葉を引き出して、そうつけ加えた。

「断ったほうがいいと私が言うって、メアリー! いいや、言わないね。しかし、この問題はおまえが自分で答えなければならない」

「私が、ですか?」と彼女は悲しげに言った。それから、頭を伯父の肩にもたせかけて三十分近く座っていた。しかし、それ以上は何も話さなかった。二人ともくだされた宣告に黙って従い、前よりも情愛深く一緒に生活した。

先生は姪と同じくらい無力だった。いや、姪よりも無力だった。姪のほうはグレシャムズベリーの指示に従うべきか、心に忠実に行動すべきか、どうしたらいいかわからなかったから、怖くてためらっていた。しかし、先生は姪とは別の疑念にとらわれて、それに結論を与えようとすると手に負えぬくらい心を乱した。先生は広大な土地の、郷士のものに属する土地だけでなく、サー・ロジャーの遺言のもとでその相続人のものであるもっと広大な土地の権利書を——もちろんただ管財人としてだが——今所有していた。今その相続人がメアリー・ソーンであることが可能性以上のものになっていた。サー・ルイを二十五になるまで生者の国にとどめておくことはどんな努力をもってしても不可能だ、そういう確信を先生はどんどん深めていた。それゆえ、あらゆる可能性のなかで結婚がもっとも望ましい二人、愛し合う二人を引き離す措置を取ることが、郷士と、フランクと、姪の真の友情に照らして賢明とも、誠実とも言えただろうか?

しかし、それでも先生は結婚を励ます気にはなれなかった。先生は「死者の靴の面倒をみる」という考えに嫌悪を感じた。特に死を看取った男の遺言が先生に委ねられ、死を間近に控えたサー・ルイ・スキャッチャードが先生に委ねられていたからだ。先生はサー・ルイの死の可能性を郷士にも話していなかった。それで、日々口をつぐんで、この件でメアリーに助言を与えようとしなかった。

それから、先生は個人的な悩みを抱えて、かなり腹立たしい思いをしていた。フィルグレイヴ先生の馬車――というよりも四輪駅馬車――が今グレシャムズベリーに頻繁に出入りして、道で、路地で、本通りで絶えず先生とすれ違った。まるでフィルグレイヴ先生は負かしたライバルに行きか帰りかに姿を見せずにはおしかし、フィルグレイヴ先生が初期の痛風の手当てを郷士に施しているとか、あの思いやりに欠ける手で愛屋敷の患者に会えないかのようだった。これだけなら、おそらく先生は心をそんなに痛めることはなかった。するニーナにはしかの治療をしているとか、そんなことを考えるだけでひどく傷ついた。

それから、時代遅れの老センチュリー先生の旧式軽四輪馬車がお屋敷にガラガラと駆けつけるのが目撃された。レディー・アラベラがあまりよくないとの噂があった。アラベラのような女性について、重々しい小さな声で「あまりよくない」と言われることは、だいたい重大な病状を表していた。確かに今度は重大な病状だった。レディー・アラベラは病気であるだけでなく、おびえてもいた。ソーン先生とは違って、フィルグレイヴ先生は自分のしていることがよくわかっておらず、診断に確信を欠き、自信がないことは患者の目から見ても明らかだった。ソーン先生がこの十年間レディー・アラベラを診察してきたのだから、いったいどうしてフィルグレイヴ先生に自信なんか持てただろうか？

フィルグレイヴ先生は雇った馬車に威厳を保って座ったり、大きな玄関階段を権威ある様子で登ったりすることが何かに役立つとするなら、そういうことは立派にできたかもしれない。レディー・アラベラはこの先生が最初に現れたとき、彼の姿形に大いに魅せられた。アラベラがそういう姿形に疑念を抱き始めたのは、症状――彼女にはよくわかっている症状――をこの先生が改善できないことが徐々にわかってきたときだった。

しばらくしてフィルグレイヴ先生はセンチュリー先生を呼んではどうかと提案した。「何かを懸念して言うのではないのですが、レディー・アラベラ」とフィルグレイヴ先生は大嘘をついた。というのは、彼は自分の腕と患者の病状の両方に不安を抱いていた。「しかし、センチュリー先生はたいへんたくさん経験を積んでおられます。非常に重大な利害が絡んでいるこの問題では、安全策を取って取りすぎることはありません」

そこで、センチュリー先生がやって来て、よたよたゆっくり令夫人の部屋に入った。この先生はあまり喋らず、喋るのは学識ある仲間のほうに任せたところ、仲間のほうは話す仕事は確かにうまくやれた。ところが、センチュリー先生はほとんど喋らないのに、とても重々しい顔つきをしたから、レディー・アラベラは返って安心することができなかった。二人の医者が頭を寄せ合っているのを見たとき、令夫人は間違いを犯したのではないかとの不安を感じた。令夫人はソーン先生をベッドのそばに呼ばなければ安全にはなれないと悟り、ソーン先生を追い払ったとき、蛮勇を振るってしまったと感じた。

センチュリー先生が郷士に会うためよたよたと階段を降りて行くやいなや、令夫人は「さて、先生」と言った。

「ええ！　うまくいきますよ、レディー・アラベラ。うまくいきます、まもなくね。しかし、注意深くやらなければいけません。とても注意深く。センチュリーをここに連れて来ることができたのはよかった、とても。しかし、方針の変更はありません。ほとんどないか、何もありません」

センチュリー先生は郷士にほとんど言葉を発さなかった。しかし、言葉がなかったため返って、グレシャム氏をおびえさせた。フィルグレイヴ先生が大階段を降りて行くと、階段下で待っていた使用人から郷士のところへ行くように求められた。郷士は今フィルグレイヴ先生に通い合うものを感じなかったが、この先生の手から痛風予防の錠剤を受け取る気になったのだ。それゆえ、小男は使用人のあとについていくとき、いつもより大きく体を膨らませた。

「フィルグレイヴ先生」郷士はすぐ会話を始めた。「レディー・アラベラは残念ながら危険な状態にあるように見えます」

「いいえ、いいえ。危険じゃないと思いますよ、グレシャムさん。危険じゃないちゃんとした根拠があります。令夫人の状態は疑いもなく重篤――かなり重い状態――で、それはセンチュリー先生がおそらく申しあげた通りです」フィルグレイヴ先生は食堂の肘掛け椅子におとなしく座っている老人にお辞儀をした。

「はい、先生」と郷士は言った。「あなたの診断を疑う理由はありません」

フィルグレイヴ先生は頭を可能な限り堅苦しく保ち、かすかに傾斜させてお辞儀した。グレシャム氏に診断を疑う理由はないと思っていた。

「私にもありません」と老人。

先生は少しだけ、ほんの少しだけ堅さを和らげてお辞儀した。

「しかし、先生、どうにかしなければいけません」

先生は今度は目と口だけでお辞儀をした。目を一瞬閉じ、口をへの字にすると、行儀よく手を重ねて擦り合わせた。

「フィルグレイヴ先生、あなたと私の友人のソーンが親しい間柄でないのは残念です」

「はい、グレシャムさん、はい。仲よくないといっていいですね」

「ええ、それが残念です――」

「グレシャムさん、おそらくそれを議論しても無駄でしょう。ですが、いろいろな事情があって――」

「議論するつもりはありませんよ、フィルグレイヴ先生。ただ残念だと申しあげているだけです。なぜなら、分別を持って考えれば、レディー・アラベラにはソーン先生に戻ってもらうのがどうしても必要だと思えるからです。それで、もしあなたが彼に会うのがおいやでなければ――」

「グレシャムさん、申し訳ありません、本当に申し訳ありません。許していただかなければいけません。ソーン先生は私が評価するところ――」

「しかし、フィルグレイヴ先生――」

「グレシャムさん、本当に許していただかなければいけません。本当に容赦していただかなければ。レディー・アラベラのためなら、ほかのどんなことでも喜んでやります。ですが、これまでの経緯のあとで、私はソーン先生に会うことはできません。本当にできません。それを私に求めてはいけません、グレシャムさん。それから、グレシャムさん」と先生は続けた。「レディー・アラベラから伺ったことからわかったんですが、彼の――つまりソーン先生の――令夫人に対する行動ははなはだ不適当――非常に常軌を逸したもの、そう言っていいと思います――だったので、それで――それで――もちろん、あなたがいちばんよくご存知でしょうが、グレシャムさん。しかし、レディー・アラベラ自身がソーン先生には二度と会いたくないんだと思っていました」フィルグレイヴ先生はとても大きく、とても威厳に満ち、とても排他的に見えた。

郷士は再度頼んでみることはしなかった。たとえソーン先生が来てくれても、レディー・アラベラが受け入れてくれる保証はなかった。今目の前にいる強情な小さなガレノスに怨恨を乗り越えるように説得しても無駄だとわかった。それからほかの提案が出されて、ロンドンの偉大な医者サー・オミクロン・パイの支援をえようということにとうとう決着した。

サー・オミクロンがやって来て、フィルグレイヴとセンチュリー両先生が出迎えた。三人がレディー・アラベラの部屋に集まったとき、そんな光景を見ればもっともなことだが、哀れな令夫人は気力を失ってしまった。もう一度ソーン先生に帰って来てもらうこと、それを彼女の名誉と一貫性と高貴なド・コーシーの原理とに和解させることができたらいいのに。ああ、フランク！　フランク！　おまえが言うことを聞かないせいで、母は何というみじめな思いをしなければならないのか！

サー・オミクロンと地方の小さな二つの光は一緒に診察した。それから、小さな二つの光はそれぞれバーチェスターとシルバーブリッジへ向かい、サー・オミクロンは残ってグレシャムズベリーの歓待を受けた。

「ソーンに戻ってもらったほうがいいね、グレシャムさん」サー・オミクロンは二人だけになったとき、ほとんど囁くように言った。「フィルグレイヴ先生はいい人だし、センチュリー先生もそう、確かにいい人です。しかし、ソーンは令夫人を長く診てきているから」次の朝、サー・オミクロンも帰って行った。

それから郷士と令夫人のあいだに一場面があった。郷士が言いくるめられて錠剤を受け取ったことを上手に利用したとき、レディー・アラベラは自分に大将軍の指揮能力があると思った。くさびの小さな刃先のことはみなが知っており、たいていの人がその小さな刃先を打ち込むことが難しいと思っている。レディー・アラベラにとって、その錠剤がくさびの小さな刃先だった。令夫人はこの時期まで夫と敵を分断するためむなしく格闘してきた。錠剤がその仕事をしてくれればいい。彼女はそれを最大限利用する方法をよく知っていた。郷士が痛風のつま先をフィルグレイヴ先生の手に委ねたとグレシャムズベリーじゅうに広める方法、フィルグレイヴ先生の処方が屋敷全体に行き渡っていることを――特に通りの曲がり角にあるあの粗末な家の辺りで――広める方法をよく知っていた。ソーン先生は噂を聞いて苦しんだ。先生は郷士の真の友だったから、郷士が強い味方になってくれると信じていた。

「結局」と先生は独り言を言った。「ここを出て行くのが道理にかなっているね——おそらくそれがいちばんいいのだろう」それから、先生はサー・ロジャーと遺言のこと、メアリーと恋人のこと、メアリーの出生、純粋な血についての持論をじっくり考えた。こんなに多様な心配事を抱えて、今そのあいだに差し込む光を見出せなかった。

レディー・アラベラがくさびの小さな刃先として選んだのはこんなものだった。令夫人は自分の体について絶えず疑念と恐怖を感じていたから、もしそれが勝利感を抑え、喜びを台無しにしなかったら、完全な勝利感と歓喜に包まれていたことだろう。令夫人は友人を追い払ったことをひそかに後悔していることを誰にも告白しなかった。先生がいないのを悔やんでいることをまだ本人が認めていなかった。しかし、令夫人は不安で、おびえて、意気消沈していた。

「いいかい、おまえ」と郷士は妻のベッドのそばに座って言った。「サー・オミクロンが帰って行くときわしに言ったことを伝えておこう」

「何でしょうか?」令夫人は上半身を起こして、おびえた表情をした。

「おまえがどう受け取るかわからんが、ベル。だが、いい知らせだと思う」郷士は特に仲よくしてほしい時を除いて妻をベルと呼ぶことはなかった。

「何でしょうか?」と令夫人はまた言った。彼女は夫に対してあまり優しくしたがらなかったし、夫のなれなれしさに応えることもなかった。

「ソーンにここに戻ってもらったほうがいいとサー・オミクロンは言ったんだ。名誉にかけて、わしはサー・オミクロンの言葉に同意せずにはいられない。確かにソーンは賢い人だ。とても賢い。誰もそれは否定できないだろう。それから、わかるだろうが――」

「サー・オミクロンはなぜそれを私に言わなかったのです？」と令夫人は鋭く言った。ソーン先生を好意的に見ようという気持ちは夫の擁護によって返って見事にそがれてしまった。

「サー・オミクロンはわしに言うほうがいいと思われたんだろう」郷士はかなりそっけなく言った。

「私に話してくれるべきでした」とレディー・アラベラは言った。彼女は夫の言葉を疑わなかったが、夫がサー・オミクロンにこういう意見を言うように示唆したと思った。「ソーン先生は私にきわめてひどいことを言い、はなはだ不作法に振る舞いました！　それから、私の理解では、はっきりあの娘をそそのかして――」

「いや、ベル、それはまったく違っている――」

「ええ、そうです。私はいつだって違っています――」

「二つのことをごっちゃにするのは間違いだな。知人としてのソーン先生と医者としてのソーン先生を」

「ここにあの先生が入って来て、同じ部屋に立っているのさえ恐ろしいのです。その医者を最悪の敵と見なしているとき、いったいどうしてその医者に率直に、信頼して話をすることができますか？」それから、レディー・アラベラは弱気になって、涙に暮れた。

「おまえ、おまえのことを心配するのは夫として当然のことだろ」

レディー・アラベラは鼻をちょっとくすんと鳴らした。それは郷士の思いやりに対するあまりうまくない感謝の表現とも、夫に誠実さが欠けることを皮肉に嘲ったものとも取れた。

「いいかい、サー・オミクロンが言ったことを時間を無駄にせずおまえに伝えた。『ソーンにここに戻ってもらったほうがいい』これがまさしくサー・オミクロンが言ったことだ。じっくり考えておくれ、おまえ。

それから、これを覚えておいておくれ、ベル。もしソーン先生が役に立つとするなら、時間を無駄にしてはいけない」

それから郷士は部屋を出ていった。レディー・アラベラは多くの疑念にとらわれながら、一人取り残された。

註

（1）一見何でもないように見えることが重大な結果になること。
（2）『ベイトマン卿の愛のバラッド』はサッカレーが書き取り、クルックシャンクが挿し絵を入れ、ディケンズが当てにならぬ学識で註をつけた二十一のスタンザからなるバラッド。ベイトマン卿とソフィアはフランクとメアリーよりも長く、七年間会えなかったことが第八スタンザに出てくる。

第三十二章　オリエル氏

ここで私は手短に——できる限り手短に——新しい登場人物を読者に紹介しなければならない。グレシャムズベリーの禄付牧師についてこれまで触れたことはあったが、ケイレブ・オリエル師を舞台に登場させる機会はなかった。

オリエル氏は血筋と財産に恵まれた人で、こういう人によくある普通の考え方を携えてオックスフォードに入学した。そこで高教会の原理を接種され、聖職への熱烈な愛情に満たされて教団に入った。彼は決して禁欲主義者ではなかったし——こんな人はめったに禁欲主義者にはならない——、狂信者でもなかった。教区牧師の仕事を有能に、喜んでこなすことができる人だった。実際牧師になってみると、彼はその仕事でじつに本領を発揮した。しかし、彼本来の若者としての天職は内面的、精神的な宗教の恵みのほうよりも、むしろ外面的で目に見える宗教の印のほうに向いていると、中傷でなく言えただろう。

彼は書見台と祭器卓が好きで、誰も出席しない冬の朝の暗い時間の礼拝が好きで、胸高のベストと細く白いネクタイ、詠唱される礼拝と吟唱される祈祷、イギリス国教会の儀式道具一式——緋色の淫婦[1]すなわちカトリック教会を日々恐れて生活する同僚牧師らが忌み嫌う儀式道具一式——が好きだった。友人たちの多くはオリエル氏が遅かれ早かれその淫婦に身も心も引き渡してしまうだろうと断言した。しかし、彼を心配する必要は何もなかった。というのは、彼は冬の朝午前五時に起床して礼拝に向かうほど熱心だったが——グレシャムズベリーの最初の冬には少なくともこれを実践した——、頑強な、燃えるような、自己否定の熱狂者になるため必要な素質を具えてはいなかったからだ。彼にはなめらかな黒い上着を脱いで、カプチン会士[2]の薄汚い修道服に着替える考えも、心地よい牧師館を捨て、ローマの汚い穴に引っ越す考えもなかった。こういうことは彼自身にとってもほかの人々にとってもいいことだった。フス[3]やウィクリフ[4]やルター[5]のような人になる素質を具えた人はほとんどいないか、まったくいないのだ。偽物のフスや偽物のルターになることによってその人がえるものはほとんどないし、隣人がえるものはもっとないのだ。

しかし、オリエル氏は限られた範囲内で少なくともしばらく苦行に走ることがあった。彼は司祭にとって結婚はふさわしくないと思ったから、結婚を避けた。金曜日には厳しい断食をした。近所の人々は彼が体を鞭打っていると断言した。

オリエル氏はすでに述べた通り資産家だった。すなわち、成人したとき、三万ポンドを所有していた。彼が聖職に就く決意をしたとき、友人たちは彼のためグレシャムズベリーの次の禄付牧師の権利を買った。彼が叙任されて一年後、禄が手に入って、オリエル氏は妹と牧師館に入った。

オリエル氏はすぐ人気者になった。黒髪で、美男で、物腰は洗練され、つき合って心地よかった。修道士臭い禁欲生活——金曜日の件を除いて——にふけることもなく、品行について低教会派的な厳しさもなかった。彼は完璧な紳士で、愛想がよく、不快でなく、つき合いのいい人だった。しかし、一つ欠点があった。結婚する意思がなかったのだ。

彼は一時期この欠点のせいで重大な危険を感じさせるほど強い反感を買った。運命によって妻と家族を養う充分なものを備えている彼、その彼がただたんに個人的に妻帯しないと誓うだけの問題ではなかった。何という悪例を社会に提示していたことか！　もし周囲のほかの牧師がみな妻と家族を持つことに反対したら、国はどうなってしまうのか？　農村地域がどうなってしまうのか？　女性に関するブリガム・ヤングの宗教的遵守もここまでひどくなかったのではないか！(6)

グレシャムズベリー周辺にはとてもたくさん未婚女性がいた——こんな村のまわりには一般的にこんな女性はたくさんいる。郷士のお屋敷からオリエル氏が悩まされることはなかった。ベアトリスはちょうどそのころ社交界に出る寸前だったので、おそらく若い牧師を重視する気はなかったようだ。オーガスタは牧師よりももっと大物をねらっていた。しかし、近所の牧師アサリング氏の娘たちがいた。彼女らは独身主義という途方もなくカトリック的なやり方を除けば、高教会主義の立場ならどこまでもこの牧師についていく用意があった。ほかにもヘスターウェル・パークの二人のミス・ヘスターウェルがいて、妹のほうは大胆にもこの未開人を文明化したいとの目標を公言した。また、オーピー・グリーン夫人はかなりの寡婦資産を有するいともかわいい未亡人で、グレシャムズベリーから一マイルほど離れたいともかわいい家に住んでいたが、牧師は結婚すべきではないというオリエル氏の見方はきわめてまっとうだとの意見を表明した。もし彼が牧師でなく、どの男性とも変わらない男性だとするなら、彼女の立場の女性がどうしてこの男性の注目を浴びることができただろうか？　彼女はオリエル氏をどうとらえていいかわからなかったから、ためらいなしに牧師の熱意につけ込むことができた。そこで実際彼女は彼の熱意につけ込んだ。しかもためらいなしにだ。

それから、若い娘、ミス・ガッシングがいた。ミス・ガッシングはオリエル氏の文明化に当たってほかのライバルよりも大きく有利な位置に立っていた。これはつまり牧師の早朝礼拝に出席できるという強味だった。もしオリエル氏にどうにか接近できるとするなら、この方法が考えられた。もし牧師を文明化できるとすれば、この方法が有効だろう。それゆえ、この若い娘は長く退屈な一冬のあいだ、暖かいベッドから身を引きはがして、六時にオリエル氏の教会に入るところが目撃された——いや目撃されたのではなくそう噂された。その冬のあいだじゅう教会の暗い隅で、ぴったりかぶったボンネットの下から熱心な女性らしい声が根気よく、勤勉に唱和を唱えたのだ。

ミス・ガッシングが目的を完全にはたせなかったというのではない。牧師の毎日の会衆がたった一人で、それが若い女性である場合、個人的に親密にならないほうが不思議だろう。牧師がある程度嬉しく思わないほうが不思議だろう。ミス・ガッシングはとても熱心に唱和を唱えたり、疑念を払いたいととても熱心に宗教的な助言を求めたりしたから、オリエル氏は一定程度の文明化に屈するより仕方がなかった。

それから徐々にそうなっていったのだが、オリエル氏が祭服室に入り、サープリス(7)を脱いで初めて、ミス・ガッシングは最後の祈りを唱え、ショールやボアを整え、新しい祈祷書——行中に朱文字を含み裏表紙に十字架を配した——をしまうようになった。それから二人は教会玄関の張り出し屋根の下で会って、オリエル氏の残酷な門が二人を分かつまで自然に一緒に歩いた。牧師の文明化が進むにつれて、イェーツ・アンブルビー氏の玄関ドアまで彼が一緒に歩いて来るかもしれないと若い娘は時々考えた。しかし、たとえそれが達成できなかったとしても、彼女には支えとなる希望があり、成功への固い決意があった。「あなたがここに来られたおかげで」と彼女は一度牧師に言った。「私たちに与えられた貴重な特権をここの誰も利用しようとしないのはとても残念なことではないでしょうか？　ああ、オリエルさん、それがとても不思議なんです！　私にはとてもすばらしいことなのに！　暗い教会の朝のお勤めはとても美しく、とても感動的なのに！」

「そんなに早く起きるのは面倒だと人々は考えていると思いますよ」とオリエル氏。

「え、面倒って！」ミス・ガッシングは軽蔑のあまり興奮した口調で言った。「何て無感覚な人たちなんでしょう！　私には人生に新しい魅力を添えるものです。朝の礼拝は一日じゅう人を落ち着かせて、日々の試練や困難にますます立ち向かえるようにしてくれる。そうでしょう、オリエルさん？」

「私は朝のお祈りを当然必須の義務と見なしています」

「ええ、もちろん必須の義務です。でも、同時にとても楽しいものです。アンブルビー夫人にそのことを話しましたの。でも、夫人は子供を放ってはおけないって言ったんです」

「そうでしょう。それはできませんね」とオリエル氏。

「アンブルビーさんは仕事があって夜更かしをするからって言ったんです」

「そうでしょうね。職業人の出席はほとんど期待していません」

「でも、使用人なら来られるでしょう、違うかしら、オリエルさん？」

「残念ながら使用人には教会で昼のお祈りをする時間さえありません」

「ええ、ああ、そうですね、おそらくそうです」ミス・ガッシングはオリエル氏が集まってほしいと願う会衆はどんな人たちなのだろうと考え始めた。しかし、この件で彼からは何も教えてもらえなかった。

それからミス・ガッシングは金曜日に断食するようになった。そして、懺悔による赦免の慰めを与えてくれるように司祭を説得する不毛な努力をした。しかし、不運なことに、弟子の熱意が徐々に増すにつれて、師匠の熱意は冷めていった。若い娘がウエストン・スーパー・メア[8]への秋の旅行――アンブルビー夫人と同行した――からグレシャムズベリーに帰ったとき、とうとう楽しい朝の礼拝が自然消滅したことがわかった。ミス・ガッシングはそれだからといって勝負をあきらめたわけではなかったが、彼女に特別有利な位置をなくしたまま戦わざるをえなくなった。

ミス・オリエルは立派な女性教会員だったとはいえ、兄の極端な見方に決して帰依しなかった。彼女はおそらくガッシングやアサリングやオーピー・グリーンに宗教的な誠実さがあるとはほとんど思っていなかった。しかし、それでも兄とは固く信頼し合う友だった。イギリスの牧師は女の邪魔がないよりも、妻の助けがあるほうが教区の仕事をうまくやれると、兄が考えるようになる日が来ることを妹はまだ望んでいた。そして、彼女が兄の花嫁として選んだのは例の若い娘ではなく、ベアトリス・グレシャムだった。

オリエル氏の熱心な、女性の、友人たちは彼が陥落する可能性は充分ありそうだととうとう思うようになった。彼はベアトリスに求愛を始めたというのでも、牧師の結婚の妥当性について言質を与えたというのでもないが、守ってきた独自の主義について日に日にいいかげんになり、グレシャムズベリーの信者席の行儀の悪さにも前ほどわめき散らさなくなり、ベアトリスと二人きりで会話しているところが観察されるようになった。二人が幸せな時代にメアリーがよくこれを冷やかしたものだが、ベアトリスはいつもこの非難を怒りを込めて激しい口調で否定した。これについて、ミス・ガッシングはくすくす笑いながら、良家の娘は好きなだけ厚かましくなれるとの意見を述べた。

これらはみなグレシャムズベリーのあの確執に先だって起こったことだ。オリエル氏は次第にお屋敷をぶらつくようになり、レディー・アラベラと話す目的で――彼はそう考えていたと思う――応接間に入り、それからまたゆっくりぶらついて牧師館に帰った。その訪問のあいだにたいていベアトリスと二言三言言葉を交わす機会を見つけた。この訪問は確執の時期ずっと続き、レディー・アラベラの病気の時期に至るまで続いた。そしてフランクが帰ってくる予定日の約一か月前のある朝、オリエル氏はミス・ベアトリス・グレシャムと婚約した。

ミス・ガッシングは婚約の知らせを聞いたその日から――それは婚約からたいして時間はたっていなかった――独立派メソジスト[9]になった。彼女は最初もはやどんな宗教も信じることができないと言い、一時間かそれくらい、もはやどんな男も信じることができないと誓いたくなった。彼女は婚約の知らせを聞いたとき、ほとんど祭器卓の刺繍カバーを完成させており、刺繍カバーのことを若い熱情のせいで黙っていることができなかった。このカバーはオリエル氏に贈ることを約束していたが、こんな約束が守られてはならないと彼女は断言した。この牧師は原理からはずれた背信者、完全な変節漢、嘘をつく策士だと彼女は言った。もし彼にこんなふうに人に追従する世俗的な面があると知っていたら、決して暗い朝に信頼して一人身を委ねるようなことはしなかっただろう。そういうわけでミス・ガッシングは独立派メソジストになった。祭器卓のカバーは切り裂かれてメソジストの説教者のスリッパになった。若い娘自身はオリエル氏よりも説教師といるほうが幸せだったから、その家庭の幸福の裁定者となった。

しかし、ミス・ガッシングの未来の生活についてこういうふうに語るのは時期尚早だ。オリエル氏は慎ましく、いや、ほとんどひそかにベアトリスと婚約したので、直接かかわる両家のほかにその時点で婚約のことを知る者はいなかった。この婚約は他の二組の男女、つまり、萌芽状態にあるか、ないかは別としてオーガスタとモファット氏、フランクとメアリー・ソーンとはまったく違ったふうに取り扱われた。バーセットシャーじゅうの人々がその二組の男女のことは知っていたが、オリエル氏とベアトリスの婚約は内輪のものとして扱われた。

「本当にあなたって幸せな人だと思いますわ」ある朝ペイシェンスはベアトリスに言った。

「本当にそう思います」

「兄はとてもいい人よ。あなたはまだ兄がどれだけいい人か知りません。兄は自分のことは考えないで、愛する人たちのことをだいじにします」

ベアトリスは友人の手を取って、口づけした。彼女は喜びに満ちていた。娘がこれから結婚しようという段になり、正式に心の内を話すことができるとき、恋人を褒めてくれる言葉ほど耳に心地よく響く音楽はない。

「私は最初から兄はあなたと結婚するって決めていました」

「嘘おっしゃい、ペイシェンス」

「本当にそうなのよ。兄は結婚したほうがいいと思っていました。それで、選択肢は二つしかなかったの」

「私とミス・ガッシングね」とベアトリスは笑いながら言った。

「いいえ、ミス・ガッシングじゃないのよ。ケイレブが彼女とどうなるかなんてぜんぜん考えてもいませんでした」

「でも、とてもかわいい人ですよ」ベアトリスは愛想よく振る舞う余裕があった。ミス・ガッシングはなるほどかわいかった。もし鼻がそれほど上を向いておらず、髪を真ん中で分けることができたらじつにかわいかっただろう。

「とにかく、あなたが私を選んでくれて嬉しい――もし選んだのがあなただとしたらね」とベアトリスは控え目に言った。しかし、胸中オリエル氏自身が自分を選んでくれたのだし、その選択に彼は何の疑念もなかったのだとの強い思いがあった。「それで、もう一人は誰ですか?」

「想像できないかしら?」

「これ以上は思いつきません。グリーン夫人かしら」

「いえ、違います。未亡人じゃありませんわ。未亡人が結婚するなんて私嫌いなのです。でも、ちゃんと想像すれば、わかるはずよ。当然メアリー・ソーンよ。でも、すぐメアリーという選択肢は考えられないと思ったの。二つの理由でね。ケイレブは彼女のことがあまり気に入りそうになかったし、メアリーのほうも彼が気に入りそうになかったからよ」

「彼が気に入らないって！　いえ、気に入ってほしいな。私はメアリー・ソーンが大好きですから」

「私も大好きよ。ケイレブも好きなのです。でも、兄はあなたを愛するほどメアリーを愛せなかったわ」

「でも、ペイシェンス、メアリーには婚約を知らせました？」

「いいえ、誰にも話していません。あなたの許可がなければ言いません」

「ああ、どうか知らせてください。私のいちばん深い、優しい、温かい愛情と一緒に伝えてちょうだい。私がどんなに幸せか、どんなに彼女と話したがっているかも。彼女を私の花嫁付き添いにしたいと伝えてちょうだい。ああ！　結婚前にこの恐ろしいいさかいがみな収まっていてくれればいいのに」

ペイシェンスはその依頼を受けて、メアリーに婚約のことを話し、ベアトリスが話したことも伝えた。メアリーはこれを聞いて喜んだ。というのも、ペイシェンスから経緯を聞いたとき、メアリーは自分がオリエル氏と恋に落ちる気なんかなかったとはいえ、オリエル氏こそ友を委ねればその幸せを確実にしてくれる人だと信じていたからだ。それから、徐々に話はオリエル氏とベアトリスの恋路からフランク・グレシャムとメアリーの難しい問題に移っていった。

「何が起ころうと、彼女はあなたを花嫁付き添いの一人にするって言っています」

「ええ、そうね、かわいいトリッチー！　私たちのあいだでずっと昔にそう決めていましたから。でも、その約束は今破棄されなくてはならないわ。いえ、私は彼女の花嫁付き添いにはなれません。でも、結婚する前に是非一度彼女に会いたいわ」

「花嫁付き添いになってもいいのじゃない？　レディー・アラベラは反対しないでしょう」

「レディー・アラベラ！」メアリーは深い軽蔑で唇を歪ませて言った。「レディー・アラベラのせいでそれがいやになりました」彼女は銀の指抜きを指から抜いてテーブルの上に落とした。「もし万一ベアトリスが私を結婚式に招待できたら、私を何とか花嫁付き添いにできるかもしれません。私がレディー・アラベラの意向を聞く必要なんかないと思いますわ」

「結局のところ、花嫁付き添いになってもいいのじゃない？」

彼女はしばらく黙っていたあと大胆に答えた。「レディー・アラベラは好きじゃないけれど、グレシャムさんは好きです――息子さんも好きよ」

「でも、郷士はいつもあなたを愛していたから」

「そうね、だからこそ結婚式で郷士の目に触れて邪魔したくありません。本当のことを言うわ、ペイシェンス。フランク・グレシャムが結婚するか、私が結婚しそうになるまで、私は二度とあのお屋敷に入るつもりはありません。親切な扱いを彼らから受けたとは思いませんが、それに仕返しをしようとも思いません」

「あなたがそんなことをしないのは確かよ」とミス・オリエル。

「仕返しをしないように努めます。だから、彼らの祝宴には行きません！　絶対にね、ペイシェンス」それから、彼女はソファーの肘掛に頭を向け、すすり泣きが聞こえないように静かに顔を隠して、見られないように涙を拭おうとした。一瞬、彼女は友の耳に恋の真実をみな打ち明けてしまおうと思ったが、突然心変わりした。どうして彼女の不幸を話す必要があっただろうか？　フランクの約束について話すまいとだんぜん決意しているとき、どうして恋のことを話すことができただろうか？

「メアリー、愛するメアリー」

「憐れみは受けません、ペイシェンス。憐れみはね」彼女は発作的にすすり泣きを飲み込み、涙を拭って言った。「憐れみには堪えられません。ベアトリスに私からって伝えてちょうだい。幸せを祈っていると。そんなすてきな旦那さんがいれば、きっと幸せになれると。喜びがたくさんあるように願うと。いちばん優しい愛を捧げているのと。でも、結婚式には出席できないってね。ああ、とても彼女に会いたいわ。あそこでじゃなくて、ここ、私の部屋でね。ここでならまだ自由に話すことができるから」

「でも、どうしてそう決めつけなくちゃいけないの？　彼女はまだすぐ結婚っていうわけじゃないでしょう」

「今日でも、一年後の今日でも、違いはありません。あのお屋敷には二度と入りません、それでも話によっては——でも気にしないで。もうお屋敷には入りません。絶対に、二度とね。たとえ私のため令夫人が許せても、伯父のため私は彼女が許せません。でも教えて、ペイシェンス、ベアトリスはここに来られないかしら？　毎日曜日に教会で彼女を見かけるのに、話すこともできず、口づけすることもできないなんてとてもひどいわ。まるで彼女も喧嘩をしたがっているように私から顔を背けるように見えます」

ミス・オリエルは最善を尽くすことを約束した。こんな場合にこんな訪問に反対されることは想像ができないと彼女は言った。彼女は令夫人の許可をえないままベアトリスにここに来るように助言する気にはならなかったが、娘が結婚したら友人を自由に選ぶようになることを知りながら——知らずにはいられなかった——、レディー・アラベラがこれに反対するほど残酷だとは考えられなかった。

「さようなら、メアリー」とペイシェンスは言った。「あなたを慰めるため、もっと話をする方法が私にわかっていたらよかったのに」

「まあ、慰めるって！　慰めなんかいらないわ。放っておいてほしいのよ」

「まさにその通りね。あなたって、激しく人を軽蔑して、自分をぜんぜん曲げないし、身に降りかかってくる罰を残さず受け止めるつもりでいるんですもの」

「受け止めなければならないものは全部文句を言わずに受け止めます」とメアリーは言った。それから、二人は口づけして別れた。

註

（1）「ヨハネの黙示録」第十七章第一節～六節で描かれた大淫婦。のちに華美な祭式を持つカトリック教会の蔑称となった。
（2）フランシスコ会の一派の修道士。
（3）ヤン・フス（1372/73-1415）はボヘミアの宗教改革者。ジョン・ウィクリフの思想をもとに宗教運動に着手した。一四一一年に破門され、のち火刑に処せられた。
（4）ジョン・ウィクリフ（1330-84）は英語訳聖書を完成し、聖書とこれに基礎を置く説教を重視する思想を広めた。この思想が宗教改革の先駆となった。
（5）マルティン・ルター（1483-1546）は一五一七年免罪符発行を批判する「九十五か条の論題」によって宗教改革運動の口火を切った。一五三四年ドイツ語訳聖書を完成した。
（6）モルモン教第二代目首長（1801-77）。彼の信者は一夫多妻を実践した。
（7）聖職者、聖歌隊員が国教会の儀式で着るそでの広い白衣。
（8）セヴァーン川河口の保養地。
（9）十八世紀にジョン・ウェスレーによって起こされた信仰覚醒運動に端を発する非国教徒の一派。ウェスレーから受け継いだもののほかにクエイカー教徒の影響も受けていた。初期の指導者で、この独立派の祖とされるのはウォリントンのピーター・フィリップス。

第三十三章　朝の訪問

メアリーは様々なみじめな思いのなかで特に次のことに苦しまなければならなかった。これは覚えていてほしい。フランクが所払いになって以来ほぼ十二か月になるなか、メアリーは彼についてほとんど噂を聞いていなかった。いや彼がロンドンで女性と恋愛中だという噂しか聞いていなかった。とても回りくどい仕方で、とても疑わしい出所から、この噂を聞いたから、――つまりレディー・アラベラの作為をとても強く感じたから――、すぐそれを悪意のせいにして、あっさり捨てて顧みなかった。彼がメアリーに不誠実に振舞うことはありえないことではない。しかし、噂があったからといってそれが即事実とは思わなかった。彼がほかの女性と楽しむことはありうることで、いちゃつくことは彼の本質的な罪とも言えた。もし彼がいちゃついたら、大部分がその罪によるものだった。

しかし、彼女は慰めや愛の言葉もなくこんなふうに一人で取り残されているのはとてもわびしいと感じた。心を満たすものについて誰にも話すことができず、疑念にとらわれ、いや疑念以上のものにとらわれていたから、情熱がみじめな結末に終わることをほぼ確実視していた。決断の必要に迫られたまさにそのとき、なぜ良心と、よりよい本能に従わなかったのか？　なぜ彼女の心の主人がフランクだと思わせてしまったのか？　彼が申し出た結婚にあらゆるものが逆らっていることを知らなかったのか？　過ちを犯してしまったのではないか？　考えるだけでもとんでもない過ちを犯してしまったのではないか？　とても親切にしてくれたグレシャム氏に深い罪を犯してしまったのではないか？　フランクのような少年に、初恋に忠実であってほしいと願うようなことが可能だったのか？　たとえフランクが初恋に忠実だったとしても、たとえ明日彼女を祭壇へ連れて行く用意があったとしても、そんな結婚でフランクをおとしめることが彼女に許されていたのか？

ああ！　残念ながらロンドンの女性にはいくらか真実があった。フランクは定められたように学位を取り、冬のあいだ外国へ行き、流行のことをして、ナイル川を遡航し、シナイ山を越え、そこから長い砂漠を越えてエルサレムへ、さらにダマスカス、ベイルート、コンスタンティノープルを回って来国した。長い顎ひげ、赤帽子、トルコの長きせるといった身ごしらえで彼は帰ってきた。ちょうど昔私たちの父がイタリアやスイスに行ったり、祖父がパリで社交シーズンをすごしたりしたのと同じだ。彼はそれからロンドンに二、三か月とどまり、ド・コーシー家のつてを通して社交界を経験した。その社交季節といくつかの他の社交季節に渡って、噂になったある美女を長い顎ひげの絹の光沢で――十度――魅了したのは事実だった。フランクはおそらく必要以上に感情を表し、感じやすくなっていたのだろう。ここから噂が生まれ、待ってましたとばかりにグレシャムズベリーに注進された。

しかし、若いグレシャムはロンドンで別の女性にも会った。ミス・ダンスタブルだった。この女性がしてくれたことを残さずメアリーが知ることができたら、ミス・ダンスタブルに本当に感謝したことだろう。フランクはミス・ダンスタブルから恋愛でぶれることがないように釘を差された。彼が前途の難しさをそれなりに話したとき、ミス・ダンスタブルはつまらないことで負けてしまうのかとなじり、道で出会うライオンを恐れるような人は友として持つに値しないと言った。お金の話をすると、ミス・ダンスタブルは彼に自分で稼ぐように言い、お金がないことで前途に立ちふさがる真の困難は克服してやると申し出ていつも話を終えた。

「いや」フランクはそんな申し出がなされるたびによく独り言を言った。「ぼくは一度もミス・ダンスタブルとお金の両方を一緒に受け取る気になったことがない。だから、お金だけをいただく気になんかなれないんだ」

ミス・オリエルの訪問から一、二日後、メアリーはベアトリスから次のような短い手紙を受け取った。

最愛の、最愛のメアリー

あなたに会えたらとても嬉しい。明日の十二時に伺います。ママに頼むと、一度だけならと言ってくれました。あなたと一緒にいられないのは私のせいではないともうわかっていますね。フランクは十二日に帰って来ます。オリエルさんは結婚式を九月一日にしたいと言っていますが、それは本当に、本当に早すぎるんじゃないかしら？　でも、パパとママはずっと彼の味方をしています。とはいえ、このことは書きたくありません。というのは、すてきなお話をするんですからね。ああ、メアリー！　あなたがいないと、とても不幸でした。

変わらずにあなたに愛情を抱く

トリッチー

月曜日

メアリーはもう一度友を胸に抱けると思うと嬉しかったが、この手紙に何か憂鬱なものを感じた。彼女のところへ来るのにベアトリスが――ただの一回でも――許可をもらわなければならないということに我慢がならなかった。許可されて会いたくなんかなかった。それでも、訪問の申し出を断ることができなかった。ベアトリスの顔がちらと見え、抱擁の感触があった瞬間、彼女の怒りは晴れていた。

それから、ミス・グレシャムは約束していたとても楽しい会話を楽しんだ。メアリーは友に好きなように話させたから、二人は二時間牧師の妻の喜びと義務、癒しと責任を同じ熱意で語り合った。その義務と責任は正確にはイギリス俸給牧師館の多くの女主人にしばしば降りかかる厳しいものではなかった。ベアトリスは夫を快適にし、子供を教育し、淑女のように着飾り、年収二百ポンドで気前よく慈善を施す必要はなかった。ベアトリスの義務と責任は世の普通の負担の七、八倍は軽くなるはずだった。グレシャムズベリーの間近、コーシー城からあまり離れずに住むことによって、彼女は州社会の充分な利点とあらゆる特権を利用することになる。実際、彼女にとってすべてが薔薇色で、友とは楽しくお喋りできた。

しかし、メアリーの運命について何も議論することなく二人が別れることは不可能だった。おそらく議論なしに別れたほうがよかった。しかし、これは普通の人の性質では不可能なことだった。

「メアリー、いい、私がうちを持ったときは、好きなときにいつでも会えるようになるのよ。あなたとも、ソーン先生とも」

メアリーは何も言わずにほほ笑もうとした。が、ひどい笑いになった。

「そうしたらどれだけ私が幸せになるかわかる?」とベアトリスは続けた。「そのときはもちろんママは私がママの言う通りになるとは思わないはずよ。もしオリエルが望むなら、反対は何一つなくなるの。彼は望むでしょうから、それは確実と思っていいのよ」

「とてもご親切ね、トリッチー」メアリーは十八か月前に使ったものとはとても違った口調で言った。

「ねえ、どうしたの、メアリー?　私たちに会いに来るのが嬉しくないの?」

「わからないわ、状況にもよると思うの。あなた、あなたの姿と、かわいい、快い、愛するあなたの顔を見るのは私にはいつも好ましいに違いないわ」

「オリエルに会うのが嬉しくないの？」

「ええ、彼があなたを愛しているなら、もちろん嬉しいわ」

「当然彼は私を愛しているに決まっています」

「それで全部なら嬉しいんですがね、トリッチー。でも、私たちを敵対させる状況がそのときあるとしたら、どうなるかしら？　あなたの友だちと私の友だち——友と言わなきゃいけないわ、というのは私には一人しかいないんですから——を互いに敵対させる状況があるとしたら？」

「状況！　どんな状況！」

「あなたは愛する人と結婚するつもりなんでしょう、トリッチー、違う？」

「もちろん、結婚するつもりよ！」

「それって嬉しくない？　幸せじゃない？」

「嬉しい！　幸せよ！　ええ、とても嬉しい。とても幸せよ。でも、メアリー、私はオリエルのようにそんなに急いでいないのよ」ベアトリスは当然自分のことしか考えていなかった。

「ねえ、もし私がここで愛する人と結婚したいと願ったら、どうなるかしら？」メアリーは友の顔を正面から見つつこれをゆっくり厳かに言った。

ベアトリスはやや驚いて、一瞬何を言われたかほとんどわからなかった。「あなたがいつかそういう結婚をすることを私、心から願っているのよ」

「いいえ、トリッチー。いいえ、あなたは正反対のことを願っているのよ。私はあなたの兄さんを愛しています。フランク・グレシャムを愛しているわ。あなたがケイレブ・オリエルを愛するのと同じくらい深く、温かく彼を愛しているわ」

「そうなの？」ベアトリスはそう言うと、目を大きく開いて見つめ、長い溜息をついた。新しい悲しみの種がこんなにはっきりと目の前に提示されたのだ。

「そんなにおかしなことかしら？」とメアリーは言った。「あなたはせいぜい二年しかオリエルと親しくしていないけれど、彼を愛している。私があなたの兄さんを愛しているというのはそんなにおかしいことかしら？　私は幼いころからフランクを知っているわ」

「でも、メアリー、あの、つまり、あなたは兄のことをまったく気にかけていないって、兄を愛していないって、あなたはいつもそう言っていたと思うの――それがずっと私たちの了解事項だと思っていた――、私はいつもあなたから言われていた通りママに話したのよ」

「ベアトリス、レディー・アラベラには私が言ったかのような話は何もしないでくださいね。あの方には何も伝えてほしくないんです。私のことも、私からのことも。あなたからなら好きなことを言われてもいい。あなたからなら何を言われても怒らない。確かに私はあなたから何と言われるかわかる――それでも、私はあなたが好きよ。ええ、好きよ、トリッチー――トリッチー、あなたをとても愛しています！　私から離れて行かないで！」

メアリーが優しさとほとんど残忍さの混ざり合った言葉を使ったので、かわいそうなベアトリスは相手の言うことがわからなかった。「あなたから離れて行くって、メアリー！　いいえ、決して離れません！　でも、それを聞くと悲しいね」

「あなたにはすべてを知ってもらっていたほうがいいわ。そうしたら、あなたは私の戦いに二度と巻き込まれたりしないでしょう。戦いをあなたは私が勝つようには戦えないからです。私はあなたの兄さんを偽りなく、愚かにも、そっと愛しています。あなたがオリエル氏を夫にしたいように、私は彼を夫にしたいと願っています」

「でも、メアリー、兄とは結婚できないのよ!」

「どうして?」と彼女は大声で言った。「どうして彼と結婚できないの? 司祭が私たちに祝福を唱えてくだされば、あなたたちと同じように結婚できるわけでしょう?」

「でも、妻にお金がなければ兄は結婚できないとわかっているはずよ」

「お金――お金。彼はお金で身を売るのね! ああ、トリッチー! お金の話はしないで。ひどい話ね。けれど、トリッチー、認めていいわ――彼とは結婚できない。けれどそれでも、私は彼を愛しています。彼は名も、土地も、それから財産も、家族も、高貴な血も、地位もすべて備えています。彼はこれらすべてを備えているのに、私には何もない。もちろん彼とは結婚できない。でも、私は彼を愛しているわ」

「兄と婚約しているの、メアリー?」

「私は彼と婚約しているけれど、彼は私と婚約していないのよ」

「まあ、メアリー、そんなことってありえない!」

「ありえないことはないわ。それが本当のことよ――私は彼に誓った。でも、彼は私に誓っていないの」

「けれど、メアリー、そんなふうに私を見ないで。あなたの言うことがまったくわかりません。兄と結婚できないのなら、婚約していることが何の役に立つの?」

「役に立つ? 何の役にも立ちません。でも、彼を愛しているなら、結婚はしなくてもいいのでは? ただ結婚を願うだけで、彼を愛さないように自制することができるのでは? ああ、できるなら、そうしたい。

でも、あなたが私をうちに迎え入れる話をするとき、どうして私が頭を横に振るか、もうわかるわね。あなたと私では道が違うのよ」

ベアトリスは驚いてしばらく黙っていた。道の違いというのはメアリーが言った通りだった。ベアトリスはこの友をとても愛しており、引き離されていたあいだもずっと長く愛情を保って友のことを考えていた。しかし、彼女はフランクの行動が間違っていると考える点で、友と考えが一致していると思い込んで愛情や思考を重ねていた。

ベアトリスはいつも真面目な顔をして、フランクとその愛を大きな不幸のようにメアリーに話した。メアリーに同情するのは、メアリーに悪いところがないとの確信に基づくものだった。今は、こういう考えを一掃しなければならなかった。メアリーは自分の過ちを認めて、レディー・アラベラがしばしば有罪と断じていたすべての罪を告白し、ベアトリスがこれまで喜んでかばってきたまさにその罪を犯したいとみずから宣告したのだ。

ベアトリスはメアリーのフランクへの恋心をこれまでに少しでも推察することができたら、疑いもなく遅かれ早かれやはりメアリーに同情していたことだろう。実際、ベアトリスがすぐ友に同情することは疑いようのないことだった。しかし、このときは友から突然宣告されたことが彼女の心を固くしたようで、友に優しく話すことを忘れてしまった。

それで、ベアトリスは黙ったままうろたえて、友との道の違いに思いを馳せる表情をした。

メアリーは相手の心によぎるものを残さず見ていた。いや残さずではない。反感、失望、不賛成、不幸をそこに見ていた。しかし、時さえ与えられれば、力強く湧きあがってこれらをみな溺れさせる友の心の愛の底流を見損なっていた。

「あなたと話せてよかったわ」とメアリーは自分を抑えながら言った。「嘘や偽善は忌まわしいものですから」

「嘘じゃなくて誤解よ」とベアトリス。

「ねえ、これでお互いに理解し合えたわね。私のなかにも心があることがわかったでしょう。それはほかの人の心と同じように必ずしも自分では制御できないものなのよ。レディー・アラベラは私がグレシャムズベリーの女主人になろうと画策していると考えている。少なくともあなたは私のことをそんなふうに考えないでね。フランクが跡取りではないと明日わかったら、幸せのチャンスが私にもあるかもしれません」

「でも、メアリー――」

「何？」

「あなたは兄を愛していると言いましたね」

「そう、確かに言いました」

「でも、もし兄があなたを愛していなかったら、愛するのをやめます？」

「熱があったらできればさげます。その場合、熱をさげるか、死ぬかです」

「残念ながら」とベアトリスは続けた。「あなたはフランクの本当の性格がどんなものかほとんどわかっていないし、おそらく考えてもいません。兄は若くして身を固めるような人ではないのよ。今も兄はロンドンである女性にくっついていると思う。もちろん兄はその人と結婚はできないのよ」

ベアトリスはいとも誠実な心でこれを言った。彼女はフランクの新しい恋の噂を聞いて、聞いたことを信じていたから、真実を言うのがいちばんいいと思った。しかし、この情報を聞いてメアリーは胸中穏やかではいられなかった。

「よろしいわ」とメアリーは言った。「そういうことなら、それでいいの。私がとやかく言うことではないから」

「でも、みじめさや不幸に備えるのが身のためではないの？」

「おそらくね」

「まあ、メアリー、私にそんなに冷たくしないで！　できることなら義姉としてあなたを迎えられたら、私がどんなに嬉しいかご存知ね」

「ええ、トリッチー。でも、それは不可能なのよね？　グレシャムズベリーのフランク・グレシャムは私のような貧しい女と結婚して恥を曝すことはできないんです。もちろんわかっています。もちろん私はみじめさや不幸に備える用意をしている。彼は私やほかの女の人と、誰とでも、好きなように楽しむことができる。それが彼の特権なのね。彼は早く身を固めるような人ではないと言われればそれまでよ。私の立場はわかっているわ。それでも彼を愛しているの」

「でも、メアリー、兄はあなたに妻になってくれと申し込んだの？　もしそうなら――」

「肝心な質問ね、ベアトリス。一つ聞かせて。彼は申し込んだってあなたに言ったことがある？」

このときベアトリスはフランクが言ったことをみな思い出してみようとは思わなかった。所払いになった一年前、兄は妹にメアリーが受け入れてくれるなら結婚したいと何度も言った。しかし、ベアトリスは今兄のそういう言葉をみな根拠のない、子供っぽい、誇張されたものと見ていた。残念なのは、もしメアリーがこれを知ったら、まったく違ったふうに考えたということだ。

「私たちは秘密を守りましょう」とメアリーは言った。「ただこれだけは覚えておいて。たとえ明日フランクが結婚するとしても、私には彼を非難できる根拠がないということをね。私とのかかわりに関する限り、彼は自由です。好きなようにロンドンの女性を受け入れることができる。彼にそう伝えていいわ。でも、トリッチー、それ以外にあなたに言ったことはあなたにしか言っていないのよ」

「ええ、わかっています」とベアトリスは悲しげに言った。「このことは誰にも言いません。とても悲しい。とても。ここに来たときは嬉しかった。でも、今はひどくみじめよ」これが彼女が熱望していた楽しい会話の終わりだった。

「私のことでみじめな思いをしないでね、あなた。私はきっと乗り越えます。ときどき不幸に生まれたなとは思うけれど、その不幸が私にぴったり似合うんです。さあ口づけして、トリッチー、これ以上みじめな思いをしないで。あなたは末永く幸せに暮らすのがオリエルさんへの義務よ」

それから二人は別れた。

帰りぎわ、ベアトリスは廊下の右手の小さな診察室にソーン先生を見つけた。先生は威厳に欠ける部門と言える薬剤師の機械的な仕事、おそらく幼児のための薬の調合に没頭していた。彼女は先生から気づかれないでうまく通りすぎることができたら、話しかけずにそうしていただろう。心は一杯で、目は涙で赤くなっていたからだ。しかし、先生の家に入って長い時間がたっていたので、普通以上に不愛想な、不親切な態度を取りたくなかった。

「おはようございます、先生」彼女はできる限り表情をよくして、笑顔を作ろうとしながら言った。

「やあ、お嬢さん」先生はそう言うと、不快な調合物を置いて、彼女のところに出て来た。「あなたも意地っ張りな行かず後家になるつもりですか？」

「いいえ、先生。私はこれから十年意地っ張りにも、行かずにも、なるつもりはありません。でも、誰がそれを言ったのです？　メアリーが裏切ったのじゃないの」

「そう、白状しましょう。メアリーがちくったのです。しかし、私にも教えてもらう権利があるのじゃないですか？　どれだけあなたにプラムの砂糖漬けをポケットに入れて持って行ったか考えたらね。しかし、私は心からあなたにお喜びを言いたい。心からです。オリエルさんはすばらしくいい人です」

「そうでしょう、先生？」

「すばらしくいい人ですね。たった一つしか欠点のことは聞いていません」

「その一つの欠点って何ですの、ソーン先生？」

「あの人は牧師というものは結婚してはいけないと考えていたのです。しかし、あなたがその欠点を治したから、もう完璧」

「ありがとう、先生。あなたは友人たちのなかで誰よりもすてきなことを言ってくれました」

「私くらいあなたのため喜ばしいことを願う友人はいません。お祝いを言いますよ、ベアトリス、そして、選んだ男性と幸せになってほしいね」先生は彼女の両手を取って温かく握り、神の祝福を祈った。

「ああ、先生！　私たちがもう一度みんな仲よくなれる日が来ることを願っています」

「私もそれを願っていますよ、あなた。しかし、そんな日が来るにしろ、来ないにしろ、あなたへの気持ちは同じです」それから、ベアトリスは先生とも別れて歩き始めた。

その夜、ベアトリスの将来の幸せのこと以外ソーン先生と姪のあいだには何も話題が出なかった。少なくともその朝友人たちのあいだで交わされたことは何一つ話されなかった。しかし、次の朝フランク・グレシャムの名が出るような状況が起こった。

いつもの朝食の時間、先生は悩みを抱えた顔で居間に入ってきた。手には開いた手紙を持っていた。先生が困った問題をこれから話そうとしていることがメアリーにはすぐわかった。

「あの不幸なやつがまた問題を起こしている。グレイソンからの手紙だ」グレイソンはロンドンの薬剤師で、サー・ルイ・スキャッチャードの随行看護人に指名されていた。彼の本当の仕事は準男爵を監視し、何か非常に悪いことが起こったとき、ソーン先生に報告することだった。「グレイソンからの手紙だ。やつはこの三日間飲み続けて、今ひどい精神状態で寝込んでいる」

「またロンドンへ行くことになるの、伯父さん？」

「どうすればいいかわからない。いや、行かないと思う。やつはグレシャムズベリーに来ると言っている」

「誰、サー・ルイがですか？」

「うん、サー・ルイだよ。グレイソンによると、やつは病室を出られるようになったら、すぐこちらに来ると言っている」

「えっ、このうちに？」

「ほかのどのうちにやつが来るっていうのかい？」

「そんな、伯父さん、いやですわ。どうか、どうかあの方をこちらに来させないで」

「止めることはできないのだよ、おまえ。やつにドアを閉ざすことはできない」

二人は朝食の席に着いた。メアリーは黙って先生にお茶を出した。「夕食前にボクソル・ヒルへ行ってくるよ」と先生は言った。「スキャッチャード令夫人に何か伝えたいことはあるかい？」

「伝えたいこと！　いいえ、特別ありません。もちろん、よろしくお伝えください」姪は元気なく言った。それから、突然何か思い当たったように、前より力を込めて言った。「でも、私はもう一度ボクソル・ヒルへ行くことはできませんか？　行けたら嬉しいんです」

「何だって！　サー・ルイから逃げるためかい？　いけませんよ、おまえ、私たちはもう逃げるのはやめよう。やつも多分ボクソル・ヒルへ行きます。あそこにいたら、ここにいるよりもやつからもっと悩まされることになる」

「でも、伯父さん。グレシャムさんが十二日にうちに帰ってくるんです」姪は顔を赤くして言った。

「えっ、フランクがかい？」

「はい、彼が十二日に帰ってくるとベアトリスから聞きました」

「それで、彼からも逃げようっていうのかい、メアリー？」

「わかりません。どうすればいいかわかりません」

「いや、私たちはもう逃げるのはやめよう。おまえがこれまで逃げて来たのは残念だ。私が悪かった。本当に私のせいだ。しかし、逃げるのは馬鹿げている」

「伯父さん、私はここでは幸せになれません」姪はそう言うと、持っていたコップを置き、テーブルの上に肘を傾けて、額を手に載せた。

「ボクソル・ヒルならここより幸せになれるのかい？　幸せにしてくれるのは場所じゃないだろ」

「ええ、わかっています。場所ではありませんね。私はどこにいても幸せな顔を見せられそうもありません。でも、ほかのところならここよりも静かで、穏やかですわ」

「私もおまえと二人で杖を取って、グレシャムズベリーから出て行ったほうがいいと思うことがある。ここを完全に捨てて、ここから何マイルも、何マイルも遠く離れたどこかに落ち着くのだ。それがいいだろう、おまえ」

グレシャムズベリーから何マイルも、何マイルも遠く離れたどこかに！　メアリーは不幸だったが、これは耳には何かとても冷たく響いた。グレシャムズベリーは彼女にとってとても大切な場所だった。過去にいろいろあったにもかかわらず、まだ大切な場所だった！　伯父が言ったように杖を取って、もう戻らぬ覚悟をして、自分とここの住人たちのあいだに渡ることのできぬ海があるとはっきり知ったうえで歩き出す用意が彼女にあっただろうか？　出て行くという伯父の提案の趣旨はそういうことだとわかっていた。それで、彼女はそこに座り、腕に寄りかかって、聞かれた質問に答えなかった。

「いや、私たちはもうしばらくここにいよう」と伯父は言った。「結局出て行くことになるかもしれないが、今はまだその時ではない。もう一季節、敵とは言いたくないが、それに直面しよう。グレシャムの名がついている人を敵とは呼べないからね」それからしばらく彼は朝食を続けた。「それでフランクは十二日にはここにいるのかい？」

「そうです、伯父さん」

「いいかい、おまえ、おまえに質問することは何もないし、与えるべき助言もない。どんなにおまえがいい人か、分別ある人かわかっている。おまえの幸せだけが望みなのだ。それ以外はまったく――」

「幸せは、伯父さん、不可能です」

「そうではないことを願っている。不可能なことなんかないよ。不可能なんて断じてありえない。しかし、今言っていたように、おまえの行動には満足している。だから、おまえに何一つ質問することはない。私たちはここにとどまろう。いいことが起ころうと、悪いことが起ころうと、人前に顔を出すことを恥ずかしいとは思わないよ」

姪はまたしばらく黙って座り、いちばん気がかりな問題に勇気を集中していた。伯父がそれを質問してくれたら、彼女は代わりに何でも差し出したことだろう。しかし、伯父に質問するように頼むことはできなかった。伯父から質問されなければ、フランクのことをはばかることなく話すことはできないとわかっていた。「彼はここに来るかしら？」彼女はとうとう小声で言った。

「誰？　彼って、ルイかい？　うん、おそらく来ると思う」

「いいえ、フランクのことよ」と彼女はいっそう小声で言った。

「ああ、おまえ。それはわからない。しかし、彼はここに来てもいいのかな？」

「わかりません」と彼女は言った。「ええ、わかりませんわ。でも、伯父さん、彼は来ないと思います」

彼女は今テーブルから離れてソファーに座った。先生は立ちあがってその隣りに座った。それから、姪の両手を取った。「メアリー」と先生は言った。「今こそ強くならなければいけない。攻めるのではなく、堪える強さがなければいけない。おまえはその強さを具えていると思う。しかし、堪えられなくなったら、ここを去ったほうがいいだろう」

「強くなります」彼女は立ちあがると、ドアへ向かいながら言った。「もう私のことは心配しないで。私のあとを追わないでください。強くなります。逃げるのは卑怯で、臆病で、けちなことです。伯父さんにそんなことをさせるなんて私はとても卑怯でした」

「いや、おまえ、それは違う。私にはどちらでも同じことなのだ」

「いえ」と彼女は言った。「私はレディー・アラベラから逃げません。そして、彼については——もし彼が別の女性を愛しているなら、彼を非難したりなんかしません。伯父さん、強くなります」彼女はそれから先生のところに走って戻ると、腕に抱きしめて口づけした。それから、まだ涙をこらえながら無事彼女の寝室に戻った。彼女がそこでどんな仕方で強さを見せたか、聞かないほうがいいだろう。

第三十四章　四頭立てバルーシュ型馬車(1)がグレシャムズベリーに到着する

この十二か月、サー・ルイ・スキャッチャードは非常に効果的に苦労や騒ぎや迷惑をグレシャムズベリーにもたらした。今や彼の延命は手遅れだったので、サー・ロジャーの遺言は実行不可能な義務を息子に課すため作られたものとソーン先生は思った。父は息子を法律上も子にしようと願ったが、息子はそうはならなかった。サー・ルイはおのれの権利がわかっており、それを要求しようと決意していた。サー・ロジャーが亡くなって三か月後、先生は被後見人サー・ルイのため働いていたバーチェスターの下級弁護士と絶えず訴訟を繰り返していた。

先生が苦しんだのなら、郷士も苦しんだし、今まで郷士の仕事の管理をしていた人たちも苦しんだ。ソーン先生はそのバーチェスターの下級弁護士フィニーとだけでなく、郷士自身とも訴訟に巻き込まれていることがわかった。先生はフィニーから苦しめられるなか、グレシャム氏を余儀なく苦しめることになった。先生自身は法律家ではなかったけれど、郷士とサー・ロジャーのあいだを何とかうまく取り持つことができた。彼はおそらくそれで弁護士的な能力を自分が具えていると思ったが、サー・ルイとグレシャム氏のあいだを取り持つことはまったく不可能だった。

それで、先生は自前で弁護士を雇わなくてはならなかった。先生本人に遺されたサー・ロジャーの遺産は徐々にこういうかたちで使われてしまいそうだった。郷士の弁護士たちはこの問題を処理するなか、哀れなイェーツ・アンブルビー氏に大損害を与えることになった。アンブルビー氏が任された仕事を混乱させていることがわかったからだ。彼の会計は不正確で、頭脳はまったく明晰でなかった。彼はロンドンから来たとても切れる紳士から問い詰められて「困っている」と認めた。それで、しばらくして任を解かれた。ロンドンから来た切れる紳士ゲイズビー氏がグレシャムズベリーの少なくなった土地の地代帳を管理することになった。

このように、グレシャムズベリーは――オリエル氏の求婚という例外を除いて――すべてがおかしくなっていた。ミス・ガッシングによると、アンブルビー氏が首になったのはベアトリスがすんなりオリエル氏を獲得できなかったためだという。というのは、ミス・ガッシングはアンブルビー家の親戚であり、長年家族の一員だったからだ。「もし私がミス・グレシャムのようにはた目も気にせず頑張る気になれば、簡単にオリエルさんを落とすことができたはずよ。うん、いとも簡単にね！ でも、私はそんなことをするのはとてもいやだった」と彼女は言った。「でも、私はそんなことはいやだった。それでもグレシャム家の人たちは怒ったのよ。それで、アンブルビーさんを追い出したの」勝利は一般的に人を寛容にするから、私たちはこの発言を信じることができない。しかし、ミス・ガッシングはこれを事実としてしばしば語ったので、おそらくそう信じるようになったのだろう。

このように、グレシャムズベリーではすべてがおかしくなっていた。郷士本人が特に苦しんでいた。郷士はアンブルビーを相手にするなら、とにかく同じ村の住人だから、好きなように扱えた。好きなとき、好きな場所、好きなやり方でアンブルビーに会うことができた。機嫌が悪ければ叱ることも、上機嫌なら笑いかけることもできた。アンブルビー氏はこういうことをみなわきまえて、堪えた。しかし、ゲイズビー氏はぜんぜん違う種類の紳士だった。彼はマウント・ストリート(2)にあるガンプション・ゲイズビー・アンド・ゲイズビー法律事務所の年下の共同経営者だった。ここは代理業以外の仕事で手を汚すことはなく、しかも最高級の顧客しか扱わない法律事務所だった。彼らは賃貸借契約書を作成し、オムニアム公爵とド・コーシー卿の両方の資産を管理していた。レディー・アラベラには結婚以来もっとも貴重な目標としていたものが胸中にあって、それはグレシャムズベリーの土地があのマウント・ストリートの上品な法律事務所から丁寧な技術と洗練された法的能力をえて管理されることだった。

郷士は長いあいだしっかり妻の攻撃に堪えて、哀れなイェーツ・アンブルビーによって目の前で資産が管理されるのを喜んだ。しかし、今や、ああ悲しい！　郷士はもはや持ちこたえることができなかった。それで、できる限りいやな日を先延ばしにした。事態がおのずと進行して固まったと思えるまで、いやな調査の仕事を延期した。それから、アンブルビー氏を退けることがどうしても必要になったとき、ガンプション・ゲイズビー・アンド・ゲイズビー法律事務所から差し出された手に落ちる以外に道を見出せなかった。

ガンプション・ゲイズビー・アンド・ゲイズビー法律事務所は通常の弁護士とはまったく違った経営をしていた、と考える必要がある。彼らは六シリング八ペンスで手紙を書くことも、負債を引き受けることも、請求書を整理することも、「なるがゆえに」や「前述のように」などを遣う法律文書で単位語数当たりの手数料を取ることもない。彼らは汚い仕事には手を出さなかったから、おそらくメイフェア周辺に住んでいる若い女性と同じく法廷内部については無知だった。いや、彼らの仕事は大人物の資産を管理し、賃貸借契約書を書き、合法的譲渡文書を作り、夫婦財産契約を取り決め、遺言の世話をすることだった。時々金の工面もしなければならなかったが、これは一般的に代理人によってなされると理解されていた。

この法律事務所は百五十年存続しており、事務所名の変更はしばしばだった。しかし、名はいつもガンプションとゲイズビーの違った配列でできており、名乗ることが許されたのはまさしく二つの神聖な名だけだった。最初はゲイズビー・ゲイズビー・アンド・ガンプションだったが、それからゲイズビー・アンド・ガンプション、それからゲイズビー・ガンプション・アンド・ガンプション、それからガンプション・ガンプション・アンド・ゲイズビー、そして今はガンプション・ゲイズビー・アンド・ゲイズビーだった。

　ゲイズビー氏はこの事務所の年下の経営者だが、とても上品な若い男だった。ロトンロウ(3)で彼が馬に乗っているのを見たら、誰も彼を弁護士とは思わなかっただろう。もし弁護士とわかったと聞いたら、彼のほうがかなり驚いたことだろう。ずいぶん頭がはげてきて、人が言うように、昔ほど若くは見えなかった。彼の正確な年齢は三十八歳だった。とはいえ、じつに際立った漆黒の頬ひげを蓄えていたから、それが充分に頭部の不足分を補っていた。黒い目とかぎ鼻といわゆる気品のある口を具えており、いつも流行の服を身に着けていた。事実、モーティマー・ゲイズビー氏、ガンプション・ゲイズビー・アンド・ゲイズビー法律事務所の年下共同経営者は、つまらないものと人から呼ばれるような不快な素材で自分ができているとは絶対思っていなかった。

　グレシャム氏の困難を切り抜けるため、この法律事務所に相談が寄せられて、郷士の経済状態が明らかになったとき、彼らは当初仕事を引き受けたくないとの意向を表した。しかし、最後に疑いもなくド・コーシーの利害を配慮して、彼らは引き受けることに同意した。年下のゲイズビー氏がグレシャムズベリーにやって来た。哀れな郷士は自分が領地の主人だと再び感じることができるまで、その後何日も悲しい日々をすごすことになった。

　それにもかかわらず、モーティマー・ゲイズビー氏がグレシャムズベリーを訪問したとき、それが数回繰り返されたが、彼はいつも殿様のように迎えられた。レディー・アラベラにとって、彼は決して歓迎できない客ではなかった。なぜなら、令夫人は夫の資産を管理する男と夫の金銭上の問題を人生で初めて内密に話すことができたからだ。ゲイズビー氏はド・コーシー卿夫人のお気に入りでもあり、流行を追うロンドンの人、哀れなアンブルビー氏とはぜんぜん違った種類の人として知られていたから、いつも笑顔で歓迎された。彼は自分を好ましいものに見せる百もの手管を心得ていた。それで、オーガスタは彼と知り合って数か月たってから、彼は完璧な紳士だが、ただ家系には弁護士しか出ていないと従姉のアミーリア令嬢にはっきり言った。アミーリア令嬢は独特の貴族的なほほ笑みを浮かべて、肩をわずかにすくめると「モーティマー・ゲイズビーさんはとても感じのいい方だわ、とても」と言った。哀れなオーガスタは冷淡にあしらわれたように感じて、仕立屋の息子のことを思い出さずにはいられなかった。アミーリア令嬢に抗議する必要もなかったので、そのときはそれ以上モーティマー・ゲイズビー氏について好意的な見方を明らかにすることはしなかった。

これら邪悪なるものすべて——モーティマー・ゲイズビー氏はその最悪のものだった——をサー・ルイ・スキャッチャードは哀れな郷士の頭上にもたらした。郷士は借金をして邪悪なるものをみずから頭上に招いたのだと言う人もいるだろう。それは疑いもなくそうだ。しかし、準男爵が不要で、厄介で、悪意のある干渉をした——人によってはそう言ったかもしれない——のもやはり事実だった。準男爵の利害は先生の手によってかなり安全に守られていた。実際、準男爵には干渉する合法的な権利はなかった。しかし、先生も郷士も彼を止めることができなかった。たとえサー・ルイにはわからなくても、フィニー氏には手がけていることがよくわかっていた。それで、三者はそれぞれ弁護士を抱えて訴訟を続けた。三者とも不快で、みじめで、落ち着かなかった。これは先生にはつらいことだった。なぜなら、先生は誰かに恩義を感じているわけでも、金を借りているわけでもなかったからだ。

サー・ルイがグレシャムズベリーに来て事態が大いに改善される、と思うのにはあまり根拠がなかった。

彼は友好的な考え方を持って来るのではなく、むしろおのれのものを求める目的で——今絶えず彼の口をついて出る文句だ——来るのだと考えるのが妥当だろう。グレシャムズベリーでおのれのものを求めるとき、彼は郷士に何かすこぶる不快なことを言う必要があることにおそらく気づくだろう。それゆえ、先生はその訪問がうまくいくとはほとんど思っていなかった。

私たちがこの前サー・ルイを見たとき、ほぼ十二か月前だったが、彼はミス・ソーンの求婚に血道をあげていた。フランク・グレシャムが同じことをしたあと、サー・ルイはおよそ二日間その意図を実行に移した。ルイは友人のジェンキンズのアラブ産ポニーを買えるまで求婚を延期した。こういう贈り物をすれば、もう一人の恋人からメアリーの心を切り離さずにはおかないと思ったからだ。哀れなメアリーは準男爵もポニーも断らなければならなくなって、断っているあいだひどい苦しみを味わった。サー・ルイはすぐかっと怒り、なかなかそれが静まらない人だった。メアリーは多くの煩わしさに堪えなければならなかった。実際、サー・ルイ以外の人だったら、彼女はそれを無礼だとはっきり言ったことだろう。しかし、サー・ルイは精一杯この拒絶に堪えなければならなかった、三日間辛抱したあと、うんざりしてロンドンに帰った。それ以来メアリーに会っていなかった。

最初の手紙に続いてすぐグレイソンから次の手紙が届いた。第二の手紙に続いて準男爵本人が到着した。準男爵はモーティマー・ゲイズビー氏以上に殿様扱いの歓迎を強要した。彼はバーチェスター駅から四頭立ての駅馬でやって来て、先生の家のドアにがらがらと乗りつけ、グレシャムズベリーじゅうの人の息を呑ませた。何と！　郷士でさえ長年帰宅に当たって二頭立てで満足していたというのに。ド・コーシー家がグレシャムズベリーに来たときとか、レディー・アラベラと娘全員が激戦のロンドン遠征から帰ってきたときとか以外、このあたりでは四頭立ては見られなかった。

しかし、サー・ルイは四頭立てでやって来て、とても傲慢な顔つきをしていた。「ジョージと竜」のバルーシュ型馬車にふんぞり返り、今や真夏だというのに毛皮を身につけていた。高い後部従者席に一人の使用人がいて、これが放っておけば主人よりも傲慢なやつ、準男爵の付き人で、ソーン先生が特別憎悪と嫌悪を向けている相手だった。こいつは小男で、元々馬に乗るとき軽量だという理由で付き人に選ばれていた。しかし、それが長所と見なされるなら、それがこいつの唯一の長所だった。彼の屋外の盛装はちょっときつめのフロック・コートで、磨かれた革紐を腰に巻き、それをいつもきつく留め金で留めていた。堅く白い襟巻き、革の半ズボン、乗馬靴、頭の片方に載せた花形記章付帽子という出で立ちだった。名はジョーナと言い、主人やその友人たちは縮めてジョーと呼んだ。しかし、主人にとても親しい人たち以外の人がそう呼ぶと罰を受けた。

ソーン先生はこのジョーに特別反感を抱いていた。先生はサー・ルイが酒で自分を殺すのを食い止めるためあらゆる措置を講じたいと思ったから、初め準男爵の付き人をこの目的の協力者に連ねようとした。ジョーははっきりそれを約束したのに、すぐ先生を裏切って、主人の不摂生を助長する最悪の手先になった。それゆえ、馬車が玄関に突進して来て、ジョーの花形記章付帽子を見たとき、先生は心の安らぎをまったく失ってしまった。

サー・ルイは今二十三歳で、たいへん抜け目がなかったから、先生の言いなりになる気なんかさらさらなかった。実際、ほとんどあらゆる点で常習的に後見人に反抗した。最初は手持ちのお金を増額させる目的があったので、ちゃんと従順だった。しかし、頭が切れたから、彼が先生にどんな態度を取ろうと、借金をしないように先生から求められるのだと、とはいえ借金をしないようにするには莫大なお金がかかるから、これ以上無心をしても無駄なのだとすぐわかった。こういう点では、サー・ルイはおそらくソーン先生よりも頭が切れた。

メアリーは馬車を見て、すぐ自分の寝室に駆けあがった。先生は応接間に彼女と一緒にいたのだが、被後見人に会いに出て行った。しかし、花形記章を見るとほとんど無意識のうちにすぐ診察室に駆け込んで、ドアを閉めた。しかし、このような防御は少ししか続かなかった。先生は客に会うのが良識にかなうと判断して、前へ進み、敵と対面した。

「いいかい」とジョーはジャネットに言った。彼女は門に立ってお辞儀をしており、もう一人のメイド、ブリジットが後ろに控えていた。「いいかい、ここにはこういうものを世話してくれるやつはほかにいないのかい――え？　いいかい、てきぱきやってくれなきゃあ」

たまたま先生の馬丁がその場にいなかったので、先生のところに「ほかのやつ」はいなかった。

「こういうものをちゃんと世話してくれよな、ブリジット」ジョーはそう言って、前に進み出ると、準男爵に手を差し出した。サー・ルイは家の主人の姿を見て、馬車の後部座席からゆっくり体を起こした。「いかがかな、先生?」とサー・ルイは言った。「なんてひどい道なんだろう。おやおや、冬のように寒いな」そう言うと、彼はゆっくり降り始めた。

サー・ルイは私たちが前に見たときより一つ歳を取っており、歳の割りに一段と賢くなっていた。以前は先生の前でいくらか謙虚にしていた。しかし今は、準男爵としての振舞い方を心得て、大人物の物腰を身につけており、やりこめられるつもりがないことを後見人に見せつける決意でいた。ロンドンのジェンキンズや同種の友人たちから教訓を学び、それを利用して得をえようとしていた。

先生は部屋へ彼を案内してから、健康について聞き始めた。「うん、元気はいいよ」とサー・ルイは言った。「あのグレイソンのやつがあんたに話すことを真に受けてはいけない。あいつはおれに塩やセンナやオポデルドク(5)やその類をみな飲ませようとする。請求書が問題なんだよな。おわかりかな――え？　あんたらほかの医者とまったく同じ手口だな。だが、おれは飲まない。どんな値段だろうがね。そしたら、あいつはあんたに手紙を書くんだ」

「旅ができるとわかって嬉しいね」ソーン先生はグレシャムズベリーで会えて嬉しいとは客に言う気にならなかった。

「ああ、旅行。うん、充分できる。だが、この田舎にだってもっといい軽装馬車があってもいいものなのにな。おれは揺す振られてばらばらだよ。先生、おれの付き人にお湯を持って来るように使用人に言ってくれないか」

先生はそう言われて退散し、捜しに行くと、廊下でジョーに会った。彼が威張って歩いているそばで、ジャネットと同僚は重い荷物をうんうん言いながら引きずっていた。

「ジャネット」と先生は言った。「下の階へ行って、サー・ルイにお湯をお持ちしなさい。ジョー、主人のかばんを運びなさい」

ジョーは不機嫌に言われた通りした。「思うんだが」とジョーは先生がまだ声の届く距離にいるうちにメイドに言った。「思うんだが、あんた、ここはかなり人手不足のようだな。仕事はたくさんあって、実入りはない。その通りだろ？」ブリジットはとても控え目で謙虚だったから、知り合ったばかりの相手に返事をすることなんかしなかった。それで、彼女は見知らぬ紳士のドアの前で担っていた側の荷物の端を降ろすと、台所へ引き返した。

サー・ルイは先生の質問に答えて、元気がいいとはっきり言ったものの、見た目にはぜんぜん元気がよさそうには見えなかった。十二か月前、彼は放蕩の生活というよりも飲酒の生活によってきわめて強い悪影響を受けていたが、だからといって若さのきびきびした部分がまだ身のこなしに残っていないわけではなく、若さの新鮮な部分がまだ顔の表情に見られないわけでもなかった。しかし、今こういうものはみななくなっていた。目はくぼみ、水っぽくなり、頬はこけ、青白く、口は引きつり、唇は乾いていた。背は曲がり、脚は体重を支え切れないで不安定だった。そのため、馬車から降りるのにも老人のように降りなければならなかった。ああ、悲し！　ああ、悲しや！　もはや二度と彼が元気になるチャンスはなかった。

メアリーは馬車が玄関に乗りつけるとすぐ、寝室に閉じこもって、ディナーのときまでそこにとどまった。しかし、完全にそこに閉じこもっているわけにはいかなかった。ディナーには顔を出す必要があって、その時間の数分前に応接間に忍び出た。ドアを開け、おどおどした様子で覗き込み、サー・ルイがそこにいるものと思っていた。しかし、伯父しかその部屋にいないとわかると、愁眉を開いて、足早に入った。

「あの方はディナーに降りて来ないの、伯父さん？」

「うん、そう思うね」

「あの方は今何をしているの？」

「着替えをしているんじゃないか。この時間はそうしているころだから」

「でも、伯父さん――」

「何だい？」

「あの方はディナーのあとで来ると思います？」

メアリーはサー・ルイのことをまるで伯父が家で飼うように主張している野獣か何かのように話した。

「どうするか誰も知りゃしないよ！　来るって？　そうとも。一晩じゅう食堂にはいられないからね」

「でも、伯父さん、真面目に答えてよ」

「真面目に！」

「そう、真面目によ。私はあの方を待たないで寝室に戻ってもいいと思います？」

先生は準男爵が入って来たので答える手間を省くことができた。準男爵は当時もっともおしゃれと思われる服装をしていた。サテンの裏地のついた新しい燕尾服、新しい礼装用ズボン、鎖に覆われた絹のベスト、白いネクタイ、磨かれた礼装靴、絹のストッキングという姿。手に香水のついたハンカチを持ち、指にたくさん指輪をはめ、シャツに石榴石の飾りボタンをつけ、ぷんぷんとパチョリ(6)の甘い匂いをまき散らしていた。しかし、部屋に入るのに彼はぎこちなくよろよろ歩くことしかできず、片脚を後ろに引きずっているように見えた。

メアリーは彼を見て、嫌悪感にもかかわらず、ショックを受け、悲しんだ。しかし、彼のほうは自分を完璧と思っているようで、十二か月前の求愛の場面で示された否定的な反応を少しも気にしていない様子だった。メアリーが近づいて、握手すると、彼はそれを迎えて、好ましい言い方だとうぬ惚れているお世辞を言った。「誓って言うけれど、ミス・ソーン、あんたはどんなところにいてもぴったりお似合いだね。どこでも同じ。あんたはボクソル・ヒルで魅力的だった。だが、誓って言うけれど、魅力的という言葉は実際の半分も言い表していないいな」

メアリーは静かに座った。ソーン先生は言いようのない嫌悪の顔つきをした。こいつは先生の全同情心を要求し、最良の全エネルギーを強制的に取り立てるやつだった。こいつのため先生はいちばん古い友人たちと喧嘩をし、平和で穏やかな生活を失い、情愛深い友の役割でいちいち悩まなければならなかった！　こいつは押しかけて来たくせに、先生がドアから追い出すことができない、面倒をみなければならない客だった。

それから夕食の時間になり、メアリーはサー・ルイの腕に手を添えてやる必要があった。絶対に寄り添いはしなかったが、一度か二度支えなければと感じた。先生が後ろから付き添うなか、二人はやっと食堂にたどり着いて、腰かけた。ジャネットがいつものようにその部屋で待っていた。

「いいですか、先生」と準男爵は言った。「おれの付き人を呼んで、手伝ってもらったほうがいいんじゃないか？　やつは何もすることがないんだ。そのほうがおれたちはもっとくつろげるんじゃないか？」

「ジャネットがよくやってくれますよ」と先生。

「いや、ジョーを呼んだほうがいい。食事のテーブルにはいい使用人が是非必要だよ。いいかい、ジャネット、ちょっとあいつを呼んでくれないか？」

「その人がいなくても何とかうまくやれますよ」先生は頬骨のあたりを赤くして、目には決意を少し煌めかせて言った。ジャネットは事態がどういう状況にあるか悟ったから、準男爵の命令に従おうとはしなかった。

「ねえ、馬鹿げているよな、先生。あいつは横柄なやつだと思っているんだろ。あいつに来てもらいたくないのはわかるが、おれが近くにいれば、あいつは大丈夫だ。ちょっとあいつを呼んでくれないか？」

「サー・ルイ」と先生は言った。「うちではここの婆さん以外の給仕に慣れていないのです。許してもらえるなら、いつものやり方でやりたい。あなたがくつろげないのは申し訳ありません」準男爵はそれ以上何も言わなかった。夕食はゆっくり、かなりつまらなくすぎていった。

メアリーが果物を食べ終わり、席を立つと、先生は肘掛け椅子に、準男爵はもう一つのに腰掛けた。準男爵は生活のなかで熟知している唯一の仕事を始めた。

「いいポートワインだね」と彼は言った。「とてもいいポートワインだ」

先生はポートワインに目がなかったから、少し態度を和らげた。彼は飲んだくれのようにではなく、収集家が好きな絵をめでるようにワインを愛した。彼はワインのことを話したり、考えたり、褒めたり、褒めるのを聞いたり、光のほうに向けて眺めたり、貯蔵庫に寝かせておいた年数を数えたりするのが好きだった。

「うん」と先生は言った。「かなりいいワインです。私が手に入れて、少なくとも二十年はたっています。時のせいで悪くなっているとは思いません」先生はグラスを窓にかざして、夕べの明かり越しに液体のルビー色を見た。「しかし、あなた、運の悪いことにあまり残っていません」

「いいものは長く持たないからな。なあ、いい考えがある。クラレットを一、二ダース持って来られたらいいんだがなあ。ロンドンに極上のものがある。マズル・アンド・ドラッグから九十六シリングで手に入れたもので、すばらしい風味なんだ。なあ、いい考えがある。明日二ダース送るように言うよ。酒がもとであんたが家をなくし、見捨てられちゃあいけないからな、先生」

先生はすぐまた凍りついてしまった。

「あなたの手をわずらわせるまでもないと思いますよ」と先生は言った。「クラレットは飲みません。少なくともここではね。古い瓶がまだ残っているから、もう少し持つでしょう」

サー・ルイは二、三杯ワインを立て続けに飲んだ。すぐ彼の弱い胃のことが話題になった。彼はほろ酔いになる前から、厚かましい、不愉快な態度を取った。

「先生」と彼は言った。「グレシャムズベリーに貸した金はいつお目にかかれるんだい？　それが聞きたいよな」

「あなたのお金はまったく安全ですよ、サー・ルイ。利息は一日もたがわずに支払われています」

「うん、利息か。だが、いったい何年で完済されるかおれにはわからんじゃないか？　元金にお目にかかりたいもんだね。十万ポンドかそこいらは、一人の人間が抱え込むにはかなりでかい金だろ。郷士はかなり金に困っているからな。いいかい、先生――おれは自分で郷士を訪ねてみよう」

「郷士を訪ねる?」

「うん、訪ねて、狩り出して、おれが考えていることを言ってやる。瓶をこちらに回してくれたら、嬉しいがね。くそっ、おい、先生、頼むよ。状況がどうなっているか調べあげてやる」

「あなたのお金はまったく安全ですよ」と先生は繰り返した。「私の考えでは、これ以上いい投資先はありません」

「そりゃあとてもいいだろう、くそっ、都合がね、おそらくあんたと郷士グレシャムにとってはな――」

「どういう意味ですか、サー・ルイ?」

「意味って! いいかい、おれは郷士に財産を一切合切売り払わせて、負債を完済させてやると言っているんだ。それがおれが言いたいことだ――おいおい――すまんな。忌ま忌ましい、水差しを壊してしまった。テーブルに水なんか置いておくからだ。ああ、くそっ、おい、びしょ濡れだ」それから、彼は自分で引き起こした洪水を避けて立ちあがり、ほとんど先生の腕のなかに倒れ込んだ。

「長旅で疲れているのですね、サー・ルイ。寝たほうがいい」

「うん、ちょっと気分が優れないんだ。あのくそ道路のせいでひどく揺す振られてしまった」

先生はベルを鳴らして、今度はジョーに来てもらうように言った。現れたジョーは主人よりはるかにしっかりしていたが、彼も好きな瓶を見つけた顔色だった。

「サー・ルイはベッドに行きたいようだ」と先生は言った。「腕を貸してあげてくれ」

「あ、はい。すぐやりますよ」ジョーはそう言ったが、ドアとテーブルの中間に立ったまま動こうとしなかった。

「古いポートワインをもう一杯いただこう――え、先生？」サー・ルイは手を伸ばして、デカンターをつかんだ。

誰だって自分のうちで客の願いを断るのは非常に難しいものだ。先生は一瞬どうしたらいいかわからなかった。それで、サー・ルイは半分はテーブルに注いだあと、一杯を飲んだ。

「さあ、来て、サー・ルイに腕を貸して」と先生は怒って言った。

「主人から命じられれば、すぐやるよ。もしよかったら、ソーン先生」――ジョーは敬意がこもったというよりむしろずいぶん厚かましい態度で片手を髪に当てた――「一つ質問したいんだが、おれはどこで寝ればいいんだい？」

さて、これはジャネットかメアリーならうまく答えることができる問いだとしても、先生には時の勢いに任せて答えることができない問いだった。

「寝る！」と先生は言った。「おまえがどこで寝ることになっているか、わからん。どうでもいいことだ。ジャネットに聞きなさい」

「そりゃあとても結構なことだね、主人は――」

「口を慎め、おい！」とサー・ルイは言った。「いったい眠ったからって何の得があるっていうんだ？――こっちへ来い」

それから、彼は付け人の助けを借りて、なんとか寝室まで行くことができた。それで、その夜はそれ以上姿を見せなかった。

「あの方は酔っぱらっていたの？」メアリーは伯父が応接間に合流したとき、囁くように聞いた。

「その話はよそう」と先生は言った。「哀れなやつ！　哀れなやつ！　さあ、お茶を飲もう、モリー、どうか今夜はもうやつの話はよそう」それからメアリーはお茶を入れると、その夜はそれ以上サー・ルイのことを話さなかった。

いったい二人はサー・ルイをどうするつもりだったのか？　サー・ルイは押しかけの客であり、先生との関係がこんなふうだったから、客、あるいは客の使用人のほうからよそへ行く話が出るはずがなかった。サー・ルイが郷士を狩り出しにやって来たと言うとき、本当のことを言っていた。確かにそれが彼の目的だろう。郷士を狩り出し、おそらくレディー・アラベラも狩り出すだろう。フランクも数日後に戻るが、彼も狩り出されるだろう。

しかし、事態はとても不思議な方向、先生にとってまったく予期せぬ方向に向かった。今私たちが話したささやかなディナーの翌朝、グレシャムズベリーの馬丁の一人が二通の手紙を持って先生の玄関に馬で乗りつけてきた。一通はなじみのある郷士の大きな筆跡で書かれた先生宛のものだった。もう一通はサー・ルイ宛だった。どちらも翌日のディナーへの招待状だった。先生への手紙は次のように書かれていた――

親愛なる先生

明日こちらへ来て食事をしてください。サー・ルイも連れて来てください。あなたが私の思う通りの人なら、断ることはないと思います。サー・ルイにはレディー・アラベラから手紙を出します。オリエルと客人であるゲイズビー氏以外にここには誰もいません。

いつもあなたのものである
F・N・グレシャム

グレシャムズベリー、一八五――年、七月

追伸――あなたには是非とも来ていただきたい。断られることはないと思っています。

先生は二度読んでやっと内容を信じることができた。それからジャネットにもう一通の手紙をサー・ルイに届けるように言った。二つの招待状はグレシャムズベリーの現在の戦略に全面的に背くものだったから、レディー・アラベラが特別礼儀正しく振る舞うようになった理由を説明しなければならない。

モーティマー・ゲイズビー氏が今お屋敷にいた。それゆえ、彼が従来のやり方の踏襲を許さなかったということが考えられる。ゲイズビー氏はおしゃれであると同時に頭のいい男で、何をしなければならないかよくわきまえていた。そのうえグレシャムズベリーの資産のため最善を尽くそうと決意していた。彼がこの点でいかに精力を傾けたか今後おのずと明らかになるだろう。サー・ルイ・スキャッチャードのような人が村に到着したことが彼の注目を引かないわけがなかった。彼はディナーの前にその噂を聞きつけて、その夜が終わる前にレディー・アラベラと話し合った。

ゲイズビー氏がサー・ルイをグレシャムズベリーで丁重にもてなすように提案したとき、令夫人は初め準男爵を軽視する向きがあったから、その意見に同意する気にならなかった。しかし、令夫人はとうとう説得された。彼女はグレシャム氏本人にかかわるよりも地所の秘密の管理にかかわるほうが楽しいとわかったからだ。ゲイズビー氏は同意したり、目配せしたり、令夫人の限りない良識に微妙に訴えたりして、土地を荒らしにやって来たこのいやらしい鳥を尻尾に塩を振りかけて捕まえる必要があると論じた。令夫人も同意したり、目配せしたりしたあと、指示に従ってオーガスタに塩を準備するように言った。

「でも、ソーン先生のうちから準男爵を招待するというのは奇妙じゃありませんか、ゲイズビーさん？」

「いや、先生にも一緒に来てもらわなければいけません、レディー・アラベラ。先生にもどうしても頼まないと」

レディー・アラベラは眉を曇らせた。「ゲイズビーさん」と彼女は言った。「あの先生がどんなふうに私に振る舞ったか言ってもあなたは信じないでしょう」

「先生に腹を立てるのはあなたの品位にかかわりますよ」とゲイズビー氏は一礼して言った。

「そんなことはわかりません。ある意味ではそうかもしれませんが、別の意味では違います。ソーン先生と一緒にテーブルに着くなんて私はできないと思います」

しかし、それにもかかわらず、ゲイズビー氏は主張を通した。サー・オミクロン・パイがグレシャムズベリーに来て今およそ一週間たっていた。郷士はほとんど毎日高名な医者の最後の助言を妻に話していた。レディー・アラベラはいつも同じ口調で「ソーン先生がどんなふうに私を侮辱したかわからないのですか、グレシャムさん」と答えた。しかし、それにもかかわらず、令夫人は高名な医者の助言を信用しないわけではなかった。それは彼女の胸中の確信とも一致していた。もし自尊心を傷つけることなくできたら、ソーン先生をベッドのそばに取り戻したいと思った。できれば夫がまったく妻の許可なく先生をベッドのそばに呼び寄せてくれてもいいと思った。そうしたら、妻は夫を叱ることができるし、怒っている振りもできるし、同時にそれで利益をえることもできる。しかし、グレシャム氏はそんな乱暴な措置を取ることは考えてもいなかった。それで、フィルブレイヴ先生がまだ来ていたから、令夫人は無益に考えを巡らしただけだった。

しかし、彼女はゲイズビー氏の提案によってその目的が達せられるかもしれぬ道筋を見出すことができた。「まあ」と彼女は限りなく自分を抑えてついに言った。「あなたがグレシャムさんの利益になると思われるなら、そして夫がソーン先生を招待したいと思うなら、あの先生を受け入れることを拒絶しはしません」

ゲイズビー氏の次の仕事はこの問題を郷士と話し合うことだった。ゲイズビー氏のお気に入りではなかったから、これも簡単にいかなかった。しかし、この仕事も結局やり遂げた。グレシャム氏はもう一度彼の家に古い友人を招待することができたので、心底喜んだ。この妻の軟化が別のかたちで訪れていたら、もっと嬉しかっただろうが、この機会を利用することをはばからなかった。それで、郷士はソーン先生に上記の手紙を書いたのだ。

先生はすでに述べたようにそれを二度読んだ。そしてすぐ行くまいときっぱり決心した。

「ねえ、行って、行ってよ！」とメアリーは言った。彼女はこの確執がどれほど伯父をみじめにしているかよくわかっていた。「どうか、お願いだから行って！」

「いいや、絶対に行かない」と先生は言った。「人には堪えられない、堪えてはならないことがある」

「行くべきよ」メアリーは伯父の手から手紙を取りあげて、読んでから言った。「郷士がこんなふうに頼んでいるのに、断ることはできません」

「郷士はずいぶん悲しい思いをするだろうが、断らなくては」

「私だって腹が立つのよ、伯父さん。レディー・アラベラにすごく腹が立つ。でも、彼のためなら、もし郷士がそんなふうに頼んできたら、私ならひざまずいて彼のところへ行きます」

「うん、そうだな、もし郷士がおまえに頼んで来たら、私も行ったと思うね」

「ああ！　本当に悲しいわ。これは郷士からの招待で、令夫人からのものではありません。グレシャムさんは私に頼むことができなかったんです。令夫人のことは、気にしなくてもいいじゃない。でも、どうか行って。郷士がそんなふうに頼んでいるんですから、行ってよ。行かなかったら、私は本当にみじめになるわ。それにサー・ルイは伯父さんが一緒にいなかったら、行けないでしょう」――そう言ってメアリーは上の階を指さした――「あの方が行くことは確かですから」

「うん、そして獣のように振る舞うんだ」

この会話は先生にサー・ルイの部屋にあがってほしいという伝言によって打ち切られた。若い男は化粧着を着て座り、化粧台でコーヒーを飲んでいた。そのあいだジョーは剃刀とお湯を用意していた。先生は台所から来たものとは違うものがコーヒー・カップに入っていることをすぐ嗅ぎつけて、違反を見すごすことはできなかった。

「今朝、ブランデーを飲んだかね、サー・ルイ?」

「ほんの少しだけシャッセカフェ(7)をね」準男爵は言葉の正確な意味を理解しないまま言った。「今非常に流行っているんだ。胃には一級のものだよ」

「それが胃に一級のものであるはずがありませんね。あなたが飲んではいけない一級のものです、つまり、もし生きたければ」

「それはもう気にしないな、先生。だが、これを見てくれ。これはいわゆる礼儀上のものだろ――え?」

彼はグレシャムズベリーからの手紙を見せた。「当然目的がないわけじゃない。見え見えだからな。たくさん娘がいるんだろ――え?」

先生は手紙を手に取って読んだ。「礼儀正しいものですね」と先生は言った。「とても礼儀正しい」

「じゃあ、もちろん、行こう。借りている金を払えないからといって、おれは郷士に悪意を抱いているわけじゃない。彼のディナーを食べて、娘たちを見てみよう。あんたも招待を受けたんだろ、先生?」

「はい、受けています」

「では、行くんだろ?」

「私は行きませんが、だからといってあなたが思いとどまる必要はありません。しかし、サー・ルイ――」

「おや！　え！　どうしてだい？」

「少し下に降りていてくれ」と先生は付き人のほうを向いて言った。「呼ばれるまで待っていてくれ。あなたの主人と話がしたいのだ」ジョーはほんのちょっとでも合図があれば先生の命令には従わないとでもいうかのように一瞬準男爵の顔を見あげた。しかし、それがなかったから、ゆっくり退いて、もちろん鍵穴のところに位置を占めた。

それから、先生は長い、まったく無益な議論を始めた。最初、被後見人にグレシャムズベリーで酔っぱらわないように注意した。しかし、そこまで話してから、続けて不幸な客を怖がらせることに成功した。サー・ルイは彼の父の鉄の神経――ブランデーでさえも抑えることができなかった神経――を持ち合わせているわけではなかった。先生は非常に強い口の利き方をして、これ以上アルコールの過剰な摂取があった場合、急死、ほとんど即死だと話した。もし酒が自制できなければ、生きて自分の資産を思うように使うことができないのは確実だと話した。こういうふうに先生はサー・ルイを脅した。先生は父のほうは一度も怖がらせることができなかった。しかし、死をひどく恐れているのに、現在の苦痛のほうを恐れる人々、実際もし逃げ出す方法が少しでもあれば、一瞬の苦痛にも堪えられない人々がいる。サー・ルイはそういう連中の一人だった。彼は強い神経も、勇気も、決断の能力も、決断を守る能力もなかった。彼は自制すると先生に約束し、そうするとき、ブランデー入りのコーヒーカップを飲み干した。そのカップには二つの液がほぼ同じ比率で混ぜ合わされていた。

先生はついに行く決心をした。どちらに決めようと、不満が残ることに気がつた。サー・ルイを一人にしては頼りがなかったし、グレシャム家への怒りをあからさまに表すのも好ましくなかった。それよりまして、何らかの償いがメアリーになされるまで、レディー・アラベラの家で食事をするのはいやだった。しかし、郷士の追伸にある懇願を断ることはできなかった、それで、この招待を受け入れることに決めた。

被後見人をうちに迎え入れたことはあらゆる点で先生にとって有害だった。こんな男とメアリーを二人だけにしておくのが怖くて、先生は往診に出かけることもできなかった。二日目の午後、メアリーは一時間ほど牧師館へ逃げ出し、それから私道を歩いて、農家の奥さんになっている古い友人たちを訪問した。しかし、そのときも先生はサー・ルイを一人にするのが気がかりだった。グレンシャムズベリーのような村に一人で放っておいたら、こんな男は何をしでかすかわからなかった。それで先生はうちにとどまって、二人で一緒に会計簿を点検した。準男爵は会計簿に関しては入念で、フィニーをグレシャムズベリーに呼ぼうとずいぶん主張した。しかし、ソーン先生はこれをきっぱり拒絶した。

その夜は前夜よりも少なくとも前半部分ではいいかたちですぎた。サー・ルイは酔っておらず、お茶の時間までいた。メアリーは伯父ほど飲酒の問題を厳しく考えていなかったから、むしろ彼が酔っぱらっていてくれたらと望んだ。十時に彼は就寝した。

しかし、そのあと新しいもめ事が起こった。先生は無駄にすごした時間を埋め合わせるため下の階の書斎に入って、ちょうど机に着いたとき、ジャネットがノックもなくその部屋に飛び込んで来た。ブリジットは涙の狂乱状態で、目にエプロンを当てて年上の奉公人の後ろから現れた。

「お願いだあ、先生」ジャネットは興奮のあまりいつもより早口で喋り、思わずいつもより少し敬意に欠けた言葉を遣った。「お願いだあ、先生、あん若い男はここのうちから出て行ってもらわなければならねえ。でないと、ちゃんとした若い女はここにはいられねえ。いられねえ、本当だあ、先生。迷惑をかけて申し訳ねえ、ソーン先生。申し訳ねえ」

「若い男とは誰だい？　サー・ルイかい？」と先生は聞いた。

「あ、いや！　あん方はたいがいベッドにいなさる。おかしなことはしていない、少なくとも私たちにはなあ。あん方じゃなくて、付き人んほうだあ」

「人って！」と後ろからブリジットがすすり泣いて言った。「あいつは人じゃないし、人には似ても似つかぬものよ。トマスがここにいたら、あいつはあんなことをする勇気はなかった。勇気はなかったはずよ」トマスは馬丁だった。もしグレシャムズベリーの噂がみな本当だとするなら、おそらく本当だろうが、将来幸せなある日、トマスとブリジットは一つの肉一つの骨になるはずだった。

「お願いだあ、先生」とジャネットは繰り返した、「あん若い男が今夜すぐここんうちを出て行かなかったら、ひどいことになるよお。迷惑をかけて申し訳ねえ、先生、申し訳ねえ。でも、トムは何でもないことでも喧嘩をしたがる人だから。トムは今出かけているけど、帰ってきたときあん若い男がここにいたら、間違いなくあいつん頭に殴りかかるよお」

「トムはかわいそうな娘がひどい目にあわされているのを見て、黙って見ているような人じゃない。黙って見てはいない」とブリジットが涙を流して言った。

無益な質問をたくさん重ねたあと先生がやっと確認することができたのは、ジャネットの目を盗んでジョーナ氏がブリジットの若い魅力に賛辞を捧げようと、とんでもない不快なやり方で彼女の足に飛びかかったというのだった。彼女は大きな声をあげ、頑強に身を守り、その騒ぎのまっただなかにジャネットが降りてきた。

「さて、やつは今どこにいるんだい？」と先生。

「ああ、先生」とジャネットが言った。「かわいそうな娘はわけがわからなくなって、麺棒であん男の顔に一撃を食らわしてやったから、あん男は今台所の奥で血だらけだあ」ブリジットはこんなふうに自分の行動が話されるのを聞いて、これまで以上に狂乱のすすり泣きをした。しかし、先生はエプロンを顔に当てている彼女の腕を見て、胸中ジョーの状態は最悪に違いないと思い、馬丁のトマスが出てくる幕はないなと思った。

結局事態はその通りになった。ジョーは鼻梁を折られていた。ブリジットがこんな恐ろしい男と同じ家で寝るのはいやだときっぱり言ったので、先生は村のパブの小さな寝室で彼の手当をしなければならなかった。「もうやめて、じゃないと、あんたも同じような目にあわせるわよ。こつがわかったからね」先生は外科の手術を終えて裏口から家に入ったとき、そんな言葉を耳にした。ブリジットがその夜の騒ぎのことを頼りになる彼女の擁護者に説明しており、トマスのほうはきわめて自然なことだったが、彼女の武勇を賛美していた。

註

（1）御者席が前に高くなっており、二人用座席が前後に二つ向かい合い、後部座席に折り畳み式の幌がついている四輪馬車。
（2）ハイド・パークのすぐ東側メイフェアにある通り。
（3）ハイド・パークのなかの乗馬道路。
（4）職務の記章、支持政党の印、使用人の仕着せの一部、あるいはたんに装飾として使われた。
（5）アルコールに石鹸、樟脳、精油を溶かした塗擦剤。
（6）インド・ビルマ原産のシソ科ヒゲオシベ属の亜低木で、この葉から取れる香油。
（7）コーヒーの味を消すため、口直しに飲む少量のリキュール。

第三十五章　サー・ルイはディナーに出かける

翌日ジョーの姿が見えなかったから、サー・ルイはたくさん罵り声をあげながら、自分で服を着なければならかった。それから、二人はどうやってお屋敷に行ったらいいか、そんな思いがけない難問に突き当たった。ディナーに出かけるのは、ただ村を抜け、並木道を歩くだけにすぎなかったのに、サー・ルイにはそれが不可能であるように見えた。実際、彼はまったく歩くことができなかったうえ、礼装靴を履いて砂利の上を進むことなんかできないとはっきり言った。彼の母ならボクソル・ヒルとグレシャムズベリーを歩いて往復しても、今の息子の半分も苦には思わなかっただろう。とうとう村の貸し馬車が一台呼ばれて、問題が決着した。

二人がお屋敷に着いたとき、いつにない動きがあったのがすぐわかった。応接間にはモーティマー・ゲイズビーしかいなくて、客の二人に自己紹介した。サー・ルイは相手がただの弁護士だと知っていたので、たいして目もくれなかった。しかし、先生は彼と会話を始めた。

「グレシャムさんが帰って来られたのをご存知ですか?」とゲイズビー氏が聞いた。

「グレシャムさんが！　どこかへ行かれていたとは知りませんでした！」

「グレシャムさんの息子さんのほうです」先生はそんな話は少しも聞いていなかった。フランクが思いがけずディナーの前に帰って来たのだ。今フランクは父のほほ笑み、母の抱擁、妹たちの質問を受けているところだった。

「まったく意外です」とゲイズビー氏は言った。「いったいどうして予定より早く帰って来たのかわかりません。きっとロンドンが暑すぎたのでしょう」

「ひどく暑いんだよ」と準男爵は言った。「少なくともおれはそう思った。仕事があって給料がもらえる連中はさておき、あんなに暑いとき、どうして人がロンドンにいられるかわからんよな」

モーティマー・ゲイズビー氏はサー・ルイを見た。ゲイズビー氏は彼から莫大なお金を借りている地所を管理していた。その手前、準男爵を見くだすことはできなかった。しかし、もし相手が準男爵でなく、莫大な資産も持っていなかったら、何て軽蔑すべきやつなんだろう！と胸中思った。

それから、郷士が現れた。先生を見たとき、郷士の寛大で誠実な顔は笑みで一杯になった。

「ソーンさん」と郷士はほとんど囁き声で言った。「あなたほどいい方はいませんね。わしはあなたのご好意にどうお応えしたらいいかわかりません」先生は旧友の手を取ったとき、メアリーの助言に従ったことを喜ばずにはいられなかった。

「それで、フランクは帰って来ましたか？」

「ええ、ええ。まったく思いがけずにね。一週間以上ロンドンにいる予定だったのに。あの子に会ってもわからないでしょう。ちょっと失礼、サー・ルイ」郷士はもう一人のお客のほうへ行った。客はどういうわけか部屋の隅に不機嫌に立っていた。その客は今いるか、これから現れる人のなかでいちばん地位が高かったから、当然それに見合う扱いを受けることを求めていた。

「グレシャムさん、あんたと知り合いになれて嬉しいよ」準男爵は礼儀正しくしようとして言った。「一度も会ったことはないが、しょっちゅうおれの会計簿で名は拝んでいるからね――はっ、はっ、は！」サー・

ルイはとてもしゃれたことを言ったように笑った。

レディー・アラベラと先生の出会いは前者にとってかなり苦しいものだった。しかし、令夫人はなんとかそれを乗り越えた。先生と丁重に握手して、いいお天気ですねと言った。先生は晴れているが、ただ少し雨の気配があると言った。それから二人は部屋の別々の場所へ行った。

フランクが入って来たとき、先生はほとんどフランクとわからなかった。髪は前よりも黒く、顔色も同様に黒かった。しかし、いちばん変わっていたのはネクタイの上に垂れさがった、長い絹のような顎ひげだった。先生はこれまで長い顎ひげが好きではなかったが、そのひげがフランクによく似合っていることは否定できなかった。

「ああ、先生。ここでお会いできて嬉しいです」彼が近寄って来て言った。「本当にとても嬉しい」彼は先生の腕を取って、二人だけになれるように窓のところへ連れて行った。「メアリーはどうしていますか？」と彼はほとんど囁くように尋ねた。「ああ、ここにいればいいのに！　だけど、先生、やがてそれを実現してみせますよ。しかし、教えてください、先生、彼女について何か新しい知らせはありませんか？」

「知らせ――どんな知らせだい？」

「うん、まあ、知らせがないのはいいことです。よろしくと伝えていただけますか？」

先生はそうすると言った。ほかに何と言えようか？　メアリーの懸念の一部は根拠のないものだということがはっきりしているように先生には思えた。

フランクはその点でもずいぶん変わっていた。彼は二十一歳のとき子供だったが、二十二になって男になったと言われた。しかし、今彼は二十三になり、ほとんど世故にたけた人に見えた。物腰はゆったりしており、声は抑制されていた。もはや内気でも、騒々しくもなかったが、おそらく長所を意識しすぎているとの非難には少なくとも曝されていた。実際、彼はとても美男子で、背が高く、男らしく、体もよく鍛えあげられていて、女性が目を向けたがる体躯をしていた。「ああ、この子がお金と結婚しさえすれば！」レディー・アラベラはそんな独り言を言いつつ息子に対する母の自然な賛美に夢中になっていた。ディナーの前、妹たちは兄のまわりにまつわりつき、みなが一度に話しかけた。一族の娘たちは大きくて、背が高くて、逞しい兄を何と誇らしく思ったことか！

「フランク、そのひげのままスープを飲もうっていうんじゃないだろうな？」郷士はみながテーブルに着いたときそう言った。郷士はこの家父長ふうの飾りのことで息子をからかうのをやめなかった。しかし、それでもほかの人と同じように郷士もそのひげを誇らしく思っているのは、少し注意すれば誰でも見て取れた。

「飲めないと思いますか、父さん？　必要なのはただ一品ごとにナプキンを替えてもらうことです」顎ひげの男性がそうするように、彼は一さじ使うごとにひげを覆って食べた。

「まあ、おまえがそれでよければな！」郷士は肩をすくめて言った。

「うん、これがいいんです」とフランク。

「ねえ、パパ、フランクにひげを切らせたりしては駄目よ」と双子の一方が言った。「すごくいいわ」

「椅子の背当てを作るとき、繭綿の代わりにそのひげを編み込んでみたいわ」と双子のもう一人が言った。

「ありがとう、ソフィー。そう言ってくれたことを忘れないよ」

「すてきだし、立派だし、家父長らしいですね？」とベアトリスが隣の人に言った。

「家父長らしい、確かにね」とオリエル氏が言った。「ぼくも目の前に恐ろしい大主教がいなければ、ひげを生やしてみたいね」

次に言われたことは囁き声で、先生にだけ向けて言われた。

「先生、第九連隊のワイルドマンをご存知ですか？　彼は二年間スクタリ(1)に外科医として残りました。とにかく、ぼくのひげなんか彼のに較べたら、ちょっと垂れている程度です」

「ちょっと落ちるだけだろ」とゲイズビー氏。

「はい」とフランクは言ったが、ゲイズビー氏のだじゃれには断固笑わなかった。「いいですか、彼のひげはくるぶしまで降りていて、夜になると結んでカバンのなかに入れないといけないんです。なぜって眠っているときに足に絡んでしまうから！」

「まあ、フランク！」と娘の一人が言った。

この話は郷士や、レディー・アラベラや、娘たちにとても好評だった。みなが喜んでフランクを褒め、フランクの話をした。オリエル氏も先生も注目の若者に個人的な関心を抱いていたから、好意的に見ていた。しかし、サー・ルイはこれが気に入らなかった。彼は部屋にいる唯一の準男爵だったのに、誰からも注目されなかった。彼はレディー・アラベラの隣という栄誉ある位置に座っていたが、レディー・アラベラでさえ彼のことよりも息子のことを考えているように思えた。彼はいかに不当な扱いを受けているか見て取って、復讐を企てた。しかし、それでも彼のほうにも注意を引く努力をする義務があった。

「今年の社交シーズンに令夫人はロンドンに長くおられたのかな？」と彼は言った。

レディー・アラベラは今年まったくロンドンに行っていなかったので、つらい話題だと感じた。「いいえ」と彼女は少し無愛想に言った。「事情がありまして家におりました」

サー・ルイは「事情」について一種しか理解しなかった。彼によると、事情とは金がないということだった。ただちにレディー・アラベラの言葉を貧困の告白と受け止めた。

「ええ、まさか！　それはとてもお気の毒だな。あなたのような方にはとても苦痛でしょう。だが、事情はおそらくよくなっているんでは？」

レディー・アラベラはまったく相手の言うことがわからなかった。「よくなる！」彼女は貴族的な無関心さを表す独特の口調で言うと、向かい側にいるゲイズビー氏のほうを向いた。

サー・ルイはこれに我慢ができなかった。部屋で第一位の男だったし、立場の重要性も自覚していた。レディー・アラベラが汚い弁護士風情のほうを向いて話しかけて、彼、準男爵をディナーで無視するなんて、堪えられることではなかった。そういう令夫人の態度が改まらなければ、彼はグレシャムズベリーの権利証書の本当の所有者が誰であるか教えてやるつもりでいた。

「おれは今日あんたが馬で出かけるのを見たよ」レディー・アラベラは後ろに座席があるポニーで村を通った。

「乗馬はしません」と令夫人はゲイズビー氏のほうから一瞬顔を向けて言った。

「一頭立ての馬車で、という意味だよ、あんた。鞭を当てて角を曲がるあんたのやり方は気に入ったよ」

鞭を当てて角を曲がる！　レディー・アラベラはこれに何も答えられなかったから、ゲイズビー氏と話を続けた。サー・ルイはむっとしたが、負けないで――レディー・アラベラなんかに負けまいと決意していた――、注意を皿に一、二分向けたあと、それから再び始めた。

「あんたと一緒にワインを一杯いただけたら嬉しいな、レディー・アラベラ」と準男爵。

「私はディナーではワインをいただきません」とレディー・アラベラ。彼女はこの男には我慢ができないと感じ、この男から逃げるには部屋を飛び出す必要があるとも感じ始めた。

準男爵はしばらくまた静かにしていたが、やり込められぬ決意を固めていた。

「ここらあたりの田舎は景色がいいね」と彼。

「ええ、とてもすばらしいです」ゲイズビー氏はそう言って、館の女主人を救い出そうとした。「おれはどっちが好きなのかわからんな。ここか、ボクソル・ヒルのおれの土地か。ここが勝っているのは森や木立がすばらしいところだ。だが、家に関して言えば、まあ、おれの家はじつに心地いい家なんだ、じつに。あんたはおれの親父が買い取ったあとのことを見ていないから、そこをあまり知らないだろうな、レディー・アラベラ。家と、松林を含めた土地と、その種のものにいったい親父がいくら費やしたと思うかね？」

レディー・アラベラは頭を横に振った。

「さあ、推測してみて、令夫人」と彼は言った。しかし、レディー・アラベラがそんな金額を推測することは考えられなかった。

「私は推測なんかしません」彼女は言葉で言い表せぬ嫌悪の表情をした。

「どう思う、ゲイズビーさん？」

「おそらく十万ポンドぐらいでしょうか」

「何だって！　家に？　あんたは金について何も知っちゃいないな、建物についてもだ、そう思うよ、ゲイズビーさん」

「確かにあまり知りませんね」とゲイズビーは言った、「ボクソル・ヒルのような広大な土地についてはね」

「さて、令夫人、あんたが推測しないんなら、教えてあげよう。二万二千四百十九ポンド四シリング八ペンスなんだ。おれが正確な総計を出したよ。まあ、一人が住む一軒のうちにしてはかなりの大金だよな」

サー・ルイは大きな声で話をしたから、少なくともテーブル全体の注目を集めた。レディー・アラベラは打ちのめされて、頭をうなだれ、大金ですねと言った。ゲイズビー氏はせっせと夕食を食べ続けた。郷士は先生と長い話を交わしている途中だったが、ちょっと唖然とした。オリエル氏でさえ噛くのをやめ、娘たちは驚いて目を見開いた。その話が終わる前、サー・ルイはとても大きい声を出していた。

「ええ、確かに」とフランクが言った。「かなりの大金だな。ぼくが建築家だったら、四シリング八ペンスはおまけしていましたよ」

「全部が一枚の請求書じゃなくて、総計なんだ。請求書を見せられるよ」サー・ルイは一座の人々から勝ちえた勝利に酔って、ワインを一杯飲んだ。

テーブルクロスが取り除かれるとすぐ、レディー・アラベラは逃げ出すことができて、紳士たちは集団になった。サー・ルイはオリエル氏の隣に来て、愛想よくしようとした。

「とてもすてきな娘だな、ベアトリスさんは、とてもいい」

さて、オリエル氏はいたって謙虚な人だったから、未来の妻についてこんなふうに言われて、何とも答え難いと思った。

「あんたら教区牧師はいつだって幸運をえるんだ」とサー・ルイは言った。「あんたらは美人をみな手に入れて、たいがいはお金もみな手に入れる。今度の場合、お金のほうはあまりないがね——え？」

オリエル氏は物も言えぬほど驚いた。彼はベアトリスの持参金について誰にも話していなかった。グレシャム氏が娘の配当分がわずかなものになるに違いないと悲しそうに言ったとき、未来の義父とのあいだでさえこの話題は会話にふさわしくないものとして避けた。それなのに今彼は前に一度も会ったことがない男からふいにこの話を持ち出されたのだ。当然、彼は答えることができなかった。

「郷士は借金の問題を無茶苦茶にしてしまった」サー・ルイは瓶を回す前に二杯目のワインを注いで続け

た。「今郷士がおれにいくら借金をしていると思うんだ、一人で、一くくりにしてだ？」

オリエル氏は逃げ出すよりほかに道がなかった。彼はその問いに答えることができなかったうえ、グレシャム氏の窮状に関する話を聞くためそこに座っていられるわけがなかった。それで彼は隣の人に一言も口を利くことなく、こういう分別が彼に残された唯一の勇気だと言わんばかりに礼儀正しく退去した。

「どうしたんだい、オリエル！　もう行くのかい？」と郷士が聞いた。「何か問題でも？」

「ああ、いえ、特に何でもありません。ただあまりにも――数分散歩をして来ます」

「恋をするとどうなるかわかるな」と郷士は半分囁くようにソーン先生に言った。「あなたが同じようにならなければいいがね？」

それからサー・ルイはまた席を替え、フランクの隣になった。ゲイズビー氏がサー・ルイの向かい側にいて、先生はフランクの向かい側だった。

「教区牧師は怒りっぽいみたいだな」と準男爵。

「怒りっぽい？」と郷士は怪訝そうに聞いた。

「金回りが悪いのかな。あいつは相当裕福なんだろ？」

また沈黙の間があった。もう誰も彼の問いに答える気にならないように見えた。

「つまり、あいつには乏しい禄以外のものがあるんだ」

「ああ、そうですよ」とフランクは笑って言った。「過激派が教会を閉鎖しても、あの人にはパンやチーズを買うくらいのものはあります。蓄えのほうも差し押さえられてしまわない限りはね」

「その点、土地ほどいいものはないよな」とサー・ルイは言った。「何エーカーもの汚い土地ほどな、そうだろ、郷士？」

「土地は確かにとてもいい投資になりますね」とグレシャム氏。

「いちばん儲かる」と相手が言った。人が穏便な言い方で、ちょっと酒の影響が来ていると言うことがあるが、この男はそういう状態だった。「いちばん儲かるだろ――え、ゲイズビー？」

ゲイズビーは身を固くすると、顔を背けて、窓の外を見た。

「こいつら弁護士は金を取らないと絶対意見を言いたがらないからな、はっ、はっ、は！　そうだろ、グレシャムさん？　あんたとおれはうんと払わければならなかった。こいつらから放っておかれるまでは、もっとたくさん絞られなきゃならないだろうな」

ここでゲイズビー氏は立ちあがり、オリエル氏に続いて、部屋を出て行った。もちろん彼はオリエル氏ほどこの家族と親密な間柄ではなかった。しかし、彼が受けたひどい扱いから見て、出て行ったとしても家の女性たちから許されるのではないかと思った。彼とオリエル氏はグレシャム家の上の二人の娘と庭を歩いているところがまもなく食堂の窓から眺められた。ペイシェンス・オリエルはディナーのお客の一人だったが、彼女も双子と一緒に庭に姿を見せていた。フランクはほとんど悪意に満ちた笑みを浮かべながら父を見て、自分も散歩している人たちの仲間に入ったほうがいいのではないかと思い始めた。そのとき彼は前の夏の夜のことを考えていたのだろうか？　当時彼はとても情愛深くペイシェンス・オリエルとその庭を散歩して、メアリーをひどく悲しませたものだ。

もしサー・ルイがこんなすばらしい成功を収め続けたら、お山の大将としてここに一人だけ取り残されるだろう。郷士は確かに逃げ出すことができなかった。先生もそうだった。しかし、二人はそこの椅子に座ったまま、これからも同じようにひどい目にあわされそうだ。ソーン先生はずっと疼く耳を抱えて座っていた。実際、体全体が疼いていたと言えるかもしれない。先生にはある意味このひどい場面に責任があった。しかし、これを食い止めるため何ができるだろうか？　サー・ルイを抱えて、連れ帰ることはできなかった。いいことを思い着いた。貸し馬車は十時に来るようになっていた。先生は飛んで行って、すぐそれを呼ぶことにした。

「わしを置いては行かないだろ？」郷士は先生が椅子から立ちあがるのを見て、おびえた声で言った。

「いえ、いえ、いえ」と先生は言って、やろうと思っていることを囁いた。「二分で戻ります」先生はこの場面をすぐ終わらせるためなら二十ポンドでも払ったことだろう。こんな苦境のなかに友を放置してはおけなかった。

　後見人が部屋を出て行ったとき、サー・ルイは「あの人は善意の人だな、先生は」と言った。「とてもね、しかしまったく利益に聡く《アップトウトラップ》ないよな」

「だけど――、先生は罠は心得《アップトウトラップ》ていると言えますよ。一語が何を意味するかによりますね」とフランク。

「ああ、だが、それがぴったりの言い方なんだ。おわかりかな？　まあ、ソーン先生は世故にたけた人ではないと言えるね」

「先生はわしが知っている、あるいは耳にしているいちばんいい人ですよ」と郷士は言った。「いい友が持ちたければ、先生がその人だ。わしにはその友がいる」郷士はひそかに先生の健康を祈って乾杯した。

「おそらくみな本当のことなんだろうな。だが、先生は利益に聡くない。さて、いいかい、郷士――」

「もしお気になさらなければ、あなた、ぼくは失礼します」とフランクは言った。「ちょっと個人的な用事があるんです――おそらく、だけど――」

「ソーンが戻るまで待ちなさい、フランク」

　フランクはソーン先生が戻るまでいて、それから逃げ出した。

「すみません、先生」とフランクは言った。「だけど、ぼくには個人的な用事があるんです。明日説明します」それから、三人だけが残された。

サー・ルイはもうほぼ酔っぱらっていて、場当たり的に言葉を発していた。郷士はすでにワインの瓶を止めようとした。しかし、準男爵はどうにかして少量のマデイラを手に入れていた。彼が自分で取って飲むのを止めることは不可能だった。少なくとも、そのときは誰にも。

「弁護士のことを話していたとき」とサー・ルイは言っていた。「ええと、おれたちは何を話していたかな？　なあ、郷士、ああそうだ。目標をしっかり見定めていないと、こういう弁護士連中はおれたちから金をだまし取っていくぞ」

「弁護士のことはもう放っておきなさい」とソーン先生が怒って言った。

「ああ、だが、おれは気にするね、特別にな。あんたはいいんだよ、先生。あんたは失うものは何もない。大きな利害関係にあんたはこの件で絡んでいないからな。なあ、さて、おれの場合、いったいどれくらいの金をあのくそ先生たちは取り扱っていると思っているんだ？」

「くそ先生たち！」と郷士は当惑した口調で言った。

「弁護士たちのことさ、当然。なあ、おい、グレシャム、おれたちはみなしめていくらで食い物にされているんだ、わかるだろ。あんたはおれの帳簿に載っているが、思うにだいたい十万ポンドぐらいだな」

「口を慎みなさい！」先生が立ちあがって言った。

「口を慎めって！」とサー・ルイ。

「サー・ルイ・スキャッチャード」と郷士が椅子からゆっくり立ちあがって言った。「よろしければこの場では仕事の話をしたくありません。おそらく女性たちと合流したほうがいいでしょう」

郷士はこの最後の提案を明らかに本心から言ったのではなかった。今サー・ルイを女性たちのところへ連れて行くことくらい見当外れなことはなかった。しかし、郷士は酒宴を終えるため思いついた唯一礼儀にかなう方法としてそう言った。

「うん、とてもよろしい」準男爵はしゃっくりをした。「おれはいつも女性に向かう用意はできている」彼はマデイラの最後の一杯を飲むためデカンターに手を伸ばした。

「駄目だ」先生は勇敢に立ちあがると、決然とした声で言った。「駄目だ、もうワインは駄目です」先生は彼からデカンターを取りあげた。

「いったいこれはどういうことなんだ?」サー・ルイは酔っぱらいの笑いを浮かべた。

「もちろんこの人は応接間に入ることはできません、グレシャムさん。私をこの人とここに置いておいてくれたら、貸し馬車が来るまで一緒にいます。こんなことが起こってどれほど済まないと思っているか、どうかレディー・アラベラにお伝えください」

「レディー・アラベラ!　なあ、彼女がどうしたというんだ?」とサー・ルイ。

郷士は友のもとを離れようとしなかったので、二人は貸し馬車が来るまで一緒に座っていた。先生が至急伝言を送っていたので、時間はそんなに長くかからなかった。

「心から恥じています」と先生は涙ながらに言った。

郷士は先生の手を情愛深く取って、「わしは今夜より前にもほろ酔いの男を見たことがありますよ」と言った。

「はい」と先生は言った。「私もですが、しかし――」先生はそれ以上思いを言い表せなかった。

註

（1）今のユスキュダルでイスタンブール市の一地区。ここの軍の病院はクリミア戦争の間（1853-6）フロレンス・ナイチンゲールの看護活動で有名になった。

第三十六章　彼はまた会いに来てくれるかしら？

今述べた小さなディナー・パーティーのあと、先生がうちに帰ってくるかなり前、メアリーはフランクがすでにグレシャムズベリーに帰っていることを知った。この十二か月、メアリーは一言の連絡も、伝言すらも彼から受け取っておらず、噂にさえも彼のことを聞いていなかった。彼女の年齢では十二か月は長かった。あの母がいるのに、彼はまた会いに来てくれるかしら？　帰ってきたという知らせか、何か連絡を送ってくれるかしら？　知らせてくれなかったら、どうしよう？　知らせて来たら、どうしよう？　どうするか決めるのはとても難しかった。捨てられるのも、捨てられたくないと強いて願うのも、とても難しかった！　二人は他人でいるほうがいいと胸中幾度も自分に言い聞かせた。しかし、彼と他人になるかもしれないと思うと怖くて、涙に暮れるほかなかった。彼が世界じゅうを旅して一年を留守にしたあと、まだ愛してくれているなんて、そんなことがありえるのか？　ありえない。手を取って誓ったあの約束は忘れよう。彼女はそう決意してすぐ、あれは忘れられない出来事、忘れることなんかできない出来事だとみずから認めた。

彼女は伯父が帰ってきたらすぐフランクの消息を聞こうと思った。それで、一人座って本を前に開いたものの、一行も読むことができなかった。伯父が十一時ごろ帰ってくると予想していたから、九時前に一頭立て貸し馬車が玄関の前に止まったとき、かなり驚いた。

彼女はすぐトマスを呼ぶ伯父の大きな怒声を聞いた。トマスもブリジットも運悪く外出していた。二人はこの時間この世の心配事なんかすっかり忘れて、パークのブナの木の下で幸せに座っていた。ジャネットが通用門に飛んでいくと、サー・ルイがボクソル・ヒルの屋敷にすぐ自分を連れて行くよう言い張っており、先生の監督を受ける侮辱にはもう我慢がならないときっぱり言い切っていた。

トマスがいなかったので、先生は貸し馬車の御者に助けを借りなければならなかった。準男爵は二人から両脇を支えられて、馬車から降ろされたけれど、窓はずいぶん壊れ、先生の帽子も台無しになった。こうして準男爵は二階にあげられ、ジャネットの助けを借りて、ついにベッドに寝かされた。この客が寝つくまで先生もこの寝室から出なかった。そのあと、先生はメアリーがいる応接間に入った。先生がフランク・グレシャムのことを話してくれるような機嫌でなかったのは容易に理解できるだろう。

「あいつをどうしよう?」先生はほとんど泣き出しそうになって言った。「あいつをどうしよう?」

「ボクソル・ヒルへ移すことはできないんですか?」とメアリーは聞いた。

「そうだね。そこで勝手に死んでもらおう! しかし、たいした違いはない。どこかで勝手に死ぬ男だから。ああ! あの家族は私に何ということをしてくれたのか!」先生はそれからふとその家族から生じたものの一部を思い出して、メアリーを腕に抱くと、口づけし、祝福して、こういうことがあっても自分は幸せだとはっきり言った。

その夜、フランクのことは一言も話題にのぼらなかった。翌朝、先生はサー・ルイがとても衰弱しており、酒をほしがっているのを知った。サー・ルイは衰弱よりも悪い状態だった。深い憂愁と意気消沈、鬱状態、精神と活力の崩壊状態にあったから、ソーン先生は剃刀を手の届かないところに移したほうがいいと思った。

「お願いだから、少しシャッセカフェを飲ませてくれ。いつも飲んでいるんだ。違うと思うなら、ジョーに聞いてくれよ? おれを殺したくはないだろ?」準男爵は哀れっぽく子供のように泣いた。彼は先生が朝食のためいなくなると、旅行かばんの一つにキュラソーがあることを覚えていたから、ジャネットにそれを取ってくれるよう卑屈に懇願した。しかし、ジャネットは主人のほうに忠実だった。

先生は準男爵にワインを与えてから、ブリジットとトマスに——今は家にいた——彼の扱いについて厳命を残したあと、かなりないがしろにしていたほかの患者を診に出かけた。

それでメアリーはまた一人になったので、心を恋人のところへ向けた。次に彼に会ったとき、いったいどうしたら心を冷静に保つことができるかしら？　会うのは間違いない。会わずに同じ村で生活することなんかできなかったから。彼女がしばしばレディー・アラベラとすれ違ったように、教会の玄関で彼とすれ違ったら、どうしたらいいかしら？　レディー・アラベラはいつも独特の、小さな、苦いほほ笑みを浮かべて、わかっているわというふうに半分うなずいて、これでうまく彼女との出会いを切り抜けた。苦いほほ笑みと半分うなずくこのやり方をフランクに試してみてはどうかしら？　ああ、悲しいかな！　彼女は自分がそんなふうに心臓の血を制御できる女ではないとわかっていた。

彼女はこんなことを考えながら、応接間の窓辺に立ち、外の庭を見ていた。敷居に寄りかかると、甘い香りのつる植物が顔のまわりにあった。「とにかく彼はここには来ないわ」彼女はそう言いながら、深く溜息をつき、窓から部屋へ振り返った。

そこに彼が、フランク・グレシャム本人が、アポロのように美しく目の前に立っていた。次に思ったのは彼の両腕からどうやって逃げるかということだった。どうして両腕に抱かれることになったのか、彼女にはわからなかった。

「メアリー！　ぼくの、ぼくの恋人！　ぼくのもの！　いちばんかわいい人！　いちばん愛しい人！　いちばん好きな人！　メアリー！　大好きなメアリー！　ぼくには一言も言うことはないのかい？」

言葉がない。その言葉に彼女の一生が懸かっているのに、言う言葉がなかった。泣かないようにする努力だけで精一杯だった。では、これが、言葉がないことが、二人のあいだにはびこるようになった苦いほほ笑みと半分うなずくアラベラ流のごまかしだったのだ。これが、仲たがいを徐々に無関心に変えていくやり口だったのだ。これが、心臓の血の制御とまではいかなくても、彼女が行動の抑制ができる女性であることを証明する出会い方だったのだ！　彼女はそのときフランクによって胸にしっかり抱きしめられていた。手で顔を守ることができるだけだったけれど、それもうまくいかなかった。「兄は別の人を愛している」とベアトリスは言った。「とにかく彼は私を愛することはない」とメアリーも胸中で言った。今ここにその回答があった。

「兄と結婚できないことはあなたにはわかっている」とも、ベアトリスは言った。ああ！　もし本当にそうだとしたら、この抱擁は二人にとって嘆かわしいものではないか？　でも、どうして幸せになってはいけないのか？　フランクをはねつける努力をした。しかし、何と弱々しい努力だったことか！　彼女の誇りは芯まで傷つけられていた。それはレディー・アラベラの軽蔑によってではなく、彼女自身の内部に大きく成長した確信、心を完全にくれてやったのに、心とは永久に決別したのに、代わりに自分は何も受け取っていないという確信によってだった。世間の人々は、彼女が愛したけれど、報われなかったことを知っている。しかし、今ここ、すぐそばに愛する人がいた。彼は強制された追放が終わるやいなや、帰ってきた。どうして幸せになってはいけないのか？

彼女はフランクと結婚できないとみなが言った。そう、おそらくそうかもしれない。いや、考えてみると、みなの言うことも嘘なのかもしれない？　しかし、たとえ嘘だとしても、それはフランクのせいではない。この人は彼女に誠実だった。それが彼女の誇りを満足させた。彼女は不意を突かれて、愛の告白を与えてしまった。彼にそれを許してしまった自分の弱さをしばしば後悔した。しかし、今はそれを後悔しなかった。苦しみには堪えることができた。いや、彼が一緒に苦しんでくれる限り、苦しみなんかなかった。

「一言も言うことはないのかい、メアリー？　それじゃあ、ぼくがあれだけ夢見て、あれだけ忍耐してきたあと、結局あなたはぼくを愛してくれないのかい？」

ああ、フランク！　汝を褒めていろいろ言ってきたのに、汝は何て馬鹿なのだろう！　汝に言葉が必要だったのか？　彼女の心臓は汝の心臓に向かってときめいていなかったか？　汝の愛撫に彼女は答えていなかったか？　汝が迫る口づけをかわすとき、彼女に少しでも怒りがあったのか？　ブリジットは台所でジョーナから迫られたとき、麺棒で鼻を強打した。しかし、トマスから同じように迫られたとき、彼女はただ鼻を殴る振りで脅しただけだ。ミス・ソーンはこの応接間で、もし身を守る必要があったら、方法はそんなに過激でなくても、きっとそれを見つけられたはずだ。

メアリーはやっとフランクから身を振りほどくことができると、少し距離を置いて立った。見ると相手の変わりようは驚くほかなかった。たった今まで顔の近くにあったあの長い柔らかな顎ひげはまったく新しいものだった。彼の外見全体が変貌を遂げていた。物腰、足取り、声すら同じではなかった。これが本当に二年前グレシャムズベリーの庭で少年のような愛をぺちゃくちゃ喋ったあのフランクだったのか？

「歓迎の一言もないのかい、メアリー？」

「本当に、グレシャムさん、お帰りなさい」

「グレシャムさん！　いいかい、メアリー――すぐ教えてくれ――何があったんだい？　あっちでは何も聞けないんだ」

「フランク」彼女は言い始めたものの、その先を言うことができなくて言葉を切った。

「正直に話してくれ、メアリー。正直に、勇敢にね。ぼくは前に一度求愛の手を差し出した。もう一度今その手を差し出すんだ。受け取ってくれるね?」

彼女はその手を取りたい様子でフランクの目を見あげた。できれば喜んでその手を取りたかった。しかし、娘はこういう場合正直にはなりえるけれど、勇敢になるのはとても難しい。

フランクはまだ手を差し出していた。「メアリー」と彼は言った。「あなたがこの手をだいじにしてくれるなら、善きときも、悪しきときも、これはずっとあなたのものだ。難しいことはあるかもしれないが、あなたが愛してくれるなら、ぼくらは克服できる。ぼくは自由な人間だ。あなたに縛られている点を除けばね、思い通りに行動できる。ぼくの手だよ。受け取ってくれるね?」それから彼もメアリーの目を覗き込むと、答えを必ず聞くぞと決意しているように落ち着いて待った。

彼女はゆっくり手をあげたけれど、そうしながら、床に目を伏せた。それから手を降ろすと、またあげた。そして、ついに先細の軽い指を彼の開いた広い手のひらの上に載せた。

フランクは指をすぐつかんで、手全体も完全に握りしめた。「ほら、もうぼくのものだ!」と彼は言った。「誰にも別れさせないよ。ぼくのメアリー、ぼくの妻!」

「ねえ、フランク、これって無分別じゃない? 間違っていない?」

「無分別! 分別にはもううんざりさ。分別は大嫌いだ。間違っているかって——いや。間違っていないと断言する。ぼくらが愛し合っていれば、きっと間違っていない。ぼくを愛しているだろ、メアリー——え? 愛しているね! そうだろ?」

メアリーが愛情に満ちた言葉を言わないうちに彼から放してもらうことも、許してもらうこともなかった。言葉がやっと出てきたとき、自由に出てきた。「はい、フランク、あなたを愛します。それだけが問題なら、心配の必要はありません」

「心配の必要はないんだね」

「ええ、でも、フランク、あなたのお父さんと私の伯父さんがいます。お二人のどちらかでも悲しませるようなことを私はしたくありません」

フランクはもちろん持論をみな繰り返した。職に就くか、農場を手に入れてそこに住むかだ。待つ、つまり数か月待つつもりだった。「数か月なの、フランク！」とメアリー。「うん、おそらく六か月」「まあ、フランク」しかし、フランクはそこで話をやめなかった。彼は父から求められることは何でもするつもりでいた。当然、一つのことを除いてだ。選んだ妻をあきらめるつもりはなかった。あきらめるように求められるとすれば、それは理不尽な、不適切な、不当なことだった。この点で、彼はいくぶん高慢な態度を取った。メアリーはこれらの主張に反対する根拠を少しも持ち合わせていなかった。彼女はただ手を相手に委ねていただけだが、ボクソル・ヒルであのロバに乗った日以来感じたことのない幸せを感じることができた。

「だけど、メアリー」彼はかなり重々しく真剣な態度で続けた。「ぼくらはお互いに誠実に振る舞って、人がどんなことを言っても、目的からそらされてはいけない。この点で堅固にしていなければいけない。同意してくれるかい？」

彼女は手をまだフランクの手に委ねたまま立って、答える前に一瞬考えた。しかし、フランクが彼女のためにしたいと思う以上のことをフランクのためにしたいと思った。「はい」と彼女は――とても小さな声で、まったく穏やかな態度で――言った。「私は堅固にしています。人がどんなことを言っても、ぶれることはありません。でも、フランク、それは容易くありませんわ」

この対話のなかで、記録する必要があることはこれ以上何も起こらなかった。メアリーは実際に帰る前に三度、フランクに帰ったほうがいいと言った。とうとう家に帰す仕事をみずから引き受けて、彼をドアまで導かなければならなかった。

「ずいぶん急いでぼくを追い払おうとするね」と彼。

「もう二時間もここにいらっしゃるのよ。帰らなくては。みなさんが何と思うでしょう?」

「何と思おうと気にしない。一年留守をしたからたくさん話すことがあるって、本当のことを想像させておけばいい」とはいえ、彼はやっと帰っていき、メアリーは一人残された。

フランクはこれまで動きは遅かったとはいえ、なすべきことがほかにもたくさんあったから、すぐそれに取りかかった。彼は確かに恋する一方で、その影響がほかの領域の関心事に及ばないように心がけていた。まずハリー・ベイカーに会って、馬の様子を見なければならなかった。フランクは留守のあいだ青毛の馬の世話を特にハリーに委ねていた。その価値ある馬が休日にどんなことをするか聞き、猟犬たちの小屋を訪問し、それから——二義的な仕事として——猟犬管理者を訪ねなければならなかった。同じ日にこれだけのことはとてもできそうになかった。しかし、同じ日にやってしまう計画をハリーと練る必要があった。それから若いポインターの二匹の子犬がいた。

フランクは婚約者のもとを去ったあと、まるで恋なんかしていないかのように、まるで職に就く——職に就いたら猟馬と猟犬とは別れなければならなくなる——話なんかしていないかのように、猛然とこれらの仕事に取りかかった。しかし、メアリーのほうは窓辺に座って、恋人のことを思い、それ以外のことは何も考えなかった。彼女には今それがいちばん大切なことだった。何によっても、誰によっても婚約からぶれることはないと誓った。グレシャム家の者が——一人を除いて——みな全力で敵対するとしても、彼女は婚約に忠実でなければならない。たとえ伯父が敵対するとしても、婚約に忠実でなければならない。

彼女はフランクから強く望まれてこういうことになったが、婚約する以外にいったいどうすることができたのか？　フランクから望まれるよりももっと多くのことを、フランクのためにしてやりたいと望まずにいられたのか？　人々からは乙女のたしなみがないと注意された。男性――その家族がみな彼女を受け入れてくれない男性――に愛を告白したとき、雪のように白くなければならないあの潔癖の上着にシミをつけたと言われた。人々には勝手にそう言わせておこう。名誉と誠実と真実、率直な真実、おのれよりも高い真実、人に示すべき誠実さは乙女のたしなみよりも重要な価値ではないか。とにかくたしなみの話なんかよりも重要だ。この誓約をしたのは自分のためではなかった。置かれた立場とその難しさはわかっていた。誓約の価値もわかっていた。フランクには差し出すもの、与えるものがたくさんあったが、彼女には身一つしかなかった。この人には家名と、古くからの名声と、家族と、名誉と、少なくとも――彼女にとって――富と見えるものがあったが、彼女には家名もなく、名声もなく、持参金もなかった。フランクは情熱に駆られ、持ち前の衝動に駆られ、ここに現れて、彼女の愛を求めた。それはもうこの人のものだ。次に婚約を求めた。この人にはそれを要求する権利があると思った。この人に受け入れてくれる力がある限り、彼女はこの人のものだった。

しかし、取引はここで終わりにしよう。婚約を守る力は彼女にはあるとしても、フランクにはおそらくないかもしれない。いつもこの点は覚えておこう。グレシャムズベリーの権威者によって否応なく押しつけられたあの教え、フランクはお金と結婚しなければならないというあの布告は、一定の力を持って彼女にも深い影響を及ぼしていた。フランクはお金と結婚しなければならない。グレシャムズベリーの名声が滅び、栄光が旧家から失われるのは悲しいことだ。フランクもお金と結婚しなければならないことにいつか気づくかもしれない。フランクがもっと早くそれに気づかなかったのは残念だが、それでも彼女は不平を言うつもりはなかった。

彼女は開いた窓に寄りかかって立って、本には目もくれなかった。フランクが帰って行ったとき、太陽は中天にあったが、彼女がその場所から動く前に、陽光は西から部屋のなかに流れ込み始めていた。朝の最初の思いは、彼が会いに来てくれるかしらということだった。今最後の思いは、彼がまた来るのは正しいことかしらという、もっと慰めとなる、もっと恐怖を和らげてくれる思いだった。

彼女が聞いた最初の物音は一度に三段ずつあがって応接間にやって来る伯父の足音だった。伯父の足取りはいつも重かったけれど、心に悩みがあるときはゆっくりで、平素の仕事でただ疲れているときは足早だった。

「うだるような日だな!」と伯父は言うと、椅子に身を投げた。「お願いだから何か飲むものをくれないか」ところで、先生は夏の飲み物についてはうるさい人だった。レモネード、スグリの実のジュース、オレンジの混合飲料、キイチゴの実の酢を家ではクォート単位で飲んだ。先生は患者には消化不良を起こすからと、しばしばこういう飲料を飲まないように注意した。しかし、本人は大家族すら消化不良に陥れるほどこういうものをたくさん飲んだ。

一気に飲み干したあと、「はあ!」と先生は叫んだ。「だいぶよくなった。さて、何か変わったことはあったかい?」

「往診に出かけていたんですから、伯父さん、ニュースはあなたのほうにあるんじゃありません。グリーン夫人はいかがでした?」

「倦怠と孤独のせいで本当に最悪の状態になっている」

「オークルラース夫人は?」

「よくなっている。世話しなきゃならない十人の子、乳を飲ませなきゃならない双子がいるからね。あいつはどうしていた？」先生はサー・ルイの部屋のほうを指差した。

メアリーはその人の様子を覗いてみることもしなかったから良心に痛みを感じた。準男爵がうちにいるという考えが一日じゅうほとんどなかった。「特別なことはしていないと思います」と彼女は言った。「ジャネットが一日付き添っていましたから」

「飲んでいたかい？」

「本当に知りません、伯父さん。知らないんです、というのもジャネットが一緒でしたから。でも、伯父さん――」

「うん、何かな――しかし、あのアルコール入りを少しくれないか」

メアリーはタンブラーを用意すると、それを手渡すときに言った。「フランク・グレシャムが今日ここに来ました」

先生はそれを一気に飲み干して、答える前にグラスを置いたが、それでもほとんど話さなかった。

「ああ！　フランク・グレシャムが」

「そうよ、伯父さん」

「立派な様子だと思ったかい？」

「はい、伯父さん。とても立派になったと思います」

ソーン先生はそれ以上何も言わず、立ちあがると、隣の部屋の患者のところへ行った。

「私たちのことを認めたくないのなら、どうしてそう言ってくれないのかしら？」とメアリーは独り言を言った。「どうして助言をしてくれないのかしら？」

しかし、サー・ルイ・スキャッチャードがあの状態で横になっているなか、先生が助言するのはそう簡単ではなかった。

第三十七章　サー・ルイがグレシャムズベリーを去る

ジャネットはよくサー・ルイの世話をしたから、お嬢様に迷惑をかけることはなかったが、楽に仕事をさせてもらえなかった。彼女か、トマスか、どちらかが一日じゅう部屋に詰めているように指示を受けており、それに従っていた。

朝食直後、準男爵は付き人のことを聞いた。「あいつのしゃくに障る鼻はもう治っていると思うがな」

「とても加減が悪いんです、サー・ルイ」老女はジョーナにまたうちに来るように勧めるのは難しいと思った。

「あいつの立場の人間に寝込む権利はない」と主人は泣き言を言った。「鼻を折らないような使用人を捜さないとな」

トマスは三度か、四度付き人を迎えに宿屋に出されたけれど、無駄だった。本人はちゃんと酒場のカウンターに座っていた。しかし、顔の真ん中に絆創膏の筋をつけており、勝者にそれを見せる気にはなりそうもなかった。

サー・ルイは手始めにシャッセカフェを持って来るように老女に命じた。老女は好きなだけコーヒーを出しても、リキュールは入れなかった。「十二時に」と老女は言った。「ポートワインを一杯、三時にもう一杯と指示を受けております」

「そんな指示なんか関係ない」とサー・ルイは言った。「おれの付き人を呼んでくれ」付き人はもう一度呼ばれたが、現れなかった。「左隅のあの旅行かばんのなかに瓶があるから、ちょっと取ってくれ」

しかし、ジャネットは動く様子を見せず、先生が帰ってくるまで指示されたもの以外にサー・ルイには与えなかった。先生なら帰ってきたら疑いもなく適切なものを与えてくれるだろう。

サー・ルイはたくさんののしり声をあげ、可能な限り荒れ狂った。しかし、二杯のワインは飲めても、それ以上は飲めなかった。一、二度ベッドを出て着替えをしようとしたところ、ジョーがいないといちいち何もできないことがわかった。まだ服を着替えているさなか、先生が帰ってきた。

「どういうことか教えてやるぞ」サー・ルイは後見人が入って来るや言った。「ここで囚人になっているつもりはないいんだ」

「囚人！　いやいや、そうじゃありません」

「今はまったく囚人のようなもんだ。ここにいるあんたの使用人――あの婆さん――はあんたの指示なしには何もしないと言うだけだ」

「まあ、その点は正しいですね」

「正しい！　あんたが正しいということがわからんな。とはいえ、これには我慢がならん。おれを子供扱いにはできないぞ、ソーン。だから、子供扱いなんか考えなくていい」

それから、二人のあいだに長い口論があり、冷淡な仲直りがあった。準男爵はボクソル・ヒルへ行くと言い張った。先生がそれに反対したので、よけいにむきになって行こうとした。しかし、彼はまだ郷士を狩り出してもいないし、ゲイズビー氏を叱り飛ばしてもいなかった。田舎の屋敷へ行く前にそれをしなければならなかった。それゆえ、翌々日に行くことに決めて議論を終えた。

「元気になったらそうすることにしましょう」と先生。

「元気になったら！」相手は冷ややかに言った。「一つわかるのはおれを病気にするものは何もないということなんだ。きっとここで飲めないのが原因だろう」

翌日サー・ルイはまったく違う、もっと当惑させる精神状態になったので、先生は堪えられなかった。サー・ルイは深酒禁止のおかげで健康面に関する限り改善された反面、酒を奪われた苦痛のせいで精神をひどく参らせて、見るも哀れな状態になった。子供が乳母を寄こせと泣くように、付き人を寄こせと泣いた。それでとうとう先生は哀れに思って、自分で出かけて行って、パブからその付き人を連れてきた。しかし、ジョーは来るには来たけれど、ワインも酒も持参することを禁じられたから、ほとんど主人の役に立たなかった。この男がリキュール入れを捜したとき、それさえ運び去られていることがわかった。

サー・ルイは先生がベッドのそばに座り、生きるチャンスは一つしかないことを百回目に理解させようとしたとき、「あんたはおれに死んでほしいんだろ」と言った。

先生は少しも怒らなかった。怒っても、犬に理性がないといって怒るのと同じだろう。

「あなたの命を救うため、できる限りのことをしていますよ」と先生は穏やかに言った。「しかし、あなたが今言ったように、私にはあなたに対する権限がありません。私のうちに来てとどまることができるあいだは、自滅の手段をあなたに与えるつもりはありません。一週間か十日ここにいるのはとても賢いことです。一週間か十日の健康な生活で、おそらくあなたは立ち直ることができます」

サー・ルイは彼の死を先生が望んでいることをもう一度はっきり言ったあと、世話をたのむため弁護士のフィニーをグレシャムズベリーに呼ぼうと言い出した。

「お望みならその人を呼びなさい」と先生は言った。「その人を呼ぶには三、四ポンドかかるが、それ以上の損害はありません」

「おれはフィルグレイヴを呼ぼう」と準男爵は脅しをかけた。「ここで犬みたいに死ぬつもりはない」

ソーン先生は確かにつらかった。自宅でこんな客をもてなさなければならないとは、あたかも息子ででもあるかのようにこの客をもてなし、世話し、心配しなければならないとは。しかし、ほかに道はなかった。サー・ロジャーから委ねられた後見人役を引き受けたからには、やり遂げなければならなかった。そのうえ、先生はこの問題にかかわる良心の呵責のせいで気が休まる時がなかった。夜昼を問わず悩まされ続け、時としてひどくみじめな気持ちに追い込まれた。両肩に乗ったこの夢魔を愛することなんかとてもできず、憎むことしかできなかった。サー・ルイなんかほかの人にとってどんな役割、どんな価値があるというのか？　この世はこの男から、この男はこの世から、どんな善いものをえることが期待できるというのか？　早世がこの男の確実な運命ではないのか？　その死が早ければ早いほど、それだけいいのではないのか？

もしさらに二年――それくらいの余命は考えられる――生き長らえたら、この男が及ぼすかもしれぬ、いやきっと及ぼす危害はどれほど大きくなることか！　もしそんなことにでもなったらメアリーに関する限り、グレシャムズベリーにかかわるあらゆる希望におさらば、先生の胸中深くにあったあの魅力的な計画、失われた父の資産を姪の名のもとに息子に返すというあの希望におさらば、ということになるだろう。しかし、この男は一年も持たないだろう――半年で致命的かもしれない。みなの噂によると、フランクは金と結婚しなければならない。彼――先生――でさえ、金のための結婚という発想を軽蔑したとはいえ、フランクには嘆かわしいほど借金にまみれた古い資産の相続人として、若くして一文無しの娘と結婚する権利はないと白状せずにはいられなかった。姪であり、子であるメアリーはおそらくサー・ロジャーのあの莫大な遺産の女相続人になるだろう。しかし、サー・ルイがまだ生きているあいだは、それをフランクに、いや、フランクの父にも先生は言うことができなかった。とても言えない！　もしそれを言い、姪のためこの結婚をしつらえてやり、そのあとになってサー・ルイが長生きして遺産を処理したら、どうなるというのだ？　そんなことにでもなったら、レディー・アラベラの怒りにどう向き合えばいいのか？

「私のためにも、他人のためにも、死んだ男の靴をほしがったりしない」と先生は百回も独り言を言い、百回もほしがったことで自分を責めた。しかし、一つの道がはっきり開けていた。遺言については口をつぐみ、価値のないあの男の命を支えるため実子にするような努力をしよう。内面の願望や希望や思いは制御できないとしても、行動は思うまま制御できるはずだ。

「いいかい、先生、あんたはおれが死ぬとは本当は思っていないんだろ？」ソーン先生が再び見舞ったとき、サー・ルイが言った。

「思っていませんよ。確かなのは近ごろのような生活をあなたが続けていたら、すぐ死ぬことになるということです」

「だが、もししばらくちゃんとした生活――あんたが言う通りの生活をしていたら、どうだい？」

「我々はみな神の御手のなかにありますからね、サー・ルイ。そうしていたら、とにかくいちばん生き延びるチャンスがあります」

「いちばん生き延びるチャンスがあるって！　何だ、畜生、先生！　おれより十倍も不健康な生活をしているやつらがいるが、そんな連中はくたばりそうもないぞ。いいかい、おい、あんたがおれを脅そうとしていることはわかっているんだ。そうだろ？」

「あなたのため最善を尽くそうとしていますよ」

「そんな言葉はおれのような人間には非常につらい。優しい言葉をかけてくれる人はおれにはいないからな。いない、一人もな」サー・ルイはみじめな気持ちになってすすり泣きを始めた。「いいかい、先生、もしおれをもう一度両足で立たせてくれたら、五百ポンドでおれの土地を利用させてやる。神かけてそうするぞ」

先生はディナーに降りて行き、準男爵もベッドで食事をした。彼はあまり食べることができなかったが、二杯のワインと、コーヒーに少量のブランデーも、許可された。準男爵はこのせいでいくぶん元気づけられて、ソーン先生が再び夕方見舞ったとき、あまりひどい意気消沈状態にはなかった。実際、彼は大きな決意を固めており、次のような生活改善の最終計画を述べた——。

「先生」と彼はまた始めた。「あんたは誠実な人間だと思っている。本当にそう思っている」

ソーン先生はいい評価をもらって感謝するほかなかった。

「おれが今朝言ったことで当惑しなかったかな?」

先生はサー・ルイが言った当惑のことなんか忘れていたから、そういうことで心を乱されることはないと答えた。

「おれの体調がいいのを見ると、あんたは嬉しいと思うが、どうだい?」

先生はそれが本当のところだと請け合った。

「さて、それじゃあ、あんたに言っておこう。今日はこのことをずいぶん考えていた。本当に考えていたんだ。おれはまっとうな生活をしたい。コーヒーカップにもうちょっとあれを入れてもらえないかな?」

先生はコーヒーを一杯注ぎ、スプーン一杯のブランデーをそこに入れた。サー・ルイは悲しげな表情でそれを受け取った。大好きな酒を飲むとき、そういう量り方には慣れていなかった。

「おれはまっとうな生活をしたい——本当にそれをしたい。ただし、おわかりと思うが、おれはとても寂しいんだ。ロンドンのあの連中については、一人としておれのことを心配してくれる連中はいない」

ソーン先生も同じことを考えていたから、そう言った。この男が自分の巡り合わせについて話したとき、先生はこの不幸な男に同情せざるをえなかった。この男が面倒をみてくれる人もなくこの世に投げ出されたのは事実だった。

「あらゆる点で、サー・ルイ、私は最善を尽くします。本当にそうしますよ。ロンドンのお仲間はあなたを正道からそらせようと手ぐすねを引いている。そんなお仲間を捨てなさい。そうしたらまだこれから立ち直れます」

「立ち直れるだろうか、先生？　とにかく、連中とは縁を切る。ジェンキンズがいるよな。あいつは連中のなかでもいちばんいいやつだ。だが、やつでさえいつもおれから金を巻きあげようとしている。もっともこんなふうに、やつらの手の内を心得ていないわけではないんだ」

「あなたはロンドンを出て、サー・ルイ、以前の生活習慣を改めたほうがいい。しばらく、二、三年はボクソル・ヒルへ行って、お母さんと一緒に生活し、農業に従事するのですね」

「何！　農業？」

「そうです。田舎紳士がみなしていることです。田舎に土地を手に入れて、それに専念するのです」

「うん、先生、やるよ。けれど――一つ条件がある」

ソーン先生は静かに座って聞いていた。条件が何なのかかいもく見当もつかなかったから、それを聞くまで約束する気にはならなかった。

「一度前に話したことなんだ」と準男爵。

「今は思い出せませんが」

「おれの結婚に関することさ」

先生は眉を黒く曇らせたが、この哀れな男に助け船を出そうとはしなかった。サー・ルイ・スキャッチャードはどこからどこまでワルで、浅ましく、利己的で、好色で、冷酷で、財産を鼻にかけ、無知だった一面、真剣な愛に似たものをまだ感じる力を残していた。この男がメアリー・ソーンを愛していること、もしメアリーが手に入るなら、伯父の助言に従って生きる努力をすること、それをそのとき言いたかったことが推察できた。この男が求めていたのはほんのささやかなものだった。しかし、残念ながら、そのささやかなものをこの男に与えてやることはできなかった。

「あなたが結婚することは大いに奨励しますが、どうしたら私がお役に立てるかわかりません」

「もちろんミス・メアリーのことなんだ。おれは彼女を愛している。本当だ、ソーン先生」

「まったく問題外です、サー・ルイ、まったくね。姪にずいぶんご執心のようですけれど、そのような申し出はまったく考えられないと、姪に代わってはっきり答えることができますね」

「いいかい、なあ、ソーン先生、財産契約ならこちらはいくらでも出すぞ！」

「そういうことは聞きたくありません。あなたはここにとどまっているのが好都合と思うあいだ、私の家を使ってもらって結構。しかし、姪がそのことで悩まされることがないようにしてもらわなければ困ります」

「彼女があの若いグレシャムに恋しているからかい？」

先生はこれにには我慢ができなかった。「サー・ルイ」と先生は言った。「あなたのお父さんのためということがあって、あなたにはずいぶん我慢しています。あなたの病気のことでもかなり我慢している。しかし、人には許せないことがあるということをあなたは知るべきですし、もういい年なんだから学んでおくべきです。私は姪のことをあなたと話すつもりはありません。姪があなたから迷惑を受けることがないようにしたいという点も覚えておいてください」先生はそう言うと、この男のもとを去った。

次の日、準男爵は再びふんぞり返った態度を取れるくらいに回復していた。彼はジャネットをののしり、付き人の世話を受けたいと主張した。リキュールの瓶を返せと大声で要求したものの、無駄だった。次の日に駅馬を用意するように言いつけた。夜、彼は起きて寝室でディナーを食べた。それから翌朝、駅馬の予約を取り消した。先生に伝えて言うには、彼が取り消したのはここを去る前に郷士グレシャムと処理しなければならないちょっとした仕事があったからだ！　しかし、彼は仕事のことで郷士が会ってくれることはないとの先生の説得を何とか受け入れた。彼はゲイズビー氏に先生のうちへ来てもらって会う、ということでやっとこの件を決着させた。準男爵はグレシャムズベリーへ出かける面倒を避けることができるということで、ゲイズビー氏もそれに同意した。

この日、ゲイズビー氏が訪ねてくる前夜、サー・ルイは偉そうな態度でディナーに降りて来た。しかし、先生と差し向かいで食事をしなければならなかった。メアリーはそこにいなかったし、その不在について何の説明もなされなかった。サー・ルイ・スキャッチャードは二度と彼女に会うことはなかった。

彼はその夜非常に横柄に振る舞った。地位と資産がある人にふさわしいと彼が思う、気取った態度と作った威厳をまた見せた。意気消沈の期間には、鬱々として、卑屈だった。鬱々として、この期間に待ち構えていると信じる嘆かわしい運命を恐れていた。しかし、部分的に健康が回復すると、精神状態も回復し、一時の恐怖も取り除かれるというのが彼独自の症状だった。

その夜、準男爵と先生はほとんど何も話さなかった。先生は相手のワインを監視しながら座り、いつになったらこの家が再び彼のものになるのかと考えた。サー・ルイはふさぎ込んで座り、時々グレシャム家とらった。

グレシャムズベリーの資産について横柄な発言をしたあと、早い時間にジョーからベッドに寝かせつけても

駅馬が翌日三時に呼ばれ、二時にゲイズビー氏が訪ねて来た。弁護士はこれまでここに来たことがなく、ソーン先生には郷士のうちのディナーでしか会ったことがなかった。今回、彼は準男爵だけに面会を求めた。

「ああ！　ああ！　あんたが来てくれて嬉しいよ、ゲイズビーさん、とても嬉しい」サー・ルイはそう言いながら、持てる力をみな使って金持ちの大人物の役を演じた。「我々のあいだで事態を円滑に進めるため、いくつか質問をしておきたいんだ」

「会いたいとのご依頼がありましたので、やって来ました、サー・ルイ」弁護士は話すとき、大いに威厳を身に着けた。「とはいえ、仕事があるなら、弁護士同士で話をするのがよろしいのではありませんか？」

「弁護士ももちろんいいんだが、このグレシャムズベリーの資産におれが噛んでいるような大きな利害がある場合、わかるだろ、それがどうなっているか自分で調べてみたいと思うのは当然だろ。さあ、ゲイズビーさん、グレシャムさんがおれにいくら借りているか、知っているかい？」

ゲイズビー氏はもちろんよく知っていた。しかし、できればサー・ルイとこの話をするつもりはなかった。

「あなたのお父さんの資産がグレシャムさんのそれに対してどんな要求を持っていようと、私が理解する限り、それは管財人であるソーン先生に任されています。あなた自身は現在グレシャムズベリーに対していかなる要求もなしえないと信じています。利子は支払日にソーン先生に支払われています。私に提案してもよいというのなら、資産がまるまるあなたのものになるまで、この取り決めに変更が加えられることは不都合だと申しあげたい」

「おれの意見はあんたとはまったく違うんだ、ゲイズビーさん、イートンでよく言う「まるっきり」(1)だね。

あんたが言いたいのはこういうことだ――おれはグレシャムさんと訴訟をすることができない。なぜなら、勝ち目がはっきりしないからだとね。だが、おそらくそれは違う。おれはソーン先生におれの利益を図るように強いることができる。差し押さえをするよう強制することができる。で、本当のことを言うと、ゲイズビー、おれが有利と思う取り決めをあんたが提示できなければ、おれはすぐその手段に訴えるぞ。ほぼ十万ポンドおれに――そうだ、おれに借りがあるんだ。ソーンはこの件では名目だけの相手だ。金はおれの金だぞ。畜生、おれがその金を自分で面倒見るんだ」

「お金が確実かどうかということで、サー・ルイ、疑念をお感じですか?」

「そうだ、感じている。十万ポンドを確実なものにするのは容易なことじゃない。郷士は貧乏人だ。それだけの金を貧乏人に貸している状態を放置できない。そのうえ、おれはこれから土地に投資するつもりでいる。だから差し押さえをするんだと、道理に沿って言っている」

ゲイズビー氏は職業教育によって授けられた明快な言葉を用いて、その種のことをする権限がないことをサー・ルイに理解させようとした。

「権限がないって！　おれに権限がないかどうか、グレシャムさんに思い知らせてやる。十万ポンドを貸しているとき、貸している人間に何らかの権限がなければならん。おれが思うところ、権限があるはずだ。だが、いずれわかる。あんたはたぶんフィニーを知っているだろ?」

ゲイズビー氏は満面に軽蔑の表情を浮かべると、知らないと言った。フィニー氏は専門外の相手だった。

「じゃあ、いずれあいつを知って、頭のいいことがわかるだろう。つまり、もしおれが受け入れたいと思うような取り決めをあんたが提出できなければだ」ゲイズビー氏はそんな取り決めをするようにとの指示を自分が受け取ることはないと断言して、暇を請うた。

その日の午後、サー・ルイはボクソル・ヒルへ去り、自己破壊を監督するみじめな仕事を先生の肩から母の肩へ移した。準男爵は田舎へ押しかけて行くに当たってスキャッチャード令夫人の意向をまったく無視した。グレシャムズベリーを去るとき、先生に配慮することもあまりしなかった。彼は再び毛皮に身を包み、よろつく足取りで、連れ去ってくれるバルーシュ型馬車によじ登った。

「付き人は後ろに乗っているか?」と彼はジャネットに聞いた。先生はお別れを言うため、庭正面の通用門に立っていた。

「いえ、あなた、まだ乗っていません」とジャネットはうやうやしく言った。

「じゃあ、あとから送ってくれないか? 一日ここで待って時間を無駄にできん」

「ボクソル・ヒルへお伺いしますから、そこで会いましょう」別れの時が来たとき、先生はこの男の残忍さにもかかわらず、気持ちを和らげてそう言った。

「もちろん来てくれるなら、つまり訪問か、その種のかたちでだが、あんたに会うのは嬉しい。医者は必要ならフィルグレイヴを呼ぶから」馬車が大急ぎでドアから去って行くとき、これが彼の捨て台詞だった。先生は再びうちに入ったとき、笑いをこらえることができなかった。というのは、フィルグレイヴ先生がボクソル・ヒルで最後にえた患者を思い出さずにはいられなかったからだ。「たとえ準男爵を私の手から救い出すためとしても、フィルグレイヴ先生があのうちをまた訪問する気になるかどうか疑問だな」と先生は独り言を言った。

「あの方はいなくなったのね、伯父さん」とメアリーが自室から出て来て言った。

「そうだよ、おまえ、いなくなった。哀れなやつだ!」

「哀れな方かもしれませんが、伯父さん、とても不快な同居人でした。この二日間私はディナーをいただいていません」

「あいつがうちに来てからお茶一杯と呼べるものも飲んでいない。しかし、今夜その埋め合わせをするよ」

註

（1）原文は *in toto*。

第三十八章　ド・コーシーの言うこととド・コーシーのすること

昔は大いに流行ったが、今はすたれてしまった小説作法がある。いい作家の手にかかれば、それでもそれは非常に表現力豊かになり、物語か、物語の一部をほかの書き方よりもずっと自然な真実に近く伝えることができる。私が言っているのはよく知られる書簡体のことだ。この一章で私がそれを試みても、読者は許してくださると思う。この一章が終わる前に挫折して、普通の語りに戻ってしまうことがあるかもしれない。手紙はアミーリア・ド・コーシー令嬢とミス・グレシャムのあいだで交わされている。私はもちろん身分の高いほうを優先して並べたが、最初の手紙は二番目にあげた若い女性が書いている。手紙それ自体が状況を上手に説明することを期待している。

ミス・グレシャムからアミーリア・ド・コーシー令嬢へ

グレシャムズベリー・ハウスにて
一八五——年、六月

最愛のアミーリア

すぐおわかりになると思いますが、私は非常に重要な問題をあなたにご相談したいのです。何が適切であるかについて私があなたの判断と知識にどれほど厚い信頼を置いているかご存知だと思います。それで、この問題のことをほかの誰にも、ママにさえも話す前にあなたに書いているのです。というのは、ママもいい判断をするにはするけれど、今は多くの心配事と悩みを抱えているので、子供たちの関心についてその判断が少し歪んだものになることが考えられるからです。今はもう終わってしまいましたが、モファット氏の場合もおそらくそうだったと感じています。

モーティマー・ゲイズビーさんが今我が家に滞在し、ほぼ二か月になることはご存知でしょう。彼はかわいそうなパパの借金問題の処理に当たっています。ママからはとても好かれており、非常に優れた職業人だと言われています。彼がガンプション・ゲイズビー・アンド・ゲイズビーという古い法律事務所の下位の共同経営者であることはもちろんご存知ですね。その事務所は貴族か、平民でも最上級の人の仕事しか引き受けないと聞いています。

最愛のアミーリア、このゲイズビーさんが普通以上の関心を私に示しているのにすぐ気づきましたから、ただちに振る舞いに用心するようになりました。確かに最初からゲイズビーさんは好きでした。彼の身のこなしはとてもすばらしく、ママに対する彼の振る舞い方は魅力的で、たとえ「あなた」でも彼の物腰に非を打つことは難しいと言わなければなりません。彼は一度もなれなれしい態度を見せたことがありません。とても私に関心を示してくれるのに、同時にとても礼儀正しいと言えば、彼を公正に評価することになります。

この三週間、彼がだいじなことを言いたがっているように思えたことを告白しなければなりません。彼がいやな相手だったら、寄せつけないようにする方策をおそらくもっと講じていたかもしれません。あるいは、彼を完全に遠ざける方法をあなたにもっと早く相談していたかもしれません。でも、アミーリア、ご存知のようにこういったことが何一つ役に立たないことがよくあるものです。ゲイズビーさんは真剣なのだとずっと思っていましたが、はっきりするまであなたにもそれを言いたくなかったのです。彼の申し込みを受け入れるようにたとえあなたが助言してくださっても、おわかりのように、そのあとで彼が申し込んでくれなかったら、馬鹿な思いをしたに違いありません。

でも、彼は申し込んでくれました。昨日ディナーの少し前、彼は小さな応接間にいた私のところにやって来て、非常に上品な物腰で、あなたでさえ是認せざるをえない言葉遣いで、彼のもっとも高い野心は彼が私の好意に値すると思われることだと言い、もっとも熱い愛情、もっとも大きな賞賛、もっとも深い尊敬を私に感じていると言ってくれました。あなたなら、アミーリア、彼はただの事務弁護士だと言うでしょう。確かに彼は弁護士ですが、もしあなたが彼の胸の内を言い表す上品な言葉遣いを聞いたら、きっとあなたも彼を尊敬すると思います。

彼が部屋に入って来たとき、これからしようとしていることについて私は何か予感のようなものを感じましたので、身構えました。私は感情を表さないようにしようと一生懸命でしたが、一度彼のことをモーティマーさんと呼んでいるのに気がついて、少し慌てたと思います。彼の名はご存知のようにモーティマー・ゲイズビーです。確かに洗礼名なんかで呼ぶべきじゃなかったのです。でも、たとえ私がさん抜きでモーティマーと呼んだとしても、そんなに悪いことでしょうか？　モーティマーほどかわいい洗礼名はないと思います。とにかく、アミーリア、私は邪魔することなく彼に胸の内を告白させました。一度彼は私の手を取ろうとしましたが、それでもまったくなれなれしい態度なんか見せませんでした。私がそれを許そうとしないのを見ると、彼は身を引いて、まるでそれさえも恥じているかのように床に目を伏せたのです。

もちろん私は彼に答えなければなりませんでした。この種のことが起こりうることは予想していたとしても、心は決めていませんでした。私はどんな状況になろうと、あなたに相談しないで彼を受け入れることはありません。本当に彼が嫌いだったら、もちろん迷いの余地はありません。でも、最愛のアミーリア、彼がまったく嫌いだと私は言えません。私たち二人にとって結婚がふさわしいとするなら、本当にお互いにとても幸せになると思います。

私はできるだけ上手に心を落ち着かせました。立場はかなりつらいものでしたが、私の振る舞いが悪かったなんてあなたには言えないと思います。彼の気持ちがわかってかなり驚いたとはいえ、もちろんその気持ちが嬉しいと私は言い、知り合いになってから彼を知人として敬愛し、評価してきた、しかし、彼を職業人と見なして、それ以上の存在となることを予想していなかったと答えました。それから、私の場合、おそらくほかの娘のように感情に溺れる特権を持ち合わせないことも説明しようとしました。おそらくそれは言いすぎでしょうが、私が彼に恋していると思わせたかもしれません。でも、私の言い方から見て、彼がそう思ったとは思いません。というのは、私はとても用心深く構えていて、とても落ち着いていたからです。それから、私に向けられるどんな求婚も私自身の問題を超えるものではないとはいえ、家族にも相談する義務があると答えました。

彼はもちろんですと言い、お父さんに話してもいいかと聞いてきました。私の場合、家族と言うとき、必ずしもパパやママのことを指してはいないことを彼に理解させようとしました。当然グレシャムの名にふさわしいこと、という意味でした。パパが何て言うかよくわかっています。三十秒で同意してくれるでしょう。パパは借金のことでひどく悲嘆に暮れていますから。じつを言うとね、アミーリア、ママも同意してくれると思います。彼は私の言うことがよくわからないように見えました。でも、彼は結婚してグレシャム家の一員になることは途方もない野心だと承知していると言いました。彼がとてもまともな心情を具えていることを、きっとあなたも認めてくださるでしょう。その心情の表現に関しては、彼ほどうまく表現できる人はいません。

彼は彼の階級よりも高い階級に属する家族と縁組みをすることが野心の対象だと言い、出世の手段としてそれを当てにしていると告白しました。とにかくこれは正直でした。彼はこれがもちろん第一の動機ではないけれど、求婚の動機の一つだと言いました。これに対して、私はとても短い期間しか私自身を知ってもらう時間はなかったと答えました。これはおそらく彼を大いに励ますことになったでしょう。でも、そのとき私はほとんど何と言っていいかわからなかったのです。というのは、彼の気持ちを傷つけたくありませんでしたから。彼はそれから収入のことを話しました。仕事で年千五百ポンドの収入があり、父が職を退くとき、その収入はさらに大きく増加することになっている。彼の父は下位の共同経営者ではあるが、ガンプション氏よりもはるかに年上だということです。まもなくモーティマー・ゲイズビーさんがみずから上位の共同経営者になる予定であり、それによっておそらく少し立場が変わることになります。

彼はサリー州のどこかにいい土地を持っています。そこは紳士にふさわしい場所だとママが言うのを聞いたことがあります。そこは今は貸し出されているものの、彼が結婚したら、そこに住むことになるそうです。それに彼には自由になる資産があります。それで、おわかりのように彼はオリエルさんと同じくらいに裕福か、実際はもっと裕福なのです。人が職に就いていたら、その職が何であるかあまり重要ではないと考えられていますね。もちろん牧師は主教になれますが、それでもある弁護士がかつて大法官になったという話を聞いたことがあります。私は、いいですか、私の馬車が持てるのです。彼がどうしてその話を持ち出したか覚えていないのですが、特にそのことに触れたのを覚えています。

私はあまりに驚いたので、即座に回答できないととうとう答えました。彼は翌日ロンドンへ発つことになっているけれど、帰ってきたら同じ問題について話すことを許してくれるかと言いました。おわかりのように、私はこれを拒絶することができませんでした。それで今彼が不在の機会をとらえてあなたの助言を求める手紙を書いているのです。あなたは世故にたけ、こんな奇妙な立場に置かれた人がどう行動すべきか正確にご存知ですから。

私がここに書いたことが少なくとも状況がよくわかるように書けていればと思います。私自身の気持ちについては、何も述べていません。なぜなら、私の気持ちとは無関係にあなたに問題を考えてほしいからです。ゲイズビーさんを受け入れたら品位を損なうというなら、たまたま彼が好きだからと言って、受け入れることなんか決してしません。そんなことをしたら、この世はどうなってしまうでしょう、アミーリア？　おそらく私の考えは少し無理しすぎているのかもしれません。もしそうなら、言ってください。

オリエルさんがベアトリスに求婚したとき、反対を唱える人は一人もいないようでした。すべてが当然のことのように進むように見えました。オリエルさんのうちはすばらしい家柄だとベアトリスは言います。でも、私が知る限り、彼の祖父はインドの将軍であり、お金持ちになって帰国したのです。ゲイズビーさんの祖父は法律事務所の一員であり、曾祖父もそうだったようです。これって重要なこととは思われません？　そのうえ、その事務所は伯父のド・コーシーやケンジントン・ゴア侯爵のような貴族の方々としか仕事をしないのです。侯爵について触れたのは、モーティマー・ゲイズビーさんが今そちらのほうへ行っていらっしゃるからです。ガンプションさんの一人は一度国会議員だったこともあると聞いています。オリエル家が国会議員を出したことはないと思います。弁護士って確かにあまり聞こえはよくないですね、アミーリア？　でも、確かに重要な人のように見えますから、そこが違うんだと思います。モーティマー・ゲイズビーがバーチェスターのある弁護士のことを話すのを聞いたら、主教と副牧師の違いくらいの違いが弁護士にもあることがわかります。私もそう思います。

私自身の気持ちについては話したくありません。でも、もし弁護士でなければ、彼は私の好きなタイプだと思っています。彼はあらゆる点ですばらしい人であり、言われなければあなただって弁護士とはわからないでしょう。でも、親愛なるアミーリア、私はあなたの導きに完全に従います。確かに彼はモファットさんよりもはるかにいい人で、ずっとお喋りです。もちろんモファットさんは国会議員であり、伯父のド・コーシーから引き立てられて、まったく違った方面に位置していました。でも、彼があんな振る舞いをしたとき、私は本当に救われたような気がしました。モーティマー・ゲイズビーとなら、ぜんぜん違っていたと思います。

あなたのご返事を今か今かとお待ちしています。ですから、どうかすぐご返事をお願いしますね。この種のことでは今のことよりもむしろ昔のことを考えるべきであり、結婚の様式はみな礼儀にかなったものでなければならないと、ある人々が言うのを聞きます。私はおわかりのように、あまり気難しい態度を取りすぎて馬鹿な真似をしたくありません。おそらくこう言った新しい考え方は間違いなのでしょう。変節は間違いなのだと思います。でも、世界が変化するなら、人も変化しなければなりません。人は世界に背くわけにはいきませんから。

それで、ご返事を書いて、あなたのお考えをお知らせください。私があの方を嫌っているなんて考えないでください。というのは、実際嫌っているとは言えないからです。でも、ド・コーシーの名を持つ人が顔を赤らめなければならないような結婚を私は何と引き替えても絶対にするつもりはありません。

いつも最愛のアミーリア

あなたにもっとも愛情を抱く従妹
オーガスタ・グレシャム

追伸――フランクがメアリー・ソーンととても愚かなことをしでかしそうで心配です。フランクがお金と結婚しなければならないのはとても重要なことと見られているのはご存知でしょう。

モーティマー・ゲイズビーがいつか国会議員になることはありうることと思います。彼こそそれに打ってつけの人です。

哀れなオーガスタは夫をえたいといとも強く願っていた。しかし、彼女はこの問題で火打ち石のように固い胸に判断を求めたから、うまくいかなかった。オーガスタ・グレシャムは二十二歳で、アミーリア・ド・コーシー令嬢は三十四歳だった。アミーリア令嬢はこんなふうに自分の手に問題が委ねられたとき、オーガスタに結婚を許すようなことを言うだろうか？　いったいどうしてオーガスタは身分の低い人と結婚して今の地位から落ちる必要があるのか？　アミーリア令嬢が落ちる必要があると思わないまま長い歳月をすごしてきたというのに。オーガスタの手紙は便箋二枚に縦にも横にも一面に書かれていた。アミーリア令嬢の返事も同じようにものものしいものだった。

アミーリア・ド・コーシー令嬢からミス・オーガスタ・グレシャムへ

コーシー城にて
一八五―年六月

親愛なるオーガスタ

昨日の朝あなたの手紙を受け取りました。けれども、じっくり考え抜きたかったから、今夕まで返事を書くのを延ばしていました。問題はあなたの人格にかかわるだけでなく、一生の幸せにかかわるものだから、はっきりした意見を打ち出すとき、考え抜いたものでなければ、正当とは見なされません。

第一に、私がモーティマー・ゲイズビーさんに反対する理由はまったくないと言っていいです。（オーガスタはここまで読んで、沈んだ気持ちになった。残りの部分はもうどうでもいいことだった。決論が意に反するものだと、モーティマー・ゲイズビー夫人になりたいという願いが大目に見てもらえることはないのだと、彼女はただちに見て取った。）私は彼を長く知っており、非常に尊敬すべき人だと信じています。立派な職業人であることに疑いの余地はありません。ガンプションとゲイズビー法律事務所はおそらくロンドンで一流の弁護士であり、パパが彼らをたいへん高く評価していることを知っています。

これらは求婚者としてのゲイズビーさんに有利に働く立派な申し立てになります。その求婚が彼と同じ階級の女性に対してなされるとするならばの話ですが。けれども、あなたは問題を考えるとき、思うに、まったく違った角度からそれをとらえるべきなのです。彼がほかの弁護士よりもはるかに優れていると断言するまさにその事実が、あなたがその職業全体をどれほど低く評価しているか示しています。それは彼らが一生の伴侶の対象とはなりえない階級の人々であることを、愛するアミーリア、あなたがいかによく知っているかも示しています。

私の意見は、あなたが求婚を受け入れないことを——もちろんとても丁重に——ゲイズビーさんにわかっていただくということです。彼は求婚するとき、上の階級に妻を求めていることを認めているとあなた自身言っています。それゆえ、彼と結婚するとき、あなたが下の階級に落ちることは明白ではありませんか？

この結論があなたを悲しませるとすると、たいへんお気の毒です。それでも、あなたはおそらく自分を不幸にする措置——友人たちのある部分がきっと恥ずべきものと見なす措置を取るよりも、一時の気の迷いに打ち勝つ苦しみに堪えるほうがいいと思います。

愛するオーガスタ、私たちはこういう問題で自分のことだけを考えることは許されません。あなたがまさしく言っている通り、もし私たちがそんなふうに行動したら、世界はどうなってしまうでしょう？　私たちが血管に高貴な血を具えて生まれて来ることは神の喜びです。これは私たち二人が尊重する大きな恩恵ですが、その恩恵は特権だけではなく責任を伴っています。王族は臣下と結婚してはならないと法で定められています。私たちに法はないとしても、それでもその必要は感じています。低い階級の人と結婚してはなりません。モーティマー・ゲイズビーさんは結局ただの弁護士にすぎません。彼の曾祖父のことを述べていますが、貴族の血なんかまったくない人です。こんな混ぜ合わせ婚はド・コーシー家の者からは、グレシャム家の者からさえも、汚染と見なされることをわきまえなければなりません。（ここでオーガスタは真っ赤になった。私が決してその結婚を擁護していないことを覚えておいてください。オリエルさんとベアトリスの結婚は話が違います。でも、私が決してその結婚を擁護していないことを覚えておいてください。オリエルさんの家を精査するチャンスがなければ、その結婚がいいものか、悪いものかわかりません。そのうえ、ベアトリスはこういう問題で当然感じなければならないことを感じていないように見えます。でも、言ったように彼女のオリエルさんとの結婚は話が違います。牧師は――特に田舎教区の禄付牧師や俸給牧師は――他の職業人よりも高い特権を具えています。理由は説明できるとしても、手紙では長くなりすぎます。

この問題に関するあなたの感じ方は、大いにあなたの名誉となるものです。グレシャムさんがゲイズビーさんから娘を求められれば、この結婚に同意なさることを私は疑いません。けれども、そこにこそ彼との結婚が許されてはならない理由があるのです。あなたのお父様の意向に背くようなことを私が示唆するのは間違いでしょう。けれども、あなたのお父様が生涯を通じて有利な立場をすべて投げ捨てて、家族を犠牲にしてきたことを私たちの誰もが考えずにはいられません。おっしゃる通り、あなたのお父様はなぜ今借金まみれになっているのでしょうか？　お父様はなぜ国会に一族の議席を確保していないのでしょうか？　たとえあなたが娘でも、この問題でお父様に相談するのは正しくないと感じるほかありません。

親愛なる叔母様はもし健康であって、自由な判断ができる状態なら、あなたが一族の資産の代理人と結婚するのを見たくないと確信しています。親愛なるオーガスタ、それが真実なのです。ゲイズビーさんはしばしばここに仕事のことで来ます。パパはいつも彼を紳士として受け入れて――つまり、同じテーブルで食事をしたり、その他もろもろのことを許したり――しますが、彼は家のなかで家族の普通のお客や友人と同じ基準に立つことはできません。いったいどうしてあなたがコーシー城で彼と同じ資格で受け入れられたいと思うでしょうか？

あなたはパパの姪だとおそらく言うでしょう。確かにそうです。でも、こういう問題でパパがどれほど厳しい区別をするかご存知と思います。妻はいつも夫の地位に準ずることを覚えていなければなりません。パパは宮廷の厳格な作法に慣れていますから、いかなる手管を用いても資産の管理人を甥として受け入れるようなことはしないと確信しています。実際、もしあなたがゲイズビーさんと結婚したら、彼の所属する事務所は、私の想像するところ、このうちの資産の管理を放棄しなければならなくなります。

たとえゲイズビーさんが国会議員になったとしても――どうにも議員になる可能性があるとは思えませんが――、状況に変わりはありません。私がモファットさんとの結婚に積極的でなかったことは、あなた、覚えているはずです。私はママが積極的だったから、黙って従いました。私の思い通りにさせてもらえたら、私たちの古い規範的原理に固執していたと思います。お金にしろ、地位にしろ、私にとっては低い生まれを贖うことはできません。けれども、残念ながら世界は退化しています。今日流行の考え方によると、高貴な血の女性が金持ちの、いわゆる準貴族的な地位の人と結婚しても、名を汚すことにはなりません。私はこれとは違っていたらと願うのですが、事実はそうなのです。それで、モファットさんとの結婚は必ずしも満足のいくものとは見られないとしても、名を汚すほどではなかったのです。

けれども、ゲイズビーさんとの結婚の場合、事態はまったく違ったものになります。彼は生活の糧を稼がなければならない人です。おそらく誠実に稼いでいるのでしょうが、地位は低いのです。彼は尊敬すべき人だとあなたは言います。それはその通りでしょう。コーシーの肉屋のスクラッグズさんもそうなのです。こんな議論があなたをどんなところにおとしめるか、オーガスタ、おわかりでしょう。

おそらく彼はある意味モファットさんより立派なのかもしれません。つまり、自由に駆使できる世間話をたくさん持っているし、普通の若い女性にはいいと思われるちょっとした趣味や楽しいことを器用にこなせるかもしれません。けれども、私の意見では、私もあなたもそんな遊びに自分を犠牲にするのは正しいとは思われません。私たちには高い身分に伴う義務があります。その義務をはたさなければならないとき、普通の女性的世界の舞台に私たちが参加することは禁じられているのかもしれません。若い娘が結婚したがるのは当然です。それで、弱い娘は初物に軽率に手を出します。判断力を具えた者は選択します。けれども、もっとも強い精神力を具えた娘はおそらく自分を抑え、気まぐれを克服し、高い原理の維持に背く結婚から身を引くことができるのです。もちろん私が言っているのは血管に高貴な血を持つ女性のことです。あなたと私はほかの女性の振る舞いについて議論する必要はありません。

私の言うことにあなたが納得してくだされぱいいのですが。あなたと私は、いとこ同士の会話を通して完全に一致した考えをこの件に関して共有する必要があると思っています。ゲイズビーさんが帰ってくるまで、あなたはグレシャムズベリーにとどまっていなければなりません。彼が帰ってきたらすぐ面会を求めなさい。

彼が求めるまで待ってはいけません。そして彼に言うのです。結婚を申し込まれたとき、あなたはそれにあまりに驚いたので、そのときに当然導かれるべき結論でそれに答えることができなかったと。あなたは嬉しかったが——けれども、これを言うとき、冷静な表情を保ち、とても冷たい態度を取らなければなりません——、たとえほかの理由が禁じなくても、家柄という理由が彼の申し出を取りあげることを禁じたのだと言うのです。

それから、親愛なるオーガスタ、私たちのところ——ここへ来てください。このもみ合いを終えたあと、少し気落ちしていることと思います。私が元気づけてあげます。二人一緒にいれば、あなたはゲイズビーさんを拒絶することで守ろうとした高貴な地位の価値をはっきり感じ取り、失うものをもっと楽に悔やむことができるでしょう。

あなたに愛情を抱く従姉
アミーリア・ド・コーシー

追伸——フランクについてはたいへん悲しく思っています。けれども、フランクがとても愚かなことをするのではないかとずっと恐れていました。ミス・メアリー・ソーンはソーン先生につながる嫡出の姪ではなく、バーチェスターで先生に誘惑された女性の娘だという噂を最近聞きました。この噂の真偽はわかりませんが、あなたの兄は防御を固める必要があると思います。そうすればうまくいきます。

哀れなオーガスタ！　じつに彼女は哀れだった。というのは、彼女は自分の考え方に従って正しいことをしたいと努力していたからだ。モファット氏についてはもともとどうでもいいと思っていた。それゆえ、上辺だけの飾り――それに身を売るように母から教えられていた金箔――を失ったとき、彼女が哀れみの対象とはなりえなかった。しかし、ゲイズビー氏が相手なら、彼女は力の限り彼を愛することができた。彼が相手なら、幸せで、上品にしていられて、満足できただろう。

彼女はこの手紙が来たとき、非常に注意深く返事を書いた。アミーリア令嬢の言うことをまったく無視して、言わば自分の判断でこの人と結婚する気にはならなかった。アミーリア令嬢は彼女の人生の暴君だった。それで彼女は暴君の許可をえようと一生懸命頑張った。ゲイズビー氏が結局それほど平民とは言えないことを示すため、いろいろ狡猾な手管を考えてみた。彼女のずるい手管はみな無駄だった。アミーリア令嬢はとても堅固な心根の持ち主だったから、そんなゴミにごまかされることはなさそうだった。オーガスタが神とマモンの両方に仕えることはできなかったのだ。彼女は従姉の偶像である神に仕えて独身を守るか、彼女の好みであるマモンに仕えてゲイズビー氏と結婚するか、どちらか選ばなければならなかった。

最初に熟読したあと、従姉の手紙を折り畳むとき、彼女は一瞬反逆のことを考えた。たとえド・コーシー家がみな彼女を見捨てたとしても、サリー州の立派なところで、馬車を保有して――馬車は必須だった――幸せに暮らすことはできないのか？　彼女はモーティマー・ゲイズビー夫人にふさわしいとされる手抜きされた礼儀でコーシー城に迎えられたくはないだろうと言われた。しかし、コーシー城に歓迎されないことさえ我慢できたら、それが何だろうか？　そういう思いがおぼろげに彼女の胸に浮かんだ。

しかし、勇気はなかった。暴君を無視するのは難しかった。屈服することに慣れているとき、屈服するほうがはるかに易しかった。それゆえ、この三番目の手紙が書かれた。この文通の最後のものだ。

ミス・オーガスタ・グレシャムからアミーリア・ド・コーシー令嬢へ

グレシャムズベリー・ハウスにて
一八五――年、七月

最愛のアミーリア

私はこれまでご返事をしませんでした。ゲイズビーさんが帰ってくるまでご返事を延期するのがいいと思ったからです。一昨日彼は帰ってきて、昨日私はできるだけあなたから忠告された通りに振る舞いました。おそらくおおむね思ったよりもうまくいったと思います。あなたがおっしゃる通り、地位は特権とともに責任を伴っています。

私はあなたが牧師についておっしゃったことがよく理解できません。実際、人が家柄について難しく考えるなら――確かに私たちはそうあるべきだと思います――例外なしに難しく考えなければなりません。もしオリエルさんが成りあがりなら、たとえ今禄付牧師であっても、たんに父が牧師だからと言って、ベアトリスの子がいい生まれだとは言えないでしょう。あなたに前に手紙を出してから、ゲイズビーさんの曾曾曾祖父が法律事務所を設立したと聞きました。当時は名もない人でも、現在は血管にいい血を具えていると思われる多くの人々が輩出しています。

でも、あなたと意見が違うからこれを言っているのではありません。あなたとまったく同じ意見ですから、すぐこの人を拒否することに決め、結果そうしました。

家柄を考慮するなら、彼を受け入れることはできないと言ったとき、彼からお父様に言ったかと聞かれました。いや、心を決めたからそんなことをしても無駄だと私は答えました。彼が私の言うことを充分理解したとは思いません。でも、おそらくそれはあまり重要なことではありません。とても冷たくするようにとあなたは言いましたが、おそらく彼は私が前ほど優しくないと思ったと思います。彼が最初に申し込んできたとき、私は励ましを与えすぎてしまったのではないかと本当に恐れました。でも、もうすべてが終わり、完全に終わってしまいました。（オーガスタがこれを書いたとき、目から落ちた涙で手の下の便箋をかろうじて濡らさないようにすることができた。）

私はとにかく今（と彼女は続けて書いた。）ゲイズビーさんが少し好きだったと告白することをはばかりません。結婚したら、彼の気性と気質が私に合っていたことだろうと思います。でも、正しいことをしたと満足しています。私の決意を翻そうと彼はずいぶん頑張りました。つまり、決定を先延ばしにするようにいろいろなことを言いました。でも、私は動じませんでした。彼は立派に振る舞ったと、彼は私を誠実に、真に愛してくださったと私が実際に思っていることを告白せざるをえません。でも、もちろんそのために家柄についての配慮を犠牲にすることはできません。

そうです。地位は特権と同時に責任を伴います。今後それを念頭に置きます。そうする必要があります。もしそうしないと、苦しむことに対する慰めが見つかりません。というのは、アミーリア、人は苦しまなければならないことがわかったからです。パパに言ったら、この人と結婚するように忠告してくれたと思います。おそらくママもそうしてくれました。フランクもベアトリスも、私が彼を愛しているとわかったら、結婚するように言ってくれたと思います。みんながみんな同じように考えてくれたら、この結婚もそんなに悪いとは見られないでしょう。でも、一人の人の肩にすべての責任を負うのはつらいことです。そうじゃありませんか？

でも、私はあなたのところへ参ります。あなたは私を慰めてくださいますね。グレシャムズベリーにいるよりコーシーにいるほうが、こういう問題では自分が強くなったようにいつも感じます。私たちはこの件を充分話し合いましょう。そうしたら、また幸せになれます。もしあなたと伯母様のご都合がよろしければ、次の金曜日にお伺いしたいと思います。あなた方が私に会いたがっているとママに言ったら、反対されませんでした。すぐご返事をください、最愛のアミーリア。というのは、あなたの言葉を聞くのが今私の唯一の慰めなのです。

もっとも愛情を抱き、感謝しているあなたの
オーガスタ・グレシャム

追伸――メアリー・ソーンについてあなたが言ったことをママに話しました。「そうよ、世間の人はもうみんなそのことを知っていると思います。たとえ世間の人がみんな知っていても、フランクにはそれはどうでもいいことなのです」とママ。ママはとても怒っているように見えたから、本当だったとわかります。

今私が話してしまうと物語の結末をいくらか予想されてしまうとしても、ゲイズビー氏の恋愛物語の全貌をここで話してしまうのが望ましいように思われる。メアリーが最終章で死の床にあり、ひどく悲しんでいるか、あるいは別のかたちで運命をまっとうしているかするとき、ゲイズビー氏と貴族の花嫁のことを長々と語るチャンスはないだろうから。

というのは、アミーリア令嬢によってきわめて雄弁に説かれた高雅な教えにもかかわらず、ゲイズビー氏はド・コーシー(1)の高貴なイコルが血管に流れる花嫁をついに獲得することに成功したからだ。手紙で正しく表現されていたように、ゲイズビー氏はオーガスタをどう理解していいかわからなかった。彼は最初の申し込みをしたときのオーガスタの態度から――そう思って当然なのだが――彼女から好かれているものと、承諾がえられるものと思っていた。それゆえ、二度目の会見のとき、かなり当惑してしまった。彼は何度も口

説いて、グレシャム氏にこの件を話す許可をえようとした。しかし、オーガスタの意思は固かった。彼はついにうんざりして引きさがった。オーガスタはコーシー城へ行き、従姉から大いに必要としていた慰めと励ましをえた。

四年後――メアリー・ソーンの運命が電撃のようにグレシャムズベリーの住民の上に落ちたずっとあと、ベアトリスが二番目の赤ん坊の準備をして、双子のそれぞれに公認の恋人ができたころ――、モーティマー・ゲイズビー氏はコーシー城を訪問した。もちろん仕事のためだ。彼は当然家族と同じテーブルで食事をするなど、その他もろもろのことをした。アミーリア令嬢によると、伯爵はいつもの気立てのよさからそういう特権を彼に許したようだ。彼がその特権を踏み越えないように期待したいところだ。

しかし、このときゲイズビー氏が城に長期間滞在したから、その滞在理由について奇妙な噂が小さな町に広まった。コーシー家の娘は誰一人としてこれまでのところ結婚相手を見つけることができなかった。鷲は生息地で数が少なくなると、つがいが困難になるというのは想像できる。プロテスタントの王女がたくさん手元にいたとき、時として申し分ない夫を手に入れることがいかに難しかったか、私たちはみな知っている。そういう難しさがあったから、伯爵夫人はまだ一人も片づかぬ乙女の群れに取り巻かれている状況だった。地位は特権とともに責任を伴う。そういう責任があるため、これらの若い令嬢はともするとそれがなければこれまでひざまずいていたかもしれない求婚者を排除してしまう傾向があるように見えた。しかし、今一人の求婚者がひざまずいて、受け入れられたとの噂がコーシーに流れた。その噂はコーシーからバーチェスターへ飛び、そこからグレシャムズベリーに届いて、そこの住民たちを驚かせ、もし事実が知られたら、哀れとしか言いようがない一人の女性の心臓に激しい動悸を与えた。求婚者の名はモーティマー・ゲイズビー氏だった。

そうだ、モーティマー・ゲイズビー氏は家族と同じテーブルで食事をするなど、その他もろもろの特権を今褒美として与えられた。彼は若い令嬢たちと大庭園を馬で散歩し、客の前で家族みなから親しげに話しかけられた。アミーリア令嬢を除いてだった。伯爵夫人からさえモーティマーと呼びかけられ、完全に家族の一員として扱われた。

ついに伯爵夫人から愛する妹アラベラへ一通の手紙が届いた。そのままお伝えすべきだとは思うが、さらに手紙をここで紹介するのは躊躇する。書簡体は非常に容易な小説作法だが、それを安易に使うのは危険だ。この手紙は、予備的な、曖昧なたくさんの説明のあと、モーティマー・ゲイズビー——あらゆる点で宝物であり、男性の模範とわかった人——がド・コーシーの胸に一家の子として受け入れられることになったと告げた。二週間後のその日、彼が祭壇に連れて行くことになった女性は——アミーリア令嬢だった。

伯爵夫人はそれから続けて書いた。愛するアミーリアは特権とともに疑いなく充分理解している責任、つまり、来るべき義務をはたすため、とても忙しくて、本人が手紙をしたためることができないと。しかし、伯爵夫人は娘から依頼されたのだが、結婚式にはグレシャム家の双子に来てもらい、花嫁付き添い役をはたしてくれるようにお願いしたいと。伯爵夫人は愛するオーガスタがオリエル氏のうちの出産で忙しく、式に出席できないことを知っていた。

モーティマー・ゲイズビー氏はド・コーシー家に受け入れられ、アミーリア令嬢を祭壇に導いた。グレシャム家の双子が出席して花嫁付き添い役をはたした。そして、人の性質のすばらしさを表しているのだけれど、オーガスタは従姉を許して、しばらく間を置いたあと一度は彼女の家にしたいと思ったサリー州のあの立派なうちを訪問した。レディー・アミーリア・ゲイズビーがあれほど倹約家でなかったら、そこは本当にいいところだったとオーガスタは思った。

二人のあいだに何らかの説明があったことは想像できる。もしそうなら、オーガスタはその説明を受け入れて、満足のいくものと認めたのだ。彼女はいつもこの従姉に従い、畏怖と尊敬のあいだに生まれる愛情でもってこの従姉を愛した。従姉のアミーリアと喧嘩をするよりは何でも受け入れたのだ。

モーティマー・ゲイズビー氏は必ずしも悪い取引をしたわけではなかった。持参金は一シリングも受け取らなかった。そんなものは期待していなかったし、ほしくもなかった。どちらかというと彼はむしろ貴族の妻による過度の節約に悩まされた。貧乏人と結婚したのだから――ゲイズビー氏はしかし貧乏人ではなかった――、家を非常に注意深く管理する必要があると妻は言い張った。彼女がしたような結婚は――彼女はそうオーガスタに打ち明けた――特権とともに義務を伴っていたからだ。

しかし、全体としてゲイズビー氏はこの取引を後悔しなかった。友人たちを食事に招くとき、会えたらレディー・アミーリアがとても嬉しがりますと言うことができた。この結婚によって、彼は社交クラブで大きな顔をすることができたし、所属の法律事務所では重みを増した。コーシーの銃猟に参加し、グレシャムズベリーやバーチェスターの他の名家で「同じテーブルで食事をするなど、その他もろもろのこと」をするだけでなく、田舎社会が提供できる楽しみに参加するよう求められている。いつか貴族の義父から国会議員にしてもらえるかもしれないとの大きな希望を持って彼は生活している。

註

（1）人の血液とは違って神々の体内を流れる霊液。

第三十九章　世間が血について言うこと

「ベアトリス」とフランクは妹の部屋に飛び込んで来て言った。「特別に頼みたいことがあるんだ」フランクがメアリー・ソーンに会って三、四日後のことだった。彼はメアリーに会ったあと、結婚問題について家族の誰とも話をしないまま、父に打ち明ける務めを一日一日と先延ばしにしていた。彼は犬小屋にも、猟犬管理者にも、狐狩り用の馬屋にも今は一回りしたから、彼の問題に取りかかってよかった。それで、その日郷士と話をすることに決めたところで、まず妹に頼みたいことがあった。

「特別に頼みたいことがあるんだ」妹の結婚式の日取りはもう決められており、それもあまり先の話ではなかった。ベアトリスはいい天気が利用できなければ、新婚旅行の楽しみは半減するとオリエル氏から言われていた。彼女はそれに反論するつもりはなかった。フランクが特別に頼みたいことがあってベアトリスの部屋に飛び込んだとき、彼女は上機嫌で、兄から何を言われても断る気分ではなかった。

「ぼくに結婚式に出てもらいたければ、聞いてもらわなきゃいけないよ」と兄。

「出てほしいのです！　もちろん出席してくれなくては。ねえ、フランク！　どうしてほしいの？　月へ行けとかそんな話でなければ、聞くけれど」

フランクは真剣だったから冗談を言うことができなかった。「おまえの花嫁付き添いの一人にメアリーを加えてくれなくてはいけないね」と彼は言った。「ねえ、いいかい、難しいかもしれないが、そう言い張ってもらわないと困るんだ。今どういう噂があるかわかっている。だけど、その晴れがましい日に彼女が閉め出されるなんて我慢ができない。一年前までずっと姉妹のような二人だったじゃないか！」

「でも、フランク――」

「ねえ、ベアトリス、でも、は聞きたくない。やると言っておくれ、そうしたらやれるだろう。きっとオリエルは賛成するし、父さんも賛成するよ」

「でも、フランク、私の言葉を聞こうとしないのね」

「反対するなら、聞かない。おまえにそうしてもらうことに決めたんだ」

「でも、私も同じことを決めたのよ」

「え？」

「わざわざメアリーのところへ出かけて、今兄さんが言ったように出席してくれなければ駄目よと言ったのよ。彼女が式に出てくれないと幸せになれないって、ママにはわかってもらうつもりでね。でも、メアリーははっきり断ったの」

「断った！　何て言ったんだい？」

「彼女が言ったことは言えません。言ったら、悪いから。でも、はっきり断ったのよ。いろいろなことがあったあと、彼女はもうグレシャムズベリーに来ることはできないと感じているみたいね」

「馬鹿な！」

「でも、フランク、それが彼女の気持ちなのです。本当のことを言うと、私はその気持ちをだいじにしてあげたい。彼女が不幸なのだというのはわかっています。でも、時間が癒してくれるはずよ。本当のことを言うと、フランク――」

「彼女に聞いたのはぼくが帰ってくる前のことじゃなかったかい?」

「ええ、兄さんが帰ってくる前日だったと思うけれど」

「じゃあ、もう状況はまるっきり変わってしまった。ぼくは帰ってから彼女に会ったから」

「会ったの、フランク?」

「ぼくを見損なってもらっては困るね。もちろん会ったよ。帰った翌日に彼女のところへ行ったんだ。ねえ、ベアトリス、ぼくを信じようと信じまいと好きにしていいが、ぼくが結婚するなら、メアリー・ソーンと結婚する。彼女が結婚するなら、ぼくと結婚する、そう言っていいと思う。とにかく、ぼくは彼女から約束をもらった。だから、彼女におまえの結婚式に出てもらいたいと願っても、彼女が欠席するならぼくも欠席すると言っても、驚くには当たらないだろ。ぼくは秘密なんか嫌いだから、母さんに言いたければ言っていいよ、――ド・コーシー家の人みなに言っても構わない」

フランクはこれまで妹たちに指図することに慣れていた。そして、妹たち、特にベアトリスはそれに従うのが常だった。今度の場合も、方法さえわかれば従いたいと思った。彼女は再び思い出していた。たとえド・コーシーの血を具えた人がみな祭壇の手すりに群がっているとしても、メアリーは彼女の結婚式に出席し、近くにおり、触れているとかつていかに誓ったかを。

「彼女が出席してくれたら、とても嬉しいけれど。でも、断られたら、フランク、私はどうしたらいいかしら? 頼んだのに、彼女は断ったのよ」

「おまえはもう一度会ってくれ。メアリーの前で後ろめたい思いをすることがあってはならない。姉になる人だと言わなかったかい? グレシャムズベリーに二度と来ないって! ねえ、これから何年も彼女はここに住み、おまえはそこの牧師館に住むことになるんだよ」

ベアトリスはメアリーにもう一度会ってみると言い、メアリーが出席することに同意したら、母を説得すると約束した。しかし、ベアトリスはメアリー・ソーンがグレシャムズベリーの女主人になることをまだ信じることができなかった。フランクがお金と結婚することは是非とも必要なことだった！　そのうえ、今メアリーの出生について広まっているあの恐ろしい噂、これまでに聞いたどんなものよりも恐ろしい噂はどう考えたらいいのか？

オーガスタは父が借金によって失意のうちに沈んでいると話したとき、少なくとも真実を語っていた。郷士は手に負えないほどたくさん問題を抱えていた。ゲイズビー氏は疑いもなく優れた弁護士だったが、郷士の問題を減らせるように見えなかった。実際、ゲイズビー氏は郷士にどれだけ借金があるか、どんな泥沼状態に落ち込んでいるか絶えず指摘し続けた。今イェーツ・アンブルビー氏を正当に評価するなら、アンブルビー氏はこんなに不愉快に振る舞うことはなかったのだ。

サー・ルイ・スキャッチャードが郷士に敵対的な措置を取る力はないと断言したとき、ゲイズビー氏は疑いもなく正しかった。しかし、サー・ルイがサー・ロジャーの遺言にもかかわらず、この件でほかの人たちを動かすことができると豪語したとき、彼もまた正しかった。ほかの人たちが動いたし、今もまた動いており、残るグレシャムズベリーの資産の少なくとも半分は売らなければならないと考えられ始めた。しかしながら、売ったとしても郷士が残り半分の資産を揺るぎなく所有できる見込みもかいもくなかった。それゆえ、グレシャム氏はほとんど失意のうちにあった。

フランクはすでに一週間自宅にいたのに、父は一家が抱える問題をまだこの息子に話していなかった。メアリー・ソーンに関してもまだ一言も言葉を交わしていなかった。メアリーを忘れるため、フランクは一年間家を離れることに同意した。彼は一年間家を離れて今帰ってきたが、彼女を忘れていなかった。

どのうちでも家族の心が一度に一つの重要な課題に向かうのはよくあることだ。今グレシャムズベリーの家族の思いをいちばん占めている重要な課題はベアトリスの結婚だった。レディー・アラベラは娘の嫁入り道具を用意し、郷士は嫁入り道具を買うお金を準備しなければならなかった。ゲイズビー氏は郷士のためお金を工面する仕事を抱えていた。こういうことが続いているあいだ、グレシャム氏は借金についても、恋人の件についても、息子と話をする気にならなかった。結婚の祝宴が終わったら、そういうことを話すチャンスもあるだろう。

父はそう思っていたが、フランクは事態を急がせた。フランクもまたやらなければならない結婚宣言を先延ばしにしていた。一部には郷士に迷惑をかけたくないとの思いと、一部にはいやなことを自分でも避けたいとの思いからだった。避けられないいやなことは先延ばしにしたいという臆病なところが、私たちみなのどこかにある。この時期、ベアトリスの結婚のことがしばしばうちのなかで議論され、そういう議論のなかでフランクは頼み込んだ花嫁付き添いの名を母が繰り返すのを聞いた。メアリーの名がそこになかったから、彼は妹に働きかけたのだ。

レディー・アラベラはそれなりの理由があって息子の前で花嫁付き添いの名をあげた結果、まとはずれに終わった。メアリーがグレシャムズベリーでいかに忘れられた存在であるか息子に明らかにしたかったのに、逆に忘れさせてはならないという強い気持ちを息子に吹き込んだだけだった。それで彼は妹のところへ直談判に行った。彼はこのことで頭が一杯だったから、すぐ父と話し合おうと決意した。

「父さん、五分お暇はありますか?」と彼は部屋に入るなり言った。郷士がよく威厳を保って座り、借地人を迎え入れたり、使用人を叱りつけたりした部屋、昔幸せな時代にはバーチェスターの狐狩りの勢揃いをいつも手配した部屋だった。

グレシャム氏はまったく暇だった。暇でないときがあっただろうか？　たとえどんなに深く仕事に没頭していたとしても、息子のためなら喜んでそれを後回しにしたことだろう。

「父さん、ぼくは父さんにも、さらに言うと、ほかの誰にも秘密を抱えていたくありません」とフランクは言った。ほかの誰にもというのは母のことを言っていた。「それでぼくがどうしようと決心したか、すぐ父さんに話したほうがいいと思うんです」

フランクはとても唐突に話を切り出した。とても唐突だと本人が感じた。顔はかなり赤くなり、態度はそわそわしていた。洗いざらい父に打ち明けようと決意していたとはいえ、そうするいちばんいい方法をさっぱり考えていなかった。

「どうしたんだ、フランク！　何が言いたいんだい？　何か性急なことをするつもりじゃないだろうな？　どうしたいんだい、フランク？」

「性急とは思いません」とフランク。

「お座り、おまえ、座りなさい。これから何をしようというんだね？」

「すぐにということではありませんよ、父さん」と彼は赤面して言った。「でも、ぼくはメアリー・ソーンについて決心したから、完全に決意を固めたから、父さんに言うのが正しいと思うんです」

「ああ、メアリーのことか」と郷士はほっとして言った。

それからフランクは饒舌だけれど、ほとんど制御できぬ言葉遣いで父にメアリーとのあいだにあったことを話した。「ご存知のように、父さん」と彼は言った。「もう決まったことで、変えられないことなんです。変えてはいけないんです。ぼくは父さんから一年間ここを離れているように言われて、そうしました。でも、ご覧の通り気持ちは変わらなかった。生計の手段としては、いちばんいい、分別のある方法を取るつもりです。ぼくが考えているのは、父さん、この近くのどこかで農場を手に入れて、それで生計を立てていくことです」

郷士はこういうことが話されたあとしばらく黙って座っていた。父は息子の行動に欠陥を見出せなかった。息子を愛する気持ちで引けを取らぬ父が息子の欠陥を見出すことなんかいったいどうしてできようか？　郷士自身はほとんど娘を愛するようにメアリーを愛していた。郷士は息子がお金との結婚によって地所を借金から救うことを望ましいとは思っていたが、この問題でレディー・アラベラとはまったく違う立場に立っていた。フランクがもしお金と結婚しなかったら、世界が滅ぶのだとはド・コーシー伯爵夫人といえども郷士の心の石版に刻み込めていなかった。破滅はあったたし、あるだろうが、それはフランクの罪によってもたらされたものではなかった。

「彼女の出生については頭に入っているかい、フランク？」と郷士はついに言った。

「はい、父さん、逐一ね。彼女が知っていることをみな教えてくれて、ソーン先生が欠けたところを補ってくれました」

「それについてどう思う？」

「残念で、不幸なことです。おそらくそれは何年も昔、父さんか、母さんがメアリーをうちに入れていけない理由になったかもしれません。だけど、今はもうどうでもいいことです」

フランクは父にあまり責任を押しつけるつもりはなかったのに、押しつけてしまった。レディー・アラベラはメアリーの出生の話を明かされていなかった。今でも彼女は確かな筋からはっきり伝えられていなかった。しかし、グレシャム氏はずっと知っていたのだ。出生がメアリーに刻印された大きなシミだとするなら、父はどうしてうちのなか、子供たちのあいだに彼女を連れ込んだりしたのだろうか？

「不幸なことだよ、フランク、たいへん不幸なことだ。出生を無視することはおまえにもわしにもできない。地位というものの価値はかなり出生に依存しているからね」

「だけど、モファットさんの生まれはどうなんですか?」とフランクはほとんど軽蔑を込めて言った。もし父がレバノンの香油と彼を結婚させようというあの罪深い動きに関係していなかったら、「あるいはミス・ダンスタブルの生まれは?」とつけ加えていたことだろう。

「その通りだ、フランク。だが、おまえの言おうとすることは正しくない。私たちは世の中をあるがままに受け入れなければならない。もしおまえが金持ちの女相続人と結婚するつもりなら、たとえその女性がかわいそうなメアリーのそれと同じくらい低い生まれだとしても――」

「かわいそうなメアリーなんて呼ばないでください、父さん。彼女はかわいそうな人なんかじゃありません。ぼくの妻はたとえ生まれがどうだろうと、この世で地位をえる権利を持っています」

「まあ、――ある意味ではかわいそうなんだ。だが、もし彼女が女相続人なら、その富のおかげで生まれの低さは世間から大目に見てもらえるだろう」

「世間っていうのは物わかりがいいんですね、父さん」

「あるがままに受け入れなければならんよ、フランク。現実はそういうことだとだけ言っておく。もしポーロックが一文無しの靴磨きの娘と結婚するなら、身分の低い者との結婚ということになる。だが、もしその靴磨きの娘が五十万ポンドの大金を持っているとするなら、誰もそんなことを言い出そうとは思わない。わしは自分の意見を言っているんじゃない。ただ世間の考え方を言っているんだ」

「世間のことなんかまったく気にしません」

「それは間違いだよ、おまえ。世間のことは考えなければね。考えないと愚かな振る舞いをすることになる。おまえが言いたいのは、この特別な点については世間の意見よりも、おまえの愛情のほうを重視したいということだろ」

「ええ、そうです。ぼくが言いたいのはそういうことです」

しかし、郷士はこういう定義の仕方ではたいへん明快だった反面、めざす彼の目的に一歩も近づいていなかったし、まだその目的が何なのかさえはっきりしていなかった。この結婚はグレシャムズベリーにとって破滅的なものになるだろう。しかし、その破滅が郷士自身の落ち度のせいであり、息子のせいではないとわかっていたから、どうしてその結婚に反対することができただろうか？

「ぼくに農場を持たせてくれませんか、父さん？　およそ六百エーカーか七百を考えています。どうにかやっていけると思います」

「農場」と父はうわの空で言った。

「はい、父さん。生計を立てるため何かしなければなりません。農場をやるほうがほかのものをやるよりも失敗が少ないでしょう。そのうえ、弁護士か、医者か、そういう職業に就くには時間がかかります」

生計を立てるため何かする！　グレシャムズベリーの世継ぎ――世継ぎであり、一人息子である子――がこんな羽目に陥ってしまったのか？　しかるに、彼、郷士のほうはフランクよりも若い歳で、借金も抵当もない年一万四千ポンドの収入を受け継いだのだ。そう考えると、郷士は堪えられなかった。

「そうだな、おそらく農場は持てるだろう」郷士はそれから椅子に深く掛け直すと、目を閉じた。しばらくして、再び立ちあがり、部屋のなかをせかせか歩き回った。「フランク」と彼はついに息子の真向かいに立って言った。「わしをどう思う？　おまえがわしをどう思っているか知りたいんだ？」

「父さんのことをどう思うかですか！」とフランクは強く言った。

「そうだ、こんなふうにおまえを破滅させてしまったわしをどう思う？　わしを恨んでいるんじゃないか？」

フランクは椅子から跳びあがって父の首に腕を回した。「父さんを恨むって！　どうしてそんな残酷なことが言えるんです？　ぼくが父さんを愛していることはよくご存知でしょう。父さん、ぼくのために財産のことで悩むのはやめてください。財産なんかどうでもいいんです。財産なんかなくてもぼくは幸せになれます。残されたものは妹たちにやってください。そうしたら、ぼくは何とかこの世で苦労してやっていきますよ。オーストラリアへ行きます。そうです、父さん、それがいちばんいい。ぼくとメアリーの二人で行きます。誰もそこでは彼女の生まれのことなんか気にしません。だけど、父さん、ぼくが父さんを恨んでいるなんて言わないでください。考えないでください」

郷士はとても心を動かされたので、すぐ話すことができなかった。それで、また座って、両手で顔を覆った。フランクは部屋を歩き回っているうち、徐々に最初の考えにもう一度とらわれて、父の悲しみのことを忘れた。「メアリーに話してもいいですか」と彼はついに言った。「父さんが結婚に同意しているって？　とても喜ぶでしょう」

しかし、郷士は同意の用意ができていなかった。彼はこの結婚に反対するため、できる限りのことをすると妻に約束していた。一族の破滅を完成させるものがあるとするなら、それはこの結婚だと彼自身が思っていた。

「うんとは言えないんだ、フランク。それはできない。おまえたち二人、どうやって暮らしていくんだ？　狂気の沙汰だろ」

「ぼくらはオーストラリアへ行きます」と彼は苦々しげに答えた。「今そう言ったばかりです」

「いや、いや、おまえ、それはできない。由緒ある土地を投げ捨てたりしてはいけない。おまえしかいないんだよ、フランク。わしらはここで何年も、何年も暮らしてきたんだ」

「だけど、もうここで暮らすことができなくなったら、父さん?」

「おまえのこの計画さえなかったら、暮らしていけるかもしれない。わしはすべて、財産の管理も、パークも、所有の土地もみなおまえに譲る。もしおまえがこの致命的な計画をあきらめてくれるなら。というのは、フランク、致命的なんだ。おまえはまだ二十三。なぜそんなに急いで結婚するんだ?」

「父さんは二十一で結婚しましたよ」

フランクはまた父に厳しく当たったが、故意にではなかった。「そうだった」とグレシャム氏は言った。「その結果を見てみろ! わしが十年待っていたら、どんなにすべてが変わっていたことだろう! 駄目だ、フランク、わしはそんな結婚に同意できない。母さんもそうだ」

「ぼくが求めているのは父さんの同意です。父さんの同意以外に求めていません」

「結婚なんてまったく狂気の沙汰。おまえたち二人にとって狂気の沙汰だ。わしのフランク、愛する、愛するおまえ、わしを精神錯乱に追い立てないでくれ! 四年はあきらめてくれ」

「四年!」

「そうだ、四年。わしら、おまえと母さん、妹たち、一族の名、由緒ある家を破滅から救うため、個人的な願いとして、わしに課せられた義務として、それを求める。わしのことは問題じゃない。しかし、そんな結婚をしたら、わしは絶望するしかない」

フランクは父から今手と腕を取られ、こうして半分引き留められ、半分抱きしめられると、父に抵抗するのは難しいと思った。「フランク、四年この話を忘れると言いなさい——三年忘れると言いなさい」

しかし、フランクは口を開こうとはしなかった。結婚を四年あるいは三年延期することはメアリーをまったくあきらめるのに等しいと思った。そんな要求をする権利を誰かに認めること自体受け入れられなかった。

「父さん、ぼくは誓ったんです」とフランク。

「誓った！　誰と誓ったのだ？」

「ミス・ソーンとです」

「だが、わしがあの子に会おう、フランク。――あの子の伯父にもね。あの子はいつも分別があったから、グレシャムズベリーの古い友人たちを破滅させたいとは願わないだろう」

「グレシャムズベリーの古い友人たちは彼女のため最近は何一つ善いことをしてこなかったんです。むしろ屈辱的な扱いをしてきた。父さんがそういうことをしたとは言いません。だけど、ぼくは言わずにはいられません。彼女に屈辱的な扱いをしたんです。だけど、ぼくは彼女を不当に扱いたくない」

「それなら、フランク、わしはもうこれ以上何も言うことはない。わしはおまえのものであるはずの財産を台無しにしてしまった。わしの言うことを尊重するようにおまえに求める権利はわしにはない」

フランクはひどく当惑した。資産に関して父に敵意なんか抱いていなかった。これを郷士に理解させるためなら、メアリーとの婚約をあきらめること以外何でもしただろう。父子とも相手に対して言い分があったから、双方勝ち負けなしにすべきだ、とフランクは感じた。決めた結婚の許しを息子がえるという条件で、父の財産管理上の失態を許すべきだと思った。彼は正確にそういうふうに言葉には出さなかったし、独り言にも言わなかったが、彼の考えをきちんとひも解いてみたら、父子が足場を置くのはそんなはかない蜘蛛の巣の上だとわかっただろう。

「父さん、父さんが言うことをぼくは尊重します。だけど、ぼくに誤ったことをさせたいとは思わないはずです。もし父さんが資産を減らすのではなく倍増させていたら、ぼくは父さんの言うことを尊重することができなかったでしょう」

「もし資産を倍増させていたら、わしはぜんぜん違った口調で話すことができただろうね。そう思うよ、フランク」

「父さん、そんなことはもう考えないで。裕福な状況に置かれていたら話すように、話したいことを話してください。資産について不平を抱く根拠がぼくにあるなんて、一度も、一度だって考えたことがないことをどうか信じてください。ぼくらがどんな苦労にあおうとも、それで父さんが悩むことがないようにお願いします」

こういうと、フランクは父のもとを去った。父子のあいだでこれ以上話す必要があっただろうか？　父子は同じ考えには至らなかった。しかし、それでも喧嘩をする必要はなかった。フランクは外に出て、いつになく物思いにふけりながら一人で庭を歩き回った。

もし結婚したら、どうやって生計を立てたらいいのか？　彼は職業に就く話をした。しかし、職業人として身を立てるつもりなら、一、二年前からそれを考えておくべきだったし、考える以上のことをしておくべきだった。農場のことも話した。しかし、それさえもすぐには手に入らなかったし、たとえ手に入ったとしても、生計を立てるだけのものを産み出すことはできないだろう。資金はどこにあるのか？　技術はどこにあるのか？　そのような仕事に必要な勤労意欲はどこにあるのか？と聞いてもよかったかもしれない。父に挑戦するのもいいだろう。もしメアリーが彼と同じように強情なら、結婚するのもいいだろう。しかし、それからどうするのか？

フランクがゆっくり歩きながらステッキでヒナギクの花を切り落としていると、オリエル氏と出会った。

今は彼の習慣になっていたが、お屋敷に伺い、ディナーを食べ、ベアトリスの近くで夕べをすごすところだった。

「何てうらやましいことだね、オリエル！」とフランクは言った。「あなたのような立場をえるためなら、何を差し出したっていい！」

「人の家、人の妻をほしがってはならない[1]とありますよ」とオリエル氏は言った。「それにおそらく人の立場も、とつけ加えたほうがいいでしょう」

「つけ加えても、たいしてよくはならないね。人が誘惑に曝されるとき、十戒はあまり役に立たないと思う」

「それはちょっと、フランク？　危険な考えですね。私の立場としては、決して受け入れられない考えです。けれど、どうしてそんなに不機嫌なのです？　あなたの立場こそこの世が与えてくれるいちばんいいものと普通は考えられていますのに」

「本当？　それなら、言っちゃ何だけれど、この世が与えてくれるものってほとんどないんだね。ぼくに何ができるんだろう？　どちらを向くことができるんだろう？　オリエル、もしこの世に空虚な、嘘のペテンがあるとすれば、それはある人たちが維持しようとする高貴な生まれと純粋な血という考え方だね。血なんて本当に馬鹿らしい！　もし父がパン屋なら、ぼくは生計をどこに求めたらいいかもうわかっている。ところが、ぼくは実際には血以外に何も教わっていない。血はぼくのため半クラウン[2]でも稼いでくれるだろうか？」

それから、若い民主主義者は再び孤独のうちに歩き続けた。オリエル氏は相手が言おうとした議論の正確な趣旨がつかめないまま取り残された。

註

（1）「出エジプト記」第二十章第十七節。十戒の第十番目。

（2）一クラウンは五シリング。

第四十章　二人の医者が患者を交換する

フィルグレイヴ先生はグレシャムズベリーの往診をまだ続けていた。というのは、レディー・アラベラは自尊心を抑えて再びソーン先生を呼び戻す勇気をまだ奮い起こすことができなかったからだ。この往診くらいフィルグレイヴ先生を喜ばせるものはなかった。

彼はいつももっと権勢ある家族やもっと金持ちの人々を診ており、もともとそういう患者を相手に診療していた。しかし、グレシャムズベリーは敵から奪った賞品だった。常に王国内にある普通のハンプシャーとか、ウィルトシャーとかよりも思い入れの深いジブラルタルの岩山(1)だった。

彼がある朝駅馬でグレシャムズベリーへ出発しようとしていたとき、厚かましそうな顔をした鼻の曲がった使用人が玄関に小走りでやって来た。ジョーの鼻はまだ曲がっていた。医者のあらゆる治療にもかかわらず、ブリジットが麺棒で加えたささやかな一撃の痛ましい傷跡に効果はなかった。ジョーは身分証明書を所持していなかった。主人のサー・ルイは筆を取る力がなかったし、スキャッチャード令夫人はフィルグレイヴ先生に二度と個人的にかかわることを嫌ったからだ。しかし、ジョーは厚かましい男だったからどんな伝言でもすることができた。

「あんたがフィルグレイヴ先生かい？」とジョーは指を一本花形記章付帽子にあげて言った。

「そうです」フィルグレイヴ先生は馬車の昇降段に片足をかけたところで、身なりのいい使用人を一目見て動きを止めた。「そうです、フィルグレイヴ医師です」

「じゃあ、あんたはほかのどこよりも先にすぐボクソル・ヒルへ行ってくれ」

「ボクソル・ヒル！」医者はとても怒ってしかめっ面をした。

「ああ、ボクソル・ヒルだ。おれの主人の住所さ――主人はサー・ルイ・スキャッチャード準男爵。噂に聞いたことはあると思うがね」

フィルグレイヴ先生はこういう場面に対処する心の用意ができていなかった。それで、馬車の昇降段から片足を引っ込め、手を擦り合わせると、どう理解したらいいか困って自宅の玄関ドアのほうを見た。この医者の顔を一目見れば、尋常ならざる思いが胸中巡らされていることが充分見て取れた。

「だが」とジョーは言うとき、主人の名がぜんぜん期待した魔術的な効果を生み出さなかったと思い、またロンドンの医者で、この田舎者よりも大物と思われるグレイソンがいつもいかに言いなりになっていたか思い出した。「あんたがここに立っているあいだに、おれの主人がおそらく死にそうになっていることがおわかりかな？」

「ご主人のご病気は何ですか？」医者はまだ手を擦り合わせながら、ジョーのほうをゆっくり向いた。「何を患っておられるのか？　どうなされたのかな？」

「ああ、悪いところか。そうだな、手短に言うと、たまに飲みすぎるんだ。そうすると、恐ろしい妄想がある――何て言ったかな？　おいしいさおの先[2]とか何とかいう名の病気だ」

「ああ、そうですか、わかります。では、あなた、誰が診ているのですか？」

「誰が看ているか！　そりゃあ、おれだ。それからおっかさん、つまり令夫人だな」

「そうですか、ですが、治療上の付き添い、お医者は誰ですか？」

「えーと、ロンドンではグレイソンだった。それから——」

「グレイソン！」医者はこんなつまらない医者の名が鼓膜に届いたことはないという表情をした。

「ああ、グレイソン。それからこっちの土地の名は忘れてしまったが、ソーンだ」

「グレイシャムズベリーですか？」

「そう、グレイシャムズベリー。だが、ソーンとは折り合いが悪かった。それ以来、主人のまわりにはおれしかいない」

「朝のうちにボクソル・ヒルへ行くことにしましょう」とフィルグレイヴ先生は言った。「むしろすぐ行くと言ってもいい。私が引き受けます」彼はこう決意すると、ボクソル・ヒルに訪問できるように駅馬を回り道させる指示を与えた。「あんな扱いを同じうちで二度も受けることはありえない」と彼は独り言を言った。

しかし、この先生が馬車でボクソル・ヒルの玄関ドアに近づいたとき、必ずしも快い精神状態ではなかった。宿敵ソーン先生があの広間で見せた勝ち誇った笑みを思い出さずにはいられなかった。手数料を受け取ることもなくどうやってバーチェスターに戻ったか、スキャッチャード令夫人の紙幣を断ることによって、医学界でどれほどえるものがなかったか考えずにはいられなかった。しかし、彼もまたそれから勝利をえていた。グレシャムズベリーの路上でソーン先生に出会ったとき、彼は侮蔑の笑みを向けることができた。州の二十の家でいかにレディー・アラベラがとうとう彼の軍門にくだらざるをえなくなったか語ることができた。サー・ルイ・スキャッチャードのベッドのそばに実際に立ったとき、彼は再び勝利感を味わった。スキャッチャード令夫人は姿さえ現さなかった。令夫人は小さな自室に引きこもったまま、ハナを玄関に送って、彼に階段をあがるように伝えた。彼が再び階段を降りて来て、靴をきいきい鳴らすのを聞いたとき、令夫人はドアを抜けていく彼をただ盗み見しただけだった。

この医者によるサー・ルイの往診については、語るべきことがほとんどない。ソーンであろうと、グレイソンであろうと、フィルグレイヴであろうと、今はもう誰でも同じことだった。フィルグレイヴ先生は誰がやっても同じと見て取った。少なくともそれくらいの医学上の心得はあったから、できればこの仕事から手を引きたい、できればこの患者をソーン先生の手に残しておきたいと思うところがあった。

ジョーは主人の病名について確かに嘘をつかなかった。サー・ルイに「恐ろしい妄想」があることを見て取っていた。息子がアルコール好きの罪から抜けられなくなり、「恐ろしい妄想」に取り憑かれるようになったら、父はその子を大酒飲み専用の豚箱にぶち込んだほうがいい。それ以外にその子を治す方法はないのだ。

病床で苦しむ哀れな男を描写して、読者をいやな気分にしたくない。落ちくぼんだぎらぎらする眼、痩せた頬、こけた口、からからに乾いた痛む唇、今は乾いて熱いが、次に突然汗のしずくで冷たく湿る顔、震える手、ほとんど麻痺した手足。これよりもっと悪いのは恐ろしい苦悶と酒をえようとするあがきで、しばしばそれには屈服するほかないのだ。

フィルグレイヴ先生はこの男の運命がどうなるかすぐ理解した。しかし、それを避けるため先生はできる限りのことをした。そこの大きな、いい寝室で、北を向いてサー・ルイ・スキャッチャードはみじめに死の床に就いていた。そこの別の大きな、いい寝室で、南を向いてもう一人の準男爵がおよそ十二か月前に死んだ。それぞれ同じ罪の犠牲者だった。スキャッチャード家の繁栄はこういう結末に至ったのだ！

それからフィルグレイヴ先生はグレシャムズベリーへ向かった。先生にとっても、馬にとっても長い仕事だった。それでも、あの並木道をハウスへ近づいて行くとき、先生は勝利感のせいで費用も労力も苦にならなかった。玄関ドアに近づいて行くとき、いつもいちばん愛想のいいほほ笑みを浮かべて、もっとも丁重な仕方で手を擦り合わせた。レディー・アラベラ以外の家族に会うことはめったになかった。それでも、ほかの人に会いたいとは思わなかった。上機嫌で診察を終えると、一人でシェリー酒のグラスを傾け、昼食を食べて満足した。

しかしながら、今回は入るとすぐ使用人から食堂に入るように求められて、そこにフランク・グレシャムを見つけた。事実は、レディー・アラベラがついに決断して、ソーン先生を呼んだのだった。誰かがフィルグレイヴ先生の首を切る役を引き受けなければならなかった。その誰かは郷士か、フランクかに違いなかった。レディー・アラベラはできれば家の事情をよく知る使者を立てたほうがよかったが、そんな使者は見つからなかった。ゲイズビー氏に医者に会いに行かせるだけの力はなかった。それで、彼女は父子二人のうちましなほうを選んだ。

「フィルグレイヴ先生」フランクは近づくと、心から握手して言った。「母はあなたのお世話とご心配にとても感謝しています。私たち家族もみな同じです」

先生はとても温かく彼と握手した。こういうふうに示されたささやかな家族の感情に触れて、先生はいっそう嬉しかった。グレシャムズベリーの家の男性陣は村に住むあの偽医者、あのえせ薬剤師とまだ結託しているといつも思っていたからだ。

「わざわざこちらまでお越しくださるのはきっとたいへんだったでしょう。本当にお金では償えませんね。母はそう感じています。あなたの時間をずたずたにしているに違いありません」

「いいえ、グレシャムさん、何でもありません」バーチェスターの医者はそう言いながら誇らしげにつま先立ちした。「お母さんほどの重要人物なら、いいですか、どれほど距離があろうと喜んでお伺いします」

「ああ！　だけどフィルグレイヴ先生、甘えるわけにはいきません」

「グレシャムさん、それには触れないで」

「ああ、はい、だけど触れずにはいられません」フランクは充分礼儀は尽くしたと感じたから、もう核心に入りたかった。「実際、先生、私たちは先生のご尽力にとても感謝しています。だけど、母はこの先はこの村で手に入る診療を当てにしたいと考えています」

フランクはソーン先生の名をあげないように特に注意を受けていたから、上手にその名を伏せた。村で手に入る診療って！　フィルグレイヴ先生が聞いたのは何という言葉だったのか？「グレシャムさん、え――へん――あまりよくわかりませんが」そうだ、ああ悲しい！　先生はフランクが理解してもらおうとしたことを完全に理解した。フランクは礼儀正しくしたいと思ったから、こんな場合不必要に藪を叩くことは考えなかった。

「サー・オミクロンの助言によるものなんです、フィルグレイヴ先生。ご存知のようにここの人は」――そう言いつつフランクはその医者の家のほうをうなずいて見せて、その忌まわしい名を言わないように気をつけた――「長年に渡って母を診てきましたから」

「ああ、グレシャムさん、もちろんそれがお望みなら」

「はい、フィルグレイヴ先生、それを望んでいます。すぐ昼食が来ます」フランクはベルを鳴らした。

「それはいただけません、ありがとうございます、グレシャムさん」

「シェリー酒を飲んでください」

「何もいただきません、とても感謝します」

「馬にオートムギを食べさせませんか？」

「よろしかったら、すぐ帰りたいのです、グレシャムさん」先生は帰って行った。今回は差し出された手数料を受け取った。とにかく経験によってそれくらいは賢くなっていた。

フランクはレディー・アラベラに代って首切り役をはたすことができたとしても、母に代わってソーン先生を受け入れることはできなかった。母自身がその面会の苦味に堪えるほかなかった。ソーン先生を呼び寄せるためすでに使者が送られていたから、先生の好敵手が階下で別れの挨拶を受けているあいだ、令夫人は先生と階上で対面していた。彼女にはできれば達成したい二つ目の目的があった。先生に高飛車なことを言っても無駄なことはわかっていたから、謙虚に身を屈すればフランクは救われるかもしれない。この先生は身を屈して頼んだら、姪がグレシャムズベリーの世継ぎにふさわしくない花嫁であることを認めてくれるかしら？

先生は彼女がソファーに横たわっている部屋に入り、静かな、支障ない足取りで歩み寄ると、二人の交際に中断なんかなかったかのように、昔の習慣に従って小さなテーブルのそばの席に着いた。

「あの、先生、先生のところに戻って来ました」彼女はかすかにほほ笑みを浮かべて言った。

「いいえ、むしろ私のほうがあなたのところに帰って来たのです。実際、レディー・アラベラ、戻って来ることができて嬉しい。言い訳なんか言う必要はありません。ほかの先生の技術を試してみるのは疑いもなく正しいことです。無駄な試みではなかったことがわかるといいのですが」

彼女は先生に恩着せがましい態度を取ろうと思っていたところ、今はとてもそれをやれそうになかった。先生に高飛車な態度を取るのは容易ではなかった。彼女は生涯それを試みてきたものの、一度も成功した試しがなかった。

「サー・オミクロン・パイに診てもらいました」と令夫人。

「それを聞いて嬉しいですね。サー・オミクロンは頭のいい人で、名声もあります。私自身が人にはいつもサー・オミクロンを推薦します」

「サー・オミクロンはその言葉のお返しをしました」と彼女は優雅にほほ笑んで言った。「というのは、サー・オミクロンがあなたを推薦してくださったのです。私がいちばんの親友と喧嘩をしているのは馬鹿げていると、サー・オミクロンはグレシャムさんにおっしゃいました。それで、今また私たちはお友だちになれますね？　私がどれだけわがままかわかっています」そう言うと、彼女は先生に手を差し出した。

先生は心からその手を取ると、悪意なんか抱いていないと、彼女の行動は充分理解できると、わがままとは思っていないと言って安心させた。これはとても立派な、優しい態度だった。それにもかかわらず、レディー・アラベラは先生が甘い許しを与えつつ優位に立とうとしているように感じた。一方、彼女は少なくとも今しばらくは彼女のほうこそ優位を保っておきたかった。そうしたら、先生に屈服したとき、それがいっそう効果をあげたはずだ。

それから、先生は熟知している医者の知識を上手に使った。先生には確固たる自信があり、自分のしていることがはっきりわかっているといった態度があった。これが患者にはとても心地よかったが、これこそフィルグレイヴ先生に欠けるものだった。先生が診察と問診を終え、彼女が細かな病状を話して回答したあと、最後に先生から診てもらって、やっと彼女はいちばん安心した気持ちになった。

「ちょっとまだ帰らないでください」と彼女は言った。「一言お話したいのです」

先生は少しも急いでいない、ここに座ってあなたと話をすることがいちばんの願いだと言った。「それにあなたには心から謝罪しなければなりません、レディー・アラベラ」

「心から謝罪！」彼女は少し顔を赤くした。メアリーのことを何か言うつもりかしら？　先生とメアリーとフランクは間違っていたと認めるつもりかしら？

「そうです、本当に。サー・ルイ・スキャッチャードなんかここへ連れてくるべきではなかったのです。あの人が恥知らずな真似をすることは当然わかっていましたから」

「ああ！　たいしたことじゃありません」と令夫人はほとんど失望の口調で言った。「もう忘れていました。グレシャムさんとあなたは私たち女性陣がこうむったよりもひどい目にあったわけですから」

「あの人も不運な、みじめな人です——とても不運な、みじめな。莫大な富を目の前にしながら、生き延びて所有することができそうもないのです」

「そのお金は誰のところへ行くのですか、先生？」

ソーン先生にとってこれは答える用意のできていない質問だった。「行くのは」と先生は相手の言葉を繰り返した。「あの、あの家族の誰かにだと思います。たくさん甥や姪がいますから」

「そう、でも、お金は分けられるのかしら、それともみんな一人に行くのかしら？」

「おそらく一人にだと思います。サー・ロジャーはすべてを一人の手に遺したいという強い遺志を持っていました」それがたまたま娘だったら、フランクにはお金の結婚相手として何とすばらしいチャンスになることだろう、とレディー・アラベラは思った。

「さて、先生、一言あなたにお話したいことがあるのです。これまでおつき合いしてきた長い時間を考えると、率直にお話したほうがいいと思います。愛するメアリーと私たちのこの疎遠が、みなに大きな苦痛を与えてきました。これに終止符を打つことはできないでしょうか？」

「さて、何と言ったらいいのでしょう、レディー・アラベラ？　それはまったくあなた自身に懸かっていますね」

「私に問題があるのなら、すぐ正します」

先生はお辞儀をした。堅苦しくお辞儀をしたとは言えないとしても、冷たくそれをした。そのお辞儀は次のように言っているように見えた。「確かにもしあなたが適切な謝罪と賠償をするつもりなら、それは正されるはずです。しかし、あなたが謝罪し、賠償することはありえないと思います」と。

「ベアトリスがこれから結婚する予定です、ご存知でしょう、先生」先生は知っていると答えた。「メアリーが参列してくれるととても嬉しいのです。かわいそうなベアトリス。あの子がどれだけ苦しんだかおわかりになりませんでしょうね！」

「はい」と先生は言った。「確かに苦しみがありました。双方の側に苦しみが」

「私がフランクのことを心配しているのはわかっていただけますね、ソーン先生。一人息子でもあり、とても長く一族のものだった土地の世継ぎなのです」レディー・アラベラはあたかもこれらの事実それ自体が嘆かわしいもの、母なら女々しい涙なしには考えられないものでもあるかのようにハンカチを目に当てた。「さて、親しく内々にあなたがどうお考えか教えてくださるようにお願いしたいのです。私を理不尽とは思われないでしょう」

「私がどう考えているかですか、レディー・アラベラ?」

「はい、先生。あなたの姪に関してです。何かお考えがおありに違いありません。それは当然のことです。私たちはおそらく双方ともまったく闇のなかなのではないかとふと思いました。もしそうなら、二人のあいだで率直に意見を述べ合うなら、事態を正せるかもしれません」

ソーン先生が判断する限り、レディー・アラベラはこれまで率直さの点で優れていたというようなことはなかった。しかし、彼女のきわめて礼儀正しい依頼に応えないでいる理由にはならなかった。少し率直に話し合うことに異論はなかった。少なくとも先生はそうはっきり言った。メアリーについて先生が考えていることはたんに、あの子が自分のところにいるあいだはできる限り幸せに、快適にしてやろう、いつかそこから出るだろうが、そのときは祝福を――与えるものと言ったらほかに何一つなかったから――与えてやろう、ということだった。

ところで、先生はこの点であまり率直とは言えなかった、おそらくレディー・アラベラほども率直ではなかった。しかし、人は特別率直になるように求められるとき、むしろかえって身構えるものだ。気質的にとても開けっぴろげな人でもそんなふうに求められると、かえってずる賢くなるものだ。「お互い率直に話をしよう」と言われたら、相手からは一滴の水も与えられないままこちらからは搾り取られそうだと、あなたは本能的に感じるだろう。

「ええ、でもフランクに関しては」とレディー・アラベラ。

「フランクに関しては!」先生は令夫人がほとんど解釈不能な悪気のない表情をした。

「私が言いたいのは、つまりこの若い二人が性急なことをすることはないとあなたから約束してもらえるか、ということなのです。一言あなたからそれはないと聞けたら、私は安心できます。そうしたら、私たちみながもう一度幸せになれます」

「ああ!　若者がどんな性急なことをするか誰に答えられるでしょうか?」と先生はほほ笑んで言った。

レディー・アラベラはソファーから立ちあがると、小テーブルをわきにどけた。この男は見せかけだけの、狡猾な、食わせ者だ。この男から聞き出せるものなんか何もない。この連中はみな共謀して彼女から息子を奪い取り、金のない結婚に巻き込もうとしているのだ。いったいどうしたらいいのかしら?　忠告か、助言かはどこでえられるのかしら?　先生に言うことはもう何もなかった。先生のほうはこういうことではないかと察して、暇乞いをした。率直に話し合おうとしたこの小さな試みは成功しなかった。

ソーン先生はその場の勢いで最善と思われる回答をレディー・アラベラに与えた。しかし、本人は決して納得していなかった。庭を抜けて歩きながら、彼が本当に率直になれたら、当事者みなの状況が好転するのか自問した。ただちに郷士に姪の将来の見込みがどういうものか提示して、フランクの父としてふさわしい判断をしてもらい、結婚に同意か、不同意か決めさせるほうがいいのではないか？　しかし、もし、もしそうしたら、そのとき先生は実際に言えるのか？　「ここに私の姪がいる。この十二か月あなた方が噂して、どんなに苦痛を与えても無関心だった娘がいる。女相続人になれるかもしれぬ娘がいる。あなたの息子はもう少し待って、この娘が女相続人になれるか、なれないかわかるまで、娘を捨てないようにしておくのは価値あることではないか？　この娘が金持ちであるとわかったら、息子にめとらせればいい。金持ちでないとわかったら、今でなくてもそのときこの娘を捨てればいい」と。先生は姪をこんな立場に置く気になれなかった。先生はフランク・グレシャムが好きだったから、姪にはフランク・グレシャムの妻になってほしかった。姪が夫にその一家の資産を救う手段を与えてほしいとも思った。しかし、フランクには結局姪が金持ちとわかるとしても、貧乏なときに姪をめとる決意を固めてもらわなければならなかった。

それでも先生は遺言を公表することに正当性があるとは思わなかった。先生はそのせいで味わわされた迷惑と腹立たしさ、良心に課せられた絶えざる重圧のため、その遺言をほとんど憎んだ。遺言のことはまだ誰にも話していなかった。サー・ルイがまだ生者の国にいるあいだは話すまいと決めていた。

先生は家に帰り着くとすぐ、スキャッチャード令夫人の手紙を見つけた。手紙にはフィルグレイヴ先生がボクソル・ヒルに再び現れたと、今度は怒らずに去って行ったと書いてあった。

「あん先生がルイについてどう言ったんかわかりません」と令夫人はつけ加えていた。「というんは、じつを言うと、先生、私はあん先生に会うんが怖かったからです。でも、あん先生は明日また来ます。そんときはもう少し勇敢になろうと思います。でも、かわいそうなあん子が悪くなっていくんが心配です」

註

（1）ジブラルタルはスペインから奪ったイギリス直轄領の岩山で、その最高点は四二六メートル、古代名はカルペ、ヨーロッパ側のヘラクレスの柱。
（2）原文の delicious beam-ends は delirium tremens（アルコール中毒による振顫譫妄）をもじったしゃれ。

第四十一章　ソーン先生は干渉しようとしない

レディー・アラベラと郷士のあいだにあった常習的な小競り合いにこの時期言わば休戦があった。夫婦とも争う元気がなく、夫婦ともその時点で考えていたことが奇妙に一致した結果だった。というのは、夫婦とも一人息子が要求する結婚を阻止したいと願っていたからだ。

レディー・アラベラはイェーツ・アンブルビー氏を追い出し、土地の管理を彼女の味方の手に移した点で大きな主張を通した、これは特筆されなければならない。しかし、郷士のほうはフィルグレイヴを排除し、家族の病人の世話をソーン先生の手に復帰させた点で同程度の主張を通していた。それゆえ、失点も、得点も同程度で、共通の目的があった。

レディー・アラベラはきらびやかなものを求める上昇志向を失いつつあったことが指摘されなければならない。彼女は悲運をあまりに身近に感じていたので、ロンドンの——社交シーズンの——歓楽をあきらめざるをえなかった。まわりの状況はあまりうまくいっていなかった。長女が金持ちの国会議員と結婚しようとしたとき、令夫人はこういう場合の臨時の出費として千ポンドを要求することを何とも思っていなかった。しかし、ベアトリスが教区牧師の妻になろうとしていた今、それさえも幸運な出来事と思っていた。それゆえ、彼女はきらびやかなものを求める気持ちをなくしていた。

「地味にすることができれば、それだけいいのよ」と彼女は義姉の伯爵夫人に手紙を書いた。「花嫁の父は花婿に少なくとも千ポンドを与えたかったのです。でも、ゲイズビー氏は今まったくそんなことはできないと内々で私に打ち明けてくれました！　ああ、愛するロジーナ！　いったいどんな管理の仕方をこれまでしてきたのかしら！　式にあなたの娘の一人か、二人でも参列してくださったら、みんなありがたがると思います。ベアトリスはとても感謝するでしょう。でも、あなたやアミーリアに出席をお願いすることは考えていません」アミーリア令嬢はド・コーシー家のなかで常にいちばん華麗な人、ほぼ伯爵夫人と同等――いや、ある意味ではその上をいく――人だった。しかし、これはもちろんアミーリアがサリー州の心地よい場所で日々をすごすようになるずっと前の話だ。

グレシャムズベリーの令夫人は現在そんなふうにとても謙虚な気持ちになっていたから、彼女とグレシャム氏がとうとう一緒に息子を改心させようとしたとしても驚くには当たらない。

レディー・アラベラは初め有無を言わせぬ態度を取り、ひどく怒る必要があることを郷士に力説した。「こういう場合ほかの父がするようにしてください。生活費はやらないとあの子に理解させるのです」「あの子はそんなことは充分理解している」とグレシャム氏。

「はした金で手を切るって脅すのです」と令夫人は意気込んで言った。「そのはした金がわしにはないんだ」と郷士は苦々しげに答えた。

しかし、レディー・アラベラ自身、この方法が役に立たないことをすぐ悟った。グレシャム氏が白状したように、郷士は息子に大きな罪を犯していたので、高飛車に出ることができなかった。そのうえ、グレシャム氏はフランクみたいに立派な行動ができる子に厳しく当たることができなかった。郷士の見方によると、この結婚はできれば避けたほうがいい、何らかの方法で避けるべき不幸だった。しかし、フランクに関する限り、この結婚は犯罪というよりも一つのことへの凝り性と見られるべきものだった。

「ミス・ダンスタブルとの結婚がうまくいくと思っていました」と母はほとんど泣きながら言った。「あいつの年齢なら十二か月も世界を歩き回ったら、あの娘のことなんか忘れてしまうと思っていた」と父。

「一人の娘にあれほど頑固に執着する子はほかに知りません」と母は言った。「あの子がド・コーシーからそんな血を受け継いでいなかったのは確かです」それから、夫婦は再びこの問題をあらゆる意味合いも含めて相談した。

「しかし、あの二人はどうやって生活していくつもりでしょう?」と、レディー・アラベラは言わば何か人格化された理性とでもいうべきものに訴えて言った。「あの子に答えてほしいのはそれよ。どうやって生活していくのかしら?」

「ド・コーシーがあの子をどこかの大使館にでも入れてくれたらと思うよ」と父は言った。「あの子は職に就くことを考えていたから」

「何ですって!　あの娘ともども?」とレディー・アラベラが聞いた。そのような訴えが貴族の兄になされると考えただけでも警戒し、おびえた。

「いやいや、結婚する前に就職させる話だよ。そうしたら、あの娘と切れるかもしれない」

「何があっても切れやしません」とみじめな母は言った。「何があっても——どうしても。私が思うに、あの子は取り憑かれているのです。何であんな娘をここに連れて来たのですか?　ああ、あなた!　あなた!　なぜあの娘をうちに入り込ませたの?」

グレシャム氏はこの最後の問いに答える必要はないと思った。あとの祭りだから、議論しても無駄だった。

「わしがすることを言おうか」と彼は言った。「先生にねじ込んでみよう」

「そんなことをしても何の役にも立ちませんよ」とレディー・アラベラは言った。「先生は助けてくれません。実際、これは先生自身が全部仕組んだことなのだと、私確信しています」

「ああ、それは違う。それはまったく馬鹿げた考えだね、おまえ」

「ええ、ええ、グレシャムさん。私が言うのはいつも馬鹿げたことなのです。そう、あなたはいつもそう言ってきました。でも、事態はどうなったかしら。あの娘が初めてこのうちに連れて来られたとき、事態がどうなるか私にはわかっていました」レディー・アラベラはこう主張するとき、事実を少し歪めていた。

「とにかくフランクが先生の指示であの娘に恋しているなんて馬鹿げた考えだね」

「そんなことを私が言っていないのは、グレシャムさん、おわかりでしょう。私が言っているのは、ソーン先生はフランクが簡単にだませる馬鹿な子だと思って――」

「あの子は簡単にだませる子じゃないよ、おまえ、馬鹿でもない」

「ええ、ええ、お好きなようにお考えになって。もう何も言いません。私は最善を尽くそうともがくなかで、あらゆる方面から脅しを受けています。それに堪えられる健康状態じゃないことが誰にもわかってもらえません」レディー・アラベラは顔をハンカチにうずめた。

「いいかい、おまえ、おまえがメアリー本人に会ったら、うまくいくかもしれない」妻の激しい嘆きがいくぶん収まったころ、郷士が言った。

「何ですって！　出かけて行ってあの娘に会うのですか？」

「そうだよ。ベアトリスをやって前もって通知しておけばいい。いいかい、あの娘は決して理屈のわからない人じゃない。おまえにもそれはわかると思う。おまえがあの娘に言えばいいんだ。いいかい――」

「ええ、何を話さなきゃならないかよくわかっています、グレシャムさん」

「うん、おまえ、おまえならわかっている。誰よりもね。だが、わしが言いたいのは、もし成果をあげたければ、それなりに親切にしなきゃならないよ。メアリー・ソーンは芯が強いから、おまえがまともに太刀打ちできる相手じゃない。おそらくある方向へ導くことはできるかもしれないが、強制することは誰にだって無理だからね」

この計画が夫から出たものだから、レディー・アラベラは当然これが優れていると認めることはできなかった。しかし、それにもかかわらず、現在の悲運のなかにあって何かいい方向へ向かわせるものがあるとすれば、それは彼女自身の外交手腕だと考えて、その計画を実行することに決めた。それゆえ、郷士は先生を説得する努力をする、妻はメアリーに同じことをする、ということで夫婦の話し合いがとうとう決着した。

「次に私はフランクと話をします」とレディー・アラベラは言った。「あの子はうちのほかの者には恋人のことを言いふらしていると思いますが、これまで私には自分の口でメアリー・ソーンのことを話す勇気はなかったのです」

「わしはオリエルにあの子と話をするように言おう」と郷士。

「ペイシェンスのほうが役に立つかもしれません。あの子は一度ペイシェンスが好きになっていると思ったことがあって、そのときはとてもいやな思いをしました。ああ、あなた！　今はそうなってくれていたらよかったと思わなくては」

こうして、ただちにフランクの恋に圧力をかけるため、言わば金属の重みでそれを押しつぶすため、グレシャムズベリーのすべての大砲を引っ張り出すことが決められた。

郷士はこの問題でソーン先生と話をするとき、妻が感じるほど良心の呵責を感じることはないとか、今夫婦で取りかかっている共同作業のなかで夫の役割は妻のほど難しくないとか、そんな想像がなされるかもしれない。というのは、郷士と先生はずっと親友だったからだ。良心の呵責を強く感じていた。しかし、それにもかかわらず、郷士は手にステッキを持ち、先生の家の通用門へ歩いて行くとき、良心の呵責を強く感じていた。

郷士はとても強く呵責を感じていたので、どうしようか迷っているうちに家の入口を通りすぎてしまい、後戻りしなければならなかった。郷士はソーン先生の寛大な措置あるいは配慮に常に依存するのが自分の運命であるように感じていた。今このとき、先生が郷士の土地の大きな部分を売却する話にただ一人抵抗して戦っていたからだ。サー・ルイは弁護士を通して先生に売却を強く迫っており、弁護士は売却を遅らせていると言って先生を派手に非難していた。「先生はあなたの資産の管理をしているが」とフィニーは言った。「しかし、先生はそれを友人の利益となるように管理している。それははっきりしている。それを暴かなければ」「けしからんな」とサー・ルイは言った。「どうしても暴いてやる」こういう経緯があることを郷士はみな知っていた。

郷士は先生の家に着き、応接間に招き入れられると、メアリーがそこに一人でいるのを見つけた。グレシャムズベリーの屋敷で彼女に会ったら、額に口づけするのが郷士のいつもの習慣だった。そのころ彼女はもっと年下で、子供っぽかった。しかし、今も郷士には子供のようなものだったから、いつものように口づけした。彼女は郷士の顔を見あげたとき、少し赤くなっていた。「まあ、グレシャムさん、ここでまたお会いできて嬉しいわ」

彼女を見ると、郷士はフランクが熱をあげるのももっともだと思わずにいられなかった。これまで一度も彼女が魅力的だと思ったことはなかったし、そういう意見を抱いたこともなかった。子供のころから身近なところで成長して、特にかわいい娘だとの評判もなかったから、郷士はそんなふうに考えたこともなかった。今郷士が見たのは一人の大人の女の姿だった。そのあらゆる特徴が快活さと動きに満ちていた。目はたんなる輝き以上のもので煌めいていた。顔は知性にあふれ、ほほ笑みは雄弁だった。フランクが彼女を愛するようになったのは理不尽なことだったのだろうか？

ミス・ソーンには多くの人が女性美に欠かせないと見る一つの属性が欠けていた。肌の輝き、真珠の白さ、活き活きとした薄紅色がなかったのだ。じつはブルネットの浅黒い輝きもなかった。しかし、顔つきには表情豊かな真剣さ、内面からにじみ出る精神力があって、郷士は今初めてそれが魅力的だと思った。

そのうえ郷士は彼女がいかに善良か、気立てがどんなにいいか知っていた。とても寛大で、とても開けっぴろげで、とても愛情豊かで、しかし、とても誇り高いのだ！　誇りの高さはメアリーの欠点だったが、それさえも郷士の目には欠点とは見えなかった。彼の娘のなかにもメアリーを愛したように愛せる、また愛した娘はいなかった。この娘よりもいい妻になれる人は見つからないと郷士は感じ、それを認めた。しかし、彼は息子をこの結婚から救い出すという明確な目的でそこにいたのだ。

「とても元気そうだね、メアリー」と郷士は思わず言った。「私がですか？」とメアリーはほほ笑んで答えた。「お世辞を言われるのはとにかく嬉しいわ。伯父さんはそういうお世辞をまったく言いませんから」

事実、メアリーは元気そうに見えた。彼女はフランクが愛してくれるのは不幸だし、不幸に違いないし、幸せをもたらさないと朝から晩まで幾度も自分に言い聞かせていた。しかし、それでもその愛のせいで彼女は幸せだった。フランクが帰ってくる前、日陰の存在になろうと決心していた。彼から忘れられていないとわかったとき、とても甘美な思いをした。娘は男の愛が性急だといって言葉では男を叱ることがあるかもしれない。しかし、心では男をそんな罪で叱ることは決してないのだ。彼女は軽々しく扱われたわけではなかったから、それでいっそう浮き浮きした高揚感に満たされていた。

先生はすぐ部屋に入って来た。郷士の訪問は事前に知らされていたから、先生は当然家を離れていなかった。「さて、私は退室しなくては」とメアリーは言った。「お仕事のお話があるのでしょう。でも、伯父さん、グレシャムさんは私がとても元気そうだと言ってくれました。なぜ伯父さんはそういうことがわからないのかしら?」

「魅力的ないい娘だ」彼女がドアを閉めたとき、郷士は言った。「魅力的ないい娘だ」先生は郷士の目に涙があるのを見逃さなかった。

「私もそう思いますよ」と先生は穏やかに言った。それから、二人は相手がこの点についてさらに何か言うのを待っているかのように黙って座っていた。少なくとも先生はそれ以上何も言わなかった。

「彼女のことを特にあなたと話し合うため、ここに来たんだ」と郷士。

「メアリーのこと?」

「そうなんだ、先生。彼女とフランクのことだ。どうにかしなければならない。何か取り決めが必要だろ。我々のためでなくとも、少なくとも彼らのためにね」

「どんな取り決めですか、郷士?」

「ああ!　そこが問題なんだ。当然フランクか、メアリーか、どちらかが二人の婚約のことをあなたに話していると思ったが」

「フランクが十二か月前私に言ってきました」

「メアリーは何も言ってこなかったのかね?」

「何も言ってきません。しかし、気にしません。あの子が私に秘密にしているものはないと思います。あまり話はしないけれど、あの子のことはみなわかっていると思うから」

「それで、どうするかな?」

先生は頭を横に振って両手をあげた。先生には言うことも、申し出る提案も、思いつく取り決めもなかった。事態がこういうことなら、先生に関する限り、打つ手はないと言いたいように見えた。

郷士はこの先をどう続けたらいいかわからなかったから、先生を見つめて座っていた。若い男女が恋に落ちたとき、特にその男女の社会的地位に問題があったら、二人を自然のまま放置しておいてはいけないと郷士は思った。しかし、先生は違った意見を持っていたようだ。

「だが、ソーン先生、わしが抱えている問題をこの世であなたくらいよく知っている者はおらんよ。わしの問題を知っているということは、フランクの問題も知っているということだね。二人が結婚することは可能と思うかね？」

「可能かですか？ そりゃ可能ですよ。あなたが言いたいのは、分別のあることか、と言いたいのでしょう？」

「うん、そう考えてくれ。この結婚は無分別ではないだろうか？」

「今のところは確かにそうでしょう。この件で私は二人のどちらとも話をしたことがありません。しかし、今のところ二人が結婚するとは思えませんね」

「だが、先生――」郷士は先生の冷静な態度にあっけにとられた。結局、彼、郷士はバーセットシャーの筆頭平民として一般に知られるグレシャムズベリーのグレシャムだった。結局、フランクは彼の世継ぎであり、やがてはグレシャムズベリーのグレシャムになる身だった。地所は損なわれてしまったとしても、残る部分はあったし、地位はとにかくそのままだった。しかし、メアリーについて言うと、彼女は先生の娘でさえなかった。一文なしであるだけでなく、名もなく、父もなかった。母なし子よりもひどかった！ ソーン先生が家柄に関して普段高い考え方をしているのに、グレシャムズベリーの世継ぎと弟の私生児との予想される結婚について、こんなに冷静なかたちで話すなんて信じ難かった。

「だが、先生」と郷士は繰り返した。

先生は片脚をもう一方の脚の上に置いて、ふくらはぎをなで始めた。「郷士」と先生は言った。「あなたが言おうとすること、言いたいことはみなわかります。メアリーの出生のことに触れたくないのでしょう。そのことに触れて私を苦しめたくないのですね」

「だが、それは別としても、二人はどうやって生活していくのかな?」と郷士は力を込めて言った。「生まれは大きな問題だね。とても大きな問題だ。あなたもわしもそれについてまったく同じ考えを持っているから、議論の必要はないだろう。わしがグレシャムズベリーを誇りに思うようにあなたもウラソーンを誇りに思っているからね」

「それが私のものだったら、そうかもしれません」

「だが、あなたは誇りに思っている。議論しても無駄だね。だが、そういうことはみな別にしても、二人はどうやって生活していくのかな? どこへ行くんだろう? レディー・アラベラがそういうことをどう思うかわかるだろ。二人がアラベラの期待に応えて、うちで生活することは可能なのかな? そのうえ、その生活は二人にとってどんな生活になるんだろう? 二人はここで生活できるのだろうか? その生活は二人にとっていいものなのかな?」

郷士は回答を求めて先生を見た。しかし、先生はふくらはぎをなで続けた。それゆえ、グレシャム氏は説得を続けざるをえなかった。

「わしが死んでも、まだ何か遺ると思う。あの哀れな子には遺るものがあるだろう。レディー・アラベラと娘たちはおそらく今よりも暮らし向きがよくなると思う。時々わしはそういう時が来ることをフランクのために願っている」

先生は今脚を擦り続けていられなくなった。話さずにいられなくなったから、父の死を前提にした話はいろいろあるなかでフランクがいちばん望まないものだとはっきり言った。「フランクくらい」と先生は言った。「父を愛する息子はいません」

「わしもそう思う」と郷士は言った。「そう思う。だが、わしはあいつの邪魔をしているとどうしても感じてしまう」

「いやいや、郷士、それは違います。あなたは誰の邪魔もしていません。いつか息子と幸せになり、息子を誇りに思い、その妻も誇りに思うようになりますよ。そう期待しているし、そう思っています。本当にそう思っています。でなければ、こんなことは言いませんよ、郷士。私たちはいつか一緒に幸せな日を迎えて、そのときグレシャムズベリーの食堂の火に当たりながらこういう話をするのです」

郷士はこんなふうに慰めてくれる先生を親切な人だと感じた。しかし、どんな根拠に基づいて先生がこんな金色の夢を描けるのか理解できなかったし、それを問うてみることもしなかった。それよりも郷士は相談に来た問題に立ち返る必要があった。この結婚を阻止しようとするとき、先生から手助けがえられるのだろうか？　それが今郷士がしっかり視野に見据えるべき唯一の課題だった。

「なあ、先生、若い人たちの話に戻ろう。もちろん二人は結婚できない。それはわかるだろ」

「必ずしもそうとは言えません」

「いいかい、先生、あなたはできないと感じていると思ったがね」

「何を感じているって言うんですか、郷士？」

「二人はあんな状況に置かれているから、結婚しちゃいけないっていうことだよ」

「それはまったく別問題です。あなたにも、ほかの人にも、そういうことを私は何一つ言っていません。事実を言うとですね、郷士、私はどんなかたちにしろ、一度もこの問題に干渉したことがないのです。今も干渉したくありません」

「だが、干渉すべきじゃないのかね？　メアリーはあなたにとって自分の子と同じじゃないのかね？」

ソーン先生はこれにどう答えたらいいかわからなかった。干渉しないという主張がきわめて馬鹿げていることは承知していた。先生が干渉しなければメアリーの結婚はありえないだろう。メアリーに不適切な結婚の危険が迫ったら、当然干渉するつもりでいた。それでも、今の時点で先生は意見を明確に打ち出したくなかった。あらゆる方面から結局望ましいとわかる結婚に反対なんか唱えられるはずがなかった。しかし、賛成しているなんて言ったら、今度は賛成の理由を明示することができなかった。こういう状況だから、何も言わずにいることができるなら、言わずにいたかった。

しかし、言わずにいることは不可能で、何か言わなければならなかった。それで、別の質問をすることで郷士の最後の問いに答えた。「あなたが反対する理由は何ですか、郷士？」

「反対する！　いいかい、いったい二人はどうやって生活していくんだね？」

「それならこう理解していいんですね。もしその難題がなくなったら、あなたはたんにメアリーの出生ということだけでは結婚に反対しないと？」

郷士は問題がこんなふうに提示されるとは予想だにしていなかった。健全な精神の人なら同じ見方しかありえないと思い込んでいたから、議論の用意をしていなかった。世継ぎである息子がミス・ソーンと結婚することには様々な反対理由があった。しかし、二人にまったく収入がないという事実を第一に申し立てる点で郷士は確かに正当と言えただろう。

「だが、その問題を克服するのは難しいね、先生。しかし、フランクがひどく身分の低い相手と結婚するのを見るのは我々みな、つまり家族にとっても深い悲しみの原因となることはおわかりだろう。この点を敷衍するように強く求めないでくれ。というのも、わしがメアリーを愛していることはご存知だろうから」

「しかし、親友、これはどうしても聞いておきたいのです。傷を治すためには時として切開が必要ですからね。私が言いたいのはこういうこと——郷士、誠実な回答をお願いしたいなどという必要は当然ないでしょう——、もしメアリー・ソーンが女相続人だったら、もし彼女がたとえば噂に聞くあのミス・ダンスタブルのような巨万の富を所有していたら、そのとき結婚に反対しますか?」

先生が誠実な回答を期待していると言ったから、郷士は耳をそばだてて聞いていたが、聞き終わったとき、その問いが現在の問題に何のかかわりもないように感じた。

「いいですか、郷士、誠実に打ち明けてください。フランクがミス・ダンスタブルと結婚するという話がかつてありました。あなたはその結婚に反対するつもりでしたか?」

「ミス・ダンスタブルなら妥当だな。少なくともそう思う」

「ああ、グレシャムさん、そういうことになりますか? ミス・ダンスタブルなら高い生まれが必要だというあなたの考えを満足させるわけですね?」

グレシャム氏はミス・ダンスタブルが結婚相手として妥当かどうかの話を持ち出されて、むしろこのとき困惑し、残念に思った。しかし、すぐ自分を取り戻した。「いや」と郷士は言った。「それでは満足できないね。富から生じる疑問の余地のない優位があれば、身分の低い人との結婚となったものを償うと世間から見られていることは前にも認めたことがあるが、今も認めていい。だが——」

「あなたはそれを認めますね? この問題ではそれを確かなこととして認めますね?」

「そうだ。だが――」郷士はこの意見が適切なものだと説明し続けたが、先生は無礼にもその話を聞こうとしなかった。

「それなら、郷士、私はどんなかたちでもこの問題に干渉するつもりはありません」

「いったいどうしたらそんな意見が――」

「どうか許してください、グレシャムさん。しかし、もう心を決めました。前とまったく同じ気持ちです。フランクを励ますこともしませんが、メアリーを落胆させるようなことも言いません」

「そりゃああなたのような分別のある人がするには、非常にとっぴな決心だな」

「これしか言えません、郷士。私の決意ですから」

「だが、ミス・ダンスタブルの資産はそれとどう関係するのかな？」

「どう関係するかは言えません。しかし、この問題で私は干渉しません」

郷士はしばらく話を続けたものの、何の役にも立たなかった。とうとうかなり腹を立ててその場を立ち去った。郷士は一つだけ結論をえた。ソーン先生は姪にとってのチャンスをとても有利なものと考えたので、それを捨て切れない、それゆえこんな奇妙なかたちで行動することに決めたのだと。

「たとえバーチェスターじゅうの人がわしにそう言ったとしても、先生がそんなことを考えているとは信じられなかった」と郷士は大門に入るとき、独り言を言った。彼は自室に入るまで同じ言葉を繰り返した。

「いや、たとえバーチェスターじゅうの人がわしに言ったとしても、信じられなかったね」

しかし、郷士は訪問の不首尾をレディー・アラベラに伝えることはしなかった。

第四十二章　お返しに与えるものは何？

家庭内のいろいろな問題にもかかわらず、ベアトリスは最近幸せな日々をすごしていた。結婚を間近に控えた若い女性にとって、未来の夫が近くに住むというのはめったにあることではない。彼女はこの幸せを感じた。これがオリエル氏によっても最大限利用された。彼女は牧師館に来て、家のなかの配置とか、家具とか、新しいカーペットとかについて私的に意見を述べるようにペイシェンスから絶えず説得された。しかし、この私的な相談はいつもオリエル氏によって邪魔された。オリエル氏の教区民がこの平和な時期にどうしていたか、彼らに聞いてみるつもりはない。しかし、朝の礼拝はまったく行われなかった。オリエル氏は非常に優れた副牧師を手に入れていた。

しかし、ベアトリスは悲しみを一つ心に重く感じていた。メアリーの結婚式出席がこれまで以上に不可能だと感じさせる母の発言を絶えず聞いていたからだ。しかし、彼女はメアリーを招待すると兄に約束していた。もしメアリーが出席しなかったら、欠席すると兄からも繰り返し脅迫されていた。

ベアトリスはこういう場合たいていの娘がすること、気の利いた人なら誰でもすることをして、恋人の忠告を求めた。

「うん、でもフランクは本気じゃないね」と恋人は言った。「もちろん彼はぼくらの結婚式に出席するよ」

「あなたは兄を知らないのよ、ケイレブ。兄は誰が見ても兄とわからないほど変わってしまったの。兄がどれだけ本気か、どれだけ決然と意思を固めているか、あなたには想像できないのよ。それに、もしママがいいと許してくれるなら、私はメアリーに来てほしいのです」

「レディー・アラベラに頼んでみなさいよ」とケイレブ。

「ええ、そうしなければいけないと思います。でも、ママが何て言うかわかるの。フランクは私が最善を尽くしたなんて思わないでしょうね」ベアトリスはオリエル氏からできる限りの囁き声で慰められたあと、この仕事をするため母のところへ向かった。

彼女は願いが受け入れられるとは思っていなかったから、受け入れられて本当に驚いた。彼女が願い事を口ごもりながら言うやいなや、レディー・アラベラはこんなふうに答えた――。

「ええ、あなた、反対はしません、少しもね。つまり、もちろんメアリーがちゃんと振る舞ってくれるなら」

「まあ、ママ、もちろんあの人はちゃんと振る舞います」とベアトリスは言った。「あの人はいつもちゃんとしていましたし、今もちゃんとしています」

「それならいいのよ、あなた。でも、ベアトリス、あの人に会えたら嬉しいと言うのには、当然条件があります。私は一度もメアリー・ソーンが嫌いではなかった。もしあの人がおかしな申し出に耳を傾ける気がないことをちょっとフランクに理解させてくれるなら、これまでのようにあの人にグレシャムズベリーで会えると嬉しいのです」

ベアトリスはこれに答えて何も言うことができなかった。とはいえ、母の意図が何であれ、メアリーが人に命じられてフランクに何かを理解させるようなことはしないだろうと確信した。

「私がこれからしようと思っていることを言いましょうか、あなた」とレディー・アラベラは続けた。「私のほうからメアリーを訪ねるつもりです」

「何ですって！　ソーン先生のうちを？」

「そうよ、いいじゃない？　ソーン先生のうちには前にも行ったことがあるから」レディー・アラベラは前回訪問したときのこと、出るとき二度とあのドアには入るまいと強く誓ったことを思い出さずにはいられなかった。しかし、令夫人は言うことを聞かない息子のため今は何でもする用意があった。

「ええ、それは知っています、ママ」

「あの人を訪問して、何とかうまくやれるなら、私のほうからあなたの付き添いになるように頼みます。そうしたら、あなたはあとで会って、いろいろ取り決めればいい。あの人に短い手紙を書いてちょうだい、あなた。明日十二時に私がお訪ねしますって。通知もしないで私が行ったら、とまどわせてしまうから」

ベアトリスは命じられた通りにしたとはいえ、こんなことをしてもいい結果は生まれないとの予感があった。レディー・アラベラが考える目的のためなら、手紙なんか確かに不要だった。メアリーは不意の訪問でまごつくような人ではなかったから。それでもおそらく手紙が書かれたのはよかった。訪問者にどんな情報なら与えていいか、何を与えてはならないか、メアリーは冷静に考えをまとめることができた。

次の朝、指定の時刻にレディー・アラベラは先生のうちへ向かった。令夫人が村を歩くとき、必ず住民にちょっとした混乱を生んだ。郷士の場合、村人と親しかったから、騒ぎを引き起こすことなく出入りできた。しかし、令夫人の場合、村人の目に夫と同じ普通の感じを与えることができなかった。それゆえ、彼女が先生のうちの門に入ったとき、十分でこの事実がグレシャムズベリーじゅうに知れ渡った。彼女が先生の家を出る前にアンブルビー夫人とミス・ガッシングはこのまれに見る出来事の原因を正確に見定めていた。

先生は何が起こりつつあるか聞いたとき、注意深く脇へよけた。それゆえ、メアリーは一人でレディー・

アラベラを迎えるという嬉しい羽目になった。令夫人の愛想のよさは並みたいていのものではなかった。もしその愛想のよささえなかったら、おそらく恩着せがましさが多少は薄れたとメアリーは思った。しかし、ここにはおそらくメアリーの偏見があった。レディー・アラベラは笑みを浮かべ、にたにた笑って、先生や猫やジャネットの様子を聞き、メアリー・ソーンよりも物わかりのいい人なら誰でも望ましいと思ういろいろなことを言った。

「さて、メアリー、私が訪ねてきた理由を言いましょう」メアリーはレディー・アラベラから与えられるどんな情報も喜んで受け入れると言わんばかりにわずかに頭を垂れた。「ベアトリスがまもなく結婚することはもちろんご存知ね」

メアリーはそういうことを聞いていると認めた。

「そうなのです。九月――九月初旬――になるから、もうすぐなのです。あの子はあなたに結婚式に出てもらいたいと願っています」メアリーはわずかに顔を赤らめつつ、ベアトリスの優しさにとても感謝しているとだけ――しかもいくらか冷たく――言った。

「保証していいのよ、メアリー、あの子は前と同じようにあなたが好きなのだと、本当に私もそうだし、私たちみなそうなのです。グレシャムさんはいつもあなたの友人だったでしょう」

「そうです、あの方はいつも私の友でした。グレシャムさんには感謝しています」とメアリーは言った。レディー・アラベラが癇癪を制御したのはよかった。というのは、感情をそのまま表していたら、メアリーと和解するチャンスはなかっただろう。

「ええ、郷士は本当にそうでした。あなたをグレシャムズベリーに歓迎するため、メアリー、私たちは微力ながらできることをみなしてきたと思います。あの不快な出来事が起こるまではね」

「どんな出来事ですか、レディー・アラベラ?」

「ベアトリスはこのことをとても心配しているの」とレディー・アラベラはメアリーの問いかけを差し当たり無視して言った。「あなた方二人はずっと一緒でしたから、あの子は結婚するときあなたが近くにいないと幸せになれないと感じています」

「大好きなベアトリス!」メアリーは真摯な感情の表現に触れて、そのとき胸が熱くなった。

「あの子は昨日私のところに来て、あなたの出席に反対しないように言ってきました。あの子にはまだ何も答えていません。あの子にどう答えたらいいと思います?」

メアリーはこの問いに面食らって、回答をためらった。「彼女にどう答えたらいいかですか?」

「そうよ、メアリー。私はどんな回答をしたらいいと思います? あなたがいちばんかかわりのある人だから、あなたに聞きたいのです」

メアリーはちょっと考えてから、しっかりした声で意見を述べた。「今のところあなたの家に私を心から受け入れてくれる余地はないんですから、私の出席を強要されるのは迷惑だと、ベアトリスに言ったらいいと思います」

これは確かにレディー・アラベラが予想しなかった回答だった。今度は令夫人のほうがかなり面食らってしまった。「でも、メアリー」と彼女は言った。「できればあなたを心から受け入れられたら、嬉しいのです」

「でも、あなたはとても私を受け入れられないように見えますわ、レディー・アラベラ。それで、話は終わりです」

「ああ、でも、そんなことはありません」令夫人はいちばん甘いほほ笑みを浮かべた。「そうではないはずよ。できれば、私はこういう悪感情に終止符を打ちたいのです。おわかりのように、問題はみな一つのことに懸かっています」

「そうなんですか、レディー・アラベラ？」

「ええ、一つのことよ。あなたに一つ質問をしてもお怒りにはならないでしょう――え、メアリー？」

「はい、少しも。怒りはしないと思います」

「あなたがフランクと婚約したという噂は本当ですか？」

メアリーはこれに即答しないで、黙ったまま座り、レディー・アラベラの顔を見た。どういう回答をしたらいいか決心できないわけではなかったが、今は正確な言葉が見つからなかった。

「もちろんあなたはそういう噂を聞いたに違いありません」とレディー・アラベラは続けた。

「はい、聞きました」

「そう、あなたは噂に気づいたのです。私は正確に言わなければなりません。あなたがボクソル・ヒルへ行ったとき、それからその前にミス・オリエルと彼女の叔母のうちへ行ったとき、とても立派に振る舞っていると思いました」メアリーは怒りで身内が熱くなるのを感じて、辛辣な、断固とした言葉を用意し始めた。

「でも、それにもかかわらず、噂が止まらない。フランクはまだとても子供ですから」(フランクの愚かさにこんなふうに触れられてメアリーが怒りを和らげることはなかった。)「何か馬鹿げたことを考えているように見えます。この点で、あの子があなたほど立派に振る舞っているとは言えないと、悲しいけれど、公正に見ればそう言わざるをえないと思います。さて、そういうわけですから、あの噂が本当かどうかちょっとあなたにお聞きするの。本当じゃないとあなたが言ってくださったら、私は安心なのです」

「でも、噂はまったく本当です、レディー・アラベラ。私はフランク・グレシャムと婚約しています」

「あの子と結婚すると約束したのですか？」

「はい、彼と結婚すると約束しました」

令夫人は今何を言い、どう振る舞ったらいいのだろうか？　この断言くらい明瞭な、決定的な、疑問の余地のないものはなかった。メアリーはこう断言したとき、頬も、額も、紅が差して赤くなっていたが、大胆に、言わば挑むように訪問者の顔を真っ直ぐ見つめた。

「面と向かって私にそう言うのですか、ミス・ソーン？」

「いけませんか？　あなたが質問なさったんじゃありませんか？　嘘を言ってもらいたいんですか？　私は彼と婚約しています。あなたからの質問ですから、ほかにどんな回答ができるでしょう？　事実、私は彼と婚約しています」

メアリーが不正行為を断固ぶっきらぼうに自供したから、令夫人はほとんど息ができなくなってしまった。令夫人は二人の婚約を確信しており、メアリーがそれを否定することをほとんど期待していなかった。しかし、彼女は犯罪が自供されるとは、自供されるとしても、何ら恥じらいもなしになされるとは予想だにしていなかった。恥じらいでも見せられたら、つけ込むこともできただろう。しかし、そんな恥じらいはなかったし、わずかのためらいさえなかった。「私はフランク・グレシャムと婚約しています」そう言って、メアリーは訪問者の顔を真っ直ぐ見つめた。

「それなら、あなたがグレシャムズベリーに迎えられることはありません」

「今のところ間違いなくそうでしょう。そうおっしゃるとき、レディー・アラベラ、最初の問いに私が答えた回答をあなたはただ繰り返しておられるだけです。今私がグレシャムズベリーへ行くとすれば、グレシャムさんに受け入れられた嫁という一つの資格においてだけです」

「それは完全に不可能よ。今も、永久に、まったく問題外です」

「それについてあなたと議論するつもりはありません。とはいえ、前にも言いましたように、私がベアトリスの結婚式に出席することは考えられません」

レディー・アラベラはしばらく静かに座って、今どういうふうに議論の筋道を立てたらいいか、できれば穏やかに考えようとした。ただ怒りを表すだけでうちに帰るのは愚かなことだと思った。今はメアリーに話しかける二度とないチャンスだった。どういう特別な仕方でこのチャンスを使ったらいいか決めるのが難しかった。脅すのがいいか？　それとも懇願するのがいいか？　令夫人を公正に判断するなら言わなくてはならないが、彼女はこの結婚がまったく不可能だと本当に信じ込んでいたし、ありえないことだと思っていた。それゆえ、お金と結婚しなければならないという一つの命令、切迫した義務を息子が抱えているという観点から判断するとき、この婚約は息子の将来にとって破滅と言ってよかったのだ。

彼女はあわただしいなかじっくりこれらのことを考えたあと、まず理詰めでいき、次に懇願し、最後に必要なら脅そうと決めた。

「仰天しました！　あなたが驚くはずはないけれどね、ミス・ソーン。こんな奇妙な告白を聞いて私は仰天しました」

「私の告白が奇妙だとお思いですか、それともあなたの息子さんと私が婚約している事実が奇妙だとお思いですか？」

「その点はしばらく置いておきます。でも、私から質問させてください。あなたとフランクはこの結婚が可能だと、いいですか、可能だとお思いになるの？」

「はい、はっきりと可能だと思います」

「あの子に一銭もないことはもちろんご存知ね」

「私にも一銭もありませんわ、レディー・アラベラ」

「もしあの子が父の願いに敵対するようなことをするなら、あの子に一銭もありません。資産はご存知の通り、まったくグレシャムさんの思い通りになるのです」

「私は資産については何も知りません。資産について私が尋ねたことも、これから尋ねることもないとしか言えません。たとえ私がフランク・グレシャムと結婚するとしても、それは資産のためではありません。こんな生意気なことを言って申し訳ありませんが、あなたが言わせたんです」

「では、あなたたち、どうやって生活していくの？　田舎家で質素な結婚生活をするには歳を取りすぎていると思いますが？」

「歳を取りすぎているということはありません。フランクはご存知のように『まだとても子供ですから』」

ずうずうしいあばずれ！　厚かましい、癇癪持ちの、生意気な淫婦！　こういうののしり言葉をレディー・アラベラは脳裏に思い浮かべた。が、賢明にも抑えた。

「ミス・ソーン、これは私にとって当然とても真剣な問題ですから、冗談にされるのは不穏当です。私はこんな結婚をきわめてありえないことだと思っています」

「ありえないとおっしゃっているのがわかりませんわ、レディー・アラベラ」

「第一に私が言いたいのは、あなた方二人は結婚することなんかできません」

「いえ、オリエルさんなら私たちのため取り計らってくれます。私たちは教区民ですから、牧師にはそうする義務があります」

「何ですって、そんなことは絶対違法です」

メアリーはほほ笑んだものの、何も言わなかった。「笑ったらいいのよ、ミス・ソーン。でも、私が正しいことがおわかりになると思います。こんな結婚によってもたらされる恐ろしい苦悩を食い止めるためまだ法律があるはずです」

「私のすることでご一家の方々に苦悩をもたらすことがないように願いますわ」

「ああ、でも、もたらすのよ。もたらすことがおわかりになりませんか？　それを考えてくださいい、ミス・ソーン。フランクの状態と父の状態を考えてください。フランクがお金のない結婚をする状況にないことはきっとよくおわかりのことと思うのよ。グレシャムさんの一人息子が州のなかで占める立場のことを考えてください。古い家名と私たちがそれに抱く高い誇りのことを考えてください。あなたはこういうことが理解できるくらい長く私たちと生活をともにしてきました。これらのことを考えてから、家族にいちばん深い苦悩をもたらすことなく、そんな結婚がありえるか言ってください。グレシャムさんのことを考えてください。もしあなたが本当にあの子を愛しているなら、不幸と破滅をもたらすようなことを願うはずがありません」

メアリーは今心を動かされた。というのは、レディー・アラベラが言ったことは真実だったからだ。しかし、彼女は誓約していたから、そこから引き返す権限を持ち合わせていなかった。他人からどんなことを言われようと、誓約から振りほどかれることはなかった。もし彼のほうから改めたいと言われたら、話は別だった。

「レディー・アラベラ」と彼女は言った。「彼が婚約を望んでいるということ以外、この婚約を支えるものはありません」

「理由はそういうことなの、メアリー？」

「そうです。理由であるばかりでなく法でもあります。彼に約束しました」

「たとえあの子が破滅してもあなたは約束を守るつもりですね」

「それは望みません。もし彼が取り消したくなければ、婚約はどうしても長引くでしょう。でも、いずれ時が来れば――」

「何ですって！　グレシャムさんが死ねばっていうの？」

「その前であることを望んでいます」

「その可能性はありませんね。あの子が強情な子だから、いつも分別があることで評判のあなたがこの狂った婚約にあの子を縛るのね？」

「いえ、レディー・アラベラ。彼が縛られたくないものに私が縛るつもりはありません。私はあなたが言うことで動かされはしません。人から言われることで彼との約束をたがえる気はありません。でも、彼自身の言葉は別です。彼の一瞥でも充分です。とにかく彼が私に理解させればいいんです。私を愛することが彼にとって有害だと――そう思うようになったと――、そうしたら、あなたのお望み通りすばやくこの婚約上の私の役割を放棄します」

　この約束には大きな意味があった。しかし、それでもレディー・アラベラが最初えたいと望んでいたものほど大きくなかった。彼女が理解したのは、メアリーは頑固だが、道理をわきまえている。フランクは頑固であると同時に、道理をわきまえない、ということだった。メアリーの理性に働きかけることは可能かもしれない。しかし、分別のないフランクを動かすことはまったく不可能だろう。それで愚かにも――彼女は辛抱して続けた。

「ミス・ソーン――いえメアリー、というのは私はまだあなたから友人と思われていたいのです――」

「本当のことを言いますと、レディー・アラベラ、過去のかなりの期間、私はあなたを友人とは見ていませんでした」

「それならあなたは私を誤解しているのよ。でも、話を続けます。この婚約が愚かなことだとはお認めになるのね？」

「そんなことは認めません」

「愚かなことにとても近いものよ。あなたには弁護の言葉がないのですから」

「あなたに対してはありません、弁護するように強いられたくもありません」

「どちらが権限を握っているのか私にはわかりませんが、もしフランクが望むなら、あなたはあの子を婚約から解放すると約束してくれますね」

「彼を解放する！　彼が私を解放するんです。彼がそれを望むならですが」

「よろしいのよ。とにかく、あの子にその許可を与えてくれますね。でも、それはあなたのほうから始めるほうが名誉あることではないかしら？」

「いえ、そうは思いません」

「ああ、でも、そうなります。もしあの立場のあの子がこの婚約を愚かなものだとあなたより先に言い出したら、先に提案したら、人は何て言うかしら？」

「真実を話したらいいですわ」

「あなた自身は何て言うかしら？」

「何も言いません」

「あの子は自分をどう思うかしら？」

「ああ、それはわかりません。彼があなたの指示で行動するか、しないかによります」

「その通りね。あなたはあの子が高潔な人だと知っているから、与えるものをたくさん持っているあの子が、お返しに与えるものが何もないあなたとの約束をたがえることはないと知っているから、それであの子が最初の一歩を踏み出さなければならないとあなたは言うのね。それって立派なことかしら?」

それからメアリーは席を立った。というのは、そこのソファーにゆったり座って、心にある言いたいことを言うことがもうできなくなっていたからだ。レディー・アラベラはこれまで会話のなかで、許し難い侮辱を加えるため、お金のことを全面に打ち出してくることはなかった。しかし、今メアリーはもはや怒りを抑えることができなかった。「お返しに与えるものが何もないあなた!」彼女は持てるものをすべて与えてこなかったか? 蓄えたものを彼の膝の上に曝け出さなかったか? 真の生命力で脈打ち、完全な愛を捧げつつ、堂々と誇りで鼓動するあの心。彼女はそれを差し出さなかったか? 二人のあいだでそれは二十のグレシャムズベリーよりも大きく、どんな家系よりも気高くなかったか? 「与えるものが何もないあなた」本当に! すべてを与える用意のある彼女に向かって、こんなことを言うなんて!

「レディー・アラベラ」と彼女は言った。「あなたが私を理解することはないと、理解することはありえないと思います。もしそうなら、これ以上話をしても百害あって一利なしです。あなたがおっしゃる与えるという意味で、息子さんと私のあいだでやり取りされるものを私はまったく無視していました。でも、彼は――私を愛していると告白してくれました」――彼女はそう言ったとき、じっと令夫人の顔を見ていたが、まつ毛が一瞬目を覆って、頰の赤味が少し増した――「私も彼を愛していることがわかりましたから、私たちは婚約しました。私には約束は神聖なものです。脅迫されて破棄することなんかできません。しかし、もし彼が気を変えたいと思えば、破棄することができます。そうしたからといって、私は彼を非難しませんし、できれば厳しい目でも見ません。もしふさわしいと思うなら、今言っていることを彼に言ってもらって結構です。でも、私たちの一方が他方にどれくらいたくさん与えなければならないか、どのくらい与えられないか、そういうあなたの計算に私は耳を傾けるつもりはありません」

彼女は話し終えたとき、立っていた。立ち続けていた。レディー・アラベラに目を据えたまま立つその姿勢によってもう充分言葉が交わされたと、もう帰る時だと告げているように見えた。レディー・アラベラはそれを感じて、徐々に立ちあがったが、自分よりも優れた魂の前にいたことをゆっくり、しかし、ひそかに認めて、暇乞いをした。

「よろしいのよ」令夫人はこれを言うとき、大仰な口調で言おうとした結果、みじめなほど失敗した。「この問題を考え直す許可をあなたからいただいたとあの子に言いますから。あの子は考え直すと思います」メアリーはわざわざそれに答えようとしないで、訪問者が部屋を出て行ったとき、低く膝を曲げてお辞儀をした。それで面会は終わった。

面会が終わって、メアリーは一人になった。フランクの母の足音が階段に聞こえるあいだ、立ったままでいた。二人のあいだで交わされたことをすぐ考えるというのではなく、まるでレディー・アラベラとの対決がまだ終わっていないかのようにまだ熱い怒りで自分を浮揚させていた。しかし、足音が聞こえなくなり、閉まるドアが本当に一人になったことを告げると、席に深く座り、手で顔を覆って涙に暮れた。

彼女はお金に関するあの教えを聞いてぞっとした。世俗的な地位のせいでフランクに飛びついたという無礼な主張を聞いて、ほとんど凶暴な気持ちになった。しかし、それでも本当のことがたくさんレディー・アラベラによって語られていた。メアリーはグレシャムズベリーの世継ぎが州で持つ地位のこと、この結婚がその地位をひどく損ねるという事実を考えてみた。古い家名と古いグレシャムの誇りのことを考えてみた。

郷士と深い苦悩のことを考えてみた。彼女がこれらのことを理解しており、もし結婚したら一族に深い悲しみを引き起こすとわかるくらい充分グレシャム家の人たちとつき合ってきたのは確かだった。

それから、彼女は差し出されたフランクの手を取ったとき、きちんとこういうことを考えていたかどうか自問した。考えていなかったと認めざるをえなかった。フランクがまだとても子供だといって、レディー・アラベラを嘲ってみたものの、結婚の申し込みが大人の深慮からというよりも、やはり少年の活力からなされたと見るのが妥当ではなかったか？　もしそうなら、もしあの申し込みのとき同意したのが間違いだったとするなら、二人の過ちを知った今、彼をその約束に縛るのは二重の過ちを犯すことになるのではないか？

フランクのほうから先に婚約から引き返せないというのは本当だった。そんなことをしたら、彼は世間の人から何と言われるだろう？　レディー・アラベラから質問されたとき、ひどくむかついた問題を今メアリーは冷静に自省することができた。もし彼のほうから先に引き返せないとするなら、もしそれにもかかわらず二人が婚約を解消しなければならないとするなら、彼女のほうから身を引く以外にいったいい方法があるだろうか？

レディー・アラベラは一貫して正しかったのではないか？　結論を引き出すやり方はてんで間違っていたものの、結論そのものは正しかったのではないか？

それからメアリーは自分のことを一瞬考えた。「お返しに与えるものが何もないあなた！」レディー・アラベラから浴びせられたおもな非難がこれだった。彼女が与えるものを何も持たないというのは実際本当なのか？　処女の愛、女性の高い誇り、生命と魂と存在——こういったものは無なのか？　こういったものは年何ポンドに換算して測らなければならないのか？　そうして測ったら、こういったものは羽毛のように軽すぎて、はかりの竿の一方を跳ねあげてしまうのか？　考えもなしにその場の衝動に身を任せて、最愛の人の手を最初に一瞬手に取ることを自分に許したとき、お金のことなんか何一つ考えていなかった。お金のことなんか軽視していたとき、フランクよりもはるかにお金持ちのもう一人の求婚者が現れた。フランクを愛さずにいるのが不可能なように、サー・ルイを愛するのは不可能だった。

彼女は愛をお金とは無縁の純粋なものととらえていた。愛とはそういったものとは混ざらぬ純粋なものと意識していた。レディー・アラベラにはこれが理解できなかった。それゆえ彼女はレディー・アラベラをたまらなく不快に感じた。

彼女は一度フランクの温かい胸にぴったり抱かれたことがあった。彼がこんなふうに愛してくれると感じると、喜びで——それを認める勇気のない喜びで——魂がぞくぞくした。その瞬間彼を押しのけようとする若い娘らしい努力をしたとしても、心は彼の心と一つだった。そのとき魂の主人、心の領主、崇拝するために生まれてきた対象、運命を結びつけるべき相手として彼を認めた。フランクの土地なんかどうでもよかったし、土地なんかなくてもよかった。神が互いに愛するように二人を一緒にした。その確信があったから満足できた。魂で彼を愛することを自分の義務とした。それなのに今お返しに与えるものが何もないから、彼から身を引くように要求されたのだ！

しかし、彼女は神聖な約束に矛盾することなく身を引くことができるなら、身を引くつもりだった。今置かれた状況からフランクが恥ずかしくないかたちで逃れられるように、彼にチャンスを与えるのは正しいことかもしれない。このチャンスを彼に与えるように努力しよう。そこで、彼女は深い溜息をつき、立ちあがり、ペンとインクと紙を取ると、身を引く仕事を始めるためもう一度座った。

それから、彼女は一瞬伯父のことを考えた。なぜ伯父はこういうことをみな話してくれなかったのか？　なぜ警告してくれなかったのか？　これまでずっと親切にしてくれていた伯父がなぜ今こんなにむごく彼女を見捨てたのか？　伯父にはすべてを話してきて、秘密なんかなかった。それなのに伯父は一言も言ってくれなかった。「伯父も知っていたに違いない」と彼女は悲しそうに独り言を言った。「伯父も私がお返しに与えるものが何もないことを知っていたに違いない」しかし、伯父をそんなふうに責めたところで何もえられなかった。それで、彼女は座って、ゆっくり手紙を書いた。

冒頭は「最愛のフランク」とした。彼女は「親愛なるグレシャムさん」と最初は書いたが、そんな意味のない冷たい書き出しには堪えられなかった。彼を愛していない振りをするつもりはなかった。

最愛のフランク

あなたのお母さんが私たちの婚約のことをここに話しに来ました。お母さんといろいろな点で必ずしも意見が一致したわけではありません。でも、今日は私が本当だと認めざるをえないことをお母さんから言われました。私たちの結婚はあなたのお父さんを苦しめるもの、ご一家の方々みなに害を与えるもの、あなた自身を破滅させるもの、とおっしゃっています。もしこれが本当なら、あなたを愛する私にいったいどうしてそんな結婚を望むことができましょうか？

私は約束を覚えており、守ってきました。婚約を破棄するように求められたとき、お母さんに屈服する気はありませんでした。でも、私たちのあいだにあったことをみな忘れたい――忘れるのは不可能だから、おそらく忘れるのではなく、何もなかったかのようにしたい――と、もしあなたが考えるなら、私はそのほうが道理にかなっていると思います。もしそうなら、もしあなたがそう考えるなら、愛するフランク、私のためにこだわることがないようにしてください。あなたにとって最善のことは私にとっても最善のことです。私が深く愛する人の破滅の原因になるなんて、それがどんなに恐ろしい思念か考えてみてください。

私が約束から解かれたとちょっと一言知らせてください。そうしたら、私たちの関係は終わったと伯父に言います。初めはつらいでしょう。時々起こるに違いない出会いも私たちを苦しめるでしょう。でも、苦しみも次第に消えていきます。いつも互いに相手のことをよく思っていましょう。友だちでいいじゃありませんか？　心に傷を受けることなく、こういうことができるはずがありません。でも、神がそんな傷を御手に取り、癒してくれます。

この手紙を読んだとき、あなたの最初の感情がどんなものかわかります。でも、最初の感情に従って返事をしてはいけません。問題を考えてみてください。お父さんのこと、あなたがお父さんに負っていること、古い名、古い家系、世間があなたに期待していることを考えてみてください。（メアリーはレディー・アラベラが駆使した議論を自分がこんなふうにほぼ逐語的に繰り返しているのを悟って、落ちる涙から便箋を守るため、目に手を運ばなければならなかった。）できれば冷静にこれらのことを考えてみてください。でも、とにかく怒らないで。それから一言ご返事をください。一言で充分です。

ちょっとこれをつけ加えておく必要があります。私が心のなかであなたを非難していると考えてはいけません。私自身が提案していることをあなたがするというのに、私がそれを非難するようなことはありません。（メアリーの論理はこの点でまったく間違っていたが、自分ではそれに気づかなかった。）私は言葉でも心でもあなたを非難するつもりはありません。世間の人たちについて言うと、私たちがこれまで過ちを犯してきたという点で世間の意見は一致しているように見えます。私たちがその意見に従えば世間は満足すると思います。

最愛のフランクに神の恵みがありますように。二度とあなたをこうは呼びません。この手紙でそれとは違ったふうに呼びかけたら、他人行儀になってしまうでしょう。この手紙のことを考えて、一言ご返事をください。

あなたの親しい友
メアリー・ソーン

追伸。――もちろん私は愛するベアトリスの結婚式に出席することができません。でも、二人が牧師館に帰ってきたら、会いに行きます。二人ともいい人たちですから、きっと幸せになります。結婚式の日には二人のことを祈っているとわざわざ断らなくてもいいでしょう。

手紙を書き終えると、彼女はいくぶん大胆な筆跡で郷士フランシス・N・グレシャム・ジュニアと簡潔に宛名を書いて、自分で村の小さな郵便局に持って行った。文通に後ろ暗いところがあってはならなかった。世間の人――彼女が手紙のなかで書いた世間の人が喜ぶなら、グレシャムズベリーじゅうの人からこの手紙のことが知られたほうがいいのだ。手紙に一ペニーの切手を貼ると、愁眉を開いて、晴れ晴れとした顔でパン屋の妻――グレシャムズベリー在住女王陛下の郵便局員――にそれを手渡した。彼女はこの仕事を終えたあと、家に帰ると、伯父のディナーの用意をした。「返事を受け取るまで」と彼女は独り言を言った。「伯父には何も言わないでおこう。伯父がこの件で私に話しかけてくることはなさそうだから。それなら、どうして伯父を煩わせる必要があるかしら?」

第四十三章　スキャッチャードの家系が絶える

メアリーの手紙が訂正も、修正もなしに、あるいは清書もなしにすぐ書きあげられた、そんなふうに少なくとも女性の読者は想像しないでほしい。若い女性から別の若い女性への手紙はおそらくそんなふうに書かれるのだろう。しかし、そういう手紙でさえ、もしもっと根気強く書かれるなら、そのほうが時として立派なものになるかもしれない。しかし、恋人に出したメアリーの最初の手紙――それが恋文と呼べるものなら、彼女の最初の恋文――の場合、それよりはるかに手厚い配慮がなされていた。彼女はその手紙を清書し、もう一度清書し直し、投函して戻ってから、幾度も読み返した。

「とても冷たい手紙だわ」と彼女は独り言を言った。「彼は私が薄情だと――私が愛してなんかいないと思うでしょう!」それから、彼女は書き直すため、手紙を取り戻そうとパン屋の妻のところへ走ることに決めた。「でも、あの手紙のほうがいい」と彼女は思い直した。「今彼の気持ちを掻き立ててしまったら、決して私を放そうとしないでしょう。冷たくするのが正しいんだわ。『お返しに』与えるものが何もない私、そんな私が彼の愛情を掻き立てようとしたら、私自身にも不誠実に振る舞うことになる」それで、彼女は郵便局へ行くのをやめた。手紙は宛先へ向かった。

私たちはしばらくその手紙の経路をたどって、メアリーがどうして一週間返事を受け取ることができなかったか説明しよう。彼女がどれほど恐ろしい宙ぶらりんの状態のなかでその一週間をすごしたかおそらく想像できると思う。メアリーは郵便局に手紙を持って行ったとき、パン屋の妻がグレシャムズベリーのお屋敷へ手紙をそのまま送るものと思い、フランクがその日の夕方か、遅くとも翌日早朝に受け取るものと思っていた。しかし、これはそうではなかった。手紙は金曜日の午後投函された。パン屋の妻は女王の政府によって命じられた正式の手続きに従って、それをシルバーブリッジ――シルバーブリッジは郵便本局のある町だ――へ送る義務があった。そのうえ、不運にもメアリーがパン屋に到着する前に集配人がその日の回収を終えていた。それで、手紙は土曜日まで運ばれなかった。日曜日はグレシャムズベリーの集配人マーキュリーの休業日に当たった。その結果、フランクの手紙は月曜日の朝までお屋敷に配達されなかった。そのころ、メアリーは長い二日間じれったい気持ちで今か今かと返事を待っていた。

さて、フランクは未来の義弟オリエル氏とともにその朝早い汽車でロンドンへ上京した。郵便集配人がグレシャムズベリーへ向かってシルバーブリッジを発とうとするころ、二人は上京するためバーチェスターへ向かってグレシャムズベリーを発っていた。

「手紙が来るまで待っていたい」オリエル氏は旅について話し合うときそう言った。

「馬鹿なこと」とフランクはそのとき答えた。「待つに値するような手紙をもらった人がいるかい？」こうして、メアリーはみじめな一週間をすごすことになった。

月曜日の朝、郵便袋がお屋敷に到着したとき、郷士自身が朝食のテーブルでいつものようにそれを開けた。「村で投函されたフランク宛の手紙が一通ある」と郷士は言った。「転送してやったほうがいいね」郷士はテーブルの向かいのベアトリスに手紙を投げた。

ベアトリスは手紙を取りあげて、差出人住所を調べたあと、「メアリーからです」と大きな声で言った。そうしたあと、最初に父を、次に母を見て、声に出したことを悔やんだ。

郷士は額を曇らせながら、しばらく手紙や新聞をひっくり返していた。「ああ、メアリー・ソーンからか?」と彼は言った。「おまえが転送してやりなさい」

「手紙が来たら保管しておくようにフランクは言っていました」と妹のソフィーが言った。「兄さんは特に私にそう言ったの。転送はいやがると思うのよ」

「その手紙は転送したほうがいい」と郷士。

「オリエルさんは手紙をみなボンド・ストリートのロングズホテルへ転送してもらうようにしています。この手紙もそれと一緒に送ってもらいましょう」とベアトリス。彼女は事情をよく知っており、その住所を勝手に使うつもりでいた。

「そうだな、転送したほうがいい」と郷士。テーブルではそれ以上のことは話されなかった。しかし、レディー・アラベラは何も言わなくても、起こっていることにしっかり目を光らせていた。もし彼女が郷士の前で手紙をよこせと言ったら、郷士はおそらくそれを手元に置いただろう。しかし、彼女はベアトリスと二人だけになるまで待って、すぐ手紙をよこせと言った。「私が自分でフランクに手紙を書いて」と令夫人は言った。「それを送ります」それで、ベアトリスは暗い気持ちで手紙を差し出した。

レディー・アラベラはその日一日手紙を目の前に置いて、物欲しそうな視線を幾度もそれに投げかけた。彼女はそれを何度もひっくり返して、中味を知りたいと強く思った。しかし、息子の手紙を開封する勇気はなかった。その日一日じゅう手紙は机の上に置かれ、次の日も置かれていた。というのは、彼女は手紙を手放す気になれなかったからだ。しかし、水曜日にそれは送られて、次のような彼女の言葉が添えられた。

「最愛の、最愛のフランク、メアリー・ソーンから郵便で届いた手紙をあなたに転送します。どういう内容かわかりません。でも、彼女に返信する前に、どうか、どうか、私があなたに言ったことを考えておくれ。

私のため、父さんのため、あなた自身のため、どうか考えておくれ！」

　手紙にはそれしか書かれていなかったが、ベアトリスに言った令夫人の言葉を実現するのに充分なものだった。メアリーの手紙は同封されてフランクに送られた。フランクと母のあいだに起こったことは次章に取っておかなければならない。しかし、差し当たり先生のうちに戻ることにしよう。

　メアリーは手紙のことを先生に一言も言わなかった。しかし、秘密を抱えていると、先生からひどく疎遠になったように感じた。「何かあるのかい、メアリー？」と先生が日曜日の午後に言った。

「いえ、伯父さん」彼女は涙を隠すため顔を背けながら答えた。

「ああ、しかし、何かあるようだね。何だね、おまえ？」

「何でもありません――つまり、話せるようなことはないんです」

「何だね、メアリー！　悲しい目にあっているのに私に話せないのかい？　何か新しい事態でも起こったのかね？」

「時々予感というようなものがあって、わけもわからずに悲しいんです。そのうえ、ご存知のように――」

「ご存知って！　私が何を知っているというのかね？　何かかわいい子を幸せにできることを私が知っているとでもいうのかね？」先生はソファーに一緒に座っていたメアリーを腕に抱いた。彼女は涙が今はらはらと目から落ちたのに、もうそれを隠そうともしなかった。「話しておくれ、メアリー。これは予感とは違うだろう。何だね？」

「ああ、伯父さん――」

「ほらほら、おまえ、話してごらん、なぜ悲しいのか教えておくれ」

「ああ、伯父さん、なぜ私に話しかけてくれなかったの？　なぜ私にどうしたらいいか話してくれなかったの？　なぜ助言してくれなかったの？　なぜいつも黙っていらっしゃったの？」

「何を黙っていたというのかね？」

「知っているくせに、知っているくせに、伯父さん。彼のことよ――フランクのことよ！」

ああ、何ということ？　先生はこれにどう答えたらよかったのか？　彼が姪の相談に乗ってやることも、どういう行動を取ったらいいか示してやることも、恋人について話を聞いてやることさえもなかったのは事実だった。この姪の訴えに答えて、今彼がそういうことをしてやる用意ができていないのも同じく事実だった。メアリーの恋がかなってくれればという希望、強い希望、希望以上のものがあった。しかし、先生はその希望を表明することも、説明することも、その願望を胸中に認めることさえできなかった。それは先生ができれば命を守る義務がある人の死を前提とする願望だったからだ。

「おまえ」と先生は言った。「これはおまえが自分で判断しなければならない問題なのだ。おまえの行動に疑問を感じたら、私が口を差し挟むこともあるだろう。そうでもなければ、口出ししない」

「行動って！　行動だけがだいじなことですか？　行動は立派でも、心は悲しみで一杯ということだってあるんですわ」

先生はこの訴えに堪えられなくなり、厳しい、堅い態度をただちに放棄した。「メアリー」と彼は言った。「おまえが私にしてもらいたいと思うことは何でもするよ。おまえが望めば、すぐこの土地を去る用意をする」

「ああ、駄目」と彼女は悲しげに言った。

「心が悲しみで一杯だなんておまえが言うのを聞くと、私の心も砕けてしまう。そんなに離れていないで、おまえ、こちらへおいで。言えることなら何でも言うよ。私はね、考えたのだが、今も考えているのだが、おまえたちが愛し合って、辛抱することができたら、状況によってはおまえとフランクの結婚も許されるかもしれないとね」

「そんなふうに思っているの」彼女は思わず片手を先生の手に滑らせて、与えてくれる慰めに感謝するかのようにそれを握った。

「今はこれまで以上にそう思っている。しかし、そう思っているだけで何の保証もない。いいかい、おまえ、これ以上のことは言えないのだ。おまえが悲しみに堪えられないというのでもなかったら、こんなことは口が裂けても言いはしなかったよ」それから先生は姪のそばを離れて、このことについてそれ以上話さなかった。

辛抱することができたらって！　うん、十年の辛抱なんか彼女にとっては何でもないことだろう。彼女がフランクの心のなかでいちばんの人として評価され、最愛の人と知って生きることさえできたら、彼女がフランクと同等の人と見なされていると感じられるなら、いつまでだって辛抱することができる。こういうことを知り、感じること以上に何が望めようか？　本当に辛抱なんか！

しかし、伯父が触れた状況とはいったいどういうことかしら？　「状況によってはおまえの結婚も許されるかもしれない」伯父の意見はそうだった。伯父が間違った判断をしたことなんかなかった。状況！　どんな状況かしら？　グレシャム氏の財政状況が考えられているほど悪くないと、言おうとしたのではないかしら？　そうだとすると、それだけなら事態を好転させることにはならない。というのは、その場合もやはりお返しに与えるものが彼女には何もないという状況に変わりはないからだ。「愛の一言のお返しに全世界を彼にあげても」と彼女は独り言を言った。「彼が私に借金しているとは考えないわ。ああ！　でもそんな贈り物のことを考えるのは何て心が貧しいんでしょう！」

しかし、伯父の意見があった。伯父は二人が結婚できるかもしれないとまだ考えていたのだ。ああ、それならどうして彼女はあんな手紙を出したのか？　どうして手紙のなかであんな冷たい態度を取ったのか？あんな手紙を前にしたら、フランクは彼女の申し出に同意する以外にないのではないか。それでも、なぜ返事が返って来ないのかしら？

日曜日の午後、スキャッチャード令夫人の手紙を携えた男と馬がボクソル・ヒルからグレシャムズベリーに到着した。手紙はソーン先生宛で、すぐ来てほしいと切に求めていた。「残念ながらかわいそうなルイんの命は尽きそうです」と不幸な母は書いていた。「とても恐ろしい日々でした。どうか来てください。ほかに友はいません。私は看病で疲れ切ってしまいました。市ん先生は」――フィルグレイヴ先生のことだ――「毎日来ます。おそらく立派な先生なんでしょうが、あまり役に立ちません。酒瓶をあん子から遠ざけておく気概に欠けるんです。いちばんなされなければならないんはそれ、それだけなんです。あなたが到着するころ、あん子がもうこの世にいないのではないかと恐れています」

ソーン先生はただちに出発した。たとえフィルグレイヴ先生に会うとしても、躊躇なんかできなかった。というのは、死にゆく人の医者としてではなく、サー・ロジャーの遺言を信託された者として出かけた。そのうえ、スキャッチャード令夫人が言っていたように、先生は彼女の唯一の友だったから、たとえフィルグレイヴの一団がうようよいようと、こういう時に彼女を見捨てることはできなかった。先生は夜は帰らないとメアリーに告げ、小さな鞍袋を持って、ただちにボクソル・ヒルへ出発した。

先生が玄関ドアへ馬で乗りつけたとき、フィルグレイヴ先生が馬車に乗り込むところだった。二人は今その前に立っている、まさにその家の玄関ホールで刃を交えたあの有名な、記憶すべき日以来、会って言葉を交わすことはなかった。しかし、今二人とも戦いを再開する気にならなかった。

「患者について何か新しい知らせはありますか、フィルグレイヴ先生？」私たちの先生は汗を吹く馬に座ったまま、帽子に軽く手を置いて聞いた。

フィルグレイヴ先生は一瞬相手を馬鹿にしたような高慢な態度を慎むことができなかった。頭をひょいと動かし、首をちょいとねじり、唇をちょっとすぼめた。それから彼の内部の人間性が医者であることに打ち勝った。「サー・ルイは亡くなった」と彼は答えた。

「神のご意志が実現されますように！」とソーン先生は言った。

「亡くなって苦しみから解放されたね。というのは、最後の日々はとても恐ろしいものだったから。あなたが来られたことは、ソーン先生、スキャッチャード令夫人には慰めになるだろう」それから、フィルグレイヴ先生はたとえこういう状況下でもこれ以上の謙遜は無用と考えて、馬車のなかに身を隠した。

「最後の日々がとても恐ろしかったとは！　ああ、悲しい。哀れな人だ！　フィルグレイヴ先生、帰られる前に一言言わせてください。彼があなたの手に委ねられたとき、どんな医学的技術をもってしても救うことはできないとよくわかっていました」

フィルグレイヴ先生は馬車のなかで低くお辞儀をした。この珍しい、礼儀正しい挨拶のあと、二人の医者は別れて、――少なくともこの小説のページのなかでは――二度と会うことはなかった。フィルグレイヴ先生は年を重ねるうちに威厳をまして、バーチェスター市の著名人の一人と見なされるようになったことをここで言っておこう。

スキャッチャード令夫人は一階の小さな自室にいた。ハナさえ一緒にいなかった。というのは、ハナは今階上のことで手が放せなかったからだ。先生は案内なしでその部屋に入ったとき、令夫人が椅子に座っているところを見つけた。洋服箪笥の一つに背をもたせかけ、膝の上で両手を握りしめて、虚空を見つめていた。

先生が近づいても、目にも、耳にも、入らないように見えた。先生が軽く肩に触れて初めて、彼女は一人でないことを知った。それから、あまりにも悲しみに満ち、苦悩で疲れた顔で先生を見あげたから、先生はそれを見るのを拷問のように感じた。

「終わってしまいましたね」と先生は言った。「こうなってよかった、ずっといい」

令夫人は初め先生が何を言っているかわからない様子だったが、それでもそのやつれた顔で先生を見ると、ゆっくり、悲しげに頭を横に振った。彼女はこの前ソーン先生が見たときより二十も年取って見えた。

先生は椅子を彼女のそばに引き寄せ、そこに座って、手を取った。「こうなってよかった、スキャッチャード令夫人、このほうがいい」と彼は繰り返した。「この哀れな若者が短命であることは予想されていました。終わったことは彼にとっても、あなたにとってもいいことです」

「二人とも亡くしてしまった」と彼女はとても小声で言った。「もう二人とも亡くして。ああ、先生！　ここに一人取り残されてしまった、たった一人！」

先生は彼女を慰めようと、二言三言何か言ったけれど、誰が子を奪われた未亡人を慰められようか？　サー・ロジャーは優しい夫ではなかったが、それでも愛する夫だった。サー・ルイは思いやりのある息子ではなかったが、それでも我が子、唯一の子だった。今二人とも亡くなった。彼女の世界がうつろになってしまったことを誰が不思議に思えようか？

それでも先生は慰めの言葉をかけ、ずっと彼女の手を握っていた。言葉が相手を慰めることはないとわかっていた。しかし、こういう不幸な時には優しい声が彼女のような人の悲しみを紛らわせるものになる。彼女はほとんど先生に言葉を返すこともなく、ただ座って前方を見つめ、されるまま手を先生に委ねて、悲しみが重すぎて堪えられないというように頭を前後に揺らしていた。

彼女はとうとうテーブルの上にあった一つのものに目を留めて、椅子から衝動的に立ちあがった。いたって突然だったので、先生は手を取り落として初めて彼女が立ちあがったことに気がついた。重病患者がいるあいだに必要になったさまざまな道具がテーブルの上にあった。小さな箱、薬剤師の瓶、ばらばらに置かれたコップや受け皿、病人の衰えていく食欲になんとか合わせようと用意した、食べ物の入ったボウルがあった。平皿の上に置かれたふた付きで長柄の小さな深鍋、医者が残した奇妙なかたちのガラス器具、病人の手足を擦るため使われたフランネル類があった。そんな残骸のなかでまわりの仲間にそぐわぬ姿で頭を立てている一本の黒い瓶があった。

「これよ」彼女は立ちあがってそう言うと、真に悲劇的な状態でなかったら、滑稽と思われる仕草でこの瓶をつかんだ。「これよ、これが私からすべてを奪った――私が持っていたもんすべて、夫と子、父と子。これが二人とも呑み込んでしまった――二人とも殺してしまった！　ああ、先生！　こんなもんがこれほど苦い悲しみを引き起こすなんて！　これがいつも憎かった、でもねえ、今――ああ、悲しい！　ああ、めいる！」彼女は重すぎるかのように瓶を手から落とした。

「これは夫が準男爵に叙せられたことによるんよ」と彼女は続けた。「放っておいてもらえたら、夫はまだここにいたんに。もう一人んほうもここにいたんにねえ。なぜあん人たちは準男爵なんかにしたんかしら？　どうして二人をそんなもんにしたんかしら？　ああ、先生！　私たちんような人間は上ん階級ん人たちとかかわり合ってはいけない。結局どうなったか見てごらんなさい。どうなったか見てごらんなさい」

先生は長く彼女のそばにとどまっていることができなかった。家庭内の監督を引き受け、葬儀の指示を与える必要があったからだ。亡くなった準男爵の遺体を見るという悲しい義務を初めにはたさなければならなかった。この部分は少なくとも読者には割愛してよかろう。埋葬をすばやくしなければならないことがわかった。遺体がすでにアルコールでかなり傷んでいたからだ。このあと、先生は旅支度を送ってくるようにとの指示と数日家には帰らないとの知らせを持たせて、馬をグレシャムズベリーへ返してから、スキャッチャード令夫人のところへ戻った。

先生はもちろん今短期間ながら完全に彼の管理下に入った莫大な資産のことを考えずにはいられなかった。彼はただちにロンドンへ行き、見つかるいちばんいい法律家――必要とあらば一ダースの法律家でもかまわない――に、メアリーの遺産請求の妥当性を相談しようと決意した。メアリーと、グレシャム家の誰かと一言でも話をする前にこれをしておかなければならなかった。しかも、宙ぶらりん状態ができるだけ早く終息するように、ただちに取りかかる必要があった。彼は葬儀が終わるまで当然スキャッチャード令夫人のもとにとどまっていなければならなかった。しかし、その務めが終わったら、すぐロンドンへ発つつもりだった。

先生は法律的保証で武装するまでメアリーの運命について誰にも話すまいと決意した。このとき、一人例外を設けた。スキャッチャード令夫人には夫の遺言で今誰が相続人なのか説明するのが妥当だと思った。その知らせがおそらく令夫人を喜ばせるはずだと感じたから、いっそう話しておきたいと思った。こういうことが頭にあったから、彼は資産のことを話題にするように一、二度令夫人を誘導してみた。しかし、彼女は話す気配を見せないで、資産について触れられることをこのうえなく嫌うように見えた。先生がこの話題に注意を引くことができたのは、たまたま令夫人が療養所を捜さなければならない点に触れたときだった。それは午後ロンドンへ向かうつもりだった葬儀の日の前夜のことだった。

「あなたがここに住み続けられるようにおそらく手配できるでしょう」と先生。

「それはぜんぜん望まないねえ」令夫人はかなり鋭く言った。「何ん手配もしてもらいたくないねえ。何につけ人ん恩にあずかるつもりはないから。まあ、あなた！　お金でちゃんとできるなら、それがええんだわ。

お金は充分あるから」

「誰の恩にあずかるって言うのですか、スキャッチャード令夫人？　誰がボクソル・ヒルの所有者になると思っているのですか？」

「本当にまあ、ソーン先生、もう誰だってええんよ。あなただったらええんだけど、あなたでなけりゃ、誰だってねえ。友人か、友人にしたい人が所有者にはなりそうもないねえ。私みたいなお婆さんが新しい友人を作るのは簡単じゃないから」

「確かに私が所有者になるわけにはいきません」

「あなたがそうだったらええんにと心から思うんよ。でもね、そんときでも私はここには住まないつもり。ここであんまりたくさんひどい目にあったから、もう目にするんもいやなんよ」

「あなたのお望みの通りにしましょう、スキャッチャード令夫人。しかし、ここがあなたの友人のもの、あなたがとても親切にしてくださった人のものになると聞いたら――少なくとも私はそうなると思っているのですが――、あなたは驚くでしょうね」

「誰んことよ、先生？　あんアメリカん誰かんもんになるんかねえ？　でも、あん人たちに親切を施したことがないんははっきりしている。確かに私は哀れなメアリー・スキャッチャードが好きだった。それももう何年も大昔ん話。あん人ももう亡くなってしまった。でもね、私はメアリーん子供たちが資産をもらっても渋りはしないねえ。私は自分ん資産なんか持っていなかったから、あん子たちがお金を受け取るんは正当なんよ。資産は私を幸せにしなかったから。あん子たちを幸せにしたらええと思うねえ」

「資産は、思うに、メアリー・スキャッチャードの長子が受け取ることになります。あなたがメアリー・ソーンという名で知っている人です」

「先生！」スキャッチャード令夫人は叫び声をあげて、まるで驚きの激しさのせいで椅子から体が転げ落ちるのを恐れるかのように、両手を降ろして椅子をつかんだ。

「そうです。メアリー・ソーン――あなたがじつに親切にしてくださった、あなたをとても愛している私のメアリー――です。あの子が私の思うところサー・ロジャーの相続人になるでしょう。かわいそうなルイが早世した場合、サー・ロジャーが死の床で願ったのはそういうことでした。もしそういうことになったら、あなたはメアリー・ソーンの客としてここにとどまることを恥ずかしいと思いますか？　メアリーはあなたの客となることを恥ずかしいとは思いませんでしたよ」

しかし、スキャッチャード令夫人は今耳にした知らせが意味することにすこぶる関心を奪われていたので、将来自分が住む家のことなんか忘れてしまった。メアリー・ソーンがボクソル・ヒルの相続人！　メアリー・ソーンが、若い時代みなが悲しみで打ちひしがれていたとき、ほとんど死にそうになったあの哀れな女のいまだ生きている子！　しかし、慰めとなるものがあった。これには何か満足させるものがあった。令夫人が愛することができる人がこの世にたった三人しか残っていなかった。養い子だったフランク・グレシャムとメアリー・ソーンと先生。もし資産がメアリーへ行くなら、もちろんフランクへも行くだろう。というのは、令夫人は二人が愛し合っていることをもう知っていたからだ。もし資産が二人へ行くなら、先生が望むかどうかわからないが、少しは先生のところへも回るのではないか？　もし問題の処理を任されたら、令夫人なら全部フランクにあげたことだろう。資産はそれと同じ意味を持つかたちでうまく与えられたのだ。

そうだ、これには慰めとなるものがあった。二人は夜中すぎまで起きて、説明を与え、受け取りながら、この件を話し合った。法律家たちの助言が不利なものにならなければいいが！　それが今未決の部分だった。

先生は令夫人のもとを辞去する前、メアリーの権利がはっきり認められるまで彼女の運命について誰にも話さないで沈黙を守るように釘を差した。「資産が手に入らないのは何でもない」と先生は言った。「しかし、自分のものになると聞いたあとでそれを失うのはとてもよくない」

次の朝、ソーン先生は家族のため用意された教区教会の地下納骨堂にサー・ルイの遺体を安置した。先生は数か月前父を安置した場所に息子を安置した。——こうしてスキャッチャードの爵位は途絶えた。一族の栄誉は短かった。

葬式のあと、先生はロンドンへ急いだ。ここで私たちは先生のもとを離れよう。

第四十四章　土曜日の夜と日曜日の朝

私たちは少し時間をさかのぼって、フランクが特別な用件でどうしてロンドンへ送り出されたか話さなければならない。グレシャムズベリーのうちのなかはこのころ嘆かわしい状態になっていた。上は郷士から下は食器洗いのメイドまで状況悪化の雰囲気が蔓延しているように見えた。ベアトリスの結婚式が間近に迫っているにもかかわらず、男女とも暗澹たる顔つきをして、悲しみに沈んでいた。モーティマー・ゲイズビー氏は結婚を拒否されたものの、まだ家に出入りしており、サー・ルイが企てる訴訟について郷士に大いに語り、令夫人にも大いに語った。フランクはついに唯一の大義務を放棄すると決めたかのように眉根を寄せてうちのなかを歩き回った。

　哀れなベアトリスは喜びの半分を奪われてしまった。メアリーに会ったかと兄から何度も聞かれたから、同じ数だけ会っていないと答えなければならなかった。じつを言うと、彼女は友人を訪問する勇気がなかった。というのは、今互いに共感し合うものが何一つないように思えたからだ。メアリーは控え目に見ても誇り高く、強情だった。ベアトリスは兄を愛してくれる点でメアリーを許せた反面、行動に執着する片意地の点で許せなかった。メアリー自身がその誤りに気づいている、とベアトリスは思った。

　それから、ゲイズビー氏がロンドンからやって来て、学識ある法律専門家[1]に会うため郷士自身が上京して、リンカンズ・イン・フィールズやザ・テンプルやグレイズ・イン・レインのすすけた陰気な部屋でじきじきにつらい目にあう必要があるとほのめかした。それはまさしく何年も昔、馬鹿なアヒルに勧められた働きかけとまったく同じものだった。

「いっそ、いっそ、いっそ、行って殺《や》られて来ませんか?」ゲイズビー氏がそういう雄弁で説得しても、郷士はいやがる態度を崩さないで、グレシャムズベリーの池でロンドンとは違う方向を向いて頑固に泳いでいた。

これはソーン先生の家を訪問するレディー・アラベラの姿が前回目撃されたあの金曜日の夜のことだった。レディー・アラベラとゲイズビー氏は当然のことながら大いなる正義の源泉へ郷士が旅する必要を議論していた。前者はフランクの非行とメアリーの頑迷のことで頭が一杯だったから、フランクが父の代理で上京してくれたら、少なくともしばらくは二人を引き離せると思った。フランクを恋人に会わないようにして送り出すことさえできたら、令夫人はこの忌まわしい結婚を解消するとまではいかなくても、延期するため、メアリーからの伝言というかたちでまだフランクに働きかけることができる。二十三歳のフランクのような若者が、富も、生まれもなく、上流階級の風習も知らない、たいしてきれいでもない娘に――そうレディー・アラベラは一人主張した――いつまでも誠実に尽くしているのが考えられなかった。

フランクが上京して、父の代わりにつらい目にあうことがとうとう――郷士も賛成して――取り決められた。来る日も来る日もスロー・アンド・バイダホワイル法律事務所の部屋に座り、かび臭い法律の話を聞き、ほこりっぽい羊皮紙に指で触ることは、必ずしも必要とされることではなかったけれど、彼の年齢なら相手に伝える真剣な対応という点で望ましいと見られたかもしれない。郷士はスロー・アンド・バイダホワイル法律事務所に何度も訪れたことがあって、事情をよく知っていた。フランクはこれまでそこに行ったことがなかった。こうして、彼は簡単に罠にはまってしまった。

オリエル氏もロンドンへ行くことになっていた。これもフランクを送り出す理由の一つだった。オリエル氏は非常に重要な仕事を抱えており、結婚前にそれを片づけておかなければならなかった。仕立屋のところへ行ったり、結婚指輪を買ったり、ベアトリスのため別のもっと高価な贈り物を買ったり、ということがこの仕事のなかでどれだけ大きな比重を占めたかここで問題にする必要はないだろう。しかし、オリエル氏はフランクの間違った婚約に関してレディー・アラベラに味方しており、彼とは今親密な友人関係にあったから、その方向で何か役に立てるかもしれなかった。「もし私たちみながあの子に早まらないように警告したら、いくらあの子でもみなに逆らうことはできないはずです」とレディー・アラベラは独り言を言った。

この問題は土曜日の夜にフランクに打ち明けられ、同じ夜取り決められた。もちろんメアリーのことはそのとき何も触れられなかった。しかし、レディー・アラベラはこの問題に格別心を奪われていたので、メアリーがフランクから許されれば、進んで身を引くのだと告げることもなく息子をロンドンに発たせることができなかった。フランクは自室に座って、置かれた状況の難しさ――父が抱えた借金のこと、子としての立場のこと――を考えていたとき、ドアのかすかなノックによって想念から覚まされた。

「どうぞ」と彼はいくらか大きな声で答えた。妹の一人だろうと思った。いろいろなとき、いろいろな理由で妹たちが訪ねて来ていたからだ。彼は普通妹たちに優しかったけれど、今は必ずしも心を乱されたいと思わなかった。

ドアがゆっくり開いたとき、母が廊下でためらいながら立っているのを見た。

「入っていいかしら、フランク？」と母。

「はい、母さん、是非」それから、彼は顔にいくぶん驚きを表しながら、母に椅子を用意した。レディー・アラベラがこんなふうに訪ねて来るのは珍しいことだった。彼が初めて学校を卒業した日からおそらく母が部屋に入って来るのを見たことがなかった。しかし、彼には恥ずべきことは何もなかった。母が入って来たとき、手にしていたミス・ダンスタブルの開いた手紙――急いでポケットにそれを押し込んだ――以外に少なくとも隠し事もなかった。

「この仕事であなたがロンドンへ発つ前に、フランク、言っておきたいことがあるのです」フランクは喜んで聞きたいという身振りを示した。

「父さんが問題をあなたの手に委ねるのを見て、私はとても嬉しいのです。父さんより若いし、それから――理由はわかりませんが、どういうわけか父さんは実業家としては駄目で、やることなすことみなうまくいきませんでしたから」

「ねえ、母さん！　父さんを責めるのはやめてください」

「いいえ、フランク、責めはしません。責めたくありません。確かに不運な状況がありました。ああ！　私は！　私は結婚したとき、こんなことになろうとは思ってもいませんでした――でも、不平を言うつもりはありません――すばらしい子供たちがいますからね、それについては感謝しなければ」

フランクは母がこんな調子で話すとき、よくない話しかないと恐れ始めた。「上京したら最善を尽くしますよ」と彼は言った。「ぼくよりゲイズビーさんのほうがよかったと思わずにはいられないんですが――」

「ああ、あなた、それは違います。まったくね。こういう場合はおもな人がみずから出向かなければ。そのうえ、事態がどうなっているか、あなたが知ることがだいじなのです。あなたくらいこの問題にかかわりのある人がいるでしょうか？　かわいそうなフランク！　資産がどんなふうに消滅していくか考えるとき、あなたがしばしばかわいそうになります」

「どうかぼくのことは心配しないで、母さん。父さんがまだ四十五なのに、どうしてこれをぼくの問題として話すんですか？　父さんの人生は言わば父さんの、ぼくのはぼくの。父さんのとは無関係にぼくはちゃんとやっていけます。落ち着くことを許してもらいたいだけです」

「職業に就くつもりね」

「そうです。その種のことです」

「とても時間がかかりそうね、フランク。あなたはフランス語をとてもうまく話すから、兄がどこかの大使館に職を見つけてくれるかもしれません」

「ぼくにはとても似合いませんよ」とフランク。

「でも、それはほかの機会に話しましょう。別の話で来たのです。あなたに聞いてもらいたいと思って」

フランクは再び眉を曇らせた。母が不快なことを言おうとしているのがわかったからだ。

「昨日メアリーと会いました」

「そうですか？」

「私を怒らないでね、フランク。一人息子の行く末は母の心配のまとに違いないとわかってもらえますね」

ああ！　レディー・アラベラが息子の結婚の見込みについて最初に議論を引き受けたときと較べ、今その口調は何と際立って変わってしまったことだろう！　当時ミス・ダンスタブルの金色の腕に身を投じるように自信満々号令をかけて息子を送り出したとき、母は何と独断的だったことか！　しかし、今拝むように部屋にやってきて、息子の耳に心配の種を囁く許可を求めたとき、母は何と謙虚だったことか！　フランクは母の厳しい命令には半分従ったものの、笑いで答えた。しかし、母の謙虚な姿を見て心を動かされた。

彼は椅子を母のほうに引き寄せて、手を取った。しかし、母は手をほどくと、彼の額の髪を分けてそこに口づけした。「ねえ、フランク」と母は言った。「あなたをたいへん誇りに思ってきました。今でも誇りに思っています。あなたが正当な地位から落ちるのを見たら、お墓に入るしかありません。あなたが悪いのではない。決してあなたが悪いのではない。ただそういう状況にあなたが置かれているから、二重、三重に注意しなければならないのです。もし父さんが借金さえ――」

「父さんの悪口はやめてください」

「ええ、フランク。言いません――ええ、言いません。これ以上一言も。ねえ、フランク」

先に進む前にレディー・アラベラの性格について一言言っておかなければならない。彼女は極めつけの偽善者だとおそらく言えるだろう。しかし、今の今、偽善的なところは少しもなかった。彼女は息子のことを愛しており、ひとかたならず心配しており、誇りに思っており、心底困らせるその頑固さを賛美していた。息子がしかるべき地位から落下するのを見るのを何よりも嘆いた。ほかの母が主教になってほしいと息子に願うように、あるいはスパルタの母が名誉を失ったが手足無事で帰ると聞くよりも、盾に乗って帰って来てほしいと息子に願うように、彼女はお金と結婚してほしいと息子に願う点で真に母らしかった。フランクが職に就くと言い出したとき、彼女はすぐド・コーシー卿の世話になることを考えた。お金と結婚しないのなら、大使館の随行員にならなってもいい。職業――医者や技師のような重労働――は彼女の見方によると息子をおとしめ、正当な地位から落下させる。しかし、外国の宮廷でぶらぶらして、夕べのパーティーで大使夫人とお喋りし、ときどきおそらく半公式の噂話の入った半公式の手紙を書く生活ができたら、グレシャムズベリーのグレシャムにふさわしい高い栄誉となるだろう。

レディー・アラベラが息子のため注ぐ精力の方向について称賛できない部分があったかもしれない。とはいえ、その精力そのものに決して偽善的なところはなかった。

「ねえ、フランク――」彼女は息子に話しかけるとき、話の先を続けるのを半分恐れて、これから言わなければならないことを好意的に受け取ってくれるよう祈るように彼の顔を一心に見つめた。

「何、母さん？」

「昨日メアリーに会いました」

「うん、うん、それでどう？　母さんが彼女をどう思っているか知りたいな」

「違うのよ、フランク。誤解です。あの人について思っていることといったら、本当にあなたの妻としてふさわしくないということ以外にありません」

「ぼくはふさわしいと思う」

「ええ、でも、どうしてふさわしいと言えるのですか？　あなたの立場とね、フランク、あの人を養うどんな手段があるか考えてみてちょうだい。あなたが何者か考えてみてちょうだい。父さんの長男で、グレシャムズベリーの世継ぎなのです。グレシャムズベリーがいつかもう一度その名以上のものになるなら、それを取り戻さなければならないのはあなたなのです。生きとし生ける男のなかで、あなたくらいメアリー・ソーンのような娘と結婚できない男はいないのです」

「母さん、ぼくはいわゆる地位のためぼくを売るつもりはありません」

「誰があなたに結婚しろと言うのですか？　私は言っていません。誰も言っていません。私はあなたに誰とも結婚してほしくない。一度は考えました――でも、それは忘れてちょうだい。あなたは今二十三。十年たってもまだ若者です。あなたにはただ待ってほしい。もし今結婚したら、つまりメアリー・ソーンのような娘と結婚したら、――」

「のような娘！　あんな人をほかにどこで捜せるっていうんです？」

「お金に関してですよ、フランク。そのことはわかるでしょう。どうやって生活するのです？　どこへ行くつもりです？　それにあの人の生まれ。ねえ、フランク！　フランク！」

「生まれ！　そんな見得は大嫌いだな。生まれが何の役に——だけど、それを言うのはやめよう。母さん、いいですか、ぼくは誓ったんだ。どんな理由があろうとぼくにそれを破棄させることはできないよ」

「ええ、まさしくそこ、その点なのです。ねえ、フランク、聞いて。どうか辛抱して一分でいいから私の言うことを聞いてちょうだい。多くを求めはしません」

フランクは辛抱強く聞くと約束する一方、そう言うとき、とても辛抱できない表情をした。

「メアリーに会いました。会うのが義務ですから。そうしたからって私を怒らないでね」

「ぼくが怒っているって誰が言ったの、母さん？」

「でも、あの人に会った。あの人は私個人には礼儀正しくする気はなかったとしても、すばらしい良識を示す多くのことを言ってくれたことを認めなければなりません。でも、要点はこういうことでした。あの人はあなたに約束したので、あなたの許しがなければその約束から解かれることはないと」

「それなのに母さんは考える——」

「ちょっと待って、フランク。私の言うことを聞いて。あの人はこの結婚が必ずあなたの家族全員に嘆きをもたらすと、おそらくあなた自身にも破滅をもたらす是認し難い結婚だと認めたのです。本当にそういうことをみな認めたのです。『何もありません』とあの人は言った——あの人自身の言葉よ——『彼が願っているということ以外、この婚約に賛成できるところは何もありません』これはあの人自身が考えていることです。『彼の願いは理由なのではなく、法なのです』とあの人は言った——」

「それで、母さんはそんな女性をぼくに捨てさせるつもりかい？」

「捨てるとかいう話じゃないのです、フランク。そういう話にはなりません。あの人自身が認めることをすればいいんです。このまま続けることは適切でないとあの人は感じています。でも、あなたとの約束があるから、抜けられない。たとえ望んでも、抜けられないとあの人は思っています」

「たとえ望んでも！　母さん！」

「あの人は望んでいると思います。友人たちの言うことに真実味があると感じる分別があるからです。ねえ、フランク、私が言うことを聞いてくれたら、ひざまずきます」

「ああ、母さん！　母さん！　母さん！」

「もう一度考えてちょうだい、フランク、母があなたに求めるたった一つの願いを拒絶する前にね。なぜ私があなたに求めるのでしょう？　なぜ私がこんなふうにあなたのところに来るのでしょう？　私自身のためなの？　ああ、私の子！　かわいい私の子！　子供のころ一緒に遊んだ子を愛するからって、人生のすべてをなくすつもりですか？」

「ぼくらが子供時代に一緒にいたのは誰の過ちなのかな？　それに彼女はもう子供じゃありません。ぼくは彼女をもう妻と見なしている」

「でも、あの人は妻じゃありません、フランク。あの人はあなたの妻になるべきじゃないと思います。あの人が妻になる同意をしているのは、ただあなたがそうするように縛っているからです」

「彼女がぼくを愛していないって言うつもりですか？」

もし勇気があったら、レディー・アラベラはおそらくこれも肯定したことだろう。しかし、そこまで言ったら、行きすぎだと感じた。メアリー本人への訴えかけとまったく矛盾することを言っても、意味がなかった。

「いいえ、フランク。あの人があなたを愛していないなんて言うつもりはありません。私が言いたいのはね、こんな愛のためにすべてを捨てるのは——あなた自身だけでなく家族みなにとっても——望ましいことじゃないし、あの人、メアリー自身も望ましくないと認めていることです。みなが同じ意見なのです。父さんに聞いてごらんなさい。父さんができればみなあなたの意見に同意したいと思っていることは言うまでもないでしょう。ド・コーシー家の人たちに聞けとは言いません」

「うん、ド・コーシー家の人たちはね！」

「そう、あの人たちは私の親類ですけれど。それはいいんです」レディー・アラベラはこれを言うとき、にじみ出る苦々しい口調を払拭することができなかった。「でも、妹たちに聞いてごらんなさい。あなたがとても尊敬しているオリエルさんに聞いてごらんなさい。お友だちのハリー・ベイカーにも」

フランクはほとんど苦悩の表情の母から顔を見詰められて、黙って座っていた。「ぼくは誰にも相談しません」とついに彼は言った。

「ああ、私の子！　私の子！」

「ぼく以外に誰もぼくの心はわかりません」

「あなたはすべてをそんな愛の犠牲にするつもりなのですか、すべてを。あなたがとても愛しているというあの人も？　妻としてのあの人にどんな幸せを与えることができるというのですか？　ねえ、フランク！　ひざまずいた母にするただ一つの回答がこれなの？」

「ああ、母さん！　母さん！」

「駄目よ、フランク、あなたを破滅させはしない。あなたを台無しにさせはしない。少なくとも私が言ったことを考えると約束して」

「考えろって！　考えるよ」

「ええ！　でも、真剣に考えてちょうだい。これからロンドンへ行って、土地の問題を処理するのでしょう。重い苦労の種を抱えることになります。子供としてではなく、大人の男として私が言ったことを考えてちょうだい」

「発つ前に明日彼女に会うよ」

「いえ、フランク、駄目よ。とにかくささやかな私の願いをかなえてちょうだい。あの人には会わないで考えて。母の言うことを考えるのにあの人の許可が必要なほど自分が信じられないなんて、そんなあなたの弱さを人前に曝さないで。恋をしているからって子供っぽくならないで。あの人の言葉として私が言ったことは一語、一語本当です。もし違っていたら、すぐわかるでしょう。さあ、私の言ったこと、あの人の言ったことを考えて。ロンドンから帰って来たら、そのときに決めればいいのです」

さらに話し合ったあと、フランクは多くのこと、すなわちメアリーに会わないまま次の月曜日の朝ロンドンへ向かうことを受け入れた。その間、メアリーのほうはあの手紙の返事が彼から来るのをすっぱい思いをして待ち続けていた。その手紙はシルバーブリッジ郵便局長によって安全に保管され、さらに何時間もそこにとどまることになった。

母の雄弁が父のそれよりもフランクに影響を及ぼしたというのは奇妙に思えるかもしれないが、真実だった。しかし、彼は常に父に共感していた。母が精力的である一方、父は熱意に欠け、とにかく臆病だった。「誰にも相談しない」とフランクは強く決意して言ったものの、その言葉を口から発するやいなや、これについてハリー・ベイカーと話してみようと思った。「疑念を抱いているというんじゃない」と彼は独り言を言った。「疑念はないが、世間を敵に回したくない。母はハリー・ベイカーに相談することを望んでいる。ハリーはいいやつだから、あいつに聞いてみよう」こう決意して彼はベッドに就いた。

翌日は日曜日だった。朝食後、フランクはいつものように家族と教会へ行った。そしていつものようにソーン先生の信者席でメアリーを見た。彼女はフランクを見て、なぜ手紙に返事をくれないのか不思議に思わずにいられなかった。しかし、その手紙はまだシルバーブリッジにあったのだ。彼をあきらめる用意がメアリーにある、そう母が言っているのは真実なのか、彼はメアリーの表情を読もうとした。不安な人々の心配事の場合によくあるように、彼ら二人の祈りは途切れがちだった。

祈りのため教会に出入りするとき、家族が大勢の村人とばつの悪い出会いをしなくて済むように、グレシャムズベリーの信者席には別のドアがあって、グレシャムズベリー庭園へ続いていた。というのは、教会の正面玄関は私道に通じない本通りに面していたからだ。フランクと郷士は礼拝のあと正面玄関へ回って近所の人たちと話をし、向けられているよそよそしい態度をいくらか取り除くのが習慣だった。この朝、郷士はそうしたところ、フランクは母や妹たちとうちへ帰った。それでメアリーはそれ以上彼の姿を見ることができなかった。

彼は母や妹たちとうちへ帰ったと言ったが、むしろ彼らのあとを追って私道をたどったと言ったほうがいい。少なくともあまり家族と話したいとは思わなかった。彼は自問を続けていた。約束に忠実であることが誤りに陥るということがあるのか？　彼がメアリーによりも父母や、地位と呼ばれるもののほうに強く縛られているということがあるのか？

教会のあとゲイズビー氏はフランクを捕まえようとした。というのは、チャンセリー・レイン(2)あたりの学識ある専門家先生に対してフランクがどう話したらいいか、特にどう口を閉ざしたらいいか、まだ言っておくべきこと、与えなければならない心得がたくさんあったからだ。「スロー・アンド・バイダホワイル法律事務所で簡単にだまされないようにしなければ」とゲイズビー氏は言った。しかし、フランクはそのとき相手の言うことに耳を傾ける気がしなかった。ハリー・ベイカーのところへ馬で行くつもりだった。それでディナーの前の三十分か、あるいはティーのあとの三十分までゲイズビー氏を待たせた。

前日彼はミス・ダンスタブルから手紙を受け取っていたのに、これまで一度しか目を通していなかった。その手紙に触れようとしたとき、母が現れたので見ることができなかった。今父の馬に鞍が置かれているとき――彼はいまだに用心して青毛の馬を使わなかった――再び手紙を取り出した。

ミス・ダンスタブルは飛び切りユーモアを込めて書いていた。レバノンの香油についてひどく困っていると彼女は言った。「この二年間買い手を捜していましたが、弁護士は私に売らせてくれません。というのも、買い手になりたがっている人々が値打ちよりも千ポンドくらい安い値を提示しているからです。いやなことを避けるためなら一万ポンド出してもいいのです。けれど、サンチョが彼の政府でそうだった(3)ように私も思い通りにできないのです。レバノンの香油！　あなたの田舎でもこの薬についてお聞きになったことがおありでしょう？　名を「ロンドン名物(4)」に替えようとも思うのに、弁護士らはそんなことをしたら醸造酒業者らから訴訟を起こされると言います。

「私はあなたの地方の近くに――少なくともあなたの友人の公爵のうちへ行くことにしていました。でも、私のかわいそうな医者に邪魔されてしまいました。医者がとても弱ってしまったから、モールバン(5)へ連れて来なきゃならなくなったのです。とてもうんざりよ。けれど、医者のおかげで私は義務をはたす満足を感じます！

「あなたのいとこのジョージがとうとう結婚なさるらしいです。とにかく、そういう噂です。あの方は立派でないとしても、賢い恋をなさいますね。というのも、その未亡人は分別があって、かなり裕福だという評判だからです。彼女は若いころの気まぐれも克服しています。愛するド・コーシー小母さんはとても喜んでいることでしょう。こちらに来なければ、おそらく私はギャザラム城で彼女に会えたはずです。会えなかったのはとても残念に思いますわ。

「モファットさんがまた現れました。私たちはみんなあなたがあの方を完全に消滅させたと思っていました。あの方は先日名刺を置いていきました。私は在宅中でしたが、あなたが一緒にいると使用人にいつも言うように命じております。あの方はアイルランド西部のどこかの選挙区から立候補するようです。今ごろまでに棍棒《シレイリ》(6)に慣れていることでしょう。

「ついでながら、あなたのお友だちの一人に贈り物があります。それが何かあなたに言いたくないし、相手にそのことを教えるのも許しません。けれど、送るとき、あなたのような献身的な奴隷を持ったことについて彼女に率直にお祝いを述べてもいいと言ってくれるなら、それを送ります。

「今何もまともにすることがないのなら、モールバンに病人に会いに来てください。おそらくレバノンの香油を取引する気があなたの胸に生じるかもしれません。私の弁護士らをだますとき、できる限りの援助をしますわ――」

この手紙ではメアリーのことにあまり触れられていなかった。それでも、その少ししか言われていないことのおかげで、彼は父からも母からも決意を変えられるつもりはないと再び意を固めた。「手紙をミス・ダンスタブルに書いて、好きなときに贈り物を送っていいと言おう。あるいは一日モールバンへ出かけよう。彼女に会うのは役に立つだろうから」そう決意すると、彼はハリー・ベイカーにどう話そうかと馬上で考えながら、ミル・ヒルへ出かけた。

ハリーは家にいた。二人の会話の全体を伝える必要はないだろう。前もって聞かれたら、フランクはハリーに質問したり、便りを伝えたりするとき、何一つためらうことなんかないと断言したことだろう。しかし、そのときが来たとき、自分がとてもためらっているのがわかった。メアリー・ソーンと結婚するのは賢いことか友人に聞いてみる気にならなかった。賢かろうが、賢くなかろうが、彼はそうすることに決めていた。しかし、世間はみなそんな結婚を思いとどまらせようとしているという母の言い分が間違っていることを確認したかった。少なくともミス・ダンスタブルはそんなことをしようとはしていなかった。

とうとう彼はミル・ヒルの馬屋の裏手にある踏み越し段の上に腰かけると、話を始めた。その間ハリーは両手をポケットに突っ込んですぐ前に立っていた。ハリー・ベイカーがメアリー・ソーンのことを聞くのは決して始めてではなかった。それゆえ、寝耳に水の場合のように驚きはしなかった。ベイカー氏の息子はすでに述べた姿勢でそこに立って、この件に関して示しうるありったけの英知を明らかにした。

「いいかい、フランク、すべての問題に二面があるんだ。ぼくが思うところ、人は一方がとても好きで、もう一方を見ようとしないから、誤りに陥る。レディー・アラベラはとても賢い女性で、何をどうしたらいいか知っている点で疑問の余地はないね。そして、君がとても扱いにくい手札でゲームをしなければならないのも確かだ」

「ぼくは正直にゲームをしようと思う。それがぼくのやり方さ」とフランク。

「それでいいよ、親友。それがいつもいちばんいいやり方だね。でも、正直にやってどうなるんだい？ ここだけの話だが、君の父さんの資産がひどい混乱に陥ることは残念ながら間違いないね」

「それともう一方のこととは無関係だと思うが」

「うん、でも、関係がある。資産が健全で、父さんが屁とも思わずに年千ポンドを生活費として出してくれて、君の長男がグレシャムズベリーをしっかり確保することができるなら、すぐ結婚して好きなようにしていい。でも、そんな状況じゃない。といって、グレシャムズベリーは捨ててしまうにはよすぎるカードだね」

「ぼくなら明日にも捨てていいけれどね」とフランク。

「ああ、そんなふうに思っているのかい」と賢者ハリーは言った。「でも、もし明日サー・ルイ・スキャッチャードが土地全体の持ち主だと聞くことになったら、やつなんか地獄にでも堕ちればいいんだが、君は居心地の悪い思いをすることになるね」サー・ルイがいかに最期の苦闘に入っているか、もしハリーが知っていたら、この男についてそんなふうには言わなかっただろう。「そりゃあ口では立派なことが言えるが、長く持ちそうにないね。君がもしぼくが考えている通りの人間なら、君はグレシャムズベリーが好きなんだ。とても好きなんだ。君は父さんがグレシャムズベリーのグレシャムであることも好きなんだ」

「この結婚が父さんに影響を及ぼすことはないと思うんだが」

「うん、でも、とても影響があるね。もし明日ミス・ソーンと結婚したら、君が資産を救う希望に即終止符を打つことになるから」

「じゃあ、そんな理由でぼくは彼女に対して嘘つきにならなきゃいけないって言うのかい？　それじゃあ、ぼくはモファットと同じワルになっちゃうよ。ただし、彼女には兄がいないから、彼女の側は十倍も意気地なしになってしまう」

「その点で君とまったく意見が違うんだ。いいかい、ぼくは何も言わないよ。君は彼女と結婚する決意をしたと言ってくれ。そうしたらぼくは良き時も悪き時も君から離れない。でも、もしぼくに助言を求めて来るなら、うん、それを与えなければね。これはモファットの場合とはまったく違った問題だね。やつはどっさり金を持って、望めるものをみな手に入れていたから、結婚できない理由なんかなかった——俗物だからという理由以外にね。君の妹はその俗物を立派に振り払ったんだ。でも、今度の話はぜんぜん違っている。

もしぼくが友人としてこの話をミス・ソーンにしたら、彼女自身は何て言うと思うかい？」

「彼女はぼくにとっていちばんいいと思うことを言うね」

「そうだね、なぜなら彼女は立派な人だから。ぼくも同じことを言う。疑問の余地はないね、フランク、そうだろ、こういう結婚は君たち二人にとってとても愚かなことだ。とても愚かなことだ。ぼくほどミス・ソーンを称賛している人はいない。でも、君は財産が手に入らなければ、これから十年は結婚なんかすべきじゃない。事実を彼女に話したら、彼女がもしぼくが考えている通りの女性なら、君を嘘つきと非難するようなことはしないね。彼女はしばらくやつれるだろう。君もね、親友。でも、ほかの人たちも君より前に同じことをしなければならなかったんだ。その人たちは克服した。君も克服するよ」

こういうのがハリー・ベイカーが語った知恵だった。彼が間違っていると誰が言えようか？　フランクは丸太にしばらく腰かけて、懐中ナイフで爪を削っていたが、それから顔をあげると友人にこう感謝して言った――。

「好意で言ってくれるんだね、ハリー。とてもありがたい。たぶん君が言うことも正しいんだろう。でも、なぜかぼくにはしっくり来ないんだ。そのうえ、これまでの行きがかりから、彼女と別れたいなんて言えないんだ。とても言えないんだ。それに、もし彼女がほかの男と結婚するなんて聞いたら、ぼくはきっとその男の頭を撃って殺してしまう、そんな感じがする。その男の頭か、ぼくのか、どっちかをね」

「ねえ、フランク、何でもぼくを頼ってくれていいが、最後に言ったことは願いさげだね」そこで二人は握手して、フランクはグレシャムズベリーへ馬で戻った。

註

（1）イギリスの裁判官や法廷弁護士は必ずロンドンにある四つの法曹学院（インズ・オヴ・コート）の会員になっている。リンカンズ・インとイナー・テンプルとミドル・テンプルとグレイズ・インがそれだ。イナー・テンプルとミドル・テンプルは神殿法学院（ザ・テンプル）と呼ばれる。つまり、ここでは四つの法曹学院すべてを指している。

（2）ロンドンのホルボーンにある通り。

（3）セルバンテスの『ドン・キホーテ』後篇第二十四章から第三十一章で、サンチョ・パンサはだまされて、バラタリアという島の太守となり、この島を統治した。

（4）ロンドン名物はのちには濃い霧だが、当時はマデイラ酒だった。ビール醸造業者よりもむしろワイン商人がミス・ダンスタブルを訴えたかもしれない。

（5）イングランド西部ウスターシャーの州都ウスターの南西十キロに位置するグレート・モールバンのこと。保養地で、モールバン水と呼ばれるミネラルウォーターで有名。

（6）アイルランドのウィックロー県にある杖の生産で有名なシレイリという地名に由来する。

第四十五章　ロンドンの法律の仕事

月曜日の朝六時、オリエル氏とフランクは一緒に出発した。しかし、朝は早かったけれど、ベアトリスは起きて二人にコーヒーを出した。オリエル氏は夜ハウスに泊まったのだ。オリエル氏がいなかったら、フランクが妹の美しい手からコーヒーを受け取れたかどうか疑わしい。しかし、妹が兄のため早起きする利点を主張したとき、兄は本来ならコーヒーは飲めなかったはずだと大声で言った。

オリエル氏は二人だけのこの旅を利用して機会を作り、フランクに今たどっている道が愚の骨頂であり、とても正当性なんか持ちえないことを指摘するようにレディー・アラベラから特に指示を受けていた。また、この指示に従うことを約束していた。しかし、オリエル氏はおそらく進取の気性に欠けており、差し出がましいことをしないタイプの人だった。彼は命じられた通りにするつもりでいたが、フランクの婚約という話題に向かう方向で話を始めると、本人のベアトリスとの婚約というはるかに熱い話題にいつも安易に折れてしまった。意見をただちに、大胆に表明しながら、そうしたからといって相手を怒らせないハリー・ベイカーのあの理解しやすい、おおらかな精神力を彼は持ち合わせていなかった。

列車がロンドンに到着するまでにオリエル氏は四度試みてみたものの、四度とも失敗した。話題が結婚だったから、本人のことを話し始めるのはいとも簡単だったのに、その先を続けることができなかった。

「良妻に恵まれた点で私ほど幸運な人間はいません」と彼は甘い自己満足に浸って、美文調で話した。これが花嫁の兄以外の人に向けて話されたのなら、とても馬鹿げたものに聞こえただろう。しかし、意図としては立派なものだった。というのは、彼の場合、フランクとは大きく異なって、結婚は分別ある、賢いものだと言いたかったのだ。

「そうだね、妹はすばらしい娘だ」フランクはすでに三度、あまり力が入らないままそう言った。

「そうです、私にぴったりお似合いで、事実、夢に見たそのままです。今朝彼女がどれほど美しかったことか。ある女性は夜だけ美しい。そんなのは好きじゃない」

「あなたは妹が朝六時にいつもあんなふうにきれいにしていると期待してはいけないよ」とフランクは笑って言った。「若い女性は特別な場合にだけそんな手間をかけるんだ。父かぼくかが一人で出かけるとしたら、妹があんなふうに下に降りて来ることなんかないからね。いや、二年もしたら、あなたのためだってないよ」

「まあ、でも彼女はいつも立派です。うちにいる彼女の姿をあなたと同じくらい見てきましたが、芯からとても信心深いのです」

「うん、そうだね。確かに信心深いね」フランクはそう言うとき、まじめな表情が彼によく似合っていた。

「牧師の妻になるように生まれついているのです」

「うん、そう見えるね」とフランク。

「きっとこの世でいちばん幸せなものが結婚生活ですね――当然その人が結婚できる立場にある場合に限りますが」オリエル氏はそう言って、徐々にねらいの目標にあと一歩のところまで近づいた。

「まったくそうだね。いいかい、オリエル、こんなに眠かったことはこれまでないんだ。ゲイズビーがあれこれと大騒ぎしたからね、一時までベッドに就けなかった。それからも眠れなかった。あなたから失礼と思われなければ、これから一眠りしたいね」それから、彼は両足を向かいの席に載せて眠る体勢を作ると、心地よげに眠りに就いた。それで、オリエル氏は列車のなかでフランクを説得しようという最後のチャンスをなくしてしまった。

十二時までにフランクはスロー・アンド・バイダホワイル法律事務所にいた。バイダホワイル氏はそのとき所用をかかえており、フランクに応対した衡平法担当事務員(1)はとてもお喋りな紳士だった。外見から判断すると、スロー・アンド・バイダホワイル法律事務所の仕事はあまり厳しそうには見えないとフランクは思った。

「あのサー・ルイという人は奇妙な人ですね」と衡平法担当事務員は言った。

「そうです。とても奇妙な人です」とフランク。

「担保はたいへん立派な物件です。結構なものです。これほどのものはありません。それでも彼は差し押さえをしたがっている。とはいえ、ご存知のように彼にその権限がありません。問題は管財人がそれを拒否できるかどうかです。それからまた当今管財人はこういう状況に置かれたら、積極的に何かすることを恐れるんです。人はどこに向かおうとしているか、何をしているかわからないと、グレシャムさん、最近よくそんなふうに言われています。人は誰も人を信用していないんです。あんな恐ろしいことがあったので、それも不思議はありません。あのヒルズの一件を考えるだけでいい！　あんなことがあったあとで、ほかの人がまた法律家を信頼するようにどうして期待できるでしょうか？　ほら、あれはバイダホワイルさんの呼び鈴です。信頼なんかどうして期待できるでしょうか？　たぶんこれから彼が相手をしてくれますよ、グレシャムさん」

そういうわけで、フランクは威厳のあるバイダホワイル氏の前に案内された。フランクは教えられたことを暗記していたから、すぐ問題のまっただなかに飛び込もうとした。しかし、そういうやり方はバイダホワイル氏のやり方とは合わなかった。バイダホワイル氏は座席が木でできた大きなウインザーチェアから立ちあがると、軽くほほ笑みを――とはいえ、それには弁護士の鋭さが少し混ざっていた――浮かべて、若い顧客に手を差し出した。その手は握手の対象というのではなくて、まるで客がそうしたいならちぎり取ってもいい今にも熟れて落ちそうな果物ででもあるかのようだった。フランクは握り返して来ないその手を取って、果物を取ろうと試みることもなく放した。

「ぼくはこの抵当の件で、バイダホワイルさん、ロンドンまでやってきました」とフランクは始めた。

「抵当――ああ、お座りください、グレシャムさん、お座りください。お父さんはお元気ならいいのですが」

「とても元気ですよ、ありがとう」

「お父さんをとても尊敬しています。お祖父さんもね。とても立派な方でした。お祖父さんをあなたはおそらく覚えておられないでしょうね、グレシャムさん」

「ぼくが一つのとき亡くなりました」

「ああ、そうですか、それなら覚えておられないでしょう。しかし、私はよく覚えていますよ。私のポートワインがとてもお好きでした。あれは十一年物だったと思います。間違えていなければ、まだ一、二本残っていますが、もう飲めません。ポートワインはご存知のように一定期間以上は持たないのです。あれはいいワインでした。当時一ダースいくらだったか正確に思い出せません。しかし、あんなワインはもう手に入りませんね。マデイラはご存知のように量に限りがあります。マデイラはお飲みですか、グレシャムさん」

「いえ」とフランク。「あまり飲みません」

「そりゃあ残念です、いいワインですからね。しかし、ご存知のようにもう一本も残っていません。私は数ダース持っていますがね。葡萄畑だったところに今はカボチャを植えていると聞きました。スイスで栽培しているカボチャはどうするのか知りたいですな！　スイスには行かれたことがおありですか、グレシャムさん？」

フランクはスイスに行ったことがあると言った。

「美しい国ですね。去年、娘たちから行かせてもらいました。娘たちが体にいいと言いましてね。しかし、いいですか、娘たち自身があの国を見たかったのです。はっ、はっ、は！　しかし、今年の秋また行こうと思います。エクスか、その他いくつかの土地にたった三週間ですが。それ以上の日数を割くことができないのですよ、グレシャムさん。コース料理はお好きですか？」

「時にはとてもいいですね」

「飽きますよね！　しかし、チューリッヒでは第一級のディナーが出ました。スープはあまりよかったとは思いません。が、魚があり、七種の肉と鶏があり、三、四種のプディングがあり、その他いろいろなものがあるという具合でした。いい思いをしたなと思いました。娘たちもです。今はたくさん女性が旅をしていますね」

「そうですね」とフランク。「とてもたくさん」

「誓って、その女性たちは正しいと思います。つまり、時間があればの話です。私には時間がありません。毎日五時までここにいてですね、グレシャムさん、それから出てフリート・ストリートで夕食、それから戻って九時まで仕事です」

「何とまあ、きついお仕事ですね」

「ええ、まあ、きつい仕事です。息子たちはこの仕事が嫌いでね。しかし、私は何とかやっています。土曜日には田舎の小さな家へ行くのです。次の土曜日にそこであなたと会えたら嬉しいのですが」

フランクは理不尽なほど苛酷な仕事を強いられているその紳士から無駄に時間を奪うのはけしからんことだと思って、再び抵当の話を始めたところ、そうしたときイェーツ・アンブルビー氏の名を出さなければならなかった。

「ああ、かわいそうなアンブルビー」とバイダホワイル氏は言った。「彼はどうしていますか？　あなたのお父さんは正しかったと信じています。お父さんが思い通りにしていたら、彼を見限るようなことはしなかったはずです。しかし、私はアンブルビーはちゃんとした人間だと常々思っていました。ご存知のように、ゲイズビーとガンプションのように大々的に仕事はやっていないのですがね——え、グレシャムさん？　若いゲイズビーは国会議員になることを考えているという噂です。ええと、アンブルビーは結婚しました——誰と結婚したのでしたか？　それがお父さんが彼をつかまえておくやり方だったのです。あなたのお父さんじゃなくて、お祖父さんでした。私は経緯をみな知っていますよ。うん、アンブルビーは気の毒ですね。彼にはどこか立派なところがあると思うのですよ——え？」

イェーツ・アンブルビー氏はどうにか食べていく才覚を持っていると思うとフランクは言った。

「それで、今そちらではゲイズビーを雇っているのですね。ガンプション・ゲイズビー・アンド・ゲイズビー法律事務所の。確かにとてもいい人たちです。ただし、あそこは仕事をおそらく多すぎるくらい抱えていますから、あなたのお父さんを公平に扱うことはできないでしょう」

「だけど、サー・ルイの話ですよ、バイダホワイルさん」

「ああ、サー・ルイ。とても悪質な人です。酒でしょう――え？　彼のお父さんを少し知っていました。お父さんのほうは未加工のダイヤモンドでした。私は何か鉄道の仕事で一度ノーサンプトンシャーに行ったことがあって。ええと、彼の味方だったか、敵方だったか忘れてしまいました。しかし、彼が一時間の仕事で六千ポンドもうけたのを覚えています。六千ポンドですよ！　それから彼は酒に狂ってしまって、私たちはみな思いましたよ――」

こういう調子でバイダホワイル氏は二時間話し続けた。わざわざロンドンまでやって来たのに、フランクは仕事の件について一言も話すことができなかった。こんな人だから、毎夜九時まで事務所にとどまっていなければならないとしても何の不思議もなかった。

この二時間に事務員が三、四回入ってきて何かその弁護士に囁いた。弁護士は事務員がこういうふうにして最後に来たとき、フランクのほうを向いて言った。「まあ、今日はこれくらいにしておきましょう。明日訪ねて来られるなら、二時でお願いします。全体を調べさせますよ。あるいは、水曜日か木曜日のほうがあなたにはいいかもしれませんね」フランクは明日が好都合だとはっきり言ってから、スロー・アンド・バイダホワイル法律事務所の仕事の仕方に大いに驚きながら、暇乞いをした。

次の日彼が訪れたとき、事務所はかなり混乱しているように見えて、すぐバイダホワイル氏の部屋に案内された。「この知らせをお聞きになりましたか？」と弁護士は言って、電報を彼の手に渡した。そこにはサー・ルイ・スキャッチャードの死が知らせてあった。フランクはこの知らせが父にとって重要なものに違いないとすぐ悟るなか、それが直接彼の利害にどれほど深くかかわるものか思い至らなかった。

「ソーン先生が葬儀のあと木曜日の夕方に上京して来ます」とお喋りの事務員が言った。「先生が来られるまでもちろん何もできません」とバイダホワイル氏。それでフランクは人の世の無常を思いつつ事務所を去った。

彼は今ソーン先生の到着を待つことしかすることがなかった。それで、モールバンまでくだってミス・ダンスタブル本人と一緒にレバノンの香油を取り扱って待ち時間を楽しんだ。彼は水曜日に出かけたから、ロンドンに到着したメアリーの手紙を木曜日の朝受け取ることができなかった。しかし、金曜日には帰ってきて手紙を受け取った。おそらくこの間彼がミス・ダンスタブルに会っていたのはメアリーにとって幸運だった。「あなたのお母さんの言うことを気にしてはいけません」とミス・ダンスタブルは語気強く言った。「ハリー・ベイカーであろうと悪魔本人《オールド・ハリー》であろうと、ハリーの言うことを気にしてはいけません。あなたは彼女に約束したのだから、それを守る義務があります。でないと、日に日にこういう誘惑にあうことになりますわ。何ですって！　あなたのほうで約束から退くことができないから、彼女に身を引くように仕向けて、そうやって約束から逃げ出そうっていうの！　ド・コーシー小母さん自身、いまだにそんなやり方から脱却できないのです」フランクはこんなふうに志操を固められて、金曜日の朝ロンドンに帰って、メアリーの手紙を見つけた。フランクはソーン先生からの手紙も受け取った。それには弁護士の近くにいるためグレイズ・イン・コーヒーハウスに仮住まいすることにしたと書いてあった。

現代のイギリス小説家は法廷弁護士を抱えるべきだという提案がなされている。ささやかな物語のなかで生じる法律問題で作家が過ちに陥らないようにし、法律についての知識の欠落――残念ながら今やあまりにも頻繁に現れている無知――を曝さないようにするためだ。これは一考に値する考えだと思うが、私は次のように言うにとどめておきたい。もしそういう取り決めがなされ、その職を引き受ける充分な能力の助言者が見つかるなら、私は喜んで私の割り当て分を払い込みたい。そうしたら、諸費用に対して私も慎ましい貢献をすることになるだろう。

しかし、この提案はまだ実現していないし、私を正してくれる義務を負う学識ある紳士は今いない。それゆえ、もし私がサー・ロジャーの莫大な遺産の永続的所有者をメアリー・ソーンとする点で、また物語の流れがサー・ロジャーの確かな女相続人として最終的にメアリーを定立させることが絶対必要だと——言い訳として——私が申し立てる点で間違っていたとしても、ただ寛大な許しを請うだけだ。

あまり極端に遅れることなくソーン先生が法律上の助言者から受け取った意見はそういうものだった。結局、それが事実となった。(4) 私は弁解しないことが厳しい批判からみずからを守ることに役立つと期待しつつ問題をこのままにしておこう。サー・ロジャーが書いたようなそんな遺言のもとで、もしメアリーが相続人にならなかったら、その遺言は誤って書かれたものに違いない。

しかし、ソーン先生は法律家の意見をはっきり確認するのに時間がかかったから、フランクにロンドンで会ったとき、自分の意思をはっきり示すことができなかった。そのとき、フランクはメアリーの手紙をポケットに入れていた。彼の実際の仕事はサー・ルイの死の事実と、父の借金問題にそれが直接及ぼす影響のほうに深くかかわっていたはずなのに、彼はもっと身近な問題で頭が一杯だった。「ソーン先生に手紙を見せよう」と彼は思った。「先生がどう思うか聞いてみよう」

フランクが見つけたとき、ソーン先生はグレイズ・イン・コーヒーハウスのすすけた居間の心地悪い馬素織りのソファーで大の字になって眠り込んでいた。葬儀、ロンドンへの旅、法律家たちのせいで先生は消耗し切っていた。横たわって、鼻を上にしていびきをかいていた。ロンドンの夏の大きなハエが先生の頭と顔に留まり、眠りの魅力を半分奪っていた。

「失礼」先生は何か恥ずかしいことでもしているところを見つけられたかのように跳び起きて言った。「これはまあ、フランク、失礼したね。しかし——うん、君、グレシャムズベリーに変わりはないかい——

え?」先生は体を震わせると、この十分間悩ませていた一匹の非常に不快なハエに攻撃を加えた。叩き損なったことは言うまでもない。

「もっと前にあなたに会うべきだったんですが、先生、ぼくはモールバンへ行っていました」

「モールバン? うん、オリエルがそう言っていたね。サー・ルイの死は突然だった――だろ?」

「とても」

「哀れな人――哀れな人だ! あの人の運命はこの間に尽きていた。狂気だね、フランク、最悪の狂気だ。ちょっと考えてもみなさい――父と子! 父がたどった生涯と――子がたどったかもしれない生涯のことを!」

「とても急いで駆け抜けました」とフランク。

「あの人のことがすべて許されればいいが! 時々私は特別な神の摂理を信じざるをえなくなる。あの哀れな人は運命によって与えられた資産を適切に使うことができなかった。使えといっても使えなかったのだ。私は資産がもっとよい人の手に渡ることを望んでいる。あの人の死が私には大きな安堵となったし、君のお父さんにとっても安堵となったことは否定できない。この法律の仕事ももちろんもうじき終わるだろう。私としては二度と管財人になんかなりたくないね」

フランクは四度か五度胸ポケットに手を入れ、メアリーの手紙を出したり、戻したりして、やっとソーン先生をその話題に導くことができた。もうすぐグレシャムズベリーに帰るのだろうねと先生がフランクにほのめかしたことで、とうとう純粋な法律的議論に中休みが訪れた。

「はい、明朝帰ります」

「えっ、そんなに早く? ロンドンで一日一緒にいられると当てにしていたよ」

「だけど、明日帰ります。ぼくは誰のふさわしい連れにもなれません。何をするにもふさわしい状態じゃないんです。これを読んでください、先生。これ以上先延ばししても無駄です。これについてご意見をお伺いしなければなりません。ちょっと読んで、どうお思いになるか教えてください。ぼくがあちらにいる一週間前に書かれたものですが、どういうわけか今日になって受け取ったものです」彼は手紙を先生の手に渡すと、窓のほうへ向かい、ホルボーンの乗合馬車を眺めた。ソーン先生は手紙を取って、読んだ。メアリーはそれを書いたあと、冷たい手紙だと嘆いたけれど、恋人も、伯父もそれを冷たいとは思わなかった。フランクが窓から振り返ったとき、先生はハンカチを目に当てて、涙を隠すため鼻を激しくかむ動作をしなければならなかった。

先生は手紙をフランクに返すとき、「うん」と言った。

うん！とは何を意味するのだろう？　うんとはいいことなのか？　もし彼、フランクがメアリーの提案に従ったら、それがいいとでもいうことなのか？

「こんなふうに」とフランクは言った。「事態が進んでいくのには堪えられません。彼女がこれを書く前、どんな苦悩をなめたか考えてみてください。ぼくを愛してくれているのははっきりしています」

「君を愛していると思う」と先生。

「彼女が犠牲になるなんてもってのほかです。ぼくの幸せを犠牲にすることにも同意できません。パンをえるため、ぼくは喜んで働きます。それができると信じています。彼女の提案に従うつもりなんかありません――先生、この手紙にぼくはどんな返事をしたらいいと思いますか？　あなたほど――ぼくを除いて――彼女の幸せを切望している人はいませんから」その質問を投げかけたとき、彼はまだ手に持っていた手紙をほとんど無意識のうちに先生の手に戻した。

先生は手紙をひっくり返したりしていたが、それをもう一度開いた。「ぼくはこれにどんな返事をしたらいいですか?」フランクは力を込めて聞いた。

「いいかい、フランク、私はメアリーの出生について真実を全部語る以外、この問題に干渉してこなかった」

「ええ、だけど干渉しなければいけません。考えていることを言うべきです」

「君が置かれている状況では――つまり今の時点では――すぐ結婚することはできそうもないね」

「ぼくに農場を持たせるというのはどうですか? 父はとにかく二千ポンドくらいはぼくのため取っておいてくれるでしょう。それくらいなら、多すぎる要求とは言えないと思います。父がそれを与えてくれなければ、それくらいは別のところから借りることもためらいません」フランクはミス・ダンスタブルの申し出を念頭に置いていた。

「ああ、なるほど。それなら何とかやれそうだね」

「それならすぐ結婚してもいいのではないですか、たとえば、六か月くらいで? ぼくはずいぶん長いあいだ宙ぶらりん状態に置かれて――それはぼくしか知りません――きましたけれど、道理をわきまえていないわけではないんです。彼女について言うと、彼女はきっとひどく苦しんでいるに違いありません。あなたは彼女をいちばんよくご存知ですから、ぼくがどう返事をしたらいいかあなたにお伺いしたいんです。ぼく自身については、もう決意を固めました。ぼくは子供じゃないし、子供のように扱われるつもりもありません」

フランクは話すとき、部屋のなかを早足で歩いた。先生の返事を待つあいだ少し間を置きながら、様々な提案を次々に持ち出した。先生はソファーの背の上に座り、手紙をまだ手に持ったまま、胸中フランクの歴然たる愚かさに思いを巡らしていた。フランクは数か月もすれば望みのどんな金額でも十中八、九手に入るというのに、農場を手に入れるため二千ポンドを人から借りたいと願っていたからだ。しかし、先生は決して彼にサー・ロジャーの遺言のことを話そうとはしなかった。「万一あれがみな誤りだとわかったら?」と先生は独り言を言った。

「ぼくに彼女をあきらめてほしいんですか?」と、とうとうフランクは聞いた。

「いや、そんなことはいささかも望んでいないね。君との結婚は姪にとってまたとないものだから。そのうえ、フランク、私はこの世の誰よりも君のことが好きなのだ」

「それなら、ぼくを助けてくれますか?」

「何だ！　君のお父さんに対抗してかい?」

「対抗して！　いいえ、対抗する必要なんかありません。だけど、あなたの同意がえられたとメアリーに言ってくれませんか?」

「姪にはそれがわかっていると思う」

「だけど、これまであなたは彼女に何も言っていません」

「いいかい、フランク、君が助言を求めているから、助言するよ。うちへ帰りなさい。本当はどこかよそへ行ってもらっていたほうがいいのだがね」

「いいえ、うちへ帰らなければいけません。彼女に会わなければ」

「よろしい、うちへ帰りなさい。メアリーに会うことについては、それを二週間延期したほうがいいと思う」

「とてもできません」

「ねえ、それが私の助言だよ。しかし、とにかく二週間はどんな決心もしてはいけない。二週間待っておくれ。そうしたら、君に――君と姪に――どうしたらいいと思うかはっきり言うよ。二週間たったら、私のところに来なさい。それから郷士にも一緒に来てくれたら、ありがたいと伝えておくれ。姪はひどく苦しんでいる、とてもひどくね。どうにかしてやる必要がある。しかし、二週間くらいならたいした時間じゃないだろう」

「手紙のことは?」

「ああ! 手紙のことがあるね」

「だけど、ぼくは何て返事したらいいんでしょう? もちろん今夜返事を書きます」

「姪に二週間待てと言いなさい。そして、フランク、必ずお父さんを一緒に連れて来なさい」

二週間待て――たったもう二週間だ、そういうふうに幾度も繰り返す指示以外、フランクは友人から何も引き出すことができなかった。

「ええ、とにかくそのときお伺いします」とフランクは言った。「できれば、父を連れて行きます。だけど、今夜メアリーに手紙を書きます」

土曜日の朝、メアリーは恋人の沈黙にほとんど悲嘆に暮れていたが、次のような短い手紙を受け取った。

ぼくのメアリー
明日うちに帰ります。ぼくは決して約束からあなたを解く気はありません。もちろん、あなたの手紙を今日になって受け取ったことがわかると思います。

あなたの最愛の人である

追伸——あなたはまだこれから無数回ぼくをそう呼ばなければいけないよ。

フランク

この手紙は短かったが、充分メアリーを満足させた。若い女性にとって、分別ある悲痛な提案をすることと、それが受け入れられることとは別物だ。彼女はその日にも彼が望んでいるのと同じくらい頻繁に最愛のフランクと呼んだ。

註

（1）イギリスでコモンロー（裁判所が扱う判例によって発達した一般法）とは別に発達し、その欠陥を道徳律に従って補正した法。

（2）フランス南東部サヴォワール県の温泉保養地エクス・レ・バンを指す。

（3）ストランドの東に延びる当時主要新聞社が集まっていた通り。

（4）サー・ロジャーの遺言に基づくメアリーの相続可能性については大きな疑問が投げられた。一八五八年六月の「サタデー・レビュー」は『ソーン医師』に関する論評のなかでメアリーの相続について皮肉な発言をした。しかし、現代の権威である法廷弁護士グレイス・ダーウエントによると、トロロープの法律解釈はそんなにまとをはずれていないという。ダーウエント女史の意見は次のようなものだ。「非嫡出受贈者の地位は一八二六年の『合法性法』によって限定的に改善され、一九六九年の『家族法改正法』でさらに向上した。しかし、それ以前は伝統的な慣習法が適用され、それによると、遺言人との関係は合法的な関係者にのみ限定され、子供も縁者もすべての受贈者にこの規則が適用された。しかし、遺言人が名前とまではいかなくても、非嫡出受贈者を同定する陳述をすることによって意思を明確にする場合、この例外となった。特定の陳述による遺贈には遺言人との実際の関係が必要となる。サー・ロジャーの遺言では、息子サー・ルイが二十五歳まで生き延びることがない場合、資産はさまざまな遺贈のあと妹の長子に遺されることになった。これはサー・ロジャーの妹メアリーとソーン先生の弟ヘンリーの子メアリー・ソーンにほかならない。遺言の作成段階でサー・ロジャーはメアリー・ソーンと自己の関係を知らなかった。ソーン先生は知っていて、サー・ロジャーに相続人が誰かもっと明確にするよう迫った。のちにメアリーの存在が遺言人に明らかにされ、受贈者を正確にするチャンスが与えられた。サー・ロジャーの死に際して、正しく検証された遺言補足書がソーン先生のみがメアリー・スキャッチャードの長子が誰か知っていると述べた。確かにソーン先生はメアリーを知っており、その後の嫡子に関する特定の情報を持ち合わせていなかった。それゆえ、相続の伝統的な規則によると、メアリーは受贈者になるはずはなかったが、サー・ロジャーの指示とソーン先生の知識とが充分な同定証明を構成し、メアリーが相続できることになる」

第四十六章　私たちの狐は尻尾を見つける(1)

フランクはうちへ帰った。もちろん父と、グレシャムズベリーにまだいたゲイズビー氏とのあいだで直接やらなければならない仕事があった。

サー・ルイが亡くなったため即座に法的措置を取る必要がなくなったとフランクが説明したとき、ゲイズビー氏は「しかし、相続人は誰でしょうか?」と聞いた。

「まったくわかりません」とフランク。

「ソーン先生に会っただろ」と郷士。「先生は知っていたに違いないね」

「先生に聞いてみることなんか考えてもみませんでした」とフランクが素朴に言った。

ゲイズビー氏は真剣な表情になって、「それはあきれるなあ」と言った。「というのは、すべてが今遺産を手に入れることになったその人物の一存に懸かっているからね。ええと、サー・ロジャーには結婚した妹がいたと思いますが、そうではなかったですか、グレシャムさん?」そのとき始めて、郷士も、息子も、メアリー・ソーンがその妹の長子に当たることに思い至った。しかし、二人ともメアリーが準男爵の相続人かもしれないという点には思い至らなかった。

ソーン先生は患者を診るため、二週間が終わる前に二日だけ田舎に帰って来たとはいえ、それからまたロンドンに戻った。しかし、この短い滞在期間中、相続人の問題についてまるっきり口を閉ざして語らなかった。レディー・アラベラを診るため、グレシャムズベリーを訪れたとき、郷士からこの件について質問を受けた。しかし、先生は確かなことはさらに数日間わからないという以上のことを頑として言わなかった。

フランクは田舎に帰るとすぐメアリーに会って、起こったことを話した。メアリーは応接間でフランクのそばに立って震えながら「伯父が理解できません」と言った。「伯父は普段謎めいたことが嫌いなのに、今はまったく謎めいています。伯父は私に言ったんです、フランク――あの不運な手紙を書いたあとのことよ――」

「本当に不運な手紙だったね！　あれを書いたとき、あなたはぼくのことを実際どう思っていたんだい？」

「あなたのお母さんがおっしゃったことを聞いたら、あれは驚くには当たりませんわ。でも、書いたあと伯父が言ったんです――」

「何て言った？」

「伯父は考え込んでいるように見えました。――実際にどう言ったかよく覚えていません。でも、事態が好転するように望んでいるとか、何とか言っていました。それで、私はあの手紙を書かなければよかったと悔やんだんです」

「もちろん書かなければよかったんだ。悔やんで当然さ。二度とぼくをフランクと呼ばないと言ったりして！」

「そうは言っていません」

「伯父さんに二週間待つと約束したから、ぼくはそうする。そのあとは自分で行動を起こそう」

フランクがメアリーと再び会っていると知って、レディー・アラベラが不快な思いをしたのは充分想像できると思う。令夫人はずいぶん心を痛めていたから、メアリーのけしからぬ不作法についてオーガスタ――

コーシー城から今戻っていた――の前で意地悪なことを言った。しかし、フランクの前では何も言わなかった。

フランクはベアトリスと話をすることもあまりしなかった。先生の謎めいた行動の意味が明らかになるその二週間が終わって、すべてが落ち着いたとしても、まだメアリーの結婚式出席をやりくりする時間があるだろう。「そのときに決着させせよう」とフランクは独り言を言った。「もしそれが決着できたら、母さんは約束した花嫁をあえてうちから閉め出そうとはしないだろう」今は八月初めで、オリエルの結婚式までまだ一か月を余していた。

しかし、フランクは母やベアトリスとは何も話さなかった反面、父とはたくさん話した。手始めに父にメアリーの手紙を見せた。「もし父さんの心が石でできていなければ、それを読めば溶けるでしょう」と彼は言った。雨だれ石をうがつの譬えを私たちは知っている。グレシャム氏は石の心を持ち合わせていなかったから、それがとても思いやりのある手紙だと認めた。フランクが父からこれ以上婚約に反対しないとの大まかな合意をえることに成功したのは、激しい訴えによるのではなく、せっせと励んで繰り返したことによる。フランクはすでに述べたように父よりも頑固な意思を具えていた。それで、その二週間が終わる前に郷士は説得されて、先生の指示に従うことを約束していた。

「ヘイズルハースト農場を手に入れたらいいと思う」と郷士は溜息をつきつつ息子に言った。「あれはパークと自作農場を結んだところにある。それらもおまえにやる。わしはもう農業のことやほかのことに頓着しない」

「そう言わないでくださいよ、父さん」

「うん、うん、だが、フランク、どこに住むつもりかい？　古いハウスはみなが入る充分な広さがある。

だが、メアリーはお母さんとどうやっていくのかな?」

きっかり正確に二週間が終わったとき、先生は村に戻って来た。先生は筆無精で、メアリーに短い手紙を書いていたが、仕事のことについては何一つ知らせて来なかった。うちへ着いたのが遅かったから、フランクと郷士は翌朝訪問することで了解した。この訪問の件はレディー・アラベラにはいっさい話していなかった。

先生がうちに着いたのは夜遅くのことで、メアリーは期待感からほとんど吐き気を感じながら待っていた。貸馬車が門のところで止まるとすぐ、先生の声が聞こえた。それは元気がよく、楽しそうで、胸中の満足を表していることがすぐわかった。先生はジャネットに気さくな言葉をかけたあと、トマスをとんちきと呼んで、ブリジットを遠慮なく笑わせた。

「トマスはいつか鼻を折られるだろうね?」と先生は言った。ブリジットは真っ赤になり、再び笑って、顔に気をつけたほうがいいとトマスに身振りで伝えた。

メアリーはまだ先生が玄関先にいるあいだに彼の腕に飛び込んだ。

「私のかわいい子」と先生は言うと、優しく口づけした。「もうしばらくは私のかわいい子だね」

「もちろんそうです。いつもそうじゃありませんか?」

「うん、うん、とにかくお茶にしよう。というのは、喉がからからなのだ。ジャンクションのあれをお茶と呼びたいのなら、連中にはそう呼ばせておこう。しかし、たとえ中国が海の下に沈んだとしても、連中には無関係だろうね」

ソーン先生は汽車でうちに帰って来たとき、いつも喉を渇かせており、いつもジャンクションのお茶について不平を言った。メアリーは普段よりも迅速に仕事に取りかかった。それですぐ二人は一緒に応接間に座っていた。

彼女は先生がいつもよりどこか優しいことにすぐ気づいた。どこか満足感で煌めいているように思えた。しかし、フランクについては何も言わなかったし、わざわざロンドンまで引っ張り出された仕事についても触れなかった。

「お仕事はお済みになりましたか？」と彼女は一度先生に聞いた。

「うん、うん、そう思うね」

「完全にですか？」

「そう、完全にと思う。しかし、とても疲れているのだ。おまえもね、私を待つので疲れただろ」

「ああ、いいえ、私は疲れていません」彼女は絶えずコップを満たしながら言った。「でも、また帰って来てくださってとても嬉しいんです。最近ずいぶん家を留守にされていましたから」

「うん、そうだね、これからはもう遠くへ出かけることはないと思うよ。出かけるのはほかの人の番になるね」

「伯父さん、あなたはラドクリフ夫人のように、謎めいたロマンスを書く習慣がついたように思いますわ」

「そうだね、確かに明日始めることになるのだが――、メアリー、今晩はもう一言も言わないよ。口づけをしておくれ、おまえ、もう寝るから」

メアリーはそれを与え、先生は部屋を出て行った。しかし、彼女がまだその部屋でぐずぐずして、本とか、糸巻きとかを片づけたり、明日はどうなるかと思案しながら座ったりしていると、先生が化粧着とスリッパ姿でまた入ってきた。

「何だ、まだ寝ていないのかい？」と先生。

「はい、まだです、これから寝ます」

「おまえと私はね、メアリー、お金とその類のものについてはいつもずいぶん無関心を装ってきたね」

「ぜんぜん装ってなんかいなかったと思いますが」と彼女は答えた。

「おそらくそうだろう。しかし、私たちはしばしば無関心を公言してきたね？」

「私たちは尻尾をなくした狐か、むしろ尻尾のない不運な生まれの狐のようなものだと、伯父さんは考えているようですね」

「もし私たちが突然金持ちだとわかったら、二人ともそれにどう堪えたらいいのだろうか。そういう仮定って、大きな誘惑、悲しい誘惑だね。残念ながら思うのだが、メアリー、哀れな人々はお金のことを軽蔑して語るとき、しばしばおまえの言う尻尾のない生まれの狐のようなものだ。万一突然その獣に尻尾が生えたら、森のほかの狐たちよりももっとそれを自慢したりしないだろうか？」

「ええ、きっと自慢すると思いますわ。それが寓話の意味なんでしょう。でも、夜中の十二時に突然とても教訓じみたことを言い出すんですね。伯父さんはラドクリフ夫人というよりも、イソップさんです」

先生は捜しに来たものを手に取ると、もう一度彼女の額に口づけして、それ以上話すこともなく寝室に戻った。「このお金の話でいったい伯父さんは何が言いたいのかしら」とメアリーは独り言を言った。「サー・ルイが亡くなったことで、伯父さんがその遺産の一部をえることなんてありえないことね」それから、彼女は結局先生に金持ちになってほしいかどうか自問し始めた。「もし伯父さんが金持ちになったら、フランクを助けて何かしてくれるかもしれない。それから――」

突然尻尾があるとわかって喜ばない尻尾のない狐はいない。たとえ尻尾のない狐が至って誠実に友人たちに尻尾がないほうがいいと忠告したとしても、尻尾があって喜ばない狐はいない！　私たちはみな、善き者も、悪しき者も、尻尾を捜している――一本か、もっと多くの尻尾を。しばしばかなり卑しいやり方で捜している。しかし、何もない尻に結婚という手段で尻尾を飾ろうとするやからくらい卑しい、卑しくさもしい尻尾探求者はいないだろう。

先生は翌朝とても早く、メアリーが紅茶の茶碗を用意するよりずっと前に起きた。彼は起きてから診察室の奥の書斎で黒ずんだ書類を整理したり、ロンドンから持ち帰ったブリキ缶を手荒く扱ったり、書き物机の一箇所に一山の書類を、別の箇所に一山を積みあげたりした。「全部理解したと思う」と先生は言った。「しかし、これからきっと悩まされるなあ。とにかく、二度と人の管財人なんかにはなるまい。ええと！」それから、先生は座り込むと、当惑の表情を浮かべつつ様々な重要な項目をおさらいした。

「あの株式が実際どれほど価値のあるものかわからない。誰も知らないように見えるから、会計士が最善のかたちで打ち出してくれないとね。ええと、あれはボクソル・ヒル。これはグレシャムズベリー。グレシャムズベリーには新聞を置いておこう。そうしないと郷士にばれてしまう！」こうして手配を済ませたあと、彼は朝食に向かった。

真に尊敬すべき批評家よ、私はこういう権利証書とか、書類とかをずいぶんずさんに取り扱っていると思う。しかし、いつかあの法廷弁護士が手に入ったとき、そのとき私が間違えたら、責めは私にあると――あるいは弁護士にあるとそう考えてほしい。

先生はすばやく朝食を食べたが、姪にあまり話しかけなかった。しかし、姪にはそのわずかな言葉が奇妙に幸せを感じさせてくれる性質のものに思えた。彼女は内面の感情を分析することも、確信の根拠をあげることもできなかったが、これまですごした歳月のどの時よりも彼女を幸せにしてくれる何かが朝食後に起こりそうだと確かに感じ、信じた。

「ジャネット」と先生は時計を見ながら言った。「もしグレシャムさんとフランクが来たら、私の書斎に通しておくれ。ねえ、おまえは何をしているかい?」

「わかりません、伯父さん。あなたはとても謎めいているし、私はとても興奮して震えているので、どうしていいかわかりません。どうしてグレシャムさん——郷士がここにいらっしゃるんですか?」

「スキャッチャードの遺産について彼と仕事の話があるからだよ。彼がサー・ルイのお金を借りていたことは知っているだろ。しかし、外出してはいけないよ、メアリー。呼ばれたら、入って来てもらいたい。応接間にいてほしいのだ、いいかな?」

「はい、伯父さん、あるいはここにいます」

「いや、おまえ、応接間にいてくれ」メアリーは指示に従った。彼女はそこにそれから三時間何が起こっているか知りたくて、知りたくて、知りたくてたまらない状態で座っていた。しかし、その時間の大部分、父のグレシャムさんと子のグレシャムさんが伯父と一緒に階下にいることを意識していた。

十一時に客がやって来た。先生はもう少し早く来てくれるものと予想していたので、やきもきし始めていた。たくさん重荷を抱えていたから、とにかく始めるまで一秒たりともじっと座っていられなかった。砂利道にやっと待ちに待った足音が聞こえて、しばらくしてジャネットが父子を部屋に案内した。

郷士はあまり顔色がよくなかった。やつれて、悲しげで、かなり青白かった。若い債権者が亡くなってくれたから、郷士は強まっていた返済の圧力からいくらか解放されたと思われるかもしれない。しかし、フランクの要求に応じる必要があったので、軽くなった分をほとんど相殺されて、むしろ悪化したように感じていた。前日よりも貧乏になっていると毎日考えなければならないとき、人はすぐやつれて、悲しげな顔になるものだ。

しかし、フランクは健康面でも、精神面でも元気だった。彼もメアリーと同じように、その日が今の混乱を終わらせる何かをもたらしてくれるものと感じていた。父が結婚を承諾してくれたと今ソーン先生に言うことができると思うと、幸せを感じないではいられなかった。

先生が二人と握手したあと、一同は席に着いた。三人ともどこか態度にぎこちなさがあり、ちょっとした挨拶しか交わさないように最初は見えた。とうとう郷士がフランクからミス・ソーンのことを聞いたと言った。

「メアリーのことを?」と先生。

「そう、メアリーのこと」と郷士は訂正した。今結婚に同意したからには、他人行儀の冷たい呼び方をする必要はなかった。

「それで!」とソーン先生。

「こうでなければいかんと思うよ、先生。この子は心を決めたんだ。確かに私には彼女に――彼女の人柄に反対する理由はない。彼女に非難の言葉を向けられる人はいないだろう。立派に育てられた思いやりのあるいい娘だ。わしはいつだって彼女が好きだった」フランクは父に寄り添うと、子が父の優しさに答える抱擁の代わりとして父の腕に手を置いた。

「ありがとう、郷士、ありがとう」と先生は言った。「そう言ってくださってありがたい。姪はとてもいい娘ですよ。もしフランクが姪を妻に選ぶなら、私が評価するところ、いい選択をしたと言えます」

「選ぶ!」とフランクが言うとき、恋人の熱意がみなぎっていた。

郷士はご愛想で言ったことに応じる先生の言葉に少しいらだちを感じつつも、それを表に表さずに続けた。

「二人は、おわかりのように、先生、金持ちになることは期待できそうにない――」

「あー！　いや、いや」と先生は言葉を遮った。

「わしはフランクにそう言った。あなたもメアリーにそう言うべきだと思う。フランクはどこかに土地を手に入れて、農夫として働くつもりでいる。わしはこの子に年三百ポンドか、四百ポンド与えるように努力しよう。しかし、あなたがもっといい職を――」

「ちょっと、郷士、ちょっと待ってください。それについてはあとで話しましょう。このたび哀れなサー・ルイが亡くなったことで事情が一変してしまいました」

「永久的に変わったわけではないだろう」と郷士は悲しみに満たされて言った。

「さて、フランク」と先生は郷士の最後の言葉を無視して言った。「君は何が言いたいかね？」

「ぼくですか？　言いたいことは先日ロンドンで言いました。メアリーがぼくを愛していることを確信しています。だまされているわけではありません――彼女が愛していることはわかっています。ぼくは彼女を愛してきました――いつだってそう言うつもりでした。実際言っていいです。これはぼくの軽々しい思いつきではないと父は知っています。ぼくらが貧乏になったときの生活を父が言うとき、なぜあなたは――」

先生はとても気ままで、この話題について父子どちらの意見も聞こうとしなかった。

「グレシャムさん」と先生はフランクの言葉を遮って言った。「メアリーは出生から見ると、あなたの一人息子と結婚するにはどれほど不適当か、私はよく存じています」

「今になってそれを考えるのは手遅れですよ」と郷士。

「私の行為を正当化するのに遅すぎることはありません」と先生は答えた。「私たちは互いに長いつき合いですからね、グレシャムさん。あなたは先日ここでおっしゃった。出生と血はとても価値のある天与のもので、これについては二人とも同じ考えに立っていると」

「確かにそう思う」と郷士。「だが、人はすべてを手に入れることはできんからね」

「そう、人はすべてを手に入れることはできません」

「その点でぼくが満足するとするなら――」とフランクが言い始めた。

「ちょっと待ってください、君」と先生は言った。「お父さんが言われるように、人はすべてを手に入れることはできません。いいですか、あなた――」先生は郷士に手を差し出した。――「ちょっと土地のことに触れても怒らないでくださいね。土地――長くグレシャム家の相続財産だった伝来の――土地がばらばらになっていくのを見るのは悲しいことでした」

「今は土地のことを話す必要はありませんよ、ソーン先生」とフランクはほとんど怒った声で言った。

「しかし、フランク、少しのあいだ正当化のため話をしなければなりません。もし何かいいことがあるかもしれないという望みがなかったら、君の妻になりたいというメアリーの気持ちを放置した点で私に弁解の余地はなかったでしょう」

「へえ、いいことがあるかもしれないって」フランクは先生が言おうとしていることがまったくわからなかった。

「そういう望みです。そういう望みに多くの疑念がまつわりついてきて、ひどく当惑しました。しかし、今再びそういう望みを抱いています。フランク――グレシャムさん――」それから、ソーン先生は椅子から立ちあがったが、一瞬その先を続けることができなかった。

「いちばんいい方向に向かうことをわしらは望んでいる」と郷士。

「ぼくもそう望んでいます」とフランク。

「そうです、それを望んでいます。そうなると思う。きっとそうなるよ、フランク。メアリーは君のところへ身一つで来ることはないのです。私は君のためにも——そう、姪のためにも——姪の出生がその財産と等しく立派なもので、姪の価値がその両方よりも優れていることを願っています。グレシャムさん、この結婚はとにかくあなたの金銭上の窮乏に終止符を打つことになります——もしフランクが実際苛酷な債権者でなければの話です。私の姪はサー・ロジャー・スキャッチャードの遺産相続人です」

先生はこの宣告をするやいなや、テーブルの上の書類にせっせと取りかかり始めたが、胸中の感情の高ぶりのため混乱してしまい、前もって用意しておいた書類をあっち、こっちに動かして混乱させてしまった。「さて」と先生は言った。「その資産がどういうものから成り立っているかできるだけ上手に説明したほうがいいでしょう。ここに、これが、——違うな」

「だが、ソーン先生」と郷士が言った。今は完全に青白くなり、ほとんど息もできないくらいにあえいでいた。「あなたが言っているのはどういうことですか?」

「今や疑いの余地は何一つないのです」と先生は言った。「サー・エイブラハム・ハップハザードやサー・リケティ・ギッグスや老ネヴァーセイ・ダイやスマイラム氏と相談しましたが、みな同じ意見です。いささかも疑いの余地はありません。もちろん姪が管理その他いろいろのことをしなければなりません。残念ながらかなり大きな金額を税金として支払う必要があります。というのは、ご存知のように姪として相続することができないからです。スマイラム氏が特にその点を指摘しました。しかし、そういう処理のあと残りは——どこか紙に書いておいたのですが——青い丸薬三グレイン(2)。こういう書類やら、ああいう法律家やら、私は本当にひどく混乱して、座っているのか、立っているのかさえわからないくらいです。税金を完納し、借金を完済する充分な手持ちのお金があります。とにかくそれはわかります」

「メアリー・ソーンがサー・ロジャー・スキャッチャードの全財産を今所有しているというんじゃないだ

ろうね？」と郷士がついに叫んだ。

「しかし、私がいいたいのはそれなのです」先生はそう言って書類から顔をあげたところ、目には涙、口にほほ笑みがあった。「そのうえ、郷士、あなたは姪からの借金が現在の時点で正確には——それもどこかに書いておいたのだが、書類にこんなに悩まされることさえなければなあ。いいですか、郷士、あなたはいつ姪に支払いをするつもりですか？　結婚したい若い女性が急いでいるように、姪は急いでいるのです」

先生は父子に負わせているように見える大きな重荷を軽くするため、できれば冗談を言いたかった。しかし、郷士は決して冗談を理解できる状態ではなかったし、まだこの問題の重要部分をしっかり把握できる状態でもなかった。

「メアリーがボクソル・ヒルの所有者だと言うのかい？」と郷士。

「もちろんそうです」と先生は言った。「グレシャムズベリーもそうです」とついでにつけ加えそうになったが、かろうじて自制した。

「何と、あそこの資産全部かい？」

「それはほんの一部です」と先生は言った。「それですべてだったらと願いますよ。というのは、それならこんなに悩まされなくても済むからです。ご覧なさい。これがボクソル・ヒルの権利証書です。全体のほんの一部でしょう。フランクは望めば明日にでもあそこへ行って住んでいいのです」

「ちょっと待ってください、ソーン先生」とフランクが言った。この知らせが伝えられてから、彼が発した最初の言葉がこれだった。

「これが、郷士、グレシャムズベリーの書類です」先生は儀式的な身振りで覆っていた新聞を取り除いた。

「これをご覧なさい。これがみな帰って来たのです。これがみなグレシャムズベリーの書類置き場に戻ると思うとスマイラム氏に私が言ったとき、彼は卒倒したと思いましたよ。あなたは私からこれを返してもらうことはできないから、フランクから債権を放棄してもらうまで待たなければなりません」

「だけど、ソーン先生」とフランク。

「何だね、君」

「メアリーはこのことを知っているんですか?」

「まったく知らない。君のほうから姪に話してもらうつもりなのだ」

「こんなとても思いがけない身の上の変化があったらおそらく――」

「え?」

「変わりようがあまりにも大きく、突然で、影響も大きいから、メアリーはおそらく望むかもしれません――」

「望む! 何を望むのかな? こんな話はしてもらいたくないと望むのかい?」

「ぼくは彼女を婚約に縛ろうとは思いません――つまり、もし彼女がそんなお金持ちになったら――言いたいのは、とにかく彼女に考える時間をあげなくてはいけません」

「うん、わかるよ」と先生は言った。「姪に考える時間をあげよう。どれくらいあげればいいかな、郷士? 三分? 姪のところへあがってくれ、フランク。応接間にいるから」

フランクはドアへ行き、ためらったあと、戻ってきた。「ぼくにはできません。ぼくには全部が理解できていないと思う。とても混乱していて、話せる状態じゃありません」

「彼女は何も知らないのかい?」と郷士が聞いた。

「何も知りません。姪に知らせる喜びをフランクに取っておこうと思ったのです」

「彼女を知らないままにしておくわけにはいかないね」と郷士。

「さあ、フランク、あがってくれ」と先生は再び促した。「近づいてはいけないとわかっているとき、君は進んで姪のところへ行く用意があっただろ」

「ぼくにはできません」フランクはしばらく間を置いたあと言った。「ぼくが話をするのが正しいとも言えません。そんなことをしたら、彼女につけ込むことになります」

「あなたが行ってください、先生。やらなければいけないのはあなただね」と郷士。

さらに少しぐずぐずしたあと、先生が立ちあがって、二階にあがった。先生もこの仕事が半分怖かった。「やらねばならない」重い足取りで階段を登りつつ独り言を言った。「しかし、どう言おうか」

先生が入ったとき、メアリーは出迎えるため立ちあがって、部屋の中央からドアまで半分のところにいた。彼女は困ったような表情で、ほとんど野蛮な目をしていた。その朝の希望と不安、感情の動きがほとんど堪え難いものだったのだ。階下に囁くような声を聞いていた。その声の一つが恋人のものだとわかっていた。その議論が彼女にとっていいものか、悪いものかわからなかった。とはいえ、これ以上不安に曝されたら死んでしまうと感じた。「教えてもらえたら」と彼女は独り言を言った。「何年でも待つことができる。たとえ彼を失うとしても、教えてもらえたら、堪えられると思うわ」――さて、これからやっとそれを教えてもらうことになった。

伯父は部屋の中央で彼女に会った。伯父は悲しげでなく、真剣な顔つきをしていた。あまりに真剣な顔つきだったので、そのとき疑惑にとらわれていた彼女に希望をもたらしてくれなかった。「何ですか、伯父さん」彼女は両手に伯父の手を取って言った。「何ですか？　教えてください」彼女が野蛮な目で見あげたとき、ほとんど伯父に恐怖を感じさせた。

「メアリー」と伯父は重々しく言った。「サー・ロジャー・スキャッチャードの莫大な遺産のことはずいぶん噂に聞いたことがあると思う」

「はい、はい！」

「今哀れなサー・ルイが亡くなって――」

「それで、伯父さん、それで？」

「遺産が遺されたのだ――」

「フランクに！　グレシャムさんに！　郷士に！」とメアリーは叫んだ。莫大な富をこんなふうに突然相続したことで、彼女はさらにいっそう恋人から引き離されるのではないかと疑惑の苦悩を感じていた。

「いや、メアリー、グレシャム家にではなく、おまえにだ」

「私に！」彼女は叫んで、両手を額にあげ、こめかみを抱えるような仕草をした。「私に！」

「そうだよ、メアリー。遺産は今みなおまえのものだ。遺産はみな――みなだよ――おまえの好きなように使えるのだ。神が慈悲を持っておまえがその重荷に堪えられるようにしてくださるよう、誘惑を軽くしてくださるように祈るよ！」

彼女は身近な椅子を捜さなければならないほど気が動転していた。そこに座ると、先生をじっと見つめた。「伯父さん」と彼女は言った。「それはどういうことですか？」先生は近づいて、そばに座ると、できるだけ上手に彼女の出生の物語と、スキャッチャード家との血縁を説明した。「それで彼はどこにいるんですか、伯父さん？」と彼女は聞いた。「なぜ私のところに来てくれないんですか？」

「彼に行くように言ったのだが、断られたのだ。父子ともに下にいる。連れて来ようか？」

「連れて来るって！　誰を？　郷士さんを？　いえ、伯父さん、でも二人のところへ行っていいかしら？」

「もちろんだよ、メアリー」

「でも、伯父さん――」

「何だね、おまえ」

「本当なんですか？　確かですか？　私のためではなく、わかるでしょ、彼のため。郷士さんはね――ああ、伯父さん！　行けません」

「二人に来させよう」

「いえ――いえ。何度も、何度も私が彼のところへ行きました。彼に来てもらうようなことは自分に許せません。でも、伯父さん、本当なんですか？」

先生は下へ降りて行くとき、サー・エイブラハム・ハップハザードやサー・リケティ・ギッグスのことを何かつぶやいたが、哀れなメアリーの耳にこれら大人物の名前は残らなかった。先生が先に部屋に入り、女相続人がうつむいた目とおどおどした足取りで続いた。彼女は初め進むのを恐れたけれど、目をあげたとき、窓のそばにフランクが一人で立っているのを見て、その恋人の姿で勇気を取り戻した。彼に走り寄ると、その腕に身を投げた。「ああ、フランク！　私のフランク！　私のフランク！　もう二度と私たち、離れたりしません」

註

（1）狐はメアリーを指している。イソップの寓話で、罠でしっぽをなくした狐はしっぽがないほうがいいとほかの狐を説得するが、別の賢い狐から、もししっぽがあったら、そんな主張はしなかっただろうと揶揄される。しっぽ（tail）と限嗣相続財産（entail）に言葉遊びがある。

（2）衡量の最低単位で、一グレインは〇・〇六四八グラム。

第四十七章　花嫁はどのように受け入れられ、誰が結婚式に招待されたか

結局このようにしてフランクは課せられた大きな義務をはたした。彼はお金と結婚した。結婚式はまだ挙げられていないし、実際にはまだ議論にもなっていないから、むしろ適切な表現として彼は何とかうまくお金と結婚できそうだと言ったほうがいい。しかも、何という莫大なお金！　スキャッチャードの富はダンスタブルの富を優に凌駕した。それで、私たちの主人公はド・コーシー関係者のあらゆる水準から判断しても絶賛される仕方で義務をはたしたと見なされる。

そして、彼はその称賛をえた。しかし、たいしたことではなかった。今や彼は模範的なかたちで家族の義務をはたそうとしていたから、ド・コーシー家やグレシャム家から歓迎されるのはごく当然のことだった。今や彼は母の魂を嫌悪させるあの邪悪な犯罪を企てているわけではなかったから、みなから背を軽く叩かれるのはごく当然のことだった。これは言うまでもないことだ。しかし、もう一人、礼賛されるべき立役者、グレシャム家の義務をはたそうとしている果報な女性がいた。それゆえ、この女性こそレディー・アラベラのもっとも温かい愛撫にかなっており、それを受け取らなければならなかった。

愛するメアリー！　彼女が幼いころグレシャムズベリーの子供部屋で教育を受けたからには、進んで立派な振る舞いを返そうとしたとしてもぜんぜん不思議なことではなかった。それでも、その理由で彼女の美徳が認められ、褒め称えられ、いやほとんど崇拝されたのは適切なことだった。

先生のうちを訪問していた人々がどう別れたか、私にはうまく語れない。フランクはそこにとどまって――それは私にもわかる――、ディナーを食べた。哀れな母は息子に口づけし、祝福を与え、家のため尽くしてくれたことに感謝するまで、どうしても寝室にさがろうとしなかったので、その夜はとても法外な時間まで化粧室で待たされた。

お屋敷に知らせをもたらしたのは郷士だった。「アラベラ」と郷士は小さな、しかし厳かな声で言った。「わしが持ってきた知らせに驚くよ。メアリー・ソーンがスキャッチャードの全遺産の相続人なんだ」

「ま、何とまあ！　グレシャムさん」

「そうだ、本当だ」と郷士は続けた。「そうなんだ。とても、とても信じられ――」しかし、レディー・アラベラは失神していた。彼女は感情や情動を普段制御する女性だった。とはいえ、今聞いたことがあまりにも大きすぎた。彼女が意識を取り戻したとき、最初に唇から漏らしたのは「愛するメアリー！」という言葉だった。

しかし、お屋敷の人々がその知らせの意味を充分理解するには一晩寝て考えなければならなかった。郷士は生まれつき金銭ずくの人ではなかった。もし私が読者の前に郷士の性格を正しく据えることができていたら、拝金主義にあまり偏らない人だと見られているだろう。しかし、郷士にとって窮状はあまりにも切迫しており、世間の風はあまりにも荒々しく、無作法で、棘を含んでおり、資産の欠如は悪として刻一刻鋭く感じられていたから、その夜の彼の夢が金色の理想郷だったとしても驚くには当たらない。富は彼には訪れなかった。それは本当だ。しかし、彼にとっておもな悲しみは息子にかかわることだった。今やその息子が父のただ一人の債権者になる。まるで胸から大理石の山が取り除かれたかのようだった。

しかし、レディー・アラベラの夢はすぐ第七天まで駆けあがった。その夢は確かに浅ましいものだったが、必ずしも自分本位のものとは言えなかった。フランクは今やきっとバーセットシャーの筆頭平民となり、当然州を代表する国会議員となり、当然ロンドンに家を構えるだろう。自分の家にはならないものの、壮麗なものが息子のものになることで母は満足した。息子は年にどれだけ使っていいかわからないほどのお金を持つ。それがメアリー・ソーンのところから来るなんて！　メアリーをグレシャムズベリーの子供部屋に連れて来ることを許したのは彼女にとって何という祝福となったことか！　愛するメアリー！

「これであの人は当然一人になる」とベアトリスは姉に言った。今の彼女にとって「一人」というのはもちろん祭壇で彼女に付き添う一人を意味した。「ねえ、あなた、何てすばらしいのかしら。明日、彼女に何て言ったらいいかわからないのよ。でも、一つだけわかる」

「それは何？」とオーガスタが聞いた。

「彼女は明日小さな鳩のように優しく、従順にしているでしょうね。もし彼女と先生が一文無しになったら、彼女は鷲のように誇り高くなるのよ」ベアトリスがメアリーの性格を正しく読む智力を具えていたことは認めていい。

しかし、オーガスタはこの件を必ずしも愉快に思っていなかった。兄の幸運とか、メアリーの幸福をねたんだからではない。彼女の正邪の考え――というよりもむしろアミーリア令嬢の正邪の考えと言ったほうがいい――が公正に実現されそうになかったからだ。

「結局ね、ベアトリス、こうなっても彼女の出生が変わることはないのよ。フランクにそんなことを言っても無駄とは思うけれど」

「まあ、そんなことを言ったら、二人を悲しませることにならないかしら？」

「もちろん私は悲しませたくなんかありません。でも、正しいとわかっていることから逸脱するよりは、特別貴重な、温かい感情でさえ抑制したほうがいいと思う人もいます」哀れなオーガスタ、彼女はこの哲学を信奉する厳格な信者だった。アミーリア令嬢を常に除いて、ひるむことのない勇気でその根本命令を実践する一族のなかの最後の人だった。

その夜、フランクはどんなふうに眠っただろうか？　その夜の彼のいちばん幸せな思いがこれから獲得しようとする富にかかわるものではないこと、それを少なくとも望みたい――いや、強調したい。とはいえ、ボクソル・ヒルをグレシャムズベリーに取り返すのはたいしたことだろう。父はあのしわくちゃの上質皮紙を奪われたときから、一日として幸せな日を送ったことがなかった。それを父に返してやることはやはりたいしたことだろう。パンのためやむにやまれず土をほじくる農夫としてではなく、若い陽気な田舎郷士として人前に出るのはたいしたことだろう。彼が実際よりもいい人であるように、また自然が普通に用いるものとは違った素材でできている人のように考えてもらいたくない。彼はメアリーの富を思うとき、胸に高まりを感じつつも、より純粋な喜びを思うとき、さらにいっそう高鳴りを感じていたのだ。

メアリーの夢については何が言えるだろうか？　彼女の場合、手に入るものの夢ではなく、与えることができるものの夢だった。彼女がとても貧しく、見捨てられていたとき、フランクは真実愛してくれた。グレシャムズベリーの世継ぎのフランク。彼の美しさと気立てと才能なら、どんな金持ちの、どんな大人物の、どんな貴族のほほ笑みでも勝ち取れただろう！　フランクを愛することができたら、喜ばない女性がいるだろうか？　しかし、彼はいろいろな出来事を通して一貫して彼女に誠実だった。死のような別れの冷たさに堪える方法を決意したまさにそのとき、彼が突然現れて胸に抱きしめてくれたことを彼女は何度想起したことか！　彼女はいつもそのときのことを考えた。その瞬間の感情の激変を幾度も思い出すことで愛を育んだ。今彼の善良さに支払いをすることができた。彼に支払いするって！　いや、それは下品な言葉。下品な発想ね。もし神がかなえてくれるなら、来るべき歳月のなかで彼に報いていかなければならない。とはいえ、つまらないものしか持っていなかったが、彼の膝に洗いざらい投げ出すつもりでいた。彼女が愛したことでフランクを傷つけなかったこと、旧家に害をもたらさなかったことが慰めとなる誇りだった。「愛する、愛するフランク」と彼女は囁いた。それから、夢うつつの夢がついに眠りに征服されて、妖精の国の夢に入っていった。

しかし、彼女はフランクだけを思い、フランクだけを夢見たわけではなかった。彼女のあの伯父、どんな父よりも愛情を傾けてくれた伯父は彼女に何もしてくれなかっただろうか？　伯父には、どんな支払いをしたらよかったのか？　支払いとは、本当に！　愛は愛のお金でしか支払いができないわ。とにかく、彼女のうちがグレシャムズベリーになるなら、伯父から引き離されることはないだろう。

先生がその夜どんな夢を見たか、彼にも、ほかの誰にもわからなかった。その夜先生が一瞬ソファーで心地悪げに動いたとき、「ねえ、伯父さん、眠っていらっしゃったでしょう」とメアリーが言った。この四十五分眠り込んでいた。しかし、客のフランクは失礼とは思っていなかった。「いや、本当は寝ていたわけではないんだ」と先生は言った。「しかし、ずいぶん疲れてしまった。金を倍にすると言われても、フランク、もう二度とやらないよ。もうお茶はないだろうね、メアリー」

翌朝ベアトリスは当然友人のところにいた。会っても二人のあいだに何のわだかまりもなかった。ベアトリスはメアリーが貧しいときに愛してくれた。二人は一つの重要な問題で最近違った考え方をしたとしても、ベアトリスはメアリーの優しさのおかげで罪に問われることはなかった。

「あなたは花嫁付き添いになるのよ、メアリー、当然なってね」

「レディー・アラベラが許してくれたらね」

「ああ、メアリー、許してくれますとも！　前に式に来てくれて、私の近くにいると言ってくれたことを覚えている？　いつもそのことが頭にあったのよ。ねえ、メアリー、ケイレブについて言っておかなければ」その若い女性はくつろいだ長話をするためソファーに座った。ベアトリスの判断は正しかった。メアリーは彼女に対して鳩のように優しくて、従順だった。

それから、ペイシェンス・オリエルがやって来た。「元気な、若い、かわいい、とびきり上等の、子供っぽい女相続人さんね」ペイシェンスはそう言って彼女を抱いた。「話を聞いたとき、息が止まって、気絶しそうになりました。私たちみなが何て平凡に見えることでしょうね、あなた！　すぐ喜んでおべっかを言いますわ。でも、どうか古いよしみで私に優しくしてね」

メアリーは彼女に長い、長い口づけをした。「そう、古いよしみでね、ペイシェンス。私を守ってリッチモンドへ連れて行ってくれたわね」ペイシェンスもメアリーが困っているとき、愛してくれた。そんな愛も忘れてはならなかった。

とはいえ、知らせを聞いたあとレディー・アラベラが初めてメアリーに会うのはとても難しい仕事だった。「朝食のあとあの人のところへ行って来ようと思います」と令夫人はベアトリスに言った。母が化粧を済ませているあいだ、二人で話していたときのことだ。

「よければ彼女のほうからきっと来てくれますよ、ママ」

「フランクの正式の花嫁として、おわかり――あの人にはどれだけ礼儀正しくしてもおかしくありません」とレディー・アラベラは言った。「息子のためどんな小さな点もあの人のことで失敗は許されません」

「彼女のほうから来てくれたら、きっとフランクは喜ぶと思いますよ」とベアトリスは言った。「今朝ケイレブと散歩していたとき、彼が言うには――」

問題は重大だった。レディー・アラベラは念入りに考えた。女相続人の富がすべての困難を癒し、すべての悩みを解消し、悲運のすべての傷に香油を塗るとき、そんな女相続人を家に迎え入れるやり方には充分な配慮がなされる必要がある。しかし、その女相続人が、メアリーがこれまで扱われていたようにすでに扱われていた場合には！

「コーシーへ行く前にとにかくあの人に会わなければ」とレディー・アラベラ。

「コーシーへ行くつもりなの、ママ？」

「ええ、もちろん。そう、すぐ義姉さんに会わなければ。フランクの結婚の、あなた、重要性がわかっていないようね。あの子は大急ぎで式を挙げたいのよ。それも無理のないことね。あの人たちはみんなここに来ると思います」

「誰のこと、ママ？　ド・コーシー家の人たち？」

「もちろんそうです。今度伯爵が来なかったら、とても驚きです。オムニアム公爵を招待することを義姉と相談しなくては」

哀れなメアリー！

「それにあなたの式は」とレディー・アラベラは続けた。「初めに考えていたよりもおそらくもっと大きなものにするほうがいいと思います。今度はきっと伯爵夫人が来るでしょう。十日式を延期できないかしらね、おまえ？」

「十日延期！」

「そう、そうできたら都合がいいのです」

「オリエルさんは延期なんかいやだと思いますよ、ママ。すでに日曜日の交代の手はずも決めてしまっていますから」

ふん！　牧師の日曜日のほうがフランクの結婚よりもだいじと考えるのが適切だなんて！　まあ、二人の収入って——いくら？　年収一万二千ポンドから一万四千よ！　レディー・アラベラはその夜のあいだに十二回も計算したところ、大きい額のほうに勝るとも劣らないと踏んでいた。オリエル氏の日曜日なんて、本当に！

いろいろためらったあと、レディー・アラベラは先生のうちにメアリーを訪ねるよりも、グレシャムズベリーに迎えたほうがいいとの娘の提案に同意した。「先にこちらに来てもらってもあの人が気にならないとあなたが言うなら」と令夫人は言った。「確かに私はここであの人を迎えたほうがいいのです。おわかりと思うけれど、そのほうが感じていることをずっと——ずっと——ずっとうまく表現できますから。今日は大きな応接間に入ったほうがよさそうね、ベアトリス。忘れずにリチャーズさんに言ってくださる？」

ベアトリスが少し震える声でメアリーにハウスまで歩いていくように提案したとき、「ええ、もちろん」との回答をえた。「もちろん、レディー・アラベラが受け入れてくださるなら、行きますわ。——ただ一つだけ、トリッチー」

「何、あなた？」

「フランクは自分を訪ねてきたと思うでしょうね」

「そう思っても気にしなくていいのよ。じつを言うと、私はよくケイレブに会うため、ペイシェンスを訪問するの。こういうことって理屈にあっていると思うのよ」

メアリーはとても物静かに麦わらのボンネットをかぶって、お屋敷へ行く用意ができたと言った。ベアトリスは胸中少し動揺していたから、それを外に表した。メアリーはおそらく同じようにずいぶん動揺していたとはいえ、外には表さなかった。彼女はレディー・アラベラと再び対面するときのこと、再びお屋敷を訪問するときのことを思い巡らしていた。しかし、今は対面が易しいもののように振る舞おうと決意した。グレシャムズベリーに慰めと安心と新しい富をもたらすつもりなのだと外から見られるような振る舞いだけはどうしても避けたかった。

そこで、彼女は麦わらのボンネットをかぶって、ベアトリスと歩いた。近所の人々はみなすでに知らせを聞いていた。番小屋の老婆は低く膝を曲げて彼女にお辞儀した。庭師も芝生を刈っていたが、お辞儀した。玄関のドアを開けた執事は――メアリーが近づいて来るのを注意していたに違いない――このときのため明らかに清潔な白い首巻きを着けていた。

「神の祝福をもう一度お祈りします、ミス・ソーン」とその老人は半分囁くように言った。メアリーはいくぶん当惑した。というのは、みながみな彼女の前で頭をさげているように見えたからだ。実質上のグレシャムズベリーの所有者が彼女であるからには、どうしてみながその前で頭をさげずにいられようか？

それから仕着せを着た使用人が大きな応接間のドアを開けようとした。メアリーもベアトリスもこれにはびっくりしてしまった。メアリーは今その応接間に二年前に入ったのと同じように入ることはできなかった。しかし、かなり自制してその困難を克服した。

「ママ、メアリーです」とベアトリス。

レディー・アラベラもどう振る舞ったらいいか細かく検討していたものの、まったく自制できない状態だった。

「ああ、メアリー、愛するメアリー。あなたにどう言ったらいいかしら？」それから、令夫人は目にハンカチを当てて、前に走り、顔をミス・ソーンの肩に埋めた。「何と言ったらいいかしら――息子についての私の心配は許してくださるかしら？」

「こんにちは、レディー・アラベラ」とメアリー。

「私の娘！　私の子！　フランクの花嫁！　ああ、メアリー！　ああ、私の子！　あなたに対して私が不親切に見えたとしたら、それは息子に対する愛情のせいでした」

「そういうことはもうみな済んだことですわ」とメアリーは言った。「グレシャムさんはフランクの未来の妻として私を受け入れると昨日言ってくださいました。それで、ご覧の通り、私は来ました」それから、彼女はレディー・アラベラの腕をすり抜けると、おとなしく椅子に座った。五分で彼女はベアトリスと一緒に教室に逃げ出して、子供たちに口づけしたり、新しい花嫁道具をひっくり返したりしていた。しかし、すぐ二人は邪魔された。子供たちの口づけとは別の口づけがあったからだ。

「あなたはここに用はないでしょう、フランク」とベアトリスは言った。「ないわよね、メアリー？」

「まったくないと思います」

「私のポプリン[1]を兄さんがどうしたか見てよ。あなたのがこんなひどい扱いを受けないといいのだけれど。兄さんってあなたのものには注意深いようね」

「オリエルは美しい服を畳むのは上手かい――え、ベアトリス？」とフランクは聞いた。

「少なくとも彼はとても行儀がいいから、台無しにすることはありません」こういうふうにしてメアリーはグレシャムズベリーのうちで再びくつろぐことができた。

レディー・アラベラはオリエルの結婚式延期という思いつきを実現できなかった。その結婚式をそれにすぐ続くもっと大きな結婚式の都合のいい露払いにすることで、式に重々しさを加えようと考えたのだ。しかし、伯爵夫人の協力があれば、哀れなオリエル氏の日曜日の手配を無駄にすることなくこれは実現できることがわかった。伯爵夫人自身がアリグザンドリーナとマーガレッタ令嬢を伴ってこの最初の式にも参列することを約束した。二番目の式にはド・コーシー家の者みな――伯爵も、伯爵夫人も、令息も、令嬢も、ジョージ令息も、ジョン令息も出席してくれるだろう。年一万四千ポンドを一人で自由にできる花嫁、そんなお金と結婚することによって義務をはたしたいとこに対して示せないような気位の高さなんかあるだろうか！

「もし公爵が田舎にいれば、きっと喜んで出席してくれます」と伯爵夫人は言った。「もちろん公爵はフランクに政治向きの話をしてくれますよ。郷士はもうフランクに保守党に属してほしいとは望まないと思うから」

「フランクの政治的立場については、おわかりのようにロジーナ、もちろん本人が判断します」こういう具合にコーシー城では取り決めがなされた。

それからベアトリスは結婚して湖水地方へ行ってしまった。メアリーは約束どおり式で友のすぐそばに立ったが、正確には一度話したことがあるギンガムのワンピースは着ていなかった。彼女がそのとき着ていたのは――。しかし、ベアトリスの花嫁付き添いとしてメアリーが何を着ていたかここで読者に語るのはおそらくいきすぎだろう。少なくともメアリー自身のウエディングドレスに二ページを費やされなければならないうえ、招待客のリスト、夫婦財産契約、ドレス、すべて含めて語り終えるのに数ページしかもう残っていないからだ。

メアリーは式を壮麗にやりたいとのレディー・アラベラの熱意を抑えようとしたけれど、無駄だった。結局、彼女はグレシャムズベリーからではなく先生の家から嫁に行くことになった。先生こそ客を招待すべきだったが、この点で令夫人の意思に背くつもりはなかった。それで、令夫人は思い通りにことを進めた。

「しようがないね?」と先生はメアリーに言った。「この二年間令夫人にはあらゆることで逆らってきた。せいぜいこんなささいなことで今思い通りにさせるくらいしか私たちにはしてあげられない」

しかし、メアリーは一点だけ誰にも思い通りにさせようとしないで、それについてはっきり自分流を守った。それは夫婦財産契約にかかわることだった。ベアトリスが火曜日に結婚したら、メアリーは一週間後の火曜日に結婚したと想像してはならない。年収一万二千ポンドの花嫁はそんなふうに扱われてはならないのだ。お金と結婚することによって義務をはたす花婿はしばしば待たされなければならない。フランクが完全に幸せな男になったのは春、早春だった。

しかし、夫婦財産契約について一言言っておきたい。この点に関して、先生は頭が狂ってしまったのではないかと思った。スロー・アンド・バイダホワイル法律事務所はグレシャムズベリーの弁護士として――ゲイズビーはまったく違った種類の法律事務をしていたから、グレシャムズベリーに関する限りもうほとんど仕事を終えていたと考えていい――、夫婦財産契約を作成するのは彼らだけでは手に負えないとはっきり言った。スロー・アンド・バイダホワイル法律事務所の明確な意見によると、メアリーのような女相続人は少なくとも六人弁護士を雇う必要があるという。それで、先生はほかの弁護士のところへ相談に行かなければならなかった。その弁護士はさらに十二の様々な項目についてサー・エイブラハムやスマイラム氏と相談しなければならなかった。

もしフランクが父の負債を背負いながら妻の権利で継嗣限定不動産所有者となったら、彼は二十一年以上に渡って土地を貸すことができるか? もしできるとすると、横領物回復訴訟権は誰にあるか? 浮き荷と投げ荷の問題は――クリティックさん、海辺に少し資産がありました――、最後まで未決のままとどまるのか? こういう細かな点を考察するには長い時間がかかった。先生はこういうことで悲しくなり、途方に暮れてしまった。フランク自身も妻を完全に奪われてしまうと非難し始めた。

しかし、すでに述べたようにメアリーが思い通りにしようとした一点があった。弁護士たちは故サー・ロジャーに属するお金、株式、抵当を、言われなくてもそうしただろうが、彼女の代理として残さず一括りにすることができた。一つだけ例外があって、グレシャムズベリーに属していたものは将来の見通しとしてでも、孫子の代にでもなく、即座にみな再びグレシャムズベリーに属させた。フランクがほかに頼ることなくボクソル・ヒルの主人になるためだった。グレシャムズベリーのその他の先取特権(2)については、フランクがふさわしいと思うように父と相談して処理すればよかった。ふさわしいと思うことをする力がフランクにあるようにメアリーはただ配慮すればよかった。

「しかし」と、年取った立派な一族の事務弁護士が主張した。「それは全体の三分の二にものぼる土地ですよ。三分の二です、ソーン先生！　不合理なことです。私なら考えられないことだと言っていい」その哀れな弁護士は女相続人が喜んで犠牲を払おうとする途方もないやり方を考えたとき、乏しい頭髪をほとんど逆立てた。

「結局は同じことになるのです」と先生はことを順調に進めるため言った。「もちろん二人の共通目的はグレシャムズベリーの資産をもう一度一つにすることです」

「しかし、ね、あなた」――それから二十分その弁護士は決して同じにはならないと証明し続けたにもかかわらず、メアリー・ソーンは思い通りにした。

その年の冬、ド・コーシー卿夫人は女相続人にコーシー城を訪問するように熱心に勧誘した。レディー・アラベラがこの要請を支持したので、先生は三、四日ならメアリーが行ってもいいと思うと言った。しかし、ここでもまた彼女は頑固だった。

「わけがわかりませんわ」と彼女は言った。「伯父さんか、フランクか、グレシャムさんが約束したのなら、行きます。でも、理由がありません」先生はそう訴えられて、彼が約束したとはどうしても言えなかった。フランクか、郷士が約束したというのなら、メアリーはかなりおとなしかった。もし彼女が行けば、フランクも行くと予想された。しかし、フランクはこれまで以上にコーシー城を嫌っていた。伯母は少なくとも彼には今丁重に振る舞って、出会ったとき、一族の義務をはたした理想的なやり方に賛辞を惜しまなかった。

クリスマス直後、訪問者がメアリーにあって、二週間とどまった。彼女も先生も予想だにしなかった人、二人とも噂にしか聞いていなかった人、有名なミス・ダンスタブルだった。「同じ羽の鳥は群れをなす――類は友を呼ぶ――同じ穴のムジナ」とその訪問のことを聞いたとき、ランタウェイ夫人――先のミス・ガッシング――が言った。「ぽっぽ屋の姪――あれを姪と呼べるならよ――とにせ医者の娘は疑いもなく仲がいいわね」

「少なくとも二人で財布を数えることはできるのよ」とアンブルビー夫人。

そして、事実メアリーとミス・ダンスタブルは仲よくした。ミス・ダンスタブルはグレシャムズベリーで幸せにすごした。それについて、ある人たちは――ランタウェイ夫人を含めて――ソーン先生がメアリーのお金に嫉妬して、ミス・ダンスタブルと結婚しようとしているとの噂を広めようとした。

「あなたが年貢を納めるのをきっと見に来るわよ」とミス・ダンスタブルは新しい友人に暇乞いするとき言った。ミス・ダンスタブルは俗語を好んで用いる癖があったのは確かだ。それでも、財産のある、少し歳の女性は何でもおもしろいと思うことが好きになっていいのだ。

こういうふうにして冬がだらだらすぎていった。フランクはゆっくりすぎるとはっきり口に出して言った。おそらくメアリーもゆっくりに感じたけれど、口に出しては言わなかった。冬はだらだらすぎて、冷え冷えした、厳しい、風の強い早春が巡ってきた。滑稽な暦は私たちに一月、二月に恐ろしい絵を載せて見せるが、実際のイギリスの陰気な月は三月と四月だ。少なくとも五月七日までは冬の危険を切り抜けたと人に誇らせてはならない。

しかし、グレシャムズベリーで大行事が催されることになったのは四月初めのことだった。きっかり一日ではなかった。時代の実際的で常識的な精神にもかかわらず、ほとんどの人が万愚節に結ばれたいとは思わない。しかし、四月第一週のある日が結婚式に定められた。二月の終わりから三月に渡ってレディー・アラベラは喝采に値する仕方で仕事をし、骨折った。

朝食はグレシャムズベリーの大食堂で取られることがついに決まった。それにはレディー・アラベラを極度に悩ませた難しさがあった。というのは、令夫人はその申し出をしたとき、女相続人が暮らした家をないがしろにするのではないかと考えずにはいられなかったからだ。しかし、この件をメアリーに打ち明けたとき、とても簡単に話が進んだので驚いた。

「当然です」とメアリーは言った。「うちの部屋の全部を使っても、あなたが話しておられるお客さんの半分も収容しきれません――そのお客さんを呼ばなければならないというのならね」

レディー・アラベラは懇願の表情、いやとても哀れっぽい顔つきをしていたので、メアリーはそれ以上何も言わなかった。それだけのお客さんが来なければならないのは明らかだった。第五世代までのド・コーシー家の人々、オムニアム公爵本人、それに応じたつながりのある人々など。

「けれど、もし私たちがここで朝食を取ったら、伯父さんは怒るのではないかしら？　フランクにとてもよくしてくれたから、何としても先生を怒らせたくないのです」とレディー・アラベラ。

「朝食の件については伯父に何も知らせなければ、レディー・アラベラ、伯父はちゃんと物事が進んでいると思います。朝食を出さなければならないのは令夫人ではなくてあなただと教えられなければ、伯父にはわかりませんから」とメアリー。

「そうかしら、あなた?」レディー・アラベラはこのとても有益な提案を聞いて賛嘆の表情をした。それでそういうふうに取り決められた。先生は数年あとにメアリーから言われるまで、はたさなければならない義務に怠慢があったことを知らなかった。

結婚式に誰が招待されたか? まずオムニアム公爵が出席したと述べた。これはこの結婚式を近隣地方でこれまでにあったどの式よりも華麗なものにする要件だった。オムニアム公爵はどの式にも出なかったのに、メアリーの式には出席した! メアリーは式が終わったとき、何と言っても公爵から口づけを受けた。その栄誉が嫁に与えられるのを見たとき、レディー・アラベラは感極まって「最愛のメアリー!」と叫んだ。

「あなた方をまもなくギャザラム城に招待したい」と公爵はフランクに言った。「秋には数人の友人が来ることになっている。うん、きっとね。君は私のコレクションとして来てくれるいい子だったが、それ以来君には会っていないよ。はっ、はっ、は! 楽しくないわけじゃなかったね?」フランクはあまり心のこもった回答をしなかった。身分の違いという考えがどうしても受け入れられなかった。ギャザラム城の「コレクション」の一人として扱われたとき、彼はまだお金と結婚していなかった。

列席したド・コーシー家の人々を列挙しても無駄だろう。伯爵がいて、とても優しそうな表情をして、郷士に州のことを話しかけた。ポーロック卿がいて、とても不機嫌な表情をして、誰にも何も話しかけなかった。伯爵夫人がいて、この一週間フランクを見つけるたびに背をぽんと叩くことしかしなかった。アリグザンドリーナやマーガレッタやセリーナ令嬢がいて、みなにほほ笑みかけた。ジョージ令息は彼の未亡人のことについてフランクに囁きかけた。——「君がつかまえたようなすごい獲物じゃないよ、わかるだろ。けれどとても心地よい女性なんだ。ぼくは思い通りにできる、そうなんだ、君。こうでもしないと、お金にはありつけない」ジョン令息は猟馬について進んでフランクにおべっかを使った。アミーリア令嬢はただ一人このような階級無視の婚礼に満足していなかった。――「結局彼女って決定的に、確実に、断固何でもない人なのよ」令嬢は頭を横に振りながら、そうオーガスタに内緒で言った。しかし、アミーリア令嬢がグレシャムズベリーを去る前、オーガスタはこの令嬢とモーティマー・ゲイズビー氏のあいだにどうしてあんなにたくさん会話が必要なのかわかって途方に暮れた。

式にはさらにたくさんのド・コーシー家の人々がいたから、列挙するだけで長くなってしまう。

主教区の主教とプラウディ夫人が参列していた。望まれるなら主教がみずから式を執り行う用意があるとほのめかしたけれど、その仕事はすでにグレシャム家の古い友人によって引き受けられていた。プラムステッド・エピスコパイの禄付牧師、グラントリー大執事がずっと前に式を執り行うと回答していた。絆は大執事とオリエル氏の共同作業で固められた。グラントリー夫人が一緒に列席し、グラントリー夫人の妹、新しい聖堂参事会長の妻も列席した。参事会長自身はそのとき欠席して、オックスフォードにいた。

ベイカー家やジャクソン家のすべての人々が参列した。彼らみなが前回郷士の屋根の下に集まったのはフランクの成人式のときだった。今回のお祝いには前回とはまったく違った雰囲気があった。前回はとても貧しい催しだったのに、今回はグレシャムズベリーの最盛期にかなうものだった。

この幸せな催しは、ソーン先生を長いあいだ親類から遠ざけていた古い確執の残りを取り繕う、あるいはむしろ取り除く機会となった。ウラソーンのソーン家はひそかに多くの予備折衝を重ねていた。しかし、先生は何とかそれを拒絶していた。「連中はメアリーをいとことして受け入れようとはしない」と先生は言った。「メアリーが行けないところには行きたくないね」ところが、今状況が一変した。グレシャム夫人は確実に州のどのうちにも受け入れられるからだ。それゆえ、ウラソーンのソーン氏は愛想のいい、人気のある老独身者だったが、式に参列した。バーチェスターじゅうでこの人よりも心が優しく輝く人はいないという未婚の姉モニカ・ソーンも参列した。

「あなた」と彼女はメアリーに口づけし、ちょっと賛辞を捧げて言った。「あなたと知り合いになれて嬉しいわ、とても」それから彼女は独り言でつけ加えた。「彼女に悪いところはないのよ。今や彼女はグレシャム家の一員ですからね、あんなことはもう考える必要がありません」それにもかかわらず、もしミス・モニカ・ソーンが思いを口に出して言うことができたら、フランクは血統のない富と結婚するよりも貧困に堪えるほうがよかったとはっきり言ったことだろう。こういう具合で、ミス・モニカ・ソーンほど妥協を嫌う人はいなかった。おそらくこの州にはほかにこんな人は――いつもアミーリア令嬢を例外とするのだが――いなかった。

それからオリエル夫婦、教区の禄付牧師と新妻ももちろん列席した。ペイシェンスは花嫁付き添い役もはたした。ベアトリスが既婚夫人として現れて、まだ乙女の友人にあらゆる大人の助言をする仕方を見るのは楽しかった。一、二か月の結婚生活でこんなに差があるものなのだ！

ミス・ダンスタブルも花嫁付き添い役だった。依頼されたとき、「あら、いえ」と彼女は言った。「若くてきれいな人のほうがいいわ」しかし、メアリーが若いとか、きれいとか、お世辞を言わないことがわかったから、彼女は折れた。「本当は」とミス・ダンスタブルは言った。「私はいつもフランクが少し好きだったの。だから、彼のため引き受けます」四人しか花嫁付き添いはいなかった。あとの二人はグレシャム家の双子だった。レディー・アラベラはド・コーシーの令嬢たちにたくさん敬意を表すようにメアリーに大いに進言した。しかし、メアリーはこの点でどうしても譲らなかった。「階級には」と彼女は唇を歪めてベアトリスに言った。「欠陥があります——ですから、その欠点に堪えていかなければなりません」

さて今私には一ページしか——いや半ページしか——ウエディング・ドレスについて書くスペースがない。とはいえ、これはたいしたことではない。『モーニング・ポスト』の囲み記事にそれは残さず見つけられなかっただろうか？

このようにフランクはお金と結婚し、大人物となった。彼が幸せになるように期待しよう。物語の時が現在の時点に近づくにつれて、彼の未来の経歴について多くを語るのが難しくなる。バーチェスターからの最新情報によると、彼は次の総選挙で昔からの議席の一つを占めるとほぼ決まったように見える。対立候補にチャンスはないと噂されている。狐狩りについて、州の様々な紳士たちとフランクのあいだで内々の相談が多くなされているということも聞いた。猟犬はボクソル・ヒルへ行くと一般に考えられている。

若い夫婦はヨーロッパの新婚旅行から帰るとすぐボクソル・ヒルに居を構えた。それで、私はスキャッチャード令夫人について一言言っておく必要があることに気がついた。

「ずっと私たちと一緒にいてください」メアリーは令夫人の荒れた手を愛撫しながら、優しい顔を温かく覗き込んで言った。

しかし、スキャッチャード令夫人はどうしても受け入れようとしなかった。「時々あなたに会いに来ます。そんときが楽しみですねえ。そう、あなたに会いに来ます。それにお乳をあげた、愛する子にもねえ」令夫人は先生の近くに住むため、オーピー・グリーン夫人の田舎家を手に入れて一件は落着した。オーピー・グリーン夫人が結婚したからだ——誰かと。

ほかに触れなければならない人がいるだろうか？　ペイシェンスももちろん夫をえた——えるだろう。愛するペイシェンス！　こんなにいい妻が世に認められずにいるとは何と哀れなことか。ミス・ダンスタブルとか、オーガスタ・グレシャムとか、モファット氏とか、ド・コーシー一族の誰か——アミーリア令嬢を除いて——が結婚するかどうかはわからない。彼らみなの前途に未来が開けている。ブリジットがトマスと結婚した——これははっきりわかる。というのは、ジャネットが二人が一緒に出て行ったためかなり意気消沈したのを知っているからだ。

レディー・アラベラはまだメアリー賛美をやめていない。メアリーから立派な振る舞いのお返しをえている。令夫人はもう一つのことを期待しており、結婚式を待ち焦がれたのと同じくらいにそれを切望している。「州にとっては非常に重要なことなのよ」と令夫人はド・コーシー卿夫人に言った。

郷士と息子の関係ほど幸せなものはないように見える。父子の正確な取り決めについて特に問題にする必要はないだろう。しかし、金銭的困難という悪霊はグレシャムズベリーの領地から黒い翼を払いのけた。

さて今私たちは先生のため一言を残すだけだ。「もしあなたが私のところに来て、ディナーをともにしてくれないなら」と、郷士は先生と二人だけ取り残されたとき言った。「いいかい、私のほうからあなたのところにディナーに行くよ」二人はこういうやり方でやっていくように見える。ソーン先生は診療範囲を拡大し続け、フィルグレイヴ先生を大いにむかつかせた。メアリーが隠居したほうがいいとほのめかしたとき、先生はいつも姪の耳を叩いた。しかし、先生はこれまでのようにボクソル・ヒルに足繁く通い、そこのお茶は以前のグレシャムズベリーのと同じくらいにいいと喜んで認めている。

終わり

註

（1）絹、毛、木綿などのうね織物（畑のうねのように横または縦に高低をつけた織物）。
（2）債務の弁済まで債務者の財産を占有する権利。

N・ジョン・ホールによると、よく売れた『フラムリー牧師館』がトロロープの生前に二十三回英語その他の言語で再刊されたが、『ソーン医師』は三十四回同じ条件で再刊されたという。アンソニー・トロロープの四十七の小説のうち『ソーン医師』がベストセラーで、今日までいちばんよく読まれている小説だという。

トロロープは一八五七年に半自伝的な小説『三人の事務員』を書きあげたあとすぐ、九月に休暇でフィレンツェに長兄トマス・アドルファスを訪ねた。彼がアイルランド北部管区郵便監督官を務めていたころのことだ。この長兄は一八九〇年に引退するまでほとんどイタリアに住んで、六十冊もの旅行記や、歴史物や、フィクションを書いた作家だった。新しい小説に悩んでいたトロロープはこのときこの長兄からのちに『ソーン医師』となるプロットを教えてもらった。

トロロープは一八五七年十月にこの小説を書き始めたところ、郵政省の幹部から一八五八年一月末エジプト出張を命じられた。郵便物を鉄道で運ぶ協定をパシャと締結するためだった。パシャとの協定はすでにあったとはいえ、それはアレクサンドリアからスエズまでらくだで郵便物を運ぶという協定で、鉄道敷設がほぼ完成したため新しい協定が必要とされていた。

マルセイユからアレクサンドリアへの船旅は荒れて、船酔いに悩まされたという。「二月で天候はみじめなものだったが、それでも書き続けた」と『自伝』に書いている。彼は一週に書きあげる枚数を設定して、着実にこなした。一ページを二百五十語と定めて、週平均四十ページ、低調なときは二十ページ、最高百十二ページを書いたという。彼は二月にアレクサンドリアに到着し、三月末にこの小説をエジプトで完成した。ペンギンブックで五百六十ページにのぼるこの小説を船酔いや旅や本業の仕事を抱えながらほぼ半年で書きあげたことになる。

トロロープはプロットを他人から教えられて書いたこの小説が彼のほかのどの小説よりもよく売れたことを気にかけていたようだ。『自伝』のなかで「物語の脈絡を私の頭脳にではなく、他の拠り所に頼ったのはその時限りだった」と告白して、「他人の作品を盗んだり、それに基づいて故意に作品を作ったりしたことはない」と剽窃を否定している。しかし、『ソーン医師』の売れ行きがいちばんよかったことを考えるとき、「他人のものを使っていたら、読者にとってはそっちのほうがよかったのかもしれない」とも茶化して述べている。

長兄から教えてもらったプロットは次のようなものだ。ある金持ちが莫大な遺産について遺言を残した。それは放蕩な一人息子が二十五歳になる前に亡くなったら、その金持ちの妹の最初の子に全遺産を遺すというものだ。妹の子の父方の伯父であり、後見人である人だけがその子が誰かを知っている。その子は婚外子で、文無しだったから、良家の後継ぎの若者との結婚を阻まれ、相続が知られるまで、迫害される。そういうプロットだ。

訳者紹介

木下善貞（きのした・よしさだ）

1949年生まれ。1973年、九州大学文学部修士課程修了。1999年、博士（文学）（九州大学）。著書に『英国小説の「語り」の構造』（開文社出版）。訳書にアンソニー・トロロープ作『慈善院長』『バーチェスターの塔』（開文社出版）。現在、北九州市立大学外国語学部教授。日本英文学会監事。

ソーン医師　（検印廃止）

2012年5月30日　初版発行

訳　者　木下善貞
発行者　安居洋一
印刷・製本　モリモト印刷

〒162-0065　東京都新宿区住吉町8-9
発行所　開文社出版株式会社
電話 03-3358-6288　FAX 03-3358-6287
www.kaibunsha.co.jp

ISBN 978-4-87571-062-2　C0097